L I M I T E S

RYSA WALKER

DO TEMPO

darklove

Published in the United States by Amazon Publishing, 2014.
This edition was possible under a license arrangement originating with Amazon Publishing, www.apub.com.

Publicado nos Estados Unidos por Amazon Publishing, 2014.
Publicado no Brasil mediante acordo com Amazon Publishing, www.apub.com.

Tradução para a língua portuguesa
© Fernanda Lizardo, 2018

Diretor Editorial
Christiano Menezes

Diretor Comercial
Chico de Assis

Gerente de Novos Negócios
Frederico Nicolay

Gerente de Marketing Digital
Mike Ribera

Editores
Bruno Dorigatti
Raquel Moritz

Editores Assistentes
Lielson Zeni
Nilsen Silva

Projeto Gráfico
Retina 78

Designers
Aline Martins/Sem Serifa
Arthur Moraes
Marco Luz

Revisão
Ana Kronemberger
Isadora Torres
Thaís Rocha

Impressão e acabamento
Gráfica Geográfica

DADOS INTERNACIONAIS DE CATALOGAÇÃO NA PUBLICAÇÃO (CIP)
Andreia de Almeida CRB-8/7889

Walker, Rysa
Chronos : limites do tempo / Rysa Walker ; tradução de Fernanda Lizardo. — Rio de Janeiro : DarkSide Books, 2018.
384 p. : il. (Trilogia Chronos ; 2)

ISBN: 978-85-9454-125-3
Título original: Time's Edge

1. Ficção norte-americana 2. Viagens no tempo - Ficção
3. Literatura fantástica I. Título II. Lizardo, Fernanda

18-0989 CDD 813

Índices para catálogo sistemático:
1. Ficção norte-americana

[2018]

DarkSide® *Entretenimento LTDA.*
Rua Alcântara Machado 36, sala 601, Centro
20081-010 – Rio de Janeiro – RJ – Brasil
www.darksidebooks.com

RYSA WALKER

CHRONOS

LIMITES DO TEMPO

DARKSIDE

VOLUME II

Tradução Fernanda Lizardo

Este livro é dedicado a Donna e Teri.
Obrigada pelo empurrãozinho
exatamente quando eu precisava.

RYSA WALKER

LIMITES CHRONOS DO TEMPO

1

Dallas, Texas
22 de novembro de 1963, 12h05

Um cheiro pungente de peixe podre atinge minhas narinas antes mesmo que eu abra os olhos. Acho que o fedor explica os gatos que ficavam vagando pelo meu campo de visão toda vez que eu visualizava este terreno nos últimos dias. Dois deles — um gato rajado laranjinha e um gato branco de pelos compridos com uma orelha rasgada — sibilavam e me observavam cautelosamente de cima do imenso latão de lixo cinza, diretamente atrás de mim. Pregado no latão há um cartaz escrito à mão onde se lê "USO EXCLUSIVO PARA DEPÓSITO DE LIVROS ESCOLARES", mas os restos de peixe e vegetais ao redor da lixeira sugerem que pelo menos um proprietário dos restaurantes locais ou não sabe ler ou não dá a mínima.

O cheiro horroroso, sem dúvida, é o motivo pelo qual a CHRONOS fez deste um ponto estável, para início de conversa. Nenhuma pessoa sensata se aventuraria a se aproximar voluntariamente por um raio de uns trinta metros. Um historiador ou dois surgindo do nada seriam percebidos apenas pelos gatos.

Examino os rostos na fotografia uma última vez e guardo tanto a foto quanto minha chave CHRONOS sob o suéter enquanto me apresso pela Houston Street. Virando na Elm Street, sigo em direção à placa que indica "PARA CHEGAR À AUTOESTRADA R.L. THORNTON, MANTENHA-SE À DIREITA". Uma multidão está começando a se reunir ao longo da estrada. Os batedores devem levar uns dez minutos apenas para chegar aqui, o que significa que este salto está apertadíssimo de tempo, mas só conseguirei prever com alguma certeza onde meus avós vão estar alguns minutos antes de os tiros serem disparados.

Não existem mais do que uns sete pontos estáveis em um raio de cinco quadras, um testemunho do poder duradouro das teorias da conspiração em torno do assassinato de Kennedy, mesmo na década de 2300. Já testei três desses pontos estáveis, e neste exato momento existem três outras versões de mim caminhando em direção à Dealey Plaza — uma delas vem da Market Street, outra da Main Street, e uma terceira da Record Street. A Kate da Main Street inclusive está usando este mesmo suéter e blusa, com a gola ridícula estilo Peter Pan, mas daqui a mais ou menos um minuto ela vai ser engolida pela multidão, e ao meio-dia e meia, quando os tiros ecoarem na praça, ela vai estar a um quarteirão de distância. As outras duas Kates também não vão conseguir encontrar Timothy e Evelyn Winslow.

Conforme me aproximo da praça, que na verdade é só um pequeno parque com uma pérgula branca empoleirada no topo da colina, um casal jovem e dois meninos param na minha frente. A criança mais velha, que deve ter uns quatro anos de idade, está agarrando com afinco a barra do suéter vermelho da mãe. O menorzinho está sentado nos ombros do pai, as mãos gordinhas na gola da camisa xadrez do sujeito. O garoto tomba sua cabecinha loura para trás para ver o mundo de cabeça para baixo e parece surpreso quando percebe minha presença alguns metros atrás dele.

Seu pai está meneando a cabeça para um remendo triangular de grama no meio da Elm Street.

"Mas... Talvez a gente devesse ficar por este lado, né, Bill?" A mulher parece ter seus vinte e poucos anos. Sua voz é irritante e carrega um forte sotaque sulista. "Do lado de lá, temos duas ruas para nos preocupar caso os meninos corram para o trânsito. Se ficarmos aqui, eles podem brincar na grama enquanto aguardamos."

O pai balança a criança nos ombros num movimento suave e hábil, colocando-a na falha na grama. Ele capta meu olhar quando se levanta e oferece um sorriso tímido, meio que uma versão mais jovem de Elvis Presley com cabelos mais curtos. Um arrepio percorre minha espinha. Não sei bem o motivo, mas percebo que estas pessoas são os Newman, a família das fotos e vídeos que tenho estudado e que logo estarão na primeira fila para testemunhar o assassinato. Eles serão loucamente explorados pela imprensa após o tiroteio, com dezenas de repórteres tirando fotos enquanto os pais estarão deitados na grama, seus corpos protegendo as crianças do caos.

Aparentemente eu os encarei por muito tempo, porque Newman e a esposa trocaram um olhar confuso. Devolvo um meio sorriso tenso e sigo meu caminho, correndo em direção à escadaria de concreto que leva até a pérgula.

Uma cerca de estacas e algumas árvores grandes camuflam a vista muito menos pitoresca de um estacionamento sujo atrás da praça. A maioria das árvores ainda está bem verde, mesmo no final de novembro, mas algumas já começam a derramar suas folhas dourado-avermelhadas. Três ou quatro pessoas estão perambulando perto da cerca. Fico me dizendo para simplesmente procurar pelo Ford Fairlane azul-claro. Ainda assim, não consigo deixar de notar um jovem com um bigode fino, cheio de cautela, enquanto aguarda no aterro e olha fixamente para a rua, sua perna esquerda se contraindo ligeiramente. Ele está encostado na cerca e fuma um cigarro. Está calor demais para a jaqueta que ele está vestindo — será que aquele volume no bolso poderia ser uma pistola? E aquele espaço sombreado entre a árvore e a cerca definitivamente poderia esconder um rifle...

Sacudo a cabeça, voltando a atenção para a questão mais importante, e finalmente localizo o carro que vislumbrei brevemente da calçada no meu último salto, pouco antes de os tiros tomarem o ar e acabarem com qualquer chance de me aproximar da praça. O Fairlane está estacionado a pouco mais de cinco metros de distância, atrás de uma caminhonete vermelha e suja, com um pneu dianteiro furado.

Há muitos Ford Fairlane 1959 azuis-claros circulando em 1963, então este pode ser mais um beco sem saída. Sigo para a direita, na esperança de me esgueirar por trás da caminhonete e de alguns outros carros para poder me aproximar sem ser notada, chegando por trás do estacionamento. Isso presumindo que meus avós estão mesmo no carro e não passeando perto de Zapruder,[1] estragando as imagens de seu filme caseiro. Ou no sexto andar do depósito de livros, observando Lee Harvey Oswald. Estamos botando uma tremenda fé na memória de Katherine sobre uma breve conversa com Evelyn há quase cinquenta anos.

1 Abraham Zapruder (1905—1970) foi um simples proprietário de uma confecção de roupas femininas. Enquanto filmava a passagem de John F. Kennedy pela Dealey Plaza em Dallas, Texas, no dia 22 de novembro de 1963, acabou por registrar inesperadamente o assassinato do presidente norte-americano. O filme de Zapruder se tornou célebre por ser o registro mais completo do crime. [As notas são da tradutora.]

Connor ficou babando diante das fotos desse carro "clássico" enquanto pesquisávamos o veículo na internet, mas desculpe — os carros desta época são de uma monstruosidade atroz. As aletas da traseira por si só possuem metal suficiente para construir um Toyota Prius ou dois. Mas, deixando a estética de lado, atualmente sou fã das barbatanas porque elas fornecem um pouco de cobertura extra enquanto contorno o carro, totalmente agachada.

Há duas pessoas no automóvel, mas estão tão entrelaçadas que mal consigo dizer onde começa uma e termina a outra, e muito menos confirmar se elas se assemelham às pessoas da foto que meu pai me deu. Se *forem* mesmo elas, sei que esse amasso quentíssimo não passa de um disfarce. Elas torcem para que o cara junto à cerca ou qualquer outro "segundo atirador" em potencial vá ignorar um jovem casal se agarrando no estacionamento, e assim terão assentos na primeira fila para testemunhar a história. Elas provavelmente nem sequer estão ofegantes. Mas ainda há algo muito desagradável em se esgueirar para se apresentar a alguém que pode ser sua avó aos vinte e cinco anos com a blusa meio aberta depois de seu avô ter acabado de meter as mãos onde não devia.

Saco meu medalhão CHRONOS. A foto e meu celular estão na outra mão. Embora eu jamais fosse conseguir captar o sinal em 1963, o aparelho ainda será capaz de reproduzir os vídeos que Katherine e meu pai gravaram para amparar minha história.

Fico em dúvida entre bater ou não à janela educadamente. Bem, os cabelos dela são do mesmo tom de cobre escuro dos da mulher na polaroid, então resolvo seguir em frente. Com um puxão rápido na maçaneta cromada, a porta do Fairlane se abre. Agora estou no banco de trás, exibindo minha chave CHRONOS como um distintivo policial antes mesmo que eles se deem conta do que está acontecendo.

Evelyn lança um olhar furioso para mim pelo espelho retrovisor e imediatamente começa a abotoar o suéter. Timothy olha para trás, e experimento a sensação esquisita de ver o rosto "irritado" do meu pai, quinze anos mais jovem e talvez cinco quilos mais gordo. Meu pai em geral é muito tranquilo, então não cheguei a ver essa expressão muitas vezes — a ocasião da qual me lembro mais claramente foi quando eu tinha, talvez, cinco anos e tentei ver se o laser do aparelho de DVD conseguia aquecer um biscoito. (Não aquece.)

"Estamos. No. Meio. De. Uma. Pesquisa." Ele meneia a cabeça raivosamente para o cara junto à cerca. "Aquele homem pode ser James Files e..."

"E talvez ele seja o segundo atirador. Sim, eu sei, e sinto muito. Um de vocês pode continuar vigiando, se quiser."

Evelyn escorrega no banco para que possa manter seus olhos voltados para o sujeito sem ser óbvia demais. "Eu nunca vi você na CHRONOS", diz ela, "então acho que você é de uma das tropas anteriores? Ou posteriores, talvez?"

Entrego a fotografia para Timothy. Na foto, os dois estão alguns anos mais velhos, rindo. Ele está segurando um garoto de cabelos escuros, esticando-o acima de sua cabeça. Em segundo plano, uma visão parcial do lado do carona deste mesmo Ford azul-claro. "Depende da sua perspectiva, acho. Sou Kate. Sou a neta de vocês. O rapazinho que você está segurando nesta foto é meu pai."

A maioria das pessoas nunca precisa se apresentar a seus próprios pais ou avós, mas pelo visto estou construindo uma carreira em cima disso. Três meses atrás, sentei-me diante do meu pai em uma mesa de piquenique e tentei convencê-lo de que eu era sua filha em outra linha do tempo. Depois persegui duas versões diferentes de Katherine, minha avó materna, pela Exposição Universal de 1893, em Chicago. Ofereci os mesmos preâmbulos a ela em ambas as ocasiões a fim de evitar seu assassinato e minha subsequente inexistência. Se eu encontrar meu outro avô, Saul Rand, vai ser o kit completo — mas eu realmente espero nunca encontrá-lo cara a cara. Ele é o motivo pelo qual estou metida nessa bagunça, para início de conversa. E se a galera dele descobrir que estou interferindo, vai ser um inferno total.

Timothy olha da foto para mim, depois de volta para a foto, antes de passá-la para a esposa. Ela me olha pelo espelho retrovisor por um instante, então volta os olhos para o sujeito na cerca. "Ela tem seus olhos, Timo."

Dá para ver que ele ainda está irritado, mas seu rosto se abranda um pouco. "Então, o que há, Kate? A menos que as regras da CHRONOS mudem muito dramaticamente nas próximas décadas, você não deveria estar aqui. Nada de interação com familiares, certo?"

Evelyn suspira. "Vamos voltar ao ponto estável. Podemos verificar esse sujeito no próximo salto. Devemos voltar para a CHRONOS, e ela deveria fazer o mesmo."

Não tem nada que eu gostaria mais do que sair deste estacionamento, já que temos apenas alguns minutos antes de alguém aqui, ou lá no depósito de livros, ou ambos, disparar na direção do Lincoln Continental conversível que leva JFK e Jackie. Mas eu me sinto um pouco culpada. Eles estão trabalhando neste quebra-cabeça há meses.

"Se vocês querem mesmo saber se aquele ali é James Files, precisam continuar vigiando. Vocês não vão ter como fazer outro salto. A CHRONOS acabou."

Os dois se viram e me encaram ao mesmo tempo, então Timothy dá a partida e engata a marcha a ré. "Se isso for verdade, precisamos sair daqui enquanto ainda é possível. Nós temos problemas maiores do que descobrir qual canalha matou Kennedy."

∞

A primeira rota que ele tenta está cercada para o desfile, mas o congestionamento se dissipa muito rapidamente duas quadras abaixo. Nenhum de nós abre a boca até o carro começar a atravessar uma ponte alguns quarteirões depois. Evelyn continua olhando para mim, seu rosto angustiado. O leve salpicar de sardas em seu nariz parece um pouco com o meu, mas, tirando isso, eu sou bem mais parecida com o lado materno da minha família. Fora os olhos verdes, que foram claramente transmitidos para meu pai pelo homem no banco do motorista, e uma cicatriz já meio fraquinha no meu pescoço, logo abaixo da mandíbula direita — uma aquisição recente —, eu estou mais para uma cópia da minha tia Prudence. Isso complica minha vida consideravelmente, já que ela está jogando no time adversário.

"O que aconteceu?", pergunta Evelyn. "Sabíamos que tinha alguma coisa acontecendo quando aquele cara arrastou Shaila para a sala dos saltos. Eu falei para Timo que o salto pareceu meio esquisito. Torci o tornozelo quando aterrissamos no ponto estável, na quarta-feira, e isso simplesmente nunca acontece."

O carro sai da estrada e entra num pequeno estacionamento. No topo de um edifício baixo, há uma placa retangular num tom escuro de laranja — A&W REFRIGERANTE GELADÍSSIMO.

Evelyn semicerra os olhos. "E *por que* estamos parando aqui?"

Timothy encosta o carro debaixo do toldo listrado em laranja e branco, perto de um conjunto de mesas de piquenique dispostas no centro. “Estou com fome e com sede, e desconfio que esta será uma conversa longa. Pelo que Kate está dizendo, não podemos esperar para comer quando chegarmos em casa, podemos? O que as senhoritas querem?”

Ela revira os olhos. “Não estou com fome, Timothy.”

Eu simplesmente balanço a cabeça. Timothy dá de ombros, sai do carro e entra no estabelecimento, onde um homem de meia-idade usando um chapéu de papel branco abre a janela para anotar o pedido.

“Se ficarmos presos aqui por muito tempo, ele vai ganhar uns vinte quilos”, diz Evelyn. “Ele subiu dois furinhos no cinto desde que começamos a pesquisar Kennedy. Não sei como as pessoas passam dos cinquenta anos com essa alimentação.”

Ofereço um sorriso fraco, mas não digo nada. Não importa quantos cachorros-quentes picantes ele vá comer. Manter seu colesterol baixo não vai impedir que o caminhão de toras atinja o sedã deles em 1974. Nenhum dos dois vai sobreviver, e meu pai vai acordar no hospital dois dias depois — um garotinho de cinco anos órfão. E eu não posso dizer nada que possa mudar esse rumo, já que só nasci por causa dele e, como Katherine gosta de dizer, sou a última e melhor esperança para o planeta Terra. Ou, pelo menos, para a maioria de sua população.

“Então, quanto tempo *nós* vamos...”, começa ela, e então ergue as mãos. “Deixe pra lá. Espere até ele voltar, ou você vai precisar contar a história toda duas vezes.”

Ficamos sentadas ali por alguns instantes. Enquanto aguardamos, acesso a câmera do meu celular e começo a gravar. Registro alguns segundos de Evelyn observando Timothy com um olhar afetuoso, porém ainda totalmente exasperado. Ele volta ao carro segurando uma bandeja de metal com três canecas altas e alguns cachorros-quentes cheios de queijo e cebola, e dá uma batidinha à janela de Evelyn com os nós dos dedos. Ela gira a manivela para baixar o vidro. “Você é o único que vai comer aqui, então por que não coloca isso aí do seu lado? Essa comida fede.”

Ele a ignora, prende a bandeja à janela dela e depois contorna até o lado do motorista. Evelyn aguarda até que ele esteja sentado e depois lhe entrega os cachorros-quentes, o nariz enrugado de nojo.

“Eve é vegana”, diz Timothy. “Eu também sou, geralmente, mas, ei... Em Roma, aja como os romanos, certo? Eu trato essas viagens como férias do veganismo.” Ele dá uma mordida caprichada no primeiro cachorro-quente enquanto Evelyn passa um refrigerante para mim. Eu meio que concordo com ela sobre o fedor dos cachorros-quentes, mas o refrigerante... Eu não sei se é a caneca congelada, o gelo ou a ausência de xarope de milho com alta carga de frutose, mas tem um sabor muito melhor do que as coisas que estou acostumada a beber.

Levanto as sobrancelhas num questionamento silencioso e Evelyn assente. "Vá em frente e comece, Kate. *Acho* que damos conta de ouvi-la mesmo com essa mastigação toda dele."

"Na verdade, pode ser mais fácil se eu deixar Katherine contar a vocês." Seleciono o vídeo que gravei com Katherine no meu celular e viro a tela em direção a Timothy e Evelyn. Eu já o assisti pelo menos uma dúzia de vezes e sei tudo de cor. Passamos uma semana inteira tentando descobrir o quanto poderíamos revelar sem colocar a linha do tempo em perigo.

"Evelyn, Timothy", começa Katherine no meu vídeo. "Quanto tempo."

Evelyn inspira fundo pelo nariz. Quando eles a viram, há alguns dias, Katherine tinha mais ou menos a mesma idade que eles, perto dos vinte anos, com longos cabelos loiros. A mulher na tela está na casa dos sessenta, e seus cabelos grisalhos, embora um pouco mais compridos do que quando a conheci, ainda estão um tanto curtos devido à quimioterapia feita no ano anterior. Ela está sentada na biblioteca, em uma mesa perto da janela.

"Não sei se vocês tentaram acessar a sede da CHRONOS, mas vocês não vão conseguir falar com ninguém. É só um vazio escuro agora. Meu salto me levou a mais ou menos seis anos à frente de vocês.

"Eu sei que vocês vão querer tentar usar as chaves, se é que já não fizeram isso, e não culpo vocês. Eu também não botaria fé no que estão vendo agora. Mas elas não serão capazes de levar vocês de volta à sede. Faz mais de quarenta anos e ainda não consigo nada além de uma imagem preta com um pouco de estática.

"Sendo assim... O protocolo de emergência está em vigor. Tenho certeza de que vocês sabem melhor do que eu onde fica o cofre da CHRONOS mais próximo. Assim que tiverem suas novas identidades..."

Evelyn levanta uma das mãos. "Desligue isso. Agora."

Eu pauso o vídeo.

"Ela está dizendo que estamos presos aqui, Timo. Exatamente como eu temia quando meu diário desapareceu. Quando não consegui acessar a sede." Ela está pálida. Timothy pega sua mão.

"Mas se as chaves não funcionam, se a CHRONOS acabou, como foi que você chegou aqui?", pergunta ele.

Olho para o vídeo. "Talvez devêssemos deixar Katherine terminar? Ela pode explicar melhor do que eu."

Aperto o botão do play e a voz de Katherine continua: "...vocês deverão usá-las para seguir uma nova vida. Caso estejam se perguntando, era Saul a pessoa usando burca que colocou a faca na garganta de Shaila. Ele causou a explosão e... algumas horas antes, ele matou Angelo".

As lágrimas inundam os olhos de Evelyn enquanto Katherine continua a falar pelo vídeo.

"Richard e eu tínhamos acabado de encontrar o corpo de Angelo e pedimos ao coordenador de saltos que chamasse a segurança quando Saul entrou arrastando Shaila e mandou que não cancelassem o salto. Ele tomou o lugar de Shaila... Com base no que sabemos agora, tenho certeza de que ele pousou em algum ponto após 2020.

"A esperança de Saul era que a destruição da CHRONOS fosse permitir que ele viajasse de um ponto a outro sem ser obrigado a retornar à sede após cada salto. Só que ele calculou mal. Ele não consegue usar as chaves CHRONOS assim como nós, mas ele obteve a mesma informação que eu. O gene CHRONOS passa para nossos filhos e netos. Eu estava grávida de gêmeas quando cheguei em 1969. Uma das meninas, Prudence, sofreu um acidente com a chave quando tinha catorze anos. Ela está com Saul desde então. A outra filha, Deborah... Bem, eu a apresentei a um sujeito."

Meu pai entra em cena, comigo ao seu lado. Katherine e eu discutimos durante horas se essa era uma boa ideia. Ela ficou dizendo que não, absolutamente não, e Connor ficou do lado dela no começo, mas eu acabei por convencê-los. Timothy e Evelyn provavelmente acreditariam em mim de um jeito ou de outro, mas será que eles estariam dispostos a entregar suas chaves CHRONOS? Na minha convicção, *tal* apelo seria muito mais eficaz se viesse do filho deles.

"Mãe. Pai. Se eu pudesse usar a chave CHRONOS, eu mesmo teria vindo." Meu pai engasgou um pouco quando gravamos essa parte, então tivemos que reiniciar o vídeo alguns minutos depois. Ele mal se lembra dos dois e não há nada que ele adoraria mais do que estar no meu lugar agora. "O medalhão meio que brilha quando o toco, mas não consigo operá-lo." Ele passa o braço em volta de mim e dá um apertão nos meus ombros. "Então... De qualquer modo, estou enviando Kate no meu..."

Evelyn pega o celular e toca a tela para fazer uma pausa, do mesmo jeito que me viu fazer um instante atrás. "Timo e eu... não estamos vivos nessa época, estamos?"

"Vocês sabem que não posso revelar isso."

"E nem precisa. Está estampado na cara dele."

Mas que merda. Katherine estava certa. E por mais que eu ame Katherine, eu detesto quando ela tem razão.

"E", continua ela, "se estivéssemos vivos, você estaria mostrando uma gravação de nós dois explicando a coisa toda, e não de Katherine."

Isso também é verdade, e me faz sentir um pouco melhor por ter enfiado meu pai no vídeo. Eles provavelmente teriam descoberto de qualquer jeito. Aperto o play de novo e meu pai continua a falar: "... lugar. As coisas estão meio malucas agora. Esse tal Saul armou algumas coisas que não compreendo totalmente, mas Kate diz que ele está planejando acabar com um bom pedaço da população. Então estamos tentando fazer uma barricada em torno dos comparsas dele e recuperar todas as chaves antes que eles botem as mãos nelas primeiro".

Katherine se inclina para entrar de novo no enquadramento do vídeo. "Acho que a Kate pode responder qualquer outra dúvida que vocês tenham. A realidade é simples: vocês não têm como usar as chaves, e se ficarem com elas, o pessoal de Saul vai tentar roubá-las. Sinto muito... Queria poder trazer notícias melhores, dizer que tudo isso era só uma falha temporária e que a CHRONOS consertaria tudo muito em breve, mas vocês descobririam cedo ou tarde.

"Vocês vão receber o contato de uma versão muito mais jovem de mim dentro de alguns anos. Seria melhor se não mencionassem a visita de Kate a ela... A *mim*, quero dizer. Isso poderia... complicar as coisas ainda mais. Se cuidem, ok?"

O vídeo para por aí. Nós tínhamos gravado mais alguns minutos, mas Katherine imaginou que uma despedida do meu pai poderia lhes dar dicas sobre acontecimentos futuros, então ela pediu que Connor editasse o material.

Evelyn tira o celular de mim e cutuca a tela algumas vezes, mas nada acontece. "Como você faz para voltar essa porcaria?"

"Devo ir para o início?"

"Não. Só volte até..." Seu olhar é cru e vulnerável. "Qual o *nome* dele, Kate? Qual é o nome do meu filho?"

"Eu não posso. Vocês sabem que não posso dizer..."

"Ah, qual é, Eve. Dê uma folguinha a ela. Você sabe o nome dele. Ele é Alphonse, por causa do seu pai. Debatemos isso meia dúzia de vezes. E se tivesse sido menina... Espere aí, o nome dele *é* Alphonse, certo, Kate?"

"Você *sabe* que eu não posso lhe dizer isso." Volto o vídeo até o ponto em que meu pai começa a falar, tentando manter minha expressão neutra, de modo que nada que eu faça influencie a decisão deles. Mas é difícil evitar sorrir ao constatar o quão perto Harry Keller chegou de ser batizado de *Alphonse*.

Acho o ponto certo no vídeo e aperto o play novamente enquanto entrego o celular a Evelyn, que faz uma pausa antes que ele comece a falar. Ela não diz nada, simplesmente fica olhando para a tela.

Depois de um momento, sua expressão muda para um olhar semicerrado, quase furioso, e meu coração vai parar na barriga. Se isso não acabar bem, Katherine não vai esfregar na minha cara, mas quase certamente vai achar um jeito bem sutil de me lembrar que ela sempre fora contra colocar meu pai no vídeo. Este salto deveria ser uma coisa certeira. Antes que Saul, Prudence e seus subordinados ciristas conseguissem redefinir a linha do tempo, essas duas chaves estavam em nossa posse. Kiernan disse que era relativamente fácil consegui-las, mas ele não conhece os detalhes porque essa outra versão de mim, a Kate *dele*, A Outra Kate, A Kate do Passado, ou como quer que você queira chamá-la, cuidou daquele salto antes de eles se conhecerem. E eu não faço ideia do que *aquela* Kate fez, porque em todos os sentidos que importam, ela não é eu.

"Não tenho certeza se Katherine sabe", diz Timothy, "mas esta deveria ser uma viagem de cinco dias. Tudo nos arredores da Dealey Plaza vai ser bloqueado e cercado por cordas, então não vamos ter como voltar ao ponto estável até o meio-dia de amanhã, na melhor das hipóteses. Não estou dizendo que não acredito em você. Sabemos que tinha algo errado desde que o diário de Eve desapareceu. Ela tentou mandar uma pergunta para a sede e, em vez de obter uma resposta, a coisa simplesmente... meio que... evaporou."

"Katherine disse que também aconteceu com ela."

"Mas", continua ele, "apesar de acreditar em você, Katherine estava certa. Acho que não deveríamos abrir mão das nossas chaves até termos certeza de que não existe viagem de volta. Espero que você consiga entender isso."

Concordo com a cabeça. A gente meio que já esperava por isso.

"Você também não vai ter como sair daqui até lá, Kate. Quero dizer, a menos que você tenha entrado por um ponto estável fora de Dallas, você está presa..."

"Na verdade, eu posso sair daqui mesmo", digo aos dois. "Eu preciso chegar em um ponto estável, mas consigo saltar para outro ponto de qualquer localidade. Era isso que Saul estava tentando criar para si, mas não funcionou."

Evelyn ainda está olhando a imagem congelada do próprio filho com o braço em volta dos meus ombros, as lágrimas escorrendo pelo rosto dela. Sequer tenho certeza de que ela esteja me ouvindo.

"O que ele quer, Kate?", pergunta Timothy. "Por que Saul fez isso?"

Alguns meses atrás, eu fiz a mesma pergunta a Katherine e a Connor. A única resposta que eles me deram foi que Saul desejava poder, todo o poder que ele conseguisse. E, mesmo que tenhamos mais informações agora, o poder ainda é a essência disso.

Dou de ombros. "Ele quer brincar de Deus. Quer decidir quem vive e quem morre. Quer criar sua versão do paraíso, onde apenas aqueles que enxergam as coisas sob o ponto de vista dele conseguem permanecer."

Ficamos todos em silêncio por um momento, então pergunto: "Onde devo encontrar vocês amanhã? E quando?".

Evelyn se vira em minha direção enquanto termino a pergunta, como se tivesse acabado de se lembrar de que estou no carro, e me devolve o celular. Ela saca a chave CHRONOS de debaixo de seu suéter e da blusa e tira a corrente sobre a cabeça, quase arremessando o medalhão em mim. "Entregue logo a porcaria da chave para ela, Timothy! Já tentamos contatar a sede cinco vezes. Não há motivos para pensar que vamos conseguir sinal amanhã." Sua voz se acalma um pouco enquanto ela olha para mim. "Você não vai precisar voltar aqui, Kate."

"Obrigada, Evelyn." Enquanto escondo a chave no bolso do meu suéter, algo me ocorre. "Hum... Se por acaso eu aparecer novamente e começar a fazer perguntas, verifique a cor dos meus olhos, ok? E procure por isto." Afasto meu cabelo um pouco e viro minha bochecha direita na direção dela, revelando a cicatriz rosa relativamente recente e, felizmente, desbotada em meu pescoço. Tia Prudence pode ser inteligente o suficiente para usar lentes de contato verdes, mas ela não sabe do meu encontro com H.H. Holmes em Chicago. "Se vocês não virem a cicatriz, não sou eu, sendo assim vocês não podem contar nada a ela. Ela está do lado de Saul."

Timothy tira a chave CHRONOS do bolso enquanto solta o pequeno clipe que a prende ao passador do cinto. Ele segura o círculo azul brilhante na palma da mão e olha para a ampulheta no centro, observando a areia indo e voltando. "De que cor é para você, Kate?", pergunta.

Na CHRONOS, este papo parece ser o equivalente a conversar sobre o clima. Todo mundo enxerga a luz no centro do medalhão de um jeito diferente.

"É azul", respondo. "Como um céu incrivelmente lindo."

Um sorriso triste toca os lábios dele. "Mesmo? Para mim também. É rosa para Eve."

Retribuo o sorriso e então dou uma olhadela para Evelyn. "Meu pai só consegue captar a luz de vez em quando, mas, quando ele o faz, diz que parece rosa. Então acho que ele herdou isso de você."

O lábio inferior dela estremece um pouco. Ela se aproxima e coloca a mão na bochecha do meu avô, o rosto tão parecido com o de um filho que eles jamais verão crescer.

"Timo, aquela vida acabou. Apenas entregue sua chave para que ela possa voltar para casa. E se livre deste cachorro-quente fedorento. Já não estamos mais de férias."

• RYSA WALKER •

LIMITES CHRONOS 2 DO TEMPO

Boston
23 de julho de 1905, 8h06

"Consegui!" Saco os medalhões do bolso e balanço-os diante de mim.

"E em algum momento duvidei?"

Kiernan está sentado de pernas cruzadas sobre uma caixa de madeira, exatamente onde o deixei, ainda sorrindo. Para ele, só se passou um minuto desde que fui a Dallas em nossa tentativa mais recente de pegar as chaves de Timothy e Evelyn.

Este depósito está listado como um ponto estável oficial da CHRONOS — ou seja, um dos locais onde os historiadores podem saltar — entre os anos de 1898 e 1932. Na primeira viagem que fiz para a Boston do ano de 1905, cheguei de madrugada, me esgueirando do depósito rumo à escuridão do salão principal da loja. Deixei um envelope perto da porta, do lado de dentro, endereçado a Kiernan e contendo um pedaço de papel com a data de hoje e o horário, sete da manhã. Para mim, foi há três semanas, e eu apareci duas vezes desde então para ouvir os comentários de Kiernan sobre nossos planos para recapturar os dois medalhões.

"Pode ter sido uma conclusão inevitável para você", retruco. "Mas as coisas ficaram meio abaladas em certo momento. Evelyn captou o fato de que eles provavelmente estavam mortos."

Ele dá de ombros, os cabelos escuros roçando nos ombros. "Acho que isso também aconteceu da última vez. Você me disse que Katherine era contra envolver seu pai na coisa toda, mas você insistiu. Timothy e Evelyn ainda eram nossa melhor chance. Quem poderia negar um pedido vindo da própria neta?"

"Hum... Saul Rand, talvez? Caso contrário, eu simplesmente chegaria valsando nele e diria: 'Por favor, *vovozinho*, abandone seu plano maligno para dominar o mundo. Por mim?'."

"Você está certa", cede Kiernan com uma risadinha. "Eu devia ter esclarecido que qualquer ser humano com um bocadinho de alma não negaria tal pedido. Mas talvez você devesse encontrar Saul e perguntar. Pode ser que ele não consiga resistir a seus belos olhos verdes."

Sinto o rubor subir no meu rosto, então me afasto e finjo estar interessada nos frascos de tabaco nas prateleiras atrás de mim. Levanto uma tampa e inspiro profundamente. O tabaco de cachimbo tem um aroma intenso e terroso — bem diferente da fumaça de cigarro de segunda que sou obrigada a respirar ao longo das calçadas de Washington. Eu costumava gostar do cheiro das lareiras nas noites de inverno, mas desde meu recente encontro com H.H. Holmes na Exposição Universal, o mais leve cheiro de fumaça deixa meu corpo todo tenso. Se Kiernan não tivesse voltado para me salvar naquela noite, eu teria sido um dos muitos esqueletos encontrados naquele hotel.

"Então, quem é o próximo?", pergunto a ele. "Quero dizer, da última vez, quais medalhões *ela* estava tentando pegar?"

Ela é a outra Kate, aquela que sei que Kiernan adoraria que estivesse aqui no meu lugar, a Kate do Passado que não existe mais, graças à sacudida que Saul deu na linha do tempo.

"Eu tenho a informação de que nós estávamos trabalhando no meu quarto." Sua ênfase na palavra *nós* é sutil, mas sei que ele está tentando me lembrar de que a Outra Kate é só o meu lado B, ainda que eu não consiga me lembrar dela. Kiernan estende a mão para mim. "Fica pertinho daqui, podemos ir a pé. Vamos?"

"Eu tenho que voltar para casa. Katherine está esperando."

"Ah. Presumi que você tivesse passado em casa antes de vir para cá." Há uma leve insinuação de pergunta em sua voz. Sei que ele está se questionando por que eu compartilharia as boas notícias primeiro com ele, antes de contá-las à minha avó, meu pai e a Connor.

Eu meio que estou me fazendo a mesma pergunta. Apenas saltei para Boston em 1905 sem nem pensar. Enquanto olho para meus sapatos, no entanto, percebo que não posso ficar, mesmo se quisesse. A saia na altura do joelho, o suéter e os sapatos Oxford marrons eram adequadamente recatados para a Dallas de 1963, mas vão chamar muita atenção aqui. "Mais tarde eu volto. Não estou exatamente vestida para a..."

"Não seja boba", diz ele, caminhando em direção a um armário alto nos fundos do depósito. "Nós dois sabemos que você pode chegar na casa de Katherine exatamente no mesmo horário que saiu, então eles nunca vão saber que você se atrasou. E eu tenho uma solução para seu dilema de moda."

Kiernan abre a porta do armário e segura um vestido num cabide forrado. O vestido é uma peça única que tem a intenção de parecer duas peças. A blusa branca tem uma gola alta num estilo bem romântico e delicado, e a saia escura é reta e tem cara de que vai bater na altura dos tornozelos. Ele tira o vestido do cabide e vira a peça, revelando uma longa fileira de botões de pérolas nas costas. Há um ligeiro barulho de algo rasgando quando ele repuxa as laterais do vestido, e no início fico achando que Kiernan de fato rasgou o tecido, mas então vejo a faixa branca de velcro ao longo das costas.

"Isso seria *super* reprovado pela CHRONOS", digo, sufocando uma risada enquanto balanço a cabeça. Katherine quase surtou quando me flagrou uma vez com uma escova de dentes cor-de-rosa em 1893, então sei que ela não aprovaria este vestido de jeito nenhum.

"Nós não somos a CHRONOS. E dezenas de botões de pérola não são exatamente práticos na hora de colocar e tirar um vestido, não é?"

Há um toque de tristeza por trás do sorriso de Kiernan. Provavelmente deveria ter me ocorrido imediatamente, mas só agora percebo que foi a Outra Kate quem trouxe o velcro a 1905. Este era o vestido *dela*. Resolvo não pensar nos motivos que a levaram a querer tirar uma roupa rapidamente.

O vestido parece grande o suficiente para se encaixar sobre a saia reta e a blusa que estou usando, então simplesmente tiro o suéter e o penduro num cabide no armário. Me enfio no vestido que Kiernan está segurando e me viro para permitir que ele ajuste o velcro. Ele ajeita o vestido no meu corpo e então lentamente corre a palma da mão pela minha coluna, do pescoço até a cintura, a fim de selar a costura. Sua mão é cálida de encontro ao tecido, e sinto um pequeno arrepio.

Menina má, Kate. Ele não é o Trey, e você não é a Kate dele, faço questão de me lembrar. *Tudo isso é só para poder impedir Saul e os ciristas.* Colo na cara o que espero ser um olhar de mãos à obra antes de me virar de novo para encará-lo.

Ele me entrega um par de sapatos marrons de saltinho baixo com uma tira inteligente que dispensa o uso de abotoador. Eu sorrio e tiro os sapatos Oxford que estou usando. Estou prestes a colocá-los no armário, mas Kiernan me dá uma sacolinha de pano e guarda ali os sapatos e meu suéter.

Ainda não são os jeans, a camiseta e as sapatilhas que prefiro, mas é bem melhor do que o vestuário de 1893 que precisei usar da última vez que Kiernan e eu nos arriscamos juntos. Claro, *naquela* época ele tinha oito anos e eu precisava olhar para baixo para encontrar seus olhos.

Depois de prender a última fivela do meu sapato, fico de pé. Quando o faço, Kiernan afasta umas mechinhas dos meus cabelos para o lado. "Preciso prendê-lo para evitar a ira da polícia dos bons costumes?", pergunto, mas minha voz murcha quando percebo que ele está olhando a cicatriz no meu pescoço.

"Não", diz ele. Seu tom é mais severo agora. "Deixe solto."

"Kiernan, está tudo bem. Sério. Não dói, e dificilmente dá para se notar depois de um pouco de maquiagem." Ele provavelmente sabe que raramente uso maquiagem, a menos que a Outra Kate tivesse um senso de moda totalmente diferente. Mas preciso dizer alguma coisa, porque não gosto de ver o olhar ferido dele. "Você fez o melhor que pôde. Eu estaria morta, mas ainda estou aqui, certo? Saúde perfeita? Prontinha para salvar o mundo tal como o conhecemos?"

Os lábios dele estremecem quase imperceptivelmente num dos cantos, e então ele se inclina e dá um beijo na cicatriz, delicada e brevemente. Sinto-me enrijecer um pouco e dou um passo para trás. A voz dele sai mais suave quando repete: "Deixe assim. Eu gosto do seu cabelo solto. E não me importo com o que as senhoras irritadas de Boston vão pensar".

Kiernan levanta o ganchinho de metal que prende a folha de compensado — que, por sua vez, funciona como porta improvisada entre a tabacaria e o depósito.

"Espere", digo. "Você disse que Jess é um amigo, mas quais informações ele tem? Quero dizer, ele sabe que vim do futuro?"

Ele balança a cabeça.

"Então como ele acha que fui capaz de entrar aqui?"

"Eu tenho uma chave da loja." Ele a tira do bolso e joga para o alto uma vez antes de escondê-la de novo. "Trabalhei aqui por um tempinho. Na verdade, dormi aqui neste depósito por alguns meses. Se eu for encontrar você aqui, sempre vou entrar quando estiver fechado ou quando ele tiver saído por alguns minutos."

"O que exatamente ele acha que estamos fazendo aqui?"

O sorriso de Kiernan está de volta. "Como eu disse, ele é um amigo. E um cavalheiro jamais faz perguntas. Ele gosta de você, Kate. Apenas sorria para ele e agradeça."

"Agradecer pelo qu...", começo, mas ele já está empurrando a porta com o ombro, então boto um sorriso na cara e saio atrás dele.

Kiernan disse que Jess era seu amigo, então eu esperava alguém em plena adolescência ou nos seus vinte e poucos anos. Ou pelo menos mais jovem do que meus pais. E definitivamente esperava alguém mais jovem do que Katherine ou Connor. No entanto, o cara parece ter seus oitenta anos. Ele tem uma barba grisalha que bate na metade do peito e está ligeiramente encurvado enquanto guarnece um frasco de vidro com limpadores de cachimbos tirados de uma caixinha de madeira. Estou surpresa por ver que os limpadores de cachimbos em 1905 são bem parecidos com aqueles utilizados na modernidade, só que estes são todos brancos e não naquele tom néon berrante como os que costumávamos utilizar nas aulas de artes do jardim de infância.

O velho se volta para nós ao notar o som da porta se fechando. Ele força a vista um pouco, e então um grande sorriso ilumina seu rosto carcomido. "Senhorita Kate! Estou felicíssimo em vê-la novamente! Você me deixou preocupado, indo embora daquele jeito." Ele se aproxima lentamente e me dá um abraço apertado. Eu enrijeço um pouco no começo, mas ele tem um cheiro caloroso e familiar, muito parecido com o tabaco em seu depósito. Depois de um momento, retribuo o abraço, lançando a Kiernan um olhar interrogativo. *Quem é esse cara?*

"Eu disse que ela voltaria, Jess. Ela andou viajando... para Nova York, depois esteve em Washington. Com a avó dela."

O rosto de Jess fica cético por um momento, e então ele ri. "É mais provável que você tenha sido um garoto ganancioso, escondendo-a só para si. Como eu já disse, Kate, quando você se cansar das malandragens dele, é só me avisar, e eu direi à minha Amelia para arrumar as malas."

"Não vai mesmo, seu bode velho tarado", diz Kiernan. "Esta loja fecharia amanhã se Amelia não o mantivesse na linha, e você sabe disso."

Eu levanto uma sobrancelha para o linguajar de Kiernan — tanta ilusão de que os mais jovens respeitavam os mais velhos nos "bons e velhos tempos". Mas Jess apenas se vangloria e joga uma caixinha de madeira em Kiernan, que a pega facilmente usando só uma das mãos.

"Coloque isso lá nos fundos, garoto. Certifique-se de que estará na prateleira certa, ou estes velhos olhos não serão capazes de encontrá-la. E vou buscar aquilo que a senhorita Kate está desejando da geladeira."

Jess sai a passos lentos e Kiernan se aproxima de mim. "É ginger ale", sussurra ele antes de seguir de volta para o depósito.

E de fato é ginger ale, marrom-claro numa garrafa alta e transparente, gravada com as palavras "Clicquot Club". Jess tira a tampa com o abridor de garrafas preso na lateral do balcão, enfia um canudo de papel e a entrega para mim.

"Obrigada."

"Não precisa agradecer."

Eu tomo um longo gole do refrigerante e sou instantaneamente atingida por um ataque de tosse. Foi o equivalente a inspirar gengibre cru, um sabor picante e doce tão potente que me deixa sem fôlego.

"Você está bem?", Jess ri. "Você já devia saber. Essa coisa precisa ser saboreada aos golinhos."

Kiernan está de volta quando finalmente consigo respirar direito. Ele também está rindo.

Lanço-lhe um olhar irritado e então sorrio para Jess. "Sim, estou bem. Só desceu meio errado, acho. Quanto te devo?"

Assim que as palavras saem da minha boca, ocorre-me que o dinheiro que eu trouxe no bolso está no meu suéter lá no depósito — e nenhuma das notas é de uma época anterior a 1950. Então fico aliviada quando Jess diz: "Nem um centavo e você sabe disso, mocinha. Apenas agradeça ao seu tio mais uma vez por mim".

Kiernan coloca um braço ao redor dos meus ombros e me puxa em direção à porta, surrupiando dois bastões de doces castanho-escuros de uma pequena jarra na extremidade do balcão enquanto saímos. "Você ainda tem pílulas aí, Jess?"

O velho assente e sorri novamente. "Meu estoque deve durar até o final do ano, a não ser que meu estado piore." Ele volta a olhar para mim. "Se seu tio um dia resolver vender aquelas belezinhas em Boston, me avise. Vou levar a prateleira inteira."

Tento esconder minha confusão e dou um pequeno aceno de despedida a Jess enquanto Kiernan me conduz para a calçada. "Que conversa foi aquela?", pergunto assim que estamos fora do alcance do velhinho.

Kiernan se posiciona na beirada da calçada estreita, um pouco mais alta do que a estrada enlameada. Ele pega meu braço, conduzindo-me para um cruzamento com uma estrada maior e pavimentada, algumas fachadas adiante. Mais ou menos uma dezena de carroças puxadas por cavalos, algumas bicicletas e um carro solitário se movimentam cautelosamente ao longo da estrada de tijolos à nossa frente, indo só um tiquinho mais rápido do que estamos caminhando.

"A história que contei a Jess", responde Kiernan, "é que seu tio é um farmacêutico em Nova York e patenteou uma medicação para artrite. Você embalou uns comprimidos de um genérico de Advil numa latinha velha e Jess tem se sentido muito melhor desde então."

"Uau. Katherine iria surtar totalmente se soubesse."

"Katherine não precisa saber. Ou, pelo menos, foi isso o que você disse antes..." Kiernan se cala, provavelmente em reação à minha expressão. Estou ficando um pouco cansada de ser colocada no mesmo saco que a Outra Kate. Acabei de conhecer Jess, então eu claramente nunca falei nada disso antes, mas duvido que vá servir de alguma coisa lembrar a Kiernan mais uma vez que eu não sou *ela*, que ela nem mesmo existe nesta linha do tempo. Ele sabe disso melhor do que qualquer pessoa.

"Espere", eu o incito a parar. "Como Jess se lembra da outra... *eu*? Ele não tem uma chave CHRONOS."

"Hum, não. Mas eu estava na loja dele quando a linha do tempo mudou. Aquela que... levou você. As mudanças temporais me deixam meio tonto, sabe?"

Faço que sim com a cabeça. Só de pensar nas três vezes em que senti essas mudanças, fico sem rumo. Quando senti o golpe da última, desabei no chão enquanto a aula de trigonometria em volta se transformava numa nova realidade.

"Bem", continua Kiernan, "Jess viu minha cara e agarrou meu ombro quando vacilei. E o pobre velhinho tem se dividido entre duas configurações de lembranças desde então... Uma onde havia uns poucos ciristas e outra na qual sua filha do meio é membro da seita. Ele também tem lembranças de um neto do qual ninguém mais se lembra. Sua família acha que ele teve um AVC ou que está ficando senil, muito embora em todos os outros aspectos ele esteja tinindo."

"Isso é triste." Dou mais um gole hesitante no ginger ale e olho para trás, para a fachada da loja — JOHN JESSUP, TABACOS FINOS E VARIEDADES — e me pergunto quantas outras pessoas teriam entrado em contato acidentalmente com um medalhão ou com alguém que estivesse usando um. Quantas delas estariam internadas em hospícios? "Eu odeio o fato de ele ter sido enfiado nisso tudo, mas ele parece estar lidando com tudo muito bem, se a gente parar para analisar."

Kiernan me dá um sorriso reluzente. "Ele está convencido de que *eles* são os loucos." Ele morde um pedaço do doce e um cheiro esquisito e enjoativo toma o ambiente.

Enrugo o nariz. "O que é *isto*?"

"Doce de marroio-branco", responde, dando mais uma mordida. "Quer um pouco?" Ele agita o outro bastão debaixo do meu nariz.

"Não", empurro o doce. "Isso fede. Odeio esse negócio."

Um sorriso provocador, aquele sorrisinho malicioso, cruza o rosto dele. "Claro que odeia, amor. Você sempre odiou."

∞

A casa dele fica um pouco mais longe do que eu imaginava, embora eu suponha que a definição de "podemos ir a pé" seja diferente em 1905. Kiernan me guia habilmente para longe das beiras dos edifícios, onde as poças de lixo orgânico deterioram-se ao sol do verão. Eu sei que os inquilinos têm pouca escolha, dada a ausência geral de encanamento, mas isso torna a caminhada um tanto desagradável.

Quando chegamos à construção onde ele mora, há um grupo de crianças sujas e magricelas agachadas à entrada, brincando de cinco-marias, e algumas outras estão sentadas nas escadas enquanto subimos para o quinto andar.

Kiernan para no último lance para conversar com um molequinho loiro de uns seis anos. "Teste de boas maneiras, Gabe. Eu tenho um pedaço extra de doce. Você vai querer, ou devo oferecê-lo à dama primeiro?"

"Você deve oferecer a ela", diz o menino, me avaliando com imensos olhos azuis, "mas eu vou aceitar se ela não quiser."

Sorrio para o menino e empurro o ombro de Kiernan com o meu. "Pare de provocá-lo. Você sabe que eu não quero essa coisa nojenta."

Kiernan sorri e saca o bastão de doce do bolso. Tem alguns fiapos de tecido presos nele, mas a criança não se dá ao trabalho de inspecioná-lo. "E como se diz, Gabe?", pergunta. O menino responde com algo que pode ser um *obrigado*, mas é impossível saber já que ele está com a boca cheia de doce.

Atravessamos o corredor, e Kiernan destrava uma porta com o número 411 rabiscado na parede ao lado. Seu quarto é limpo, pequeno e abafado. Tem uma espécie de pó branco no chão, bem na frente da porta, o que me faz desconfiar que o teto esteja desmoronando. Uma cama de solteiro com uma colcha desgastada está espremida no canto direito, ao fundo, ao lado de uma velha caixa de tabaco que serve de mesa de cabeceira, e há uma corda pregada ao longo da parede, com um pedaço de tecido vermelho amarrado para formar uma cortina que bloqueia o canto oposto da vista. Há também livros empilhados para todos os lados.

O teto é inclinado em direção à única janela existente, que, por sua vez, dá de cara para um beco. No começo, acho que é por este motivo que o quarto me faz lembrar do meu espaço na casa da minha mãe. Já rachei a cuca mais de uma vez no meu teto baixo, e olha que mal chego a 1,60 m, então isto aqui deve ser um pouco apertado para alguém tão alto quanto Kiernan.

Então vejo o outro motivo para o local me parecer tão familiar. O teto de Kiernan é decorado com aquelas estrelas que brilham no escuro, iguaizinhas às do meu quarto.

Kiernan fecha a porta atrás da gente, joga a sacola com meus sapatos e o suéter na cama e abre a janela. Ele senta no chão, pernas cruzadas, tirando um livro imenso de debaixo do estrado da cama. "Sente-se. Não tenho cadeira, então receio que vá ser a cama ou o chão." Sua expressão é um pouco tensa, e ele parece estar evitando meus olhos enquanto procura por alguma coisa.

Eu me sento na beira da cama pequenina e olho em volta do quarto novamente. Eu não quero perguntar, mas o faço mesmo assim: "É aqui que você morava... antes? Quero dizer, quando...?".

"Sim."

Sinto um rubor rastejando até minhas bochechas. De tudo o que Kiernan me contara, outra versão do meu corpo — alguns anos mais velho, mas meu corpo, ainda assim — passara muitas horas aqui com ele. Nesta cama. Mordo o lábio e me aproximo um pouco mais da tábua ao pé da cama.

"Pensei em me mudar para outro lugar, talvez mais perto do trabalho, perto de Newton", explica ele, ainda sem olhar para mim, "mas eu quero ficar perto de Jess por mais tempo. Ele precisa ter alguém para conversar, alguém que não o considere um maluco. E aqui fica perto do trem, então..."

"Você não está mais trabalhando para Jess?"

Ele balança a cabeça. "Eu ainda o ajudo de vez em quando, mas ele não pode se dar ao luxo de bancar um funcionário em período integral. E tenho outra coisa em andamento. Algo no qual nós... Algo no qual *eu* estava trabalhando antes." Kiernan pega um canivete na mesa de cabeceira, abre a lâmina fina e começa a talhar uma das tábuas do piso. "Essa tábua estúpida está presa de novo", diz ele. "O calor sempre faz o assoalho dilatar."

"Então... Onde você trabalha agora?"

"Acho que você chamaria de parque de diversões." Ele olha para cima por um momento e dá aquele sorriso reluzente. "Volte no sábado, aí você vai poder me ver em ação."

Ele não aguarda por uma resposta. Simplesmente arranca a tábua, soltando-a e dando soquinhos na parte de baixo da cama. Fico esperando que ele me entregue uma lista física, escrita em papel, mas é um diário da CHRONOS.

"Não sabia que você tinha um desses."

"Eu tenho", fala, examinando os nós dos dedos ralados. "Mas este não é meu. Este é s..." Ele faz uma pausa e respira fundo antes de continuar. "*Dela*. Era de Kate. Você pode ficar com ele. Vai precisar dele mais do que eu."

Abro o livro fininho, que provavelmente pode ser melhor descrito como um iPad do século XXIV metido numa capa de livro antigo. Tem páginas, só que elas são sensíveis ao toque. Tirando a capa, não acho que este dispositivo tenha enganado a qualquer um que o tenha inspecionado cuidadosamente no século XVIII ou sempre que a Outra Kate estivesse viajando, mas provavelmente era uma opção melhor do que abrir um aparelho de alta tecnologia bem debaixo do nariz de todo mundo.

O nome da minha avó está escrito à mão por dentro da capa, igualzinho como era no diário que ela me deu quando recebi a notícia de que herdara a capacidade de ativar esses dispositivos. Passo meu dedo pela primeira página. As palavras, escritas numa caligrafia floreada que claramente não é a minha, começam a subir pela página.

"A pesquisa de Katherine está armazenada nas primeiras páginas", explica Kiernan, "mas, se você for adiante, tem registros mais recentes, com alguns antecedentes muito detalhados sobre os saltos que você fez... O que deu certo, o que deu errado e assim por diante."

"Oh, uau. Isso poderia nos poupar muito tempo. Katherine vai..."

"Hum... é. Você pode querer dar uma olhadinha nisso antes de mostrar a outra pessoa. Tem umas tiradas raivosas bem diretas, principalmente sobre Katherine. Você pode querer escolher o que vai compartilhar. E você não..." Ele balança a cabeça antes de continuar. "Kate não tinha muita paciência para escrever as coisas. Todos os registros dela são em vídeo, então você provavelmente deveria esperar até voltar para casa."

Não há dúvida sobre isso. Eu não gosto nem mesmo de me assistir em filmes caseiros normais, então já vai ser difícil o suficiente ver os registros do diário desta eu-que-não-sou-eu sem fazer isso na frente de Kiernan, que provavelmente ainda acha doloroso ouvir a voz dela — que, é claro, é igualzinha à minha voz, então eu simplesmente fico sentada e calada por um momento.

Sinto um toque suave no meu tornozelo. "Algum problema, Kate?"

Balanço a cabeça, e ele simplesmente arqueia as sobrancelhas. Sabe que estou escondendo alguma coisa. Mas não tenho certeza de como colocar em palavras todas as coisas que estou sentindo.

"Está tudo bem no século XXI?"

Faço que sim com a cabeça. "Katherine e Connor voltaram da viagem deles. Ela ganhou um pouco de peso, então acho que está um pouco melhor. Meu pai e eu nos mudamos da casa no campus, então passo metade da semana na casa de Katherine e a outra metade com minha mãe. E voltei a fazer caratê, mais ou menos... Tenho aulas particulares duas vezes por semana com uma mulher que, inacreditavelmente, se chama Sensei Barbie."

Ele me olha de um jeito esquisito, e percebo que não está captando a mesma imagem visual que eu quando ouvi o tal nome pela primeira vez — uma loira alta, de rabo de cavalo e seios desproporcionais. Na verdade, ela é apenas uns três centímetros ou coisa assim mais alta do que eu, tem mais ou menos o dobro do meu peso, e esfola meu couro durante uma hora todas as segundas e quartas-feiras sem sequer suar. Kiernan provavelmente nem sabe o que é um sensei, então eu simplesmente continuo: "Eu também comemorei meu décimo sétimo aniversário... de novo. Então é a mesma rotina de sempre, praticamente. Além das viagens ocasionais pelo espaço e pelo tempo, é isso".

E os sonhos, mas não menciono estes ou o fato de que os últimos meses foram bem esquisitos. Na última primavera, tentei manter o ritmo dos meus trabalhos escolares da outra linha do tempo, mesmo sem poder frequentar a escola pelo simples fato de não haver registros da minha existência lá. Como resultado, o trabalho escolar nas últimas semanas do meu ano no Ensino Médio até que foi relativamente fácil, exceto pelas ocasiões em que tropecei em algo diferente nesta realidade — um presidente diferente ou algum autor, cientista ou inventor famoso do qual eu nunca tinha ouvido falar.

Também foi estranho vivenciar acontecimentos na Briar Hill que eu só conhecia por tabela — por meio de Trey na linha do tempo anterior —, especialmente porque Trey só vai entrar na Briar Hill depois do outono nesta realidade. A faixa anunciando o baile de formatura em maio é um bom exemplo. Antes, eu teria passado reto por ela e jamais teria cogitado comparecer. Na linha do tempo anterior, Trey disse que nunca teria ido sem mim — e nós dois gostaríamos de ir juntos. Acho que eu poderia convidá-lo para ir desta vez, mas ainda não chegamos no estágio de ir-juntinhos-ao-baile.

Então, sim, tem sido bem esquisito. E não posso nem me queixar dessa confusão toda com minha melhor amiga, Charlayne, porque ela não me conhece. Nesta realidade, ela provavelmente está saindo com seus amigos ciristas, totalmente alheia ao fato de que um dia já fomos amigas.

Os olhos escuros de Kiernan são suaves enquanto ele me observa. Seu braço está apoiado sobre o estrado da cama e a mão dele envolve meu tornozelo, deixando minha respiração meio instável.

“E Trey? Você o tem visto com frequência?”

“Sim.”

Ele arqueia as sobrancelhas como se não acreditasse em mim.

“Sério, está tudo ótimo. Ele vai dar uma passada lá em casa para me ver esta noite.”

Esse último pedaço é a verdade. Mas a parte sobre vê-lo com frequência não é. Trey quase não tem ficado em Washington desde que lhe dei o DVD com as conversas em vídeo entre nós dois e um vídeo de si mesmo — ou acho que eu deveria dizer de seu *eu alternativo* — tentando explicar nosso relacionamento. Nós fomos ao cinema naquele primeiro fim de semana depois que eu lhe dei o DVD, e foi maravilhoso vê-lo, mas também foi estranho, para dizer o mínimo. Eu continuava querendo falar (e fazer) coisas que eu nem sonharia num primeiro encontro, e precisei me conter e me lembrar de que ele não era realmente meu Trey, pelo menos não ainda. Dava para ver que ele também estava desconfortável. Ele ia voltar para jantar comigo naquela semana, mas seu pai o surpreendeu com uma viagem de três semanas ao Peru para visitar os amigos de quando eles moravam em Lima. Nós trocamos mensagens de texto algumas vezes, e Trey publicou algumas fotos cheias de pose no Facebook, mas ele passou a maior parte do tempo na praia.

Agora ele já está de volta, e o jantar é esta noite. E ao mesmo tempo em que estou muito, muito ansiosa para vê-lo, também estou morrendo de medo. Toda vez que estou com Trey e não é igual a antes, um pedacinho de mim murcha.

Não sei por que simplesmente não contei a verdade a Kiernan. Que eu mal tenho encontrado Trey. Que tudo está longe de estar ótimo. Abri a boca e a mentira saiu, e agora me sinto um pouco culpada.

Pelo visto, nem sequer foi uma mentira convincente porque ele me oferece um sorriso triste e cheio de compaixão. "Mas não é como era antes. É isso?"

Definitivamente *não* é como era, ainda não, mas não estou nem perto de desistir. E parece cruel oferecer falsas esperanças a Kiernan, então eu simplesmente dou de ombros e digo: "Roma não foi reconstruída num dia só, certo?".

"Não. Acho que não." Ele dá um apertãozinho no meu tornozelo e então o solta. Fico aliviada, mas também um pouco incomodada por perceber que sinto falta do contato físico com ele.

Vou mais para o final do diário e vejo que tem uma página cheia de números sequenciais. Estão sublinhados, como nos vídeos que estou acostumada a ver nos diários, mas apenas alguns possuem datas ou títulos após os números. O link ao pé da página é <u>28</u>, mas quando clico na margem com a ponta do dedo, a página começa a rolar para cima. Ela rola por uns trinta segundos e o link final é <u>415</u>. Isso vai levar uma eternidade.

"Tem coisa demais aqui. Será que você poderia me dar um resumão?"

Kiernan fica com uma expressão intrigada.

"Isso significa a versão *curta*." Solto uma risada. "Uma trapaçazinha bonitinha?", explico.

Ele balança a cabeça. "Eu não assisti à maioria", diz ele. "Dei uma passada pelos últimos vinte ou trinta registros quando pensei que poderiam me fornecer uma pista sobre o destino dela, mas, assim que vi você no metrô naquele dia, eu soube que era inútil. Se agora existe esta versão de você, então aquela não existe mais. E depois, quando sentia saudade dela, cheguei a assistir a alguns registros que lembrei de tê-la visto gravando quando estava aqui, mas..." Ele balança a cabeça.

"Você tem certeza de que não quer ficar com ele?"

"Tudo bem, Kate. Pode levar."

"Talvez eu possa fazer uma cópia para você ou algo assim."

"Não. A maior parte disso aí era o diário particular dela. Eu não teria espiado nem quando ela estava... aqui comigo. Não acho certo assistir aos vídeos agora. E eles não vão trazê-la de volta."

Quando ele fala isso, as horas que passei assistindo ao DVD das minhas conversas com Trey saltam à minha mente. Assisti-las nos últimos meses meio que foi uma experiência agridoce para mim, e ainda há uma chance de ficarmos juntos em algum momento. Será que eu guardaria nossos vídeos se eu soubesse que não havia mais esperança para nós? Não tenho certeza.

Dou um sorriso fraco. "Algum conselho sobre esses saltos? Tem algum que seja bem fácil?"

"O de Port Darwin, se quiser um fácil de primeira. Eu definitivamente sugeriria aguardar para fazer o salto de 1938. O de Georgia. Foi o último que tentamos e... não foi muito bem. Se você quiser abordá-los na mesma ordem que ela fez, é melhor começar a revisar o seu russo."

"Mas... eu não falo russo."

Ele assente. "Eu sei. Mas você vai precisar aprender pelo menos algumas frases para encontrar o historiador que estava lá para analisar as reações soviéticas ao... Não consigo lembrar o nome. Alguma coisa de satélite. Em meados da década de 1950...?"

"Sputnik?" Jogo as mãos para o alto. "Você está falando sério? Que tipo de maluco resolve observar eventos históricos em plena ditadura? Um movimento errado e eu poderia acabar numa porcaria de prisão em algum lugar da Sibéria."

"Tenho certeza de que há um longo discurso sobre esse assunto no diário na sua mão", provoca ele. "Se é que isso ajuda. Na verdade, nunca encontramos essa chave, então espero que você enxergue alguma novidade nos testemunhos."

Minha expressão deve estar expondo minha dúvida, porque ele ri.

"Eu não devo crer que *você* fale russo, certo?", pergunto.

Ele balança a cabeça. "Se o salto fosse para a Irlanda e você precisasse de alguém que falasse gaélico, talvez eu pudesse desenterrar algumas frases úteis. Meu russo, no entanto, não vai muito além de *borscht*, *da* e *nyet*. E *dosvedanya*."

"Bem, você está quatro palavras na minha frente. Imagino que eu deva voltar e pedir uma cópia da Pedra de Roseta. Parece que tem muito trabalho à minha espera."

"Sim. Eu sei que você está à altura do desafio." Ele me oferece um sorriso que, tenho certeza, deveria funcionar como incentivo. Infelizmente, surte o efeito oposto. Talvez a Outra Kate estivesse à altura do desafio, só que ela não sofreu toda essa pressão.

"Não tenho tanta certeza assim", protesto. "É difícil me empolgar com os saltos que estão por vir. E se eu fizer alguma coisa que acabe simplesmente ferrando com tudo de novo?"

O sorriso dele desaparece. "Como você poderia fazer algo pior do que os planos de Saul?"

"Se eles estão realmente colocando em prática essa coisa de Abate, então não, mas..." Calo-me por um momento e depois prossigo, medindo as palavras. "Não me interprete mal, ok? Eu não acho que você esteja mentindo sobre nada disso. Mas qual o tamanho da sua *certeza*? Quero dizer, várias religiões falam sobre o fim dos tempos e que somente seus fiéis serão salvos. Talvez Saul só estivesse buscando um jeito de ganhar muito dinheiro e muito poder, e ele e Prudence vão apenas..." Dou de ombros, olhando para baixo. Minha imagem mental exibe os dois rolando em pilhas de dinheiro, rindo com aquele cacoete maníaco, mas isso é bobo demais para verbalizar.

"Tenho certeza, Kate", confirma ele calmamente. "E você também."

"Não!" Levanto a cabeça de súbito e o encaro diretamente nos olhos. "Talvez *ela* tivesse certeza. Não eu. Não tenho certeza de nada, só do fato de que não sei o que estou fazendo. E mesmo que você *tenha* certeza, esse tal Abate pode estar programado para uns cem anos depois da minha era, duzentos anos para você. Talvez o curso de ação mais sábio seja esperar até..."

"Até o quê?", pergunta ele, a voz crescendo. "Até que os ciristas estejam ainda mais poderosos do que estão hoje?"

"Até que eu saiba o que diabos estou fazendo! Como você disse há alguns minutos, esse último salto foi fácil. Eu tinha um vídeo do filho deles. Meu pai e eu temos os olhos verdes de Timothy. Eu sabia direitinho onde encontrá-los. Eles estavam falando inglês, pelo amor de Deus! Os outros não vão ser tão simples assim, e da próxima vez que alguém tentar me matar, pode ser que eu não saia apenas com uma cicatriz."

Ele não diz nada, e eu gostaria de poder retirar minhas últimas palavras. Não foi minha intenção fazer uma reprimenda — eu realmente acho que tive sorte de escapar com apenas um pequeno lembrete, mas, pela expressão de Kiernan, ele levou a coisa para o lado pessoal.

Eu abrando a voz. "Desculpe. Não quero discutir com você, Kiernan, e definitivamente não estou dizendo que estou recuando. Mas eu também não quero me atolar até o pescoço e perder o controle de tudo. Quero planejar os próximos passos com cuidado."

Ele fica encarando as próprias mãos por um momento. "E você deve fazer isso mesmo. Considerando as experiências anteriores, não acho que Katherine gostaria de me ver envolvido nas fases de planejamento, mas eu quero ajudar. Apenas me diga o que você precisa."

Balanço a cabeça em concordância e lhe ofereço um sorriso hesitante e pacificador, depois me inclino para desabotoar meus sapatos. Pego meu suéter e o outro par de sapatos na sacolinha e meus dedos roçam nas bordas de algo retangular no fundo. É outro diário. Dando a Kiernan um olhar interrogativo, entrego-lhe o diário e a bolsa.

"Era do meu avô", diz ele. "A maior parte está em gaélico e, como eu disse, meu gaélico está bastante enferrujado. Eu só o uso para assuntos da CHRONOS. Mesmo com as células de reforço costuradas na bainha, este vestido teria evaporado na tabacaria de Jess se não estivesse perto de um diário ou de uma chave."

Uma vez que troco os sapatos, fico de pé para abrir o velcro nas costas do vestido, mas Kiernan já está fazendo isso. O tecido desliza para o chão, deixando-me só com a blusa sem mangas e a saia que usei em Dallas. Ele apoia as mãos nos meus ombros nus por um instante e depois me ajuda a vestir o suéter.

"Você vai levar o vestido e os sapatos de volta para o depósito?"

"Eu *poderia*", diz ele. "Mas talvez faça mais sentido deixá-los aqui e definir este quarto como um ponto estável. Assim, você pode simplesmente visualizar a localização e verificar se estou em casa. E não vai precisar se esgueirar e deixar bilhetes para Jess."

Isso faz mais sentido, mas estou hesitante. "Eu não quero interferir na sua privacidade."

Isso traz seu sorriso de volta, embora um pouco deprimido. "E se eu prometer me vestir e me despir detrás da cortina?"

Eu nem estava pensando nesse aspecto particular da privacidade, mas de repente é difícil pensar em algo mais. "Será que deixar o vestido aqui não seria apenas um lembrete de quando... ela estava sempre por perto?"

"Não importa, Kate. Eu nunca estou realmente sozinho nesse quarto." Ele acompanha meu olhar para o teto e sorri. "E não falo apenas das estrelas que vo... que *ela* colou no meu teto. Pequenas coisas sempre me atingem nos momentos mais estranhos. Seu vestido e sapatos debaixo da minha cama não vão fazer a mínima diferença."

Olho para as estrelas de novo. Por algum motivo, a presença delas cutuca meu cérebro, como um mistério que precisa ser resolvido, mas não consigo encontrar as pistas. Talvez seja apenas a estranheza intrínseca de ver algo que você compraria numa loja de presentes moderna decorando este pequeno apartamento que carece de banheiro, eletricidade ou água corrente.

Retiro a chave CHRONOS de dentro do meu suéter e passo a mão pelo centro para ativá-la, apertando as poucas teclas necessárias para definir este cômodo como um local de salto. Começo a visualizar a casa de Katherine para que eu possa ir embora, mas Kiernan coloca a mão no meu braço.

"Você vai vir no sábado? Eu queria muito que você conhecesse o Norumbega Park. Se você estiver aqui às dez, vamos ter tempo para ver os pontos turísticos antes de eu começar."

"Antes de você começar o quê?"

Ele balança a cabeça. "Não vou contar. Você tem que vir para ver."

Há um brilho malicioso nos olhos dele, e neste momento ele se parece muito com sua versão de oito anos de idade enquanto aguardava ansiosamente minha decisão de contratá-lo como guia na Exposição Universal. Quem poderia dizer não àqueles olhos grandes e escuros de filhotinho de cachorro?

Dou uma gargalhada. "Está bem, está bem. Você venceu."

E muito embora eu não queira lhe dar falsas esperanças, dá para notar pelo seu sorriso que acabei de fazer exatamente isso.

• RYSA WALKER •

LIMITES CHRONOS 3 DO TEMPO

Existe uma desvantagem indiscutível em agendar um salto de tempo para o período da manhã, principalmente quando são necessárias quatro tentativas para fazê-lo certinho e você resolve acrescentar uma viagem paralela com duração de duas horas. Tive que andar cerca de dois quilômetros em cada um dos quatro saltos para Dallas, e quase a mesma distância em pleno calor de julho em Boston. Enquanto você está lá, a onda de adrenalina que vem por estar fora da sua cidade e da sua época mantém você no ritmo, mas o efeito colateral se parece um pouco com o jet lag de uma viagem de avião. E não ajuda em nada o fato de eu estar acabada por ter dormido mal. Não creio que eu tenha tido mais do que duas ou três noites livres de pesadelos desde que voltei da Exposição Universal de Chicago.

Enquanto meu relógio biológico jura que já é quase meia-noite assim que chego de volta à casa de Katherine, o relógio do micro-ondas implora para se mostrar diferente. São 10h32 da manhã, exatamente um minuto depois que parti para o último salto a Dallas. Katherine, Connor e meu pai ainda estão à mesa da cozinha, bebericando café. Daphne está perseguindo um esquilo no quintal, feliz por ter uma porta e algumas centenas de metros entre ela e uma chave CHRONOS ativada.

"Então?", Katherine é a primeira a falar, mas todos os três estão inclinados para a frente num gesto ávido.

Saco os dois medalhões do bolso e jogo sobre a mesa, junto com o diário. "Dois a menos. Com estes, são catorze. Se contarmos os dois que estão com Kiernan, então faltam dez, certo?"

Ela concorda e puxa o diário para si. "Eu não tenho recolhido os diários, mas é uma boa ideia." Ela o abre e olha para mim, uma sobrancelha arqueada. "Mas este aqui não é de Evelyn ou de Timothy. É um dos meus."

Eu não tinha pensado nisso quando joguei o diário na mesa. "Hum... Sim. Parei em Boston para conseguir as informações que Kiernan disse que eles tinham juntado. Na outra linha do tempo." Aponto para o diário. "Suas anotações estão aí."

"Então você parou em Boston e deixou a gente esperando?", questiona Connor.

"Vocês esperaram por, literalmente, sessenta segundos, independentemente de eu ter parado em Boston. E agora podemos começar a planejar nossos próximos passos. Ainda estou preocupada com a possibilidade de desencadearmos alguma mudança na linha do tempo que acabe alertando Saul e Prudence sobre nossos planos antes que consigamos concluí-los. E estou ainda mais preocupada agora, porque Kiernan diz que o próximo salto é para a Rússia... Ou pelo menos esse foi o salto que tentamos da última vez."

Katherine está prestes a dizer mais alguma coisa, mas meu pai a interrompe. "Eles encararam numa boa? O que eles disseram?" Ele toma um gole do café e tenta soar indiferente, mas sei o que está pensando. Acabei de encontrar seus pais, aqueles dos quais ele nem sequer consegue se lembrar. Ele quer saber de cada palavrinha que eles disseram, de cada expressão, de cada gesto.

"Ah, pai. Eu sinto muito. Eu nem estava pensando direito." Eu me sento com ele no cantinho da copa, dando-lhe um abraço apertado. "Eu não sei se esse é o protocolo da CHRONOS", digo, olhando para Katherine e Connor, "mas eu trouxe alguns minutinhos de vídeo de lá. Antes de mostrá-lo, porém, eu preciso me assegurar de que não baguncei nada. Você ainda foi adotado por John e Theresa Keller, certo?" Ele assente e eu continuo. "Você ainda dá aulas de matemática?"Ele faz que sim com a cabeça outra vez. "E seu nome ainda é Alphonse?"

Sacanear meu pai num momento tão vulnerável foi provavelmente maldade, e se existe a vigilância do carma, tenho certeza de que vou levar uma ou duas multas. Mas o olhar dele é realmente inestimável.

"Estou brincando, pai. Mas foi por um triz, aparentemente. Faltou muito pouco para você ganhar o mesmo nome que seu avô. Não sei direito por que eles resolveram trocar."

"Por favor, me diga que foi porque você defendeu seu desamparado pai ainda por nascer e insistiu para que eles repensassem", diz ele.

"Não. Até porque não lhe devo nada nesse sentido, já que você nem se mexeu e deixou minha mãe escolher o meu querido nome em homenagem a Prudence."

Ele sorriu. "*Touché*. Embora eu ache Alphonse bem pior."

"Sei lá." Entrego a ele o celular com o vídeo e vou até a cafeteira. "Eu consigo enxergá-lo sendo Alphie. Ou você poderia ter sido o protótipo para o Fonz. Sabe, aquele personagem do seriado *Happy Days*."

"Eu não era nascido na década de cinquenta", diz ele. "E se eu saísse por aí usando uma jaqueta de couro e dizendo 'Ecci' nos anos oitenta, eu teria apanhado na escola diariamente."

Quando volto à mesa, Katherine está segurando o diário e clica para ativar um dos links dos vídeos. Uma imagem holográfica muito parecida comigo surge acima do objeto e começa a falar.

"Katherine! O que você está fazendo?" Atravesso a cozinha em dois passos, entornando um pouco de café nos meus sapatos Oxford. Pego o diário das mãos dela e desligo o vídeo. "Isso é particular!"

"Eu não vejo o porquê", rebate Katherine. "Afinal, é o meu diário, e pode ser que haja algumas coisas nos registros das quais eu precise saber." Ela olha em volta da mesa. "Embora talvez devêssemos assistir lá no andar de cima. É um pouco grosseiro fazê-lo aqui, já que Connor e Harry não vão ser capazes de ver e ouvir o que..."

Aperto o diário com força junto ao peito. "Não. Eu ainda não vi os vídeos. *Eu* vou assisti-los no andar de cima, e se houver qualquer coisa que você precise saber, eu lhe conto. E, além disso, vai demorar o dobro de tempo se você for fazer isso."

Katherine consegue ver e ouvir os vídeos nos diários, e até mesmo visualizar alguns dos locais de salto no Registro de Bordo dos Pontos Estáveis, mas o gene CHRONOS parece sofrer mutações e degradações ao longo do tempo, ou talvez seja devido ao tumor e aos medicamentos que ela precisou tomar. Manter o sinal durante muito tempo é difícil para ela. Antigamente, ela brincava dizendo que era como passar por um túnel enquanto se conversava no celular, mas ela semicerra os olhos um pouco quando menciono isso, então aparentemente ela não está no clima para fazer piada com o assunto hoje.

"E se você não perceber alguma coisa importante?", pergunta Katherine. "Estou muito mais familiarizada com o que estamos fazendo aqui. Algo poderia passar despercebido. E devo lembrá-la de que você assistiu a todos os meus... Pelo menos os que eram relevantes para o seu salto até 1893."

Beleza, essa parte é verdade. Eu assisti aos registros particulares de Katherine em preparação para a viagem à Exposição Universal. Mas ela sabia o que havia naqueles diários quando me entregou. Além disso, a Katherine que eu vi naqueles registros fazia parte de seu passado distante.

Eu, por outro lado, não faço a menor ideia do que vou encontrar nesses vídeos, e ainda tem o aviso de Kiernan de que pode haver algumas coisas que não vou querer compartilhar. Mesmo que a Kate nesses vídeos não seja exatamente eu, a ideia de partilhar o diário dela me incomoda. Essa Kate não faz parte do meu passado, mas parte de algum presente e futuro alternativos. E nem mesmo tenho certeza se *eu mesma* desejo assistir a esses videozinhos, e estou totalmente segura e ciente de que não quero vê-los estando no mesmo cômodo que minha avó, especialmente quando Kiernan me disse que ele está cheio de críticas a respeito dela.

Imito a expressão teimosa de Katherine. "Isso não é negociável, Katherine. Assim que eu determinar quais desses registros são relevantes para o nosso trabalho, você será bem-vinda para assistir ao material. Enquanto isso, talvez você devesse solicitar um curso de russo para mim. Kiernan disse que Moscou é o próximo destino se seguirmos a mesma ordem da última vez, embora eu esteja inclinada a saltar diretamente para a Austrália. Ele disse que este foi bem fácil."

Katherine faz uma careta. "Adrienne... Não sei dizer se ela vai ser colaborativa, embora *fácil* seja uma palavra bem adequada."

Não faço ideia do que ela está falando, mas ela não reage ao meu olhar interrogativo.

"E eu já tenho um curso de idiomas", continua. "Estou bem ciente de que a viagem de Wallace a Moscou está na pauta do dia."

O tom crítico em sua voz me deixa no limite. "Existe uma pauta do dia? Talvez você pudesse imprimir uma cópia disso para mim, não? Poderia ser útil, já que eu sou a viajante em questão."

Katherine olha para mim e se afasta da mesa, então sai da cozinha num rompante. Connor me lança um olhar de reprovação e vai atrás dela. A expressão de meu pai é praticamente a mesma que a de Connor.

"Você devia pegar mais leve com Katherine, sabe."

"Desculpe, mas... é como se ela quisesse controlar cada pedacinho. Ela não me fornece as informações das quais preciso, e dez minutos depois espera que eu conheça todos os detalhes. Eu não sei ler mentes. E este diário aqui é particular." Pego um bolinho de mirtilo e um guardanapo na mesa, me inclino e lhe dou um beijo breve na bochecha.

"O que foi isso?", pergunta ele.

"Desculpe pela piada com o nome Alphonse. Não resisti. Você não vai sair daqui a pouco para buscar Sara?"

"Sim, preciso ir. Tem certeza de que não quer vir?"

Balanço a cabeça. "Você sabe que eu gosto de Sara, e você sabe que eu gosto de museus. Mas eu não gosto de Sara e de museus juntos." A namorada dele é professora de história da arte, mas por mais que ela seja muito divertida em qualquer outro lugar, ela sempre entra no modo docente quando há pinturas ou estátuas no ambiente.

"A gente poderia inventar histórias falsas sobre as obras, assim como fizemos da última vez", oferece ele.

"Sara não achou tão engraçado quanto a gente. E, de qualquer forma", digo, exibindo o diário, "tenho um encontro com o meu outro eu. Você vai voltar cedo, certo? Trey deve vir aqui."

"Sim, já sei. Às sete e meia." Ele ri. "Não se preocupe. A lasanha só precisa ir para o forno. A salada está pronta. E vou trazer sobremesa e pão fresco. Vai ser tudo perfeito."

Dou-lhe um abraço de despedida e sigo para o andar de cima. Mesmo que tudo *seja* perfeito, provavelmente estarei tensa demais para comer. Parte de mim acha que marcar o jantar aqui foi uma péssima ideia porque é muita pressão em cima de Trey. Mas aqui também é onde passamos a maior parte do tempo juntos na outra linha do tempo, então talvez haja uma energia neste local que não estamos percebendo.

Quando chego ao meu quarto, tiro a roupa para lá de desconfortável da década de 1960 e me enrosco no sofá. Pego o diário e fico encarando-o um momento, ainda sem saber direito se estou preparada para isso. Por conta de toda a insistência de Kiernan de que a Kate do diário sou eu mesma, mas dotada de um conjunto diferente de experiências, não consigo evitar enxergá-la como uma impostora... Uma falsa Kate que ficou circulando por aí usando minha identidade e meu corpo e, aparentemente, se divertindo bastante com ambos antes de desaparecer. Não tem lógica nenhuma, mas estou totalmente ressentida em relação a essa Outra Kate, e boa parte de mim realmente não quer saber mais nada a respeito dela.

Mas, se eu não assistir aos vídeos, Katherine certamente o fará. Uma de nós tem que fazê-lo — seria mais que estúpido não aprender com os erros que cometemos nesse passado alternativo. Então abro o diário, folheio até as páginas mais adiante, onde a Outra Kate salvou seus vídeos, e toco o primeiro link.

Meu rosto aparece na exibição holográfica, de início tão próximo que consigo ver cada um dos cílios. Após um instante, Kate se afasta um pouco. Ela parece tensa e não consigo deixar de me lembrar do momento em que Charlayne e eu fizemos um vídeo bobo para publicar na página dela no Facebook. Mas não tem Charlayne nenhuma neste vídeo, só alguém igualzinha a mim, com exceção da cicatriz fraquinha entre meu pescoço e mandíbula.

O primeiro registro, intitulado simplesmente *1*, é bem curtinho. A Outra Kate diz:

> *"Ok, não tenho certeza se esta coisa está funcionando. Eu vou desligar e verificar, então eu volto."*

O registro seguinte, novamente sem título descritivo, começa com a Outra Kate parecendo muito mais relaxada. Ela está sentada num quarto que parece um pouco menor do que este aqui, e o horizonte na janela atrás dela não se parece com Washington. A Outra Kate dobra as pernas numa posição de lótus e respira fundo:

> *Ok, este é o meu primeiro registro no diário, e ainda não estou muito confortável com isso, mas Katherine diz que é uma boa ideia manter uma documentação de tudo o que estamos fazendo, e assim é muito mais rápido do que escrever tudo todos os dias. Eu preferiria fazer no meu computador, mas acho que desse jeito vai me ajudar a me acostumar com o equipamento. O mês foi insanamente louco em vários aspectos e, sei lá, talvez isso vá me fazer bem. Tantas mudanças em apenas algumas semanas podem realmente mexer com a sua cabeça. Se eu desabafar aqui, talvez eu consiga evitar parar num psiquiatra. Embora, em alguns momentos, eu ache que tudo isso é algum tipo de episódio psicótico e que eu deveria, sim, estar vendo um psiquiatra. Desconfio que minha mãe concordaria se estivesse aqui.*

Onde está minha mãe nessa linha do tempo? Ela está bem? Infelizmente, não tenho nenhum vínculo paranormal com a Outra Kate, e ela se arrasta com seu monólogo:

Por onde começar? Ok, nesta semana andei aprendendo sobre pontos estáveis. O que são, como configurá-los, por que são importantes. Katherine tem esse tal livro enorme sobre eles, e parte desses pontos também está na minha chave CHRONOS. *E eu também posso criar novos — ou, pelo menos, vou poder criar novos dentro de algumas semanas, quando Katherine achar que estou pronta.*

Agora, boa parte do tempo é preenchida com estudos de História — uma grande aula de história, todo santo dia. Ou é aula de história do futuro sobre essa tal CHRONOS, *ou aula sobre as regiões e horários nos quais os historiadores ficaram presos. Já se passou quase um mês nessa, e está ficando bem chato.*

Embora minha iniciação na CHRONOS tenha sido uma versão condensada, lembro-me bem de ter que estudar o Registro de Bordo dos Pontos Estáveis por horas a fio enquanto tentava descobrir exatamente quando e onde Katherine havia sido morta. Levanto minha caneca de café numa saudação compreensiva. "Sei como é, irmã. Já passei por isso."

E é aí que me ocorre que é desse jeito que preciso pensar nessa outra pessoa na tela — como uma irmã gêmea idêntica e perdida há muito tempo. Não eu. A mesma composição celular, sim, mas uma consciência diferente. Algumas experiências partilhadas, mas também algumas experiências diferentes. Não a inimiga, mas ainda assim, não eu.

∞

Acordo no sofá sem saber direito por que estou ali. Então percebo o diário no chão. Fecho os olhos novamente, ainda meio sonolenta. Além de ter ficado sabendo que minha mãe teve algum tipo de bolsa de estudos por um ano numa universidade na Itália, não consegui muitas informações extras sobre a outra linha do tempo. Meu alter ego está entediado, Katherine e Connor de vez em quando enchem o saco dela, e ela está tensa porque vai começar numa escola nova no outono. Tenho cada vez mais certeza de que ela não está em Bethesda ou mesmo na região de Washington — ela mencionou algo sobre ir a um shopping chamado Water Tower Place.

Então me lembro de que Trey vai estar aqui dentro de uma hora e isso me dá um pequeno rompante de energia. Infelizmente, é daquela energia de nervoso. Estou superansiosa para vê-lo e morta de medo ao mesmo tempo. Eu sei que vou dizer algo estúpido e que Trey vai concluir que a coisa entre a gente não vai dar certo. Nunca me senti assim da primeira vez, e duvido que ele esteja se preocupando com a possibilidade de estragar tudo. Quando o relacionamento já começa com a garota dizendo nos primeiros cinco minutos que está apaixonada, o trabalho do cara está praticamente concluído, certo?

Entro no chuveiro, respirando fundo para me acalmar enquanto lavo meus cabelos. Jantei com Trey pelo menos uma dúzia de vezes nesta mesma casa. Não tenho motivos para surtar.

Mesmo assim, eu ainda estou surtando. E, pela primeira vez desde que entreguei o envelope com o DVD a ele, me pergunto se fiz a coisa certa. Quero dizer, prometi a Trey que iria encontrá-lo assim que eu voltasse, mas isso tudo ainda está longe de terminar. Mesmo que os pedacinhos do nosso relacionamento se encaixem magicamente e que voltemos a ser *nós*, por quanto tempo isso vai durar? Quanto tempo vai levar até que outra mudança na linha do tempo roube essas lembranças mais uma vez?

Afasto tais pensamentos com força para o fundinho da minha mente. O fato de que Trey virá esta noite e de que vou vê-lo em menos de uma hora deveria me deixar feliz, e não triste.

Enxáguo o xampu e uma folhinha que devia estar agarrada no meu cabelo desliza pela minha perna em direção ao ralo. É vermelha, manchada de dourado, e percebo que devo tê-la trazido da Dealey Plaza.

Fico observando a folhinha que estava no ar no dia em que Kennedy morreu, décadas antes de eu nascer, enquanto ela dança pela banheira juntamente às bolinhas de sabão do xampu, correndo em direção ao ralo. De repente, me vejo tomada pela ânsia de salvá-la, mas antes que meus dedos consigam segurá-la, a folha é sugada.

∞

"Katherine, você quer alguma coisa diferente? Tem salada de frango que sobrou da noite passada."

O restante de nós já terminou de comer há um tempinho. Katherine, por outro lado, só ficou remexendo a comida no prato, dando umas poucas garfadas na massa fofa do recheio e rejeitando os champignons e qualquer coisa minimamente crocante.

"Ah, não", diz ela. "Eu só não estou com muita fome, Harry. A lasanha está gostosa, mesmo depois de ter sido deixada no forno por tanto tempo para não esfriar."

Trey se atrasou por apenas vinte minutos, o que realmente não é ruim para esses lados da cidade, já que o trânsito pode ser imprevisível. Ele ligou para nos informar que estava atrasado e se desculpou profusamente, então foi realmente grosseiro da parte de Katherine voltar a tocar no assunto, ainda que indiretamente.

Eu queria saber a que devo atribuir seu humor intempestivo, mas tenho certeza de que é intencional. Ela achou tolo da minha parte dar o DVD a Trey e não ficou muito feliz quando informei que o havia convidado para o jantar. Na cabeça dela, qualquer período que deixo de passar com o nariz enfiado num diário ou rastreando as chaves CHRONOS é, aparentemente, um desperdício de tempo. Ainda assim, ela podia pelo menos ser educada.

É possível que eu tenha restringido minha reação a um olhar feio, mas capto a expressão de Trey — envergonhado, um pouco magoado — e não consigo segurar a língua. "A lasanha está perfeita, Katherine. É lasanha, pelo amor de Deus. É esperado que as bordas sejam crocantes."

E então percebo que soei estridente e maldosa, e esta não é bem a imagem que quero passar para este Trey que mal me conhece. Por isso sorrio para ela, esperando que minha observação se passe por piada.

Ela não retribui o sorriso, simplesmente arrasta a cadeira para trás e diz: "Trey, foi um prazer ter sua presença... novamente. Acho que já vou deitar, estou muito cansada e desconfio que Kate vá precisar apresentar você a todos nós outra vez em algum momento. E, por favor, tente não manter Kate acordada até muito tarde... Ela tem muito trabalho a fazer amanhã."

Trey, como sempre, é supereducado. "O prazer foi meu, sra. Shaw. Prometi ao meu pai que chegaria por volta das dez, então vou ter que ir embora dentro da próxima hora, de qualquer modo."

Isso parece um pouco estranho. A gente costumava concluir nossos encontros lá pela meia-noite... antes. Se Trey tinha um toque de recolher, ele jamais o mencionara e... dez horas? Minha nossa... Esse era meu toque de recolher durante o Ensino Fundamental.

Ajudo meu pai a servir o *cheesecake*. Connor pega a fatia dele e se retira, provavelmente para ver como Katherine está. Meu pai, Trey e eu conversamos brevemente sobre Briar Hill, se Trey gostava da escola no Peru, e alguma coisa sobre uma viagem de pesca esportiva que meu pai fez à Costa Rica alguns anos atrás.

Fico olhando para Trey enquanto ele fala sobre a pesca no Peru. Seu cabelo está um pouco mais comprido e mais louro do que nas vezes em que o vi, e sua pele parece alguns tons mais bronzeada. Seu nariz está meio rosadinho em alguns pontos, como se tivesse sofrido um pouco de queimadura solar há poucos dias. Acho que é o visual de verão dele. Não chegamos ao verão na última vez. Eu só quero ficar aqui sentada sorvendo-o com os olhos, mas me obrigo a desviar o olhar para evitar parecer que sou uma maníaca.

Coloco os pratos na pia, e meu pai dá algum pretexto sobre o planejamento de suas aulas e me deixa sozinha com Trey. Bem, exceto por Daphne, mas estou meio que feliz que ela ainda esteja aqui, porque de repente estou me sentindo pouco à vontade, e poder acariciá-la garante alguma ocupação para minhas mãos.

"Desculpe por Katherine", digo. "Mais cedo." Claro, *mais cedo*, já que ela não está aqui na sala agora. Ele deve achar que sou uma idiota.

"Foi rude da minha parte me atrasar tanto, e ela chamou minha atenção por isso. A culpa não é sua."

"Nem sua também."

Trey dá de ombros. "Não, a culpa *foi* minha. Eu devia ter saído mais cedo. É só que tinha um monte de coisas que meu pai queria que eu fizesse hoje, e demorou muito mais do que eu pensava." Então ele se estica para acariciar Daphne também, e o gesto é um lembrete de que isso está sendo tão constrangedor para ele quanto para mim.

Esse constrangimento se parece muito com nosso último encontro. Nós estávamos assistindo a um filme, e isso era legal, mas era uma comédia romântica genérica que nenhum de nós curtia de fato. Em retrospecto, eu devia ter aproveitado a oferta dele para escolher o filme, já que sei mais ou menos do que nós dois gostaríamos de ver. Ficamos de mãos dadas no cinema, o que foi bom, e ele me deu um beijo de boa-noite, um beijo muito parecido com aquele que ele me deu na varanda naquela primeira noite na outra linha do tempo — breve, hesitante, um pouco tímido.

"Você quer ir lá fora?", sugiro. "Está meio escuro, mas deve ter luz suficiente no pátio para jogarmos um pouco de *frisbee*."

Ele parece surpreso. "Você quer jogar *frisbee*?"

Dou uma risada. "Bem, não exatamente, mas Daphne vai gostar muito. Você costumava... Digo, eu..." Suspiro, compreendendo um pouco melhor agora por que Kiernan está achando tão complicado encontrar os pronomes certos quando fala comigo.

"Claro", diz Trey. "Parece divertido."

E é divertido. É difícil não se divertir quando Daphne está tão empolgada. Trey tende a jogar o *frisbee* longe demais porque não está acostumado com o alcance de Daphne, então ela continua trazendo de volta para mim e dando a ele uns olhares de soslaio muito decepcionados. E eu tenho de me perguntar: será que ela se lembra dele? Ela também tem estado sob a proteção do campo da CHRONOS. Será que ela está fazendo malabarismos com dois conjuntos de lembranças — um no qual ela acabou de conhecer Trey e outro no qual ele já deveria saber exatamente o ponto onde ela gosta de ter as orelhas coçadas e até qual distância no quintal pode-se jogar o *frisbee*?

Trey jogou longe demais novamente, e desta vez o disco pousa perto da garagem, derrapando sob a base de um balanço enferrujado que fora abandonado pelos proprietários anteriores. O *frisbee* está preso ali, onde é muito apertado, e Daphne fica um pouco assustada ao ver o balanço se mexer toda vez que ela tenta puxar o disco.

Eu corro para ajudá-la, e Trey me segue. Ele inclina a base do balanço para trás enquanto eu desentalo o disco, e depois de jogá-lo para Daphne, Trey me chama para sentar no banco.

Este beijo é bem mais parecido com o que deveria ser. E Daphne nem mesmo finge bancar a dama de companhia desta vez, então talvez ela se lembre mesmo de Trey.

"Você estava falando sério quando disse que precisava estar em casa às dez?", pergunto quando o beijo termina. "Porque a gente podia assistir a um filme ou..."

"Não", diz ele. "Eu preciso ir mesmo. Na verdade, meu pai queria que eu cancelasse a vinda porque... Bem, vamos pegar um voo para ver minha mãe muito cedo amanhã de manhã. Ela está em missão no Haiti, e quer estar comigo no meu aniversário, então..."

"Oh. Eu não sabia."

"Eu também não. Meu pai me disse ontem... De repente ele está nessa de ficar fazendo surpresas." A voz de Trey assume um tom ligeiramente sarcástico, e estou prestes a perguntar por quê, mas ele continua. "De qualquer forma, foi muito de última hora, então o único voo que ele conseguiu sai às cinco e meia da manhã. Vou precisar acordar por volta das três."

"Ai. Quanto tempo você vai ficar fora?" Tento manter o tom leve, porque não quero ser aquele tipo de namorada que sufoca demais, principalmente porque nem mesmo sou a namorada dele neste momento.

"Devo voltar lá pela sexta-feira, antes do início das aulas."

"O que você vai fazer no Haiti?"

"Bem, na verdade a gente não vai ficar no Haiti. Minha mãe quer uma folga, está na época de férias dela, então vamos encontrá-la em Punta Cana, na República Dominicana. Parece legal, mas, para ser sincero, estou meio enjoado de praias. Prefiro ficar em Washington. Infelizmente, não é uma opção."

"Eu entendo totalmente essa parte de membros da família que ficam ditando planos de viagem. Tenho algumas viagens a fazer que eu preferiria ignorar, acredite."

"Então... Você foi mesmo para Dallas em 1963 hoje? Você trouxe algum souvenir?"

Talvez seja só minha imaginação, mas sinto um leve tom de dúvida na voz dele, e desconfio de que quando disse a palavra *souvenir*, na verdade ele quis dizer *prova*. Não me surpreendo com isso, mas faço uma nota mental para lhe dar alguma demonstração real das minhas viagens em algum momento num futuro próximo.

"Nada de souvenires", digo, embora minha mente lampeje brevemente para aquela folha que desceu pelo ralo hoje. "Não foi uma viagem de turismo, na verdade. Conheci meus avós, embora seja difícil pensar neles como avós quando eles são apenas uns seis ou sete anos mais velhos do que eu. Peguei os medalhões, e fiquei naquela famosa colina gramada perto de onde Kennedy morreu. Talvez eu tenha visto o tão alardeado segundo atirador, mas tivemos que sair de lá antes que houvesse alguma prova de nossas presenças, de um modo ou de outro."

"Incrível. Apenas... uau." Ele balança a cabeça. "Para onde vai ser a próxima viagem?"

Dou de ombros. "Ainda estamos discutindo isso. Parece que para a Segunda Guerra Mundial, na Austrália. Em algum momento eu provavelmente vou até a Rússia soviética. E também para a Georgia de 1938, mas acho que esta é complicada, então vou guardar para o fim."

"Você quer dizer que pode ir a qualquer lugar, em qualquer época que quiser?"

"Se houver um ponto estável definido, então sim, eu posso ir. Existem pontos estáveis nas civilizações mais remotas e também até pouco antes de a CHRONOS ter sido criada, no final dos anos 2100. Mas não tenho certeza se quero saber muito sobre o futuro... Eu gostaria de ter uma vida normal quando tudo isso acabar. E, quando volto no tempo, sempre há o risco de eu modificar algo que afeta o presente."

Ele ri. "Eu queria, eu *queria* não ter matado aquele peixe."

Ofereço a ele um olhar vago.

"Homer com a torradeira? Os dinossauros? Ned Flanders como o Big Brother? Você deve estar brincando... Você nunca viu esse?"

"Não está me remetendo a nada, então eu não devo ter visto."

"Ah, uau, definitivamente vamos ter que consertar isso agora. Você assiste *Os Simpsons*, não é?"

"Sim. Principalmente os antigos, que passam na hora do jantar." Para ser sincera, eu não tenho assistido a nada ultimamente, porque Katherine não tem TV e meu pai instalou nosso aparelho velho no quarto dele. Mas eu costumava pegar as reprises na maioria das noites enquanto jantava na casa dele ou na minha mãe, isso quando a gente não estava assistindo ao programa *Roda da Fortuna* em vez disso.

Trey solta um suspiro de alívio exagerado. "Graças a Deus. Fiquei preocupado que meu eu alternativo tivesse se apaixonado por alguém que não captaria a maioria das minhas piadas."

"Que injusto. Eu perco um único episodiozinho e você já duvida de mim. Tsc, tsc."

"Ei, não é um episódio qualquer. É 'A Casa da Árvore dos Horrores'. A gente tem que consertar isso." Ele saca o celular e digita alguma coisa. "Só um segundo. Tentando encontrar ele aqui." Mais uma pausa e então um palavrão bem discreto. "Eles só têm pedaços na internet..." Depois de alguns segundos, ele diz: "Tudo bem, achei. Não está completo, mas pode ser o suficiente para corrigir essa falha na sua educação cultural".

Meto uma cotovelada nas costelas dele e Trey ri, passando o braço ao meu redor. Assistimos ao vídeo, rindo nos mesmos trechos, e percebo que é desse tipo de coisa, simplesmente estar juntos, fazendo pouco ou praticamente nada, de que mais senti saudade. Os primeiros bate-papos ao telefone, nosso encontro no cinema e até o jantar esta noite, tudo pareceu encenado, como se estivéssemos interpretando papéis. Esta é a primeira conversa que temos na qual Trey parece o meu Trey. É a primeira vez que é *tranquilo*.

O vídeo está quase terminado quando o celular dele toca.

"É o meu pai", diz ele, um pouco desnecessariamente, já que ambos estamos olhando para a tela e a palavra *Pai* saltou em letras garrafais em negrito. Ele se levanta do balanço e caminha alguns passos em direção à casa. "Sim, pai. E aí?... Sim. Estella me falou. Vou parar na farmácia na volta... Sim, pai. Cinco minutos... Sim." Sua voz está um pouco cáustica. "Já está tudo pronto... Eu disse que estaria, não disse?" Ele escuta por um momento e então diz: "Tudo bem", e desliga, balançando a cabeça.

Tem alguma coisa errada nesta cena. O pai de Trey parecia tão relaxado quando o conheci, e não tive a sensação de que ele fazia o tipo cerceador. Penso em todas as noites — muitas delas eram véspera de aula para Trey — em que ficávamos no computador por uma hora ou mais, quase sempre até bem depois do horário de dormir.

"Está tudo bem?", pergunto.

"Sim", diz ele, mas não parece estar sendo sincero. "Meu pai anda enchendo meu saco com tudo ultimamente. Mas ele está certo... Provavelmente é melhor eu ir mesmo."

Ele confia em mim. Lembro-me de Trey dizendo isso sobre seu pai em mais de uma ocasião, e não consigo evitar me perguntar o que aconteceu. Saímos caminhando pela frente da casa, até onde o carro dele está estacionado.

"Por acaso existe algum ponto estável para Punta Cana naquela sua chave?", pergunta.

Dou uma gargalhada. "A menos que tenha ocorrido alguma batalha histórica nas proximidades, eu duvido seriamente disso."

"Que pena", comenta ele. "Vou tentar te ligar daqui a alguns dias. Talvez possamos fazer alguma coisa quando eu voltar."

Faço que sim com a cabeça. "Eu gostaria muito."

Ele dá um tapinha na cabeça de Daphne e faz o mesmo com igual brevidade na minha bochecha, depois segue para a calçada.

Quando ele entra no carro, tenho a estranha sensação de que estamos sendo observados. Olho em volta e percebo que é, provavelmente, porque estou parada quase exatamente onde eu estava quando Simon tentou roubar meu medalhão. Estou fora da zona de proteção, a centímetros do local onde Trey acertou a cabeça de Simon com uma chave de roda. A centímetros do local onde Katherine desapareceu.

Recuo quatro ou cinco passos rapidamente em direção à varanda e dou a Trey um tchauzinho derradeiro quando ele acende os faróis e se afasta da calçada. E então um segundo conjunto de faróis se acende a meio quarteirão abaixo da rua, e uma van azul-escura segue atrás dele.

Deve ser só o vizinho saindo para comprar leite ou algo assim.

Provavelmente.

Só que eu realmente não me lembro de ter visto aquela van por aqui. E a sensação de que estou sendo observada desaparece junto a ela.

Passo o dia seguinte inteiro com o Querido Diário, e o único sucesso genuíno é que consigo identificar a localização da Outra Kate: Chicago. Isso parece estranho, porque nunca estive na Chicago moderna, só na de 1893. É difícil imaginar que o horizonte que vejo para além de sua janela seja o mesmo lugar que visitei alguns meses atrás.

Por fim, o diário se torna mais interessante, provavelmente porque a Outra Kate começou a pular um dia, depois vários dias, e às vezes até uma semana inteira entre um registro e outro. Então, em vez de registrar seu treinamento e outras minúcias diárias página por página, ela vez ou outra tinha algo a dizer quando finalmente se sentava para registrar um relatório.

Estou prestes a clicar no registro seguinte quando meu celular toca. Existem apenas quatro possibilidades na minha recente vida social truncada: minha mãe, meu pai, Trey ou "Desculpe, número errado". Estou torcendo para que seja a opção número três.

É a opção número um. "Oi, mãe. O que tá rolando?"

"Por que tem que estar rolando alguma coisa? Não é possível que eu só queira conversar com minha filha querida?"

"É possível, mas o que tá rolando?"

Ela ri. "Tá bom, confesso. São as duas coisas. Você está livre para jantar no O'Malley's?"

Preparo-me para recusar e dizer que o dia foi longo e que estou cansada, mas são pouco mais de quatro da tarde. Como ela não sabe nada sobre minha vida alternativa como viajante do tempo, vai ficar chateada se eu disser não. E O'Malley's é sinônimo de anéis de cebola. Anéis de cebola grandes, engordurados, suculentos, temperados no ponto certo e péssimos para a saúde.

Posso dizer que hesitei por tempo demais, porque ela responde com a voz sem qualquer emoção: "Mas se você já tem planos...".

"Na verdade, ir ao O'Malley's parece ótimo, mãe. Encontro você direto lá ou em casa?"

"Não, não. Eu vou te buscar."

"De quê, de bicicleta? Vai ser um longo trajeto comigo na garupa."

"Eu estou perto de uma locadora, a Zipcar, em frente ao campus, e aquele Mini Cooper conversível azulzinho fofo está lá. Você se lembra dele?"

"Sim..."

"Bem, ele está me tentando de novo. Acho que vou locá-lo por algumas horinhas."

"Então tááá", digo, deixando que um leve tom de desconfiança flua pela minha voz. Esse comportamento não é típico da minha mãe. Ela não só está alugando um carro, coisa que só deve ter feito umas cinco vezes desde que nos mudamos para Washington, como vai dirigir até a casa de Katherine. No caso dela, isto equivale a seguir valsando diretamente para a boca do leão. Agora eu *sei* que tem alguma coisa rolando aí.

"Deixe-me adivinhar. Você conheceu o homem dos seus sonhos e está fugindo para viver *au naturel* numa ilha isolada no Pacífico Sul."

Ela ri de novo. "Sim, e também ganhei na loteria. Cinco e meia está bom para você?"

∞

Terminei de comer minha salada e ainda restam dois anéis de cebola na cestinha ao lado do meu prato. Empunho o garfo e espeto o forro de papel vermelho e branco, a milímetros do dedo mindinho da minha mãe.

Ela é esperta.

"Deborah Pierce", digo na minha melhor voz de juíza, "você está a centímetros de violar o parágrafo três, seção dois do Estatuto dos Anéis de Cebola. Mantenha os dedos no seu lado da mesa, distinta senhora."

Minha mãe e eu temos um acordo em relação ao O'Malley's. Nós não dividimos nossos anéis de cebola. Se uma de nós agir feito um glutão e não for capaz de fazer seus respectivos anéis durarem ao longo do consumo da entrada, então deve se conformar em ficar sem.

Infelizmente, olhar para aqueles dois últimos anéis no meu prato me faz lembrar de Trey fazendo aquela surpresa com o pacotinho do O'Malley's no meu primeiro salto de teste para o Lincoln Memorial e no nosso último dia juntos, antes de eu saltar para a Exposição Universal de Chicago. E isto, é claro, me faz lembrar de todo o restante que está rolando na minha vida, cujos detalhes eu não posso compartilhar com a minha mãe.

Ela, como a típica mãe, naturalmente percebe a mudança na minha expressão. "Ei, eu não ia roubar um anel de cebola. Embora eu tenha certeza de que eles colocaram mais no seu pedido do que no meu. Seu flerte com o garçom deve ter valido a pena."

Arqueio uma sobrancelha. "Eu *não* flertei com o garçom!"

Ela sorri. "Não, você nem mesmo reparou nele. E olha que ele é bonitinho. As coisas estão tão sérias com esse tal menino que você está namorando a ponto de você nem sequer reparar num cara gato?"

Eu realmente não quero falar sobre Trey agora. Então lhe ofereço uma meia-verdade plausível sobre nosso relacionamento, dizendo que o conheci numa reunião para calouros da Briar Hill e que saímos algumas vezes. Tudo isso é mais ou menos verdade e, como eu tenho que deixar de lado as partes sobre as linhas do tempo alternativas, sobre o fato de a "reunião" ter sido à porta dele, e sobre eu praticamente ter precisado persegui-lo para providenciar nosso encontro, não há muito mais para se contar.

Então espeto o maior dos dois anéis de cebola e o jogo no prato dela. É para funcionar como uma distração, mas o faço porque eles já não parecem tão tentadores quanto antes de meus pensamentos se voltarem para Trey.

"Quem é você e o que você fez com a minha filha?" Ela me oferece um olhar maléfico falso, e por um momento fugaz vejo uma semelhança com Saul. Por algum motivo, sempre pensei nele como o pai de Prudence e até mesmo como meu avô, mas nunca me estendi ao fato de que ele também é pai biológico da minha mãe. Eu não deveria me surpreender com a possível semelhança, mas devo admitir que isso me deixa um bocadinho triste.

Dou um sorriso hesitante. "Os autos dizem que qualquer uma das partes pode ceder voluntariamente o controle de um anel de cebola à outra parte."

"É verdade, mas isso nunca aconteceu."

"Talvez eu simplesmente esteja amadurecendo e tenha concluído que é bom dividir as coisas?"

"Humpf. Contanto que você não espere por reciprocidade."

"O tratado permanece em pleno vigor. E, na verdade, eu tenho uma motivação oculta. Quero terminar de comer logo para você finalmente me contar qual é a grande novidade."

Ela tem bancado a modesta desde que me buscou. E eu estava errada sobre a parte de ela se aventurar à boca do leão. Ela telefonou às 17h40, dez minutos depois do horário em que deveria ter chegado à casa de Katherine, para me dizer que estava atrasada e que eu deveria encontrá-la lá fora ou perderíamos nossa mesa. Em plena quinta-feira à noite. Num lugar onde as reservas não são exigidas, muito menos necessárias. Ah, tá bom, mãe. A coroa de Rainha da Evasão continua sendo sua.

Termino de comer meu último anel de cebola e limpo os dedos no guardanapo no meu colo. "Ok, nós já comemos tudinho. Então agora pode desembuchar."

"Você não quer sobremesa?"

"Não! Pare de enrolar."

"Tudo bem", diz ela com um gesto tenso bem peculiar para seu estilo. "É que estou muito empolgada com isso e um pouco... Bem, hesitante. Não sei se você vai levar numa boa."

"Hum, beleza." Eu lhe dou um olhar zombeteiro. "Eu vou repetir a mesmíssima pergunta que você fez para mim muitas e muitas vezes. 'Exatamente quem é a mãe e quem é a filha aqui?' Na última vez que falamos disso, a resposta foi que você era a mãe, então, a menos que algo tenha mudado, por que você precisaria da minha permissão?"

"Eu não *preciso* da sua permissão, mas não quero que você se sinta abandonada. É que... me ofereceram uma oportunidade incrível, uma pesquisa sabática com alguns leves deveres docentes. Mas é na Itália. Durante um ano." Minha expressão deve ter mudado um pouco, porque ela emenda imediatamente. "Mas eu não tenho que aceitar, Kate. Tenho certeza de que haverão outras oportunidades..."

"Não, não." Não posso dizer a ela que minha expressão é um tremendo déjà-vu porque acabei de ouvir algo muito parecido nos registros do diário da Outra Kate. "Sério, mãe. Conta mais."

Ela parece cética. "É só uma bolsa de pesquisa. Provavelmente eu poderia adiá-la por alguns anos, até você estar na faculdade", diz ela, embora eu perceba, pelo seu tom de voz, que ela realmente não está muito convicta da própria afirmação.

"Hum... Eu disse para me contar mais, e não me dizer por que você não deveria ir. Onde na Itália? O que você vai fazer exatamente? Quando você precisa viajar?"

"Fica perto de Gênova, mas eu viajaria para cinco ou seis cidades diferentes na Europa, e também na África. Um doador anônimo está patrocinando a coleta de depoimentos de mulheres sobreviventes de genocídios em Ruanda e na Bósnia. Seria um estudo comparativo, e eu entraria com minha pesquisa sobre mulheres sobreviventes do Holocausto, e talvez tivesse até a oportunidade de entrevistar as poucas que ainda estão vivas na Europa. Alguém deve ter desistido no último minuto... Eu nunca soube de nada com movimentação tão veloz no meio acadêmico. A bolsa cobriria meu salário, mais minhas despesas de viagem, e até compensaria meu departamento por ter de cobrir minhas aulas de última hora. Eles querem que eu chegue algumas semanas antes do início do semestre letivo no outono, o que me dá seis longos dias para ajeitar as coisas. Isso a contar a partir de hoje, então cinco, na verdade."

Os olhos dela ficam arregalados e empolgados ao longo de seu discurso, o que seria esquisito se presenciado por alguém que não a conhece muito bem, já que ela está falando sobre a perspectiva de passar um ano inteiro encarando histórias muito terríveis e comoventes. Não é como se ela adorasse o sofrimento alheio. Esse é só um dos assuntos sobre os quais ela é apaixonada. Ela quer garantir que as histórias dessas mulheres sejam contadas e lembradas.

"Acho que você devia aceitar, mãe. Quero dizer, vou sentir saudade, mas eu poderia ir nas férias, certo? Ou você poderia vir para cá?"

Ela não diz nada por alguns segundos. "Tem certeza, Kate? Um ano é muito tempo, especialmente na sua idade."

"Verdade. Seria uma pena se você perdesse meu primeiro passo."

Ela revira os olhos. "Você entendeu o que eu quero dizer."

"Eu sei. Mas vou ter meu pai para documentar cada dever de casa e informar a você se eu crescer três centímetros ou passar a calçar um número maior. Você *deve* fazer isso, mãe."

Tento manter minha expressão o mais sincera possível, tanto para contrariar suas premissas anteriores quanto para esconder o fato de que parte de mim realmente não deseja que ela vá. Não é só que eu vá sentir saudade dela. Eu também estava ansiosa para ter um refúgio de meio período da CHRONOS e de Katherine. Alguns dias por semana na casa dela, sendo uma adolescente normal, indo à escola, dormindo no meu quartinho bagunçado, encolhendo-me no nosso sofá velho e puído com ela para assistir a um filme — tudo isso me daria uma folguinha da loucura atual.

E também tenho muita certeza de que Katherine está por trás dessa tal bolsa, embora eu não saiba dizer o motivo. Com poucas exceções, esta linha do tempo é muito parecida com aquela na qual a Outra Kate existia, então talvez essa oportunidade tenha chegado a minha mãe unicamente por causa de reputação profissional. Só que tem algo de curioso na expressão "patrocinador anônimo" e no fato de a universidade ficar na Itália, onde Katherine morou por muitos anos. E o timing... isso veio do nada.

A conclusão é que sei que minha mãe precisa disso. Meu pai tem suas aulas, a mim e também tem Sara. E ele tem vovô e vovó Keller, que o criaram desde que ele tinha cinco anos. Ele adora lecionar, mas se tivesse que trocar de emprego amanhã, duvido que isso fosse mudá-lo. Dado o conflito entre minha mãe e Katherine, ela tem seu emprego e a mim, e eu passo metade do tempo com meu pai. Às vezes, ela me olha com uma expressão estranha e triste, e tenho certeza de que está imaginando como será dentro de alguns anos, quando eu estiver por conta própria e só lhe sobrar o emprego.

Há anos eu não via os olhinhos dela brilhando assim por coisa alguma — talvez não desde que ela se separou —, então de jeito nenhum vou deixar transparecer minha desconfiança. Se minha mãe começasse a achar que tem o dedinho de Katherine nisso, seu interesse se evaporaria instantaneamente. E seria muito egoísta de minha parte mantê-la aqui só porque quero uma fuga dessa missão contínua que é salvar o universo.

"Você *deve* fazer isso", repito.

"Não está nada decidido ainda. Preciso ter certeza de que Harry vai concordar... E sua avó, acho. Mas eu queria discutir isso com você primeiro, porque se você não quiser que eu vá, vou avisar a eles que não tem negociação."

"Vai ficar tudo bem, mãe, juro. Este ano vai ser ocupado para mim. E vou ter meu pai, Katherine e Connor se eu precisar... E nós duas podemos conversar por vídeo, trocar e-mails, mensagens. Não é como se você estivesse indo para Marte. Essa oportunidade foi feita sob medida para você." Tudo o que falei, especialmente a última parte, foi totalmente sincero, então não preciso me esforçar para fingir que estou dizendo a verdade.

Ela sustenta meu olhar por um longo tempo antes de responder: "E você não está dizendo isso só porque sabe que eu realmente quero aceitar essa bolsa? Como eu disse, provavelmente posso conseguir um adiamento".

"Mãe, vai! Viva um pouco. Abrace seu destino acadêmico."

Isso me faz ganhar uma gargalhada, e dá para ver que ela fica aliviada, porém ainda em conflito. O que me confirma que ela vai continuar com os mesmos questionamentos até chegar na Itália, e possivelmente bem depois, então preciso manter minha expressão neutra.

∞

São quase dez horas quando voltamos para a casa de Katherine. Minha mãe achou que devíamos comemorar fazendo umas comprinhas, então tenho uma legging nova e um lindo vestido vermelho de alcinhas na sacola quando saio do nosso carro alugado. Ela até comprou alguns vestidos para si, e olha que, normalmente, ela é tão adepta quanto eu dos jeans e camisetas.

"Tem certeza de que não quer entrar? Todo mundo está acordado ainda. Connor é um cara legal. Você pode contar sobre a viagem de pesquisa, e poderia encontrar Daphne..."

"Talvez numa próxima vez. Está tarde."

"Katherine não morde, sabe, pelo menos nem sempre. Você só tem medo de começar a gostar da sua mãe se lhe der uma chance. Então... Com certeza você está amarelando."

"Cof, cof. Você está pisando onde não deve, Kate. E preciso devolver o carro antes que eu seja cobrada por uma hora a mais."

Balanço a cabeça. "Apenas certifique-se de limpar todas as nódoas amarelas do carro, ou então eles vão te cobrar a mais."

Ela bufa. "Você é tão parecida com seu pai. Entre em casa antes que eu atropele você."

"Ameaçar atropelar alguém com um Mini Cooper não é exatamente uma ameaça verossímil, mãe. Da próxima vez, alugue um carrão tipo um Hummer. Te amo!"

De qualquer modo, meus sentimentos estavam bem conflituosos em relação a convidá-la para entrar na casa de Katherine esta noite. Enquanto eu estava no provador da loja, recebi um telefonema de Trey. Não atendi, mas mandei uma mensagem breve dizendo que eu retornaria assim que voltasse para casa. Isso foi há mais de uma hora, e meu estômago ficou dando pequenas cambalhotas desde então.

Tiro meus sapatos e coloco-os no armarinho do vestíbulo. A sala está vazia, então deduzo que ou meu pai está dormindo ou ainda está na rua com Sara, e Katherine e Connor provavelmente estão em seus respectivos quartos. Espero que eu consiga me esgueirar para o andar de cima sem ser notada. Katherine estava um tanto mal-humorada com a ideia de eu sair quando tínhamos trabalho a fazer, e eu desconfio que ainda esteja na listinha dela por causa da minha observação mordaz quando Trey estava aqui.

Só que não tenho tanta sorte assim. Estou a meio caminho do meu quarto quando Katherine mete a cabeça para fora da biblioteca no segundo andar. "Kate, fico feliz que você chegou, querida. Você se divertiu com Deborah?"

"Sim. Ela mandou um oi." O que não é verdade, mas vou fingir que a filha dela simplesmente esqueceu de mandar o cumprimento. "Eu só... vou dormir agora."

"Claro. Só queria saber se você aprendeu alguma coisa no diário."

Balanço a cabeça. "Na verdade, não. Estava começando a ficar interessante quando minha mãe ligou. Eu sei que eu estava em Chicago com você e Connor... Não tenho certeza sobre o meu pai, mas minha mãe estava fora em algum tipo de viagem de pesquisa."

Fico observando a expressão de Katherine para ver se muda quando menciono a viagem, mas ela apenas sorri. "Chicago. Isso não me surpreende tanto. É uma cidade maravilhosa se você souber quais anos evitar. Bem, durma um pouco para poder voltar ao diário bem cedinho, ok?"

Depois de dar boa-noite a Katherine, penduro o vestido novo e guardo a calça numa gaveta. Então visto uma camisola e me enrosco no sofá para ligar para Trey.

Ele não atende. Começo a deixar um recado, mas percebo que ele também deixou um recado na minha caixa postal mais cedo, e concluo que é melhor ouvi-lo primeiro.

"Ei, Kate. Só uma ligadinha rápida para dizer que chegamos... e eu... hum... Você vai ao tal churrasco no sábado, antes do início das aulas? Acho que não, porque diz que é para calouros. Da Briar Hill e da Carrington Day. De qualquer forma, eles pedem para confirmar presença e o número de convidados, o que provavelmente significa que eles esperam a presença dos pais, mas nenhum dos meus vai poder, e eu meio que preciso ir. Também vai ser uma festa de despedida para um sujeito que foi professor do meu pai e do meu avô, e prometi a eles que daria uma passadinha para dar um oi, ou um tchau, acho. Tenho certeza de que vai ser terrivelmente chato, mas seria muito mais divertido se você estivesse lá. Então... Hum... Só me avise, beleza?"

Desconfio que ele esteja certo sobre a parte terrivelmente chata, mas ele poderia estar me convidando até para ajudar a limpar sua geladeira — uma tarefa que detesto verdadeiramente — que ainda assim eu aceitaria num piscar de olhos.

Então eu ligo novamente. Como Trey continua não atendendo, deixo um recado dizendo que sim, eu adoraria ir.

Me levanto para colocar meu celular no carregador e um lampejo de luz chama minha atenção além da janela. No começo, acho que é uma chave CHRONOS, porque a luz tem uma tonalidade azulada, mas não do mesmo matiz. São apenas as luzes da rua, num tom já meio azulado, refletindo o topo da van azul que está parada no mesmo local de ontem.

Da minha janela, só consigo ver as copas das árvores — uma grande extensão de verde. É o que mais gosto neste quarto. Eu gosto de ver as árvores quando acordo, e admirar a lua e as estrelas à noite me faz lembrar da claraboia do meu quarto na casa da cidade, por isso sempre costumo deixar as cortinas abertas.

Mas agora, enquanto observo a van, experimento a mesma sensação assustadora de estar sendo vigiada... O que é estúpido. Afinal, o fato de a van estar no mesmo lugar seria meramente a confirmação de que ela pertence aos vizinhos. Isso não significa que estamos sendo observados.

Mas fecho as cortinas mesmo assim.

5

A fumaça faz meu nariz e garganta arderem enquanto disparo pelo corredor, em pânico, os dedos de uma das mãos se arrastando pela parede para evitar que eu me perca no labirinto escuro como breu. Olho para trás, e o homem com o lampião continua me seguindo, se deslocando muito mais depressa do que eu. É como se eu estivesse correndo sobre gelatina.

Na minha outra mão, a chave CHRONOS está ativada, mas acelera por dezenas de pontos estáveis numa velocidade tão grande que não consigo travar nada. Conforme Holmes se aproxima, vejo a arma na mão dele e, de repente, há uma explosão de chamas em vermelho e dourado que correm diretamente para mim. Assim que me alcançam, transformam-se numa cascata de folhas de outono, caindo em meu rosto.

Eu me levanto num sobressalto e olho ao redor por um minuto, desorientada, então desabo de volta no meu travesseiro, esfregando os olhos. Os pesadelos têm vindo com um pouco menos de frequência nas últimas semanas, e embora meu coração ainda esteja galopando, pelo menos não é o mesmo pânico cego que senti nas primeiras vezes que os sonhos me arrastaram ao World's Fair Hotel. E toda a coisa das chamas-virando-folhas é uma novidade estranha.

Esta é a primeira vez, no entanto, que tenho dois pesadelos numa única noite. O primeiro deles me despertou em torno das 2h15 da madrugada. Fiquei tão ligada depois que fui até o andar de cima e soquei o saco de pancadas até ficar tão exausta a ponto de presumir que eu teria um sono agradável e livre de sonhos. Mas eu estava enganada.

Uma chuva suave está caindo, e vejo as gotas escorrendo pelo vidro da janela enquanto me concentro em respirar lenta e constantemente até minha pulsação voltar ao normal. Tenho quase meia hora antes de o despertador tocar e estou tentada a puxar a colcha sobre a cabeça, mas sei que não vou conseguir dormir de novo. Em parte é culpa do sonho, mas também porque sinto cheiro de bacon — e, se não estou enganada, panquecas com mirtilo.

Vejo meu pai na cozinha quando desço. Está usando os fones de ouvido e não me escuta de início. Se estivéssemos no nosso chalé em Briar Hill, ele estaria com a música nas alturas enquanto cozinha — já fui acordada muitas e muitas vezes por "I Wanna Be Sedated", dos Ramones —, então ele deve estar preocupado com a possibilidade de seus gostos musicais não soarem atraentes para Katherine e Connor. Não sei bem que tipo de música eles ouvem, se é que ouvem alguma coisa. Meu primeiro pensamento é que Katherine provavelmente seria uma fã de coisas tipo Peter, Paul and Mary ou algo assim, mas ela provavelmente deve preferir algo semelhante a tudo o que já ouviu na década de 2300 — e não tenho a menor ideia de qual estilo seria. O som punk da década de 1980 deve soar como algo do período barroco para ela.

Contorno meu pai para surrupiar uma tira de bacon do prato sobre a boca de trás do fogão e ele bate na minha mão com a espátula. "Você está ficando lento, velhinho", digo, metendo o bacon na boca. "Qual é a ocasião? Panquecas geralmente são coisas de fim de semana."

Ele tira os fones e os coloca no pescoço. "Nenhuma ocasião especial. Os mirtilos estavam quase estragando, então resolvi que era hora de acabar com eles. E já que ainda faltam alguns dias para as aulas recomeçarem, pelo menos para nós, professores pobres e oprimidos, estou tratando cada dia remanescente como férias."

Comemos em silêncio durante alguns minutos, até que ele diz: "Como eles eram? Quero dizer, eu assisti ao vídeo... Obrigado por isso, a propósito... Mas como eles *eram*?".

Levo alguns segundos para perceber que ele está falando de Evelyn e Timothy. Termino de mastigar o que já tenho na boca e respondo. "Seu pai é muito parecido com você. Ele até faz as mesmas expressões quando está mal-humorado. Ele é um pouco mais cheinho do que você." Neste aspecto, ele me lembra um pouco mais do meu pai da linha do tempo anterior, que era mais barrigudinho também, e considero a ideia de que meu pai possa ser uma daquelas pessoas que tendem a ficar gordinhas quando estão felizes.

"Seu pai gosta de comida que faz mal", continuo, "embora ele tenha dito que eram veganos. Sua mãe é a mais sensata dos dois..."

Passo mais ou menos os dez minutos seguintes respondendo às perguntas dele.

"Desculpe, pai", digo depois de esgotar todos os detalhes dos quais consigo me lembrar. "Eu devia ter contado tudo isso no outro dia, quando retornei. Eu sei que você estava curioso a respeito deles."

Ele sorri. "Tudo bem. Se você tivesse feito isso, eu teria me atrasado para buscar Sara. E esta é a primeira vez que nós dois conseguimos ficar a sós desde que você voltou. Essa é a única coisa da qual tenho saudade desde que nos mudamos do chalé."

"Eu também. Mas agora você tem esta cozinha gigantesca. E eu não sei como é sua cama, mas a minha foi um belo upgrade desde o sofá-cama." Deslizo o último pedacinho de panqueca pelo prato para capturar o restinho de calda. Não dá muito certo, já que geralmente encharco minhas panquecas com a calda, então cedo à tentação de usar o dedo para limpar o prato.

Ele olha para mim por um minuto, e acho que vai soltar um lembrete de que minha atitude é meio que falta de educação, mas ele simplesmente diz: "Mesmo com o upgrade da cama, você não parece ter dormido muito bem".

"Eu dormi direito, acho."

Ele ergue uma sobrancelha. "Você estava acordada no meio da noite de novo, não estava? Meu quarto fica bem abaixo do sótão. Eu ia subir e ver como você estava, mas a pancadaria no saco parou."

"Ah, merda. Não pensei nisso. Desculpe por ter acordado você."

Um lado do sótão foi convertido numa miniacademia com dojo, o espaço para treinar artes marciais. Tatames grossos cobrem a maior parte do piso. Uma estação de musculação e um remo seco ocupam um cantinho, mas o restante é dedicado a um saco de pancadas em torre, um saco de pancadas para muay thai, alguns kettlebells e outros equipamentos variados sugeridos por Sensei Barbie.

"Você não me manteve acordado por muito tempo", responde ele. "Não estava conseguindo dormir?"

"Não estava conseguindo *voltar* a dormir. Uns pesadelos idiotas."

"Eles estão piorando?"

"Na verdade não, mas geralmente não rola duas vezes numa noite. O último foi no lugar onde eu estava fugindo de Holmes. Só que desta vez o fogo se transformou em folhas, como as que eu vi em Dallas no outro dia. Foi meio esquisito."

"Ei, folhas são mais seguras do que chamas, certo? Talvez você esteja começando a controlar os sonhos, em vez de deixar que controlem você. Os outros sonhos mudaram também?"

"Não. São basicamente os mesmos." Também há fogo nesses outros sonhos, mas em vez de tentar me salvar, estou tentando salvar outras pessoas — às vezes são pessoas que conheço e amo, às vezes pessoas que nunca vi. Em alguns dos sonhos, ouço alguém chorando e saio cavoucando por um monte de entulhos, mas assim que começo a chegar pertinho, a pessoa desaparece. Em outros, estou empurrando as pessoas por uma janela imensa com a intenção de salvá-las, mas estamos muito acima do solo, então elas simplesmente despencam calçada abaixo, se despedaçando como se fossem feitas de blocos de Lego. (Aparentemente, meu comitê de censura dos sonhos não é fã de sangue e violência gráfica, coisa pela qual sou eternamente grata.) No sonho, sei que as pessoas vão bater no chão e sei que vão morrer, mas é como se eu não tivesse escolha. Elas vão sendo empurradas pela janela, gostando disso ou não.

"Esses sonhos já andam acontecendo há algum tempo, querida. Você não acha que precisa ver alguém? Quero dizer, um profissional?"

"E dizer o quê? Se eu disser a verdade, vão me trancar num manicômio."

"É verdade, mas talvez você pudesse conseguir alguma coisa para ajudá-la a dormir. A relaxar...? A gente pode dizer que você sofre de ansiedade por causa das provas escolares ou algo assim."

"Se isso piorar, pode ser."

Parece que ele vai dizer algo mais, mas muda de assunto. "Você perdeu um dia divertido de exploração da arte", diz ele.

"Vocês foram à National Gallery de novo?"

"Não. Visitamos algumas das galerias menores ao longo da R Street. Assim que cheguei, quis enfiar a cabeça pela porta do seu quarto e desejar boa-noite, mas percebi que você estava conversando com alguém, então não quis interromper. Era Trey ou sua mãe?"

"Deve ter sido quando eu estava deixando um recado para Trey. Ele me convidou para um evento para os calouros da escola no próximo fim de semana. Você vai?"

"Não. Ouvi falar a respeito, mas é uma festa particular, não é nada oficial da escola. É na casa de um dos alunos novatos. Acho que serão apenas os administradores e um pessoal do último ano da Briar Hill. Provavelmente para ajudar a superar o baque pela fusão. Você quer mais café?"

"Não, obrigada. Qual fusão?"

Meu pai parece surpreso. "Você não se lembra de todas aquelas reuniões sobre as quais eu reclamava?"

Faço que não com a cabeça, e ele me oferece um olhar perplexo antes de continuar: "Com a Carrington Day, a escola particular perto de Silver Spring, que comprou a Briar Hill?".

"O quê? Não. Se bem que acho que Trey disse algo sobre a Carrington no recado. Quando foram essas tais reuniões?"

"A pior delas foi logo depois que comecei, em janeiro, mas a coisa foi se arrastando por meses. Foi uma loucura tão grande que quase cheguei a pedir demissão. Os pais da Briar Hill estavam fazendo um inferno porque agora seus filhos no Ensino Médio teriam de ir até Carrington." Ele faz uma pausa. "Ah, espere. Mudança na linha do tempo?"

"Deve ser. Não me lembro de nada disso."

De tempos em tempos eu tropeço em alguma pequena mudança na linha do tempo. Às vezes é fácil ver como está relacionado ao aumento no número de ciristas — há dezenas de cidades espalhadas pelo mundo batizadas de Cyrus City ou algo que o valha. O sul da Flórida é quase inteiramente cirista, e tenho certeza de que não era o caso antes. Outras diferenças apenas parecem ser umas reverberações estranhas. Como nos filmes do Homem de Ferro. Eu poderia jurar pela minha vida que Gwyneth Paltrow fazia o papel de Pepper Potts. Eu assisti a todos e tenho certeza absoluta. Mas vi um trailer pela internet esses dias e uma tal Cassie Mortimer estava interpretando Pepper. De acordo com o IMDb, *sempre* foi ela. Gwyneth ainda é atriz, e se saiu muito bem, mas esse papel em particular foi para a tal Cassie — e ela não é nem de longe tão boa como Gwyneth.

Toda vez que reparo num novo ponto de desconexão, não consigo evitar e me perguntar quais outras mudanças vou descobrir, principalmente quando as aulas recomeçarem.

"Kate. Terra chamando Kate."

"Ah. Desculpe. Estou começando a me preocupar com a escola. Quero dizer, eu me saí bem nas últimas semanas letivas no ano passado, mas o quanto da História que me lembro é parte da história mesmo? Ou da literatura? Shakespeare escreveu *Romeu e Julieta*? E Picasso..."

"Quem escreveu o quê?"

Eu simplesmente o encarei e ele ficou me olhando com os olhos arregalados e inocentes, mas aquilo não durou nem um segundo inteiro antes de ele sorrir.

"Não tem graça, pai."

"Ei, eu lhe devia essa pela piada do Alphonse."

"Tudo bem, mas estou falando sério aqui." Pego os pratos e levo-os até o lava-louças.

"Estou vendo", diz ele enquanto limpa o restante da mesa. "Mas Kate... não é como se houvesse diferenças enormes. Você vai ficar bem. Pode ser que você só precise estudar um pouco mais do que o habitual."

Reviro os olhos e coloco um dos pratos no suporte inferior. "Sim. Porque eu não tenho mais nada a fazer neste ano, certo?"

Meu pai tira o último prato da minha mão e o deposita no lava-louças, então me dá um abraço apertado. Eu mergulho a cabeça no peito dele.

"Kate, vou fazer tudo o que puder para ajudar você. Tanto com as coisas da escola quanto com qualquer outra coisa da qual você precise. Você sabe disso, certo?"

Concordo com a cabeça e me sinto relaxando bem pouquinho.

"Porém", acrescenta ele, "eu sei que você não quer ouvir isso, e me dói como professor até mesmo sugerir... mas acho que Katherine está certa. Talvez você não devesse se preocupar com a escola agora. Ou com qualquer outra coisa. Talvez isso diminua o fator de estresse?"

Volto a ficar tensa imediatamente. Dou-lhe um último aperto e me afasto, andando em direção às janelas. Já discutimos isso antes.

"Talvez", digo, minhas mãos apertadas junto às laterais do corpo. "Ou talvez isso só vá aumentar o estresse. Alguém já pensou nisso? É como se ela esperasse que eu seja uma espécie de máquina que simplesmente sai por aí coletando as porcarias dos medalhões. E eu sei que precisa ser feito, principalmente se bilhões de vidas estão em jogo aqui. Quero dizer, eu não sou nenhum monstro."

Ele não diz nada, só fica me olhando passear pela cozinha.

"Você sabia..." Respiro fundo. "Você sabia que passei algumas horas pesquisando as leis de Maryland sobre porte de arma esta semana? Eu ia me inscrever para o treinamento de armas de fogo. Mas você precisaria comprar a arma, já que ainda não tenho dezoito anos."

"Você odeia armas."

"Sim. Eu odeio armas. Principalmente revólveres. A ideia de tocar um me deixa completamente surtada. Mas ser perseguida por alguém que tinha uma arma quando eu estava desarmada também me assustou."

Limpo uma lágrima, mas outra vem logo atrás dela, então eu simplesmente deixo pra lá e permito que fluam. "E quem sabe o que vai acontecer depois, pai? Eu vou para a Rússia desarmada? E se eu entrar lá com uma arma e precisar atirar em alguém, presumindo que eu ao menos *conseguiria* atirar em alguém, só para depois voltar e descobrir que algum efeito borboleta causou a Terceira Guerra Mundial em 1960 e que nenhum de vocês nasceu? E quanto a todas as pessoas que nunca vão existir por conta de algo que eu fiz?"

Penso no vídeo que Trey me mostrou na outra noite e ouço Homer dizendo: "Eu queria não ter matado aquele peixe", e começo a rir. Mas, mesmo para meus próprios ouvidos, a risada soa histérica, e aparentemente meu pai concorda, porque ele vem até mim e me abraça. Ele me leva até o assento junto da janela e começa a me ninar, para lá e para cá, para lá e para cá, enquanto choro e rio ao mesmo tempo.

Mais ou menos um minuto depois, ouço meu pai dizendo "Não, agora não" para alguém, a voz incisiva. Não sei se foi para Katherine ou Connor. Daphne estava junto também, mas ignorou o comando; ou talvez simplesmente tenha concluído que a reprimenda jamais poderia ter sido para ela. Se alguém está chorando, Daphne precisa verificar. Provavelmente é fruto da boa intuição dela, afinal, é difícil ficar tão chateado quando ela fica metendo o focinho na sua mão para ver o que pode fazer para ajudar a melhorar.

Em algum momento eu me recomponho e dou uma fungada para conter as lágrimas. "Desculpe, pai. Eu meio que desabei aqui."

"Não, eu que peço desculpas", diz ele, me puxando para si novamente. "Desculpe por não ter como consertar isso. Ninguém deveria ter que lidar com esse tipo de pressão aos dezessete anos de idade. Nem sei como você tem segurado as pontas tão bem. E desculpe por não estar presente na primeira vez que você enfrentou tudo isso."

"Bem, realmente não foi sua culpa. Você tinha outras obrigações e, mesmo assim, ainda quis ajudar." Ele conhece a história inteirinha de como conheci seu outro eu, muito bem casado e lecionando numa escola em Delaware. Eu não mencionei que ele estava com a pança de marido feliz, mas contei tudo do qual consegui me lembrar sobre os dois meninos, John e Robbie. Não sei se lhe fiz um favor ou não, mas foi uma coisinha que pude fazer para tirá-los da total inexistência.

"Você já pensou nessa outra vida, pai? Eu só queria ter tido tempo para descobrir o sobrenome dela."

"O quê? O sobrenome de quem?"

"Da sua Emily na outra linha do tempo. Quero dizer, talvez ela não esteja casada, e talvez..."

"Ei, ei... não. Não, Kate. Eu tenho Sara nesta linha do tempo, e estou perfeitamente feliz com isso." Ele dá um aperto no meu ombro. "E eu tenho *você* nesta linha do tempo, e estou ainda mais feliz com isso."

Ambos ficamos em silêncio por um instante, e então ele diz: "Para ser sincero, Kate, eu não pensei muito nisso. Quero dizer, e se eu lhe contasse alguma história sobre como você resolveu continuar as aulas de piano quando você tinha nove anos...".

"Isso não aconteceria em nenhuma linha do tempo, pai."

"...e você se tornasse essa pianista virtuosa de dezessete anos, tocando no Carnegie Hall? Você perderia tempo obcecada com esse futuro perdido?"

Eu nem preciso pensar a respeito. "Não, mas eu não iria gostar desse futuro. Eu odiava tocar e odiava os recitais, então não. Mas não é a mesma coisa. Você parecia feliz de verdade."

"E eu também tenho sido muito feliz nesta linha do tempo. Não estou exatamente fazendo uma dancinha feliz agora porque minha filha está carregando o peso do mundo nos ombros. E quando digo isso, é quase literalmente... E não tenho muito como ajudar. Mas estou firmemente agarrado à esperança de que serei muito feliz outra vez em algum momento. Então não, Kate. Eu não vou dormir à noite pensando nesse futuro alternativo. Se esta é uma das coisas que estão pesando seus ombros agora, então não devia ser."

Eu me viro para encarar os olhos dele diretamente, e tenho certeza de que ele está sendo sincero. "Tudo bem. Mas voltando ao que começou todo esse colapso, o que me levou até o salto em 1893 foi saber que era o único jeito de recuperar minha vida... Ou, pelo menos, recuperar você, minha mãe e Katherine."

Há uma pausa. Então ele diz, um pouco hesitante: "E Trey também?".

"Sim." Eu estava pensando exatamente nisso, mas optei por evitar todo aquele papo de discutir-minha-vida-amorosa-com-meu-pai. "Três de quatro não é um resultado ruim. Mas não vou desistir de conseguir quatro de quatro."

Ele me puxa e dá um beijo na minha testa. "Dê tempo ao tempo, Kate."

"Isso meio que é o problema. Eu quero dar tempo ao tempo. Quero passar meus momentos com ele. Quero vê-lo na escola e sair com ele porque *existe* uma conexão entre nós. Posso sentir isso..."

Dou um suspiro. Já é difícil o suficiente entender isso, quanto mais colocar em palavras.

"Eu acho... Da última vez, eu não tive escolha. Eu precisava consertar a linha do tempo para recuperar minha vida, e havia pelo menos uma chance mínima de recuperar Trey também. E eu tinha uma tarefa concreta e específica... salvar Katherine na Exposição. Não exatamente a missão mais fácil do mundo, como acabou se revelando, mas pelo menos eu pude... formar um conceito em torno disso, entende?"

Ele assente e eu continuo. "Desta vez, no entanto, estou até tranquila com a linha do tempo que vejo aqui e agora. Trey e eu não estamos onde estávamos, onde eu quero que a gente esteja, mas acho que isso poderia acontecer em algum momento. O que quer que seja esse plano grandioso, amorfo e maligno que Saul e os ciristas estejam tramando, este eu não consigo definir. Eu nem sei onde estão os outros medalhões, e mesmo depois de encontrá-los, a gente ainda precisa encontrar Saul, Prudence e provavelmente Simon, para pegar as chaves deles. Prudence me avisou para não interferir de novo, e qualquer passinho que dou, parece que estou cutucando a onça com vara curta, sabe? Caçando encrenca. Parte de mim só quer uma folguinha, viver minha vida e torcer para que, talvez, ela baixe a guarda."

"Mas...?", pergunta ele.

"A outra parte diz que nunca vou ter uma boa noite de sono até que todos os medalhões sejam esmagados em pedacinhos para que ninguém, nem mesmo eu, possa manipular qualquer linha do tempo nas quais a gente termine. A única coisa na qual ambas as partes de mim concordam é que essa incerteza toda está me deixando maluca."

"Tudo bem, o que eu disse mais cedo sobre conversar com um profissional...", ele ergue a mão assim que começo a falar, "não, espere, ouça primeiro. Você está certa. Se nós levássemos você a um profissional, você seria trancafiada num manicômio ou seria dopada com tanto antipsicótico que você não seria capaz de enxergar um medalhão, quanto mais usar um. Mas, talvez, você precise da ajuda dos seus dois genitores nisso, não? Sua mãe levaria um bocadinho mais de tempo para..."

"Não, pai. Não. Ontem talvez eu teria concordado com você, mas..." É melhor eu contar para ele. "Ok, ela está planejando ligar hoje, e eu preferiria que você não demonstrasse que já contei tudo, mas ela recebeu uma oportunidade de trabalho realmente incrível. Vou deixar que ela dê os detalhes, mas significa que ela vai viajar muito, e ela já está indo no meio da semana que vem. Eu não creio que ela vá manter os planos se a gente revelar sobre a CHRONOS. E muito embora eu ache que Katherine..."

Estou prestes a mencionar minha desconfiança de que Katherine está por trás da oportunidade de pesquisa da minha mãe, mas não tenho nenhum motivo lógico para suspeitar disso, e ela não pareceu nem um pouco culpada quando mencionei o assunto, por isso não digo nada.

"Você acha que Katherine o quê?"

"É só... Elas iriam acabar discutindo. Você sabe que sim. Katherine não precisa de mais estresse, e nem eu."

Ele assente, mas seus olhos verdes estão cautelosos.

"Eu sei o que você está pensando, pai. E prometo que vou assumir a culpa se minha mãe descobrir. Vou dizer que você implorou para eu contar a ela antes de ela viajar, mas que eu me recusei a atender."

"Isso livra a minha cara, mas não a sua. Eu também não quero que ela fique brava com você." O olhar dele se volta em direção à biblioteca.

"Isso não vai acontecer. Minha mãe e eu não vamos terminar como ela e Katherine. Juro bem jurado."

"Jura muitíssimo bem jurado?"

Enrosco nossas mãos para selar o trato. "Juradíssimo."

Ele sorri e aperta os mindinhos comigo. Então olha para os nós dos meus dedos indicadores, os quais tenho andado mordiscando até deixá-los rosados, e o sorriso dele desaparece. "Vou ter uma conversinha com Katherine. Encare tudo isso com a velocidade que for melhor para você, ok? Se você precisa de uma folga, você tira uma folga. Na verdade", diz ele, olhando para o relógio, "você está sob ordens superiores de não pensar em nada disso durante as próximas vinte e quatro horas. Vá se arrumar e escolha um filme. Estou pensando em alguma animação, mas você escolhe, desde que seja uma comédia. Depois vamos jantar em algum lugar que não seja aqui. E você vai dormir no mínimo dez horas, sem pesadelos bizarros."

Reviro os olhos, mas também estou sorrindo. "Tá bom."

"Não discuta com seu pai. Você não deve chegar nem perto desse diário até amanhã. E se Katherine não puder lidar com isso, ela que encontre outro viajante do tempo para ficar dando seus recados."

∞

Uma animação da Pixar e pipoca funcionam que é uma beleza como um combo de distração. Depois vamos para o Dave e Buster's e massacro o meu próprio pai jogando *Fruit Ninja*. (E ele acaba comigo no *Skee-Ball*.) Minha mente entra no modo "preocupação" algumas vezes, mas esta tarde foi o mais próximo que já cheguei em meses de me livrar do estresse.

Voltamos para casa e eu faço um pouco de exercício, mas ainda estou meio dolorida devido à minha maratona na noite passada. Quando termino, sigo para um banho quente, jogo uns floquinhos aromatizados com lavanda na banheira e aproveito um banho de imersão longo e luxuoso. Pouco depois das oito da noite, saio da banheira. Visto os pijamas de qualquer jeito e me enrosco no sofá, pensando se devo baixar um romance novo ou assistir a um filme.

Estou cansada de filmes, então opto pelo livro, mas meia hora depois ele já não está mais prendendo meu interesse. Fico dando olhadinhas para o diário, que parece tentador agora, possivelmente porque estou sob ordens superiores para ignorá-lo.

Pego o diário e clico no link 34, gravado pouco depois da viagem a Dallas na versão anterior a esta linha do tempo. A Outra Kate está comendo minicenouras mergulhadas em algo verde que não consigo identificar, então fico ouvindo-a mastigar e falar ao mesmo tempo. Estou enojada *e* com água na boca por causa das cenouras, especialmente se o tal molho tiver wasabi.

Ela começa a falar sobre o treinamento, mas a palavra "*Sputnik*" chama minha atenção e retorno ao início da frase:

De qualquer forma, Katherine acha que Moehler está lá para acompanhar uma coletiva de imprensa sobre o Sputnik, mas isso é baseado em sua lembrança de uma reunião de pauta semanal na qual os historiadores relatavam seus afazeres. Havia trinta e seis deles, e quando estava naquela reunião, Katherine jamais teria como saber que seria a última. E isso aconteceu há mais de quarenta anos, então quem poderia confirmar o quanto ela realmente se lembra?

Aparentemente, ninguém na U.R.S.S. pensou que o lançamento fosse grande coisa, até que eles perceberam que a imprensa americana estava num frenesi. O que começou como uma notinha numa página interna do Pravda *em 4 de outubro, se transformou num alvoroço patriótico de muitas páginas na edição do dia seguinte. A coletiva pode ter sido em qualquer um desses dois dias.*

Ela faz uma pausa pra morder outra cenoura antes de continuar.

Mas Connor não acha que os russos teriam se dado ao trabalho de montar uma coletiva de imprensa. Por que realizar uma coletiva quando você possui mídia estatal? Era só entregar ao Pravda *o que você gostaria de ver no jornal. Ele acha que Katherine está apontando para o sinal errado, e eu concordo. Como Connor raramente tem coragem de discutir com Katherine, no entanto, eu tive de desafiá-la sobre o tópico.*

A maior dúvida para mim é: que tipo de idiotas enviam observadores à Rússia no meio da Guerra Fria? Tipo, claro, eles provavelmente treinaram durante anos, e provavelmente poderiam se misturar aos locais muito melhor do que...

Clico no botão de pausa. Sempre que essa Kate se desvia da descrição dos eventos e se aventura no mundo das opiniões, é um pouco como me observar no espelho. É ao mesmo tempo enlouquecedor e entediante, porque ela sempre repete o que já andei pensando, usando as mesmas frases e os mesmos gestos. Ainda tem uns bons sete minutos de vídeo neste link, e tenho certeza de que ela só está desabafando e não vai dizer nada no qual eu já não tenha pensado, então eu avanço alguns minutos e clico no play.

...ajeitando uma roupa do início dos anos 1900. Não posso dizer que estou louca por isso, mas ir à Flórida parece bom. Há um ponto estável em Fort Myers, a partir de 1895, chamado "Edison/Ford/Koreshan". Thomas Edison e Henry Ford tinham casas de veraneio lá e, depois de uma breve investigação, descobri que os koreshan eram um culto obscuro que se mudara para uma região a uns quinze quilômetros de Fort Myers

naquele ano para iniciar uma pequena utopia própria. Eis aqui o que atraiu meu interesse: Koresh é o nome em hebraico equivalente a Cyrus.

Paro e repito a última parte para ter certeza de que ouvi corretamente, saio em disparada pelo corredor e entro na biblioteca, ansiosa para compartilhar minha descoberta. Katherine está diante de um dos três computadores. Enfio o diário na frente dela e clico para rodar o trecho de novo.

"Não é Saul", diz Katherine antes que o vídeo termine, voltando-se novamente para a tela do computador.

"Como você sabe? Isso teria de ser uma grande coincidência, certo? Você captou a última parte?" Começo a voltar o vídeo, tentando acertar o ponto certo, depois que a Outra Kate acabou de se queixar de Katherine e antes de começar a falar da Flórida.

"Captei. Eu já verifiquei isso em outra ocasião. Koresh não é Saul." Ela abre uma janela do navegador e exibe uma foto de Cyrus Reed Teed, também conhecido como Koresh. É um sujeito de meia-idade com olhos fundos e rosto quadrado, e não se parece em nada com Saul.

"Não estou dizendo que não há nenhuma ligação ou que Saul não sabia a respeito dele", continua Katherine. "Ele era um historiador de religiosidades e estudou muitos desses grupos marginais. Mas eles já existiam antes de ele começar a distorcer a linha do tempo. Eles são um grupo obscuro, mas você vai encontrar várias referências a respeito deles na biblioteca." Ela meneia a cabeça para as prateleiras atrás de si, onde centenas ou, mais provavelmente, milhares de livros preenchem as paredes de cima a baixo em três lados do cômodo.

Os livros desta biblioteca foram todos escritos antes de Saul fazer as mudanças que criaram a Igreja Cirista Internacional. Todos eles ficaram sob constante proteção do campo da CHRONOS graças ao dispositivo criado por Connor que faz desta casa uma zona segura. Isso também torna a biblioteca bizarra, pelo menos para qualquer um com o gene CHRONOS que seja capaz de enxergar os tubos de cores vivas que se estendem do chão ao teto e que se encontram no centro num imenso x.

"Os koreshan são, como você colocou, 'história de verdade', e não algo fabricado por Saul, e Cyrus Teed certamente não é Saul."

Dou um suspiro. "Tudo bem. Vou voltar ao diário, então."

"Espere. Será que a gente pode conversar um minutinho?"

Assinto, mesmo notando pela expressão e tom de voz entrecortado dela que muito provavelmente vai ser uma conversa desconfortável.

"Primeiro, sua mãe ligou enquanto você estava fora. Ela disse que já conversou sobre essa tal viagem italiana com você e que você não se importou, mas ela queria ter certeza de que não vai ter problema para você ficar aqui em período integral enquanto ela estiver fora. E eu disse a ela que é claro que não tem problema."

Hesito por um momento e então resolvo perguntar sem enrolação: "Então você não sabia sobre a viagem até ela ligar?".

Katherine parece confusa. "Não. Por que eu saberia?"

"Bem, você trabalhou numa universidade na Itália e..."

Ela ri. "Existe mais de uma universidade na Itália, Kate. Do jeito que você fala, parece que a Itália é uma aldeia. Posso lhe assegurar que Deborah não conseguiu essa oportunidade porque mexi os pauzinhos."

Katherine parece sincera, mas não acredito totalmente nela. Ela é uma atriz experiente, e meu incômodo se deve menos à localidade da pesquisa do que pelo timing da situação. Essa oportunidade caiu no colo da minha mãe exatamente quando era conveniente para Katherine deixá-la fora do caminho por um tempo. Mas eu não tenho certeza de que isso realmente faria diferença, de qualquer forma, já que eu não contaria nada a minha mãe mesmo que Katherine admitisse ter instigado a coisa toda.

"Em segundo lugar, tive uma longa conversa com seu pai nesta manhã. Eu..." Ela para e respira fundo. "*Desculpe-me* se andei pressionando você. Essa é a última coisa que eu desejo fazer, Kate."

Dou de ombros. "Está tudo bem..."

"Não", diz ela, segurando minhas mãos. "Não está tudo bem. Pode ser um pouco inevitável, mas ainda assim não deixa tudo bem. Eu amo você, e daria qualquer coisa para você poder retornar à sua vida certinha. Se estou pressionando, é porque estou frustrada por não poder fazer isso por você."

Dou-lhe crédito por não revelar a fonte mais óbvia de sua frustração: o tumor é o verdadeiro elefante branco na sala, embora provavelmente ele não pese mais do que uns trinta gramas. Tirando isso, Katherine não estaria com a sensação de que seu tempo está acabando, com a sensação de que talvez ela nunca vá conseguir saber se detivemos Saul. E, muito embora ela não diga isso, o fato de ela estar morrendo, de ter apenas alguns meses de vida, paira entre nós como algo tangível.

Dou um sorriso triste e pego o diário na mesa. "Bem, se Koresh não é Saul, então tenho que voltar a analisar isto aqui. Você disse que tinha um programa de russo de algum tipo?"

"No drive compartilhado. Você também vai encontrar um arquivo denominado *Pauta*, embora sejam só umas anotações das minhas lembranças detalhadas sobre quem estava indo para onde naquele dia derradeiro do salto da CHRONOS. Dê uma olhada e avise-nos o que você está disposta a fazer e quando estará disposta a fazê-lo."

Seu pedido de desculpas um instante atrás pareceu sincero, mas não consigo evitar a sensação de que aquela última afirmação foi meio que uma alfinetada, como se eu estivesse bancando uma prima-dona ou algo assim. "Katherine, não estou tentando assumir todas as decisões aqui. Eu só..."

Ela contrai os lábios numa linha fina e sustenta meu olhar por um momento. Quando fala novamente, sua voz sai tensa. "É você que está fazendo os saltos aqui, então é você que vai determinar o ritmo e a ordem dos acontecimentos. Harry deixou isso bem claro esta tarde. Agora vou providenciar os trajes, mas, fora isso, a única coisa na qual Connor e eu somos bons é na pesquisa de cenário. Então, como eu disse, apenas nos avise."

Com isso, Katherine volta para a tela do computador, um sinal claro de que estou dispensada. Retorno ao meu quarto sentindo que estou sendo infantil e irracional, mas também ressentida com o fato de ela estar fazendo eu me sentir desse jeito. Ela tem essa habilidade estranha de fazer um pedido de desculpas soar como uma reprimenda.

Abro o diário novamente e clico no registro seguinte. Este é um dos raros vídeos com título, em vez de estar apenas numerado: <u>Fort Myers 040302</u>. Quando a Outra Kate aparece na tela, vejo que ela está no local citado no título do vídeo. Talvez seja por isso que ele tenha recebido um nome, não?

Seu cabelo está preso num coque com alguns fios ralos grudados no pescoço e na testa. A cama atrás dela está envolta numa espécie de tecido fino, e ela está sentada numa cadeira de madeira de costas altas, usando uma camisola branca colada ao corpo, o brilho da chave CHRONOS se revelando através do tecido. Tem também um conjunto branco pendurado num dos suportes da cama, saia e blusa de mangas compridas. É semelhante ao que eu usei em Boston, só que esta blusa é abotoada na frente.

Ela não parece feliz e fala em um sussurro:

Lembra quando eu disse que ir à Flórida parecia bom? Bem, não é. Isto aqui é uma selva abandonada com mosquitos tão grandes quanto beija-flores. Encontrei um lagarto verde e gordo no meio da cama, como se ele fosse dono do lugar. Não consegui capturá-lo, então ele ainda está por aqui em algum lugar. Estou bem feliz por não estar dormindo neste quarto. No entanto, estabeleci este local como um ponto estável, então posso entrar e sair a partir daqui, e agora estou esperando que minha bagagem seja entregue pelo pessoal do barco... A história é que sou uma repórter fazendo uma matéria na União Koreshan para um jornal do norte. E o quarto vai ser um lugar onde poderei me recolher para desmaiar por causa das várias camadas de roupas neste calor insano. Estamos em abril, mas está mais para agosto.

Enfim, amanhã é domingo...

O corpo dela fica tenso por um segundo, e então ela levanta a mão direita e dá um tapa no ombro esquerdo. Enruga o nariz de nojo enquanto olha fixamente para a palma da própria mão e a vira para a câmera. Um grande borrão preto e vermelho decora sua palma.

Está vendo? São grandes monstros sanguinários, mas pelo menos eu peguei um.

Parte do mosquito ainda está grudado à pele. Limpo meu próprio ombro como reflexo, mas, é claro, ele está livre de restos de mosquito. É difícil se concentrar no que ela está dizendo com aquela raia avermelhada me encarando, e eu queria poder tocar a exibição holográfica e limpá-la do meu ombro — *do ombro dela*.

Ok... O que eu estava... Ah, sim, o domingo é quando os koreshan têm concertos musicais. Há um convite aberto para as pessoas da região — eles colam vários panfletos aqui em Fort Myers, e um barco estará nas docas para levar as pessoas ao estabelecimento à uma da tarde.

Eu sei que Katherine está certa e que este lugar já existia antes de os ciristas entrarem em cena, mas tem um monte de coisas me incomodando. O fato de Koresh significar Cyrus. O fato de eles terem passado muitos anos em Chicago, mais ou menos na mesma época da Exposição Universal, quando Katherine e Saul fizeram dezenas de saltos àquela cidade. E, finalmente, algumas das datas não batem. De acordo com o que Katherine tem nos arquivos protegidos da CHRONOS, Estero foi fundada em 1904, mas quando Connor começou a fuçar, ele descobriu o grupo incorporado três anos antes nesta linha do tempo, e parece ter mais discípulos. A data poderia ser um erro de digitação, mas concordamos que valia a pena verificar...

Também acho. Curiosa para ver se as datas também mudaram nesta linha do tempo, eu fecho o diário, pego meu tablet e faço uma busca na Wikipédia pela União Koreshan. Sou instantaneamente redirecionada para uma página diferente. Fico encarando as palavras no topo do registro no diário por um minuto, levanto e tomo o corredor longo e curvo até a biblioteca.

"Katherine! Eu pensei que você tivesse dito que..."

Mas Katherine não está mais lá.

Connor ergue a mão. "Andar de baixo. Mas tenho certeza de que ela está cochilando, então vai ter que esperar. O que aconteceu?"

Desabo numa cadeira de escritório, saio deslizando sobre as rodinhas até ele para que possamos ver a tela juntos, aponto para o pequeno link abaixo das palavras *Igreja Cirista Internacional*. Lê-se "Redirecionado da União Koreshan".

Connor assente. "Pois é. Esse é um dos grupos que os ciristas incorporaram. Foi perfeito para Saul, já que Koresh é outra palavra para Cyrus."

"Mas Katherine disse há poucos minutos que eles não tinham ligação entre si. Que Saul poderia ter sabido a respeito deles, mas nada mais. E, sim... Quero dizer, ele definitivamente não é Saul, com base na foto que ela me mostrou, mas se a Wikipédia está redirecionando..."

"Ah, porque a Wikipédia é infalível?" Ele ri, colocando o iPad na mesa.

"Não. Mas por que Katherine me disse que eles não têm nenhuma ligação entre si, quando claramente têm?"

Ele se reclina na cadeira. Os cotovelos estão apoiados nos braços do móvel e ele esfrega as têmporas, a boca franzindo numa linha sombria. Provavelmente é só porque vi Kiernan fazendo esse gesto de esfregar a têmpora um monte de vezes, mas esta é a primeira vez que Connor me faz lembrar um tiquinho de nada de seu bisavô.

"O quê?", pergunto.

Connor ainda não diz nada durante alguns segundos, e depois inclina a cabeça para trás e olha o teto. "Ela está *doente*, Kate. Você sabe disso. Ela sempre diz que está bem, mas essa não é a primeira vez que ela se esqueceu de algumas diferenças entre as duas linhas do tempo. E as mudanças de humor... Ela fica irritada com muito mais facilidade, principalmente com você. Os esteroides que ela toma podem causar mudanças sutis na personalidade, ou talvez o tumor esteja crescendo outra vez. De qualquer forma, ela não vai demorar a voltar para o hospital quando não houver realmente mais nada a ser feito. Que inferno, ela sequer vai permitir que eu contrate uma enfermeira para ajudar no monitoramento da medicação porque ela fica preocupada sabendo que seria difícil esconder essa loucura toda da CHRONOS de alguém que entra e sai da casa diariamente. Você se lembra do chilique que ela deu com essa história de caratê, e isso porque são apenas duas horas por semana."

Eu me lembro claramente. Na segunda-feira passada, eu estava no meu quarto examinando alguns registros do diário. Quando olhei para o relógio, percebi que eram quase quatro e meia, o que significava que eu tinha perdido minha aula de caratê das três horas com Sensei Barbie. Katherine estava lá embaixo quando Barbie apareceu à porta e tocou a campainha, e ela cancelou a aula alegando que houvera uma mudança de planos. O único motivo pelo qual descobri essa bagunça toda foi porque Barbie ligou para o meu celular e deixou um recado, observando que Katherine não só não pagara pela aula, como sequer se desculpara por tê-la mandado embora depois de ela ter dirigido até aqui à toa. Liguei para pedir desculpas e prometer que ela seria reembolsada pelo problema, mas só caía na caixa postal. Imagino que Katherine tenha sido incrivelmente rude, já que Barbie nunca ligou de volta. A reação de Katherine? Ela concluiu que eu estava ocupada demais com as pesquisas para abrir um espacinho para uma aula de caratê. Eu disse a ela para não cancelar meus planos sem perguntar e frisei o fato de que ela sempre se mostrara resistente às minhas aulas. Agora eu me pergunto se fora tudo fruto de mais uma dessas mudanças de humor.

"Então você acha que ela está piorando?", pergunto.

"Ela está em estado terminal, Kate. Isso significa que ela *só* vai piorar. Com base no que o médico disse da última vez, acho que ela ainda tem alguns meses, mas não há garantias, principalmente quando ela não está repousando como deveria. Quero dizer, todo o drama por causa do diário quando você voltou de Dallas..."

"Sim?"

"Eu não culpo você, mas não teria feito diferença. Ela mal consegue usar o equipamento agora. Eu não sei se é o tumor ou os medicamentos, mas eu a vi atirando um dos diários pela sala no outro dia porque ela não conseguia rolar a tela." Ele se inclina para a frente e fala num tom mais baixo: "Se você mencionar isto para Katherine, eu vou negar até a morte. Vou mentir descaradamente, porque ela precisa sentir que alguém está do lado dela agora. Mas eu não acho que possamos contar com ela para tomar decisões neste momento".

Cruzo meus braços e olho para o chão. "Tudo bem. Entendido. Vou voltar para..."

"Kate, espere um pouco, ok? Eu vi você na cozinha esta manhã, e eu estava aqui quando Harry conversou com Katherine hoje. Eu *entendo*. Entendo mesmo. Esta é simplesmente uma situação muito desagradável para todos e..."

"E eu sou a única que pode fazer algo a respeito."

Ele assente. "É uma merda, mas sim. Isso praticamente resume tudo. Sem pressão, certo?"

Eu lhe dou um sorriso sem muita convicção. "Então, uma vez que Katherine não é um recurso confiável agora, o que você pode me contar sobre esses tais koreshan? Você sabe por que as datas não batem?"

"Bem, Saul não é Koresh, e ele não é a meia dúzia de outros líderes de culto de cujos seguidores ele, hum... Apropriou-se? Mas nós sabemos que ele botou muitos recursos nesses grupos a fim de atraí-los para seu estrato. As datas provavelmente só estão diferentes porque eles tinham mais seguidores e mais dinheiro naquela época. Mas vou pesquisar."

"Obrigada. Vou passar os próximos dias na casa da minha mãe... Não temos muito tempo até ela viajar, e preciso passar um tempinho com ela. Mas, enquanto estiver lá, vou fazer uma lista provisória com a ordem que acho que precisamos fazer os saltos, e discutirei isso com você, meu pai e Katherine quando voltar. Assim está bom para você?"

"Está, mas estou me perguntando por que você está tirando da equação a única pessoa que realmente tem a capacidade de ajudá-la."

No início, não entendo o que ele quer dizer, e então percebo que ele se refere a Kiernan. Connor tem razão. As habilidades de Kiernan com a chave podem ser um pouco limitadas, mas ele é a única pessoa que tem como usá-la — pelo menos, a única que está do nosso lado. E ele sabe mais sobre tudo o que já tentamos no passado do que qualquer outra pessoa, com exceção da Outra Kate, que não está exatamente disponível para uma sessão de perguntas e respostas.

Faço uma pausa, mas me prolongo demais, acho, porque Connor continua: "Você acha que ele ainda é leal aos ciristas?".

"Não. De jeito nenhum." Penso na expressão de Kiernan na cabana em Wooded Island, depois que ele me salvou do hotel, quando perguntei se ele ainda estava na briga. "Ele os odeia tanto quanto qualquer outra pessoa. É só que... É difícil para ele se distanciar demais de sua linha do tempo. Ele disse que era algo que o extenuava e..."

"É difícil, mas não é impossível por um curto período de tempo." Connor me lança um olhar demorado e cheio de escrutínio. "Foi isso que você disse antes, certo? Existe algum outro motivo para você estar mantendo distância dele?"

Dou um suspiro e puxo os joelhos para a cadeira. "Kiernan quer ajudar, mas... parece que estou esfregando sal numa ferida. Eu não quero piorar as coisas ou... lhe dar esperanças, acho. Ele já sofreu bastante. Quando ele olha para mim..."

"Ele é adulto, Kate. Se ele odeia Saul e os ciristas tanto quanto você diz, a decisão não deveria ficar a cargo dele?"

"Eu não quero magoá-lo. Eu já sinto que devo tanta coisa a ele, e não tenho nada para retribuir. Sou só um lembrete do que ele perdeu."

Connor balança a cabeça. "O único motivo válido para mantê-lo afastado disso tudo é se, no fundo, você realmente não confia nele."

"Não é uma questão de confiança, Connor."

A menos, diz a voz minúscula no fundinho da minha cabeça, *que você não confie totalmente em si mesma, não é?*

RYSA WALKER

LIMITES CHRONOS DO TEMPO

6

Boston
25 de julho de 1905, 11h35

Kiernan dorme com a cabeça apoiada num braço, o corpo enroscado em torno de um travesseiro. Fico observando-o por um momento, e então um arrepio percorre meu corpo quando imagino como eu me sentiria se descobrisse que alguém me observava enquanto eu dormia, sem meu conhecimento. Mas por que ele ainda está dormindo às dez da manhã? Pensei que em 1905 todas as pessoas fossem dormir cedo para acordar cedo também. Aparentemente, não é o caso de Kiernan.

Também me ocorre que não faço ideia do que ele veste para dormir. Ou não veste. E ele poderia se livrar destas cobertas a qualquer momento. Me adianto para o meio-dia, mas flagro um quarto vazio. Começo a retroceder em intervalos de cinco minutos e finalmente acerto o ponto, às 11h35. Ele está acordado e sentado na cama, usando calça preta e uma camisa branca de manga comprida, abotoada até o pescoço. Uma tira preta fininha de tecido — algum tipo de gravata, talvez? — pende de sua gola, de ambos os lados.

Ele cortou os cabelos e está bem melhor. Não que seja da minha conta, é claro. Respiro fundo e pisco para chegar ao meu destino.

Como sempre, o rosto dele se ilumina quando me vê. "Kate! É quinta-feira. Achei que você viria no sábado...?"

"Ah. Não. Quero dizer, sim, ainda virei no sábado." Eu meio que me esqueci sobre o sábado, e desconfio que dizer isso o deixaria magoado. Felizmente, se eu avançar essa parte, vou escapar desse seu talento esquisito para decifrar todas as expressões que cruzam meu rosto. "Hoje eu vim para outra coisa. Eu ia pedir seu conselho sobre alguns saltos, mas vejo que você tem planos. Eu volto mais tarde."

"Sim, estou indo para o trabalho, mas posso ir amanhã. O que houve?"

"Não, tudo bem. Eu odiaria fazer você perder um dia de trabalho."

Ele ri. "Não pretendo perder um dia de trabalho. Eu posso ir ao trabalho de hoje amanhã. Ou no dia seguinte."

Olho feio para ele, porque ele está nitidamente se divertindo por confundir minha cabeça. No entanto, depois dos últimos dias, eu realmente deveria estar me engajando nessa coisa toda de relatividade temporal. O câncer pode limitar o tempo restante de Katherine, mas contanto que eu não ferre com minhas lembranças por ter duas versões de mim mesma no mesmo lugar e na mesma época, não há nada que me impeça de me duplicar ou triplicar se necessário. Dito isto, inseri cerca de cem horas de pesquisa e mais umas trinta horas na companhia de minha mãe, ajudando nas tarefas dela e coisas assim na preparação para sua viagem à Itália.

"Tudo bem", digo, sentando na beira da cama. "Eu passei o último... Sei lá, mas parece um século... Assistindo aos registros do diário e revisando as anotações de Katherine. Vamos fazer uma reunião sobre isso amanhã, e acho que ajudaria se você estivesse lá."

"Então faz o quê... uma semana desde que esteve aqui?"

"O calendário diz seis dias, mas eu fiz a maioria dessas horas duas ou três vezes."

"O que aconteceu com sua decisão de levar as coisas com mais leveza? De esperar até você definir, conforme você mesma colocou, o que diabos anda fazendo da sua vida?"

"Em parte, foi por causa de Katherine. Mas principalmente porque percebi que é mais provável que eu nunca saiba mesmo o que diabos estou fazendo." Era para ser uma piada. Uma bem ruim, reconhecidamente, mas Kiernan não entendeu ou não achou engraçado, porque seus olhos permanecem sombrios, ainda encarando meu rosto.

"Você pode me dizer do que você se lembra sobre duas viagens discutidas no diário?", pergunto. "A primeira é para 1902. Você falou sobre a fazenda cirista em várias ocasiões, mas onde ela ficava?"

"Tem mais de uma. Eu ficava numa fazenda em Illinois, pouco antes de a gente se conhecer na Exposição Universal, na época em que o lugar era a sede principal deles. Essa fazenda ainda existe, mas a maioria de nós seguiu para Estero, em 1902."

"Isso fica na Flórida, certo? E é aí que você conheceu a Outra Kate?"

"Sim. Ela estava bisbilhotando nos arredores de Nuevo Reino... Bem, não tinha esse nome naquela época, mas foi assim que passou a ser chamado. A Igreja Cirista Internacional ainda tem sua sede oficial em Washington, mas Saul andou rondando Miami pouco depois de pousar lá, em 2024. Apenas algumas pessoas sabem exatamente onde, porque ele fica se mudando, mas ele tem uma casa lá."

Faço uma nota mental para avisar a Katherine e a Connor o ano em que Saul de fato pousou, e pulo ao ponto principal: "Então é o seguinte. Katherine diz que os koreshan não são a mesma coisa que os ciristas. Que estavam por aí antes de Saul. Mas tudo o que estou vendo...".

"Katherine meio que está certa e meio que está errada. Os koreshan definitivamente existiram. Eles eram um grupinho esquisito que achava que o universo era uma esfera oca, com a Terra no centro, com base em algumas visões que Cyrus Teed teve depois de ser surpreendido com um choque daqueles durante um experimento científico em seu porão. Ele disse que uma bela mulher veio até ele e disse que ele lideraria seus seguidores rumo à salvação e à vida eterna por meio da construção de uma nova comunidade. Ele se rebatizou Koresh e desenvolveu planos para um lugar, que ele chamava de Nova Jerusalém, que um dia acolheria dez milhões de pessoas ou algo assim. Ele tinha ideias bem avançadas em alguns aspectos... Acreditava que as mulheres deveriam ter direito ao voto, por exemplo, e que Deus era tanto masculino quanto feminino. Essa provavelmente é uma das razões pelas quais ele atraiu muitos seguidores, especialmente as mulheres, e todas ficaram felizes em entregar seu dinheiro para ajudá-lo a construir esse novo paraíso. Teed morreu em 1908 e ele havia dito que reencarnaria ou ressuscitaria. O princípio da seita foi construído em torno da ideia de pureza comunal. Se homens e mulheres vivessem harmonicamente em comunhão, isto é, sem fazer sexo, eles se tornariam imortais. Cyrus morreu três dias antes do Natal, então todos pensaram que ele ressuscitaria no dia de Natal. Seus seguidores simplesmente o colocaram numa banheira e ficaram à espera. Na linha do tempo pré-Saul, acho que o município finalmente interveio e fez com que o enterrassem."

"Sim", digo. "Andei lendo sobre isso num livro antigo sobre a história das religiões na biblioteca de Katherine. O grupo foi se extinguindo gradualmente depois de perceber que Koresh não ia voltar."

Ele concorda com a cabeça. "E é assim que a maioria desses grupos termina. Nesse caso, eles concluíram que se Deus não ressuscitara o próprio Koresh, a fundação de sua fé, então que esperança haveria para seus humildes seguidores?"

"Mas os registros mostram que a Igreja Cirista Internacional foi fundada por volta de 1400, certo? Sendo assim... Por que assumir esse grupo no início dos anos 1900?"

"Às vezes é mais fácil simplesmente mudar o registro histórico, em vez de mudar a História em si. A data que você normalmente vai ver para a Igreja Cirista Internacional... Eu devia saber disso... É 1470 ou algo assim."

"É 1478."

"Isso, bem, eis a única coisa que aconteceu em 1478: Prudence, ou talvez fosse Simon, voltou e pagou a um tal William Caxton, que foi a primeira pessoa na Inglaterra a possuir uma prensa de impressão, para imprimir algumas cópias do *Livro de Cyrus*. Alguns anos depois, eles fazem o mesmo com o *Livro da Profecia*, e então garantem que esses livros terminem em alguns arquivos. O *Livro da Profecia* incluiu relatos dos supostos milagres que Cyrus executaria mais tarde. Em alguns casos, até forneceu uma ideia aproximada das datas. E há muitas previsões lá também, coisas que não deviam ter sido de conhecimento público quando o livro foi impresso. À medida que essas datas passavam e as previsões se concretizavam, as pessoas começaram a pensar que talvez esse tal Cyrus fosse mesmo o cara em quem deveriam apostar."

"Então os milagres... são aquelas curas que Katherine mencionou? Coisas que Saul fez antes de explodir a sede da CHRONOS?"

"Sim. E as profecias começam a atrair crentes, semelhantes àqueles de Nostradamus, exceto que o *Livro da Profecia* não deixa tanto espaço para interpretações. Então, com os koreshan e um punhado de outros grupos, tudo o que Saul precisou fazer foi tirar proveito da oportunidade. Ele investiu dinheiro suficiente na pequena comunidade de Cyrus Teed para adiantar os planos para a mudança a Estero em cerca de seis anos. E confiou a Prudence a orquestração de várias das supostas visões, convencendo Teed a desistir daquela ideia besta sobre terra oca e mais alguns outros pontos de vista que Saul considerava inúteis. Nessas tais visões, Prudence diz a Teed que ela é sua futura encarnação feminina, o que ele provavelmente considerou um belo de um upgrade. Ela até chega a aparecer como uma visão para alguns outros líderes koreshan. E então Teed morre."

"Só que agora é em 1901 em vez de 1908, certo?"

"Isso. Desconfio que sua morte não tenha sido totalmente acidental em nenhuma das linhas do tempo, mas Saul avançou em sete anos. Depois os verdadeiros crentes o enfiam na banheira e..."

"Essas pessoas realmente pensaram que Teed se levantaria daquela banheira depois de vários dias morto? Como alguém poderia levar essas alegações a sério? Principalmente quando ele estava proferindo toda aquela baboseira sobre terra oca."

Kiernan faz menção de responder e então para, fica me encarando por um minuto, como se estivesse pesando prós e contras de alguma coisa. Finalmente, diz: "Precisamos fazer uma viagem de campo".

"O quê? Não!"

"Tem coisas que você precisa ver, amor. Todo esse meu falatório é um substituto muito pobre." Ele se levanta e se mete atrás da cortina vermelha pendurada no canto oposto do quarto.

"Não", digo outra vez, e começo a segui-lo. Então me lembro do que ele disse sobre usar a parte de trás da cortina para se vestir e se despir, recuo e me sento. "É uma ideia péssima, Kiernan. Eu não vou a lugar nenhum, então pode continuar com seu uniforme de garçom ou maître, ou seja o que for."

"Não é um garçom. Não é um maître. Se você quiser saber o que eu faço no Norumbega, é só vir no sábado."

"Eu já lhe disse que virei. Mas não vou a esse tal Nuevo... Sei lá como você chamou."

Ele sai de detrás da cortina, enfiando as pontas de uma camisa bege no cós da calça marrom. Dá uma examinada rápida na minha roupa e balança a cabeça, aparentemente insatisfeito com meus shorts e blusa.

"Eu diria para ir assim mesmo, já que ninguém vai ver você, mas você vai congelar."

"Kiernan, estou falando sério. Eu não vou."

"É seguro, Kate. É totalmente seguro." Ele se agacha no chão, na minha frente, e começa a soltar a tábua debaixo da cama.

"Você não tem como saber disso. E se alguém nos vir?"

Ele puxa a bolsa de pano com meu vestido e sapatos e coloca no meu colo. "Eu morei naquela fazenda, Kate. Trabalhei naquele estábulo na maioria dos dias. Conheço todos os cantos e recantos, todos os esconderijos, porque fiz bom uso de todos eles." Ele exala. "Nós estivemos lá em outra linha do tempo. Ficamos observando do palheiro. Ninguém nos viu antes, ninguém nos verá agora."

"Mas isso significa que vamos trombar com *você*, então..."

Ele balança a cabeça. "Não importa que eu me lembre de ter estado lá com minha Kate, ainda que eu me lembre disso vividamente. Uma nova linha do tempo significa que, se você não estava lá, eu também não estava. Você e eu seremos as únicas duas almas naquele palheiro."

"C-c-certo. Mas..."

Ele me oferece um sorriso malicioso. "Não tem jeito de você confiar em mim? Juro pela alma do meu pai, Durango Montoya."

"Pare." Olho feio. "Primeiro, é *Domingo* Montoya. E segundo..."

"Segundo?", pergunta ele quando não concluo a frase.

Em segundo lugar, não é você a pessoa que desejo ver fazendo citações de A Princesa Prometida *para mim*. Mas ele ficaria magoado se eu dissesse isso, e eu não quero magoá-lo. É perfeitamente natural que a Outra Kate tenha compartilhado as coisas que amava com Kiernan. Assim como fiz com Trey. E não é justo usar isso contra ele.

"Não preciso de um segundo motivo", digo, forçando um sorriso. "O primeiro é suficiente para valer por dois."

Mais uma vez ele está me dando aquele olhar cheio de escrutínio, como se estivesse lendo minha expressão em busca de pistas escondidas. Ele desiste depois de alguns segundos e passa a olhar fixamente para o chão. "Você realmente acha que eu colocaria você em perigo, Kate?"

"Não. Eu sei que não. Se você não acreditasse que era relativamente seguro, não sugeriria nada do tipo. Mas mesmo que haja um risco bem pequenininho, minúsculo e infinitesimal, vale o risco só pela diversão?"

As sobrancelhas dele disparam para cima. "Você acha que isso é por prazer? Ai, Deus... Não. Você não vai gostar nem um pouco disso. Nem eu." Ele pega minha mão e olha para mim. "Você pode simplesmente confiar em mim? Você precisa *ver* isso. Você precisa ver em primeira mão o tipo de resistência que vamos enfrentar."

∞

Estero, Flórida
24 de dezembro de 1901, 23h50

Notícias de última hora: o Estado Ensolarado consegue ser frio pra caramba numa noite repleta de ventos em dezembro. Meu vestido de 1905 cobre quase todos os centímetros de pele acima do tornozelo, mas é fininho, e imediatamente sinto o vento penetrando o tecido. Kiernan me disse para me agachar antes do salto, então a primeira coisa que vejo quando abro os olhos são as tiras de madeira do piso sob meus pés. A luz amarela-clara se infiltra através dos espaços entre as tábuas, difundida por uma fina camada de feno. A alguns metros de distância, vejo as paredes mal-iluminadas do estábulo abaixo de nós. Alguém está tocando violino. Depois de algumas notas, reconheço a música — "Oh, Noite Santa".

Rapidamente jogo a chave CHRONOS numa bolsinha de couro que Kiernan me deu e puxo o cordãozinho para fechá-la, enfiando o pacotinho na frente do corpete do vestido. Kiernan está agachado a poucos metros à minha direita. Ele olha os fardos de feno que nos cercam de ambos os lados e faz um movimento para que eu o siga. Rastejo em direção a ele, e nós nos arrastamos por quase uns três metros à direita, espremidos por uma abertura entre os fardos de feno. Vou engatinhando até o canto mais distante, e Kiernan fica encostado no feno para vigiar a escada.

Há uma janela na minha frente, e uma lua fracamente prateada enfeita o céu, quase obscurecida pelas nuvens. Estou começando a entender por que as pessoas comentam tanto sobre as correntes de ar nos celeiros, porque o vento assobia ao redor de nós e penetra nos ossos. Abraço as pernas e enfio a barra da saia sob o corpo. Kiernan se estica atrás do fardo de feno mais próximo e saca um cobertor, o qual ele desdobra e enrola em volta da gente. Está um pouco mofado, mas é maravilhosamente grosso. No entanto, aquele parece um lugar estranho para se guardar um cobertor... E como ele sabia que estava lá? Dou-lhe uma leve cotovelada, e quando ele se vira para mim, eu olho para o cobertor de um jeito um tanto questionador, depois me volto para ele, arqueando uma sobrancelha.

"É que... Passei um tempinho aqui, tá?", sussurra, parecendo constrangido. "A visão é um pouco mais nítida para a esquerda da escada, mas eu sabia que você precisaria do cobertor."

Resolvo não insistir e não pensar em quem mais talvez tenha estado sob este cobertor. Já é ruim o suficiente ficar pensando em Kiernan com meu outro eu. Eu certamente não quero uma imagem mental dele aqui com a Outra Kate.

O estábulo abaixo de nós parece razoavelmente comum, mas isso é baseado totalmente na minha experiência por tabela sobre estábulos que vi nos filmes ou na TV. Há uma fileira de baias ao longo de uma parede e um grande espaço aberto no meio, pontuado por colunas de madeira a cada cinco metros mais ou menos. Parece que há baias deste lado da construção também, mas não dá para dizer com certeza daqui de onde estamos sentados. Os implementos agrícolas e os equipamentos para cavalgada — selas, freios e afins — estão pendurados numa parede, junto a uma prateleira que contém pinças e umas ferramentas esquisitas. O feno cobre o chão, e a maior parte do estábulo está pelo menos parcialmente escondida nas sombras.

Diretamente abaixo de nós há um círculo intensamente iluminado, onde um grupo de pessoas está reunido em torno de uma banheira branca daquelas antigas, com pezinhos. Uma folha de algum material — vidro, talvez, uma vez que reflete a luz dos lampiões — repousa no topo da banheira, e flores decoram uma extremidade. Não dá para ver o que está sob o vidro, e estou perfeitamente tranquila com isso.

Sete cadeiras, todas cobertas com um pano branco, foram arrumadas numa fileira bem à esquerda da banheira; estão ocupadas por mulheres de diferentes idades, vestidas de forma semelhante, todas com os cabelos presos para trás num coque. Além das sete cadeiras, dezenas de pessoas, talvez até centenas, se estendem até os fundos do estábulo. Cerca de dois terços são mulheres e crianças, e quase todos estão vestidos de branco. A maioria está de pé, alguns encostados nas vigas, alguns sentados em fardos de feno. Algumas crianças aventureiras montam nas muretas que separam as baias.

"As mulheres na frente", sussurra Kiernan, "são as sete Irmãs do Tribunal Planetário."

Concordo em silêncio. Lembro-me vagamente de ter lido algo a respeito delas nos relatos históricos, mas não consigo me lembrar exatamente qual era o papel delas na comunhão.

Quando o violinista termina "Oh, Noite Santa", ele avança imediatamente para a melodia de "Noite Feliz", e várias vozes se juntam a ele. Um homem barbudo com cabelo louro-avermelhado saca um relógio de bolso e diz algo à mulher matrona sentada mais próxima da banheira. Ela para de cantar por um instante, então assente enquanto fecha os olhos e continua no segundo verso.

A cena abaixo de nós seria quase pastoral se eu não soubesse da presença do cadáver apodrecendo naquela banheira.

O sujeito louro olha novamente para o relógio e depois dá um tapinha no ombro da mulher. Ela fica de pé e ergue os braços bem acima da cabeça. Ela é quase tão alta quanto o homem, e seus cabelos têm mechas grisalhas. A música para abruptamente, e as outras seis mulheres se levantam para se juntar a ela. Todos começam a se balançar muito levemente, os olhos fechados e os rostos voltados para as vigas.

As pessoas continuam a se movimentar para a frente e para trás por uns trinta segundos, e então a primeira mulher baixa os braços abruptamente. Há um efeito dominó à medida que cada mulher pela fileira vai parando de requebrar, e eu sufoco uma risada, porque elas se assemelham muito ao pessoal fazendo um ola nos jogos de beisebol do Washington Nationals que assisti com meu pai no verão passado.

A mulher alta abre os olhos de repente e grita: "Koresh! Nosso amado Koresh! Nós não nos enlutamos por sua passagem".

A multidão murmura em acordo, e Kiernan se aproxima da minha orelha, sussurrando: "Annie Ordway, mas eles a chamam de Victoria Gratia. Significa 'vitória pela graça' ou algo assim. É uma espécie de vice de Koresh, pelo menos por enquanto".

"Pois", continua a mulher, "como o sexto messias, Jesus, ressuscitou no terceiro dia, assim será com o sétimo messias neste dia de Natal. Aguardamos sua segunda vinda, nosso profeta, a fim de construir nossa Nova Jerusalém, nosso paraíso aqui dentro da Terra."

Kiernan dá uma risadinha engasgada e silenciosa. "Annie é uma das seguidoras remanescentes da Terra Oca."

"O quê?"

"Depois. Shhh", ele ergue a mão e se inclina para a frente. "Apenas fique olhando para a banheira. Em três, dois, um..."

Há um lampejo de azul intenso atrás da banheira e uma jovem pequenina aparece. Também está vestida de branco, mas o traje está mais para uma toga, franzida na cintura e nos ombros, com uma corrente de ouro refletindo os feixes azuis de sua chave CHRONOS. Seus braços estão esticados para os lados, a cabeça jogada para trás, os cachos escuros um tanto familiares caindo em cascata nos ombros.

Prudence. E ela está brilhando. Não é só efeito do medalhão. Sua pele e roupas estão literalmente brilhando, como metal polido.

Uma garota perto das baias desmaia silenciosamente, mas ninguém percebe. Todos estão voltados para a frente, a maioria sorrindo, todos hipnotizados pela visão por trás da banheira com o cadáver.

Annie Ordway não parece feliz, no entanto. Parece atônita e um pouco perdida, assim como duas das outras Irmãs. A confusão só dura alguns segundos antes de Ordway se colocar de joelhos. Como se fosse uma deixa, as Irmãs restantes imitam o gesto, acompanhadas por todos os outros no estábulo.

"É tinta", sussurra Kiernan com um pingo de desdém, e eu me recordo de sua versão de oito anos de 1893 olhando para minhas unhas dos pés pintadas de vermelho e me contando que sua mãe dizia que apenas as prostitutas usavam pintura. "Tinta fosforescente. Note o feixe acima da cabeça dela, vê como parece meio roxo?" Faço que sim com a cabeça. "Luz negra portátil, programada com um temporizador para a meia-noite."

No início, a multidão abaixo ficou em silêncio, mas agora alguns gritos de "Glória a Deus!" e "Glória a Koresh!" começam a se espalhar. Gradualmente, as exclamações vão se acumulando num crescendo.

Prudence estende as mãos para as pessoas ajoelhadas diante dela. Não consigo ver seu rosto até que ela levanta a cabeça novamente. Está mais jovem do que quando a vi na Exposição em Chicago. Ou ela é uma atriz das boas ou ela mesma está convencida de seus feitos, porque seu rosto, que é estranhamente parecido com o meu, está iluminado não apenas pela pintura fosforescente, mas também por um sorriso de alegria etérea.

"Levantem-se, filhos de Cyrus! Levantem-se, regozijem-se e sigam-me no Caminho!"

A multidão se levanta e Ordway avança. Seus braços estão abertos. "Bem-vinda, Irmã em Koresh! Sou Victoria Gratia, e eu a acolho em nossa União."

O sorriso desaparece do rosto de Prudence, substituído por um ar de compaixão severa. "Eu a conheço bem, Irmã Annie. Você terá minha graça e minha paciência durante sua jornada para vencer seus pecados."

O sorriso de Ordway desaba. "Meus... pecados?"

"Sim. Você e... estas outras", diz Prudence, apontando duas das outras Irmãs com o olhar e um aceno de cabeça, "são culpadas do pecado da luxúria. Você colocou a tentação no caminho do Irmão Cyrus, mas eu estou aqui como prova de que a alma dele permaneceu pura. Ele escapou dos laços da mortalidade e do pecado."

Para mim, é difícil enxergar qualquer uma das três mulheres como sedutoras. A mais jovem delas tem pelo menos cinquenta anos, e as três estão cobertas do pescoço ao tornozelo. Há um festival de arquejos, e então um zumbido abafado preenche o estábulo enquanto um vizinho sussurra a outro.

Duas Irmãs na ponta mais distante da banheira-caixão dão um passo atrás, se afastando dos demais. Elas usam grinaldas nos cabelos; a da mulher mais baixa é feita de botões de rosa vermelhos, e a da outra, cor-de-rosa. No início, elas parecem estar discutindo, então a Botões Cor-de-rosa dá um passo adiante e abraça a mulher mais baixa. Elas ficam lá de pé, testa com testa, segurando os ombros uma da outra por um momento.

Meus olhos são atraídos de volta para o centro do celeiro quando uma das mulheres que Prudence acabou de acusar como pecadora cai de joelhos, com a cabeça abaixada, e começa a soluçar. A segunda mulher olha para todos em volta, respira fundo e se junta a ela no chão coberto de feno.

Ordway olha para as duas enquanto tateia atrás de si em busca da cadeira. Ela afunda no assento e parece que vai vomitar.

Prudence sorri para as mulheres prostradas, o rosto tão falso quanto genuinamente radiante. "Não se rebaixem, Irmãs. Sempre há esperança para aqueles que demonstram remorso."

Seus olhos voam brevemente para Annie Ordway, ainda sentada, com o queixo desafiadoramente empinado. Prudence olha de volta para as duas de joelhos. "Ainda há tempo para que vossas almas alcancem a perfeição. A Morte não pode reivindicar um coração puro."

"Se Koresh ressuscitou, então por que seu corpo ainda está aqui?", desafia Ordway.

Prudence inclina a cabeça, dando a Ordway um sorriso condescendente antes de se virar para a pequena multidão. "O que está aqui diante de vocês é uma concha inútil, uma casca vazia. Coloco-me diante de vocês como o Irmão Cyrus, Irmã Prudence, Koresh... Me chamem como desejarem. Somos todos um em Cyrus. E aqueles que me seguem no Caminho encontrarão a mesma recompensa."

Sinto o corpo de Kiernan ficando tenso ao lado do meu. Olho para ele, mas ele balança a cabeça, fazendo minha atenção voltar para a cena abaixo. Ele agarra minha mão, no entanto, apertando-a quando as duas mulheres que estavam bem juntas às sombras se separam. Botões Cor-de-rosa caminha rapidamente em direção à parede dos fundos e pega algo de uma prateleira perto das rédeas, enquanto a outra segue para o centro da luz, encarando Ordway e Prudence diretamente.

Botões Vermelhos aponta um dedo pálido para Annie Ordway, mas seus olhos estão em Prudence. "Eloise e eu... nunca deixamos de acreditar, Koresh. Depois que vimos você na semana passada, em Bamboo Landing, contamos aos outros, inclusive a Annie..." Há um leve arquejar coletivo, e Botões Vermelhos se volta para eles e diz: "Eu não a chamarei mais de Victoria Gratia, pois ela é impura. Ela não é parte da União". Ela se volta para Prudence. "Eu falei a Annie e aos outros que você morreria em breve, mas que você nos disse para não nos desesperarmos, pois sua pureza seria recompensada com uma forma nova e imortal, exatamente como você sempre disse. Annie riu e disse que éramos ingênuas."

Botões Cor-de-rosa, que imagino ser a tal Eloise, avança. "Não tão ingênuas, Annie. Vimos o jeito como você observava Koresh, como você o tocou, não como uma Irmã, e sim como uma sedutora. Mas nunca vacilamos, e nós, verdadeiramente puras, o seguiremos agora."

Ela se volta para Botões Vermelhos. "Está preparada, Irmã Mary?"

Botões Vermelhos assente e Eloise se inclina e a beija nas bochechas. "Vá com Koresh, Irmã."

Há um lampejo de algo metálico enquanto ela dá um passo atrás. O aperto de Kiernan em minha mão se intensifica, e então eu encaro, chocada, o corte vermelho se formando na garganta de Mary, logo acima da gola do vestido. O sangue escorre pela renda, mas ela ainda sorri para Prudence enquanto desaba no chão.

Alguém grita, mas antes que qualquer um possa avançar, Eloise se vira e diz: "Eu vou com Koresh! Se você é puro de carne e espírito, então siga!". Ela faz um movimento rápido da esquerda para a direita com a faca na própria garganta e cai, seu sangue salpicando a banheira-caixão enquanto ela desfalece ao lado de Mary.

Suas pernas estão se contorcendo sob a longa saia, assim como as de Mary, então elas ainda estão vivas. Um grupinho corre na direção delas, incluindo um sujeito idoso. Ele se abaixa, e parece que está tentando sentir a pulsação de Eloise. Percebo que ele pegou a faca da mão dela.

Os olhos de Prudence estão arregalados, e ela meio que está boquiaberta. Está nítido que ela não previu nada disso. Quero gritar com ela para obrigá-la a dizer alguma coisa, a se pronunciar, porque ela é a única que tem o poder de impedir tudo isso.

Mas fico em silêncio quando os braços de Kiernan me envolvem, e seus dedos voam sobre a interface da minha chave CHRONOS a fim de registrar o ponto estável em seu quarto. "Kate, temos que ir. Não há nada que possamos fazer aqui."

O velho leva a faca à garganta. Tenho certeza de que meus pesadelos esta noite não serão recomendados para crianças, mas definitivamente não quero que entrem na categoria "proibido para menores de dezoito anos" assistindo a outro suicídio.

Arranco o medalhão das mãos de Kiernan, olho para o ponto estável e pisco.

∞

Boston
25 de julho de 1905, 12h05

Chego ao quarto de Kiernan e fico sentada ali, tremendo, me perguntando onde diabos ele está. Então me dou conta de que estou bloqueando o ponto estável e deslizo em direção à cama.

Quando ele aparece, me jogo em cima dele, socando seu peito. "Por que você me levou lá? Por que você não me avisou?"

"Kate, desculpe." Ele agarra meus pulsos e se inclina tentando me abraçar, mas eu o afasto. "Desculpe, mas você precisava ver."

"Não é você quem decide o que preciso ver!", continuo esbravejando. "Só porque você mostrou a ela..."

"Droga, Kate... Não. Não, não, não. Não é nada disso." Ele ainda está segurando meus pulsos quando se aproxima, seus profundos olhos castanhos implorando por minha atenção. "Ela *me* levou. Foi assim que eu soube que você precisava presenciar aquilo. Já tinha visto esse olhar de dúvida antes, não nos seus..." Ele suspira. "Não vi nos olhos *dela*. Eu vi nos meus, no espelho."

Ele solta meus pulsos e desaba, encostando-se na lateral da cama. "Kate me fez voltar para Estero e ver de novo. Lembrou-me do quanto eles levam suas crenças a sério e até onde eles são capazes de ir para protegê-las. Lembrou-me de que qualquer grupo que tolere, incentive ou até mesmo permita esse tipo de fanatismo deve ser combatido. Lamento que você tenha precisado ver aquilo. Mas ainda acho que foi a coisa certa a se fazer."

Um pouco da minha raiva se esvai, mas meus olhos ainda ardem enquanto pisco para tentar conter as lágrimas. "O que aconteceu ao restante deles, Kiernan? Os outros no estábulo? Quantos morreram?"

"Apenas três morreram no estábulo. Pru interveio e pediu para que parassem... Disse que nem mesmo o corpo e a alma mais puros poderiam ser ressuscitados em caso de suicídio. Disse-lhes que eles precisavam confiar em Deus e nos Profetas para saber quando sua hora chegaria, em vez de fazer o serviço com as próprias mãos. Porém, mais dois tiraram a própria vida depois, antes daquele fanatismo esmorecer."

"Então foram cinco pessoas?"

Ele assente. "A comunidade queria que todos os cinco fossem colocados em banheiras, assim como Koresh. Claro, nenhum deles ressuscitou, e é aí que a linha do tempo nova e a antiga se fundem um pouco... Depois de cerca de uma semana, o inspetor de saúde do município apareceu e os obrigou a enterrar os corpos. Annie Ordway ficou mais do que satisfeita em atender, é claro. Ela desconfiava de Pru desde o início, mas acabou por sacrificar seu restinho de credibilidade junto ao grupo quando encomendou os enterros. Eles a expulsaram. E, sim, eles também a escorraçaram na outra linha do tempo, mas demorou muito mais. Uma vez que ela se foi, Pru se tornou a líder, embora realmente estivesse mais para uma representante, já que passava a maior parte do tempo ausente."

Fico em silêncio por um momento, pensando em tudo o que ele acabou de me contar. "Espere... Você disse que a Outra Kate fez você voltar? Você estava lá quando aconteceu?"

Ele fica olhando para o chão, nitidamente desconfortável. "Eu não vi nada além de Pru toda iluminada. Eu estava nos fundos do estábulo, com Simon. Eu o ajudei a montar a iluminação."

"Então você sabia o que tinha acontecido? Que aquelas pessoas cortaram..."

"Sim, mas aquilo não era parte do plano, Kate. Você viu o rosto de Pru. Ela estava em choque. Não sei se Saul fazia alguma ideia de que algo assim poderia acontecer, mas ela, com certeza, não. Ela realmente ficou chateada. Todos nós ficamos."

Contraio a boca. "Não tão chateados, ou um de vocês teria voltado e mudado tudo."

Ele balança a cabeça. "Pru pensou nisso, ou pelo menos disse que pensou. Mas Saul foi contra, e a convenceu de que aquelas mortes serviriam como um alerta aos outros para não presumirem que eram puros o suficiente para serem... ressuscitados. Ou para reencarnarem. Chame como quiser. A palavra que Simon usou foi 'reiniciados'.

De qualquer forma, a argumentação de Saul foi que aquelas mortes dissuadiriam os outros e tornariam a comunidade mais passível de controle. Foi para um bem maior."

"E todos simplesmente disseram: 'Ok, Saul, o que você mandar, Saul'? Você também? Ninguém o questionou?".

O tom dele ao responder foi defensivo: "Eu só tinha dezesseis anos, Kate. E, me diga, por que você não gritou agorinha há pouco que Prudence era uma fraude? Por que você não gritou quando viu aquela primeira mulher caindo?".

Semicerro os olhos. "Eu quase gritei, mas nós dois sabemos que não é a mesma coisa, Kiernan! Eu estava observando algo que já aconteceu. Se eu gritasse, o que poderia ter mudado? Outra linha do tempo onde eu não existo? Prudence concluindo que essa pequena trégua entre nós tem que acabar? Eu não podia arriscar isso. E tudo aconteceu tão depressa..."

"Exatamente. Tudo aconteceu tão depressa", repete ele. "Acalme-se um minuto e pense no que você está dizendo. Tente enxergar sob a minha perspectiva naquela época. Não estou criando pretextos para nada, Kate. Eu era um cirista. Você sabe disso. Eu não confiava plenamente neles, mas minha mãe confiava."

"Mas por quê? Você contou a ela sobre suas desconfianças. Por que ela confiaria neles?"

"Sim, contei, quando eu tinha *oito* anos." Ele ri, mas é um riso amargo. "Por acaso sua mãe lhe dava ouvidos sobre coisas minimamente importantes quando você tinha oito anos? Minha mãe não tinha escolaridade, era viúva e tinha um filho para alimentar. Eu ainda *era* criança, não importa o quanto eu tentasse parecer maduro. Os ciristas davam a ela comida e abrigo, para nós dois, coisas que ela aceitou com gratidão. Essa é a realidade de muitas, muitas pessoas que os acompanharam ao longo dos anos, Kate. Eu vivi entre eles durante oito anos. Mais tempo do que tive de convivência com meu pai. Você começa a enxergar as coisas de um jeito diferente depois de um tempo."

Ele se reclina, os cotovelos na cama, o rosto voltado para o teto que continua enfeitado com as estrelinhas improváveis, e solta a respiração lentamente. "Acho que confiar neles foi a única coisa que manteve minha mãe sã depois que meu pai morreu. Porque ela era o motivo para ele ter aceitado aquele emprego na Exposição Universal quando Pru fez a proposta. Ela o estimulou a confiar em Prudence. Se minha mãe não tivesse feito aquilo, ele nunca teria estado no frigorífico no dia em que pegou fogo e ele morreu. Então, se ela de repente se visse equivocada em relação à sua confiança em Pru e nos ciristas... Bem, ela teria se tornado o motivo da morte dele, sabe?"

Ele fecha os olhos e fica em silêncio por um momento. "Eu nunca a culpei. Mas eu sabia que ela se culpava, então eu guardava minhas desconfianças, e assim nós voltamos para a fazenda logo que a Exposição terminou. Quando eles se juntaram aos koreshan e se mudaram para Estero, nós fomos junto.

"Três meses antes daquela noite no estábulo, Simon me acompanhou num pequeno passeio temporal por locais selecionados por Saul. Ou talvez a Pru mais velha os tivesse escolhido. Não tenho certeza. Já viu vídeos de campos de concentração? De genocídio? De armas químicas ou nucleares? Uma das paradas foi na África, um país chamado Chade, no início dos anos 2020. Uma região assolada pela fome, agravada pela mudança climática. Acrescente aí refugiados e grupos que entraram em conflito quando os alimentos e a água começaram a ficar escassos. A pilha de corpos era mais alta do que eu, e havia dezenas dessas pilhas, Kate. Isso em apenas uma cidade, e o restante do mundo não fez nada até já ser tarde demais. Aquela miséria foi apenas um dos muitos lugares que ele me mostrou. Digamos apenas que 2070 não é uma década agradável entre as armas biológicas e..." Ele abre os olhos e mira na minha direção. "Imagino que você não queira os detalhes sangrentos, não é?"

Balanço a cabeça. Tirando o fato de que realmente não quero saber do que só vai acontecer quando eu já estiver velha e grisalha, já vi detalhes suficientemente sangrentos para um dia.

"A maioria das pessoas que vi tiveram mortes lentas e desagradáveis. Saul e Prudence disseram que a coisa degringolou depois de 2070. Disseram que eles estavam trabalhando para um futuro que mudaria tudo aquilo, o que, para mim, pareceu uma boa ideia naquela época. Eles não me deram detalhes, não até então. Nem uma palavra sobre um Abate para eliminar metade da humanidade. Então, sim, eu ainda era um cirista quando encontrei você em Estero. Foi preciso que você... droga... Quero dizer *ela*." Ele soca as próprias coxas. "Foi preciso que Kate me arrastasse para presenciar diretamente aquela cena lamentável no celeiro para me fazer aceitar que eu fazia parte de algo maligno. Pequeno em escala, talvez, em comparação ao que estava por vir, mas ainda maligno, com M maiúsculo, eu diria."

"E sua mãe? Ela ainda está... com eles?"

"Minha mãe morreu há mais ou menos um ano e meio. Um pouco depois de eu ter ido embora de Estero."

Coloco a mão no braço dele. "Eu lamento."

"Sim, bem... Ela já estava doente há um tempinho", diz ele, sem olhar para mim. "Então não foi realmente uma surpresa." Ele bate palmas uma vez e se vira para mim com um sorriso vivo e profissional, nitidamente tentando mudar de assunto. "Você disse que precisava me perguntar sobre dois saltos mais cedo, quando você chegou."

"Hum... Sim, o de 1938."

"Imaginei."

"É só que..." Faço uma pausa, depois recomeço. "Acho que tenho uma boa noção dos outros dois. Quero dizer, ainda não encontramos o cara na Rússia, e não estou dizendo que qualquer um dos dois saltos seja fácil, mas não tenho a sensação de que esses dois saltos em especial estão... sei lá, destinados a dar errado."

"Nós nunca vamos conseguir a chave russa."

"Tudo bem, mas ainda assim, sabendo o que sei sobre a outra linha do tempo, é muito difícil não enxergar o salto de 1938 para a Georgia como uma espécie de Waterloo, já que é logo depois disso que... sua Kate desaparece." Ele assente, mas não responde. "De qualquer forma, acho que os ciristas devem estar com pelo menos uma dessas chaves. Provavelmente todas as três. Kate quase não registra nada no diário nesse ponto, e quando ela o faz, é tudo enigmático. Alguma coisa sobre Londres, e então ela começa a falar sobre a Georgia de novo, algo sobre o Federal Writers' Project.[2] E ela começa um discurso sobre injustiças raciais, e eu não sei direito como tudo isso se conecta."

"Kate estava exigindo muito de si no final", diz Kiernan. "Quero dizer... Não me entenda mal, ok? Eu a amei mais do que você jamais poderia saber, mas houve momentos em que ela me lembrou um pouco Pru, naquela última noite em que estivemos juntos. Houve uma morte em 1938. Um dos historiadores foi assassinado. E ela se sentiu responsável. Não é como se ela tivesse causado o infortúnio, mas mais como se ela pudesse tê-lo impedido. Devesse ter impedido. E tenho certeza de que ela teria voltado e impedido se tivesse tido uma oportunidade."

2 O Federal Writers' Project (FWP) foi um projeto do governo federal dos Estados Unidos para financiar dissertações e o trabalho de escritores durante a Grande Depressão. Era parte do Works Progress Administration (WPA), um programa do New Deal.

"Ela pegou as chaves deles?"

"Sim, pegou." Kiernan se inclina para a frente, olhando para baixo, os cotovelos apoiados nos joelhos e as mãos cruzadas atrás da cabeça. "Eu estava lá nessa parte. Eles não as entregaram voluntariamente. Eu estava junto como força bruta, para o caso de ela precisar, mas o sonífero que Katherine deu a ela funcionou muito bem nos três. Então Kate descobriu mais tarde que Katherine... Ela sabia o tempo todo que um deles morreria alguns dias depois. E não contou a Kate."

"Ai. Não que eu esteja exatamente surpresa, mas..."

"Kate ficou tão... Eu jamais a havia visto tão furiosa. Eu a convenci a esperar até eu retornar de uma entrevista para este emprego que tenho hoje, para que eu pudesse ir com ela. Ela precisava se acalmar antes de confrontar Katherine." Ele inclina a cabeça para o lado e olha para mim. "Essa é a única coisa, talvez a única coisa, que parece um pouco diferente para mim. Entre vocês duas. Ela mostrava um pouco mais de dificuldade para controlar o temperamento."

"Humpf. Bem, ela ficou com Katherine durante o quê... pouco mais de dois anos? Meu próprio temperamento provavelmente está bem mais sensível agora do que era há alguns meses. Quero dizer, em parte tem a ver com a convivência com Katherine, mas acho que a Outra Kate provavelmente também teve problemas para dormir..."

"Pesadelos", diz ele, balançando a cabeça. "Era raro ela dormir uma noite inteira. Eles também estão incomodando você?"

"Sim", respondo, e ele parece meio culpado. Esse olhar dele costuma cutucar meu coração, mas devo admitir que não está mexendo tanto assim comigo desta vez, considerando que tudo o que ele acabou de me mostrar quase certamente vai piorar meus pesadelos. Talvez um pouco de culpa o desencoraje a me arrastar para outra viagem de campo horrorosa.

Mas, no fundo, eu sei que ele estava certo em me levar. Por mais que eu quisesse "desver" o que aconteceu em Estero, uma coisa é saber que existem pessoas por aí que acreditam tão fortemente em alguma coisa a ponto de morrer por ela. Outra coisa totalmente diferente é saber que você está lidando com pessoas que vão cortar a própria garganta de orelha a orelha e continuar ostentando o sorriso enquanto suas vidas se esvaem, confiantes de que o sacrifício valeu a pena.

7

Acabo de imprimir cinco cópias de um cronograma experimental quando a campainha toca, acionando não só os carrilhões, mas também incitando uma rodada de latidos de Daphne de lá do quintal. Sigo pelo corredor para pegar as cópias na impressora da biblioteca, presumindo que deve ter alguém lá embaixo para abrir a porta, até que a campainha toca mais uma vez.

Olho pela grade e pela janela da sala, então vejo dois carros estacionados junto à calçada. Um deles é a van azul, mais uma vez, e sou tomada pela sensação assustadora *mais uma vez*, muito embora dê para ver que não há ninguém dentro dela — bem, pelo menos nos bancos da frente.

O outro carro é um sedã vermelho com uma plaqueta do Valenzia Pizza no topo. Desço para abrir a porta bem no momento em que o vendedor se prepara para tocar a campainha pela terceira vez.

"Alguém aqui sem dúvida pediu isto", digo com um sorriso de desculpas, "mas não me avisou. Espere aí, vou caçar dinheiro aqui."

"Não, não, não", diz o cara com um sotaque indiano ou talvez paquistanês. "Ele já pagou. Só assine aqui." Ele indica o quadradinho de papel e me oferece uma caneta.

Olho para o recibo e vejo que está no nome de Connor, então rabisco qualquer coisa que passe pela assinatura dele, acrescento uma gorjeta de quatro dólares e pego as caixas e a sacola, que espero conter a famosa salada grega deles.

Connor desce as escadas e pega as caixas das minhas mãos. É possível que ele só esteja sendo um cavalheiro, mas desconfio que seja mais uma questão de delimitar a propriedade das pizzas. "Desculpe. Eu estava com os fones de ouvido, então não ouvi a campainha. Pensei em pedir comida para dar uma noite de folga a Harry, já que ele voltou a trabalhar." Ele está segurando uma pilha de papéis. "Imagino que isto aqui seja seu?"

Pego os papéis e coloco na ilha da cozinha. "Não é uma ideia ruim. As reuniões sempre ficam melhores com pizza."

Deixo Daphne entrar e me sento na ilha, folheando a papelada em busca daquele único erro de digitação ou omissão de palavra que você só flagra depois de ler uma cópia impressa, quando me ocorre que Connor está agindo de um jeito meio estranho. Por um lado, ele está no mesmo cômodo que um monte de pizzas, mas as caixas ainda estão fechadas. A essa altura ele já estaria na segunda fatia. Em vez disso, está guardando algumas panelas e vasilhas que estavam secando no escorredor, algo que nunca vi Connor fazendo. Na verdade, talvez seja mais preciso dizer que ele está *tentando* guardar, porque ele já está na terceira porta do armário e só então consegue encontrar o lugar certo da tigela grande de macarrão.

"Você está se sentindo bem, Connor?"

"Sim, claro. Por quê?"

"Nada, não. É que você está agindo meio esquisito."

Ele larga o pano de prato e se inclina contra a bancada antes de voltar ao armário para pegar alguns pratos. "Bem, toda essa situação é estranha. Eu só comecei a pensar nela há algumas horas, mas estou prestes a conhecer meu bisavô. Passei os últimos anos culpando-o pelo papel que ele desempenhou na hora de estragar a minha vida, xingando-o diariamente, eu poderia acrescentar, e de repente ele não é mais o safado que eu imaginava. E, além do mais, para deixar tudo ainda mais esquisito, vocês dois foram..." Ele estremece.

Ofereço-lhe um olhar irritado. "Não. Nós não fomos. Essa foi a Outra Kate. Não posso ser responsabilizada pelas atitudes dela, sabe. E foi você quem disse que eu deveria enfiar Kiernan nisso."

"E ainda assim era a coisa certa a se fazer", diz ele. "Eu simplesmente não tinha pensado nos detalhes. Quero dizer, como é que você reage na frente do seu bisavô de vinte anos?"

"Bem-vindo ao meu mundo. Pelo menos você não precisa se preocupar com interrompê-lo enquanto ele estiver dando uns amassos na sua bisavó num estacionamento."

"Acho que isso é um consolo", diz ele.

Connor sai para avisar a Katherine e meu pai que a pizza chegou. Estou jogando o conteúdo dos três recipientes de isopor numa saladeira de madeira quando Daphne dá um ganido e se encolhe debaixo da mesa.

"O que foi, garota?"

Quando eu me viro, Kiernan está a poucos passos do ponto estável "Cozinha de Katherine" que eu transferi para a chave dele na última vez em que o vi. Ele está usando uma camisa branca lisa e calça jeans. E se você ignorar a chave CHRONOS em volta do pescoço dele, bem que poderia se passar por um garoto normal do século XXI.

Ele me dá um sorriso assim que meus olhos dão uma conferida no visual dele. "Levi Strauss, o melhor amigo dos viajantes do tempo desde 1876. Ou talvez antes, não tenho certeza. Eu ganhei estas aqui em 1876."

"Que sorte a sua. Eu tenho muita certeza de que Katherine diria que não é adequado para uma viajante usar jeans em qualquer época anterior à década de 1960."

Me enfio embaixo da mesa para dar um abraço em Daphne. "Está tudo bem, Daph. Desculpe. Esqueci que Kiernan chegaria por meio da chave. Você quer voltar lá para fora? Vou guardar as bordas da minha pizza para você." Ela começa a balançar a cauda e se dirige para a porta, passando bem longe de Kiernan. "Daphne geralmente adora visitas", digo quando fecho a porta atrás dela. "Mas ela não é grande fã dos medalhões."

"Estou para conhecer um cachorro que seja. Os gatos simplesmente ficam olhando quando você usa a chave. Alguns deles chegam até a se aproximar para averiguar o que é. Os cães não querem nada com essas porcarias, o que faz deles as mais sábias das duas criaturas, na minha opinião." Ele olha ao redor, suas narinas inflando um pouco quando ele fareja o ar.

"Está com fome?"

Ele dá uma cheiradinha de novo. "Pizza? Pepperoni, se não estou enganado", deduz.

"Pepperoni e bacon, para ser mais exata. A pizza favorita do seu bisneto."

"Fico feliz em saber que o molecote tem bom gosto."

Pegamos algumas fatias e convenço-o a experimentar um pouco da salada — que ele espia com desconfiança. "O que são estas coisinhas brancas?", pergunta.

"As coisas brancas", começo, pegando dois refrigerantes na geladeira, "são pedaços de queijo feta. Queijo grego. As coisinhas pretas são azeitonas. Gregas também. E esta coisa verde..."

"Muito engraçadinha, Kate", diz ele enquanto nos esprememos à mesinha da copa. "Passei a maior parte da minha vida numa fazenda, sabe, e acredite ou não, a gente cultivava essa coisinha verde."

Nós dois olhamos para cima quando Katherine, Connor e meu pai entram na cozinha. Kiernan tenta ser educado e fica de pé, mas estou no banco da ponta e ele está encurralado entre o canto e a mesa, então o máximo que ele consegue é se inclinar um pouco para um cumprimento, o que me parece terrivelmente desconfortável.

Agarro as costas da camisa dele e puxo-o de volta ao banco. "Pai, Connor, este é Kiernan. Katherine, vocês já se conhecem."

"Ele mudou bastante nos últimos treze anos, no entanto", diz ela. "E desconfio que eu tenha mudado ainda mais nas últimas cinco décadas."

Kiernan retribui o sorriso dela. "É bom ver você de novo."

Meu pai avança e aperta a mão de Kiernan. "É um prazer conhecer você", diz.

"O privilégio é meu, sr. Keller."

"É Harry, por favor. Você salvou a vida da minha filha, então acho que podemos dispensar as formalidades."

Raramente vi Kiernan corar, mas ele está vermelho agora, e então ele assente. "Harry, então. Prazer em conhecê-lo."

Connor acompanha a deixa de meu pai e avança para tomar a mão de Kiernan. "Eu sou Connor Dunne. E você pode me chamar de sr. Dunne." Há um leve brilho nos olhos de Connor, então acho que ele está brincando. Mas tendo ele falado seriamente ou não, Kiernan ri.

"Até parece, filhote. Você precisa mostrar o devido respeito aos mais velhos de sua família, ou vou levá-lo para trás do celeiro e lhe dar uma boa coça."

Connor bufa. "Nada de celeiro, mas eu adoraria ver você tentar."

Simplesmente balanço a cabeça para os dois e dou mais algumas dentadas na minha pizza e na salada enquanto Katherine, Connor e meu pai se servem de comida.

Quando toda aquela mastigação diminui, saio entregando as folhas impressas. "Tirem alguns minutinhos para examinar enquanto vocês terminam de comer. Depois podemos discutir o assunto, ok?"

Meu texto é, basicamente, um resumo de três páginas de tudo o que consegui coletar no diário da Outra Kate, das lembranças de Katherine sobre os itinerários dos historiadores da CHRONOS e muitas horas complementares e tortuosas de observação do Registro de Bordo dos Pontos Estáveis. Pelo menos nos registros do diário tem alguém falando alguma coisa. Os pontos estáveis são como filmes mudos — se filmes silenciosos também carregassem o risco de você saltar no meio deles caso piscasse demais acidentalmente. Se eu começar a sentir qualquer estímulo sensorial além do visual quando estou observando-os, preciso desviar o olhar muito rápido. Durante o treinamento, houve várias ocasiões nas quais cheguei tão perto de *entrar na cena*, que Katherine comentou que eu parecia estar sumindo, como se eu estivesse meio dentro, meio fora da localização.

Katherine é a primeira a desviar o olhar do papel. "Você realmente acha que está preparada para o salto da Austrália agora?"

Faço que sim com a cabeça. "Eu gostaria de um dia para revisar tudo e me preparar, mas Adrienne não apresentou qualquer resistência, de acordo com o diário. Eu só preciso que você grave um vídeo explicando as coisas para ela. Talvez apresentando algo que só você saberia, assim ela vai acreditar que você é você...?"

Ela contorce a boca. "Acho que consigo bolar alguma coisa."

Aguardo um segundo para ver se ela vai nos fornecer detalhes, mas aparentemente não.

Meu pai diz: "Você não tem aquele tal...", seus olhos se desviam para Kiernan por um milésimo de segundo, como se ele não soubesse direito o quanto pode revelar na frente dele, "churrasco da escola nesse dia?".

"Sim, mas é de tardezinha." Pelo menos eu imagino que Trey e eu ainda estejamos planejando ir juntos. Tirando uma breve mensagem de texto há dois dias, não falei mais com ele. Eu finalmente liguei ontem à noite, mas tive que deixar recado de novo. E, claro, agora estou imaginando ele na praia com duas garotas passando bronzeador em suas costas.

"Temos tudo que você precisa para a Austrália?", pergunta Connor.

"Temos o maiô dos anos 1940. Não consigo pensar em mais nada. Embora eu fosse me sentir muito melhor se pudesse esquecer aquele crocodilo."

"Crocodilo?" Kiernan arregala os olhos. Todos os outros já sabiam da minha opinião sobre a criatura de aparência perversa que cruza o ponto estável nas primeiras horas da manhã em que farei o salto.

Meu pai assente. "Dos grandes. Mas vai passar lá horas antes de ela chegar. Eles normalmente ficam longe da enseada ao longo do dia, pelo menos foi isso que a gente andou lendo." Ele parece estar tentando tranquilizar a si mesmo mais do que a Kiernan ou a mim.

"Sim", digo. "Só espero que o sr. Croco tenha lido os mesmos artigos que a gente. De qualquer forma, contando as chaves de Timothy e Evelyn, e também as duas de Kiernan, agora temos catorze, certo?"

Connor e Katherine confirmam e eu continuo. "Então isso significa que ainda existem dez por aí. Três das quais estão em posse de Saul, Prudence e Simon, e acho que todos concordamos que estas devem ser as últimas que vamos tentar recuperar, não só porque vai dar pistas sobre o que estamos fazendo — sempre presumindo que eles ainda não saibam, claro — como também porque provavelmente vai exigir uso de força, talvez até mesmo força letal. Essa não é uma discussão que precisamos ter agora, mas em algum momento eu..."

Bebo um gole do meu refrigerante, em parte para disfarçar minha irritação por ao menos ter de contemplar matar alguém, mas também para poder avaliar as reações de todos. Duvido que alguém nesta mesa tenha escrúpulos quando o assunto é matar Saul. Connor faria isso usando só as mãos se tivéssemos como fazê-lo avançar o suficiente no futuro, de modo que ele pudesse confrontar Saul diretamente. O consenso sobre Simon é praticamente o mesmo, embora eu tenha dúvidas sobre Kiernan... Pelo que ele me disse, eles já foram amigos. Provavelmente eu sou a única que não encara bem a ideia de matar qualquer um deles, mas tenho quase certeza de que essa tarefa vai ficar na minha mão. Algumas coisas soam bem mais simples no universo abstrato.

Já Prudence representa um problema diferente. Ela é filha de Katherine, irmã da minha mãe, minha tia. Eu não gosto nem de pensar na possibilidade de que a única maneira de acabar com tudo isso seja dando cabo dela, e desconfio que Kiernan tenha opiniões semelhantes.

E isso tudo só confirma quem são as três pessoas que talvez precisem ser assassinadas para que possamos parar os ciristas. E quantas outras mais a gente ainda vai precisar encontrar para chegar às ditas três se — ou, mais provavelmente, *quando* — nosso disfarce for revelado? Pelo que Kiernan me mostrou em Estero, pode ser que tenhamos de enfrentar um bocado de gente disposta a arriscar suas vidas por suas crenças. Respiro fundo, tentando prevenir uma espiral de ansiedade.

Katherine está no lado oposto da mesa, a boca contraída numa linha apertada. "Como você disse, podemos discutir esse assunto em particular quando chegarmos a ele de fato. Saul, Simon e Prudence serão as últimas chaves."

A mão de Kiernan está debaixo da mesa, e ele dá um apertãozinho no meu joelho antes de falar. "E quando chegarmos a essa questão, você *não estará* sozinha." Ele olha para Katherine. "Não sei o quanto Kate contou sobre meu relacionamento com sua filha. Tudo o que posso dizer é que Prudence era uma jovem muito problemática quando a conheci, e isto só piorou conforme ela foi ficando mais velha. Apesar do papel que ela desempenhou nisso tudo, é difícil, para mim, desejar mal a ela. Ela está lutando contra os próprios demônios. Alguns criados na mente dela, e outros estimulados por Saul. Mas Kate sabe — e eu quero ter certeza de que todos vocês saibam — de que lado está minha lealdade. Mesmo desconsiderando tudo o que eles tiraram de mim, eu não quero o futuro que eles estão planejando."

Katherine assente e depois diz: "É bom saber que agora temos duas pessoas do nosso lado capazes de usar as chaves. Mesmo como historiadores, quando estávamos lá simplesmente para observar, a CHRONOS geralmente nos aconselhava a viajar em dupla durante os primeiros anos. Não gosto da ideia de ver Kate viajando sem alguém na retaguarda, não importa o quanto ela alegue ser capaz."

Não tenho certeza se houve uma ênfase sutil na palavra "alegue" ou se eu simplesmente imaginei. Dou um sorriso cínico para Katherine e volto a olhar a lista. "Então isso nos deixa sete chaves que precisamos encontrar primeiro."

"Seis", corrige Katherine. "Marcus, aquele que estava estudando os nazistas? Ele destruiu a chave dele."

"Você tem certeza de que ele a destruiu mesmo?", pergunta meu pai. "Falando nisso, *como* você destrói essas coisas? Do que elas são feitas?"

"Elas são feitas de um material chamado trinium", diz Connor. "Uma liga superforte que ainda não foi inventada."

Meu pai levanta uma sobrancelha. "Você disse *trinium*? Por que isso me lembra alguma coisa?"

Connor revira os olhos. "Porque isso foi praticamente um teste geek. O trinium é um daqueles casos em que um nome adotado na ficção científica se torna uma profecia autorrealizável. Então, neste momento, é só ficção científica, mas, na época de Katherine, alguns geeks deram o nome a um certo material criado por eles que é mais forte do que o titânio."

"Então tá", digo. "Vamos fingir que faz sentido, assim podemos voltar para as duas primeiras perguntas do meu pai. Será que temos certeza de que esse tal Marcus destruiu a chave dele? E segundo, *como* podemos destruí-las?"

"Vou acrescentar uma terceira pergunta", diz Kiernan. "Vocês já não deveriam estar destruindo a maioria dos medalhões que já têm em mãos? Deixá-los por aí me soa como pedir para ter problemas."

Connor assente. "Ótimas observações. Vou responder à segunda pergunta. Resposta curta: não dá para destruí-lo fisicamente. Pelo menos não dá para destruí-lo com nada que eu já tenha encontrado. Mas você pode transformá-lo num pedaço de sucata relativamente inútil. O invólucro do trinium é só uma casca, dentro da qual ficam alojadas as tripas da viagem do tempo." Ele meneia a cabeça para o medalhão no peito de Kiernan. "Esta coisa, na verdade, é constituída de dois pedaços de trinium fundidos juntos. Embora eu não consiga criar uma temperatura adequadamente alta para derreter o metal, consigo separar as duas peças apenas o suficiente para penetrar na junção nas bordas. Não é fácil, mas é factível. E, ao passo que as peças microscópicas dentro da casca sejam à prova d'água, elas não são compatíveis com ácido sulfúrico."

"À prova d'água?", questiona Kiernan para mim, falando meio de lado. "Saber disso teria tornado meus banhos muito mais fáceis."

Sorrio, e então sinto um rubor subindo em minhas bochechas, pois agora estou visualizando Kiernan no chuveiro. E, pelo sorrisinho dele, está bem nítido que ele adivinhou o que estou pensando, coisa que, claro, me faz enrubescer ainda mais.

A voz de Katherine me arranca para o aqui e o agora. "Então seria mais correto dizer que na verdade temos treze chaves funcionais e uma bugiganga inútil. E é exatamente isso que Marcus me mostrou quando o encontrei em Viena, alguns anos atrás. Eu não conseguia enxergar a luz de jeito nenhum, e a ampulheta na frente estava perfeitamente imóvel. Foi a única vez que vi como os medalhões aparecem para as pessoas comuns. Deborah está certa quando diz que é uma monstruosidade."

"Mas", Connor olha em volta da mesa, "respondendo à pergunta de Kiernan: não tenho certeza se faz sentido só deixarmos para destruí-los quando já tivermos todos. Eu sei que parece que estamos provocando o destino, guardando-os aqui quando Saul provavelmente poderia providenciar para que a Guarda Nacional os confiscasse, caso ele realmente quisesse. Mas se alguém com uma chave CHRONOS aparecer planejando roubar nosso pequeno estoque e descobrir que estão desativados, o que fará a seguir?"

Há um momento de silêncio, e então meu pai diz: "Descobrir quando você os desativou e entrar na casa um pouco antes".

Kiernan balança a cabeça. "Com todo o devido respeito, eu discordo. Destrua-os. Por que facilitar? Sim, a pessoa pode retroceder no tempo se não conseguir encontrá-los, mas isso pode nos render mais um dia ou uma hora. E talvez precisemos desse dia ou dessa hora. Talvez eles estejam *esperando* que a gente pegue todos, assim podem vir e roubar nosso estoque de uma vez."

"Hum... Ele está certo", admite Connor com um pouco de relutância. "Vou reduzi-los até o mínimo necessário para manter a casa e a todos em segurança, e talvez guardar um medalhão de reserva, só para garantir. O restante vai levar o banho de ácido."

Pego uma caneta no balcão atrás da gente. "Então cortamos da lista o historiador que acompanhou os nazistas, e assim restam seis. Destes, cinco podemos identificar com algum grau de certeza. Um na Rússia em 1957, um em Port Darwin em 1942 e três em Athens, na Georgia, em 1938. Fica faltando um."

"Ou talvez dois. Pode ser que Saul tenha viajado com duas chaves", diz Katherine. "Acho que a de Shaila foi destruída junto às outras na sede da CHRONOS, mas não tenho certeza. Saul pode ter pegado."

"Ok", digo. "Desconsiderando a de Shaila, você tem certeza de que a outra chave está no passado, e não no nosso futuro?"

"Sim. Os três grupos de viajantes foram divididos por era, assim tivemos nossos dias de pesquisa para nos prepararmos para as várias viagens simultâneas. Feito deste modo podíamos partilhar nossas habilidades uns com os outros analisando o mesmo período histórico geral. Conforme observei anteriormente, apenas dois grupos estavam no campo por vez, de modo que isso significava que o grupo da História Moderna não tinha saltos agendados. Shaila era o mais recente. Algo em torno de 2020."

"Era 2024", diz Kiernan. "Foi a época em que Saul pousou."

"Que bom poder ter essa precisão depois de cinco décadas de dúvida", diz Katherine enquanto anota na folha diante de si. "Quanto a essa chave remanescente, não tenho nada além do que já coloquei no documento que entreguei a Kate. Esther estava estudando uma sociedade matrilinear na África entre 1100 e 1300. Tenho certeza de que era do povo Akan, o que colocaria a localização dela no único local de salto em Gana naquela época. Mas isso foi entre setecentos a novecentos anos atrás. Desconfio que este esteja enterrado em algum lugar, provavelmente com Esther, e nunca será encontrado. Pense em quanto tempo você levou para observar os vários pontos em Dallas, Kate. Você consegue imaginar tentar fazer isso com um período de duzentos anos?"

Balanço a cabeça. "Não tive nem sorte de encontrar o cara em Moscou num intervalo de dois dias. Dois séculos seria impossível. Acho que simplesmente vamos ter que presumir que a chave não pode ser encontrada."

"Bem, talvez não", diz Kiernan. "Não sei se Kate mencionou isso no diário dela, mas ainda estou trabalhando em algo que começamos juntos antes de ela... desaparecer. Temos praticamente certeza de que localizamos uma chave em 1905."

"Era disso que ela estava falando em Londres? Ela mencionou algo sobre imprimir alguns folhetos, o que não fez sentido para mim, mas não havia nada específico sobre uma chave. E estava tudo misturado com coisas sobre a Georgia em 1938. Ela parecia meio afobada nos últimos registros." Olho para Katherine, mas ela está encarando o próprio prato. Ela remexe a salada com o garfo até encontrar uma azeitona, que espeta e joga no prato de Connor.

"Sim, bem, 1938 não estava indo tão bem", responde Kiernan. "Mas voltando a falar de 1905, ainda não encontrei as provas, porém Kate estava certa. Ela viu Houdini com o medalhão duas vezes, uma vez em Londres e uma vez em Nova Yo..."

"Houdini?" Agora os olhos de Connor estão arregalados. "Você está me dizendo que Houdini tinha uma chave CHRONOS?"

Kiernan assente. "Foi isso que Kate, a minha Kate, me disse. Ela estava segura o suficiente de que ela e Katherine — e, no caso, me refiro à Katherine da outra linha do tempo — fizeram um belo esforço para armar uma... Bem, Kate chamou de *trapaça*. E agora sei exatamente o quanto de esforço elas investiram nisso, porque tive que recriar todos os passos delas. Acabei voltando ao ponto de partida após a redefinição da linha do tempo, mas acho que já tenho todas as peças do quebra-cabeças outra vez e estou voltando a trabalhar disfarçado."

"Disfarçado de quê?", pergunto.

"Boa tentativa", responde ele com um sorriso cínico. "Você ainda vem no sábado, certo? Ao Norumbega Park?"

"Eu prometi, não prometi?" Olho em volta da mesa. Meu pai e Connor estão olhando para outro lado, e Katherine está encarando seu prato, embora pareça um pouco distraída. "Vamos continuar e montar um plano temporário para amanhã de manhã. Mas talvez você pudesse nos dar uma noção geral agora, pelos outros?"

"Não", diz ele, ainda sorrindo. "Você pode contar a eles quando chegar em casa."

Eu olho para Katherine, esperando que ela interceda e diga que não deseja esperar, mas ela ainda permanece sem olhar para cima, então estou sozinha nessa.

"Acho que temos um vestido que vai servir para 1905, se fizermos algumas alterações", diz Connor.

Kiernan balança a cabeça. "Não precisa disso. Tem um vestido na minha casa..."

Nesse ponto, todos, incluindo Katherine, olham para ele, e mesmo que não haja razão para nenhum de nós corar, nós dois ficamos vermelhos. "É tipo um item de segunda mão", diz Kiernan. "De... antes."

Começo a folhear as minhas páginas para chamar a atenção deles para o assunto em questão. "Então, de volta à lista? O salto para 1938 me deixa meio tensa."

Sério, só de mencionar o salto de 1938 para Athens, na Georgia, já fico nervosa, porque tenho certeza de que Katherine sabe bem mais do que aquelas parcas informações que incluiu. Em seu resumo não tem nenhuma palavra sobre alguém morrendo. É tudo muito simples, só consta os nomes dos dois historiadores dos quais ela se lembra: Abel Waters e Delia Morrell, um casal; e uma observação de que eles eram instrutores de historiadores novatos.

"Você pode nos contar mais alguma coisa sobre esse salto, Katherine?", pergunto.

"Eu sugeriria que nos concentrássemos em pegar a chave de Adrienne e a chave de Wallace Moehler primeiro. Se conseguirmos fazer isso sem o pessoal de Saul arrombando a porta e matando toda nossa iniciativa, vamos poder falar sobre 1938."

Fico relutante em abandonar o assunto sem mais informações, mas talvez esta não seja a hora nem o lugar adequados. "Tudo bem, Katherine. Vamos prosseguir para a viagem da Rússia. Na linha do tempo anterior, essa chave nunca foi recuperada."

Discutimos as várias possibilidades durante alguns minutos, e Connor faz a Katherine a mesma pergunta que a Outra Kate mencionou que ele levantara na linha do tempo anterior: por que os russos fariam uma coletiva de imprensa num país cujos meios de comunicação são controlados pelo Estado?

Ele precisa repetir a pergunta, mas Katherine finalmente diz: "Eu não sei. É uma boa pergunta, Connor. Mas é definitivamente para onde Moehler disse que estava indo".

"Bem, e se analisarmos de outra maneira?", pergunta meu pai. "Onde mais eles poderiam ter realizado uma coletiva de imprensa sobre esse assunto? Talvez o salto não tivesse sido para a Rússia, afinal."

Katherine gira a cabeça e lança a meu pai um olhar que é puro veneno. "Eu. Estava. *Lá*!", berra ela, inclinando-se para a frente, seu corpo magro enrijecendo quando ela agarra a beirada da mesa. "Eu sei o que ouvi, Harry. Acho que o cenário muito mais provável é que sua filha fez um trabalho meia-boca na hora de observar os pontos estáveis. Ela provavelmente estava na internet flertando com Trey ou pensando em ir para alguma porcaria de parque com este sujeito aqui."

Kiernan cerra o maxilar, mas não diz nada. Meu pai fica meio atordoado, e eu desconfio que meu rosto esteja exibindo a mesma expressão que ele. Katherine é meio presunçosa; Katherine é até mesmo um pouco desagradável, mas eu só a ouvi levantar a voz algumas vezes. Esta não é Katherine.

Ela volta seu olhar para mim, pega meu resumo e rasga ao meio, jogando os pedaços no prato dela. Sua voz fica ainda mais alta do que antes. "Se você estivesse levando isso a sério *de algum modo*, Kate, nós já estaríamos..."

"Katherine!", intervém Connor com a voz contundente quando agarra a mão dela. Ela se desvencilha dele e volta a se sentar, a expressão lentamente desaparecendo de seu rosto, os ombros murchando. Depois de um minuto, Connor passa o braço ao redor dela e ela se inclina nele. "Está tudo bem", acalma ele, e sua voz me lembra um pouco o tom que usei quando estava consolando Daphne. "É só nossa família que está aqui. Quer que eu a leve ao seu quarto?"

"Não", responde ela numa voz pequenina que me preocupa ainda mais do que os berros. "Eu preciso ficar." Ela pega as páginas rasgadas e as coloca debaixo do prato, e depois diz, quase num sussurro: "Desculpe, Kate. E Harry".

Eu lhe dou um sorriso, que eu duvido que ela tenha notado, porque seus olhos estão colados à mesa. "Tudo bem, Katherine."

"Claro", diz meu pai. "Sem problema."

Connor olha para nós três e assente em agradecimento. "Tudo bem", recomeça ele, sua voz toda profissional de novo. "Eu não acho muito provável que Kate tenha perdido Moehler. Havia quatro latas novas de Dr. Pepper Diet na biblioteca quando estive lá nesta manhã, e ninguém mais além dela bebe aquela coisa nojenta. Eu acho que nos últimos quatro dias ela colocou uma semana de esforço nisso, e ainda se dividiu para ajudar a providenciar a ida de Deborah para a Itália. Estou chegando perto, Kate?"

"Mais para duas semanas de trabalho, se formos aderir aos padrões das leis trabalhistas."

"Então Harry está certo", diz ele. "Precisamos procurar alternativas para Moscou. Ideias?"

"Bem", diz Kiernan, "se você conseguir identificar precisamente a localização dele em qualquer ponto anterior à sua morte, ou Kate ou eu poderíamos ir até lá perguntar a ele."

Katherine olha para cima de repente, e dá a Kiernan um olhar estranho, um pouco triste e um pouco confuso. "Excelente, Kiernan. Não sei por que não pensei nisso."

Ela acabou de ecoar meus próprios pensamentos praticamente literalmente. Uma ideia que sequer havia me ocorrido até Kiernan verbalizá-la. Acho que ainda não abracei mentalmente o conceito de tempo como uma via de mão dupla. Kiernan tem lidado com isso há muito mais tempo do que eu.

Não mais do que Katherine lida, no entanto, e tenho certeza de que é exatamente isto que está passando pela cabeça dela neste momento. Ela olha para Connor e diz: "Acho que vou voltar para o meu quarto... Estou cansada. Você pode me botar a par de tudo mais tarde".

E quando eles saem da cozinha, Connor segurando o braço dela, de repente me dou conta de que eles estão juntos. Tipo, *juntos* juntos — um casal. Não sei se isso é novidade ou se fui incrivelmente ingênua, ou se eles simplesmente esconderam direitinho. Mas se eles andaram escondendo... Por quê? Não é como se eu fosse uma criancinha que ficaria chocada — embora eu deva admitir que *estou* um pouco chocada por não ter notado até então.

Depois que eles se vão totalmente, meu pai desliza um bocadinho no banco de modo que possa ficar bem de frente para mim e Kiernan. "Eu não sei o quão bem você conheceu a outra Katherine", diz ele a Kiernan, "mas essa não é ela de verdade." Ele olha para mim. "Connor mencionou algo mais sobre a saúde dela pra você?"

“Só mencionou que não vai melhorar. Ele disse que viu vários desses rompantes, e acha que pode ser culpa dos esteroides. Aparentemente eles bagunçam o humor da pessoa.”

“Katherine nem sequer teve câncer na outra linha do tempo”, lembra Kiernan. “Talvez a gente pudesse avançar, conseguir alguns remédios melhores.” Os olhos dele focam na minha mandíbula por uma fração de segundo, e eu sei que ele está pensando no hidrogel que ele usou depois que tomei o banho de ácido naquele hotel infernal. Eu não gosto nem de pensar no quanto eu estaria toda marcada se ele não tivesse feito aquilo.

“Talvez”, digo. “Katherine e eu já conversamos sobre isso, mas ela disse que era algo que eles tinham que ter detectado cedo. Não sei se daria para resolver só com uns comprimidos nesta fase do jogo, mas eles podem ter alguma coisa para garantir mais um pouco de tempo a ela. Não tenho certeza de como eu convenceria algum médico do futuro a me ajudar. Como você conseguiu aquele hidrogel?”

“Surrupiei do centro médico em Nuevo Reino.”

“Então... Você acha que poderia entrar lá e roubar algum remédio anticâncer de...” Paro e penso por um minuto. “Katherine disse que algo em torno de 2070, creio eu?”

“Não.” Connor está de volta à cozinha. Ele vai até a geladeira e pega uma cerveja. “Harry? Kiernan?” Ambos assentem, e ele traz mais garrafas para a mesa.

“O que você quer dizer com esse *não*?”, pergunto depois que ele se acomoda.

“Não vai acontecer, Kate. Você a cura, e corre o risco de estragar qualquer progresso que tenhamos feito até agora. Katherine e eu discutimos isso muitas vezes, e não posso mexer com ela nesse caso. Poderia modificar muitas variáveis. Então, não.”

Ele lê minha expressão e completa: “Eu também não gosto, Kate. Mas nós dois sabemos que ela está certa. Não consigo afastar a sensação de que estamos caminhando sobre uma corda bamba toda vez que você recupera uma chave. É como naquele jogo de pega-varetas — em algum momento você vai tirar uma vareta que vai fazer desabar tudo”.

Duvido muito que Kiernan saiba o que é pega-varetas, mas ele assente e toma um gole da cerveja.

“Da última vez, a vareta derradeira foi em 1938. Eu não sei por quê. Talvez uma ou mais dessas chaves termine com as pessoas no núcleo do grupo. Eu não tenho certeza de onde vieram a chave de Simon ou a chave de Patrick Conwell, ou de qualquer um dos outros líderes regionais do templo."

Volto-me para Connor. "Então, quanto você sabe sobre o salto de 1938? Tenho as informações que Katherine me deu, e um pouco do que Kiernan me contou, mas não tem muita coisa no diário da Outra Kate."

"Eu sei que havia três historiadores encalhados lá, todos infiltrados no FWP, o Federal Writers' Project. Aquela localidade foi usada com frequência pela CHRONOS, porque era uma configuração agradável. O projeto contratou milhares de desempregados para registrar as histórias de vida de pessoas comuns. Em lugares onde os empregos eram escassos, se você soubesse escrever uma frase com coerência já seria contratado no ato." Connor bebe mais um gole de sua cerveja e continua. "Qualquer lugar onde o FWP fosse ativo era um excelente lugar para a CHRONOS se esconder, e ali se formou um campo de treinamento excelente para novos agentes. Dada toda a publicidade do New Deal sobre o FWP, as pessoas não ficavam nem um pouco surpresas se alguém que elas não conhecessem, talvez até alguém de outra cidade ou do norte, aparecesse em sua porta pedindo-lhes para contar suas experiências com a escravidão como qualquer..."

"Escravidão?", pergunto. "Mas é 1938."

"E daí? Alguém nascido em 1855 estaria na casa dos oitenta anos em 1938, e provavelmente teria algumas lembranças de infância bastante sólidas sobre o período em que viveu sob regime de escravidão."

"E", acrescenta meu pai, "elas teriam histórias melhores ainda sobre a Era da Reconstrução dos Estados Unidos. Sua mãe costumava usar entrevistas do FWP numa das disciplinas que ela lecionava."

"Isso", diz Connor. "Existem transcrições na internet, até mesmo algumas gravações de áudio. Mas, voltando à CHRONOS, a publicidade em torno do programa significava que eles podiam aparecer e fazer algumas perguntas, especialmente em lugares como Athens, na Georgia, onde havia muita atividade do FWP. Qualquer pessoa cuja pesquisa tratasse do final do século XVIII ou início do século XIX fazia um salto à época do FWP pelo menos uma vez. Katherine estava em Athens em fevereiro de 1938, tentando conseguir informações sobre as disputas populares como a proibição de mulheres em corpos de jurados, algo sobre o qual a Georgia resistiu até o início dos anos 1950. Ela acha que Saul esteve lá uma vez, em 1937, e possivelmente algumas outras vezes.

Abel Waters e Delia Morrell passaram muito tempo nos dois locais do FWP da CHRONOS, no sul, então não é muito surpreendente que seja onde eles ficaram presos. Eles estavam lá com um novato... Katherine não consegue se lembrar do nome dele."

"Acho que era Grant", diz Kiernan. "Embora eu não saiba dizer se é nome ou sobrenome."

"Bem, esse salto me preocupa", digo. "Vamos deixá-lo por último. Mas quero fazer pelo menos uma viagem com antecedência para acertar meu rumo. Talvez eu possa observar a equipe de Delia à distância, mas, principalmente, quero ter uma ideia da época e do lugar."

"Tudo bem", diz Connor, anotando algo no papel à sua frente. "Então primeiro a Austrália, depois a Rússia, ou onde quer que Moehler esteja... E nós vamos trabalhando na Georgia conforme avançamos?"

"Isso." Tem uma última pergunta na lista, então me volto para Kiernan. "Você faz alguma ideia de quantos medalhões os ciristas possuem no total?"

"Não. Simon e Prudence sempre têm um. E nunca vi Saul sem o dele, embora isso seja claramente uma mera questão de poder, já que ele não tem como usá-lo. Eu pensei que cada um dos líderes regionais tivesse um medalhão, mas, se tiverem, então os números que você mencionou não batem."

Kiernan encara sua garrafa por um minuto. "Se eu tivesse que adivinhar, antes de ter ouvido Connor dizer quantas chaves vocês têm aqui, eu teria dito que eles tinham doze chaves, porque é esta a quantidade de pessoas que eles têm dotadas de habilidade razoavelmente decente para utilizá-las, pelo menos até onde eu sei. Mas se são catorze deles, alguns podem não ter uma chave."

"Você já esteve num grupo deles, Kiernan?", meu pai pergunta. "Uma reunião, talvez?"

"Sim." Ele faz uma conta nos dedos, e então continua. "Seis. Acho. Contando o meu. Foi o máximo de medalhões que vi num só lugar. Então, mesmo que não consideremos a chave de Houdini, significa que pelo menos uma das cinco chaves que visamos nesses três saltos está em posse deles atualmente. Uma da qual eles vão sentir falta. Nós pegamos essa chave e..."

"Tudo desaba", digo. "Como no jogo das varetas."

• RYSA WALKER •

LIMITES CHRONOS DO TEMPO

8

Boston, Massachusetts
29 de julho de 1905, 9h58

Meu vestido de 1905 está sobre a colcha desbotada da cama de Kiernan, o qual, aliás, não vejo logo que chego. Mas então há um ligeiro movimento na minha visão periférica quando ele passa diante de um espelhinho na parede ao lado da cortina vermelha. Está usando a camisa branca e a calça preta outra vez, embora não haja sinal da gravata.

Ele me vê no reflexo do espelho alguns segundos depois de eu piscar. Espero seu sorriso habitual, mas desta vez seu rosto se revela preocupado.

"O que foi?"

Ele passa a língua nos dentes e balança a cabeça. "Eu só... decidi que esta não é uma boa ideia."

Ok, se alguém me dissesse ontem que Kiernan estava disposto a cancelar essa viagem, eu teria ficado aliviada. Minha experiência com as viagens de campo dele não foram exatamente positivas. No entanto, acho que penso o contrário, porque agora não estou gostando do fato de ele querer cancelar, especialmente porque ele não se deu ao trabalho de pedir minha opinião sobre o assunto.

Mas, principalmente, eu sei que Kiernan estava ansioso por isso. Olho em volta do cômodo, esta bolha na qual ele mora e onde ele ainda consegue imaginar a existência da Kate dele. Eu não sei se é porque este projeto foi algo que ele partilhou com a Outra Kate ou se é porque é algo concreto que ele está fazendo por conta própria para lutar contra os ciristas, mas quando ele toca no assunto, aquela pequena centelha de esperança se acende vivamente em seus olhos. E embora eu realmente não devesse me importar, eu me importo.

"E quanto a pegar a chave de Houdini?"

"Ele não vai estar lá hoje. Eu não sei quando ou nem mesmo se ele vai morder a isca e..." Ele senta na beira da cama. "Andei pensando no que você disse mais cedo. Sobre não valer a pena se houver minimamente algum tipo de risco."

"Então, quando Houdini aparecer, você vai precisar da minha ajuda?"

Ele semicerra os olhos, nitidamente desconfiado de que o estou incitando direto para uma armadilha. "Provavelmente."

"E nossas chances melhoram se eu souber o que estamos fazendo? E se eu souber um pouco a respeito de onde e quando vamos fazer isso?"

"Provavelmente", repete ele.

"Você quer dizer 'sim'. Ambos sabemos que vou aprender mais sobre o deslocamento em 1905 com algumas horas em campo do que jamais aprendi apenas com suas informações."

Kiernan está em silêncio, mas ele não parece convencido. Aguardo um momento e depois me sento ao lado dele. "E se eu prometer saltar direto para a casa de Katherine se encontrarmos algo fora do comum? E como você é o especialista em 1905, vou deixar a decisão totalmente na sua mão. Sem perguntas."

Ele bufa e um sorriso levanta um cantinho de sua boca. "Sem perguntas? Será que isso é possível no seu caso?" Ele me observa por um bom tempo e depois suspira. "Se vamos fazer isso, é melhor você se vestir, ou vamos perder o trem."

"Então... O que exatamente você faz lá no Norumbega?", pergunto.

"Que tal se eu disser assim que estivermos no trem que vamos perder se não nos apressarmos?"

Ele me ajuda com o vestido, e então eu tiro minhas sapatilhas e as enfio debaixo da cama. "Qual é a distância até lá?", pergunto.

"Até a estação de trem? Talvez um quilômetro e meio." Kiernan pega uma bolsa preta de cordão, coloca no ombro e depois abre a porta para o corredor. "Damas primeiro."

Saio, e Kiernan olha em volta para ter certeza de que ninguém está nos observando. Ele mexe na bolsa e tira uma latinha vermelha e branca com talco Johnson, se agachando para polvilhar uma camada fina por dentro da porta. Em seguida, saca uma folha de jornal e rasga uma tirinha. Ele lambe bem e gruda a tira úmida na junção entre a porta e a parede antes de fechar a porta e guardar a chave na bolsa.

"Então, vai me dizer o que foi isso?"

"Um sistema de segurança rudimentar. Se alguém entrar no quarto quando eu não estiver aqui, vou ficar sabendo."

"E você faz isso toda vez que sai?"

"Só para garantir."

"Sim, mas se for Prudence ou alguém do pessoal dela, eles vão entrar pela porta?"

"Provavelmente não. Mas Pru tinha um ponto estável marcado aqui, e fica bem atrás da cortina vermelha. Ela concordou em apagá-lo, mas mesmo que ela cumprisse sua palavra, acho que Simon também tem um. De qualquer forma, este ponto estável também é uma armadilha. Não tenho como impedi-los de entrar, mas se eles o fizerem, vou saber que estiveram lá. E até agora não tive nenhum problema. Não posso garantir que eles não estão usando este ponto estável para vigiar o quarto, mas se estiverem, só estão vendo a cortina vermelha. E agora, de vez em quando, vão me ver pelado."

"Antes eles do que eu", comento, e ele ri.

No entanto, não consigo afastar a sensação de que suas precauções são inúteis. Prudence ou Simon poderiam estabelecer um ponto estável neste corredor aqui caso quisessem. Inclusive poderiam estar nos observando agorinha. Tal pensamento me causa arrepios, e olho para trás. Desconfio que estou sendo paranoica, mas, de novo, como saberíamos? Olho para trás mais uma vez e sacudo a cabeça, acompanhando Kiernan pelo corredor.

A escadaria está livre de crianças desta vez, então conseguimos escapulir sem ficar ouvindo súplicas por doces. Saímos, e o céu está limpo, com alguns montinhos de nuvens aqui e ali. O primeiro quilômetro é uma mistura de edifícios e lojinhas semelhantes às que vimos a caminho da tabacaria de Jess. Consigo evitar ficar boquiaberta, mas ainda assim sempre tem algo que prende minha atenção em cada quarteirão, seja um cartaz anunciando algo que eu reconheço, tipo a cerveja Schlitz ou os biscoitos Fig Newtons, ou o fato de que os carros já possuem placas. Isso faz sentido, acho, mas jamais tinha me ocorrido.

Viramos na Harrison Avenue, e Kiernan meneia a cabeça para um aglomerado de edifícios mais novos do outro lado da rua. Pelas lacunas entre dois deles, vejo algumas crianças brincando num jardinzinho cercado.

"Aquela ali é a sede da assistência social local, South End. Alguns anos atrás, as crianças daquela idade estariam passando o dia inteiro na rua enquanto seus pais trabalhavam nas fábricas, mas agora elas tomam café da manhã, almoçam e sempre têm uma pessoa para tomar conta delas e garantir que ninguém caia no rio. Claro, eles poderiam acomodar uma quantidade muito maior de crianças se a Casa Cirista não tivesse aliciado alguns de seus patrocinadores."

"Casa Cirista?"

"Sim, fica no West End. Seu plano original era cooptar esta casa, mas os administradores resistiram, assim como a Casa Hull em Chicago. Jane Addams[3] se mostrou disposta a fazer um monte de acordos para manter a Casa Hull firme e forte, porém se recusou a servir uma porção do 'Louvor a Cyrus' junto ao cozido todas as noites."

Ok, eu sei que Jane Addams foi, por tudo o que dizem, uma pessoa maravilhosa. Mas, infelizmente, não consigo evitar estremecer, pois toda vez que ouço o nome dela, penso automaticamente em H.H. Holmes. Não que ela se parecesse com Holmes. Na verdade, ela era praticamente o oposto dele. É só que Trey e eu assistimos a um documentário sobre seu trabalho na Casa Hull, quando eu estava tentando desanuviar depois de assistir ao DVD assustador sobre Holmes e o World's Fair Hotel. Trey fez uma piada sobre preferir a Casa Hull em vez da Casa Hell,[4] e agora os dois estão sempre conectados na minha mente.

"Você conheceu Jane Addams quando esteve em Chicago?", pergunto.

"Não de fato. Eu segurei a porta para ela uma vez depois de um encontro com Prudence — a Pru Mais Velha, talvez uns dez anos mais velha do que quando você a conheceu na Exposição. Pru estava oferecendo uma boa grana para comprar a Casa Hull. Embora elas tivessem concordado em muitas questões, Addams educadamente mandou Pru para o quinto dos infernos. Addams queria ajudar as pessoas, independentemente de suas visões religiosas, e ficou claro que havia um belo vínculo com os ciristas atrelado ao acordo."

3 Jane Addams foi cofundadora da Casa Hull. Era conhecida como "a mãe do trabalho social" e foi uma ativista pioneira. Jane era assistente social, socióloga e filósofa, e por todos os seus feitos foi a segunda mulher a ganhar o Prêmio Nobel da Paz. Ela ajudou os Estados Unidos a concentrarem seus esforços em problemas maternos, como as necessidades das crianças pequenas, saúde pública e acessibilidade, além da paz mundial.

4 *Hell* é a palavra inglesa para "inferno".

"E a mesma coisa aconteceu aqui em South End?"

Kiernan começa a responder, mas precisamos nos desviar de uma carroça e de um bondinho. Uma vez de volta à calçada, ele prossegue. "Não sei direito o que aconteceu em South End. Foi antes de eu me mudar para Boston, então eu não estava por dentro das negociações. Simon ajudou a montar a Casa Cirista de West End, recrutando um monte de universitários para administrá-la."

"Simon?" O nome me dá arrepios. Tenho uma certa dificuldade em imaginá-lo fechando negócios, exceto, é claro, com monstros como H.H. Holmes.

"Sim, bem, Simon faz tudo o que mandam. Ele quer liderar a Igreja Cirista Internacional quando Saul morrer, então se Saul manda Simon pular, ele se limita a perguntar a altura do pulo."

"Eles sabem que você está aqui? Em Boston?"

Ele dá de ombros. "Pru sabe. Não tenho ideia do que ela compartilha com os outros hoje em dia. Mas ela acredita que perdi a maior parte da minha capacidade de operar a chave. E acho que fiz um bom trabalho ao convencê-la de que não me lembro da outra linha do tempo. Pru tem um monte de bajuladores ciristas à disposição, e também é orgulhosa. Ela me colocaria de volta nesse círculo se eu pedisse, mas jamais vai me implorar para voltar."

"Então por que ela acha que você me alertou no metrô? Naquele dia em que Simon pegou minha mochila? Você disse que eles sabiam o que você tinha feito."

Kiernan volta a olhar para a calçada e comprime os lábios. "Isso não é nada que eu possa provar, Kate. Pode ser que eu tenha descoberto o que eles estavam planejando de forma totalmente acidental. Mas foi Pru quem me atrasou no corredor e me levou àquela direção. Se ela não tivesse feito aquilo, eu nunca teria ouvido a conversa de Simon."

"Não estou entendendo. Ela me diz para ficar longe de você na Exposição e então ela..."

"Do ponto de vista dela, uma vez que alertei você no metrô, eu fiz o que ela precisava que eu fizesse. E, para ser sincero, eu não sei se a Pru Mais Velha se lembra disso."

"Certo, isso não está fazendo sentido nenhum."

"Talvez não, mas é a chave para compreender sua tia. E se você tivesse a chance de voltar e dizer a você mesma para não cometer os erros que já cometeu? Uma oportunidade de mudar tudo o que você pensou ter errado na sua vida?"

"Bem, eu meio que entendo. Mas... é perigoso, né? Katherine diz que bagunça sua cabeça, e eu gostaria de manter o máximo possível de parafusos no lugar, se a gente sair dessa vivos."

"Katherine está certa. Mas ou Pru não sabia disso, ou em algum momento ela parou de se importar. Ela comanda seu eu mais jovem de maneira bem escabrosa, encarregando-a de recados que não confiará a ninguém. Acho que, da perspectiva dela, não é diferente do que Saul fez com ela quando começou a ordenar que ela aparecesse nas visões ou em eventos da igreja... Ele não gostou quando ela começou a demonstrar sinais de envelhecimento, então a botou para retornar para a época em que ela estava com menos de vinte anos, no meio da madrugada, acordá-la, arrumá-la, e mandá-la para onde ele precisasse que fosse levada alguma mensagem."

"Então vinte anos já é velhice para ele?"

"Não sei. Acho que é mais porque os ciristas pintavam Pru como alguém sem idade. Ela representa boa parte do mito da vida eterna para os Cristãos de Koreshan, e muitos ciristas ainda acreditam nisso. Acho que pode-se dizer que ela é uma espécie de marca registrada viva."

"Que loucura. Quantas vezes ela...?"

"Não faço ideia. Uma regra geral não muito precisa que sigo é que, quanto mais velha Prudence está, mais provável é que ela esteja doida de pedra. Você vai perceber uns lampejos de sanidade, mas eles vão ficando raros à medida que ela envelhece, porque muitos fragmentos de sua memória foram substituídos. Sabe o que é VHS?"

A pergunta é tão descabida que literalmente me faz parar, e então preciso correr para acompanhar seus passos de novo. "O quê? Você está falando das fitas de vídeo? Um pouco, acho. Desde que me lembro, a gente só usa DVD. O que isso tem a ver com..."

"Quando você voltar, pergunte ao seu pai o que acontece quando você grava em cima delas. Eu não entendo muito bem qual é a tecnologia, mas ajudou Kate a entender melhor isso. Algo sobre imagens residuais. De qualquer forma, quanto mais pensei nisso, mais certeza tive de que Pru queria que eu soubesse o que eles estavam planejando em relação a você. Eu não sei se ela foi preparada por seu eu mais velho ou se ela simplesmente ficou sabendo acidentalmente de algo, mas ela me levou até aquela porta e depois desapareceu. E foi aí que eu ouvi Simon tagarelando com alguém, provavelmente um dos novatos, para ir atrás de você para roubar o diário e toda a trama para apagar a Katherine de 1893."

Estamos nos aproximando de uma multidão de uns vinte homens, alguns com crianças a reboque, enfileirados diante de uma cafeteria. Assim que passamos pelo grupo, Kiernan ergue um dedo para mim, pedindo para eu esperar, e se afasta para sussurrar algo para um homem magricela perto do final da fila. Um menino de cinco ou seis anos, com uma franja loura caindo sobre os olhos cansados, agarra a perna da calça do homem, olhando para Kiernan enquanto ambos conversam.

O sujeito escuta Kiernan por um momento, então balança a cabeça e o dispensa. Enquanto vamos nos afastando, ele olha para trás, no entanto, como se estivesse repensando o que lhe foi dito.

"O que foi aquilo?", pergunto.

"Eles estão numa fila para fazer apostas de jogo. Falei para ele apostar nos Browns, porque Cy não está lançando, o que na verdade não é verdade, mas eles vão perder mesmo assim. Não creio que o convenci. Deve ser um grande fã dos Boston Americans."

"Isso é beisebol? Eu pensei que os Browns fossem de futebol americano, e nunca ouvi falar dos Americans."

Ele cobre o peito numa troça de dor. "Claro que é beisebol. Os Americans se tornaram os Boston Red Sox. Os Browns são o Saint Louis. Você não sabe o que eles viraram? Você conhece Cy Young, certo?

"Já ouvi falar de um prêmio com esse nome. Ele é lançador, certo?"

"Não apenas *um* lançador, mas o melhor lançador de todos os tempos, mesmo na sua era, e que detém o recorde de rodadas consecutivas sem ter sua bola rebatida. Aquele jogo que assistimos no dia 4 de julho, meu Deus, ele lançou por vinte rodadas, treze sem abrir mão de uma única corrida."

"Mas o beisebol só tem nove rodadas". Disto eu tenho certeza, com base nos três ou quatro jogos aos quais já assisti.

"Sim, mas houve onze rodadas extras. Então Cy abriu mão de duas corridas no final. Muito embora a gente tenha perdido, foi um jogo incrível."

Não consigo evitar senão sorrir, porque ele soa tão animado quanto quando era uma criancinha na Exposição. "Você disse que *nós* fomos ao jogo. A Outra Kate curtia beisebol?"

"Hum, na verdade, não", admite ele, fazendo uma careta. "Foi um presente de aniversário adiantado para mim. Ela dormiu durante metade do jogo."

A partida do Washington Nationals que eu vi com meu pai não teve rodadas extras, e depois de uma hora eu já estava pronta para dormir, portanto ela tem minha solidariedade. No entanto, eu não menciono isso, já que Kiernan obviamente consideraria uma blasfêmia.

"Mas os jogos são muito divertidos", continua ele. "Os Americans vão jogar em casa na semana que vem. Eu poderia conseguir ingressos..."

"Acho que não."

Ele sorri e tenho certeza de que está me comparando à Outra Kate, mas não vale a pena assistir a um jogo só para provar que ele está errado, ainda mais porque eu certamente acabaria cochilando e provando que ele está certo.

Caminhamos em silêncio por alguns minutos. Ou melhor, somos silenciados, já que não posso dizer o mesmo sobre a cidade. Pelo que dá para perceber, não tem nenhum tipo de organização no trânsito. Bondes, charretes puxadas por cavalos e um carro aqui e ali — todos pintados de preto — compartilham a estrada, mas eles estão compartilhando apenas no sentido mais frouxo da palavra. É mais exato dizer que é cada veículo por si. A cada poucos segundos você ouve um tinido alto de uma ou de ambas as extremidades de um bonde tentando evitar travar ante uma das muitas carruagens, bicicletas ou pedestres que entram e saem dos trilhos.

Mais uma sineta que faz as vezes de buzina soa atrás de nós, e me volto para Kiernan. "É sempre essa loucura toda? Eu jamais imaginaria que haveria tanto tráfego em pleno sábado."

"Isso não pode ser chamado de movimentado. Você devia ver esta região antes da construção do metrô."

À medida que vou desviando o olhar do trânsito e volto a admirar os edifícios, percebo que em algum momento cruzamos um limite cultural invisível. A maioria das pessoas de dois ou três quarteirões atrás parecia europeia, mas os residentes daqui são em quase sua totalidade asiáticos, e boa parte das placas parece estar em chinês.

Kiernan percebe minha expressão e diz: "Sim, estamos em Chinatown. Mas não se preocupe. É seguro".

"Por que você presumiria que não considero este aqui um local seguro?", pergunto.

Ele parece intrigado. "Bem, sei lá. Porque é diferente?"

Levanto uma sobrancelha, mas percebo que ele não está sendo intencionalmente racista. É tipo uma experiência que fizemos na aula de sociologia no ano passado. Coisas diferentes, coisas que normalmente não se encaixam em nossos ambientes típicos tendem a desencadear algum tipo de gatilho subliminar na maioria das pessoas. Sua pulsação acelera, você fica mais consciente das cercanias, mais em contato com sua reação de luta ou fuga. Então eu simplesmente lhe ofereço um sorriso e digo: "Já estive em Chinatown. Em Washington. Isto aqui não pode ser muito diferente".

"Talvez não", concorda ele, farejando o ar. "Por acaso eles têm *bao* na Chinatown de Washington?"

"Têm. Eu já vi no *dim sum*." Respiro fundo e capto traços de pão, alho e gergelim. Olhando para o outro lado da rua, localizo a fonte do aroma com uma placa: RESTAURANTE CHINÊS LOCK SEN LOW.

"Eu não sei o que é *dim sum*", diz ele. "Mas conheço *bao*. Foi meu café da manhã com meu pai na maioria das manhãs na Exposição. E já que eu não tomei café da manhã..." Sem aviso, ele agarra meu braço e faz uma daquelas manobras suicidas que vi várias outras pessoas tentando nos últimos minutos. Em vez de atravessar a esquina como uma pessoa civilizada, ele nos mete no meio do trânsito, pouco antes de um bonde fazer a curva. E agora nós somos o motivo para o condutor tocar a sineta e berrar quando o bonde não nos atropela por meros centímetros.

Assim que estamos do outro lado, desvencilho meu braço das mãos dele. "Você ficou maluco?"

"O quê?" Ele parece não ter a menor ideia do que quero dizer, até que olho com veemência para a rua.

"Você não consegue atravessar a rua em Boston se for esperar educadamente", informa ele, "pelo menos não em 1905. Não tem nenhum daqueles sinais piscantes idiotas que mostram um bonequinho e a contagem dos segundos para você."

"Eu gosto daqueles sinais idiotas", murmuro. "Sua metodologia tem grandes probabilidades de me matar."

Aparentemente, o restaurante fica no segundo andar, mas tem um carrinho bem no meio da escada. Um jovem chinês abre a tampa da grande bandeja de bambu, e Kiernan aponta para um bolinho branco simples e depois para outro coberto com sementes de gergelim preto.

Kiernan entrega o pão com gergelim para mim. É imenso. "Pensei que fosse para você. Eu não estou com tanta fome assim." Embora eu tivesse jurado que era verdade, minha barriga escolhe precisamente este instante para me contradizer com um ronco, possivelmente porque o *bao* tem um cheiro delicioso.

Eu também teria jurado que a rua estava barulhenta demais para Kiernan ser capaz de ouvir minha barriga, mas ou ele tem uma excelente audição, ou meu olhar para meu estômago traidor me entregou.

"Desculpe, mas acho que você perdeu", diz ele, dando uma boa mordida em seu pão, que cheira a churrasco de porco. "É só morder. Eu como o resto se você não quiser."

O sabor é ainda melhor do que o cheiro. Caminhamos enquanto comemos, felizmente evitando mais possíveis atropelamentos. Kiernan acaba com seu *bao* de porco enquanto eu ainda tenho uma boa meia dúzia de mordidas. Eu lhe entrego o resto do meu, muito embora eu definitivamente pudesse dar conta dele. Talvez um pouco de privação ensine ao meu estômago quem é que manda aqui.

O parque Boston Common fica a poucas quadras, e pegamos o trem do lado de cá. Uma vez a bordo, pigarreio, lançando um olhar impaciente.

"O quê?"

"Agora já estamos no trem", digo. "Você me deve informações."

Ele assente e começa a revirar o conteúdo de sua bolsa de lona, tirando um pedaço de papel amassado. Aliso o papel o máximo que dá e vejo que é um folheto. *Veja o Incrível Boudini, agora desaparecendo todas as noites no Teatro Great Steel.* As palavras estão em primeiro plano, em verde, impressas sobre a silhueta negra de uma cartola.

"O cartaz é legal...", começo.

"Obrigado. Eu mesmo achei que ficou muito bom."

"Mas *Boudini*? Você não pode estar falando sério...?"

"O nome não foi ideia minha." Ele baixa a voz e se inclina para que não sejamos ouvidos. Imito o gesto, embora eu duvide muito que alguém consiga entender nosso papo caso seja capaz de captar alguns trechos. "Essa parte é histórica. Aparentemente, outro homem surgiu com essa mesma façanha, ou melhor, ele vai aparecer em setembro, intitulando-se Boudini. Houdini descobre e fica chateado. Ou pensamos que fica. Pode ser que tenha sido um grande golpe publicitário planejado por Houdini desde o início. De qualquer forma, ele desafia o sujeito para uma competição debaixo d'água, e Houdini vence, é claro. O outro cara quase se afoga, ou pelo menos foi isso o que os jornais disseram."

"O que esse outro falso Houdini vai pensar por você estar roubando o plano dele?"

Ele dá de ombros. "Não me importo. Kate tentou passar pelos guardas de Houdini em Londres para perguntar sobre a chave, mas falhou. Este era o Plano B... Deixar Houdini furioso o suficiente para vir até aqui e me desafiar. Então nós o confrontamos, e ele entrega sua chave."

"Coisa que ele vai fazer de bom grado?"

"Talvez. É esperado que ele seja um sujeito gentil. Ele não é fã de pessoas que tentam manipular os outros por meio de declarações falsas sobre o mundo espiritual, então talvez a gente consiga convencê-lo. Mas de boa vontade ou não, a gente precisa pegar a chave dele."

Kiernan está certo, embora eu tenha a sensação de que isso não vai ser tão fácil quanto ele pensa. "Então... Onde você aprendeu a fazer mágica?"

"Aprendi o básico vendo mágicos de rua naquele ano na Exposição. Você observa por tempo suficiente até conseguir descrever o que eles estão fazendo. E um cara na Cairo Street me ensinou alguns truques. Eu não sou muito bom nessa coisa de ser um *showman*, mas ainda dou conta de fazer o essencial para encantar o público para o evento principal."

"Suponho que seja um truque de fuga, certo?"

"Isso. Os assistentes colocam algemas em mim, e eu pulo num contêiner. Quando eles abrem, alguns minutos depois, estou livre das algemas e das correntes. Tá-dáááá. Contanto que eu consiga alcançar a chave CHRONOS, é mamão com açúcar."

"E quem abre as algemas?"

Ele olha para o chão. "Hum, Jess abria, nas primeiras vezes. Mas não gosto de metê-lo nisso. Eu tenho usado o meu outro eu para isso, lá no apartamento."

"Isso é... uma ideia meio ruim, não é? Quero dizer, pelo que você me disse... Pelo que Katherine me disse..."

"Não é o ideal, mas eu dou conta. Eu não falo nada para o meu eu, e agendo todos os saltos da semana no meu dia de folga, num horário em que estou meio sonolento." Ele dá de ombros. "Demora um pouco mais para tirar as algemas quando estou grogue, mas não é ruim se eu voltar a dormir quase imediatamente. É tipo como se fosse um sonho."

"Não. Deixe que eu faça isso. A que horas nós deixamos seu apartamento nesta manhã? Um pouco depois das dez?"

"Creio que sim."

"Quando você fizer o truque hoje, defina as coordenadas para a sua casa às 10h15, e eu estarei lá. E marque o salto seguinte para às 10h16, e acrescente mais ou menos um minuto para cada um dos outros depois. Completaremos uma semana antes de eu ir embora. Só vai roubar um pouco do meu tempo, e seria bom se você saísse dessa com todos os parafusos no lugar também."

A expressão dele é um misto de relutância e alívio, então minha oferta deve ser mais importante do que ele está deixando transparecer.

Trocamos de veículo na Lake Street, embarcando num bonde aberto que Kiernan diz que nos levará aos subúrbios. Passo a maior parte do passeio olhando a paisagem e folheando um jornal *Boston Globe* do dia anterior que alguém enfiou entre os bancos.

Kiernan lê por cima do meu ombro, e quando chego à contracapa do jornal, ele aponta para um anúncio da Vaudeville House, de Benjamin Franklin Keith. "Lambert e Pierce. Eles vão começar no Norumbega na semana que vem."

"*Dois Homens de Preto*?" Para mim, isso remete à imagem do Will Smith e daquele outro cara usando óculos escuros e lutando contra ameaças intergalácticas.

"Sim, Kate também se divertiu com isso. É um show de menestréis... Deveria se chamar *Dois Homens Fazendo Blackface*. Como muitos atores, eles fazem um circuito pelos teatros de vaudeville num raio de algumas centenas de quilômetros. Algumas estrelas viajam por todo o país, até mesmo por todo o mundo."

"Então é esse o seu objetivo, oh, Grande Boudini? Chutar Houdini do centro das atenções e pegar tudo para si?"

"Deus do céu, não. Não é meu objetivo e nem uma possibilidade remota. Houdini realmente tem habilidades de um artista de fuga, e ele é um *showman* maravilhoso. Não é só a chave CHRONOS. Tenho a sorte de conseguir manter o público acordado até chegar na parte em que desapareço."

"Você acha que tem alguma chance de ele estar aqui hoje?"

"Houdini? Não. Tenho certeza de que vou receber uma carta de seus advogados antes que o magnífico em pessoa venha até Boston. Como eu disse, isso é só uma preparação, então a gente poderia ter pulad..."

"Não. Não poderia. Eu poderia ter lido por semanas e jamais obteria tanta informação sobre 1905 quanto na última hora."

Ele ri. "Cuidado, amor. Você está começando a soar como um verdadeiro historiador da CHRONOS."

Balanço a cabeça. "Da CHRONOS, não. Só da equipe de limpeza."

∞

A descrição de Kiernan do Norumbega como o primo pobre da Exposição Mundial é perfeita. Há uma fonte enorme perto do centro do parque, que se parece com as fontes elétricas da Exposição, porém numa escala reduzida e intensamente salpicada por excrementos de aves. Também há um carrossel mais ou menos centralizado, e Kiernan me conta que eles estão planejando acrescentar uma roda-gigante e outros brinquedos. O rio Charles é um dublê muito menor para as margens do lago Michigan.

A atração principal no Norumbega parece ser a canoagem. Há tantas canoas no rio que mal consigo enxergar a água.

"É sempre tão lotado assim? Os barcos mal conseguem seguir viagem."

Kiernan ri. "Os passageiros não estão lá pelo exercício. Eles vão fazer sua farra depois de uns quinhentos metros rio abaixo. A polícia aumentou as detenções, mas os casais continuam vindo."

"Detenções? Pelo quê?"

"Por ficarem de agarramento nas canoas. Sacanoagem, é o jeito como alguns chamam."

Dou a ele um olhar meio incrédulo. "Por que dar uns amassos numa canoa? Tem um monte de gente em volta. Não tem lá muita privacidade."

"As pessoas nos outros barcos estão fazendo a mesma coisa, então ninguém vai prestar muita atenção. Daqui a alguns anos, quando houver automóveis para todos os lados, o banco traseiro vai tirar os vendedores de canoa da jogada, mas, no momento, esses barcos são a maior privacidade que se pode comprar com dez centavos."

Ficamos passeando por um tempinho, até que uma chuva leve começa a cair, nos fazendo acelerar colina acima, em direção ao prédio no topo. Na placa da fachada lê-se TEATRO GREAT STEEL — uma descrição bastante precisa da estrutura cinza e maciça.[5]

Kiernan dá um gemido, então fuça seu bolso e tira alguns centavos. "Se Josephine estivesse trabalhando, você não precisaria pagar ingresso", diz ele em voz baixa. "Mas Agatha é intransigente. Tenho certeza de que ela revende alguns ingressos e embolsa a diferença. Ela vai ser pega se não tomar cuidado. Easley pode ser um estúpido, mas a esposa dele não é."

Ele enfia as moedas no rebordo de madeira do guichê. "Oi, Agatha. Eu trouxe uma convidada hoje. Vamos aos bastidores primeiro, mas depois ela vai assistir ao espetáculo."

Uma mulher mais velha e corpulenta levanta o olhar brevemente de seu livro e me fita sem muito interesse, mas ergue o olhar de novo, como se estivesse tentando descobrir onde já me viu antes. Claro, há um espectro já desbotado de uma flor de lótus na mão dela. No entanto, tento não prender sua atenção por muito tempo. O livro — um exemplar de bolso esfarrapado intitulado *Mischievous Maid Faynie*, de Laura Jean Libbey — é claramente mais interessante do que uma garota que carrega uma semelhança passageira com uma imagem num vitral de um templo.

Aguardamos por um momento, e então Kiernan diz: "O ingresso dela, por favor? Só para o caso de Tito querer verificar". Agatha lhe dá um olhar desagradável e destaca um ingresso, empurrando-o para nós.

Ainda temos vinte minutos até o início do espetáculo, mas algumas pessoas já chegaram cedo para tentar pegar um lugar na frente. O auditório está parcialmente fechado, mas as grandes cortinas de aço nas laterais estão abertas, deixando entrar um pouco de brisa. Kiernan me leva até uma porta perto do palco e entramos num cômodo mal iluminado e cheio de adereços de palco. Há uma trilha rudimentar entre as tranqueiras, e Kiernan parece saber para onde está indo.

A alguns metros, passamos por uma urna de madeira numa plataforma elevada, e ele dá uma batidinha no topo. "Este foi o truque que fiz para conseguir o emprego. Mas andei deixando o truque mais arriscado desde então."

5 "Steel" é a palavra inglesa para "aço". E "great" é um adjetivo que pode indicar algo grandioso, magnífico, imponente.

Nos fundos da sala, um pequeno lance de degraus de madeira leva até o nível do palco.

Uma loura curvilínea em seus vinte e poucos anos se vira quando nos aproximamos, ostentando um sorriso acolhedor. "Alguém me belisque. Você é a Kate? Sou Eliza Easley. É bom ver que você existe de verdade." Ela passa a mão no braço de Kiernan e dá uma piscadela para mim. "Você não faz ideia de quantas garotas me pedem para serem apresentadas a este mocinho aqui, mas ele continua dizendo que é comprometido."

Kiernan me dispara um olhar pedindo desculpas e aperta minha mão. Eu não estragaria seu disfarce, de qualquer modo, mas eu gostaria muito de poder acreditar que ele andou dizendo isso simplesmente para afastar as tentativas dela de lhe arrumar um par, e não porque ele ainda está convencido de que nascemos um para o outro. "Oi, Eliza. Prazer em conhecer você."

"Vou mostrar as instalações para ela", diz Kiernan, "e levá-la lá para a frente. Volto cinco minutos antes de começar."

Ela balança a cabeça. "Desculpe, garoto. Perry se mandou. Eu vou precisar de músculos extras para trocar os cenários entre os atos."

Ele faz uma careta. "Tudo bem. Vou acomodá-la lá fora e já volto. Por que Perry foi embora?"

"Pelo mesmo motivo que você vai pedir demissão e pelo mesmo motivo que eu vou embora em algum momento. O idiota do meu marido." Ela sorri, mas tenho a sensação de que não está exatamente brincando.

Kiernan assente, depois me conduz para o outro lado do palco, em direção a uma caixa retangular preta com a largura e talvez dois terços de altura de uma cabine telefônica. O trambolho está em cima de uma plataforma de rodinhas a alguns centímetros do chão. Ele puxa a cortina que envolve a caixa para revelar uma outra caixa, feita de vidro e cheia de água. A alguns metros de nós há um carrinho com uma variedade de algemas e correntes de metal.

"Você só pode estar brincando comigo."

"Não", diz ele. "Nós pegamos alguém da plateia e algemamos, só para mostrar a todos que isto aqui não é falso. Então eu salto no tanque, eles puxam a cortina para me esconder e ficam desfilando com ele pelo palco... E, quando eles abrem a cortina, estou livre das algemas."

"E seu smoking?"

Ele bate no peito. "Roupa de banho. Por baixo."

"Ah, por favor me diga que não é uma daquelas peças únicas que batem nos joelhos?"

"Sim. E eu fico muito bonito nela", diz ele todo afetado.

"Eu tenho certeza que fica", respondo, sufocando uma risada.

O auditório já está se enchendo rapidamente quando Kiernan me acompanha para fora. A chuva leve se transformou num aguaceiro, e a maioria das pessoas que atravessam as portas está sacudindo a água dos cabelos.

Um homem alto e magro com um bigode e vestindo um casaco escarlate está do lado oposto do auditório, tentando baixar uma cortina de metal pesada para evitar que a chuva invada. Ele já prendeu um lado da cortina na parede mais perto da gente, mas o outro lado está emperrado. Ele dá trancos na manivela para a frente e para trás para soltá-la, mas não parece estar funcionando.

"Vai ser casa cheia. A venda de ingressos sempre sobe nos dias de tempestade. Eu tinha esperanças de que você fosse ficar num assento melhor. Quer ir aos bastidores e saltar alguns minutinhos para a gente conseguir um lugar mais na frente?"

Balanço a cabeça e me sento no corredor central, algumas fileiras mais ao fundo. "Tudo bem. Posso vir outro dia e dar uma olhada mais atenta se eu precisar."

"Por mais que eu goste da sua companhia, acho que devemos evitar isso. Ouça, eu vou ajudar Tito com a cortina, e preciso voltar aos bastidores. Vejo você depois."

Kiernan sai abrindo caminho entre a multidão, e fico olhando quando os dois dão um safanão na manivela e a barragem começa a descer. Quando ela chega no chão, Kiernan dá um tapinha nas costas de Tito e diz algo a ele, meneando a cabeça na minha direção. Kiernan atravessa o corredor, virando-se para me dar um sorriso breve antes de desaparecer pela porta do palco.

Começo a sentir um pouco de desconforto assim que ele sai de vista. Remexo sob a gola empoada da minha blusa até encontrar o cordão da minha chave CHRONOS. Preocupada, esfrego o cordão entre os dedos enquanto olho em volta, para o público. Alguns estão comendo pipoca em caixas de papel encharcadas, outros tentam ler o programa sob a fraca luz.

Depois de alguns minutos, uma pequena orquestra começa a afinação. Um violinista passa o arco pelas cordas, criando um agudo misterioso exatamente no mesmo momento em que sinto alguém bater no meu ombro.

Sobressalto-me, mas é só o cara que Kiernan chamou de Tito. Ele é mais velho do que parecia de longe. Quando olho para ele, vejo um lampejo de reconhecimento em seus olhos.

Deus do céu, será que eles só contratam ciristas neste parque?

Mas ele abre um sorriso que aprofunda as rugas em seu rosto. "Você é a Kate?"

Retribuo seu sorriso, ainda um pouco desconfiada.

"O garoto mágico, Boudini, me pediu para lhe entregar isto." Seu sotaque parece italiano, ou talvez português. Ele me entrega um programa e se aproxima um pouco mais. "Então finalmente deu certo, hein? Conseguiu fazer com que ele notasse você?"

Eu olho para ele, confusa, e balanço a cabeça.

"Ah, não precisa ficar tímida. Tito vai guardar seu segredo. Não me esqueço de um rosto bonito, de olhos tão belos. E é bom ver você sorrir para variar. Todo espetáculo vejo você olhando para ele, você e o outro homem." Ele meneia a cabeça para o outro lado do teatro. "E você se esgueira antes de começar o próximo ato, nunca fica para ver todo o espetáculo. Vê se fica hoje, ok? O show é bom!"

Meu sorriso está congelado na cara enquanto examino o auditório para ver se flagro Prudence ou o brilho azul de seu medalhão.

Tito obviamente confunde minha expressão com constrangimento, porque dá um tapinha na minha mão e diz: "Não, não, não se preocupe. O garoto mágico gosta de você. Eu percebo essas coisas. E ele parece muito melhor para você do que o seu outro *namorado*. Aquele lá não faz você sorrir, então que bom que você se livrou dele."

"Obrigada, Tito", respondo, e ofereço o maior sorriso que consigo, torcendo para que ele vá embora, achando que estou feliz. Funciona. Ele dá um tapinha na minha mão de novo para além do necessário e depois se dirige ao corredor que dá no poço da orquestra.

Aguardo até que a atenção dele se volte para outro lugar e sigo para a saída, mantendo a cabeça abaixada. De soslaio, tenho quase certeza de que vejo o lampejo azulado de um medalhão à minha esquerda, bem lá no fundo. Digo a mim mesma para não ficar olhando para lá, mas, quando chego ao fundo do teatro, me viro. Todo mundo está entrando, fechando guarda-chuvas, sacudindo água dos cabelos e roupas, e esticando o pescoço para encontrar um conjunto de assentos onde possam sentar juntos.

Todos, menos duas pessoas.

O casal lá no fundo não está nem um pouco molhado. Estão recostados na parede dos fundos do teatro. O sujeito tem a estatura um pouco acima da média, é meio robusto, e eu reconheço o perfil pálido e atarracado de Simon fazendo cara feia para as pessoas que tentam abrir caminho na frente dele. Ele segura com firmeza no braço da garota ao seu lado, que usa um vestido de cintura alta. Prudence tem mais ou menos a minha idade, a minha altura, praticamente tudo meu, mas é o rosto dela que me chama a atenção. Está apático, quase vago. Ela está olhando para a porta por onde Kiernan entrou há alguns minutos, a boca ligeiramente aberta, os olhos vazios.

Dando meia-volta, passo entre os retardatários que ainda entram no teatro e corro lá para fora, para a chuva. Tiro o medalhão da blusa enquanto procuro um lugar com um pouco de cobertura. A chuva está tão forte que concluo ser uma causa perdida, então simplesmente me espremo junto à lateral do prédio, visualizo o quarto de Kiernan às 10h15 e pisco.

Respiro fundo e então saio do ponto estável, deixando uma trilha de água no piso de madeira. Alguns segundos depois, Kiernan aparece pingando, com três conjuntos de algemas nos braços e dois nos tornozelos, a chave CHRONOS apertada entre os dedos.

O traje de banho, de fato, fica bem nele.

Ele leva um segundo para registrar que estou tão encharcada quanto ele. "O que aconteceu?"

"Você está sendo observado, Kiernan. Todos os dias. Em todos os espetáculos."

Na biblioteca, abro meus olhos. A chuva goteja pelas janelas, e não consigo evitar a sensação de que esse clima melancólico está me perseguindo pelo tempo e espaço — primeiro em Boston, com Kiernan; então em Port Darwin, Austrália; e agora aqui.

Katherine e Connor estão no mesmo lugar que estavam quando saltei para Port Darwin. Considerando tudo, Adrienne até que recebeu a notícia de seu encalhe em 1942 relativamente bem. Ela era legal. Espero que consiga cair fora antes que a bomba estoure.

Jogo a chave no colo de Connor. "Mais uma para a pilha de lixo."

Ele sorri. "Sem maiores contratempos, então? Nada do crocodilo?"

"Acho que alguém pode tê-lo matado, na verdade. Ou isso ou ele encontrou algo bem grande para comer, porque tinha uma poça de sangue caprichada na praia."

"Ainda não entendo por que você ficou tão determinada a ir sozinha", diz Katherine.

"Como eu já disse, Kiernan está sendo observado. Prudence sabe que ele está armando alguma coisa, e não vai ser bom para nenhum de nós se ela ligar os pontos. E foi moleza uma vez que Adrienne percebeu que estava presa. O único momento delicado foi quando ela perguntou se sobrevive ao bombardeio, mas ela não pressionou quando eu disse que não podia revelar. No entanto, eu quero ver o que aconteceu com ela."

"Por quê?", pergunta Katherine. "Qual é o sentido disso, Kate? Você só vai se sentir mal se descobrir que ela foi vítima do ataque."

Katherine está certa, pelo menos em partes. Não existe nenhum propósito concreto no rastreamento de Adrienne, além de satisfazer minha curiosidade e do fato de ela ter me pedido isso. Eu gostei dela, e vou ficar bem tentada a voltar e avisá-la caso eu descubra que agora consta na lista de vítimas uma assistente de enfermagem que não estava lá antes. Eu não sei se eu realmente *faria* isso, mas eu ficaria bem tentada.

Cogito deixar o assunto para lá, porque vou fazer essa pesquisa mais tarde, quer eu assuma isso para Katherine ou não. De qualquer forma, eu quero saber. Mas este é um momento tão bom quanto qualquer outro para levantar a questão da tal morte ocorrida em 1938. Se a Outra Katherine sabia que alguém ia morrer, tenho certeza de que esta Katherine também sabe. E podemos muito bem discutir isso agora.

"Então... Quem é morto em 1938? Delia, Abel ou esse tal de Grant?"

Ela arqueia uma sobrancelha para mim e volta a olhar para a tela do computador. "É irrelevante. Ele morreu antes de Saul começar a modificar a linha do tempo."

Ele morreu. Certo, ela não respondeu à pergunta, mas pelo menos reduziu a lista para Abel ou Grant.

"Não, Katherine, não foi assim. Saul começou a modificar a linha do tempo quando ele encurralou os três em 1938. Se não fosse por isso, o sujeito teria conseguido voltar para sua época, certo?"

Katherine dá de ombros, ainda encarando a tela. "Provavelmente. Mas conforme observei anteriormente, não podemos nos preocupar com essa linha do tempo. Nossa prioridade é restaurar esta realidade aqui, uma na qual você existe para *impedir* Saul. Qualquer outra coisa é um luxo, e não podemos nos dar ao luxo de ficar fazendo experiências."

Já passamos por isso e, sim, eu sei que ela está certa. Não temos como dizer quantas pessoas estão mortas nesta linha do tempo que não estavam mortas em alguma outra realidade ou que sequer existem aqui, porém existiam lá. Minha mente navega de volta aos dois filhos do meu pai na outra linha do tempo e, embora não seja exatamente a mesma coisa, "nunca existiram" e "mortos" são equivalentes funcionais.

Porém, mais uma vez, Katherine se colocou como o único árbitro entre o certo e o errado, e aquele que define o que eu preciso saber. Eu não me oponho a isso. Com base no que Kiernan me contou, a Outra Kate tampouco se opunha, e ela contava com a vantagem de ter uma Katherine cujo cérebro estava totalmente operacional, e não prejudicado por esteroides e sabe-se lá o que mais. Embora Katherine pense que o assunto deva ser encerrado, eu sei que não pode ser.

"Em favor das discussões", digo, "vamos fingir que concordo nessa questão, mesmo que nós duas saibamos que discordo. Eu ainda preciso saber cada coisinha que você puder me contar sobre aqueles três historiadores, o que eles estavam fazendo na Georgia e por que você acha que eles não abririam mão de suas chaves. Esse salto é quase certamente aquele que estragou tudo na última linha do tempo. Aquela Kate não existe mais. E, antes de desaparecer, aquela Kate estava tão irritada com você que Kiernan achava que ela precisaria de um acompanhante para lhe confrontar. Acho que há uma hipótese razoável de eu também deixar de existir se repetir o que ela fez da última vez, e também uma chance excelente de eu descobrir o que foi que a fez querer socar sua cara. Sendo assim, talvez devêssemos tentar algo diferente desta vez, não?"

Isso parece chamar a atenção dela. A de Connor também, embora ele desvie os olhos de volta ao livro que está fingindo ler.

No início, parece que Katherine vai contra-argumentar, mas ela diz: "Eu não me lembro de Grant, na verdade. Ele era um novato em treinamento. Este teria sido seu primeiro ou segundo salto. É Abel quem morre. Descobri quando fui rastrear Delia, depois que Prudence começou a modificar as coisas. Delia estava viva até cerca de seis anos atrás, passou a maior parte da vida lecionando numa faculdade feminina no Maine. Ela se casou novamente e, a julgar pelo número de descendentes, eu diria que ela intencionalmente alvoroçou o protocolo CHRONOS sobre minimizar as mudanças na linha do tempo."

"Bem, isso foi antes do controle de natalidade, não foi? Provavelmente era difícil..."

Katherine funga. "Antes da pílula anticoncepcional, sim. Mas havia métodos razoavelmente eficazes disponíveis muito antes de 1938, se você soubesse onde procurar. Delia teria sabido. Sete filhos, vinte e cinco netos... Isso com certeza vai reverberar um bocado na linha do tempo. Mas, voltando ao que importa, ela me disse que Abel foi morto logo após aquele último salto."

"Morto como?"

"Assassinado", diz Connor, fechando seu livro. "Eu não sei se foi a Ku Klux Klan ou algum outro grupo, mas ele foi linchado."

Katherine estreita os olhos para ele. "Nós só temos a palavra de Delia a respeito disso. Não há registro de linchamento em Athens depois de 1921."

"*Linchado*? Por que ele foi linchado?", pergunto.

Connor dá de ombros. "Um homem negro envolvido com uma mulher branca na década de 1930. Na Georgia. Se eu tivesse que adivinhar, eu diria que alguém os viu juntos e se ofendeu. E Katherine está certa... Não tem nenhum registro de linchamento em Athens na década de 1930. Mas tem um pequeno município logo ao sul, a pouco mais de dez quilômetros, que se separou durante a Reconstrução dos Estados Unidos. Houve um grande linchamento lá em 1905. E mais um nas proximidades, em 1946. E muitos linchamentos jamais foram registrados."

"E a terceira pessoa que estava lá, Grant? Talvez ele pudesse..."

"Eu nunca consegui localizá-lo", diz Katherine. "Delia me disse que não sabia onde ele estava, que não o vira desde que ela saíra de Athens, logo depois da morte de Abel. E então ela disse que me veria no inferno antes de me entregar aquelas chaves." Seus olhos azuis ficam perturbados. "Eu entendo a chateação dela, obviamente. Mas não é como se eu tivesse alguma coisa a ver com a morte dele."

"Você disse a ela que foi Saul quem sabotou o salto?"

Katherine faz que sim com a cabeça. "Mas deixei claro que eu não tinha conhecimento nenhum sobre o que ele ia fazer. Eu vasculhei todos os meus diários, Kate, várias vezes... procurando por indícios que explicassem por que ele fez aquilo, para tentar saber quando ele começou a planejar tudo. E não consegui encontrar nada. Houve alguns acontecimentos estranhos, sim. Acho que você assistiu ao registro no qual eu reclamava por ele estar tomando medicamentos proibidos num salto."

Concordo com a cabeça e ela continua. "E houve algumas vezes em que ele foi evasivo ou furtivo, mas essa era a natureza dele. Ele odiava que qualquer um ficasse sabendo de qualquer coisa que pudesse ser tomada como uma fraqueza... Ele nunca admitia se estava doente, e uma vez até se recusou a ir ao médico da CHRONOS depois de queimar o braço durante um salto. Ele nunca teria ficado com uma cicatriz se não tivesse sido tão..." Ela se cala e depois acrescenta: "Não é como se eu pudesse tê-lo impedido, Kate".

Não falo nada. Será que ela *poderia* tê-lo impedido? Não sei. Mesmo que ela não soubesse o que Saul estava planejando, ela sabia que ele estava quebrando regras da CHRONOS, talvez muitas delas. E sabia que ele estava envolvido com algumas pessoas um tanto questionáveis, mas só resolveu entregá-lo quando já era tarde demais. Não, ela não tinha certeza de nada, mas possuía mais recursos para agir do que qualquer outra pessoa da CHRONOS.

Ou Katherine está pensando a mesma coisa, ou então está lendo meus pensamentos a partir da minha expressão, porque ela contrai o rosto. Já fico preparada, com medo de que ela perca as estribeiras novamente, assim como fez na outra noite, na nossa reunião, mas de repente vejo lágrimas em seus olhos.

"Você também me culpa, não é?"

Olho de relance para Connor, que decidiu muito convenientemente voltar ao livro, e tento descobrir como dizer a verdade a ela sem ser tão severa.

"Não, Katherine. Eu não *culpo* você. Acho que você cometeu alguns erros, mas você era jovem. Às vezes as pessoas fazem coisas estúpidas quando estão apaixonadas. Embora..." Estou prestes a dizer que não entendo como ela foi se apaixonar por Saul. Nada do que vi ou ouvi a respeito dele faz com que o sujeito pareça remotamente atraente. E muito embora eu me contenha antes que as palavras realmente saiam, ela adivinha meu pensamento.

"Você não o conheceu naquela época, Kate. Ele era bonito, cortês, inteligente e, acredite ou não, sabia ser muito gentil quando queria. Eu não sei o quanto disso era pura encenação, mas eu estava longe de ser a única a ter se apaixonado por ele."

"Conto com o benefício da imprevidência", reconheço, resolvendo não mencionar que Adrienne, a historiadora que conheci em Port Darwin, *conheceu* Saul e o achava igualmente repulsivo. "Mas, voltando ao assunto principal, vou a Athens com a mente aberta. Não vou presumir que a morte desse indivíduo seja inevitável. De tudo o que sabemos, essa presunção foi o que nos fez falhar da última vez."

"Porque você é esperta, obviamente, com base em seus muitos anos de experiência." A voz dela está pingando sarcasmo, e estou prestes a rebater quando ouço uma música abafada. Levo um segundo para perceber que é um toque de celular, vindo do meu traje de banho. É The Clash, "Should I Stay or Should I Go?", que baixei pouco antes da minha mãe viajar, quando ela estava tendo aqueles pensamentos inevitáveis sobre abandonar sua garotinha.

Não vou arrancar o celular de dentro do maiô aqui na frente de todo mundo, então dou meia-volta para sair da biblioteca. "É minha mãe", digo enquanto sigo para o corredor. "A gente termina mais tarde."

∞

Minha mãe não conheceu ninguém para poder conversar na Itália, já que a maioria dos novos colegas tem o inglês como segunda língua. Isso significa que os telefonemas com ela estão um pouco demorados, afinal, ela precisa papear com alguém. No entanto, ela está gostando de Gênova — o clima é bom, a comida é excelente e ela está ansiosa para começar a pesquisa.

E ela acha que eu definitivamente deveria usar o novo vestidinho vermelho no evento com Trey. Desconfio que seja arrumado demais para qualquer coisa rotulada como um churrasco, mas Trey disse que é mais provável que seja um churrasco do tipo vieiras-grelhadas-e-sanduíche-de-filé do que hambúrguer-e-feijões-cozidos.

O vestido parece muito mais propenso a deixar Trey sem fôlego do que a saia jeans e a camisetinha de seda que eu planejava usar, e eu realmente quero deixá-lo embasbacado esta noite. A chuva que caía mais cedo amenizou, então deve estar calor o suficiente. Eu finalmente cedo à tentação e tiro o vestido do cabide, procurando, na sequência, sapatos para combinar.

Infelizmente, o vestido não oferece um esconderijo para o medalhão, e vai haver muitos ciristas lá que podem reconhecê-lo caso eu o use abertamente como acessório. Por fim, eu o coloco na bolsinha de couro que Kiernan me deu e a colo na minha barriga com um esparadrapo grande, como aquele que usei na perna depois do meu encontro com os dobermanns dos ciristas. Aproveito e pego dois Band-Aids menores para meus dedos, que eu realmente preciso parar de mastigar quando estou tensa.

Passo um bocadinho de brilho labial, calço as sandálias e pego minha bolsa *clutch* e a embalagem do esparadrapo, assim posso devolvê-lo ao armário onde Katherine guarda sua imensa quantidade de remédios, ervas e chás misteriosos. Verifico o corredor e espio para além do corrimão antes de descer as escadas. Consegui evitar Katherine desde nossa discussão na biblioteca, e dar de cara com ela agora estragaria meu humor para a festa.

Connor está coando café quando entro na cozinha, e fico surpresa ao ver que ele está usando o moedor e os grãos que meu pai comprou. Talvez ainda haja esperança para ele. Ele se vira quando fecho a porta do armário. Um sorriso se espalha por seu rosto. "Uau. Existe uma Kate feminina dentro de você, afinal."

Eu coro, mas retribuo o sorriso. "Eu a deixo sair para brincar de vez em quando. *Se* ela se comporta direitinho."

"Ah, meu Deus, pobre Trey."

"Como assim?"

"Ele vai aparecer naquela porta daqui a pouco achando que exerce algum grau de controle sobre esta noite, só para ter sua ilusão totalmente destruída assim que pousar os olhos em você usando este vestido."

Eu olho para baixo. É *mesmo* um pouco mais curto do que as peças que costumo usar, mas não pensei que estivesse de fato encarnando o espírito de Jezebel.[6] "É muito revelador, não é? Talvez eu ainda tenha tempo de trocar."

"Não, não, não." Connor agarra meu cotovelo. "Não chega nem perto de ser indecente. Eu só quis dizer que você está linda. Trey não vai conseguir tirar os olhos de você, e ele provavelmente vai ter que lutar para defender seu território dos outros caras. Bem sacado, Kate, muito bem sacado."

Levanto uma sobrancelha, em parte porque não tenho certeza de como me sinto por ser chamada de *território*, e em parte porque ele transformou uma simples decisão sobre roupas em algo que soa um tanto maquiavélico. Quero dizer, eu escolhi este vestido porque pensei que Trey fosse gostar, mas...

"Confie em mim, Kate. Você definitivamente deve usá-lo. E falo por experiência, tanto de ex-adolescente quanto de pai."

"Então", pergunto, "você teria deixado Andi usá-lo?"

Andi é a filha dele. Ou melhor, era. Connor não costumava falar sobre seus filhos, mas ultimamente ele sempre surge com uma

6 Jezebel é uma personagem bíblica. Ela foi uma princesa fenícia casada com o rei Acab de Israel. Era filha do rei dos sidônios, Etbaal, e seu casamento com Acab foi resultado de uma aliança cujo objetivo era fortalecer as relações entre Israel e a Fenícia. Sua história é conhecida por meio do Primeiro Livro de Reis, do Antigo Testamento. Conta-se que ela tentou destruir quem era fiel a Deus e que não tinha escrúpulos. Quando diz-se que alguém "encarnou o espírito de Jezebel", significa que a pessoa é uma sedutora que manipula a todos para conseguir o que deseja.

coisinha da qual se lembra, ou menciona uma data comemorativa ou aniversário. Andi teria se formado na faculdade neste ano, caso ela existisse nesta linha do tempo. O caçula, Christopher, também se foi, assim como vai acontecer a Connor se ele sair do alcance de um campo da CHRONOS.

Connor assente, mas seu sorriso entristece um pouco. "Sim, eu teria deixado Andi usá-lo. Mas eu também teria ficado na porta para garantir que seu acompanhante se lembrasse de que ela ainda era minha garotinha. E, com isso, vou dar um alerta a Harry de que ele precisa se preparar para atender a porta."

∞

A encenação de pai-superprotetor de Harry Keller precisa de muito aperfeiçoamento. E o fato de ele ser uns bons dez centímetros mais baixo do que Trey não ajuda em nada, mas o maior problema é que a pose de bravo não faz o estilo dele. Ele consegue fazer uma piada bem ruim sobre Trey me deixar em casa até a meia-noite, mas está óbvio, pela expressão de Connor, que observa de lá da porta da cozinha, que ele não está nem um pouco impressionado com a performance. Tenho certeza de que as lições sobre como intimidar o namorado de sua filha vão começar assim que sairmos de perto.

O carro de Trey está estacionado na frente da casa, meio escondido pela cerca viva que circunda a frente e as laterais do quintal de Katherine. Assim que saímos do campo de visão paterno, Trey se vira para mim e pega minha mão, puxando-me para mais perto. Ele está incrivelmente bonito de calça azul-marinho e a mesma camisa azul que usou quando tomamos café da manhã na casa dele no meu aniversário, antes da nossa desventura no templo cirista.

Mesmo que eu fosse do tipo que o culpasse por uma repetição de figurino do primeiro encontro, coisa que definitivamente não sou, não posso responsabilizar Trey por algo do qual ele não consegue se lembrar. Estou muito mais interessada na outra coisa que continua igual — a luz muito familiar nos olhos dele quando lhe ofereço um sorriso.

"Ouça", diz ele. "Eu sei que seu pai e Connor podem preferir que o beijo venha no final da noite, depois que eu tiver deixado você sã e salva à sua porta, mas foram dez dias inteiros. E você está... uau!" Ele balança a cabeça e me dá *aquele* sorriso, aquele que simplesmente me derrete, e depois vem o beijo — um longo, longo beijo. "Senti saudade", diz ele junto aos meus cabelos quando paramos para respirar.

Recosto-me em seu peito, suspirando. "Também senti saudade."

Depois de um momento, Trey se estica para abrir a porta do carro para mim. Uma vez que entro, ele se inclina e passa o dedo indicador abaixo do meu lábio inferior. "Agora entendo por que a tradição afirma que o beijo deve vir ao final do encontro. O quanto de batom estou usando?" Eu rio e esfrego os lábios dele com a ponta do dedo, o que remove o brilho, mas não a cor.

"Hum", digo enquanto ele se posiciona atrás do volante. "Talvez a gente devesse achar um lenço de papel ou coisa assim antes de encontrar o pessoal da Briar Hill, não?" Abro o porta-luvas e encontro uma pequena pilha de guardanapos de fast-food — tenho certeza de que são os mesmos que Trey me deu na outra linha do tempo, quando eu estava em lágrimas depois de encontrar meu Outro Pai. Entrego-lhe os guardanapos, e ele esfrega a boca, mas ela ainda continua um pouco rosa.

Ele ajeita o retrovisor de volta e sorri enquanto liga o motor. "Ah, bem. Acho que eu poderia simplesmente te dar outro beijo assim que chegarmos, assim ninguém vai ter dúvidas sobre a origem do batom. Ou sobre com quem você está."

O comentário de Connor sobre o "território" ecoa brevemente na minha mente, e eu balanço a cabeça, rindo. "Isso renderia uma primeira impressão interessante. Então... Onde é o evento?"

"Pouco depois de Falls Road." Ele balança a cabeça para o suporte no painel, onde seu celular exibe um aplicativo de GPS. Clico no zoom para verificar o destino e vejo enormes blocos em verde.

"Que bom que não optamos por trajes mais casuais", digo. "Nós definitivamente estamos nos metendo num lugar chique."

"Sim, eu percebi. Eu odeio esse tipo de coisa", comenta ele assim que entra em Rockville Pike. "É sempre um jogo de superioridade... Quem tem o carro mais veloz, a casa maior, a obra de arte mais obscura e mais valiosa. E vai ter pelo menos uma escultura ou pintura horrorosa numa alcova cuidadosamente iluminada para garantir que você simplesmente não deixe de notá-la. Acho que isso já vem no contrato quando você compra uma casa com mais de dois mil e quinhentos metros quadrados."

Não digo nada, principalmente porque tenho zero experiência nesse quesito. A casa de Katherine é facilmente a maior na qual já estive, mas ela a decora com livros e com os equipamentos esquisitos de Connor, projetados para aumentar a potência do campo da CHRONOS. A casa de Trey é provavelmente a segunda maior, mas se assemelha mais a uma casa, e não a um museu.

"Desculpe", diz ele, apertando minha mão. "Não quero ser negativo. É só que vi tanto disso na escola no Peru. Eu finalmente consegui encontrar um grupo de amigos mais descontraídos, só que aí a gente se mudou. Só concordei em concluir os estudos em Briar Hill porque meu pai prometeu que não era um lugar tão esnobe. Mas agora, com essa fusão com a Carrington Day, estou começando a me perguntar como vai ser."

"Sim. Mas pelo menos eles não estão trocando nossas aulas. Quero dizer, o cronograma de aulas que tenho é o mesmo no qual me inscrevi no ano passado."

Passamos alguns minutos comparando nossos horários e ficamos felizes ao descobrir que temos duas aulas juntos e que nossos horários de almoço coincidem. Pode ser até que sejam três aulas, porque Trey não consegue se lembrar se vai fazer cálculo II ou IV.

Ele vira para Falls Road e, depois de quase dois quilômetros, as casas começam a ficar mais distantes entre si, separadas por áreas arborizadas. As casas gigantescas são basicamente o padrão na região de Washington, mas as pessoas neste bairro exibem o verdadeiro indicador da riqueza: terrenos de verdade circundando as casas. Estas não são típicas McMansões, espremidas num lote do tamanho de um selo postal, mas sim residências extensas com deques em vários níveis, pelo menos uma piscina e uma quadra de tênis.

Viramos numa estradinha lateral e passamos por uma propriedade com cerca de ferro, com uma enorme casa de tijolos ao longe e uma lagoa mais perto da estrada, onde dois cavalos pararam para beber água. A cena é muito pitoresca, mas também um pouco intimidante.

Trey acompanha meu olhar e, aparentemente, meus pensamentos também. "A menos que você tenha objeções", começa ele, "vou localizar o dr. Tilson, dizer a ele que meu pai lamenta por não ter podido comparecer, e caçamos um pretexto para cair fora daqui."

"Sim, por favor." Não sou fã de festas, para começo de conversa, e se Trey que é o Trey já está preocupado em se sentir pouco à vontade, então eu serei um verdadeiro peixe fora d'água. "Talvez você possa simplesmente dizer que temos que comparecer a uma recepção para batizar o novo iate do seu pai, e eles deixem a gente levar nossa comida para viagem, não?"

Ele ri. "Ei, isso pode ser divertido, se a gente transformar numa brincadeira. Agora precisamos criar um passatempo bem pretensioso para você... Que tal adestramento de cavalos?"

"Aparentemente você se esqueceu de que está chegando com a filha do professor de matemática. Pelo menos algumas pessoas vão se lembrar de que morei num daqueles chalezinhos minúsculos no campus e, acredite, lá não tem espaço para esconder um cavalo adestrado."

"Tudo bem, nada de adestramento, então. Vamos recorrer ao seu passatempo de verdade. Eu duvido que qualquer um deles tenha uma máquina do tempo."

"Provavelmente não. Infelizmente, não vai dar para ficar exibindo meu brinquedinho reluzente."

Ele está prestes a sugerir mais alguma coisa quando vemos a placa indicando o endereço, Lochmere Street, 10804. A entrada tem portão, é claro, mas ele está aberto, e um buquê de balões de hélio está amarrado em cada pilar. A pista serpenteia por entre as árvores que assomam o terreno e a hera que esconde a casa da estrada, e depois se abre para um gramado cuidadosamente aparado nos arredores de uma mansão branca em estilo colonial que poderia facilmente abrigar metade do corpo estudantil da Briar Hill. Uma dezena de carros está enfileirada junto à estrada. Estou começando a desejar ter colocado minhas sapatilhas em vez destas sandálias de salto, já que parece que vamos precisar andar um pouco e o gramado ainda está úmido devido à chuva desta manhã.

Contudo, Trey não encosta atrás do último carro conforme eu esperava. Em vez disso, ele continua em direção à estradinha que contorna a fonte ornamentada em frente à entrada. Dois homens se destacam ao lado das colunas do meio, seus uniformes azuis-escuros um contraste vívido contra o branco imaculado da casa. Trey para o carro e o sujeito à direita abre minha porta enquanto o outro contorna pela frente do veículo para pegar as chaves.

Assim que passamos pela porta, eu me inclino e sussurro: "Estacionamento com manobrista para um churrasco do Ensino Médio? Ai. Meu. Deus".

Trey ri e põe a mão na minha cintura, puxando-me para ele. "E os juízes concedem dez pontos de crédito para a Carrington Day."

O manobrista que me ajudou a subir a escadaria se adianta para abrir a porta da frente. Uma mulher com um livro de visitas está atrás de um pequeno pódio no saguão. Trey dá um passo adiante, tirando o convite do bolso. Ela olha para ele e depois para mim, um olhar incomodado.

"Eu sou Trey Coleman", diz ele. "Esta é a minha convidada, Kate Pierce-Keller."

"Ah, sim. Olá, Trey. Bem-vindo a Briar Hill! Fiquei um pouco surpresa porque todos os outros convidados eram pais..."

"O meu está fora da cidade, infelizmente, e Kate foi gentil o suficiente para me acompanhar."

"Tenho certeza de que não vai ser um problema."

Ela mexe um pouco nos papéis sobre o pódio e localiza a etiqueta com o nome impresso de Trey, e depois me entrega uma caneta azul e uma etiqueta em branco com os dizeres "Olá, Meu nome é ____". Fico muito tentada a escrever *Inigo Montoya* no espaço em branco, só para ver se alguém aqui vai entender a piadinha besta, mas resisto à tentação e coloco meu verdadeiro nome.

Então percebo que não tenho lugar para colar aquela porcaria. Tento grudar no corpete do vestido, mas entre a ausência de mangas e o decote muito baixo, o único pedaço de tecido suficientemente grande para o adesivo fica bem no meu peito, o que deixa a coisa meio engraçada e significa que todos terão que encarar meus seios para encontrar meu nome. As pregas na cintura impedem que fique bem colado, e acabaria meio idiota, de qualquer forma. Finalmente colo na minha bolsinha preta.

Trey está encostado na porta quando olho para cima, nitidamente se divertindo com meu dilema. "Solução inteligente."

"Bem, era isso ou colar na minha testa."

Devolvo a caneta e a mulher meneia a cabeça para a entrada principal. "Os anfitriões estão recebendo todo mundo no pátio. É só entrar por ali e vocês verão as portas à esquerda."

Há janelas altas nos dois lados da sala, uma voltada para o gramado da frente e outra, à esquerda, dando para o pátio. Tem uma grande multidão por ali, a maioria na área forrada com piso, e nos separamos brevemente. Menos da metade parece ser da nossa faixa etária, e isso é tão nítido que a mulher de fato estava certa ao nos informar que a maioria dos convidados são pais. Para além do pátio, no gramado, há duas tendas brancas cobrindo as mesas do bufê. A outra tenda, ao lado, tem mesas menores cheias de bandejas de prata e, atrás dela, cerca de uma dúzia de garçons uniformizados.

Eu olho em volta da sala de estar, procurando Trey, uma tarefa complicada dada a imensidão do cômodo. Parece mais um saguão de hotel do que qualquer sala de estar onde já estive. Há um piano de cauda no canto direito, perto da entrada. Algumas cadeiras estão espalhadas junto às paredes, e no lado oposto, em frente ao piano, uma lareira cavernosa feita de pedra, juntamente a um monte de sofás e poltronas, todos muito mais decorativos do que funcionais.

Pequenos nichos com obras de arte estão posicionados ao longo das paredes, com um intervalo de três metros entre cada um deles, todos cuidadosamente iluminados, como Trey havia previsto. No entanto, o que me chama atenção é o nicho maior centralizado bem acima das janelas, voltado para o gramado da frente, que exibe um enorme símbolo cirista. Parece uma cruz, de certa forma, mas tem uma voltinha no topo, como um *ankh* egípcio. Os braços da cruz também fazem uma volta, como um símbolo do infinito, e há uma grande flor de lótus no centro, onde tudo se sobrepõe. Os símbolos ciristas em cima dos templos geralmente são brancos, mas este é em cromo e cristal, com cerca de uns cinco metros de altura.

Volto-me para as janelas do pátio e vejo Trey, que também está encarando a coisa com uma expressão atordoada. Vou até ele, porém ele se vira e cruza rapidamente o centro da sala para me interceptar. "Talvez devêssemos ir embora", diz ele. "Meu pai simplesmente vai ter que..."

Não é como se eu tivesse achado que seria capaz de evitar os ciristas totalmente. Isso é meio difícil de se fazer, agora que eles representam cerca de um quarto da população. Por outro lado, eu definitivamente planejava evitar passear por um dos antros deles, já que isso não deu tão certo da última vez que tentei. Meus olhos passeiam em busca de dobermanns, mas a casa e o quintal parecem estar livres de cães. E muito embora parte de mim esteja gritando para que a gente de fato caia fora, também não quero que Trey decepcione seu pai por minha causa.

"Olá?" Nós dois nos voltamos ao mesmo tempo para uma das portas imensas que levam ao pátio. Uma mulher de aparência amigável, mais ou menos da idade de Katherine, porém bem mais robusta, acena em nossa direção. "A festa é aqui fora", diz ela. "Eu sou Angela Meyer, a avó de Eve. Por favor, venham e juntem-se a nós."

Eve. Não é um nome incomum. Deve haver duzentas meninas ciristas nos arredores de Washington cujo nome é Eve, certo?

Puxo Trey para que eu possa falar sem sermos ouvidos pela mulher. "Está tudo bem, Trey. Mesmo. Não vamos ficar muito tempo. Pode ser que não seja nem a mesma Eve, e ainda que seja, duvido de que ela vá se lembrar de qualquer coisa."

"Eve?" Ele parece intrigado, e percebo que ele provavelmente não compreendeu todos os nossos bate-papos em vídeo. Nesse caso, nem tenho certeza do quanto conversamos sobre aquela ida desastrosa ao templo da Sixteenth Street. Entre Trey sentindo-se mal por eu ter sido mordida, e eu me sentindo péssima por tê-lo arrastado para lá, em primeiro lugar, ambos estávamos um tanto ansiosos para esquecer a história.

Eu começo a explicar, mas a sra. Meyer está olhando para a gente com certa expectativa, então eu simplesmente o estimulo a seguir para a porta.

"Encontre Tilson e diga olá pelo seu pai. Então vou fingir que recebi um telefonema urgente."

Ele ainda parece hesitante, mas me segue até o pátio. A sra. Meyer dá um passo adiante e toma minha mão entre as dela. Ela me faz lembrar da mulher na caixinha de uma marca de biscoitos de aveia — cabelos prateados e encaracolados, óculos, um sorriso doce e um brilho nos olhos —, só que esta senhora usa um vestido elegante coral-claro em vez de um avental esfarrapado, e seu perfume é Estée Lauder em vez de canela e açúcar. "Estou tão satisfeita por você ter podido vir..." Ela olha para baixo, procurando a etiqueta com meu nome.

"Kate Pierce-Keller", digo, mostrando minha bolsa. "Não consegui colar direito a etiqueta com o nome em lugar nenhum."

"Eles realmente não tornam essas etiquetas adequadas para nós, mulheres, não é?" Ela para no meio de sua risadinha e inclina a cabeça para o lado, semicerrando os olhos quando me avalia com mais afinco. "Mas eu conheço você, não? Você é amiga de Eve, lá do templo?"

Seus olhos se voltam para minha mão, nitidamente procurando uma tatuagem de lótus também. "Ah, acho que não", diz ela.

Trey se aproxima. "Dizem isso para ela o tempo todo, sra. Meyer. Ela se parece um bocado com uma das meninas de um programa do Disney Channel. Eu sou Trey Coleman, aluno novo da Briar Hill neste ano."

Não tenho ideia do programa ao qual ele se refere, mas agradeço por ele ter me salvado.

Ela solta minha mão para cumprimentar Trey. "Muito prazer em conhecê-lo. Por favor, vocês dois, entrem... Ou, acho que eu deveria dizer, venham aqui para fora!"

A sra. Meyer nos conduz pelas pedras cinzentas claras, em direção a uma mesa com fileiras de taças de champanhe. Ela olha em volta, balançando a cabeça com consternação. "Todo mundo está espremido no pátio. Eu esperava que pudéssemos nos espalhar um pouco, mas a chuva deixou o gramado todo lamacento. Nós que estamos usando saltos teríamos que andar na pontinha dos pés para evitar afundar." Ela entrega uma taça para cada um de nós, e então pega uma terceira para si. "Para vocês, jovens, vai ser só sidra com gás. E para a anfitriã também. Eu vou beber meu champanhe quando toda essa loucura acabar." Ela dá uma piscadela e fica na ponta dos pés para vasculhar pela multidão. "Eu queria encontrar Eve e os amigos dela para que eu pudesse apresentá-los a vocês, mas não estou vendo ninguém. Ai, Deus, tem mais convidados chegando agora. Vou ter que deixar vocês por conta própria, meus queridos."

Ela corre de volta ao seu posto, na beira do pátio, e eu me viro para Trey, que examina a multidão. "Bem, ela parece legal", comento. "Uma pena que essa característica não tenha passado para a neta dela."

"Como você conhece a neta dela?"

"Tenho certeza de que ela é Eve Conwell... Nós dois a conhecemos na outra linha do tempo. Foi o que eu estava tentando lhe dizer lá dentro. Não sei se ela vai se lembrar disso. Provavelmente não, a menos que ela estivesse no templo quando ocorreu a mudança na linha do tempo. Mas ela ainda pode me reconhecer..."

"Ótimo", diz ele, sua voz um pouco severa. Não consigo ler sua expressão, o que me parece estranho, porque o rosto de Trey geralmente é facilmente decifrável. Então ele diz, num tom mais suave: "Depois que sairmos daqui, precisamos ir a algum lugar e conversar sobre tudo isso, beleza? Eu tenho algumas perguntas. Meu pai também".

"Seu pai? O quanto você revelou a ele?"

Ele balança a cabeça. "Mais tarde, ok? Vamos encontrar Tilson." Ele pega minha mão e nos afastamos da mesa de bebidas. Bato o ombro acidentalmente em uma mulher alta, de cabelos castanhos-avermelhados, que está ao mesmo tempo tentando comer de um pratinho de aperitivos e equilibrar sua bebida. Um pedaço de algo alaranjado, melão ou talvez manga, cai do prato dela, acertando seu sapato. Ela lança um olhar irritado para mim, mas a expressão rapidamente se transforma em outra coisa enquanto ela mira no meu rosto. Ela parece quase chocada quando peço desculpas.

"Não, não. A culpa foi totalmente minha."

Estou prestes a dizer que a culpa *não* foi dela, mas Trey está me puxando, então ofereço só um sorrisinho.

Trey para logo adiante, seu pescoço se esticando para olhar por sobre a multidão. "Não consigo encontrá-lo."

"Você tem como descrevê-lo?"

"Nada além de muito, muito velho."

Vamos seguindo em torno da piscina, que está coberta com dezenas de flores de lótus flutuantes. Parecem de verdade à primeira vista, mas depois percebo que os centros mudam de cor muito lentamente, então elas devem ser tipo aquelas iluminações de piscina. Vejo alguns rostos familiares da escola; tirando isso, são só pessoas que não conheço. E, desconsiderando a avó de Eve, que ainda está em seu posto junto à porta de vidro, todos parecem ter menos de sessenta anos, então não creio que nenhum deles poderia ter sido professor do avô de Trey.

São principalmente pais e adolescentes, e os pais parecem estar se divertindo mais, muito provavelmente porque suas taças contêm algo além de sidra. Um homem negro alto, que está de frente para a casa de hóspedes, dá um tapinha no ombro de outro homem que acabou de chegar. A risada dele me parece familiar, e quando ele se vira em minha direção, reconheço o sr. Singleton, pai de Charlayne. Examino as pessoas por perto e finalmente a vejo quando um dos caras do grupo adolescente recua um pouco para um lado.

Ela está admirando o gramado, ostentando uma expressão da qual me lembro bem dos nossos dias na Roosevelt High — Charlayne está morrendo de tédio. Uma das outras garotas se inclina para ela para falar alguma coisa, e Charlayne sorri educadamente e assente, espanando a saia do vestido branco e azul-marinho com manguinhas curtas e uma bainha angulada um pouco acima do joelho. Ainda é muito formal e empertigado para a Charlayne que eu conhecia, mas a bainha branca faz um contraste agradável contra sua pele escura, e o vestido é definitivamente um upgrade comparado à peça monótona que ela usava quando a vi pela última vez no templo — um encontro do qual ela, felizmente, não vai se lembrar.

Charlayne deve ter sentido meu olhar, porque se vira em minha direção. Seus olhos viajam até minha mão, que ainda segura a de Trey. Ela franze a testa, mas não sei se é de reprovação ou apenas irritação por eu estar olhando.

"Ei, acho que o encontrei", diz Trey para mim.

"O quê? Onde?"

Trey começa a cruzar o gramado até a tenda mais próxima, onde estão reunidos a diretora da Briar Hill e alguns outros convidados. Eu vou com ele, mas assim que saio do piso lajeado, percebo que a sra. Meyer estava certa sobre o gramado encharcado.

Trey para e olha para minhas sandálias. "Por que você não espera aqui? Só vou demorar um minuto."

Faço que sim com a cabeça e recuo no pátio. Alguém toca meu cotovelo e eu me sobressalto, entornando um pouco de sidra no piso.

"Oh, me desculpe! Eu não queria assustar você. Sou Charlayne. Charlayne Singleton. Eu estava acabando de falar para Leann... É aquela ali, de cor-de-rosa... Bem, eu estava falando para ela que tenho certeza de que era para a gente estar interagindo com os novos alunos da Briar Hill. Mas parece que nos separamos em campos inimigos ou coisa assim, entende? E como seu amigo parece ter se afastado, resolvi vir aqui dar um alô... e me apresentar."

A entonação no final me lembra que ainda não me apresentei. "Ah, oi... Eu sou Kate Pierce-Keller. Eu não sou exatamente novata na Briar Hill, comecei no ano passado. Estou aqui com o Trey."

"Então você já conhece Trey há um tempinho?" Seus olhos se deslocam quase imperceptivelmente para minha mão, então retornam ao meu rosto. Nem sequer me ocorrera que o fato de Trey estar segurando minha mão era um exemplo flagrante de demonstração pública de afeto para qualquer cirista presente. O irmão de Charlayne só ganhara permissão para segurar a mão da namorada depois de seis meses de relacionamento. As regras ciristas sobre namoro e sexo são rigorosas: nada de atividade sexual até vinte anos ou até o casamento, todos os encontros amorosos devem ser supervisionados, e todos os casamentos devem ser aprovados pelo Conselho dos Anciãos.

"Ah, sim. Estamos juntos por boa parte do ano já." Não é *exatamente* uma mentira. O tempo que passei com Trey foi definitivamente a parte boa do meu ano.

Olho para a tenda, onde Trey está com alguém que deve ser Tilson, além do restante do contingente da Briar Hill. O velho está agitando as mãos, aparentemente perturbado, e Trey parece estar tentando encontrar um momento bom para interromper a conversa.

"Ele é muito fofo", diz Charlayne, com um sorrisinho. É uma sombra tímida do sorriso perverso que costumava acompanhar sua avaliação de qualquer coisa masculina e remotamente gostosa, mas vou aceitar.

Eu retribuo o sorriso, lembrando-me de termos tido esta mesma conversa sobre os vários meninos que chamaram sua atenção no refeitório da Roosevelt no ano passado, antes de eu me transferir para a Briar Hill. "Ele *é* um fofo, não é?"

"Bem", diz ela, "mas pode deixar que vou deixar as Evelettes cientes de que ele já é comprometido."

"Evelettes?"

Ela meneia a cabeça para três garotas sentadas num banco perto da casa de hóspedes. "Aquelas ali são tipo as *backing vocals* de Eve. Tudo o que ela diz, elas ecoam duas vezes e complementam com alguns ooohs e aaahs para enfatizar."

Dou risada. "Assim... Essa tal Eve não é sua amiga?"

Charlayne enruga o nariz e depois dá uma golfada bem indiscreta. "Quer dizer que você não conheceu Eve? Ela é um *anjo* completo. Você não poderia pedir por amiga melhor." Então ela continua, com uma voz muito mais baixa. "Mas, cá entre nós, digamos que ninguém a contraria. Qualquer um com meio cérebro mantém distância... coisa que já lhe diz um pouco mais sobre as três patetas ali no banco. Eve era a Abelha Rainha da Carrington Day desde o início, e não está exatamente feliz por trocar para uma nova escola bem no último ano. Esta festinha é para garantir que todo mundo na Briar Hill entenda que ela é a nova chefe." Seus olhos deslizam para a porta do pátio. "Acho que ela vai fazer sua entrada triunfal em uns cinco minutos."

"Obrigada por avisar." Olho para Trey. Espero que ele termine logo com o dr. Tilson e que a gente possa sair daqui antes que Eve chegue.

Charlayne pergunta em quais disciplinas estou matriculada e estamos acabando de comparar nossos horários quando sinto a mão de Trey no meu ombro.

"Você falou com Tilson?"

Ele assente e olha para Charlayne.

"Ah, vocês ainda não se conheceram, não é? Trey Coleman, esta é minha amiga Charlayne." Hesito no final, percebendo que, pela perspectiva dela, a gente só se conhece há alguns minutos, então a palavra *amiga* pode soar estranha. Mas ou ela nem percebe ou não se importa.

"Charlayne Singleton. Prazer em conhecê-lo", diz, oferecendo a mão.

Ele a cumprimenta, seus olhos examinando brevemente a tatuagem cor-de-rosa. Eu me pergunto se as meninas ciristas por acaso consideram a tatuagem útil às vezes? Entendo como deve ser mais fácil simplesmente expor o "não vai rolar" quando elas estão de papo com alguns caras.

Charlayne volta o sorriso para mim.

"Muito prazer em conhecer você também, Kate. Te vejo na aula de história avançada... Mas, agora, é melhor eu voltar antes que subam as cortinas." Ela meneia as sobrancelhas para mim antes de voltar para perto das Evelettes.

"O que foi aquilo?", pergunta Trey. "Ela não está com a Carrington Day?"

Faço que sim com a cabeça, ainda um pouco desconcertada pela virada nos acontecimentos. Quando nos encontramos na outra linha do tempo, Charlayne parecia um fantoche de Eve, mas agora estou me perguntando se por acaso não teria sido uma percepção equivocada da minha parte. Ou talvez seja só porque ela estava no templo. Talvez minha Charlayne esteja em algum lugar por aí, morrendo de vontade de arrebentar suas correntes ciristas.

"Temos que ir embora." Coloco minha taça vazia em uma das mesinhas. "Te conto tudo no carro."

"Totalmente de acordo. Acho que a festa poderia ficar... interessante... assim que o pessoal da Carrington Day encontrar Tilson. Isto é, se o restante do corpo docente da Hill *permitir* que eles encontrem Tilson."

Ofereço a ele um olhar curioso, mas ele não responde, então olho para além do pátio lotado, procurando o caminho menos atulhado até a porta. A sra. Meyer não está mais em seu posto cumprimentando os recém-chegados, então espero que não precisemos criar nenhum tipo de pretexto para sair cedo. Vamos contornando alguns montinhos de pessoas e estamos quase saindo quando fico cara a cara com a razão que tirou a sra. Meyer da porta.

Eve está ao lado de seu pai, da avó e de um homem mais velho que não conheço. Dou meia-volta rapidamente e trombo no peito de Trey. Ele percebe a dica e nos incita alguns passos para trás, aparentemente esperançoso de que consigamos nos esconder atrás dos dois homens bem grandalhões a poucos metros à esquerda. Um deles é o pai de Charlayne, que nesta linha do tempo carrega uns vinte quilos a mais de massa corporal.

Mas nossa movimentação capta o olhar da sra. Meyer. "Aí estão vocês! Encontrei Eve..."

"Desculpe, sra. Meyer, precisamos ir embora", diz Trey. "Kate acabou de receber um telefonema do pai, e a saúde da avó dela piorou muito."

É um belo esforço, mas sinto os olhares em mim e olho para cima num reflexo. Claro, é Eve. Está exibindo aquele sorrisinho perverso que me diz que, sem sombra de dúvida, ela se lembra de cada detalhe do nosso último encontro.

"Ah, minha nossa." A sra. Meyer dá um tapinha no meu braço. "Eu sinto muito por saber disso. Vou pedir a Patrick que coloque o nome dela na nossa lista de orações."

Retribuo o sorriso. Eve se coloca entre nós, e sua avó diz: "Esta é minha neta, Eve Conwell. Eve, estes são", ela olha a etiqueta com o nome de Trey, "Trey Coleman e Kate... Ah, eu me esqueci do seu sobrenome, minha querida."

"Pierce-Keller."

Eve arregala os olhos azuis. "Mas já nos conhecemos, vovó. Eu nunca esqueço um rosto." Ela faz uma pausa, como se estivesse tentando se lembrar. "Acredito... que nos conhecemos na casa da sua tia. Sim, é isso. Mas eu poderia jurar que seu nome era Kelly."

Dou um sorriso apertado para ela. "Não. É Kate."

"Que maravilha que vocês já se conhecem!", diz a sra. Meyer distraidamente, seus olhos se voltando para a tenda de comida. "Tenho que ver por que os aperitivos quentes não estão sendo servidos. Kate, desejo a sua avó uma rápida recuperação." Ela sai, acenando para um dos garçons.

Dou mais um passo em direção à porta, com Trey no meu encalço, mas Eve se mete no meio e agarra meu antebraço esquerdo com a mão direita. "Só uma palavrinha rápida antes de ir, Kate?" Suas unhas cor-de-rosa claro estão ligeiramente cravadas na minha pele, e sua voz é leve, quase chilreante. "Estou tão feliz que vamos estar juntas na Briar Hill. Eu sei o quanto sua tia se preocupa para que você se concentre nos estudos, em vez de focar nas... hum, atividades extracurriculares, não?" Nas duas últimas palavras, o sorriso dela se abre e ela mete as unhas com força na minha pele.

Estremeço por um segundo, mas planto um sorriso falso na cara para combinar com o dela, já que um monte de pares de olhos observam a gente. Trey percebe claramente o que ela está fazendo, porque ele bufa bruscamente atrás de mim.

Resolvo experimentar um dos truques de pontos de pressão que Sensei Barbie e eu estávamos treinando. Coloco as mãos na de Eve, como se fosse segurá-la entre as minhas, ponho meu polegar no ponto de pressão do nervo radial dela, logo acima do pulso, mais ou menos onde uma enfermeira tomaria a pulsação de uma pessoa. Então faço um movimento de esfregação. Eve está agarrando meu braço com muita força, e funciona como um encantamento — sua mão abre e ela solta um gritinho surpreso quando cambaleia para a frente.

Tenho certeza de que ela teria caído, assim como aconteceu comigo quando Barbie demonstrou esse gatilho em mim há algumas semanas. Não é um dos apertos potencialmente letais — ela também me mostrou alguns destes —, mas realmente dói, mesmo quando você está esperando e foi avisado para continuar apertando de leve.

Eve não desaba, no entanto. O cavalheiro que existe em Trey entra em cena, e ele a aparta, voltando a apoiá-la em seus sapatos de salto. "Opa", diz ele baixinho. "Você tem que ser mais cuidadosa, Eve."

Ela dá a ele um sorriso que não passa nem perto dos olhos enquanto esfrega o braço dolorido. "Tenho mesmo", responde ela. Então se inclina para ele e sussurra: "Você também deveria ter cuidado. A tia de Kate diz que ela gosta de manter uns estepes por aí. Pode ser que você queira perguntar a ela a respeito".

Eu avanço, a mandíbula cerrada, mas Trey passa o braço em torno dos meus ombros e me guia em direção à porta. "Foi um truque impecável. O que exatamente você fez nela?", pergunta ele.

"Segredo ninja. Mais tarde eu te mostro."

Os olhos azuis gélidos de Patrick Conwell nos acompanham enquanto Trey corre a porta de vidro para entrarmos na casa. O sol da tarde agora está mais baixo no horizonte, lançando sombras sobre a sala de estar cavernosa e fazendo com que as alcovas de arte grotescamente iluminadas se destaquem ainda mais. Meus olhos passeiam sobre as obras nos nichos enquanto nos apressamos em direção ao saguão, até que o quadro na terceira alcova me faz parar subitamente.

A tela tem quase um metro de largura e talvez um metro e meio de altura, por isso ocupa a maior parte do nicho. Vários refletores em reentrâncias iluminam a pintura — um cruzamento bizarro entre a Virgem Maria e uma deusa da fertilidade. Prudence está sentada na grama, pernas cruzadas na posição de meio-lótus, o rosto inclinado para o céu, olhos fechados. Um vestido branco drapeado esconde seu corpo num estado de gravidez avançada. Suas mãos descansam no abdome nu, e longos cabelos escuros caem em cascata sobre os ombros. Desconfio que Sara classificaria o trabalho como hiper-realista, porque todas as folhas, curvas e linhas estão delicadamente detalhadas, as cores parecem saltar da tela, como uma fotografia anabolizada.

Não é de se admirar que a sra. Meyer tenha me achado familiar. Se você ignorar a barriga distendida — algo que estou tendo muita dificuldade para fazer —, a deusa da fertilidade em sua sala de estar se parece exatamente comigo.

Estamos num banco, aguardando o manobrista trazer o carro de Trey, quando a porta da frente se abre. A sra. Denning, diretora da Briar Hill, se inclina para dizer algo ao segundo manobrista, que segura a porta enquanto ela volta para dentro, puxando em seguida uma cadeira de rodas. Quando ela gira a cadeira, vemos seu passageiro: um homem muito velho, muito nobre e muito irritado, com um terno cinza-claro de risca-de-giz, os cabelos e bigode um tom mais escuros do que seu blazer. Um par de óculos com armação fininha se apoia bem no alto do nariz, que é um bocadinho grande demais para o rosto dele, e seus olhos encaram o gramado.

A sra. Denning nos vê no banco. "Você é a Kate, certo? A filha de Harry Keller?"

"Oi, sra. Denning."

Ela se ajoelha para que possa olhar o dr. Tilson bem nos olhos, mas ele ainda está olhando para a frente. "Harvey, vou deixá-lo aqui com a srta. Keller e...", ela está nitidamente tentando se lembrar do nome de Trey, mas resolve não se dar ao trabalho, "o jovem com quem você falou mais cedo. Vou encontrar Tony e pedir que o leve para casa. Ele pode voltar para me buscar mais tarde. Lamento que você não tenha tomado conhecimento sobre o local da festa antes, mas você simplesmente não pode dizer aquelas coisas em público. Teríamos tomado outras providências para sua festa de aposentadoria se eu tivesse alguma ideia de que seu... preconceito... contra os ciristas fosse tão forte."

Tilson chicoteou a cabeça para ela, fixando-a com um olhar muito duro e frio. "Um preconceito é uma opinião irracional baseada em informações deficientes ou incompletas, Carol Ann. Meus pontos de vista são totalmente racionais, com base num extenso estudo de décadas sobre aqueles charlatães." Ele volta o olhar para o gramado, dispensando a sra. Denning.

Balançando a cabeça, ela olha para mim e diz quase num sussurro: "Você não se importa, não é, Kate? Eu não devo demorar mais do que alguns minutos."

"Ah, claro que não me importo. De modo algum. Estamos aguardando o carro, de qualquer forma."

A sra. Denning empurra a cadeira de rodas e estaciona Tilson ao meu lado, oferecendo ao velho mais um olhar indignado antes de sair, seus saltinhos baixos estalando na pedra.

Uma vez que a porta é fechada atrás dela, Tilson olha brevemente para Trey, depois para mim, se demorando no meu rosto. Então semicerra os olhos e dispara até minhas mãos, que estão particularmente cobertas pela minha saia vermelha. "Você é um deles, jovem senhorita?"

Começo a responder, mas Trey se adianta. "Dr. Tilson, esta é Kate Pierce-Keller. O pai dela é professor na Briar Hill. Harry Keller...?"

"Não sei quem ele é. E ela não respondeu à minha pergunta."

Levanto minhas mãos e as giro para que ele possa ver as costas. "Não, senhor. Não sou cirista. Também não sou grande fã deles", acrescento baixinho.

"Alguém já lhe disse que se parece com a semideusa deles?"

Semideusa?

Dou um sorriso sofrido. "Sim, senhor. Esse fato complicou minha vida mais de uma vez."

Sua expressão derrete ligeiramente. "Bem, você é uma garota bonita, sem dúvida, e, mais importante, inteligente, já que não quer nada com aquelas fraudes. Eu só queria que você e o sr. Coleman tivessem o privilégio de se formar na Briar Hill antes que a escola tenha sua alma vendida à porcaria do diabo." Ele meneia a cabeça para Trey. "Assim como o pai e avô deste rapazinho aqui podem atestar, já foi uma ótima escola."

"Ainda era uma ótima escola no ano passado", digo.

"Então seu pai leciona lá agora. Ele apoia essa fusão?"

"Não creio que ele tivesse muito a dizer. Ele só começou lá em janeiro passado, poucos meses depois de termos nos mudado para cá, vindo de Iowa." Olho ao redor e então continuo em voz baixa. "Mas ele não sabia que a Carrington Day era cirista, ou teria me contado. Nós... bem, acho que pode-se dizer que concordamos com o senhor nesse assunto."

"E você, Coleman?"

Trey também olha em volta antes de falar. "Há alguns meses, eu diria que era agnóstico em relação aos ciristas, mas eu..." Ele me oferece um sorriso breve e se volta para Tilson. "Digamos que acontecimentos recentes abriram meus olhos um pouco."

Tilson assente vigorosamente. "Ah, as eleições."

Tenho certeza de que não foi isso o que Trey quis dizer, mas o velho continua. "Eu nunca confiei neles e nunca entendi como alguém poderia cair nessa lábia, mas entre a última campanha e algumas das leis que eles aprovaram nos últimos meses, você pensaria que mais olhos seriam abertos. O que aconteceu com a Primeira Emenda?[7] Com liberdade religiosa? Com a liberdade de expressão? Gostaria de pensar que tais leis serão revogadas, mas atualmente o Supremo Tribunal é tão inútil quanto tetas num touro."

Trey e eu apenas assentimos. Parece a reação mais segura. Faço uma nota mental para pedir a Connor uma atualização sobre alguns acontecimentos recentes, porque tenho andado prestando atenção demais ao passado para conseguir me concentrar no aqui e agora.

"Mas a maioria das pessoas é tola", continua Tilson. "Elas enxergam exatamente o que querem enxergar, e nada mais. É como Niemöller disse: se você ignorar quando estiverem retirando os direitos alheios, logo eles virão retirar os seus, e não vai haver mais ninguém para protestar."

Naquele momento, um homem robusto no seus cinquenta e tantos anos passou pela porta. "Dr. Tilson, Carol Ann me disse que o senhor não está se sentindo bem. Que tal eu levá-lo de volta para casa?"

Tilson dá a nós dois um olhar conspiratório. "Carol Ann está enganada, Anthony. Nunca me senti tão bem. Eu estava exatamente desfrutando de uma conversa agradável com estes dois alunos cujo futuro sua esposa e o restante do conselho traiçoeiramente jogaram pelo ralo. Mas, sim, contudo, acho que é hora de ir para casa."

O sujeito não responde; simplesmente olha ao redor em busca dos manobristas. Ambos estão pegando os carros, então ele vira a cadeira de rodas e começa a abaixá-la, descendo as escadas de forma bastante desajeitada.

Trey se adianta. "Espere, eu ajudo."

7 A Primeira Emenda da Constituição dos Estados Unidos é uma parte da Declaração dos Direitos dos Estados Unidos. Ela impede, textualmente, que o Congresso americano infrinja seis direitos fundamentais: estabelecer uma religião oficial ou dar preferência a uma dada religião; proibir o livre exercício da religião; limitar a liberdade de expressão; limitar a liberdade de imprensa; limitar o direito de livre associação pacífica; e limitar o direito de fazer petições ao governo com o intuito de reparar agravos.

Com o auxílio de ambos, as rodas alcançam a calçada em segurança assim que os carros chegam, o Lexus azul de Trey vindo logo atrás de um utilitário bege metálico que deve pertencer a Denning.

Tilson me dá um sorriso breve enquanto ambos o ajudam a entrar no carro. "*Au revoir*, senhorita Keller."

Aceno enquanto entro no carro de Trey. Ele se junta a mim logo depois, balançando a cabeça. "Bem, agora que descartamos comer churrasco no jantar, o que acha de um restaurante mexicano? Tem um lugar legal em Wisconsin."

"Eu topo um mexicano."

Trey telefona para fazer uma reserva. Conforme vamos nos afastando da casa, lanço um olhar de despedida para o gramado verde, vasto e encharcado. O céu está começando a nublar de novo. A festa da sra. Meyer provavelmente não está indo tão bem quanto ela esperava, dada a grama lamacenta e a saída de Tilson sem qualquer cerimônia. O comentário dela sobre pedir a Patrick para colocar Katherine na lista de oração dos ciristas me causa arrepios, principalmente porque ela me pareceu tão sincera. Ou ela é uma boa atriz ou realmente está alheia ao que vem ocorrendo bem debaixo de seu nariz. Eu desconfio que seja esta última, uma vez que ela parece inconsciente do fato de que sua neta é uma imbecil. Esfrego o interior do meu braço, agora decorado por quatro meias-luas intensas sarapintadas de sangue.

Quando chegamos na estrada principal, digo: "Tilson é... interessante".

Trey ri. "Sim, é um jeito de se colocar. Alguém deveria ter dito a ele onde seria sua festa de aposentadoria. Até eu sabia que ele detém opiniões bem fortes sobre os ciristas, com base numa das histórias que meu pai me contou sobre as aulas dele. Quando me apresentei, ele disse que eu deveria dizer ao meu pai e ao meu avô para serem gratos por terem sido alunos da Briar Hill quando ainda era uma escola de verdade, e não essa ala de propaganda panfletária para um monte de parasitas tatuados com a flor de lótus."

Dou risada. "Ele falou isso mesmo?"

"Sim. Um dos professores que está vindo da Carrington para a Briar Hill estava perto também, e você devia ter visto a cara da diretora Denning. Ultra vermelha. Então... Que semideusa era aquela que ele estava falando?"

"Prudence... sabe a tia que mencionei que está trabalhando com Saul? Embora eu não possa dizer que já ouvi se referirem a ela como uma semideusa." Hesito. "Você viu o quadro na sala de estar deles?"

"Qual deles?"

Estremeço. "Se você precisa perguntar qual deles, então é porque não viu. Digamos que teria de ser intitulado *Madre Prudence* em vez de *Irmã Prudence*. Achei que você tivesse visto, já que você fez aquele comentário do Disney Channel quando a sra. Meyer estava tentando se lembrar de onde reconhecia meu rosto."

Ele parece surpreso. "Não, eu só odeio quando as pessoas passam cinco minutos tentando descobrir com quem você se parece, e concluem que é o primo Ed quando ele tinha a mesma idade que você ou sei lá o quê. E você se parece mesmo com uma daquelas garotas. Não consigo me lembrar de qual programa é, mas ela é fofa, meio baixinha, com cabelos compridos e escuros."

"Eu me pareço muito mais com Prudence, infelizmente." Pretendo dar uma fuçada no Google Imagens quando chegar em casa, assim posso me vacinar contra a noção de arte religiosa dos ciristas. Eu não quero ser pega de surpresa na próxima vez em que estiver caminhando pelo shopping no centro de Washington e flagrar um camelô vendendo estátuas da Madonna Prudence ao lado do quadros do Elvis em veludo preto.

"Quem era a garota com quem você estava conversando?"

"Charlayne Singleton. Minha melhor amiga antes da dominação cirista, ou como você queira chamar. Naquela linha do tempo, o irmão dela, Joseph, estava namorando uma cirista, mas os pais deles tinham sentimentos mistos a respeito disso. Com a última mudança, Joseph já está casado e os pais de Charlayne já são membros do templo desde antes de ela nascer. Você foi apresentado a Charlayne na outra linha do tempo. E a Eve."

"Devo presumir que você e Eve já têm um histórico?"

"Pode-se dizer que sim. Eu acertei a cabeça dela com uma cadeira. E meio que chutei o cachorro dela."

Ele dá um leve sorriso. "Imagino que os dois tenham merecido?"

"Eve estava planejando nos entregar à segurança do Templo Cirista. Aparentemente eu não bati com força suficiente, porque ela soltou os cães antes que pudéssemos sair de lá. E, sim, o cachorro definitivamente mereceu." Levanto a bainha do meu vestido cerca de dois centímetros. Trey desvia o olhar da estrada para ver as duas linhas fininhas e cor-de-rosa na minha coxa, de quando fui mordida.

"Ai." A expressão dele muda um pouco, como se estivesse pensando em alguma coisa da qual não gostaria de se lembrar. Ele não tem como se lembrar da encrenca da qual escapamos por um triz no templo, já que isso é simplesmente impossível.

"Poderia ter sido muito pior, acredite."

"Ah, eu acredito", diz ele.

Não entendo realmente o que ele quer dizer com isso, então simplesmente olho pela janela quando as grandes propriedades começam a dar lugar a construções menores e, depois que cruzamos a autoestrada Beltway, a uma faixa de lojinhas e prédios de apartamentos. Um céu cinzento forma o pano de fundo, com algumas manchas de crepúsculo alaranjado e púrpura à espreita.

Trey coloca música — acho que é The Shins — e nós seguimos um pouco em silêncio. Não é o tipo de silêncio sociável. Está mais para o silêncio do tipo eu-não-sei-o-que-dizer, e é triste.

Aparentemente, Trey sente o mesmo que eu, porque depois de alguns minutos, ele desembucha. "Meu Deus, Kate. No que você se meteu? Você faz alguma ideia da quantidade de poder que essas pessoas têm? A *presidente* é cirista! Tilson é um velho numa cadeira de rodas, então todos acham que ele é só um velho idiota e ranzinza que quer expulsar as crianças de seu gramado. Mas você está falando em derrotá-los. Você acha mesmo que eles simplesmente vão ficar sentadinhos esperando por isso?"

Fico impressionada com sua explosão, e levo um instante para conseguir responder. "Não, Trey. Eu não estou *falando* em derrotá-los, pelo menos não para ninguém além de você. A única coisa que eu disse a Tilson é que não sou fã dos ciristas, e isso poderia simplesmente ser um lado meu não querendo aborrecer um velho já irritado. Você disse a mesma coisa. E se eu soubesse que era a casa da porra da Eve Conwell, eu nunca teria concordado em ir à festa."

Ele franze a testa mais ainda, porém não diz nada. Depois de um minuto, lembro-me da outra coisa que queria perguntar a ele. "Você disse que o seu pai tem algumas perguntas. O quanto disso tudo você revelou a ele?"

Ele me dispara um olhar incrédulo. "Hum... tudo? Quero dizer, não permiti que ele assistisse aos vídeos que nós dois gravamos na outra linha do tempo. Aquilo era... particular. Só nosso. Mas aquele que eu fiz para mim mesmo... sim, ele assistiu a esse. Eu não sei se ele mostrou à minha mãe ou não, mas sei que ela está preocupada comigo, e não acho que seja só porque estou começando numa escola nova. Afinal, eu sempre fiz isso de tempos em tempos desde o jardim de infância."

"Mas... por que, Trey?" Sequer chegara a me ocorrer que ele poderia conversar com seus pais a respeito, provavelmente porque ele não tinha feito isso na outra linha do tempo.

"Você precisa mesmo perguntar isso? Se um desconhecido aparecesse à sua porta com algo assim, você está me dizendo que não teria falado com seus pais ou com alguém?"

Tudo bem, faz sentido. Fico em silêncio por alguns segundos e depois prossigo. "Você tem razão. Eu teria falado com eles. É só que... Você não disse a eles da última vez, então acho que pensei que..."

Passamos diante do restaurante, que tem um grande cacto de néon na vitrine. Não há vagas perto da entrada, então Trey desce alguns quarteirões e entra em uma garagem.

Fico calada até ele desligar o carro, então me volto para ele. "Bem, o seu pai, ele acredita em alguma coisa dessa história toda?"

"Não tenho certeza, Kate. Acho que o fato de o DVD ter um arquivo dele que nunca foi compartilhado com ninguém, nem mesmo comigo, pode ter convencido. Mas ele não vai admitir isso. A única coisa que posso dizer é que ele não quer que eu me envolva em nada disso. Na verdade, ele me fez prometer que *não* vou me envolver. Todas as vezes em que liguei para você, precisei me esconder ou encarar uma discussão. Ele diz que os ciristas têm amigos em escalões muito altos..."

"Sim, ele disse isso da última vez. Antes de irmos ao templo. Você falou para ele que a gente só ia ver como Charlayne estava. Foi quando ele mencionou a planilha que estava guardando. Aquela que você colocou no DVD. Ele foi... legal. Estella também."

Percebo o tom de pesar na minha voz. Acho que nenhum dos dois está muito ávido para me conhecer nesta linha do tempo. Meus olhos começam a se encher, então olho para baixo para abrir meu cinto de segurança e começo a sair.

Estou prestes a fechar a porta quando me lembro de pegar minha bolsinha no chão. Ainda está com aquela etiquetinha idiota na frente. Arranco-a com brutalidade demais e jogo-a no banco.

Trey já está parado atrás de mim e agarra minha mão assim que me viro. "Kate..."

Não me dou ao trabalho de esconder a dor nos meus olhos. "O quê, Trey?", disparo.

Ele apenas sussurra meu nome novamente. E logo os seus braços estão envolvendo minha cintura, não sobra nem um centímetro livre entre nossos corpos e mal consigo respirar, mas quem se importa? Ele coloca a outra mão nos meus cabelos e incita meus lábios para os dele, o beijo ávido, com um tom de desespero.

Parece um beijo muito específico, um no qual pensei todos os dias desde que voltei no tempo para salvar Katherine.

Não sei por quanto tempo ficamos ali. Só sei que não quero que o beijo termine. Nunca mais. Porque quando isso acontecer, vamos entrar no restaurante, e ele vai me dizer que precisamos dar um passo para trás e manter as coisas mais leves, ou talvez terminar tudo. E essa conversa não tem a ver com a gente. Isto aqui tem a ver com a gente. Este é o meu Trey, aqui, agora.

Mas, por fim, ele se afasta e repousa as mãos na lateral do carro. Olha para mim por um longo momento antes de finalmente sorrir. É um sorriso um pouco sombrio, no entanto, e não ilumina seu rosto do jeito de sempre. "Vamos entrar, antes que a gente perca a mesa."

Ele tenta pegar minha mão, mas eu a retiro. "Trey, talvez você devesse me levar para casa. Acho que sei no que isso vai dar, e eu não quero ter aquela conversa num restaurante."

"*Que* conversa?"

"Aquela na qual você enumera todos os motivos pelos quais isso não vai dar certo."

Ele parece confuso. "Hum... Kate? Será que eu era a única pessoa aqui há um minuto? Porque tenho certeza de que você estava aqui comigo."

"Não", rebato, lutando contra o desejo de agarrá-lo e beijá-lo novamente. "Eu definitivamente estava aqui. Mas... aquele beijo... foi como nosso último beijo naquele dia na casa de Katherine, antes de eu deixar você. Foi como uma despedida."

Minha voz falha na última palavra, e ele me puxa para seu peito. Depois de um minuto, ele inclina meu rosto para cima até nossos olhares se encontrarem. "Não consigo me lembrar desse outro beijo, então vou ter de aceitar sua palavra sobre eles serem iguaizinhos. Mas eu *assisti* ao DVD que fiz, Kate. Uma boa quantidade de vezes. E prometo que aquele outro beijo não foi uma despedida. Era eu dizendo que precisamos encontrar um jeito de fazer isso dar certo, porque eu não quero perder você."

∞

O restaurante está barulhento e cheio, mas considerando que é sábado à noite, provavelmente temos sorte por ter conseguido uma mesa. Cartazes de filmes mexicanos se enfileiram nas paredes perto da entrada e a garçonete nos conduz a uma mesinha junto à saída de emergência, bem abaixo de um quadro alto e colorido de um vaqueiro, o chapéu puxado para baixo para esconder o rosto. Trey e eu fazemos várias tentativas de conversar acima da música, da mesa com doze pessoas ao nosso lado e do casal que está atrás de nós com dois bebês irritados, mas finalmente desistimos da conversa e simplesmente nos contentamos em entrelaçar nossos pés debaixo da pequena mesa enquanto comemos nossas *fajitas*.

Começa a chover um pouco no momento em que terminamos de comer, e Trey sugere que busquemos um lugar mais silencioso para conversar. Aparentemente pousamos num dos poucos quarteirões de Washington sem um Starbucks à vista, então nos enfiamos numa pequena cafeteria nos arredores e pedimos café e torta de frutas com sorvete, supostamente para dividir. Acho que a sobremesa será todinha de Trey, porque estou entupida depois das *fajitas*. Mas o recheio é de amora, e cheira muito bem quando o garçom a coloca na nossa frente, por isso experimento um pedacinho.

Depois que a torta vira passado e o garçom recolhe nossas canecas, Trey pega minha mão sobre a mesa, entrelaçando nossos dedos. "Ok, sabe aquilo que eu disse lá na garagem? Eu estava falando sério. Nós temos que dar um jeito de fazer isso dar certo. E acho que isso vai exigir total honestidade e abertura de ambos os lados. Devo começar?"

Concordo com a cabeça, e ele continua. "Quando você me deu o DVD, eu o assisti algumas vezes, e chamei meu pai. Eu sabia que era eu. Quero dizer, a coisa sobre saber o que eu tinha feito naquele sábado..."

Sorrio. "Sim. Eu estava querendo perguntar sobre isso."

Ele faz uma careta e prossegue. "Ok, primeira revisão das regras básicas. Total honestidade e abertura sobre qualquer coisa que fizemos depois dos catorze anos de idade."

Dou risada. "Hum. Vou ter que repensar essa regra aí."

"De qualquer forma, eu sabia que era eu. Mas, Kate, tenho certeza de que você já assistiu a esse vídeo mais de uma vez. O que você viu?"

Confusa, arqueio uma sobrancelha. "Eu vi... você, gravando uma mensagem para nós dois."

"Sim mas...", ele balança a cabeça, "esse cara no vídeo era eu, mas ele parecia meio bronco. Creio que estava há dias sem dormir. E certamente estava sem se barbear."

"Você fica bonito com a barba por fazer."

"Vou anotar a sugestão. Mas minha expressão... Quero dizer, eu parecia esperançoso, mas, por baixo, eu parecia um pouco maníaco. Apavorado. Como se aquele tivesse sido um esforço derradeiro e, se eu não tivesse você de volta..." Ele balança a cabeça. "De qualquer forma, veja o DVD quando chegar em casa esta noite e tente se colocar no lugar do meu pai. Ou dos seus pais, se fosse você naquele vídeo. Que conselho você acha que eles lhe dariam... Mesmo deixando de fora da equação os aspectos políticos e de viagem no tempo?"

Penso por um minuto. Minha mãe teria surtado. Teria se apavorado e provavelmente providenciaria uma ordem de restrição para manter Trey o mais longe possível. E, sabendo que esse é o estilo dela, eu jamais lhe revelaria a história toda. Mas meu pai? Tenho certeza de que eu teria confiado nele e... "Meu pai teria me dito para ser muito, muito cuidadosa. Para pensar direito e ter certeza de que eu sabia no que estava me metendo."

Ele assente. "Essa foi praticamente a resposta do meu pai. Ele disse que eu precisava ter certeza de que estava pensando com o cérebro, e não com o..."

"Coração?"

"Mais ou menos", diz ele com um sorriso irônico.

"Ah. Saquei."

"Sim, bem... A gente já volta para essa parte daqui a pouco. Mas voltando ao meu pai, ele estava argumentando para eu concluir os estudos no Peru, na minha antiga escola. Isso diz muito sobre o quanto ele estava preocupado, já que isso significaria decepcionar meu avô naquela coisa toda de três-gerações-estudando-na-Briar-Hill. E eu me recusei, muito embora seis semanas atrás fosse exatamente o que eu queria... Tipo, quem realmente gostaria de trocar de escola no último ano do Ensino Médio, sabe? Mas eu sabia que ele só estava sugerindo isso porque queria distanciar nós dois."

Só encontrei o pai dele uma vez, mas isso dói. Eu me sinto como uma doença da qual ele está tentando proteger o filho, e por mais que odeie admitir, ele tem razão. Tento esconder minha reação, mas Trey percebe.

"Ei." Ele leva minhas mãos aos seus lábios e beija meus dedos. "Ele não conhece você, Kate. Em algum momento vai conhecer, e uma vez que toda essa loucura acabar, ele vai ver por que acho que vale a pena lutar por você."

Balanço a cabeça. "Eu não vou me meter entre você e seus pais, Trey. Não sei o que eu estava pensando, trazendo você de volta para isso. Seu pai está certo, eu fui egoísta e..."

Tento puxar minha mão e me levantar da mesa, mas Trey simplesmente a aperta mais. "O quê? Eu não tenho o direito de opinar? Sente-se, Kate. Deixe-me terminar. Por favor?"

Deslizo de volta na cadeira e olho para o prato de sobremesa vazio. Trey fica calado por um minuto, só esfregando o vinco entre meu polegar e meu indicador, até eu finalmente olhar para ele.

"Como eu estava dizendo", continua ele, "eu me manifestei sobre a coisa toda do Peru. Por fim, chegamos a um acordo. Ele ainda tem sido superprotetor, mas, no fundo, ele confia na minha capacidade de julgamento. Eu disse a ele que não vou parar de ver você, mas que vou fazer o máximo para ficar longe dessa história com os ciristas. Pelo que você me disse, não tem muito o que eu possa fazer para ajudar, de qualquer forma. Quero dizer, eu quero saber o que você anda fazendo... Que inferno, eu vou ficar preocupado de qualquer jeito, mas acho que é melhor saber do que não saber. Mas... preciso te fazer algumas perguntas, ok? Primeiro, sobre essa coisa de linha do tempo."

"Está bem..."

Ele morde o cantinho do lábio. "Não sei direito como colocar isso, mas aquela outra versão de mim? Você acha que ela ainda existe em algum lugar? Tipo, eu já ouvi falar dessa teoria de universos múltiplos, em que realidades diferentes podem coexistir. Você acha que foi isso o que aconteceu? Você desencadeou uma realidade diferente quando voltou e salvou Katherine?"

Encolho um dos ombros. "Não sei. Katherine disse que eles nem sequer tinham certeza sobre isso na época dela. Mas eu sei qual era *sua* opinião sobre essa teoria na outra linha do tempo."

"E?"

Aperto a mão dele. "Você disse que era uma besteira danada. Que a outra linha do tempo ia acabar, e que a gente ia ter um começo novinho em folha."

Ele parece um pouco incrédulo, mas sorri. "Muito bem, vou me submeter à sabedoria do meu outro eu. Agora, a segunda pergunta." Ele encara a mesa por um segundo, e percebo que está corando. "A gente... a gente fez...? Hum..." Ele olha para o meu rosto e ergue as sobrancelhas.

"Oh", digo quando percebo o que ele quer dizer. "Não. Não fizemos. Chegamos perto, mas não." Ofereço um sorrisinho. "Eu quis, mas você bancou o difícil."

"Sério?" Ele dá uma gargalhada. "Baseado em todas as provas até hoje, acho difícil de acreditar."

Minha expressão fica séria. "É verdade, e por mais que eu odeie dizer isso, você estava certo. Você disse que ambos precisávamos nos lembrar da nossa primeira vez, e você não se lembraria. E, mais uma vez, por mais que eu odeie dizer isso, essa situação não mudou. Não posso prometer que esta linha do tempo continuará estável, embora eu esteja trabalhando nisso umas setenta e duas horas por dia."

"Literal ou figurativamente?"

"Literalmente. Provavelmente devo avisar que, se isso se prolongar, você vai se envolver com uma mulher mais velha."

Ele sorri como se estivesse imaginando as possibilidades. "Acho que eu poderia lidar com isso."

Dou um leve chute nos pés dele. "De volta ao presente, sr. Coleman. Alguma outra pergunta?"

"Provavelmente, mas não consigo pensar em mais nenhuma agora. Minha mente ainda está lá naquele comentário do quase-mas-não."

"Bem, sua mente precisa se aprumar, porque eu preciso contar algumas coisas para ela."

E eu preciso mesmo dizer algumas coisas para ele, porque ele está certo sobre essa coisa de precisamos ser sinceros e trocarmos uma comunicação franca. Eu preciso contar a ele sobre Kiernan. Eu provavelmente teria feito isso de qualquer maneira, mas depois do comentário sarcástico de Eve, não quero deixar dúvidas na cabeça de Trey.

"Tudo bem, isso é meio difícil para mim", começo. "Eu mesma estou custando a entender isso direito. Mas assim como havia outro você do qual você não consegue se lembrar naquela outra linha do tempo, também havia outra eu numa linha do tempo completamente diferente. Em algum momento, quando houve uma daquelas mudanças temporais em que aquela Kate não estava sob a proteção de um medalhão, quando os ciristas modificaram aquela realidade, ela simplesmente... puf. Desapareceu."

"Então como você sabe da existência dela? Quero dizer, eu não me lembro desse outro Trey, e você disse que só consegue se lembrar dele porque estava usando o medalhão, certo?"

"Certo. Eu não me lembro daquela Kate. Mas... Outra pessoa se lembra daquela linha do tempo. Mas ele não deveria se lembrar. Os ciristas ou, mais especificamente, minha tia Prudence, achavam que ela havia cuidado disso ao furtar a chave CHRONOS dele. Mas ele tinha outra, uma chave que eu dei a ele quando ele era uma criança, na Exposição Universal de Chicago. Ele conseguiu esconder a chave dela."

"Por que ela iria querer limpar a memória dessa criança?"

"É aí que fica confuso. Ele já não era mais criança quando ela fez isso. Ele tinha vinte anos, e era um membro do círculo íntimo dos ciristas antes de... se apaixonar por aquela outra Kate."

Passo a meia hora seguinte tentando esclarecer meu passado cheio de camadas e bastante complicado com Kiernan. E, conforme eu já esperava, os olhos de Trey vão se tornando cada vez mais cautelosos.

"É disso que Eve estava falando, então?"

Faço que sim com a cabeça. "Prudence me disse para ficar longe desse cara, o Kiernan. Mas isso é difícil de se fazer, já que ele é a única outra pessoa do nosso lado capaz de usar os medalhões. E ele tem informações sobre coisas que tentamos antes na outra linha do tempo e..."

"Ok, ele estava apaixonado por aquela outra Kate. Ele está apaixonado por você?"

Não tenho certeza de como responder a isso. Ele está apaixonado por mim? Ou por um fantasma que se parece comigo?

"Sei lá, Trey. Ele definitivamente ainda está apaixonado por *ela*. Ele queria que eu fosse a Kate *dele*, que ela ainda estivesse aqui. E tenho certeza de que ele pensa que, se as coisas fossem diferentes, eu poderia *me tornar* aquela outra Kate, mas..."

"E você poderia?"

Balanço a cabeça. "Assumo para você que me importo com Kiernan. É difícil não me importar. Ele salvou minha vida. E acho que salvei a dele também, embora saiba que ele jamais teria sido pego no hotel de Holmes quando criança se não tivesse me ajudado. Eu definitivamente entendo como aquela outra Kate se apaixonou por ele em circunstâncias diferentes. Mas para eu poder ser aquela Kate, eu teria que abrir mão de tudo. Eu não quero morar em 1905. Não quero abrir mão da minha família."

"Isso eu entendo."

"Mas, além de todas essas questões", continuo, olhando em seus olhos profundamente, "tem um outro impedimento mais sério, Trey. Eu já estou apaixonada por você."

Ele não diz nada por um bom tempo, e quando finalmente fala, seu rosto está preocupado. "Eu não gosto disso. Não gosto de saber que esse cara vai estar por aí. E eu *realmente* não gosto de saber que ele pode ajudar você, sendo que eu não consigo fazer isso." Ele aperta minha mão. "Mas, dito isto, se eu pudesse ajudar você, isso estragaria meu acordo com meu pai e... ao passo que desconfio que você em geral seja capaz de cuidar de tudo sozinha, o fato de ter alguém cuidando de você, de ter alguém que arriscaria a própria vida para salvar a sua... Isso me faz respirar um pouco mais aliviado. Isso faz sentido? Estar morto de ciúmes, mas também um pouco grato?"

"Sim. Pois, se fosse ao contrário, eu sentiria a mesma coisa. Mas você disse que quer saber o que ando fazendo, e eu me pergunto: será que seria mais fácil se eu não mencionasse as coisas que envolvem Kiernan? Eu não quero fazer você sentir ciúmes. Eu não gostaria de pensar em você com uma garota que... sente por você o mesmo que Kiernan sente por mim."

Ele balança a cabeça. "Honestidade e franqueza, mesmo quando dói. Esse é o único jeito de fazer dar certo, Kate."

Respiro fundo e solto o ar lentamente. "Então eu acho que preciso te contar que vou vê-lo amanhã. Temos que ir para a Georgia, na era da Grande Depressão."

"Bem", diz Trey, "pelo menos ele facilita o meu lado, pois posso te levar a lugares mais divertidos."

"Acho que eu preferiria a Georgia de 1938 a mais um churrasco na casa de Eve." Ele ri. "E isso não é um encontro. É trabalho."

"Tudo bem", diz ele. "Quando?"

"Às duas horas."

"Vamos fazer o seguinte, então. Faça o que tiver de fazer, mas depois que você voltar dessa... missão, ou de qualquer outro momento em que tiver que trabalhar com esse cara, você me liga, assim posso ir te ver. Ou, melhor ainda, me ligue antes de ir."

Vai exigir um pouco de criatividade. Katherine teria um ataque se Trey aparecesse durante um salto, e eu não quero chateá-la. Mas definitivamente é possível. "Ok", digo a ele. "Mas... por quê?"

"Porque eu não quero que sua mente fique ocupada com ele durante muito tempo. Isso parece um pouco perigoso para mim. Eu sei que você disse que não é a Kate *dele*, mas eu quero ter um tempo equivalente com você para garantir que você vai se lembrar de que é a *minha* Kate."

11

O despertador já tocou há quinze minutos, mas continuo na cama, tentando organizar meu cérebro. Pensamentos sobre a festa e o conflito com Eve competem com lembranças muito mais tentadoras da última parte da noite com Trey. Ele me deixou em casa pouco antes da meia-noite, conforme o prometido, e me deu o último beijo, um bem casto, que ele pareceu achar mais adequado, só para o caso de alguém estar espreitando pelas janelas. O gesto pode ter enganado um observador acidental, mas ainda estávamos ofegantes depois de um longo interlúdio numa área isolada do estacionamento com vista para o rio Cabin John Creek.

Tirando meu pai, que estava largado no sofá com um livro quando entrei, o restante da casa estava bem silencioso. Dei-lhe a breve resposta ao seu "Você se divertiu?" (*Sim, foi maravilhoso!*, juntamente a um beijo na bochecha) e saí flutuando pelas escadarias.

Mas agora a manhã chegou, e preciso relatar ao pessoal sobre os acontecimentos que não foram tão maravilhosos assim.

Primeiro, no entanto, dou uma fuçada na pesquisa de imagens do Google pelos termos "Prudence" e "ciristas". Não tem nenhuma foto, mas há dezenas de desenhos e pinturas, tudo muito parecido, incluindo uma boa quantidade de representações dela nos estágios finais da gravidez. Mesmo no *clip art*, o rosto dela está muito bem definido, o cabelo longo e encaracolado, o pacote inteiro perturbadoramente semelhante a mim. Não é idêntica, no entanto. A maioria das pinturas mostra um rosto um pouco mais largo do que o meu, especialmente na fronte. O nariz dela é um pouco mais curto, o formato dos lábios ligeiramente diferente. Seus seios definitivamente são maiores, mas ela está grávida na maioria das imagens, e em outras é descrita como uma deusa da fertilidade — e nunca vi uma deusa de fertilidade com seios de tamanho normal.

Por curiosidade, faço uma pesquisa semelhante para outras religiões. Parece haver um preconceito contra as Marias ruivas, mas existem Marias loiras, morenas e Marias de quase todas as etnias. As representações das várias deusas hindus não têm a mesma gama, mas a aparência delas varia pelo menos um pouco de uma imagem a outra. Tenho a sensação de que ninguém fica incomodado por ser constantemente informado que se parece com Maria ou Lakshmi, ou qualquer semideus ou santo patrono de outra religião.

Levo o iPad para a cozinha, ainda vestindo meu pijama. Daphne está atenta junto à extremidade do balcão. Ela é muito bem treinada para se arriscar a roubar qualquer coisa, mas aparentemente está tentando usar a força do pensamento para fazer uma fatia, ou talvez até o prato inteiro, saltar do balcão para o piso. Até agora não está funcionando.

Meu pai, que está fatiando legumes na pia, colocou Connor para trabalhar batendo os ovos. Mas Connor está misturando-os em vez de batê-los, o que significa que vamos acabar com omeletes borrachudos. Coloco meu tablet no outro lado da bancada e estico as mãos para a grande tigela de prata. "Creio que esta tarefa do brunch é minha. Mas você pode ser útil servindo o café para a *sous-chef*."

"Com prazer." Connor me entrega a tigela e pega uma caneca do armário. "Você e Trey se divertiram?"

"Sim, nos divertimos, mas... também tivemos uns momentinhos complicados. Katherine vai comer com a gente?"

"Não tenho certeza. Ela ainda estava dormindo quando eu... fui dar uma olhada nela", respondeu.

"Eu já *sei*, Connor", digo com um sorriso solidário. "Não tem problema. Eu não sou criança. Vocês não precisam mais esconder."

"Sim, bem, você vai ter que esclarecer isso com sua avó. E desconfio que você não esteja a fim de ter essa conversa com ela, certo?" Ele me dá um sorriso sem graça quando me entrega o café.

Reajo com um olhar de que entendi o ponto.

"Então, por que você estava perguntando sobre Katherine?"

"Só decidindo se devo esperar quando ela estiver aqui também e deixar todo mundo a par ao mesmo tempo."

"O sono dela está bastante alterado devido à mudança em seus medicamentos, então dou um resumo para ela mais tarde." A vantagem da explosão de Katherine na nossa reunião com pizza na outra noite é que aquilo finalmente a convenceu a ver o médico para ajustar as doses dos remédios.

"Beleza." Pego o leite na geladeira e despejo um pouco no meu café, então acrescento uma quantidade maior aos ovos e começo a bater novamente, colocando um pouco mais de energia para que os omeletes fiquem fofos e macios. "Então, pai, você sabia que a Carrington Day era cirista?"

Do fogão, ele olha para trás. "Hum, não. Eis aí algo que eu definitivamente teria mencionado."

"Foi o que pensei."

"Quem é Carrington Day?", pergunta Connor.

"A pergunta correta seria o que é a Carrington Day."

"Ok, *o que* é a Carrington Day?"

"A escola Carrington Day está se fundindo à Briar Hill. Decidiram isso em janeiro, pouco depois de eu ter começado a lecionar lá. Nesta linha do tempo, de qualquer forma. Kate não se lembra disso."

"Conforme descobri na noite passada, a Carrington Day é uma escola cirista. Eu não sei se é oficialmente de propriedade dos ciristas, mas a festa foi realizada na casa de Eve Conwell. Os avós dela têm um quadro gigantesco de Prudence na sala de estar, com seu barrigão de grávida. Foi como olhar para um espelho deformado no parque de diversões."

"Então presumo que você e Trey não tenham ficado muito tempo lá", diz meu pai.

"Correto. Trey precisava falar com um professor que está se aposentando da Briar Hill, mas a gente foi embora logo depois."

"Harvey Tilson, certo? Ele entrou de licença por problemas de saúde desde que comecei a dar aulas lá."

"Sim. Quem quer que tenha decidido fazer sua festa de aposentadoria e a festa de boas-vindas da Carrington Day ao mesmo tempo claramente não pediu a opinião dele. Ele ficou lívido. Disse que passou décadas pesquisando aqueles charlatães e... Digamos apenas que ele considera a fusão uma péssima ideia. Acha que vai transformar a Briar Hill numa ferramenta de propaganda política."

"Isso provavelmente é um risco para a ciência, embora eu ache importante para as ciências sociais. Mas duvido que isso afete meu departamento. Como é que você politiza a matemática?"

Connor bufa. "Sempre tem os probleminhas, Harry. 'Você tem dez maçãs. Você dá uma a Cyrus. Quantas você tem agora?' A resposta correta será: 'Depende. Se você tiver apenas nove, Cyrus não te achará digno'."

Citamos mais algumas possibilidades de problemas matemáticos. Nenhuma delas é particularmente engraçada, e a observação sarcástica de Connor sobre a subtração dos infiéis da população global é humor negro puro e simples.

"Bem", diz Connor finalmente, "isso definitivamente significa que você não vai frequentar a escola."

"Não, não significa. A memória de Eve não foi apagada... Ela se lembrou do nosso encontro no templo. E Prudence parece estar usando-a como mensageira. Eles estão me *observando*, e eu não acho que Pru esteja exatamente feliz com o que anda vendo. Eu não sei se isso tem a ver com o fato de eu estar trabalhando com Kiernan ou sei lá o quê, mas Eve disse que minha tia estava muito preocupada com meu foco nos estudos em prol do que ela chamou de 'atividades extracurriculares'. O que me lembra outra coisa: você já notou a van azul lá fora? Aquela que está o tempo todo estacionada perto da calçada?"

"Você se refere à van do vizinho?", pergunta Connor.

"Acho que sim. Tem certeza? Fiquei com uma sensação estranha."

"Sim. Eu falei com o sujeito. Kate, você sabe tão bem quanto eu que os ciristas não precisam de uma van fazendo vigilância para verificar quem está indo e vindo. Tudo o que eles precisam fazer é configurar um ponto estável e ter alguém com o gene da CHRONOS para monitorar qualquer atividade."

"Sim. Mas desse jeito não dá pra ouvi-los. Para isso, você precisaria do tipo de equipamento que dá para se esconder numa van. Mas se eles estão vigiando de uma van ou de um ponto estável, não faz diferença... De um modo ou de outro, eles vão saber se eu não frequentar a escola. Estamos em trégua agora. Se eles me virem saindo da linha, as coisas vão esquentar, e bem rápido."

"Mais um motivo para sentar e acabar com isso", diz Connor.

Meu pai me dá um olhar cheio de significado. *Você decide, não deixe ele intimidar você.*

"Talvez", digo. "Mas as aulas começam na terça-feira, então só me resta hoje e o Dia do Trabalho. Ainda estou pesquisando os outros dois saltos, e posso repetir o mesmo dia muitas vezes. Recorri a vários dias de setenta e duas horas na semana passada e, a menos que eu comece a dormir no passado ou durma menos de oito horas, vai ser difícil espremer muito mais do que três dias num intervalo de vinte e quatro horas. Isso é duplamente verdadeiro se eu for evitar trombar comigo mesma. E como Katherine disse que estes encontros são uma péssima ideia, e Kiernan garante que eles fizeram a Prudence se tornar cada vez mais desequilibrada, eu meio que gostaria de evitar esse tipo de coisa."

"Então você acha que é uma boa ideia você e Harry simplesmente ficarem zanzando por Briar Hill todos os dias? Como se nada tivesse acontecido?"

"Não tenho certeza se temos escolha, Connor", diz meu pai enquanto derrama o restinho dos ovos na panela. "Conforme Kate acabou de observar, ela não tem como resolver tudo isso antes de as aulas começarem, mesmo que ela repita os próximos dois dias sem parar. Prudence pode até desconfiar que Kate esteja tramando contra eles, mas ela vai ficar ainda mais desconfiada se Kate desaparecer. Se eu pudesse fazer do meu jeito, a gente colocaria nossas coisas no carro e voltaríamos para Iowa..."

"Eca."

"Ou para *algum lugar* remoto, torcendo para eles não nos encontrarem", continua ele, me dando um olhar irritado pela interrupção. "Mas como não podemos juntar aquela aparelhagem que você usa para proteger esta casa e pegar a estrada, eu preferiria que Kate, e eu mesmo, a propósito, continuássemos dormindo debaixo de um campo CHRONOS estável até tudo isso acabar."

Connor xinga. "O que foi meio o que eu quis dizer, Harry. Quando vocês dois estão na escola, vocês estão fora do campo da CHRONOS."

"Connor", começo, "podemos ficar discutindo isso por horas, mas a verdade é que precisamos paralisar Prudence por pelo menos uma semana ou algo assim. Meu pai está certo. Ela tem olhos e ouvidos na Briar Hill. Se eu não frequentar as aulas, ela vai saber que tem alguma coisa rolando, e eu não acho que qualquer coisa que temos aqui vá ser capaz de nos proteger de uma investida cirista se Prudence concluir que a trégua acabou. Ela foi inflexível sobre duas coisas quando nos encontramos na Exposição: ficar fora do caminho e ficar longe de Kiern..."

Quando estou concluindo a frase, percebo que houve uma terceira coisa. *Seja legal com sua mãe.*

"Não foi Katherine", digo baixinho.

Connor faz uma pausa no meio de uma garfada. "O que não foi Katherine?", pergunta.

"A viagem da minha mãe. Pensei que..."

"Por que você pensaria que Katherine tinha algo a ver com isso?", quer saber Connor.

"E", acrescenta meu pai, "se você achava isso, por que não falou pra gente antes?"

"Bem, minha mãe não teria ido se achasse que tinha o dedo de Katherine na história, e ela ficou tão feliz com a bolsa. E eu não tinha nenhuma prova de que..."

"Definitivamente não tinha", diz Connor, "porque Katherine não teve mesmo nada a ver com a história. Mas o que fez você descobrir isso agora?"

"Uma coisa que Prudence disse na Exposição Universal. Acho que talvez ela tenha providenciado a viagem para ter certeza de que minha mãe estaria longe daqui."

"Então precisamos avisar Deborah. Ela pode estar em perigo." Meu pai parece alarmado.

Balanço a cabeça. É mais um instinto do que algo sólido, mas não creio que Prudence colocaria a vida de minha mãe em perigo. Ela pode estar disposta a fazer a gente *pensar* que sim, mas... "Prudence não vai machucá-la. O que quer que ela ache de Katherine, ou de mim, que seja, ela não tem nada contra a minha mãe. Se muito, acho que Prudence tirou ela de cena para mantê-la em segurança. Não sei de vocês, mas eu estou muito bem com isso, pelo menos até essa história toda acabar."

Meu pai ainda parece cético.

"Isso não significa que eu não vá telefonar para ela agora", digo, "porque isso meio que me assusta."

Coloco meu prato na pia e pego meu tablet. Isso me faz lembrar de por que eu o trouxe para baixo, para início de conversa, então eu me volto para Connor. "Temos alguma coisa que eu poderia usar como disfarce? Não só trajes de época, mas algo para eu parecer diferente. Não posso simplesmente ficar saltando com esta aparência."

"Que aparência?", pergunta Connor.

"Esta aparência, a minha. Esta aparência, igual a Prudence. Obviamente, quando estou na escola sendo um cordeirinho, não importa.

Mas quando estou fazendo coisas que são potencialmente dignas de destruir a trégua, é meio idiota não usar um subterfúgio. Cor de cabelo? Chapéu com abas? Óculos falsos?"

Ambos assentiram, mas não creio que tenham entendido direito. Claro, eles não viram o olhar que a mulher me deu no churrasco quando esbarrei no prato dela. Foi quase como se eu a tivesse honrado ao derrubar o pedaço de fruta em seu sapato.

Um telefone toca, e meu pai pega o seu celular no bolso. "Oh. É a minha mãe."

Por um momento esquisitíssimo penso que ele está falando de Evelyn, e então me dou conta de que é a vovó Keller. "Diga que mandei um oi", falo enquanto ele segue para a sala de estar.

Abro a busca de imagens que fiz mais cedo e deslizo o tablet para Connor. "É disso que estou falando. Tem quadros de Prudence de várias centenas de anos atrás, e eles são inquietantemente parecidos comigo. Bem, exceto estes de grávida, graças a Deus. Qual é o lance desses?"

Ele lança um olhar incômodo para a sala de estar.

"Sério, Connor. Não estou perguntando sobre a mecânica da coisa. Obviamente, Prudence engravidou em algum momento, e eu já tive aquela conversinha para aprender como isso acontece. Mas por que esse é um ponto central na mitologia deles, ou o que quer que seja?"

"Bem, Saul precisava de pessoas ao seu lado que fossem capazes de usar a chave. Tanto para ajustar a linha do tempo como, talvez, pelo lado religioso da coisa, para ser aqueles que os ciristas viam como eternos e imutáveis. Com Prudence, ele tinha duas opções, certo? Ela poderia voltar e convencer seus antigos colegas ou respectivos descendentes para se juntarem aos ciristas, mas não creio que Saul tivesse muitos amigos entre os outros historiadores. Além disso, o gene da CHRONOS parece enfraquecer a cada geração, pelo menos na minha experiência, e a característica nem sempre é dominante. A outra opção seria usar Prudence para criar seu pequeno exército de viajantes do tempo. E esta última opção pode ser mais fácil, já que as crianças poderiam nascer em praticamente qualquer época."

Meu omelete se revira no estômago, tanto por causa do que estou pensando quanto pela percepção de que tenho sido um pouco ingênua sobre essa história toda. Considerando as imagens, presumi que Prudence havia tido um filho ou filhos, mas jamais pensei realmente nessas gestações como uma estratégia consciente. E isso levanta toda uma série de outras perguntas. "Você não acha mesmo que Saul faria..." Me calo quando percebo que não quero concluir a frase.

"Não sei. Ele está planejando destruir metade da humanidade, então quem sabe qual é o limite dele? Mas vou presumir que ele..." Connor esfrega os olhos com a palma da mão e depois olha para cima, continuando com a voz muito casual. "Que ele ajudou a inseminar um ou mais historiadores, ou um de seus filhos ou netos. Mas não acho que a gente possa excluir nada, e não tenho certeza se isso é realmente importante agora."

"É claro que é importante. Como você pode dizer isso?" Volto a olhar para uma das imagens, uma pintura de Prudence com crianças pequenas reunidas em torno de seus pés e mais uma a caminho, bem evidente. De repente, é difícil pensar na Prudence que conheci na Exposição. Só consigo pensar na garota que vi no Norumbega no outro dia. Ela parecia assombrada. Talvez até drogada.

Connor parece meio melindrado. "Não foi isso que eu quis dizer, Kate. Sim. É importante. Ela é sua tia, filha de Katherine. Nesse sentido, definitivamente é importante..."

Eu o interrompo. "Prudence tinha catorze anos quando desapareceu. Quantos anos será que tinha pela primeira vez em que foi — nem acredito que estamos usando essa palavra — *inseminada*? Será que foi escolha dela? Será que ela teve direito de opinar?"

"Se Prudence foi ou não uma participante ativa nisso tudo, isso não altera nada para a gente. Não muda..."

Meu pai volta à cozinha, e Connor se cala quando vê a cara dele. Nós dois perguntamos ao mesmo tempo qual é o problema, e meu pai meio que afunda no banco perto da copa.

"É meu pai. Ele... sofreu um derrame."

"Ai, meu Deus. Ele vai ficar bem?"

Ele balança a cabeça. "Eles não sabem. Ele está no CTI. Minha mãe está arrasada. Ouça, Kate... Eu preciso... Preciso ir para lá, ok?"

"Claro! Vou arrumar algumas coisas..."

"Não", diz ele. "Você fica aqui."

"Mas eu quero vê-lo!"

"Kate, ele não está consciente. Não tem como você fazer nada."

"Mas a vovó está consciente. Eu não quero que ela pense que eu não..."

"Querida, está tudo bem. Eu disse a ela que você tinha que ir à escola e que alguém precisa ficar aqui com Katherine. Ela entende. Eu odeio deixar você sozinha nesse momento, mas..."

"Não. Não, pai. Você precisa ir."

"Tudo bem", diz Connor. "Vamos cuidar dela, Harry."

A expressão dele é difícil de decifrar. Durante um instante parece que vai dar uma resposta a Connor, mas ele respira fundo e balança a cabeça. "Devo ficar fora só por alguns dias. Ainda assim não gosto disso. Que timing desgraçado de ruim."

Passei a hora seguinte repetindo muitas das mesmas coisas que eu disse a minha mãe na semana anterior à partida dela — *Vou ficar bem, já sou adulta*. Deixo de fora a parte sobre estar muito ocupada, porque ele sabe exatamente o quanto estarei atribulada, e pensar no que vou estar fazendo enquanto ele viaja não vai fazer com que nenhum de nós se sinta melhor por sua ida.

∞

Em geral, os mapas de regiões centrais das cidades não mudam muito ao longo do tempo. Depois de olhar por cerca de meia hora um mapa que encontramos na internet, todo granulado e em baixa resolução, de Athens, na Georgia, de 1938, faço uma comparação com o Google Mapas e encontro apenas umas poucas ruas novas e uma ou duas cujo nome mudou. Tirando isso, eles eram idênticos, então fico com a versão digital que não me causa dor de cabeça e me fornece dados úteis, como tempo estimado de caminhada entre os trajetos.

O dia anterior foi dividido entre lições de estilo de linguagem e a revisão dos detalhes para o salto de reconhecimento de 1938. O plano é entrar e simplesmente ficar lá, observando. Preciso me familiarizar com a cidade, a época e os costumes. Se eu ousar um pouco, posso ficar vigiando os três historiadores de longe, mas não posso entrar em contato com eles.

Estou no meio da contagem de quadras desde o ponto estável até o meu destino quando há uma batida à minha porta — e eu prontamente me esqueço se contei sete ou oito quarteirões. Esfrego os olhos. "Entre."

"Não vou perguntar se você está ocupada", diz Connor, "porque já sei a resposta. Mas preciso do seu gene CHRONOS por uns minutinhos."

"Que pena que não posso arrancá-lo e entregá-lo. O que você precisa que eu faça?"

Ele senta no braço do sofá e se inclina para a frente. "Acho que encontrei Wallace Moehler. Não tenho certeza se queremos que Katherine saiba disso desde já, mas se eu estiver certo, ele não foi para a Rússia. Ele foi para Copenhague. E em 1955, e não 1957."

"Ok. Isso é incrível. Como você conseguiu rastreá-lo se ela nos deu o ano errado e o país errado? O *Sputnik* foi em 1957, certo?"

"Sim, mas fiz a Katherine algumas... perguntas esclarecedoras, digamos assim, sobre Wallace quando os medicamentos dela começaram a fazer efeito ontem à noite. Ela mencionou algo que não tinha dito, algo sobre ele ter participado do Ano Internacional da Geofísica. O AIG foi uma enorme conferência científica realizada em 1957 e 1958, mas o planejamento começou dois anos antes. Então eu comecei a fuçar e descobri um artigo sobre como os Estados Unidos e a União das Repúblicas Socialistas Soviéticas estavam começando a corrida espacial, e um mandachuva da administração Eisenhower anunciou que teríamos um satélite em órbita como parte de nossa participação no AIG. Isso desagrada os soviéticos, então o representante deles na AIG convoca — isso mesmo — uma coletiva de imprensa para informar que os soviéticos vão fazer primeiro. E o deles será maior. A imprensa internacional meio que revirou os olhos, mas o tal soviético estava certo."

Ele me entrega uma fotografia impressa. Homens de terno, a maioria de meia-idade, sentados diante de uma janela. Um homem um pouco mais jovem está mais isolado à esquerda. A única coisa estranha na foto é a cortina de renda branca, um tanto deslocada para um local onde se realiza uma conferência de imprensa.

"Qual destes caras é Moehler?"

"Engraçado", diz ele, e parece pensar no assunto. "Humpf. Acho que ele poderia estar na foto. Na verdade, eu não tinha pensado nisso. A descrição de Katherine é que ele tem altura e peso médios, cabelo raleando e óculos num estilo geek."

"Então praticamente qualquer um deles. Por acaso existe algum ponto estável nas proximidades?"

"Há apenas dois pontos estáveis em Copenhague na década de 1950, então vai ser muito fácil verificar. O do Castelo Rosenborg é o mais próximo da Embaixada da Rússia, então eu começaria por aí. O artigo do jornal diz que a coletiva se deu no dia 2 de agosto. Ele pode ter chegado antes, no entanto, então talvez fosse bom verificar o dia 1º também."

Ele me entrega meu velho nêmese, o Registro de Bordo dos Pontos Estáveis, e solto um gemido.

"Prefere voltar às aulas de idioma?"

"*Nyet*. Aviso se encontrar alguma coisa."

"O que você estava fazendo com os mapas? É algo que possa ser feito por mim ou por Katherine?"

Balanço a cabeça. Quero dizer, eles poderiam descobrir quantas quadras vou precisar andar a partir do ponto estável, mas o lance é mais ter uma ideia do lugar antes de ir, e não sei muito bem como terceirizar isso. "Talvez um de vocês pudesse passar um café? Um café que preste."

Ele volta vinte minutos depois com uma grande caneca de café, uma barra de proteína e uma torta cremosa de aveia para eu escolher. "Comida para o cérebro ou comida para aquecer o coração?"

Escolho a torta de aveia. "Mas deixe a barra de proteínas. Em algum momento vou chegar nela."

"Deu sorte aí?" Ele senta-se ao meu lado no sofá e olha por cima do meu ombro, para o Registro de Bordo dos Pontos Estáveis, muito embora eu tenha certeza de que ele só está enxergando fileira após fileira de quadradinhos pretos.

"Na verdade, sim. Talvez até demais." Pego a caneta e o bloco de notas da mesinha de centro, anoto mais um registro e entrego a ele. A lista agora inclui seis coordenadas de salto diferentes, e não estou exatamente perto do fim. "Aparentemente, estava acontecendo um monte de coisas que Moehler queria ver no dia 1º de agosto. Ele tinha vários ternos diferentes, e numa das vezes estava usando um bigode, mas na maior parte do tempo ele de fato adota um visual bem comum. Três versões diferentes dele poderiam se misturar num grupo e você jamais perceberia que era o mesmo cara." Pego a lista de volta e clico no terceiro registro, que tem uma estrelinha ao lado. "Até agora, este é o meu melhor palpite sobre qual foi o último salto dele, aquele depois do ataque de Saul. Todo mundo perdeu um pouco o equilíbrio ao pousar naquela ocasião. Katherine disse que foi derrubada. Evelyn torceu o tornozelo. Quando eu estava pesquisando Port Darwin, Adrienne parecia ter acabado de levar um soco no estômago. Ela ficou sentada lá no ponto estável, atordoada durante dois ou três minutos. Mas ainda não encontrei nada desse tipo no caso dele."

Connor retorna para a biblioteca, e eu volto a verificar os pontos estáveis. Cerca de cinco minutos depois, encontro o último salto de Wallace Moehler. Ele chega no pequeno recanto ao longo dos muros de pedra, nos fundos do Castelo Rosenborg, às 5h45 da madrugada do dia 1º de agosto. Quando Moehler pousa, ele oscila por um segundo e depois cai de bunda, as pernas esticadas na frente do corpo, quase batendo a cabeça no muro. Ele está a menos de trinta centímetros do ponto estável, então eu vejo basicamente seu tronco. Ele tem uma pasta preta no colo e a chave CHRONOS na mão esquerda.

Moehler fica ali por talvez uns trinta segundos, provavelmente tentando processar o que acabou de presenciar na sede. Ele coloca o medalhão no bolso do casaco, ajeita os óculos e começa a se levantar. Está quase de pé quando cai novamente. Desta vez, sua cabeça bate no muro e ele colide contra as pedras.

Fico observando o rosto de Moehler na tela por uns bons segundos, me perguntando o que aconteceu. Vejo o pequeno círculo vermelho em sua testa e o filete vermelho escorrendo e cobrindo seu nariz.

∞

Boston, Massachusetts
31 de julho de 1905, 10h25

Kiernan transfere o ponto estável de Copenhague para sua chave e depois entrega o Registro de Bordo dos Pontos Estáveis de volta para mim. É estúpido, mas me sinto melhor agora. Katherine não conseguiu estabilizar a exibição o suficiente para visualizá-la e, claro, Connor não conseguia enxergar nada. Eu sabia que não tinha imaginado isso, mas é bom saber que outra pessoa também viu quando Moehler foi baleado.

Kiernan está usando o traje de banho de Boudini, seus cabelos secando, ainda meio espigados. Ele tamborila pelas bordas de sua chave CHRONOS antes de puxar a imagem para assistir a tudo outra vez.

Apenas alguns minutos se passaram para ele desde que voltamos do Norumbega — era a única vez que eu tinha certeza de que ele ainda estaria no quarto. Mas ele parece muito mais seco do que deveria, já que estava encharcado quando saí.

Estou prestes a perguntar por quê, quando ele diz: "Você tem certeza de que ninguém tirou a chave de Moehler depois que ele foi baleado?".

"Tanto quanto eu posso ter certeza sem ter presenciado a cena diretamente. Fui avançando em intervalos de trinta segundos durante as três horas seguintes, até um jardineiro encontrar o corpo dele e chamar a polícia. Antes de o jardineiro aparecer, as únicas coisas que entram na cena são um pássaro e um pedaço de papel levado pelo vento. Precisamos voltar e assistir a tudo sem avanços na imagem para ter certeza, mas..."

"Eu vou cuidar disso. Quando voltarmos do salto de Athens."

"Valeu", digo, mas algo na voz dele me faz parar. Do que exatamente ele está dizendo que vai cuidar? Da observação do ponto estável em tempo real, sem acelerar a imagem? Ou... "O que você quer dizer com 'eu cuido disso'?"

Ele simplesmente me encara.

"Não. Absolutamente não. *Não* recupere aquela chave. Tem alguém naquele jardim com uma arma, pelo amor de Deus."

"Ora, Kate. Eu apareceria num piscar de olhos, pegaria a chave e voltaria antes que qualquer um tivesse tempo para apontar e disparar. Pelo que sabemos, a KGB viu Moehler rondando a embaixada russa e concluiu que ele era um espião. Mesmo que seja Simon ou algum outro cirista no jardim, o que, repito, nós *não* sabemos, eles não estão esperando que eu apareça."

"Pode parar com essa merda, Kiernan! Nós não sabemos o que eles estão esperando. Eles estão de olho na gente. Não só em você, não apenas aqui, mas em mim também, e Prudence aparentemente não está gostando do que está vendo."

Ele ergue as sobrancelhas em expectativa, e eu falo sobre o aviso que Eve me deu na festa. "A menos que eles tenham câmeras na casa de Katherine, o que Connor diz não ser possível, ou eles já me viram aqui no seu apartamento ou quando estávamos circulando por Boston." Respiro fundo, trêmula, antes de continuar, as palavras num jorro. "Ou, sim, ainda mais provável, quando fomos ao Norumbega. E não venha me lembrar de que você tentou cancelar aquela viagem. Eu estava errada, ok? Vamos aceitar como fato que eu sou incrivelmente estúpida e que é tudo cul..."

Kiernan se aproxima e pega minhas mãos, e minha torrente de palavras é cortada alguns segundos depois. Na verdade, é uma tática muito inteligente para me fazer calar a matraca, pois sempre uso minhas mãos para enfatizar meu falatório quando estou agitada. E também fico um pouco surpresa que ninguém tenha feito isso antes. Olho para o rosto de Kiernan e sou inundada pela certeza de que ele já fez este mesmo gesto em outra ocasião. Mais de uma vez, a julgar por sua expressão.

Ele olha para minhas mãos e corre o polegar pelo Band-Aid no meu indicador. Perdi o outro curativo em algum lugar ao longo do dia, e ele puxa essa mão para ele, dando um beijo na junta esfolada. Quando volta a olhar para mim, seus olhos estão à beira das lágrimas. "Eu não sei o que fazer, Kate. Antes, quando as coisas iam para as cucuias e você ficava chateada, eu costumava abraçar você e dizer que tudo ia ficar bem, que tudo ia dar certo." Ele ri, um som breve e amargo, e balança a cabeça. "Era um monte de bobagem, e nós dois sabíamos disso, bem lá no fundo, mas de algum modo parecia mesmo que ia ficar tudo bem quando eu te abraçava."

Olho para baixo, concentrando-me resolutamente em nossas mãos juntas, as dele tépidas e fortes. Eu não ouso encará-lo, porque tem uma voz rebelde na minha cabeça me dizendo que seria muito gostoso, incrivelmente gostoso, sentir que tudo vai ficar bem. Mesmo que fosse apenas por um minuto. Mesmo que nós dois soubéssemos que não passa de bobagem.

"Eu voltei, Kate. Voltei ao Norumbega. Não para concluir o espetáculo — a Operação Boudini está congelada neste momento."

Uma imagem pisca na minha mente: o público do Norumbega, congelado no lugar, esperando que Kiernan volte. Ou não volte. Ou volte e não volte ao mesmo tempo, tipo aquele experimento do gato de Schrödinger.

"Eu voltei quando o teatro estava vazio", diz ele, "e coloquei um ponto estável no auditório, na boca de cena. A parte acima do proscênio?"

Não tenho ideia do que significam tais palavras, mas assinto para que ele continue.

"Dessa forma eu conseguiria ver a plateia toda. Eles não estão lá em todos os espetáculos. Tito estava exagerando. Tem duas semanas que estou fazendo o show e eles estiveram lá talvez umas duas vezes. Normalmente, Simon está com ela. Às vezes, é June. Ela é a médica de Estero. Uma vez foi um outro cara... não me lembro do nome dele. Pru só fica observando. Só fica olhando para o palco quando estou lá em cima."

"Era isso que ela estava fazendo quando a vi. Ela parecia... esquisita."

"Eu não me aproximei o bastante para vê-la com nitidez, mas é como se ela estivesse, sei lá, dopada ou algo assim. Tenho certeza de que ela estava grávida... Ela sempre estava usando um daqueles vestidos franzidos e de cintura alta, por isso não dá para notar, ou pelo menos não tanto. Eu vi Pru com todas as idades, Kate... Bem, todas as idades entre dezessete e, sei lá, talvez quarenta anos. Eu a vi duas vezes grávida, e a vi totalmente surtada. Mas nunca a vi daquele jeito. Como se ela fosse uma concha, sem nada dentro."

Eu olho para ele e assinto. Isso é praticamente o que pensei quando a vi no Norumbega, embora tivesse sido apenas um breve vislumbre.

"Então Prudence teve dois filhos?", pergunto.

"Ela teve duas gestações. Perdeu um. E não tenho ideia de quantos filhos. Estou imaginando uns vinte no total."

Ele vê minha expressão e balança a cabeça. "Depois das duas primeiras gestações, Pru bateu o pé. Disse a Saul que estava cansada de vomitar o dia todo, e ele concordou, mas apenas com a condição de ela doar seus óvulos. Havia dezenas de mulheres ciristas mais do que felizes em carregar os bebês dela. E digamos que Estero tinha uma enfermaria extremamente *moderna* desde o começo."

"Quem era o pai?"

Kiernan dá de ombros. "Para ser sincero, não sei. Não era algo que Pru já tenha citado, e não fui tão estúpido assim para perguntar."

Ele inspira fundo e solta minhas mãos, se aprumando e esfregando as têmporas. Seus olhos estão fixados no meu rosto, e eu sinto que ele está me avaliando, decidindo se deve ou não dizer o que tem em mente. "Havia seis homens na fazenda, aquela onde estávamos em Illinois, que possuíam alguma habilidade com a chave, eu inclusive, embora naquela época eu não estivesse nem perto de ser considerado um homem, e minhas habilidades fossem as mais fracas do lote. Meu pai era muito melhor com isso. E eu sei, de fato, que eles tentaram convencê-lo a... Digamos assim, doar para a causa, entende?"

"E ele aceitou?"

"Não. Naquela época eu não entendia muito bem o que estava acontecendo, mas depois eu juntei as peças. Foi uma das coisas que o fez contestar Pru. Não a principal, mas... Lembro-me de vê-lo dizendo a ela uma vez que ele ia fazer o que pudesse para tirar seu filho das garras deles, então por que ele seria tolo o suficiente para deixá-la tomar mais um como refém? Naquela época não fez sentido, mas analisando em retrospecto..."

Ficamos sentados em silêncio. Eu tenho mais perguntas, mas não tenho energia, física ou mental, para fazê-las ou processar as respostas.

Kiernan finalmente se impulsiona e fica de pé. "Eu preciso tirar esta roupa."

Enquanto ele está se vestindo, lembro-me da segunda razão pela qual estou aqui. "Estou pensando se faria mais sentido se nós... Se você não vir comigo nesses outros saltos. Nós não sabemos quais informações eles têm. Eles podem estar explorando os mesmos locais que a gente."

Sua sombra para momentaneamente atrás da cortina vermelha, e ele volta a trocar de roupa. Ele não responde até sair de trás da barreira, e a julgar pelo seu olhar incomodado, não gosta do que eu disse, mas está com dificuldade para discordar.

"Tudo bem", diz ele, desabando ao meu lado na cama. "Você está certa. Não devemos ser vistos juntos em nenhum lugar que eles possam estar vigiando. Isso não significa que vou deixar você sozinha. Vou saltar na frente e voltar depois de você terminar. Mas vou ficar nos bastidores, como fiz em Port Darwin."

"Mas... Você não foi a Port Darwin."

"Você acha mesmo que eu ia deixar você naquela praia com aquele monstro rondando o local?"

"Monstro?" Olho pra ele por um minuto, e então fico boquiaberta. "O crocodilo? Kiernan, o que você fez?"

"O que você acha que eu fiz? Eu atirei naquela desgraça."

"Meu Deus, Kiernan, você não pode fazer isso! Esses animais estão ameaçados de extinção! Bem, talvez não em 1942, mas..."

"Ameaçados de extinção? O que diabos seria capaz de *ameaçar* aquela criatura? Três balas na cabeça e o bicho continuava vindo na minha direção."

Cubro o rosto com as mãos. Vale a pena explicar sobre a lista de espécies sob risco de extinção? Isso é mesmo relevante? As tartarugas que aqueles crocodilos devoraram na costa provavelmente estão mais ameaçadas ainda.

"Deixa pra lá. Não importa. O que você fez com o bicho?", pergunto. "Acho que vi o local do tiro, mas só tinha uma poça vermelha na areia."

"Eu não fiz nada com ele. Quatro homens vieram daquele acampamento da cordilheira..."

"O posto militar?"

Ele assente. "Acho que sim, isso. De qualquer forma, eles ouviram os tiros e vieram ver o que estava acontecendo. Aí deram mais uns tirinhos no bicho só para garantir e perguntaram se eu o queria. Quando eu disse que não, os quatro botaram a criatura nos ombros e tiraram da praia. Tenho certeza de que a intenção era comê-lo."

Eca. "Sério?"

"Parece suficientemente justo para mim. Se o bicho tivesse oportunidade, com certeza teria jantado os quatro."

Ele desliza da cama e abre o compartimento abaixo, sacando um coldre de couro e um revólver. Só de olhar para a coisa fria e preta, na palma dele, já fico nervosa.

"Mais uma caça ao crocodilo?"

Kiernan olha para mim, as sobrancelhas arqueadas. "Provavelmente não. Mas existem outros tipos de monstros. E uma arma não vai servir de muita coisa se ela não estiver ao meu alcance." Ele encaixa a tábua de volta no lugar e passa o coldre sobre os ombros, depois encaixa o revólver. "Eu ficaria mais feliz se você estivesse armada também, mas como nunca consegui convencer você a usar uma no passado..."

Mordo meu lábio com força. "Você tem outra arma escondida debaixo da cama?"

"Não", responde ele, a voz surpresa e um pouco preocupada. "Eu posso conseguir uma, mas você vai precisar aprender a usar. E não faz muito sentido, a menos que você ache que realmente *usaria* se fosse necessário. Você tem certeza?"

Não tenho certeza de nada, mas faço que sim com a cabeça de qualquer forma. Por mais que eu odeie a ideia de portar uma arma, sei que é estúpido não estar preparada. Holmes tinha uma arma. Simon tem uma arma. Quem quer que tenha atirado em Moehler definitivamente tinha uma arma, e tenho certeza de que ele não é o único cirista que Saul armou. Não importa quantas horas eu passe no sótão, não importa o quanto o possível substituto de Sensei Barbie treine comigo, jamais vou ser capaz de me esquivar de balas no ar.

Kiernan inclina a cabeça para trás contra a cama e olha para as estrelas no teto por um momento. "Preciso ir agora. Eu entro em contato com você." Ele me joga sua chave. "Coloque numa época e num lugar que fique bom para você."

É pouco antes de uma hora na casa de Katherine. Acerto para às três — muito embora o assassinato de Moehler tenha interrompido o cronograma um pouco, tenho uma promessa a cumprir às duas da tarde.

"Para onde você vai?", pergunto.

"Esta noite, para a casa de Jess. Preciso dar um sinal de vida para ele e Amelia antes de ir para lá. Amanhã vou para o sul encontrar um lugar perto de Athens. É sempre mais fácil se meus saltos são apenas temporais, e não para uma localização física diferente. Pode ser que isso nos ajude a encontrar uma base para os saltos de 1938 também."

"Tudo bem. Mas você não precisa continuar fazendo os shows no Norumbega? Do contrário, eles saberão que sabemos..."

"Não se eu fizer os espetáculos em algum momento. Houdini ainda tem a chave, e ainda precisamos pegá-la."

"Você teria como construir um pequeno suprimento de shows agora? Quantas viagens você acha que consegue administrar esta noite?"

"Duas, no máximo. Eu já saltei para cá e voltei ao teatro para checar Simon e Pru. Mas prefiro manter isso como uma fuga de emergência, depois do que acabamos de ver. Boudini pode esperar por enquanto."

Concordo com a cabeça e sorrio um pouco, porque não quero admitir o motivo pelo qual estou incomodada por deixar isso em suspenso. Não é porque acho que seja um risco — sinceramente, eu não sei, de um jeito ou de outro. A verdadeira razão é que minha cabeça dói só de pensar num teatro cheio de gente, todas simplesmente sentadas lá, suspensas no tempo, enquanto Kiernan está ou não dentro daquele tanque no palco.

Ou talvez as duas coisas ao mesmo tempo.

Estou na casa da cidade e acabei de regar as plantas, quando Trey toca a campainha, alguns minutos antes das duas da tarde. Abro a porta e rio do olhar de surpresa dele ao flagrar meus óculos redondos com armação preta e meu vestido azul-claro acinturado. Acrescentei algumas mechas grisalhas ao meu cabelo com uma tinta temporária que Connor comprou na farmácia. Não vai enganar ninguém se eu for examinada com afinco, mas é melhor do que nada.

"Seu aviso de ontem sobre namorar uma mulher mais velha se tornou realidade muito mais rápido do que eu imaginava." Trey tira meus óculos, olha através das lentes plásticas transparentes e me dá um beijo antes de encaixá-los de volta sobre meu nariz.

"Espero que isto evite que alguém me confunda com Prudence e que caia aos meus pés para me venerar."

"Boa. Não quero que essas pessoas roubem minha função."

Reviro os olhos. "Sério, Trey, quantas horas por dia você gasta pensando essas besteiras?"

"E é culpa minha se você continua me dando as deixas?"

Ele me acompanha até a sala de estar, que está excepcionalmente arrumada agora que eu e minha mãe não estamos ficando aqui para entulhá-la com livros, papéis e lixos variados. "Quer beber alguma coisa? Surrupiei uns refrigerantes da geladeira de Katherine e uns energéticos do meu pai. Ou eu posso fazer um café, só que nós jogamos o leite fora antes da minha mãe viajar."

"Um refrigerante está bom."

Quando chego com as bebidas, Trey está de pé em frente à lareira, olhando as fotografias na cornija. Está segurando um porta-retratos de quando eu tinha uns seis anos. Estou sentada na frente do apartamento no campus onde moramos há alguns anos, enquanto minha mãe terminava a graduação, e uso um par de patins rosa-choque da *Supergirl.* Meus dois joelhos estão com curativos, mas sorrio de orelha a orelha, exibindo claramente as janelinhas onde meus incisivos estão crescendo.

"Que bonitinha", diz ele. "Vou precisar de uma cópia desta."

"Vou providenciar imediatamente." Entrego a bebida a ele e coloco a foto de volta no lugar. Ao sentarmos no sofá, ele passa um braço em volta dos meus ombros e puxa minhas pernas para seu colo. Meu coração fica preso na garganta com a facilidade com que voltamos aos velhos padrões. A quantos filmes assistimos nesta posição, no meu quarto, na casa de Katherine?

"Então, era para eu encontrar você na casa de Katherine. Por que a mudança de planos?"

Dou de ombros e bebo um gole do meu energético. "Eu sabia que Katherine teria um ataque se você viesse durante um salto. Eu não sei se é o tumor ou os medicamentos piorando as coisas, mas ela está explodindo com as coisas mais desimportantes agora. Eu não queria deixá-la nervosa por causa de uma coisa tão fácil de resolver."

"Ei, não estou reclamando. Sem supervisão dos responsáveis, sozinho com uma bela mulher mais velha..."

"Que está manchando sua camisa todinha com tinta de cabelo."

"É verdade", diz ele, e nós dois tentamos limpar, mas isso só deixa uma tira cinzenta no tecido preto.

Dou um sorrisinho perverso e puxo a bainha da camisa dele. "Conheço uma solução muito óbvia para este problema."

Ele inala bruscamente quando beijo o contorno de sua clavícula. "Sim, mas essa solução provavelmente vai criar um problema totalmente diferente."

Depois da nossa longa discussão no carro ontem à noite, resolvemos levar as coisas devagarinho e ir seguindo gradualmente até o ponto onde paramos da última vez. Embora seja um pouco frustrante para nós dois, sei que é a decisão certa.

Alguns minutos depois, Trey me dá um último beijo, desta vez no nariz, e diz: "Você precisa ir. De outro modo...".

"É, eu sei." Viro o restinho do energético e faço uma careta no final.

Ele ri. "Por que bebe isso se você não gosta?"

"É amargo, mas preciso da energia", digo, passando pelo espelho para ajeitar o estrago no meu cabelo. Trey vem até mim e se estica para colocar os óculos falsos de volta no meu rosto.

"Você parece uma bibliotecária."

Ele tem razão. O vestido azul bate logo abaixo do joelho e provavelmente é a coisa mais deselegante que já usei, mas pelo menos é suficientemente soltinho para eu conseguir lutar, caso precise.

"Pessoalmente", começa ele, "prefiro o vestido vermelho da noite passada, mas acho que este pode gerar uns olhares surpresos na década de trinta. E já que você vai sair com esse outro cara em vez de mim, então dou dois polegares de joinha para este vestido de bibliotecária."

Ele sorri, mas não é exatamente um sorriso feliz. Viro-me para ele, deslizando meus braços ao redor de seu pescoço. "Ei, vou passar só um minuto fora. Prometo."

"Sim, um minuto aqui, mas pode acontecer muita coisa naquele minuto lá na outra ponta."

"Bem, se servir de consolo, ele vai odiar que meu cabelo está preso."

"Por causa disto aqui?" Seu dedo contorna minha cicatriz.

"Parcialmente. Ele se sente culpado, embora isso seja para lá de estúpido. Eu poderia ter morrido. Mas mesmo antes da cicatriz, ele disse que não me pareço com a Kate dele quando estou de cabelo preso."

"Então você devia usar ele preso o tempo todo." Ele faz uma careta e balança a cabeça. "Isso soou como coisa de namorado ciumento, não foi? E ao passo que é meio sincero, o que eu queria dizer é que cabelo preso, cabelo solto... não importa. Você é minha Kate, de um jeito ou de outro."

Ofereço-me para definir um ponto estável na sala de estar, já que o atual fica no meu quarto e Trey provavelmente vai bater a cabeça no meu teto inclinado. Mas ele alega que quer ver meu quarto, então me acompanha pelas escadas e se estica na cama de solteiro, apoiando os pés na cabeceira.

"Gostei do seu quarto", diz ele enquanto eu me sento na beira da cama, ao seu lado. "A claraboia, as estrelas que brilham no escuro. Muito a sua cara."

Dou risada. "Obrigada, acho. Charlayne costumava dizer que a claraboia a assustava. Dizia que tinha a sensação de que alguém iria pular bem em cima dela. Mas sinto falta dela quando não estou aqui. É a minha luz noturna embutida."

Saco minha chave CHRONOS da bolsinha de couro. Trey estica o braço e toca o medalhão, passando os dedos pela ampulheta no meio.

"Parece tão comum. Difícil de acreditar que isso vai te levar até a Georgia e quase um século de volta no tempo."

Primeiro, vai me levar para a casa de Katherine, para que eu possa me encontrar com Kiernan, e aí sim iremos para a Georgia. Mas isso já é confuso o suficiente do jeito que é, então eu apenas sorrio.

"Acho que o cético precisa de uma demonstração." Eu me inclino e lhe dou um breve beijo de despedida, e depois defino este local como um ponto estável.

Trey, que obviamente não consegue enxergar a interface que meus dedos estão tocando, me dá um sorriso torto. "Você está se divertindo mandando mensagens no seu telefone imaginário?"

Bato meu quadril nele. "Eu já volto. Um minuto."

"Tempo demais."

"Eu poderia fazer em trinta segundos."

Ele sorri, apoiando a cabeça no meu travesseiro. "Melhor."

∞

Estou esperando por Kiernan na cozinha quando Daphne enfia o focinho frio na minha mão, depois corre para a porta dos fundos, abanando o rabo. Abro a porta, e ela sai saltitando pelo pátio, indo diretamente para as árvores atrás do galpão de tralhas, onde os esquilos costumam brincar. Duvido que ela saberia o que fazer se alguma vez capturasse um, mas sua missão infinita a mantém em forma, embora todo mundo na casa seja culpado por empanturrá-la frequentemente com petiscos-de-gente.

Katherine está lá quando eu me viro, ainda usando o mesmo roupão e os chinelos de quando vim correndo para a biblioteca mais cedo, com a notícia sobre Moehler. Ela parece um pouco mais corada do que na última semana, embora ainda esteja com olheiras.

"Os últimos meses fizeram nós duas envelhecermos, Kate."

Arqueio as sobrancelhas em questionamento e então me lembro das mechas cinzentas no meu cabelo. "Ah, sim. Ficou bonito?"

Ela sorri. "Você nunca passaria numa inspeção da equipe de maquiagem da CHRONOS, mas acho que serve. Embora um chapéu fosse fazer mais sentido. Por acaso o cloche que pedi chegou?"

Deve estar claro pela minha expressão perdida que não faço absolutamente nenhuma ideia do que seja um cloche, porque ela faz um gesto de dispensa. "Deixa pra lá. Vou verificar com Connor. Achei na internet. Alguns anos fora de moda para 1938, mas, ei, estamos em plena Depressão. As pessoas usavam qualquer coisa que encontrassem."

Katherine serve-se de um pouco de suco de oxicoco e senta-se perto da janela, puxando o robe em torno dos ombros. "Importa-se de me repassar os planos?"

A essa altura eu já examinei tudo com Connor várias vezes, mas o envolvimento de Katherine limitou-se ao papel de conselheira indireta. Connor discute as coisas com ela e volta com sugestões, e assim vamos adaptando. Ela passa a maior parte do tempo no quarto. Não sei se é para me proteger de seu temperamento ou se ela está simplesmente se sentindo fraca demais para lidar com interação social. Embora seja fato que ela me irrita o tempo todo, sinto falta de conversar com ela, e duvido que ela goste de estar à margem.

"Claro que não", digo, sentando-me ao lado dela. "Mas vou ter que fazer isso rápido. Kiernan vai chegar em breve."

"Você ainda está planejando que ele fique te acompanhando de longe em vez de trabalhar em equipe?"

Faço que sim com a cabeça. "Pode ser uma precaução desnecessária, mas eu preferiria fazer de um jeito mais seguro. Ok. De acordo com o diário, o grupo de Delia está entrevistando o dono do Teatro Morton. Eu não vou falar com eles, mas provavelmente vou segui-los quando eles forem embora. O objetivo é ter uma ideia do lugar. Kiernan vai estabelecer alguns pontos estáveis nos arredores do hotel deles, ou onde quer que eles estejam hospedados, para que possa observá-los de sua casa. Espero que possamos descobrir uma boa hora e lugar para abordá-los."

"Você parece tensa." Katherine aperta minha mão. "Relaxe, você vai se sair bem."

Acho que gosto da nova medicação dela. "Alguma dica privilegiada para a Georgia de 1938?"

Ela ri. "O uso das palavras 'senhor' e 'senhora' nunca é demais. E isso dobra se a pessoa for uma autoridade."

"Sim, senhora", digo, sorrindo.

"Economize isso para a Georgia." Ela dá um apertãozinho no meu joelho e depois se levanta para abrir a porta para Daphne entrar. "Vou sair daqui para que você possa ir. Estou me sentindo... bem, mas meu humor está imprevisível, e Kiernan provavelmente já me considera uma megera." Começo a protestar, mas ela levanta a mão. "Tudo bem, Kate, mesmo. De qualquer forma, preciso tirar Daphne antes que Kiernan apareça, ou ela vai ficar nervosa o dia todo. Ah, eu quase esqueci... Você teve notícias de Harry?"

"Sim. Ele chegou no hospital já tem algumas horas. O vovô ainda está no CTI, mas a situação dele é estável."

"Que boa notícia. Deborah já sabe?"

"Mandei uma mensagem para ela."

Katherine hesita. "Connor me disse que você está achando que foi Prudence quem providenciou a viagem de Deborah. E você não está preocupada?"

"Não tenho como ter certeza de que foi ela quem providenciou a viagem. E Kiernan disse que Pru anda muito instável, então eu poderia estar enganada sobre o lance de minha mãe estar a salvo. Mas eu não acho que Pru vá usar nada disso contra ela."

Uma sombra passa pelo rosto de Katherine, e eu sei que acabei de lembrá-la exatamente a quem Prudence costuma culpar, então mudo o foco. "Ela parece feliz. Na semana que vem vai para a primeira viagem à Bósnia, e fez amizade com alguns universitários que estão trabalhando com ela. E eu realmente acho que ela pode estar mais segura lá do que aqui."

Katherine me dá um sorriso cansado. "Pode ser que você esteja certa, mas essa é uma faca de dois gumes. Se Prudence levou Deborah para milhares de quilômetros de distância a fim de protegê-la, isso me deixa um pouco preocupada em relação ao que eles podem estar planejando deste lado aqui do Atlântico."

∞

Em algum lugar na Georgia
Em algum momento em 1905

Pisco para me transportar para a localidade que Kiernan determinou e abro os olhos para flagrar as árvores — muitas e muitas árvores. Elas parecem um pouco fora de foco, no entanto, e percebo que é porque estou dentro de uma varanda com tela. Vou para o pátio da frente. É formado por terra, provavelmente devido à cobertura pesada das árvores, mas algumas tiras de grama alta e sarapintada de vermelho crescem em volta da casa, juntamente a dois arbustos grandes. Fragmentos de flores brancas, as pontinhas amarronzadas pelo sol do verão, ainda se agarram aos galhos.

Já é final da manhã ou início da tarde aqui, onde quer que seja este lugar. Kiernan foi supermisterioso quando apareceu na casa de

Katherine, insistindo em transferir o ponto estável para a minha chave em vez de simplesmente me passar as coordenadas. Ele lançou um olhar bastante desanimado para as mechas cinzentas no meu cabelo e disse que eu precisava trazer a tinta comigo para retoques se eu realmente planejasse usá-la. Feliz por Katherine não estar presente para me lembrar sobre a data da invenção das latas em aerossol, meti o spray no fundo da minha bolsa, embaixo do chapéu cloche que Connor finalmente encontrara debaixo de uma pilha de papéis na biblioteca.

O sol está alto e brilhante contra um céu limpo, que tem apenas uns tufinhos brancos aqui e ali. Uma das árvores na frente é incomum, com galhos grossos e bem abertos que quase pendem no chão. Uma leve brisa balança as folhas e as manchas dispersas de musgo cinzento pendendo dos galhos mais altos. Olho para trás, para a casinha verde-escura com acabamento num tom verde-exército, e capto um leve cheiro de tinta. As telas de arame são tão novinhas que ainda refletem a luz solar.

Há um lampejo azul na varanda, com uma sombra alta por trás dele, e então Kiernan dá um passo para se juntar a mim.

"O que você acha?", pergunta ele.

"Do quê?"

"Da casinha", diz ele. "É minha. Gostou?"

"Você comprou uma casa? Onde estamos?"

"Perto de Bogart."

Levanto uma sobrancelha. "O cara de *Casablanca*?"

"Quem?", pergunta ele, e então revira os olhos. "Não, estamos na Georgia. A uns quinze quilômetros de Athens."

"*Quando* estamos?" Agora percebo que o cabelo dele, que estava bastante curto em Boston, se encontra bagunçado mais uma vez, caindo levemente sobre os olhos e roçando na gola, que é exatamente o jeito que eu gosto, e eu realmente queria que meu cérebro não pisasse nesse terreno. "Quanto tempo se passou desde que deixei você em Boston? E já que estamos neste assunto, por que você comprou uma casa? Falando nisso, como você comprou uma casa?"

Ele sorri. "Mais uma vez um montão de perguntas. Vejamos. É dia 3 de outubro de 1905, ou seja, nove semanas e um dia desde que vi você pela última vez. Como comprei uma casa? Um investimento estratégico num empreendimento esportivo."

Levo um segundo para entender. "Você andou apostando."

"Várias vezes, na verdade." Ele estaciona no degrau do meio, estendendo as pernas compridas e cobertas pelo jeans diante de si, e pica alguns raminhos da grama alta e vermelha. "Se eu sugerir uma viagem a Nova York ou à Filadélfia nos próximos anos, lembre-me de que seria uma péssima ideia. E qual foi sua última pergunta?"

Eu começo a repeti-la e ele responde. "Ah, sim. Por quê? Bem, eu preciso de um lugar para ficar, e nós precisamos de uma base de operações, de preferência um pouco isolada, perto de Athens. Dois coelhos, uma cajadada."

"Mas precisamos de uma base de operações em 1938. Não em 1905."

Kiernan chuta a beirada do pé da escada com a traseira da bota. "Construída três anos antes de eu nascer. Continua de pé *muito* depois de 1938... eu verifiquei. Tenho cento e vinte e dois acres, um pouco mais de setenta e cinco de terra arável, o restante é formado por bosques. Neste momento, o vizinho mais próximo fica a cerca de um quilômetro e meio... e talvez a uns setecentos metros por volta de 1938."

Kiernan tira os cabelos dos olhos e capto um lampejo breve de um hematoma arroxeado alguns centímetros acima de sua testa, com um corte de pouco mais de um centímetro que parece ter estado bem dolorido há alguns dias.

"A fazenda vai ser gerida por um cuidador chamado Owens, e sua família vai começar a trabalhar aqui em mais ou menos uma semana. Eles vão morar na casa grande nos fundos, e também serão encarregados de manter isto aqui", ele meneia a cabeça em direção à casa, "minha assim chamada casa de caça, em bom estado para que eu possa visitar, embora eu não vá fazer isso com frequência. O lado burocrático é administrado pelo meu advogado em Athens. Dada a porcentagem que cabe aos meeiros por aqui, a família Owens está muito feliz com os acordos financeiros. O advogado pensa que sou um ianque idiota por ser tão generoso, mas é esperto o suficiente para não dizer isso. Então, na primavera de 1938, meu filho, um jovem muito bonito, a imagem cuspida de seu pai, eu poderia acrescentar, apareceu no escritório do advogado com o direito de posse, dizendo que moraria na casa pelos próximos anos enquanto frequenta a Universidade da Georgia."

Percebo o uso dos verbos no passado. "Então você já fez tudo isso? Até mesmo a visita do seu 'filho' em 1938?"

"Sim. Andei muito ocupado." Ele morde um pedacinho de mato e me oferece um raminho. "Azedinha. O sabor é meio cítrico. Quer?"

"Não, valeu." Eu me junto a ele nos degraus. "Pelo visto você conseguiu arranjar tudo."

Ele ergue as sobrancelhas e sorri. "Agora que você mencionou, creio que consegui, sim."

"E você fez mesmo apostas suficientes em eventos esportivos para comprar uma fazenda?"

"Sim, e acho que devo te agradecer pela ideia. Os filmes do garoto com aquela prancha voadora? Portas de carros que abrem para cima, em vez de abrirem para fora?"

Suspiro, sem me dar ao trabalho de corrigi-lo, muito embora nós dois saibamos que ele nunca assistiu a filme nenhum com esta Kate aqui. "Considerando que você quase estourou meus ouvidos falando sobre beisebol no outro dia, tenho certeza de que você teria descoberto isso sem qualquer ajuda."

Ele enruga o nariz. "Não aposto no beisebol. Tudo bem se outras pessoas fazem isso, mas parece... errado para mim. A maioria foi em lutas de boxe, alguns jogos de futebol americano. Levei mais ou menos uma semana, porque não consegui fazer todas as apostas na mesma cidade. No total, arrecadei um pouco mais de três mil e oitocentos."

Pela minha expressão, deve estar nítido que estou tentando calcular a taxa de inflação na minha cabeça, porque ele ri.

"Não faço ideia do quanto isso equivale no seu dinheiro, mas ainda tenho mil e duzentos no banco... Talvez três anos de salário para uma pessoa comum em 1905. Venha, deixe-me apresentar o lugar."

Ele fica de pé e depois se abaixa para me ajudar a levantar. Sua mão é quente, e eu sinto aquela mesma descarga elétrica que atravessa meu corpo toda vez que nos tocamos. Solto a mão dele rapidamente, fingindo espanar algo no meu vestido, e o acompanho para os fundos da casa.

"O que aconteceu com sua cabeça?", pergunto.

Ele ri. "Ah, isto. Só um dos muitos perigos da casa própria. Bati enquanto consertava algumas coisas lá dentro."

Damos a volta e vamos para o quintal que se difere consideravelmente da parte da frente, onde árvores com sombra, altas e cheias de musgo, dominam a vista. Aqui atrás, a maior parte do terreno é coberta por grama, com apenas duas árvores. Uma delas é semelhante às árvores lá na frente, e a outra, a julgar pelos frutos espalhados no chão, é um pessegueiro. Há uma pequena cabana estilo colonial à esquerda. O pneu traseiro de uma bicicleta apoiada na parede nos espia do tapume de metal que forma a parede mais longa. Ao lado da bicicleta, uma grande tina de metal e algumas ferramentas diversas. A cerca de vinte metros atrás da casa e da cabana há uma cerca de arame e, mais ao longe, um celeiro e outro edifício que deve ser a outra casa que Kiernan mencionou.

Não há vacas ou cavalos à vista, embora pareça haver algumas galinhas ciscando por perto do celeiro. "Parece um pouco pelado, Fazendeiro Dunne."

"Andei muito ocupado para brincar de fazendeiro. O gado vai chegar mais ou menos na mesma época que os Owens."

Ele abre a porta dos fundos para a casinha, como o próprio Kiernan intitulou, embora seja bem mais espaçosa do que a palavra *casinha* sugere. Nós entramos em uma sala com grandes paredes de madeira e piso com assoalho. Um tapete multicolorido está na frente da lareira, e há uma escada que leva a uma espécie de loft lá em cima. Vejo uma pequena cozinha perto da frente da casa e duas portas no lado direito da sala principal. Talvez seja o dobro do tamanho da casa que divido com meu pai na Briar Hill, se você acrescentar o loft.

"É muito legal, Kiernan. Muito mais espaçosa do que seu outro apartamento." Estou prestes a perguntar por que ele resolveu investir numa casa agora, no meio da bagunça toda, mas presto atenção na vozinha que sussurra que eu provavelmente não vou querer saber.

"Não tem eletricidade e nem torre de celular. Mas temos encanamento interno. Água quente também."

"Você está brincando? Em 1905?"

"Não estou brincando." Ele atravessa uma das portas e a abre para revelar um banheiro completo, com um vaso sanitário, pia e uma grande banheira branca com pezinhos. Há também uma engenhoca de ferro fundido, que se assemelha a alguma coisa saída de uma capa de um romance *steampunk*, anexada à parede. Tem cerca de um metro de altura, com uma extremidade se estendendo para cima, pelo teto, e tubos prateados correndo por baixo da pia e da banheira. Um terceiro tubo serpenteia atrás da pia e atravessa um buraco na parede esquerda, então suponho que vá para a cozinha.

"Este é o monstro que me acertou na cabeça enquanto Charlie e eu o instalávamos. Funciona a gasolina. Você acende a chama piloto e liga a água. Só não pode botar a mão depois que começa a funcionar. Você pode aquecer uma toalha só de pendurá-la perto da coisa."

"E dá para comprar esse tipo de engenhoca em Bogart, na Georgia?"

"Na verdade, não. Tive que dirigir até Atlanta para isso. Como resultado, ganhei a reputação de ianque esquisito. Charlie — o cara daqui que contratei para me ajudar na instalação — fala sem parar, então acho que eu não deveria estar surpreso. Eles podem rir o quanto quiserem, no entanto. Estou cansado de banhos frios nos quais levo meia hora para tirar todo o sabão do corpo. O banheiro do meu antigo apartamento tinha uma fila que se estendia até o meio do corredor na maioria dos dias, e quando você finalmente conseguia entrar, era como ter um esquilo mijando na sua cabeça."

"Eca."

"Sim, era nojento." Seus olhos assumem um olhar provocador. "Talvez eu possa preparar um banho para você, você pode lavar esta tinta horrorosa do seu cabelo..."

"Não é para ser atraente. É um disfarce."

"Está mais para uma paródia. Mas vai ter que servir por enquanto." Ele gesticula para eu acompanhá-lo de volta à parte principal da casa. "Meu quarto fica lá em cima", diz ele, meneando a cabeça em direção ao loft. "Este aqui é o seu."

Talvez ele perceba minha tensão iminente, porque emenda um comentário depressa. "Quero dizer, é o quarto de hóspedes. E seu quando você precisar. Eu sei que você tem acrescentado mais horas do que cabem num dia, então eis aqui mais um lugar aonde você pode ir caso precise de uma escapulida. Só não se esqueça de carregar seu computador primeiro, e não conte com o acesso à internet."

A porta vaivém abre para dentro para revelar um quartinho com uma única janela meio aberta. Uma cama de casal, coberta por uma colcha de retalhos, ocupa a maior parte do espaço, mas há também uma pequena cômoda com um espelho com aqueles botõezinhos na lateral, para que você possa ajustar o ângulo. É bem a cara de um quarto da virada do século mesmo, até meus olhos se dirigirem para o alto e eu notar as estrelas brilhantes.

Dou uma risada, balançando a cabeça, e ele se explica. "Vou tirá-las quando eu não estiver aqui. Mas eu não poderia deixá-las para trás." Ele gesticula a cabeça para a cama. "Amelia, a esposa de Jess, me deu a colcha antes de eu vir embora. A propósito, Jess mandou um oi."

"Como ele está?"

"Ele está bem, acho. Odiei ter que deixá-lo lá, sem ninguém mais para acreditar nele, mas... Eu disse que apareceria quando pudesse."

"É um quarto adorável." Ofereço o melhor sorriso que consigo reunir, mesmo que o quarto e o esforço que ele depositou na casa inteira me façam sentir um pouco estranha, talvez até mesmo um pouco culpada. Eu sei que ele realmente não pensa que vou ficar aqui, pelo menos não com frequência, mas é óbvio que ele deseja isso. Ele construiu este lugar com a Outra Kate em mente — uma casa com o máximo do conforto do século XXI que seria possível oferecer. E mostrá-la para mim é o mais próximo que ele pode chegar de mostrar o lugar a ela.

"Seu vestido de 1905 já está no armário, junto a algumas outras coisas. Eu comprei dois pares de calças jeans masculinas que devem servir em você. Pode ser que você queira vestir uma delas antes das suas aulas."

Estreito os olhos. "Que aulas?"

Ele abre uma das gavetas principais da cômoda e saca uma arma. É menor do que a outra que ele me mostrou antes e parece mais moderna — mais reta, com um tambor mais curto e talhado, e cabo em madrepérola. "A menos que você tenha mudado de ideia..."

Engulo em seco e balanço a cabeça. "A situação não mudou, então não tenho muita escolha, não é?"

"Não, a menos que você esteja disposta a me deixar ficar ao seu lado o tempo todo. E, sinceramente, eu preferiria que você estivesse armada, só para garantir. Mas eu não vou lhe entregar uma arma até ter certeza de que você sabe usá-la com segurança." Ele coloca a arma na beirada do passador de mesa de crochê branco no centro da cômoda, que, de alguma forma, faz o revólver parecer ainda mais sinistro, e depois dá um soquinho na gaveta inferior com os nós dos dedos. "As calças estão aqui."

"Por que eu preciso me trocar? Consigo atirar usando vestido."

"Verdade. Mas você vai querer o jeans para as outras aulas. Confie em mim." Ele fecha a porta atrás de si antes que eu possa fazer mais perguntas. E ainda que eu esteja tentada a abrir a porta e segui-lo, talvez seja melhor simplesmente fazer sua vontade por enquanto.

Os jeans de fato não têm o corte adequado para uma garota, então ficam um pouco apertados nos quadris e largos na cintura, mas vão servir. A camisa no armário deve ser de Kiernan, porque preciso arregaçar as mangas e a bainha quase bate nos meus joelhos.

Abro a porta e percebo que a arma ainda está na cômoda. Kiernan provavelmente a deixou ali intencionalmente, para que eu fosse obrigada a retirá-la. Um primeiro passo lógico, dado que vou precisar tocar nela para aprender a atirar. Isso teria sido muito mais fácil antes de Chicago.

Eu nunca gostei de armas, mas depois de ter ficado na mira de Holmes, meu simples desgostar foi elevado para algo mais próximo de uma fobia absoluta. E, de alguma forma, o aspecto moderno desta arma só faz piorar as coisas. Aquela que Holmes usou para atirar em mim era um revólver, mas assim como a arma que vi no apartamento de Kiernan, parecia mais um objeto de cena — como algo que você usaria de adereço no Dia das Bruxas. Esta, por outro lado, se assemelha exatamente a algo que você usaria para matar pessoas.

Não é uma cobra, Kate. Pega essa porcaria logo. Provavelmente nem está carregada.

Envolvo a arma com os dedos e a ergo, concentrando seu peso na palma. Eu a elevo mais alto e treino mirando numa folha na árvore pouco além da janela.

"Não puxe o gatilho, ok? Não é fácil perfurar o vidro da janela."

Que bom que meu dedo não está no gatilho, porque dou um pulo ao som da voz dele. De repente, a arma parece muito mais pesada. "Está carregada?"

"Claro. Para que serve uma arma descarregada?"

"Eu não ia puxar o gatilho", digo, abaixando a pistola para esconder minha mão trêmula.

Ele sorri, mas seus olhos permanecem sérios. "Fico feliz. Porque se você tivesse dado um tiro assim, segurando com apenas uma das mãos, você teria caído de bunda e provavelmente ficado sem um dente." Ele estende a mão. "Posso ficar com ela por enquanto, se você quiser."

"Não, estou bem assim." Agarro o cabo com um pouco mais de força e o acompanho até lá fora.

Kiernan colocou um pedaço de tábua entre dois cavaletes, com oito latas em cima numa fileira bem arrumadinha. Ele tem uma arma semelhante à minha enfiada no cinto.

"Onde está a outra? Aquele revólver?"

"Devolvi a Jess, só por garantia. Esta aqui é melhor, de todo modo."

"Parece moderna demais para 1905."

Ele a levanta para que eu consiga ler as informações na lateral. *Colt automática calibre .32 — sem aro, sem fumaça*. Então ele a vira. *Patente: Browning, 20 de abril de 1897 — 22 de dezembro de 1903*.

"Estas duas são Colt Modelo 1903. A sua é um pouco mais recente do que a minha. Dê-me aqui."

Ele aponta para um número gravado logo acima do gatilho. "A minha é de 1903, e tem um número de série de quatro dígitos. Se você olhar aqui, a sua tem cinco dígitos, o que significa que é mais nova. Elas parecem modernas porque este modelo é um clássico. Policiais e militares, e alguns gângsteres, vão usar este modelo até a década de 1950. Então você provavelmente já viu um monte delas em filmes. Eu comprei dessas porque são fáceis de esconder e fáceis de usar. Você se lembra de como a arma de Jess tinha um cão em cima, certo?"

O único cão que me vem à cabeça é Daphne. E isso deve estar estampado na minha cara, porque ele ri.

"Esta coisinha que você puxa para trás com o polegar? Esse é o cão. Este modelo de Colt tem cão interno, então você não precisa puxar. As balas ficam num cartucho, o que facilita para recarregar. Oito balas por cartucho. Também dispara muito mais rápido."

"Ok. Uma bela evolução." Pego a arma de volta e sorrio para ele. "Mas eu não consigo acreditar que você me comprou uma arma de mulherzinha. Cabo de madrepérola?"

"Muitos pistoleiros têm armas com cabo de madrepérola."

"Quem?", pergunto. "Belle Starr?"[8]

Ele balança a cabeça. "Vamos fazer o seguinte, vou demonstrar com a minha, e então você pode disparar a sua. Veremos se você ainda vai chamar de arma de mulherzinha depois de sentir o coice."

Ele dá um passo à frente, apontando sua pistola para a primeira lata. "Aviso importante. Eu não sou exatamente um bom atirador. Terei sorte se acertar metade delas."

Na primeira vez, enfio os dedos nos ouvidos, mas na verdade os tiros não são tão altos quanto eu esperava. Kiernan acerta cinco da primeira vez e enfileiramos as latas de volta. Ele consegue pegar seis na rodada seguinte, e então é a minha vez.

8 Belle Starr (1848—1889) foi uma famosa fora da lei norte-americana. Era conhecida por seu charme e estilo, conseguindo se safar de muitos crimes, pois tinha o costume de seduzir os xerifes, que acabavam agindo em seu favor. A aura de sedutora fatal consolidou sua fama entre milhares de pessoas.

Estou menos tensa agora. E acho que parte disso é porque só estamos mirando em latas, então parece mais um vídeo game do que algo letal. Mas também estou me acostumando a sentir o peso dela. Seguro a arma com as duas mãos, como Kiernan fez, e começo a apontar, mas ele me impede.

"Muito bem, este modelo tem um coice mais fraco do que a maioria das armas, mas você ainda precisa se acostumar a ele. Mantenha os dois braços nivelados e dobre os cotovelos um pouco."

Ele se coloca atrás de mim, e eu inspiro bruscamente porque sei que ele está prestes a fazer aquela coisa em que o cara se aproxima e gruda o corpo contra o da garota para mostrar a ela como segurar uma arma. Mas ele não faz isso. Solto o ar, aliviada, mas agora minha pele está toda arrepiada. Ele reposiciona meus cotovelos, primeiro o direito, depois o esquerdo, seu toque delicado na minha pele nua. Um arrepio atravessa meu corpo, muito embora seu hálito esteja quente na minha bochecha.

"Tem certeza de que está bem, Kate? Você não precisa fazer isso."

Solto uma risadinha e balanço a cabeça, feliz por ele ter interpretado minha linguagem corporal de maneira equivocada. Não é a arma que me deixa tensa agora. Inclinando meus cotovelos um pouco, aponto e atiro na primeira lata.

Erro. Por muito. Não tenho certeza se eu chamaria o coice da arma de porrada, mas o movimento abrupto ainda me pega de surpresa, e dou alguns passos para trás, diretamente para Kiernan.

Talvez eu tenha lhe dado crédito demais, porque ele provavelmente sabia que isso aconteceria. E mesmo que seus braços estejam perfeitamente posicionados para me ajudar a manter o equilíbrio físico, eles não estão exatamente ajudando na questão do equilíbrio emocional.

Xingo baixinho, parcialmente irritada por ter errado o alvo, mas principalmente por minha reação a Kiernan. Por que o toque dele evoca uma reação tão forte e instintiva, contra a qual preciso lutar todas as vezes? Lembro-me de que Trey está à minha espera na casa da cidade e me afasto levemente de Kiernan.

"Não é tão fácil quanto parece, né?"

"Nem perto de fácil", murmuro, mordendo o lábio. "Esse tiro passou muito longe. Qual é o alcance destas balas?"

"Elas percorrem uma boa distância, e é por isso que estamos atirando para o lado aberto para além do celeiro. Embora você tenha errado ele também."

"Rá, rá, rá. Você é hilário." Levanto meu revólver novamente e atiro. Erro, mas acerto a tábua, e as oito latas caem no chão como consequência.

"Ganhei", digo a ele. "O objetivo era derrubar as latas, certo? Derrubei todas as oito com uma bala. Você não tem como superar isso."

"Temo que não seja assim que funcione, amor." Ele ajeita as últimas latas na vertical e se afasta.

Desta vez, acerto na segunda. Eu estava apontando para a primeira da fileira, mas já é uma bela melhoria.

Meia hora depois, ou algo assim, ele já me ensinou a recarregar e a achar a trava de segurança, e minha mira está melhorando depressa. Estou conseguindo acertar seis em oito rotineiramente, até que, enfim, consigo pegar todas. O truque, pelo menos para mim, parece ser prender a respiração quando atiro e, o mais importante, pensar nisso como um jogo. Se eu lembrar que minhas mãos seguram uma arma de verdade, potencialmente fatal, a mira nem de longe fica tão boa.

"Minha vez", diz Kiernan enquanto avança, a boca contraída numa linha fina. Ele acerta sete desta vez, e depois cai para seis. E na vez seguinte, ainda são seis.

Estou fazendo um trabalho muito bom em conseguir manter a cara séria, até que ele olha para mim e ergue as sobrancelhas, momento em que meu sorriso triunfante sai do controle. "Joguei muito um jogo de vídeo game chamado *Duck Hunt* quando eu morava em Iowa. Então talvez...", digo, dando de ombros.

"Tudo bem, certo. Vou guardar isto de volta em casa", diz, o lábio inferior ligeiramente projetado num falso beicinho. "Você tem a obrigação moral de ajudar a reconstruir meu ego masculino destruído, agora que me desmascarou totalmente, então pode ser que você queira começar a pensar em como vai gerenciar isso."

Bufo em zombaria para suas costas em retirada, com seus ombros largos e sua masculinidade totalmente perdida, e me pergunto quem andou lhe dando uma cópia das obras de Freud com uma década ou duas de antecedência. Estou procurando uma lixeira ou algum lugar para descartar as latas furadas, quando Kiernan aparece e coloca algum tipo de chapéu na minha cabeça.

"O que di..."

"Precaução de segurança." Ele também está usando um. Parece um capacete de couro, com longas abas marrons que pendem sobre as orelhas.

"Você está parecendo a Daphne", digo.

"Já ouvi insultos piores. Mas você realmente deveria olhar no espelho antes de falar."

"E esta é uma precaução de segurança por causa de...?"

Ele me conduz pela esquina e entra no galpão. A roda traseira que notei mais cedo é de uma bicicleta que se parece muito com a da minha mãe, que uso vez ou outra para circular em Washington, só que esta tem um objeto cilíndrico muito esquisito preso abaixo da barra, e algumas peças extras aqui e ali. Tem uma outra bicicleta a alguns metros de distância, idêntica à primeira, porém com uma cesta de vime amarrada ao para-lamas traseiro.

"Na verdade, são capacetes de futebol americano", explica ele. "Não existem capacetes de motocicleta em 1905, mas como eu desconfiava que você nunca subiria num veículo de duas rodas sem um capacete..."

"Kiernan, elas se parecem com bicicletas."

"Bem, elas *são* bicicletas, na maior parte da estrutura. Mas com o acréscimo de um motor, para que você possa ir mais rápido. Tenho um carro esperando por mim em 1938, mas me pareceu inútil tentar ensinar você a dirigir por aqui, pois os carros vão mudar muito de agora em diante. Então comprei estas aqui. Elas vão ficar bem guardadinhas aqui no galpão por alguns anos e..."

Suspiro, fechando os olhos. A casa eu meio que entendo. Mas as bicicletas? Kiernan parece estar construindo uma fantasia na qual permaneço aqui em 1905 com ele zanzando pelo campo, fazendo passeios e piqueniques, ou o que quer que seja.

"Kiernan, você precisa de transporte em 1905. Eu não. A chave CHRONOS cuida disso."

Ele se inclina contra a parede e me dá uma olhada demorada. "Eu tinha esperanças de que a gente poderia começar pela parte divertida, mas você está certa. Vamos voltar lá para dentro. Você precisa ver a bagunça que seu avô deixou em 1911."

Sento-me à mesa da cozinha e retiro meu capacete. O interior dele agora está num tom quase uniforme de cinza. Corro meu dedo por ele e, claro, sai todo sujo por causa da minha tinta de cabelo temporária.

Kiernan vem do loft com uma caixa amarela debaixo do braço. Ele a entrega para mim, e eu passo a ponta do dedo no pulso dele, deixando uma trilha prateada.

"Opa", diz, olhando para mim. "Lamento por isso."

"Tá bom. Eu não acredito em você nem por um segundo. O quanto está manchado?"

"Hum... bastante. Parece que você está usando um capacete cinza."

Semicerro os olhos e pego a caixa antes de perceber a expressão de Kiernan. Ele está agindo como se a caixa abrigasse algo venenoso. Resolvo tratá-la com um pouco mais de reverência e levanto a tampa cautelosamente.

Não tem cobras ou aranhas ali. Além do diário CHRONOS no fundo, não contém mais do que recortes de jornal, talvez uma dúzia no total, com manchetes como "Cenário macabro na igreja Backwoods" e "Mortes do município de Greene ainda são um mistério". A maioria são só textos, datados de setembro de 1911, mas dois dos artigos contêm fotografias.

Começo por eles, mas depois que vejo as fotos, desejo ter começado por aqueles contendo apenas texto para ganhar um bocadinho de imunidade. As fotos são em preto e branco e não são grotescas. Mas são desconfortáveis pra caramba.

"Quantos mortos?", pergunto.

"Uma contagem diz quarenta e sete; outra, quarenta e oito. Havia pelo menos uma criança, então pode ser que alguém tenha contabilizado as cabeças nos bancos e tivesse se esquecido de verificar no colo dos cadáveres. O vilarejo fica isolado, mas eles têm certeza de que foi uma população inteira. Parte do povoado sempre vinha à cidade uma vez por semana para adquirir suprimentos, como um reloginho. Quando ninguém apareceu por duas semanas seguidas, alguém foi lá verificar."

As fotos foram feitas dentro de uma igrejinha rústica com um púlpito simples, adornado apenas por uma cruz no meio. À direita do púlpito, está o corpo de uma mulher, alta e magra, sentada num banco, a cabeça caída no tampo do painel de madeira escura que separa o púlpito da área do coro bem atrás. Ao lado esquerdo, há um baú do tamanho de uma mesa de centro, mais ou menos da altura que bateria na cintura de uma pessoa, postado sobre pés compridos e finos, a tampa aberta. Algo dentro do baú reflete a luz das janelas, mas não sei dizer o que é.

Meus olhos instintivamente evitam o primeiro plano da imagem, onde os corpos estão caídos lateralmente ou encostados uns contra os outros na maioria dos bancos. O braço de uma criança pende de um lado. Os corpos parecem intactos, mas a pele está esquisita. E eles estão emaciados, alguns aparecendo quase mumificados.

"Notou algo estranho?", pergunta Kiernan, abaixado ao meu lado para olhar por cima do meu ombro. "Além do fato de que todos morreram dentro da igreja. E que todos parecem ter tido a vida sugada de seus corpos."

"Bem, são principalmente mulheres e meninas. Dois terços, pelo menos. Como em Estero."

"Verdade", diz ele. "Com base no que vi, no entanto, isso ocorre na maioria das seitas. Vou evitar especular sobre por que eles conseguem atrair mais mulheres do que homens, já que meu melhor palpite provavelmente vai me garantir um chute na canela."

Ele ganha o chute mesmo assim, só por pensar. "Engraçado, vindo do cara que já foi um cirista fiel."

"Porque a *mãe* dele o arrastou, caso você tenha se esquecido. Está vendo mais alguma coisa incomum? Ou pelo menos incomum para a Georgia de quarenta e poucos anos depois da Guerra Civil?"

Analiso as fotos com mais atenção. É difícil dizer já que as fotografias estão granuladas e em baixa resolução. Os corpos também não estão exatamente em extrema forma, mas parece que alguns deles são brancos, enquanto outros são afro-americanos.

"É uma congregação de raça mista. Isso não é comum por aqui, não é?"

"Não é", diz ele. "Também achei isso incomum, e uma coisa boa sobre ser um turista ianque excêntrico é que você pode fazer perguntas sobre coisas que qualquer um saberia e os locais não ficam surpresos. Você pode não conseguir uma resposta completa ou verdadeira, mas consegue o suficiente para juntar as peças. A senhora da loja onde compro o jornal local, a sra. Morton, disse que muitas igrejas tinham associação mista antes da Guerra Civil porque as plantações estavam espalhadas. Os escravos foram ensinados a louvar, assim como seus senhores faziam, e era mais fácil se todos simplesmente comparecessem às missas juntos. Após a guerra, a maioria das religiões se separou em grupos brancos e grupos negros.

"No início pensei que eles pudessem ser dos quacres, mas os bancos ficam organizados de um jeito diferente na igreja deles, e a sra. Morton disse que os quacres abandonaram a Georgia muito antes da guerra. Ela imagina que eles eram pentecostais de algum tipo."

"Ok, isso é interessante e tudo o mais, isso sem mencionar realmente assustador. Mas por que você acha que tem algo a ver com..."

"Eles morreram de algum tipo de agente bacteriano, Kate. O palpite oficial mais certeiro é que foi algo no poço, e que eles sabiam que estavam morrendo, por isso se reuniram na igreja para partirem juntos."

"Eles sabem que tipo de bactéria?"

"Nenhuma pista, embora eu duvide que haveria algum tipo de investigação rigorosa na Georgia rural de 1911, principalmente no caso de um grupo com poucos laços com o mundo exterior. Eles presumiram que fosse algo de ação rápida... Tem um túmulo cavado nos fundos da igreja, mas está vazio. Então uma das reportagens presume que eles se reuniram para o funeral da primeira vítima, e todo o restante foi contaminado. Mas não tem caixão, nenhum corpo posicionado na frente do altar, pronto para o enterro, a menos que seja a velha senhora caída mais longe dos outros. A história teve uma cobertura considerável porque é assustadora, mas depois caiu rapidamente no esquecimento."

"Que tipo de contaminação bacteriana teria ação tão veloz?"

"Eu não sei. E meu palpite é que isso não ocorre naturalmente. E... eu já vi corpos assim antes. Por volta de 2070, no meu pequeno passeio pelo tempo com Simon."

Retiro mais alguns artigos da caixa. "E você simplesmente tropeçou nisto, o quê... seis anos no futuro? Isso é..."

Ele olha para o chão. "Não. Eu estava procurando, de fato. Eu realmente não tinha muito de onde partir, só uma coisa que Simon disse numa noite em Nova Orleans, antes de eu conhecer você. Ele estava com raiva porque Saul havia lhe dado uma bronca. Cerca de dez doses depois, Simon começou a tagarelar que Saul não tem moral para falar nada depois das merdas que ele fez em Six Bridges. Ele ficou realmente nervoso quando perguntei a respeito mais tarde. E claro, negou ter dito qualquer coisa sobre o tal Six Bridges. Quando viu que não acreditei, ele me disse que aconteceu quando Saul era mais jovem, e sugeriu que eu ficasse de bico calado se não quisesse tomar uma coça. Como se ele fosse dar conta de me bater."

"Por que você não mencionou isso antes?"

Ele oscila na cadeira até apoiá-la só nas pernas traseiras. "Porque era um beco sem saída. Kate perguntou a Katherine sobre isso, antes, e Katherine disse que se tivesse o dedo de Saul, seria mais provável ter sido na década de 1850, em Massachusetts, Illinois ou Ohio. Elas pesquisaram por esses locais e não encontraram nada. Katherine até olhou na Georgia na época em que o Federal Writers' Project estava lá, porque ela disse que Saul esteve lá pelo menos uma vez, mas ainda assim não descobriu nada. E, mesmo quando expandiram a pesquisa, não conseguiram encontrar nada com o nome Six Bridges além de uma cerveja, um filme da década de 1950 e uma trilha de bicicletas em algum lugar. O problema é que só os locais usam o termo Six Bridges, porque são seis pontes, literalmente, que você precisa atravessar para chegar lá. Não é uma cidade de verdade ou coisa assim. E nem mesmo existe em 1938, quando Katherine estava verificando os mapas de Georgia. Eu quase me esqueci do assunto, até Charlie, o tagarela que me ajudou a instalar o aquecedor de água, mencionar alguma coisa sobre caçar patos com seu irmão na Six Bridges Road."

"Então o que você acha que devemos fazer? Nós não sabemos se isso foi causado por Saul, e se foi, não sabemos o que ele usou. Eu não acho que possamos simplesmente aparecer por lá e esperar que ele surja. E se a bactéria estiver no ar?"

"É verdade", diz ele. "Mas não precisamos assistir pessoalmente se entrarmos e determinarmos os pontos estáveis com antecedência, como fiz quando estava procurando por Pru e Simon no Norumbega. A Six Bridges Road fica a, talvez, uma hora daqui. Nós vamos lá mais ou menos uma semana antes do evento, armamos nossas 'câmeras', por assim dizer, e vamos embora. Então eu fico observando os pontos daqui da casa. Se Saul aparecer e colocar algo no poço, nós entramos. Se for a mesma substância que ele planeja usar para o Abate, então precisamos de uma amostra."

Arregalo os olhos. "De jeito nenhum que vou levar comigo algo potencialmente letal."

"Não é como se tivéssemos escolha, Kate. Se Saul tiver um antídoto para o seu Escolhido, outra pessoa também precisa começar a trabalhar num antídoto."

Ele está certo, mas ainda não gosto disso. "Você percebe que não podemos impedir que isso aconteça, certo? Se mudarmos qualquer coisa, nosso gesto serviria como uma delação a Saul, e poderia ter repercussões na única linha do tempo em que temos certeza de que podemos detê-lo. E, sim, estou bem ciente de que estou soando como Katherine, mas nós dois sabemos que é verdade."

"Eu sei", concorda ele, voltando a olhar para as fotos. "Eu faria isso sozinho, mas vou acabar atraindo mais atenção. Como você disse, a seita é formada principalmente por mulheres. Se entramos juntos, somos só um casal para um passeio de fim de semana. Podemos fingir algum problema nas bicicletas motorizadas, talvez. Mesmo que só tenhamos tempo para configurar um ou dois pontos estáveis, eu posso retornar num salto mais tarde, no meio da madrugada ou algo assim, e acrescentar mais pontos específicos que precisamos observar."

Acho que ele está certo. Precisamos verificar isso. A única dúvida é se eu deveria voltar e discutir o assunto com Katherine e Connor. Mas estamos apenas configurando pontos estáveis, então não tenho certeza de qual seria o propósito de uma reunião de uma hora de duração só para avaliar esses novos desenrolares.

Jogo o capacete de couro para Kiernan. "Veja se consegue resolver isso enquanto vou lavar os cabelos. Imagino que haja um vestido de 1911 no armário, certo?"

"Sim. Mas talvez você devesse aprender a pilotar a motocicleta primeiro..."

"Kiernan, aquelas coisas *não* são motocicletas. Mal podem ser chamadas de lambretas. Eu pilotei uma scooter pelo campus durante mais de um ano antes de nos mudarmos de Iowa. Tenho até habilitação para provar, então talvez eu devesse ensinar a você."

∞

Greene County, Georgia
7 de setembro de 1911, 10h

A fazenda parece um pouco mais viva assim que saímos pela porta dos fundos e adentramos 1911. O campo atrás da casa tem plantações de milho, mas suponho que já tenha sido colhido, porque restam apenas talos secos e acastanhados, alguns dos quais já foram cortados. O galpão foi pintado recentemente, e talvez algumas tábuas tenham sido acrescentadas — ele parece mais substancioso do que a construção que vi durante nossa prática de tiro ao alvo. Atrás do galpão, uma fileira com cerca de uma dúzia de pessegueiros se estende em direção à fazenda. Capto um leve cheiro de frutas fermentando das carcaças de pêssegos passados e caídos na grama.

Como se vê, talvez eu tenha exagerado ao imaginar as semelhanças entre esta moto e a scooter que costumava pilotar em Iowa. Elas têm a mesma altura, mas esta tem o dobro do peso. Ainda assim, eu levo só uns dez minutos antes de conseguir começar a acompanhar Kiernan, e ele não é prejudicado por uma roupa que precisa ser constantemente observada para garantir que o tecido não fique preso nos raios ou no motor do veículo, que, por sinal, fica muito quente depois de alguns quilômetros.

As estradas rurais da Georgia não são exatamente amigáveis para veículos de duas rodas. Atraímos xingamentos e buzinadas de motoristas que claramente não entendem o conceito de compartilhar a estrada. Desconfio que a maioria dos xingamentos seja devido ao fato de eu ser uma mulher pilotando e usando uma saia-calça. Quando estou de pé, parece uma saia longa normal, mas agora que estou montada na bicicleta, fica óbvio que eu — *afff* — tenho pernas que de fato se conectam em algum lugar no meio. Vi mulheres andando de bicicleta nas ruas de Boston e até mesmo na Exposição Universal, então aparentemente a Georgia está uma década atrasada — ou mais — em relação ao restante do país nesse quesito. Não é como se desse para andar de bicicleta sentada de lado.

Toda vez que alguém buzina, Kiernan olha para trás como se fosse dar meia-volta e dar uma liçãozinha no mal-educado.

"Será que dá para você simplesmente ignorá-los?" Resolvo não ressaltar que é realmente a única coisa que a gente pode fazer quando eles estão zunindo a setenta quilômetros por hora enquanto nós claudicamos a quarenta, ou até menos, durante as subidas.

Motoristas idiotas à parte, o passeio foi realmente agradável na estrada principal — eu não estive ao ar livre por mais do que alguns minutos num período de eras, então é uma boa mudança de ritmo. Agora que viramos para tomar a Six Bridges Road, percebo que queria muito que esta coisa tivesse um assento acolchoado com enchimento de gel, tipo aquele da bicicleta de minha mãe. Está ficando dolorosamente claro que a tradução do nome da estrada cumpre o que promete apenas no sentido de que existem pontes, presumivelmente seis, até chegarmos lá. Já o *Road* do nome, que se refere à "estrada", é enganoso — está mais para uma trilha acidentada e esburacada por entre a mata e pontilhada com uma poça ou outra que poderia muito bem se passar por uma piscina infantil.

Estamos quase chegando à ponte final quando Kiernan sai da trilha e empurra sua bicicleta alguns metros para dentro da floresta. Continuo atrás dele e fico olhando quando ele tira uma chave inglesa do cesto na traseira de sua bicicleta. Ele remove os dois parafusos de um dos dois suportes que mantêm o motor no lugar, então joga a chave inglesa e o parafuso, com a porca correspondente, atrás de uma árvore, e guarda a segunda porca e o parafuso no bolso.

"Tudo bem, a chave eu entendi. Mas por que jogar o outro parafuso no mato?", pergunto.

"Eles definitivamente vão ter uma chave inglesa. Mas provavelmente vão ter que caçar uma porca e um parafuso que encaixem."

"Ei, essa é uma ótima ideia."

"Você soa surpresa."

"Não", digo enquanto empurramos as bicicletas de volta à estrada. "Isso se chama elogio. Você deveria assentir e agradecer."

"Mesmo? Vou manter isso em mente da próxima vez."

"Isso é meio que uma presunção, não é? Eu tenho que racionar essas coisas. Se eu sair soltando elogios muito livremente, elas perdem o valor. E seu ego..."

"O qual você já feriu além da conta, me deixando de lado e depois recusando minhas aulas de pilotagem de motocicletas."

Finjo um olhar irritado ante sua interrupção. "Como eu estava dizendo, seu ego não precisa ser inflado."

Mas quando digo as palavras, percebo que não acho que sejam verdadeiras. De vez em quando, eu o flagro me observando, num momento de guarda baixa, e seus olhos se revelam imensamente vulneráveis. Quase sinto que estou olhando para o seu eu de oito anos de idade. Ele claramente gosta de ficar trocando gracejos, no entanto, e nós parecemos cair nessa rotina naturalmente. Com tanta naturalidade, na verdade, que não posso deixar de me perguntar se é assim que ele era com a Outra Kate. Será que ele está pensando a mesma coisa que pensei sobre Trey — que nós escorregamos com tanta facilidade para nossos antigos (pelo menos para mim) e confortáveis padrões? Ou agora que estamos convivendo há um tempo e ele me conhece melhor, ele enxerga alguém que só tem a aparência da garota que ele amava?

Ele ri. "Ah, mas sempre posso contar com você para espetar meu ego inflado e me fazer murchar feito um balão."

E acho que isto responde à minha pergunta.

Como as duas anteriores, a ponte número seis é formada apenas por planaltos de madeira com grandes fendas, através das quais dá para ver a água turva abaixo. Passamos as bicicletas sobre as tiras de tábua, e Kiernan diz: "Se minha experiência anterior com o sul fizer jus à fama, pode ser que eles nos ofereçam comida e bebida. Uma vez que estamos apenas supondo que Saul ainda não esteve aqui, eu sugeriria que evitássemos qualquer coisa que pudesse ter entrado em contato com a água do poço deles... Ou seja, praticamente tudo. Se eles oferecerem, vamos fazer a coisa de retribuir a hospitalidade. Há uma bolsa de doces no fundo da cesta. Eu duvido que aquelas crianças vejam doces com muita frequência, e Jess me deu o suficiente para um ano inteiro."

"Eu espero que não seja aquele doce de menta nojento", digo, e seu sorriso me lembra que é exatamente o que a Outra Kate teria dito.

A cerca de cinquenta metros além da ponte, a trilha faz uma curva e as árvores ficam mais esparsas para revelar um pequeno conjunto de construções circundadas por anéis de terras agrícolas em variados tons de verde e amarelo, limitados em todos os lados por matas densas como a que está atrás de nós. Dois meninos e uma menina mais velha estão jogando bola em um dos campos à frente, a meio caminho do vilarejo. Parece que estão jogando bobinho com um cachorro, um vira-latas de pelos curtos.

"Crianças", diz Kiernan, a voz sem emoção.

"Sim."

"Elas são fantasmas, Kate. Temos que pensar nelas como fantasmas. Não tem nada que possamos fazer para mudar isso, então..."

"Tudo bem. Fantasmas."

Ou o cachorro nos ouve ou capta nosso cheiro, porque gira de repente e dispara pela trilha em nossa direção, latindo muito alto.

A menina corre atrás dele. "Touro! Volte aqui!"

Touro, felizmente, é muito menor do que o dobermann dos ciristas. Ele é pelo menos em parte um Boston terrier, com olhos esbugalhados, uma pelugem tigrada e branca e muita ousadia. Ele para cerca de três metros na frente da gente, e Kiernan coloca sua bicicleta à frente da minha, virando a roda para dentro como uma barreira.

A menina, que depois de uma inspeção mais detalhada se revela apenas alguns anos mais jovem do que eu, vem correndo atrás dele, os dois meninos em seu encalço. Eles são gêmeos, com sete ou oito anos de idade, com cabelos louro-arruivados caindo nos olhos, sardas abundantes e usando macacões. Os dois pequenos pares de olhos grudam em nossas bicicletas.

Eles são fantasmas muito vivazes.

"Touro, eu disse *não*!" O latido continua até ela berrar: "Cachorro mau!". Neste ponto, é como se alguém tivesse virado um interruptor. O latido de Touro se transforma num ganido e ele se encolhe em direção a ela, deixando uma trilha de xixi na terra. Eu duvido que a menina alguma vez tenha batido nele, mas desconfio que outra pessoa já tenha feito isso, e tenho certeza de que gritou o mesmo comando na hora.

A menina puxa a barra do vestido, que está muito apertado e é muitos centímetros mais curto do que a moda atual, e ajeita um fio dos cabelos longos e platinados atrás da orelha enquanto seus olhos azuis-claros nos analisam com certa cautela. Ela capta minha saia-calça e as bicicletas, e então se demora alguns segundos mais em Kiernan. Seu rosto fica cor-de-rosa, e seus olhos retornam para mim.

"Não se preocupe. Touro não morde", diz a menina.

Como se para contradizê-la, Touro nos oferece um último rosnado hesitante e afunda os dentes na bola que ela está segurando.

Os dois garotos concordam com a cabeça e um deles acrescenta: "Mas ele *vai* meter os dentes nas suas pernas se tiver chance e vai cheirar lugares que ocês provavelmente num vão querer que seja cheirados".

"Ele vai mijar nos seus sapatos também", acrescenta o outro menino.

"Jackson, pode calar essa boquinha suja. Ocê também, Vern. Tem damas aqui."

Vern, ou pelo menos acho que é aquele que ela chamou de Vern, lhe dá um sorriso atrevido. "Só vejo u'a *dama*, Martha. Ocê num é nada, só u'a menina."

Martha arranca a bola dos dentes de Touro e joga no menino, mas ele desvia.

"E ocê arremessa como u'a menina também."

O outro garoto lhe dá tapinhas no ombro e diz: "Boa, Jack!". Então ambos correm para o vilarejo. Touro olha avidamente na direção deles, mas, no fim, resolve ficar com Martha.

"Océs num são daqui", diz ela. Não é uma pergunta, é uma declaração pura e simples. "Océs são da universidade em Athens?"

"Sim, senhora. Sou Matthew Dunne, e esta é minha noiva, Kate Keller. Ela é uma estudante do Instituto Lucy Cobb." Nós tínhamos concordado anteriormente que seu nome de sonoridade estrangeira e meu sobrenome com hífen só fariam acrescentar à nossa singularidade, mas o lance da noiva é um improviso. Ele provavelmente está certo, uma vez que um noivado tornaria um pouco mais aceitável o fato de estarmos a sós, sem uma dama de companhia, mas ainda assim soa meio esquisito.

"Martha Farris." Ela faz um arremedo de mesura. "Os meninos são meus primos, Jackson e Vernon. Ocê vai ter que perdoar eles, senhorita, porque eles num têm compostura nenhuma. A gente tenta, mas eles num se educam."

Reajo com uma risada nervosa. "Tudo bem. Já vi piores, acredite."

Quando ela olha de volta para Kiernan, ele solta o suporte que segura o motor e mostra a ela o parafuso em sua mão. "A gente estava passeando, procurando um bom lugar para um piquenique, mas tivemos um probleminha com um dos veículos. Você não conhece alguém que possa ter uma chave inglesa e talvez um parafuso sobrando?"

"Espera um minuto", diz Martha, saindo alguns metros da trilha para pegar a bola. Ela faz uma careta de nojo quando percebe que agora está coberta de terra, perfeitamente grudada por causa da baba de cachorro. Ela se inclina para limpá-la na grama antes de colocá-la no bolso.

"Océs venham. Earl tem uma chave inglesa. Num sei se tem parafuso, mas ele bota ferraduras nos cavalos e conserta as carroças, então, se ele num tiver, aí ninguém aqui vai ter." Ela caminha ao meu lado na trilha, com Touro em seu encalço, atravessando a grama alta ao longo das bordas. "Nunca vi uma saia desse modelo, mesmo em Greensboro. As moças tão mesmo vestindo isso em Athens?"

"Somente quando andam de bicicleta", digo. "Isso facilita muito as coisas."

Ela olha novamente para a bicicleta e assente. "Acho que sim. Nunca vi u'a bicicleta com motor. Aposto que elas num são baratas."

"Mais baratas do que um automóvel", diz Kiernan. "E quase tão úteis quanto. Pelo menos quando não chove. Ou o motor se solta."

Ele oferece seu melhor sorriso, aquele que ilumina os olhos e o deixa quase irresistível. O rosto e o pescoço de Martha atingem um tom escuro de rosa instantaneamente. Numa cidade com menos de cinquenta pessoas, dois terços mulheres, creio que ela não encontre muitos garotos jovens. Bato a roda da minha bicicleta na de Kiernan para sinalizar que ele deve segurar a onda um pouco, mas isso só o faz voltar o sorriso para mim, ainda mais largo agora, porque ele claramente acha que estou com ciúmes.

Reviro os olhos e me viro para a garota. "Vocês têm um belo vilarejo aqui, Martha. Como é o nome deste lugar?"

Ela dá de ombros, puxando a saia novamente. "Uns chamam de Six Bridges, como o povo da cidade. Mas a Irmã Elba diz que a gente tem que usar o nome apropriado, que é God's Hollow."[9]

Claro que isso imediatamente incita um flashback de Harry Potter em mim, e olho para o prado preocupada, meio que esperando ver uma serpente gigantesca e sombria se esgueirando pela grama alta.

"Bem, God's Hollow é um nome muito mais poético", digo.

A expressão de Martha sugere que ela não concorda de fato, mas sorri educadamente. Então de repente levanta a cabeça como se alguma coisa tivesse chamado sua atenção. Depois de um segundo, ouço música — um hino que parece vagamente familiar. O som é fraco e as notas vacilam num vibrato misterioso e estranhamente belo.

"O que é isso?", pergunto.

Ela bufa, claramente irritada, e olha para o vilarejo. "Irmã Elba me lembrando que é hora da nossa aula de música."

"Mas que instrumento é esse?"

"O nome é harmônica de vidro. Se parece um cadinho como u'a harpa de vidro. A Irmã Elba herdou do avô, que ensinou ela a tocar. Ela ensinou o Irmão Ellis anos atrás. Mas ele é ainda mais velho que ela, então alguém mais jovem precisa aprender, porque ele num vai viver pra sempre e ela num tem como pregar e tocar ao mesmo tempo. Aí sobrou pra mim." Seu tom deixa claro que ela não considera o aprendizado musical um grande benefício.

"Bem, é muito bonito", digo a ela.

9 *God's Hollow*, em tradução livre, significa "Vale de Deus".

"Aposto que você toca lindamente", Kiernan acrescenta.

O rubor de Martha está de volta, mas ela também sorri. "E ocê perderia essa aposta. Jack diz que parece que tô matando um monte de filhote de porco. Ele meio que tá certo, mas a Irmã diz que só preciso treinar mais."

A música termina assim que adentramos no vilarejo, que consiste em talvez uma dúzia de pequenas construções, em sua maioria casinhas arrumadas. Parece deserto.

"Onde está todo mundo?"

Martha meneia a cabeça para a esquerda. Dois grupinhos de pessoas e alguns cavalos estão mais adiante, perto das árvores que cercam o local.

"Nos campos. Mais tarde também vou para lá, mas tô ajudando a Irmã Elba com as crianças pequenas essa manhã."

O primeiro edifício à direita parece ser a igreja — não tem campanário, mas há uma imensa cruz de madeira acima das portas duplas na frente.

"Você acha que a Irmã Elba me deixaria ver o tal negócio de vidro... Do que você chamou mesmo?", pergunto enquanto empurro minha bicicleta para o lado e a apoio contra uma árvore grande ao lado da capela.

"Harmônica. Ocê pode pedir pra ela. Tenho que levar ocês pra ela antes de a gente ir ver Earl mesmo. Acho até que sei pra onde Jack e Vern correram, pra avisar ela que tem visita da cidade."

E ela está certa. As portas da capela se abrem alguns segundos depois, e os meninos reaparecem, cada um segurando a mão de uma mulher alta e magra usando um vestido azul-marinho, ajudando-a a descer os degraus. Fica instantaneamente óbvio que esta é a mulher cujo corpo estava à frente da congregação nas fotografias. Seus cabelos grisalhos estão presos num coque de trança apertado, sua pele do tom de café com leite. Ela parece agourenta no início, devido à postura ereta, mas quando nos aproximamos, vejo que seu sorriso está aberto e à vontade.

"Bem-vindos a God's Hollow! Não está um dia glorioso?" Sua voz oscila um pouco. Ao contrário das crianças, que têm um sotaque intenso, ela carrega apenas um ligeiro sotaque. "Eu sou a Irmã Elba Terry, a líder deste pequeno rebanho."

"Eu sou Matthew Dunne, Irmã Terry, e esta é Kate Keller", diz Kiernan. "Desculpe-nos pela invasão, mas estávamos procurando um local para um piquenique, e receio que topamos com um probleminha com uma de nossas bicicletas motorizadas."

"Me chamem apenas de Irmã Elba, ou Irmã, como todos os outros." Ela dá alguns passos, e é aí que percebo que ela é cega ou quase isso.

Irmã Elba permite que os gêmeos a guiem até que ela esteja bem na nossa frente, e depois se estica para correr as mãos sobre a bicicleta de Kiernan. Estou prestes a adverti-la de que o motor está quente, mas ela provavelmente sente o calor subindo, porque para a mão a três centímetros de distância do motor.

"Que maquinário maravilhoso. Qual velocidade alcança?"

"Mais ou menos sessenta quilômetros por hora, senhora."

Dou uma olhada de esguelha para Kiernan. O único jeito de esta bicicleta ao menos se aproximar de tal velocidade seria carregando uma criança raquítica montanha abaixo. Mas aparentemente Kiernan realmente quer acreditar nos exageros do vendedor, porque ele parece totalmente alheio ao fato de estar esticando a verdade muito além do seu ponto de ruptura.

"Isso é incrível", diz a Irmã Elba, rindo. "Não é incrível as coisas que inventam hoje em dia? Vinte anos atrás, quando estes olhos eram mais fortes, eu teria pedido para dar um passeio."

Ela vira a cabeça para mim e diz, com uma voz vívida: "Jackson me disse que você está usando um calção feminino".

Fico confusa por um minuto, até perceber que ela está se referindo à minha saia-calça. "Ah, só quando ando na bicicleta", digo, mas então me ocorre que ela provavelmente não teria mencionado com tal naturalidade se achasse ofensivo.

Ela aperta os olhos para a saia, então talvez assim consiga enxergar um pouco, afinal. "Bem, fico feliz que o modelo esteja sendo restabelecido, e espero que desta vez seja para ficar. Eu mesma usei os vestidos estilo bloomer[10] durante um tempo, antes da guerra, quando viajei por aí, discursando contra a escravidão. Mas todos ficavam tão entretidos olhando para mim que ignoravam a maior parte da pregação. Então abri mão deles. Como eu disse a Martha e às mulheres mais jovens em

10 Peça de vestuário constituída de saiote e uma espécie de ceroula por baixo. Foi criada por Amelia Jenks Bloomer (1818-1894), ativista dos direitos femininos, com a intenção de garantir mais conforto às mulheres, que em geral ainda usavam um vestuário muito pesado e rebuscado. Muitas mulheres sofreram represálias por adotarem o traje.

nossa congregação, o bloomer era muito mais prático para o uso diário. Mas eles acham que é meio bobo. Não é, Martha?"

Martha parece um pouco desconfortável, como se não quisesse mentir, mas também não quisesse insultar minha escolha de roupa. Ela finalmente escolhe a coluna do meio. "O modelo que ocê me mostrou parecia bobo mesmo, Irmã Elba. Mas o que ela tá vestindo parece um vestido de verdade na maior parte do tempo, só num parece quando ela dá um passo largo. Eu bem que podia me acostumar com um."

"Então vou ver se consigo encontrar um molde para dar à sua tia, para a próxima vez que você precisar de um vestido novo."

O nariz de Martha enruga um bocadinho. "Sim, senhora. Brigada."

"O prazer é meu, Martha. Meninos, o Irmão Earl está na loja ou no campo?" Irmã Elba olha para trás, para onde havia deixado Jackson e Vernon. Eles agora estão fazendo algum tipo de brincadeira nos degraus da capela, com duas crianças mais novinhas que estavam por ali. Uma quinta criança, que mal parece ter saído das fraldas, está sentada na grama, esticando as mãos meladas para Touro lamber.

Um dos meninos berra: "Nós num sabemos! Távamos no campo com a Martha e o Touro."

"Eu trago ele, Irmã", oferece Martha. "Os meninos num vão ser capazes de explicar sobre as peças que eles precisam. E a senhorita Keller tava vendo se podia dar uma olhadinha na sua harmônica."

Tentei conter um sorriso, porque Kiernan seria perfeitamente capaz de explicar sobre as peças que estamos buscando se os meninos o acompanhassem até a loja. Martha parece perceber alguns segundinhos tarde demais que ofereceu um pretexto muito fraco para poder acompanhar Kiernan. Seu rosto cora ainda mais e ela olha para os próprios pés.

Irmã Elba ri suavemente. "Tudo bem, Martha, mas leve os meninos com você. Se Earl estiver lá no campo, eles podem correr para buscá-lo. Uma vez que você encontrar Earl, volte aqui para sua aula." Ela enfatiza ligeiramente a última palavra.

"A Martha tá fazendo aquela coisa petulante com os olhos de novo, Irmã Elba."

Martha tira a bola do bolso e joga no menino. Desta vez ela não erra, e ele solta um gemido quando é atingido no ombro. "Martha, isso era realmente necessário? E Jackson, eu não preciso de olhos para saber que sua prima preferiria estar aqui fora num dia tão lindo como este, mas todos nós temos responsabilidades, não é? Quando você e Vernon voltarem, levem as crianças menores para o galinheiro, porque tenho certeza de que vocês deixaram alguma tarefa por terminar. E não deixe Isaac sentar nos viveiros desta vez."

Vernon resmunga e faz uma boa imitação do olhar de Martha antes que ele e seu irmão saiam.

Kiernan se aproxima para dar um apertãozinho na minha mão. "Vejo você em breve, Kate."

É a primeira vez que olho de fato para a lateral do rosto dele depois de ele ter tirado o capacete. O corte que percebi mais cedo, logo acima do olho, parece menor, e o hematoma abaixo, que estava roxo azulado, começa a desaparecer. Arquivo essa observação para mais tarde, já que na verdade não posso lhe perguntar a respeito agora.

Irmã Elba pega meu braço e subimos os degraus para a igreja, esquivando-nos de duas meninas pequenas que são um estudo sobre contrastes. Uma loura e bem branquinha, como Martha e os gêmeos, as pernas longas e finas com joelhos protuberantes. Já a outra, que parece um tiquinho mais jovem, é afro-americana, ainda tem as bochechas gordinhas e a estrutura de uma criança mais nova. Eu lhes dou um sorriso e puxo a chave CHRONOS da minha blusa para poder definir um ponto estável assim que estiver com as mãos livres, fazendo uma oração silenciosa em agradecimento por as únicas pessoas presentes serem ou jovens demais ou cegas demais para se darem conta do que estou fazendo.

"Você leva jeito para música, Kate?", pergunta a Irmã Elba quando chegamos no topo da escadaria.

"Não, infelizmente não. Tive aulas de piano por alguns anos, e não era para mim. Mas eu sou estudante de história e Martha me disse que a *harmonia* é bastante antiga."

"Na verdade, é *harmônica*", corrige ela. "E definitivamente é antiga. Se meu tio estava falando a verdade, e devo admitir que não estou totalmente convencida nessa questão, este foi um dos instrumentos fabricados por Benjamin Franklin em pessoa."

Entramos na pequena construção, que me lembro do recorte do jornal, e minha respiração fica presa na garganta. Eu praticamente consigo enxergar os corpos nos bancos e os policiais de pé no corredor.

Irmã Elba, que ainda está segurando meu braço, provavelmente sente a mudança em mim. "O que foi, filha?"

Atrapalho-me para inventar um pretexto viável e, finalmente, recorro a uma meia-verdade. "É que por um instante este lugar me fez lembrar de meu avô."

"Imagino que ele já seja falecido", diz ela, dando tapinhas de consolo no meu braço. "Bem, ele está num lugar melhor. Isso é só saudade. E tudo bem. É tudo parte da ordem natural das coisas. Agora você tem um anjo para vigiá-la todos os dias."

Sinto um calafrio ante aquelas últimas palavras. Vigiando-me — muito provavelmente. Anjo, nem tanto.

O leiaute do santuário parece uma segunda casa para ela. Ela vai até a frente da igreja, traçando os dedos sobre os bancos à direita. Aproveito a oportunidade para puxar a interface na chave CHRONOS e definir um ponto estável logo atrás da última fileira, e a acompanho pelo corredor.

A igreja parece diferente quando vista da frente — não é o mesmo ângulo das fotografias, então não estou tão incomodada com os rastros das imagens dos cadáveres. O cômodo é bonito em sua simplicidade, com o sol da tarde brilhando suavemente nos bancos de madeira polidos e cobertos com almofadas feitas à mão. Está muito longe da opulência do templo dos ciristas, mas parece muito mais provável que alguém em busca de orientação divina de fato possa encontrá-la aqui.

"Você tem uma bela igreja, Irmã Elba." Defino outro ponto estável a partir deste ângulo e atravesso para o outro lado.

"Ah, a igreja não é minha, filha. Eu só tenho o privilégio de ministrar minhas lições aqui."

"À qual denominação pertence sua comunidade?", pergunto, em parte porque estou interessada, mas também porque me dá uma chance de definir mais pontos estáveis enquanto eu continuar falando.

"Agora, eis aí uma pergunta muito boa. Infelizmente, não tenho uma resposta. Alguns de minha família eram da Sociedade dos Amigos. Você provavelmente os conhece como quacres. Mas temos todos os tipos diferentes de crentes. Eu apenas prego o que sei em meu coração, e às vezes eles concordam comigo; às vezes, não. E tudo bem. Faz parte da ordem natural das coisas as pessoas adorarem à sua maneira. Se alguns discordam o suficiente a ponto de não poderem ser felizes aqui, em algum momento vão acabar se cansando de resmungar e seguirão em frente. Como Martha. Ela já é quase uma moça, e nos deixará em breve. Não tem nada aqui para segurá-la, então ela irá embora para a cidade, e com a graça do bom Senhor, vai encontrar um homem só *dela* e deixar de olhar para aqueles que já estão comprometidos." Irmã Elba ri, balançando a cabeça. "Mas espero que Martha encontre seu caminho de volta para nós em algum momento, e quando ela fizer isso, vai saber que há um lugar aqui para ela."

Ela se volta para o local onde eu estivera parada da última vez que falei e aperta os olhos, então vira a cabeça até me encontrar novamente. "Senhor do céu, filha, você voa como uma borboleta. O que a agita tanto?"

"Nada, mesmo", digo quando estabeleço mais um ponto, este voltado para a porta menor do lado direito da igreja. "Eu só tendo a ser um pouco hiperativa." Não tenho certeza se o termo *hiperativa* ao menos seja uma palavra em 1911, mas acho que ela vai ligar os pontos.

Os olhos dela pousam em mim um minuto mais, desfocados. Sou tomada pela sensação mais estranha, como se ela estivesse enxergando meus pensamentos.

"Mas isso não é verdade, não é? Algo definitivamente está pesando em seus ombros. Você não está preocupada com o seu jovem lá fora com nossa Martha, não é?"

"Ah, não, senhora. Isso... não é um problema."

"Sou uma boa ouvinte, caso queira desabafar."

Permaneço em silêncio, e ela ri baixinho. "Pelo visto você não está preparada. Bem, então venha cá e deixe-me mostrar a invenção de Ben Franklin. É capaz de reproduzir uma música fascinante, uma vez que você mostra quem é que manda."

Ela abre o baú de madeira, o qual parecia retangular na foto do jornal, mas na verdade é afunilado, com uma extremidade quase duas vezes maior do que a outra. A caixa tem mais de um metro de comprimento e talvez metade de largura e profundidade na extremidade maior. O interior é uma construção em vidro, com formato semelhante ao de uma casquinha de sorvete, largo numa ponta e afunilado na outra. Quando examino com mais atenção, vejo que na verdade são dezenas de tigelinhas de cristal aninhadas umas nas outras e encadeadas em um fuso. As bordas das tigelas são pintadas de sete cores diferentes em sequência. Escondido na parte da frente da caixa, há um pratinho cheio d'água.

A Irmã Elba corre seu dedo indicador com muita ternura sobre os cumes do instrumento. "Franklin era de uma família quacre, sabe. Supostamente, ele construiu isto para minha tataravó. Uma das bacias quebrou quando eu trouxe do Canadá. Custou-me mais dinheiro do que eu podia dispor para fazer o transporte, e eu passei o trajeto inteiro preocupada que pudesse sofrer danos. Uma outra tigela tem uma rachadura. Vê? Bem aqui? Então provavelmente também vamos perder esta em pouco tempo. É uma pena, mas acho que tudo bem. Tudo parte da ordem natural das coisas, suponho. Quer experimentar?"

"Claro." Para ser sincera, eu preferiria ir embora agora que os pontos estáveis estão definidos, mas como esta era minha desculpa para entrar na capela, sinto-me compelida a tocar.

"Já usou uma máquina de costura?"

"Não." Já vi a vovó Keller usando a dela, mas como trata-se de um modelo elétrico com tomada, eu não menciono isso.

"Bem, este pedal aqui embaixo faz girar a harmônica, assim como na máquina de costura o pedal faz mover a agulha. Você bombeia o pedal, daí mergulha os dedos na água e os segura contra as bordas do vidro enquanto ela gira."

"Então as cores diferentes são notas diferentes?"

"Isso mesmo. As cores primárias lhe darão um acorde em dó maior. Vá em frente, experimente."

Bombeio o pedal com o pé direito e umedeço os dedos, depois os seguro contra as tarjas vermelha, amarela e azul no meio. O troço guincha e as notas oscilam, hesitantes.

Ela sorri. "Mantenha os dedos firmes. Tente usar a mesma pressão em todas."

Quando pressiono com um pouco mais de força, as notas se misturam. Eu não chamaria de música, mas é um pouco menos doloroso aos ouvidos. Tento algumas notas mais e vejo por que Martha está frustrada. O piano é bem mais fácil.

Depois de uma nota particularmente estridente, eu rio e me afasto. "Seria preciso muito trabalho antes que eu conseguisse tocar qualquer coisa tão bonita quanto o que a senhora estava tocando mais cedo."

"Isso leva tempo. E é por isso que, mesmo depois de três meses, ainda preciso torcer o braço de Martha para trazê-la até aqui."

"Mas... Martha disse que está aprendendo a tocar a harmônica para que em algum momento possa assumir o controle. E agora mesmo..."

Há um tom de pergunta na minha voz, e Irmã Elba sorri. "Por que treiná-la se ela vai embora? Bem, eu passo um tempinho com ela durante as aulas. Converso com ela, tento fazê-la conversar comigo, e faço com que ela saiba que é querida aqui, mesmo que ela nunca vá permanecer conosco. Penso que é importante saber que você é querido, talvez até necessário, não é? Dá-lhe algo ao qual se agarrar quando você está num lugar desconhecido. Um pouco como você está agora, certo, filha?"

"Bem, na verdade, não", digo. "Nós dois estudamos na universidade em Athens."

"Mas você não é daqui. Não noto sotaque da Georgia na sua voz. Viajei muito, voltei antes da guerra, e geralmente sou boa em reconhecer sotaques, mas não consigo situar o seu de jeito nenhum. O do seu jovem amigo é um pouco estranho também, e definitivamente tem um pouco de irlandês ali. Mas o seu... O seu é todo misturado."

"Meus pais moram perto de Washington. Eles são professores. Eu viajei bastante." E provavelmente aprendi metade dos meus padrões de discurso na televisão e nos filmes, mas não acrescento isso.

"Professores! Bem, deve ser por isso que gostei de você de imediato. Nós trocamos a Georgia pelo Canadá quando eu era pequena. Minha família ficou lá depois que a guerra terminou, mas voltei para o sul para lecionar com o Freedmen's Bureau.[11] Earl, aquele com quem seu jovem amigo está conversando agora? Ele é um dos primeiros homens que ensinei a ler e escrever. Claro, o governo cortou a verba para as escolas muito rapidamente. E ainda havia trabalho a ser feito, então alguns de nós criamos God's Hollow pouco depois. Nós tínhamos setenta e quatro pessoas aqui numa época, mas estamos envelhecendo, e a maioria dos jovens não permanece, embora acolhamos errantes e órfãos de vez em quando. Sei que vamos morrer em algum momento e que as árvores vão engolir a terra novamente. E tudo bem. Tudo parte da ordem natural das coisas."

Um arrepio me invade quando me pergunto quanto tempo demorará para que as árvores tomem a aldeia quando Saul interferir. Não há nada de natural no que ele está planejando e, embora Irmã Elba não tenha muitos anos de vida pela frente, as crianças lá fora são apenas crianças.

"Bem, é melhor eu ir e me juntar a... Matthew e aos outros. Obrigada por me mostrar a harmônica, Irmã Elba. É linda."

"Você é mais do que bem-vinda."

11 Freedmen's Bureau foi uma agência do governo federal dos Estados Unidos criada em 1865 pelo então presidente Abraham Lincoln para ajudar os escravos libertos no sul durante a Era da Reconstrução dos Estados Unidos.

Minha mão está na porta quando ela fala de novo. "E, filha?"

"Sim, senhora?"

"Qualquer que seja esse problema que está consumindo você, bem, você parece ser uma garota esperta. Você vai descobrir como resolvê-lo."

"Mas e se não puder ser resolvido?", pergunto antes mesmo de perceber que estou falando. "Ou se eu não conseguir consertá-lo sem machucar mais gente ainda?"

Irmã Elba faz uma pausa para fechar a harmônica e caminha em direção aos degraus, parando a alguns centímetros do banco onde ela vai morrer. "As pessoas enfrentaram esse tipo de decisão todos os dias durante a guerra, e depois também. É uma lição dura na vida, mas você tem que aceitar que algumas coisas estão fora de nosso controle. Caso contrário, você nunca vai ter um único minuto de paz. Você conserta o que pode, e deixa o restante para lá. Você simplesmente deixa para lá."

Preciso sair daqui antes que eu desabe e diga a ela para empacotar os pertences de todos e voltar para o Canadá. Atravesso a porta, aliviada porque as crianças não estão mais nos degraus.

Defino um ponto estável no gramado em frente à igreja e outro perto da porta lateral. Começo a seguir na direção que Martha tomou com Kiernan, estabelecendo mais dois pontos estáveis no trajeto.

E então ouço a risada dela à direita. Os gêmeos e outras duas crianças estão dentro de um grande viveiro de tela atrás das casas, com galinhas correndo ao redor de seus pés. A menorzinha está se esforçando para puxar o fio da portinhola para que possa entrar com os outros, e Touro está correndo de um lado para o outro na frente da gaiola, ladrando para as galinhas. Elas devem estar acostumadas, porque o ignoram e continuam a ciscar na terra.

Para além do galinheiro, vejo o poço.

Me esgueiro entre as duas casas e passo apressadamente, definindo dois pontos estáveis voltados para o poço de pedra, e mais outro atrás dele. Me aproximo e defino um ponto derradeiro diretamente acima da abertura. Qualquer um que chegasse através deste ponto estável acabaria no fundo do poço, mas é o único jeito de ter certeza de que veremos claramente se Saul vai mexer com o suprimento de água deles.

"Ei."

Me sobressalto, mas é apenas Jackson. Ou Vernon. O outro gêmeo está bem atrás dele. Ambos fedem um pouco, provavelmente devido à titica marrom na bainha de seus macacões.

"Que cê tá fazendo?", pergunta um deles.

Resolvo lhes dar a verdade simples, sem verniz — embora assumidamente não seja completa. "Estou olhando o poço de vocês."

"Por quê?", pergunta o outro gêmeo.

"Porque eu gosto de poços."

O primeiro gêmeo assente com sabedoria. "Sim, este aí é muito fundo. Ocê ia jogar este colar aí no fundo pra ver quanto tempo leva pra fazer barulho?"

Dou uma risada. "Pensei nisso. É muito feio, não é? Mas minha avó me deu, então é melhor eu guardá-lo."

Ele parece decepcionado. "Acho que a gente pode usar u'a pedra."

"Na verdade, eu preciso ir embora. Um de vocês pode me dizer onde fica a loja do Irmão Earl?"

"Fica bem do lado da casa dele."

"E qual é a casa dele?"

"A última pra esquerda. Só seguir a estrada e cê vai achar."

O outro menino olha para o irmão e depois para mim, o sorriso esticado no rosto sardento. "Martha fica olhando pra ele, sabe."

"Para o Irmão Earl?", pergunto, brincando.

"Não! Pro seu *namorado*." E então ambos se dobram de tanto rir.

"Bem, então acho que é melhor eu ir até lá agora, não é?"

Eu lhes dou um sorriso, mas ele congela no meu rosto quando sou golpeada no estômago pela realidade de que ambos estarão mortos antes do final do mês. Eu me viro e corro de volta para a estrada, mas as lágrimas estão desfocando minha visão, e eu dou uma trombada em Martha assim que viro a esquina.

"Me desculpe." Abaixo a cabeça quando passo, mas ela vê que estou chorando.

"Ei, pera aí! Aquilo que Jack e Vern disseram... num é verdade."

"Tudo bem, Martha."

Ela agarra meu braço. "Não, sério. Eu num quero que ocê fique toda furiosa com... ele. Porque ele nem olhou para mim. Eu juro."

Mordo o lábio e me esforço para conter as lágrimas. "Eu sei, Martha. Não é isso, está bem? Mesmo. Não estou com raiva dele. Não estou com raiva de você. É só que a música... me deixou um pouco triste, sabe? Fez eu me lembrar de algumas coisas que eu preferiria esquecer."

Ela não parece convencida, mas assente mesmo assim. "É. Às vezes a música faz isso comigo também." Ela ajeita uma mecha do cabelo atrás da orelha, meneando a cabeça para apontar a estrada. Kiernan já está vindo em nossa direção, empurrando a bicicleta. "Tenho que voltar pra Irmã Elba, ou ela vai me dar um sermão sobre responsabilidade tudo de novo. De qualquer forma, foi bom conhecer ocês tudo. Espero que o piquenique seja bom."

"Obrigada, Martha. Foi um prazer conhecer você também."

Martha segue de volta para a igreja, parando apenas o suficiente para berrar na direção do galinheiro: "Jack e Vern, se ocês dois tiverem o bom senso que Deus deu, ocês vão fugir pra cidade vizinha assim que eu tiver terminado minha aula".

"Num temos medo d'ocê, Ma-a-r-tha." Seguido de risadinhas.

Fantasmas. Apenas fantasmas.

Kiernan percebe que estou chateada, e parece um pouco incomodado. "Você conseguiu?", pergunta.

Faço que sim com a cabeça. "Talvez uns dez no total. A igreja, um pouco aqui fora, e também no poço."

"Boa garota", diz ele, passando o braço livre ao meu redor e me puxando para si. "Sugiro passarmos com as bicicletas sobre a ponte, deixarmos ambas no mato e tomarmos um atalho para casa."

"Você não terá objeções da minha parte."

Passamos rapidamente pela igreja, e pego minha bicicleta recostada contra a árvore. A música da harmônica, dissonante e ainda mais esquisita sob os dedos de Martha, flutua pelas janelas abertas enquanto empurramos as bicicletas de volta à estrada. Puxo a manopla para dar partida no motor antes que as rodas deixem a grama, a fim de bloquear o ruído. Eu nem mesmo coloco o capacete, simplesmente ligo o motor e saio pela trilha, ansiosa para inserir o maior número possível de quilômetros e anos entre mim e God's Hollow.

Trey está na cama, apoiado no cotovelo, olhando para o ponto estável quando volto para a casa da cidade, exatamente trinta segundos depois de ter saído, conforme prometido. Acho que algum pedacinho do cérebro dele ainda não acreditava totalmente que isso tudo fosse real, porque ele está de olhos arregalados e o queixo está caído uns três centímetros — além disso, ele está meio pálido.

Provavelmente eu também estou um pouco pálida. As seis horas que passamos em 1938 foram um tanto anticlimáticas depois de God's Hollow. Kiernan tentou me convencer a descansar primeiro, mas eu só conseguia pensar em voltar para casa. Voltar *para cá*. Estou muito cansada para dar o relatório completo que Katherine e Connor esperam receber no momento em que eu chegar. Trey, por outro lado, disse que não quer os detalhes, e agora isso é mais do que bom para mim.

Depois de um longo momento, Trey fecha os olhos e balança a cabeça. Então tira meu chapéu e meus óculos. "Você mudou seu cabelo."

"Sim, bem, o cinza não estava dando certo. O chapéu fica melhor."

"Então... Por quanto tempo você esteve fora?"

Dou-lhe um sorriso cansado. "Trinta segundos."

Ele bate o chapéu de leve na minha cabeça e depois se aproxima para me puxar para si. "Não foi isso o que eu quis dizer, e você sabe. Perguntei quanto tempo você passou lá, e não por quanto tempo ficou fora daqui."

"Isso não faz nenhum sentido, sabe."

"Kate, nada disso faz sentido."

"Tudo bem. Passei pouco mais de dezesseis horas fora daqui. Precisei fazer uma viagem paralela, e as coisas ficaram meio malucas."

"Malucas como?"

Não vou chorar. Já chorei o suficiente por um dia. Então simplesmente mordo o lábio e desvio o olhar. A primeira coisa que meus olhos flagram é o meu teto, coberto pelas minhas estrelinhas que brilham no escuro. Eu costumava amar estas coisas, mas agora estou tentada a ficar em pé na cama e arrancar todas elas.

Trey me aninha mais, de modo que minha cabeça agora está em seu ombro, e então ele toca meu queixo para me fazer olhá-lo. "Ei, eu só estava curioso, ok? Isto não é um interrogatório. Você está esgotada. Quer que eu vá embora para que você possa dormir um pouco?"

"Não. Quero dizer, sim, estou cansada, e provavelmente vou ser uma companhia horrível, mas... eu realmente não quero ficar sozinha. Você pode ficar? Só por um tempinho? Talvez possamos botar um filme."

Descemos para pegar bebidas, pipoca e o DVD de *A Princesa Prometida*, e em seguida subimos de novo para o meu quarto. Colocamos manteiga de verdade na pipoca, o que geralmente significa que fico mastigando os piruás e passando os dedos no fundo da bacia para pegar o restinho da gordura salgada, mas estou cansada demais para comer mais do que um bocadinho. A última coisa da qual me lembro é de Buttercup sendo amarrada aos arreios e estremecendo quando Fezzik começa a ajeitar os três para subir no Penhasco da Insanidade.

Quando abro os olhos, o céu enquadrado na claraboia é de um azul-escuro, com algumas poucas faixas em laranja e roxo. Minha cabeça está no peito de Trey, e ele está lendo minha edição de *A Culpa é das Estrelas*.

Estico-me para a mesa de cabeceira e pego o refrigerante que eu estava bebendo antes de apagar. Dou uma bochechada para tirar o bafo, rolo para o lado e me aconchego a Trey.

"Ei, dorminhoca."

"Desculpe. Por quanto tempo eu..."

Ele dá um beijo no alto da minha cabeça. "Por umas três horas. E não peça desculpas. Já tinha um tempinho que eu estava planejando ler este livro."

"Você podia ter ido para casa."

"Eu sei. E definitivamente vou ter que ir daqui a uma hora ou duas porque amanhã é dia de aula. Mas agora estou com fome."

"Sim. Eu também." Desconsiderando o punhadinho de pipoca, a última vez que comi foi há umas dez horas, antes de sairmos para 1938: sanduíches de queijo meio esmagados e frutas da cesta de piquenique.

Mas então notei que a sacolinha de doces ainda estava lá, e fiquei tão brava comigo por ter me esquecido de dá-los às crianças que perdi o apetite.

"Então", diz Trey, "pedimos pizza ou comida chinesa?"

"Hum... *Moo goo gai pan* e sopa *wonton*. E um rolinho primavera. Do Red Dragon. O restaurante é ótimo, fica a só uns seis quarteirões daqui, então é muito rápido."

Uma hora depois, montes de caixas vazias de comida reconfortante estão espalhadas sobre a mesinha de centro. Quebramos os biscoitos da sorte e Trey descobre que "um novo 'guarda-loupa' pode trazer grande alegria e mudança em sua vida". O meu diz que "o desgaste constante pode transformar uma 'bala' de ferro numa agulha". Aparentemente, a empresa de biscoitos da sorte precisa de um revisor melhor.

Trey me ajuda a limpar a mesa e, enquanto lavo as mãos na pia, ele vem por trás e me abraça. Eu me viro e lhe dou um beijo lento e demorado. Eu poderia ter permanecido ali por pelo menos uma hora, mas ele se afasta muito antes do que eu gostaria e me leva de volta ao sofá, onde ficamos agarradinhos.

Imagino que vamos continuar de onde paramos quando estávamos à pia, mas ele pergunta: "Então, o que aconteceu hoje?".

"Pensei que você não quisesse saber dos detalhes."

"E não quero, mas parte da nossa decisão de comunicação aberta-e-honesta envolve partilhar como você se sente. Você não precisa me contar cena a cena, mas eu quero saber o que te deixou tão triste. Não só agora, mas desde que você voltou. É como se tivesse uma nuvem negra no seu rosto."

A verdade é que eu realmente prefiro não falar sobre isso com ninguém agora, nem mesmo com Trey. De certa forma, especialmente não com Trey, porque não gosto das escolhas morais que preciso fazer. Será que ele vai passar a me enxergar de um jeito diferente quando perceber que minhas decisões irão resultar na morte de um monte de inocentes?

Mas se eu não conversar, ele vai pensar que estou escondendo coisas, e isso também não é bom.

"Lembra do tal Abate que eu mencionei?"

"Aquele que seu avô está planejando para dizimar metade do planeta?"

"Sim, esse aí mesmo. A gente está achando que Saul fez um teste num vilarejo na Georgia, em 1911. O que quer que ele tenha usado, matou todo mundo, quase cinquenta pessoas no total. Os moradores foram encontrados pelas autoridades algumas semanas depois, sentados na pequena igreja local, mortinhos."

"Achei que Saul não conseguisse usar a chave...?"

"Ele não consegue. Isso foi quando ele era mais jovem, antes de destruir a sede da CHRONOS."

"E você tem certeza de que foi Saul?"

"Tem algumas provas circunstanciais bastante fortes, mas não, a gente não tem certeza ainda. O tal vilarejo foi nossa primeira parada hoje. Criamos pontos estáveis para que Kiernan possa monitorar diversos locais do vilarejo. Conheci uma senhorinha muito simpática e algumas crianças, que vão morrer dentro de algumas semanas, junto com todos os outros da comunidade. E eu poderia impedir isso, Trey. Eu poderia voltar e avisar a Irmã Elba para todo mundo arrumar suas coisas e sair antes que Saul apareça. Eu poderia fazê-la acreditar em mim."

"Então... Por que você não faz isso?"

"Porque ele vai acabar encontrando outra cidadezinha isolada e tentar de novo. Temos sorte por ele ter se deparado com esse tal lugar... provavelmente é nossa única chance de descobrir o que ele está planejando para usar no Abate. Eu poderia tomar medidas extremas e dar um tiro nele, mas isso tem seu próprio conjunto de complicações, já que a gente não sabe ao certo se Saul é o único membro da CHRONOS envolvido na sabotagem. Existe uma possibilidade muito grande de, com qualquer coisa que façamos, acabarmos a linha do tempo que resulta na minha presença aqui para acabar com os ciristas. Resumindo, não posso fazer nada que lhe dê a dica de que tem gente sabendo dos planos dele. E isso me faz sentir culpada e zangada e..." Aperto os olhos com as mãos e depois as corro pelos cabelos, puxando-os. "Argh. Todas as escolhas são uma porcaria."

"Mas algumas são mais porcarias do que outras, certo? Tem males menores que você precisa aceitar para impedir um mal maior."

"Acho que sim. Mas é muito mais difícil ser objetivo quando se tem um monte de rostos ligados à pessoas que esse mal menor vai exterminar. E em que momento a quantidade de males menores acumulados já não é algo tão menor assim?"

Trey fica calado por um minuto e então diz: "Tudo bem, isso pode soar meio piegas, mas toda vez que enfrento um dilema moral, Estella recita esse poema de serenidade, essa oração, sei lá. Não me lembro das palavras exatas, mas é algo sobre mudar o que dá para mudar e aceitar que você não pode mudar tudo. Talvez seja necessário aceitar que você não tem como salvar a todos e se concentrar nas pessoas que *vai* salvar se impedir Saul".

É praticamente o mesmo conselho que a Irmã Elba me deu quando eu estava indo embora da capela. E é um bom conselho, eu sei que é, mas...

"O grande problema aqui é que há um *se* nessa história. *Se* conseguirmos impedir Saul. E não tenho certeza se a gente vai dar conta de fazer isso. Por acaso a última parte dessa oração de serenidade não é aquela que fala sobre a sabedoria para distinguir o que você não pode mudar do que você pode? Não é tão simples quando tudo está misturado assim, e teoricamente tem coisas que eu poderia mudar, só que isso pode ferrar com sabe-se lá o que mais. Incluindo minha própria existência. Por acaso existe uma oração de serenidade para isso?"

∞

Depois que Trey vai embora, cogito subir para dormir. Mas estou cansada só de falar sobre o assunto, e continuo repassando as mesmas coisas repetidamente na minha cabeça. Eu poderia muito bem ter uma discussão produtiva com Connor e Katherine. Eu só torço para que ela esteja com o humor razoável, porque eu desconfio que ela seja a única que terá as respostas das quais necessito.

Ambos estão no sofá da sala quando desço as escadas. Katherine tomou banho e trocou para um pijama desde que falei com ela na cozinha mais cedo. Espero que seja um sinal positivo.

"Tudo bem", começo, sentando na cadeira em frente a eles. "A boa notícia é que deu tudo certo em 1938. Passei pouco mais de cinco horas em Athens, perto do campus, e também pelo Edifício Morton, onde Delia, Abel e Grant estiveram trabalhando hoje. Ganhei alguns olhares estranhos quando entrei numa cafeteria daquele lado da cidade, porque não me ocorreu que a segregação meio que funciona para ambos os lados. Quero dizer, tenho certeza de que eles me deixariam comprar uma xícara de café, mas o cara atrás do balcão pareceu realmente tenso quando entrei, provavelmente porque eu estava sozinha. Eu simplesmente agi como se estivesse perdida e pedi informações para chegar ao campus. E eu vi todos os três... Eles deixaram o Edifício Morton juntos. Resolvi segui-los por alguns quarteirões antes de eles se separarem perto da Broad Street."

Katherine assente. "Grant. Como ele era?"

"Altura mediana, meio musculoso, cabelo louro-claro. Jovem, parecia meio desconcertado. Delia estava reclamando de alguma coisa com ele."

"Grant provavelmente era um novato. Se aquela era uma de suas primeiras viagens, então ele teria sua idade ou seria um ano mais velho, no máximo. Delia era legal, mas tinha a reputação de ser uma instrutora difícil. Ela é meio rigorosa quando se trata de regras."

Katherine parece enrugar o nariz quando diz isso, e eu mal disfarço uma risada. É para lá de irônico ouvi-la criticando alguém por impor regras. Esboço um olhar para Connor e vejo que ele também está tentando segurar o riso. Assim que captamos a expressão um do outro, irrompemos em gargalhadas.

"O quê?" Katherine revira os olhos quando entende, e também acaba gargalhando com a gente. Já fazia um tempo que eu não a ouvia rindo. Eu gostaria de poder simplesmente parar a discussão aqui, nesse tom alegre. Mas ambos estão olhando para mim, esperando que eu continue.

"Imagino que isso não seja tudo o que você queria nos contar, não é?", diz Katherine.

Seus braços estão juntos às laterais do corpo, e ela está levemente encurvada. Me pergunto por um momento se ela está com frio. No entanto, tem algo de familiar naquela posição. Olho para baixo e percebo que estou sentada do mesmo jeito, como se estivesse me preparando para um golpe.

"Você se lembra de Saul mencionando um lugar chamado Six Bridges? Na Georgia?", pergunto.

"Não. Fica perto de Athens?"

"A uns cinquenta quilômetros de Athens, em direção a Greensboro. Pode ser também que ele tenha se referido ao lugar como God's Hollow."

"Isso não me remete a nada. Por quê?"

"Todos os moradores de lá foram mortos em setembro de 1911, umas cinquenta pessoas no total. Elas foram encontradas todas juntas na capela local. Kiernan diz que os corpos se parecem muito com aqueles que ele viu depois de uma guerra na década de 2070, algo que Simon mostrou a ele. Simon também mencionou o tal Six Bridges para Kiernan certa noite, quando estava bêbado. Aparentemente, ele se referia a algo que Saul confessara a Simon, sobre um erro cometido muito tempo atrás."

Katherine arqueia uma sobrancelha. "Saul assumiu um erro? Isso não é muito a cara dele."

"Sei lá, Katherine. Estou apenas relatando o que Kiernan me disse. De qualquer forma, fizemos uma viagem a..." Paro e ergo a mão, porque ela está claramente prestes a me interromper. "Fomos algumas semanas antes de as mortes ocorrerem e estabelecemos alguns pontos estáveis para que pudéssemos observar o vilarejo. As autoridades presumem que, o que quer que os tenha matado, estava no poço, então estabeleci alguns pontos ali também, e vários na igreja. Kiernan vai ficar vigiando esses locais. Vou verificar com ele em breve. Com sorte, conseguiremos descobrir o que aconteceu."

"E o que você pretende fazer se descobrir alguma coisa? Você não pode deter...", começou ela.

"Sim, eu sei", rebato, então me lembro de respirar fundo e de me recompor antes de continuar. "Eu sei disso, Katherine. Estive lembrando a mim mesma desse fato nas últimas horas. Se o poço foi adulterado por Saul, ou por qualquer outra pessoa com uma chave CHRONOS, a gente pode voltar lá depois para colher uma amostra. Connor, pode adquirir alguma coisa que possamos usar para transportar uma... acho que chamam de ameaça biológica? Estou hesitante em trazer algo assim de volta comigo, mas pode não ser uma ideia ruim ter alguém trabalhando num antídoto. Se eu não puder deter Saul, talvez possamos, pelo menos, limitar os danos."

É óbvio pela cara de ambos que eles não estão de acordo nesse ponto, mas daí Katherine começa a discorrer sobre como é muito perigoso eu voltar a God's Hollow, e Connor pergunta quem conseguiríamos para examinar a amostra. Ambos estão falando atropeladamente, e eu afundo no sofá e fecho os olhos.

Finalmente, Connor nota que saí da conversa e diz: "Ok, isto não está nos levando a lugar nenhum. Se determinarmos que foi coisa de Saul, obviamente precisamos da tal amostra, então Kate ou Kiernan, ou ambos, vão precisar voltar lá para colhê-la. Provavelmente seria melhor se Kiernan cuidasse disso, como no caso de Copenhague. Então, tudo o que precisamos fazer é encontrar alguém que tenha a habilidade técnica para analisar a amostra, e que não tenha laços com o governo ou com os ciristas".

"O que você disse?"

"Precisamos de alguém com as habilidades técnicas para..."

Sento ereta e olho para ele. "Não. Antes disso. Sobre Copenhague. E Kiernan."

"Só que provavelmente seria melhor você colocá-lo para lidar com isso também", diz ele, e depois olha para baixo, balançando a cabeça. "Num aspecto pessoal, eu preferiria que meu antepassado não tivesse que assumir um risco nesse grau, mas eu sei que há muito mais em jogo aqui do que recuperar minha família. E pelo menos você tomou precauções. Se ele não estivesse usando a armadura, uma daquelas balas poderia ter causado estragos permanentes." Ele para de repente, finalmente registrando minha expressão. "Ah. Você não sabia."

"Com certeza não." Arranco minha chave CHRONOS da bolsa de couro e defino as coordenadas que Kiernan e eu acertamos antes de sair da casa dele. Eu planejava fazer isso amanhã à noite, depois da escola, quando eu estivesse mais descansada e minha cabeça estivesse mais tranquila, mas ele me obrigou. "Vamos ter que terminar esta conversa mais tarde."

Katherine agarra meu pulso, fazendo com que o mostrador do medalhão vacile. "Katherine", digo, "largue, por favor. Kiernan e eu precisamos ter uma conversinha."

Ela solta, mas quando estou visualizando o ponto estável novamente, ela diz: "Eu só ia comentar que Kiernan tomou a decisão que nós teríamos tomado em equipe, Kate. Pedir a ele para recuperar a chave de Moehler em Copenhague era a decisão mais lógica".

"Sim, bem, talvez essa seja a sua opinião, e a de Connor também, mas a menos que eu tenha perdido alguma coisa, Kiernan não se deu ao trabalho de contar com a opinião de nenhum de nós, não é? Isso foi uma..." Meu cérebro está para lá de cansado, e por um segundo tenho dificuldade para encontrar a palavra. "Uma desonestidade, Katherine. Ele não tinha o direito de tomar essa decisão, assumir esse tipo de risco, por conta própria."

∞

Bogart, Georgia
6 de outubro de 1905, 16h

A boca de Kiernan está contraída numa linha fina e firme, e ele está encarando o ponto estável. Quase parece que ele pode me ver. A julgar pelo seu olhar, ele sabe exatamente o quanto vou ficar puta da vida. E não se importa.

Meu primeiro pensamento é manter a calma. Ele espera raiva da minha parte porque sua Kate teria ficado brava. Então vou lhe oferecer calma e compostura.

Isso dura talvez uns dois segundos depois do meu salto. A primeira coisa que eu percebo é que a perna esquerda do jeans dele está estranhamente apertada uns quinze centímetros acima do joelho, o tecido esticado para acomodar uma bandagem. Nesse ponto, perco as estribeiras, vomitando uma série de palavrões que me deixariam de castigo por uma semana caso minha mãe estivesse presente.

"Já terminou?", pergunta ele, a voz serena.

"Não. Tenho certeza de que estou só começando."

"Tudo bem. Já que eu preferiria discutir isso com um ser humano racional, vou sentar-me aqui calmamente até seu chilique infantil acabar."

"Infantil? Como você pode me chamar de infantil quando foi você que se colocou em risco sem discutir o assunto com ninguém? Você poderia ter morrido, Kiernan!"

Ele dá de ombros. "Eu não morri. E você teria enfrentado exatamente o mesmo risco se tivesse sido a pessoa a ir lá. Dê-me uma boa razão pela qual o risco teria sido menor caso você tivesse ido no meu lugar."

Penso por um momento. "Eu estava falando sobre nós irmos juntos, mas, na verdade, sim, teria sido muito menor para mim, porque eu sou um alvo menos visado."

Kiernan revira os olhos. "Vou ceder nisso aí. Mas se você acha que foi estúpido eu ter ido sozinho, então se nós dois tivéssemos ido teria sido duplamente estúpido."

Faz sentido, muito embora eu não esteja inclinada a admitir isso. "Você tem que concordar que o risco para a linha do tempo é maior quando você se coloca em perigo. Eu nunca tive filhos, Kiernan. Netos. *Bisnetos*? Connor sacrificou muita coisa, você sabe disso. Ele sabe que talvez nunca vá recuperar sua família, mas se você terminar morto, isso acabaria com todas as esperanças. E a gente precisa manter uma das chaves CHRONOS para evitar que ele desapareça da existência, certo?"

"Connor ficou bastante feliz por termos recuperado a chave de Moehler. Não bote o peso disso nele. O problema aqui é só porque você não tomou as decisões."

É bom vê-lo me interpretando mal uma vez, presumindo que o problema todo tem a ver com algum tipo bizarro de necessidade de controle. Porque não é nada disso. Para ser muito sincera, não tenho muita certeza de por que reagi com tanta fúria. Nós dois estamos nos arriscando — bem como Connor, Katherine e até mesmo meu pai. Talvez até mesmo Trey e a família dele. Provavelmente teria sido mais arriscado se nós dois tivéssemos ido juntos, e tenho certeza de que ele conseguiria me convencer disso caso tentasse, por mais que isso tivesse me preocupado.

"Eu não quero ser a dona das decisões, Kiernan. Eu..."

Sua sobrancelha direita está levantada, como se ele estivesse esperando que eu concluísse a frase, e de repente me lembro do corte em sua testa. Está totalmente curado agora. Há uma linha rosada muito fina, fraca, no lugar do corte, mas o hematoma desapareceu até o ponto de ficar indistinguível da pele de seu rosto bronzeado.

Eu fui a primeira a fazer os saltos em quase todas as vezes em que viajamos juntos. Com raríssimas exceções, Kiernan sempre saltou depois de mim. E a menos que ele seja detentor do fator de cura mais rápido do mundo, às vezes ele só me segue vários dias depois.

"Quantos dias se passaram desde que estive aqui da última vez, Kiernan? Quando foi que você me ensinou a atirar? Você me disse para voltar em três dias, certo?"

Ele assente, com relutância.

"E foi o que fiz, mas foi tipo uma semana para você, não é? E quando nós saltamos para 1911, antes de seguir nas bicicletas para God's Hollow, você teve que esperar alguns dias, não foi? Este corte na sua cabeça estava bem recente quando eu cheguei da primeira vez, e enquanto conversávamos com Martha e com Irmã Elba percebi que estava mais fraquinho. Então, estou pensando aqui que você não me seguiu imediatamente. Estou certa?" Fico esperando por sua resposta, mas ele simplesmente fica me olhando. "O quão longe da sua própria linha do tempo você está agora? Você ao menos sabe?"

Ele contorce a boca. "Claro, eu *sei*, Kate. Não sou idiota. Estou a onze dias e dezessete horas da minha linha do tempo normal agora. E, sim, houve algumas circunstâncias nas quais tive problemas com a chave. Eu disse que não é fácil para mim. Estou fazendo o melhor possível."

"Sim, mas você está fazendo coisas que não precisa fazer! E se você chegasse a Copenhague e não conseguisse retornar imediatamente? Você poderia ter morrido."

Seus olhos se desviam do meu rosto, e ele contorce a boca de um jeito esquisito. Ele arrasta a cadeira para trás e se levanta.

"É isso mesmo, não é? É por isso que você levou um tiro. Você não conseguiu estabilizar a interface logo de cara."

Kiernan não responde. Ele simplesmente se vira para a porta e sai, mancando, batendo tanto a porta da casa quanto a da varanda ao sair. Muito lamentável para alguém que parece estar se achando o adulto aqui.

Vou atrás dele, em direção a um enorme carvalho nos limites da floresta. Ele está encostado contra um galho quase paralelo ao chão. Vou até lá e sento no galho, a uns trinta centímetros de onde ele está.

Ficamos assim por um minuto mais ou menos, só olhando para o bosque, sem dizer nada. Balanço os pés lentamente sob o galho, respirando profundamente, tentando controlar meu temperamento. Depois de minha explosão, desconfio que Kiernan esteja reavaliando seu comentário sobre eu ser uma versão mais tranquila de Kate. Mas se ele era tão babaca com ela, então não era apenas Katherine que a deixava constantemente irritada.

"Qual é a gravidade da situação?", pergunto.

"Consigo fazer uma média de duas viagens de ida e volta por dia, mais ou menos, dependendo da abrangência do tempo e da distância."

"Não estou falando disso. Eu me referi ao ferimento à bala."

Ele dá de ombros com desdém. "De raspão no lado externo da coxa. Se tivesse sido cinco centímetros para a esquerda, não teria nem ralado a pele. Parece mais um corte ou uma queimadura do que uma ferida de bala, na verdade. Mas não acertou os países baixos, então Connor teoricamente está a salvo. Embora eu não faça ideia de quem seja a mulher naquela foto que ele me mostrou. Ou mesmo onde seja a localização daquela fazenda."

"Connor mostrou a você duas fotos de família diferentes?"

"Depois que pedi, sim. Gosto muito mais da aparência da família da fazenda do que daquela na qual estou carregando um livro de Cyrus. Mas, a julgar pela idade das crianças nesta última, eu devia ter dado início àquela família alguns anos antes." Ele desliza para um pouco mais perto de mim no galho. "E é difícil se empolgar com a possibilidade de começar uma família com alguém que nunca conheci quando..." Sua voz murcha quando fecho os olhos. As palavras ficam no ar, implícitas, porém inconfundíveis.

Depois de alguns segundos bem desconfortáveis, ele muda um pouco de assunto. "Eu usei aquela malha Kevlar, sabe. Você pode olhar no loft se quiser. Ainda não tive a oportunidade de levá-la de volta. Até dei um jeito de esconder um capacete debaixo de um desses chapéus de pele meio bocós. Eu não estava sendo imprudente."

"Eu não disse que você estava sendo imprudente, Kiernan. Eu só queria que você fosse sincero comigo."

Ele me encara, seus olhos indecisos colados aos meus por um longo momento. "Você tem certeza de que é isso que você quer?"

"Sim."

A palavra mal sai e a boca dele gruda na minha. Ele desliza um braço por debaixo das minhas pernas, levantando-me do galho, enquanto o outro envolve minhas costas, pressionando meu corpo contra o dele. Kiernan geme baixinho e desloca a pressão de sua perna ferida quando meu peso é acrescentado ao dele, mas ele não me solta. Ele simplesmente inclina os ombros contra o galho e me puxa com mais força, o beijo se aprofundando.

A voz racional no meu cérebro pigarreia e sussurra o nome de Trey. Claramente, no entanto, meu cérebro e meu corpo não estão falando a mesma língua. Minhas mãos, em vez de afastá-lo, o agarram com mais força por apenas um segundo, à gola de sua camisa, e a outra o envolve pela nuca, meus dedos se enredando em seus cabelos.

E então a voz racional percebe que a insistência educada simplesmente não vai parar a coisa toda e grita alto o suficiente a ponto de o meu corpo não ter escolha senão escutar.

Kiernan sente a mudança em mim e interrompe o beijo. Eu começo a me afastar, mas ele não me solta de vez. Sua mão desliza para trás da minha cabeça e ele vira meu rosto para o dele, de modo que não tenho escolha senão fitá-lo bem nos olhos.

"*Isto* sou eu sendo sincero, Kate. Isto é o que eu quero fazer durante todos os segundos em que estou ao seu lado." Sua voz suaviza e ele se inclina para a frente, beijando meu pescoço. "E isto também foi você sendo sincera antes de resolver voltar a vestir sua máscara."

Começo a falar, mas ele balança a cabeça.

"Não estou dizendo que você não liga para o Trey. Eu *sei* que liga. Você pode até estar apaixonada por ele, embora eu não goste de pensar nessa possibilidade. Só estou dizendo que você também nutre sentimentos por mim. E não me venha com aquela ladainha sobre meu ego inflado. Eu já vi você apaixonada por mim antes, e ainda vejo um pouco disso nos seus olhos. Eu tentei me convencer de que é só uma ilusão, mas não é. Se você quiser continuar fingindo, não vou impedir, mas não venha me dar um sermão sobre sinceridade, a menos que esteja disposta a deixar de mentir para mim e para si mesma."

Kiernan me coloca no chão, e dou vários passos para me distanciar dele. Não é que eu não confie nele. Tenho certeza de que ele se fez entender. Mas minha cabeça e minha alma aguentaram muito estresse para um dia só e prefiro manter uma certa distância entre nós.

Porque eu sei que ele está certo. Eu me importo com ele mais do que deveria, mais do que desejo, e muito mais do que é justo para com Trey. Essa é a verdade não-tão-simples, e eu soube disso desde que nos beijamos em Wooded Island, mesmo que eu não quisesse admitir.

"Já que estamos sendo honestos, amor", recomeça ele, "essa porcaria de perna está me matando. Podemos terminar esta conversa lá dentro?"

Faço que sim com a cabeça e o acompanho para dentro de casa. Kiernan se joga numa ponta do sofá e apoia a perna numa grande banqueta forrada. Agora está com aquela expressão de-volta-aos-negócios, e eu não estou nem um pouco inclinada a discutir. Sento-me na outra ponta do sofá e me viro para encará-lo, tentando fazer meu cérebro retornar a algo que se assemelhe a algum tipo de organização.

Kiernan tira uma folha de papel dobrada do bolso, estremecendo levemente quando mexe a perna ferida. "Esta é uma lista das coordenadas que você deve observar... Das vezes em que Saul aparece e que consegui localizar até agora. Ainda preciso terminar de assistir à movimentação dentro da igreja em si, mas, sim, é ele. Primeiro, fiquei vigiando a localização acima do poço, e ele nitidamente joga alguma coisa de um frasquinho na água. Era noite e não dava para ver muita coisa, além do fato de ele estar usando luvas e algum tipo de máscara que cobria o nariz e a boca. Ele parece um pouco mais jovem do que na época da Exposição, mas isso poderia ser porque ele estava bem barbeado e usando roupas casuais, em vez de aqueles trajes suntuosos da Feira. Ele conversa com Martha em frente à capela durante um tempão. Ela estava com a mesma expressão de quando olhou para mim. Eles precisam urgentemente apresentar a ela algum rapaz de sua faixa etária."

Uma sombra passa pelo rosto dele e tenho certeza de que ele acabou de se lembrar de que Martha jamais será apresentada a alguém. "E Saul, bem, não consigo ouvir o que ele diz, mas a expressão dele... Senhor, me fez querer entrar e arrancar aquela cabeça estúpida dele, porque ele tem o quê, uns trinta anos? E ela não deve ter mais do que treze anos!"

Ela provavelmente está mais perto dos quinze, mas a observação é mais do que válida.

Ele respira fundo. "Sinto muito, Kate. Ok? Não por ter te beijado. Não lamento nem um pouco por isso, embora eu não vá tentar fazer isso de novo sem sua permissão. Vou *tentar*." Ele me oferece um sorriso fugaz e depois prossegue. "O que eu quis dizer é que sinto muito por não termos conversado antes sobre Copenhague. Eu estava tão bravo com você que..."

"Por quê? O que eu fiz para deixar você chateado comigo?"

Ele começa a falar e então para, se recostando no sofá e esfregando as têmporas por alguns segundos antes de continuar.

"Talvez não seja justo. Mas você me largou aqui naquele outro dia sem dar uma palavra direito sobre o que aconteceu em Six Bridges. Você insistiu para que retornássemos a 1938 imediatamente, e então, uma vez de volta, você se foi. Como se a situação tivesse sido inteiramente culpa minha, como se você me culpasse por ter chamado sua atenção para o caso."

"Kiernan, não. Eu estava cansada e chateada. Eu queria ir para casa. Na verdade, ainda estou cansada e chateada. A coisa toda aconteceu há poucas horas para mim. Eu estava relatando a viagem a Connor e a Katherine quando eles mencionaram Copenhague e disseram que você foi baleado. Que você teve sorte por não ter morrido. Eu estava *preocupada* com você, ok? E furiosa porque você não me disse o que estava fazendo, que você poderia ter sido morto, e que teria sido minha culpa."

Ele levanta as sobrancelhas. "Por que seria culpa sua? Você não controla minhas decisões, Kate. Eu devia ter abordado o assunto com você, mas eu teria recuperado a chave de Moehler em Copenhague, quer tivesse o selo de aprovação dos Combatentes dos Ciristas ou não."

"Sim, mas você nem sequer teria se envolvido com isso se eu não o tivesse levado até Estero e..." Minha voz some, mas já está dito, e desconfio que ele também tenha sacado. Eu nunca o levei a Estero. Isso foi coisa da Outra Kate. Quando foi que comecei a pensar nas atitudes dela como minha responsabilidade?

Ele fica olhando para o meu rosto por um minuto. Imagino que vá se deleitar, tendo tantas vezes apontado que eu sou ela e que ela sou eu. Mas seus olhos estão tristes, e quando ele finalmente fala, sua voz sai baixa, quase um sussurro. "Você me considera tão pouco assim, Kate?"

Beleza. O que foi que eu perdi? Eu balanço a cabeça, confusa.

"Você acha que eu simplesmente fiquei parado observando Saul dizimar a vida de inúmeros inocentes? Ou, que diabo, inúmeras pessoas? Eu não me importo se elas são inocentes ou não. Você acha que não fiquei angustiado ao circular entre aquelas pessoas em Six Bridges, sabendo que todos vão morrer nas mãos de Saul? Que eu poderia impedir a coisa fisicamente, mas..." Ele balança a cabeça. "Ou talvez você simplesmente me considere tão estúpido que eu nunca teria entendido, e que teria seguido as ordens ciristas para matar..."

"Pare! Você sabe que não acho nada disso."

"Então por que dizer que se eu me machucar a culpa vai ser sua, Kate? Eu estaria lutando contra eles com ou sem você. Era apenas uma questão de tempo."

Ficamos em silêncio por um minuto, e então ele suspira. "Eu sei que isso não é justo para você, mas você é a única pessoa com quem posso conversar a respeito. Você tem seu pai, Connor e Katherine, que sabem o que está acontecendo, certo? E muito provavelmente Trey sabe também, porque eu apostaria minha fazenda, agora que eu tenho uma para apostar, que você foi direto encontrá-lo quando foi embora daqui com tanta pressa."

A resposta está na minha cara, então não digo nada. E fico só pensando que ele não tem o direito de criar esse sentimento de culpa em mim quando diz: "Eu não estou expondo isso para fazer você se sentir mal. Você estava chateada, e é natural que você procure consolo. É só que...".

"Você também precisava de consolo."

"Sim. Eu não estou pedindo que você segure minha mão e me coloque na caminha de noite; não que eu vá contestar se você se flagrar inclinada a isso. Mas somos parceiros até isso tudo acabar, e eu gostaria de pensar que você pelo menos me considera um amigo... Oh, Kate, não chore, ok? Você parece um cachorro envergonhado, e eu jamais quero fazer você se sentir assim. Se você chorar, eu também vou acabar chorando."

Limpo as lágrimas com as costas da mão e tento contê-las, porque elas só estão fazendo com que ele se sinta pior. "Desculpe. Eu tenho agido como uma criança mimada. Você tem todo o direito de estar com raiva."

"Eu não estou com raiva de você. Sim, eu estava, mas muito mais por causa dessa situação toda de você ter procurado outra pessoa em vez de mim."

Mordo o lábio para evitar que estremeça, mas novas lágrimas saem dos cantinhos dos meus olhos. Kiernan tenta se arrastar até minha ponta no sofá, mas faz uma careta quando mexe a perna e murmura alguns palavrões.

"Meu Deus, será que você pode vir para cá, Kate? Eu vou me comportar, prometo. Fico arrasado por ver você chorar e não poder lhe dar um abraço. Ou, se você não puder fazer isso, pelo menos vá até ele e deixe que ele te abrace. Estou estragando tudo."

Ele parece tão arrasado. Não posso negar seu pedido. Eu nem tenho certeza do que eu quero.

Vou até sua ponta no sofá e me enrosco ao lado dele. Ficamos abraçados e eu choro — lágrimas pelas coisas que não podemos mudar, ou não vamos mudar, mas, acima de tudo, por coisas perdidas. Adormeço em seus braços depois que nos esgotamos de tanto chorar.

Está escuro dentro da casa quando abro os olhos, então não faço ideia de quanto tempo dormimos. Mas foi um sono profundo e desprovido de sonhos, coisa rara para mim ultimamente. Eu me afasto com cuidado para não acordá-lo e olho em volta, procurando lápis e papel para deixar um bilhete.

Kiernan, volto amanhã de manhã, às oito. Aguarde minha chegada para terminar de assistir aos pontos em Six Bridges. Isso não é algo que você deva fazer sozinho. ~ Kate

Sublinho a palavra *aguarde* três vezes, lhe dou um beijo suave na bochecha e enfio o bilhete na dobra de seu braço. Depois saco o medalhão e salto de volta para Trey.

Isso é errado?

Talvez.

Já não sei mais. Só sei que devo permanecer fiel à promessa que fiz a Trey, porque aparentemente estou acabando com ela.

LIMITES · RYSA WALKER · CHRONOS DO TEMPO

15

A varanda da frente da casa de Katherine é um lugar no qual tenho uma segurança razoável que Trey estará, já que ele vai me buscar para irmos à escola às 7h15. Minha outra opção é voltar para a casa da cidade no dia de ontem, mas isto traz o risco de eu tropeçar no meu eu de antes. E ao passo que eu também poderia trombar com meu eu aqui, este aqui é meu eu de depois, e ela vai saber que estou sentada aqui no balanço da varanda neste momento. Então se eu for burra o suficiente para verificar lá fora antes de Trey tocar a campainha, mereço a dor de cabeça que pode vir a seguir.

Trey entra pelo portão alguns minutos mais cedo, usando a calça cáqui e a camisa branca de botão, o uniforme masculino da Briar Hill para as estações mais quentes. Era a mesma coisa que ele costumava usar ao vir me ver depois das aulas na última linha do tempo. Ele está um pouco menos amarrotado em relação a como costuma ficar ao final do dia, mas esse é o seu visual cotidiano, aquele do qual sempre me lembro, e minha respiração fica presa na garganta.

Ele sorri quando me vê no balanço, mas é um sorriso confuso. Ele espera que eu esteja usando o uniforme da minha escola, pronta para ir, e eu estou de jeans e camiseta, ambos bem amassados. Meu rosto provavelmente ainda está inchado de tanto chorar, e meu cabelo está uma zona.

"Eu sei o que você está prestes a dizer", começo, "e a menos que eu não tenha acordado quando o despertador tocou, já estou usando a roupa da escola. Provavelmente estou na cozinha, terminando o café da manhã. Vou voltar e ter uma boa noite de sono antes de você tocar a campainha. Eu só precisava te ver agora."

Ele senta-se ao meu lado no balanço e me puxa para si. "Eu sei. Senti a mesma vontade depois da noite passada, mas como eu não sou abençoado com uma chave CHRONOS..."

"Amaldiçoado."

Ele assente. "Sim, provavelmente faz mais sentido."

O balanço está nos embalando para a frente e para trás, e ele simplesmente fica encarando a rua por uns bons segundos, calado. Estou prestes a perguntar o que ele está pensando, quando ele diz: "Andei pensando no que você disse. E você está certa, ok?".

"Sobre?"

Trey me oferece um olhar estranho e depois ri. "Sobre *a gente*?" Não sei bem sobre qual parte ele está se referindo, mas ele continua. "E eu sei que amanhã é dia de aula, mas com sua agenda agora, pode ser que você leve semanas para passar pelos cinco dias normais de aula, certo?"

Ele definitivamente está certo. Vou voltar para Kiernan assim que terminarmos as aulas hoje. Não é justo fazê-lo ficar vigiando os pontos estáveis em God's Hollow sozinho. Não consigo nem imaginar como é ficar sozinho naquela casa, observando aquelas pessoas morrerem.

"Então, estava pensando... Que tal jantar esta noite? Vou fazer reservas em algum lugar legal, para a gente ter um momento especial."

Estou meio destruída. Provavelmente vou ser uma companhia horrorosa, considerando tudo o que anda rolando, mas prometi a ele que lhe reservaria períodos igualitários.

"Acho que tudo bem", digo. "Mas vá me buscar na casa da cidade."

"Combinado. Seis horas?"

Faço que sim com a cabeça, e então solto um grande bocejo.

Ele me beija na testa. "Você precisa dormir. Nós temos um dia e uma noite grandiosos pela frente. Bons sonhos."

Eu quase digo "para você também", até eu perceber que soaria bobo, então eu simplesmente dou um sorriso sonolento e saco a chave CHRONOS. "Me dê alguns minutos e toque a campainha."

Eu preferiria saltar diretamente para o meu quarto, mas defino as coordenadas para o saguão um minuto depois do salto da tarde de ontem, para que eu possa relatar os fatos novos a Katherine e a Connor.

Eles ainda estão no sofá, de costas para o saguão. Katherine está resmungando alguma coisa, então pigarreio para anunciar minha presença.

"Kiernan está bem", digo.

Connor se irrita. "Conforme foi informado antes de você sair."

"Você disse que poderia ter sido muito pior. Não é a mesma coisa. De qualquer forma, o massacre em God's Hollow, Six Bridges, seja lá qual for o nome, definitivamente é obra de Saul. Volto amanhã depois das aulas para pegar mais detalhes. Agora vou dormir."

Quando chego ao meu quarto, telefono para meu pai para obter notícias de vovô, mas cai na caixa postal de novo. A sensação que tenho é que ele viajou há uma semana, então é meio que um solavanco verificar as horas e ver que ainda não são nem nove horas, o que significa que só tem umas oito horas que ele viajou. Também tem um recado da minha mãe, mas estou cansada demais para papear.

Bebo um pouco de água, dou uma escovada rápida nos dentes e desabo na cama esperando conseguir umas boas dez horas ou mais de sono sem sonhar. Só que o pesadelo com o incêndio se esgueira um pouco antes do amanhecer. Meu subconsciente claramente não é afeito a sutilezas, porque desta vez, além de todos os desconhecidos, Kiernan e Trey estão entre aqueles que eu "salvo" atirando pela janela rumo à calçada abaixo, onde eles viram pedacinhos. Não dá para dormir depois disso. Mas, olhando pelo lado positivo, vou ter tempo para me exercitar um pouco antes de ir para a escola.

Depois de malhar e tomar um banho, como minha barra de proteína no pátio com Daphne, principalmente porque assim não vou ficar tentada a espreitar a varanda, onde Trey vai chegar daqui a mais ou menos dois minutos. Não ouço o carro dele quando ele encosta, mas Daphne ouve. Ela dá umas latidas e corre para a porta antes de eu chamá-la de volta. Acho que ela também consegue ouvir a gente conversando lá na frente, porque continua me oferecendo esses olhares que dão muita peninha, pois não consegue entender como posso estar aqui e como minha voz pode estar lá. E, o mais importante, por que a estou impedindo de cumprir sua função de recepcionista da família.

Já estou perto da porta quando Trey toca a campainha alguns minutos depois, e então deixo Daphne sair para a varanda, assim ela pode fazer toda sua latição, abanar a cauda e cheirar tudo. Me aproximo para dar um beijo em Trey.

Antes de entrar, ele olha para trás, para o balanço, que ainda está oscilando um pouco. "Sabe, seria muito mais fácil me acostumar a isso tudo se você tivesse que voltar para a sua TARDIS ou algo assim antes de desaparecer."

"Desculpe. Não estou tentando bagunçar sua cabeça, juro. É só que estou tendo de encontrar maneiras criativas de manter minha promessa."

"Você ainda parece cansada", diz ele, passando um braço em volta da minha cintura.

"Pesadelos." Pego minha mochila no armário. "Você também parece um pouco esgotado."

"Sim, bem, minha cabeça estava bem cheia. Mas chega disso hoje, certo? Primeiro dia de aula! Você não está empolgada?"

Ele está me oferecendo um olhar que sugere que ele é o polo oposto da empolgação, e eu dou risada.

"Eu sei. Eu geralmente gosto da escola, mas é difícil ficar entusiasmada. Quero dizer, eu vou gostar de ter aulas com você. E Charlayne vai estar lá, o que é uma vantagem, eu acho. Mas também teremos Eve e suas seguidoras, e um monte de novos professores ciristas. Eu meio que sinto como se a gente estivesse entrando num ninho de cobras."

"Obrigado, Kate. Um belo jeito de deixar o novato ainda mais tenso."

"Ah, dá um tempo", digo, fechando a porta atrás de nós. "Eu nunca vi você parecer nem minimamente nervoso em qualquer situação social que fosse."

Chegamos na Briar Hill com poucos minutos de folga. Aponto para Trey a sala onde ele vai receber as boas-vindas, que, infelizmente, não é a mesma que a minha. Ele dá um apertozinho na minha mão antes de sair. É um aperto muito clandestino, já que ambos temos certeza de que as regras sobre demonstrações públicas de afeto estão prestes a sofrer uma revisão drástica.

Sento no meu lugar assim que toca o sinal e olho ao redor. A primeira coisa que noto é Charlayne, duas cadeiras atrás de mim. Ela me dá um aceno quando capto sua atenção e se vira para dizer alguma coisa a um cara sentado à sua direita. A segunda coisa que noto é que todas as garotas novatas, a maioria, presumo, de Carrington Day, e talvez um quarto das meninas que reconheço das minhas turmas no ano passado na Hill, usam um estilo diferente de uniforme. A saia de xadrez azul e dourado que ficava uns três centímetros acima do joelho foi substituída por uma saia bege mais comprida e apenas alguns centímetros mais curta que as que andei usando em 1905.

Aparentemente, alguns de nós não vimos o memorando.

Dois professores — um que eu me lembrava vagamente de ter visto nos corredores no ano passado e o outro, um sujeito baixinho e de meia-idade que nunca vi — estão entregando uma espécie de pasta. O novo professor desliza uma das pastas para a minha mesa e noto a tatuagem de lótus em sua mão. Eu realmente não tinha visto a tatuagem em nenhum dos homens, e fico surpresa ao ver que é azul, em vez do rosa usado nas meninas. Tenho que reprimir uma risada, mas só tenho sucesso parcial na empreitada, e finjo que estou tossindo para encobri-la. A pasta deve ser algo que foi usado no ano passado, porque tem um logotipo do Day Carrington: um capacete espartano com um símbolo cirista ao lado.

Eve e uma das três meninas que Charlayne indicou como sendo Evelettes estão passeando pela sala quando o sinal derradeiro soa. Os assentos são marcados, então Eve está perto da frente. Sua amiga deve ter um nome cuja inicial fica mais perto do final do alfabeto, porque ela faz um beicinho para Eve e começa a seguir para os fundos da sala de aula. Ela dá alguns passos, me vê e corre para sussurrar alguma coisa para a amiga. Eve enruga o nariz com desgosto e me lança um olhar irritado, cochicha algo de volta para a outra, e ambas riem.

A lousa interativa acende para exibir os anúncios matinais, e o mascote da Briar Hill, um falcão que parece obra de algum artista que jogou *Angry Birds* em demasia, aparece em seu lugar de sempre, no meio da tela de abertura. Mas em vez da penugem azul-escura e do bico dourado de sempre, ele tem uma tonalidade estranha, cor de ameixa. Um resmungo coletivo erige, não só do pessoal da Briar Hill, mas de todo mundo, seguido por grunhidos variados.

O professor da Briar Hill finalmente se manifesta. "Já chega. Vocês vão ter tempo para expressar suas opiniões depois. E a resposta a quaisquer dúvidas que vocês tiverem está na pasta."

Aparentemente ninguém recita o Juramento na Carrington Day, porque eles permanecem em silêncio e eretos à suas mesas, enquanto o restante de nós está de pé. Assim que terminamos, é a nossa vez de nos sentar desconfortavelmente à medida que todos se levantam para admirar o símbolo dos ciristas na tela e recitar o Credo. Quando eles chegam à parte que diz "Inimigos do Caminho vão enfrentar nossa ira e julgamento", Eve me dispara um olhar. Ela está nitidamente tentando me irritar, e quase seria engraçado se não fosse também doentio. Com tudo o que está em jogo agora, com tudo o que os ciristas estão planejando, Eve ainda está interessada em rixas bobas entre colegiais.

Espero até que Eve e sua amiga saiam, e enfio a pasta mágica com as "respostas para tudo" na minha bolsa.

Charlayne está de pé ao lado da minha mesa quando olho para cima. "Bem, isso foi esclarecedor", diz ela. "Você ouviu do que Bensen, o cara sentado ao meu lado, chamou o novo mascote? O Pombo Roxo. Acho que faz um certo sentido."

"Ou talvez eles devessem mudar as coisas", digo. "Podíamos usar o padrão xadrez azul e dourado dos uniformes da Briar Hill no mascote da Carrington Day, e ele seria o Espartano Escocês."

Nós nos fundimos ao fluxo no corredor. Todo mundo parece muito mais alto agora que a multidão do Ensino Fundamental foi mandada para a Carrington.

"Isso é ainda melhor", diz ela. "E talvez o Espartano Escocês pudesse levar o Pombo Roxo nos ombros. Ficaria ótimo. Que pena que ninguém vai querer ouvir nossa opinião."

"Sim. Embora, para ser sincera, eu não esteja muito envolvida no espírito escolar."

"Dá para ver o porquê, com uma ave como mascote." Ela se vira para que eu possa ver o emblema costurado em sua mochila: um cara com um capacete roxo e uma capa levemente aberta para revelar seus braços e torso musculosos. "Mas eu gostei do nosso espartano. Ele é gos..." Ela para, respira fundo e reformula. "Ele é... histórico."

Dou uma gargalhada. A Charlayne não cirista ainda está aqui. Definitivamente.

"É", digo. "Histórico é bom. E ele também é gostosão."

Charlayne revira os olhos, mas os lados de sua boca se contorcem e ela leva uns bons segundos para apagar o sorriso que vem tentando se esgueirar. "Se você diz", comenta ela com afetação. "Eu não tinha notado."

∞

Busco por Trey no refeitório, mas não consigo encontrá-lo. No entanto, só preciso olhar para um lado do cômodo, pois uma linha invisível percorre o centro, separando os ciristas dos rostos mais familiares da Briar Hill. A única coisa positiva que posso dizer sobre a fusão é que parece ter apagado pelo menos parcialmente as camadas sociais que nos dividiam. Há uma sensação de solidariedade, e um monte de alunos que sequer tinham noção da minha existência no ano anterior me oferecem sorrisos amigáveis no corredor. Eles provavelmente não fazem ideia de quem sou, e provavelmente nem se importam, mas a saia xadrez mais curta me marca como um de nós, e não um *deles*.

Finalmente localizo Trey na outra entrada do refeitório e aceno. Nós nos encontramos na fileira da lanchonete e escolhemos alguns dos pratos menos nojentos. Aparentemente, o grupo de garotos diretamente na nossa frente está acostumado a uma variedade maior, porque eles ficam reclamando até chegar no caixa. E, sim, os almoços da Briar Hill meio que são uma bosta mesmo. Se não fosse pelo balcão de saladas e pelo iogurte, eu definitivamente traria meu almoço de casa. Mas o tom deles me irrita um pouco, e desconfio que o mesmo vale para o pessoal que está servindo a comida, porque uma delas serve uma colherada de purê de batatas no prato de um garoto cirista com grosseria suficiente para fazer respingar na camisa dele. E ela não parece se lamentar nem um pouco pela bagunça.

Acabamos de encontrar uma mesa vazia, perto do Muro de Berlim imaginário, quando Charlayne e o cara da primeira aula, o tal que ela chamou de Bensen, largam suas mochilas nas outras duas cadeiras.

Charlayne examina nossa comida. "Você é a única pessoa que conheço que sobreviveu a um almoço da Briar Hill. Presumo que os sanduíches de frango e as batatas fritas sejam comestíveis, certo?"

"As batatas fritas não são ruins, mas Trey está se aventurando com o sanduíche. O balcão de saladas é bom. Bacon de verdade, e não aquela porcaria falsificada, presumindo que ainda tenha, claro."

Como eu desconfiava, o bacon é um ponto atraente para Charlayne. Ela sorri e puxa o braço do sujeito. "Vamos, Ben."

Estou retribuindo o sorriso dela quando me ocorre que tem algo errado neste cenário. Seria natural para Charlayne me acompanhar até a aula de história, já que estamos na mesma turma. Mas ela foi me acompanhando no segundo tempo, e a quadra de esportes não fica exatamente para os mesmos lados do Anexo de Artes. Ela também estava perto do meu armário entre o terceiro e o quarto tempos, e agora ela e Ben são os únicos ciristas sentados na Terra dos Pagãos Sujos.

O sorriso congela no meu rosto. Charlayne está me espionando.

"O sanduíche não fica tão ruim se você colocar ketchup", diz Trey, e então percebe minha expressão. "O que foi?"

"Charlayne. Tenho certeza de que mandaram que ela se sentasse aqui. Olhe em volta. Por acaso tem algum outro cirista deste lado do refeitório?"

Ele sorri com tristeza. "Eu pensei que você já tivesse percebido isso. Quero dizer, é um pouco conveniente demais, não acha? Sua melhor amiga de antes joga no time adversário, mas ela quer ser sua melhor amiga de novo."

Agora me sinto estúpida, porque, claro, ele está certo. Só porque minha conversa com Charlayne pareceu natural, só porque ela parece ser a velha e boa Charlayne, não significa que seja. Senti uma certa conexão entre nós, mas provavelmente fui a única a sentir isso. Querer uma coisa não faz com que ela se torne realidade.

Trey mergulha uma das batatas fritas no ketchup e a sacode na minha frente. Balanço a cabeça e ele dá de ombros, metendo-a na boca em vez disso. "Então, a gente manda eles irem para o lado deles ou joga o jogo?"

"Vamos jogar. Eu preferiria me sentar aqui só com você, mas não posso deixar que Eve ou Prudence, ou quem diabos esteja por trás disso, fique sabendo que eu finalmente — *finalmente* — entendi tudo. Bancar a burrinha não deve ser muito difícil... Parece ser um talento nato."

Trey finge um olhar ofendido. "Perdão?"

"Você não. Eu vi você disfarçado. Você parece o James Bond. Eu que sou a crédula aqui. Minha mãe diz que confio muito fácil nas pessoas, que sou igualzinha ao meu pai. Aparentemente, ela está certa."

"Talvez. Mas você quer passar a vida inteira presumindo o pior sobre todo mundo que conhece? Uma das minhas coisas favoritas em você é o fato de você ter a personalidade de um golden retriever."

Semicerro os olhos. "Eu não sou loura, nem fofinha."

"E você também não funga igual a um cachorro. Eu disse *personalidade*. Você é gentil. Fiel. Você dá oportunidades às pessoas. Você quer ser o tipo de pessoa que automaticamente presumiria que Charlayne é alguém ruim antes de as evidências entrarem em cena?"

"Bem, não." Mesmo agora que tenho certeza do que ela está tramando, não gosto de pensar em Charlayne dessa forma. Fico remexendo minha salada no prato, espeto alguns vegetais e, em seguida, largo o garfo. "Na verdade, não acredito que Charlayne seja má. Quero dizer, não má de verdade. Ela poderia ter motivações que nós não..."

Paro, porque Trey está sorrindo. "Caso encerrado. Precisamos encontrar um bom nome de golden retriever para você." Chuto o pé dele debaixo da mesa e ele ri. Seus olhos ganham um brilho diferente quando ele roça sua panturrilha gentilmente na minha e diz, com uma voz suave: "Estou ansioso por esta noite. Talvez você pudesse trazer aquilo que estava vestindo?".

Levanto uma sobrancelha. "A roupa de bibliotecária?"

Ele revira os olhos. "Tá bom, então. Você sabe exatam..." Ele se cala quando Charlayne e Ben chegam por trás da gente, colocando seus pratos na mesa.

"Só sobraram umas migalhas do bacon", resmunga Charlayne. "E ainda tomei um esporro da dona quando virei a vasilha e joguei os restos no meu prato. O que mais eu poderia fazer?"

Bensen, que não tinha falado uma palavra até agora, finalmente se manifesta. "Acho que ela só está mal-humorada. Foi ela quem deixou cair molho no meu brownie. E olha que nem fica do lado das batatas."

Desconfio que eles estejam falando sobre a mesma senhora que vi mais cedo, e fico chateada. Parte de mim está achando que não é nada legal ter preconceitos contra todos os ciristas só porque alguns são babacas, e a outra parte está dimensionando-a como um aliado em potencial contra o Lado Sombrio da Força — embora ela seja mais velha do que Katherine e esteja seriamente fora de forma, o que não me dá certeza de que ela seria de muita ajuda.

Ficamos conversando sobre as aulas durante alguns minutos, ainda que a conversa basicamente seja guiada por Charlayne. Quando há um silêncio, Trey entra com uma pergunta. "Vocês não têm medo de represálias, sentando-se deste lado da Grande Divisão?"

Ben sorri, uma leve torção nos lábios que eu teria perdido caso tivesse piscado naquele momento. "Eu sou da galera das bolsas de estudos", diz ele. "Parcialmente por causa da necessidade, o que faz de mim um objeto de caridade, o que significa que já sou evitado naturalmente. Mas eu não sei o que Charlayne fez para irritá-los."

Charlayne o olha feio. "Ninguém está puto comigo, Ben. Isso aqui não é o jardim de infância. Posso me sentar onde eu quiser."

"Mas você tem uma tatuagem", digo, olhando a mão de Bensen. "Então eu pensei que..."

Ele dá de ombros, afastando uma mecha de seu cabelo escuro dos olhos. "Minha mãe queria que eu fosse para a Carrington Day. A mãe de Charlayne disse a ela que eu provavelmente conseguiria uma bolsa se eu concordasse com as... condições. Então eu arrisquei. O sujeito médio de ascendência indiana perde sua virgindade por volta dos dezenove anos. Fatores adicionais: eu sou gordo, baixinho e meu livro favorito é

O Senhor dos Anéis. Junte tudo e é praticamente certo que chegarei aos vinte anos ainda virgem, com ou sem esta tatuagem, então pode ser que eu também consiga algum tipo de benefício com ela. E eu soube que a tatuagem vai me tornar uma espécie de fruto proibido para os que não seguem a religião."

As sobrancelhas de Ben sobem um milímetro.

"*Cala a boca*, Ben", sibila Charlayne. "Achei que você fosse inteligente. Você acredita mesmo em todas as histórias de vestiário que ouve?"

"Só naquelas que seu irmão me conta." Ele dá aquele sorrisinho sutil de novo. Eis um cara que domina claramente a arte das expressões faciais discretas.

"Há quanto tempo vocês se conhecem?", pergunta Trey.

Eu estava pensando a mesma coisa. Eles ficam se provocando feito irmãos.

"Tempo demais", responde Charlayne. "A mãe dele era nossa babá. Ela ainda ajuda de vez em quando, quando meus pais precisam viajar ou algo assim. Ela é legal. Não é culpa dela que Ben seja um babaca."

"Tem uma foto de nós dois juntos na banheira quando tínhamos dois anos. É o mais perto que eu provavelmente vou chegar de uma mulher nua durante um bom tempo, então eu a carrego na minha carteira. Vocês gostariam de ver?"

Charlayne lhe dá uma cotovelada. "Eu já tenho uma certa inclinação a denunciá-lo ao templo, seu pentelho."

Uma leve balançada de cabeça e um sorriso minúsculo. "Rah. Ool."

Olho para Trey e ele parece tão confuso quanto eu. E então algo na expressão de Charlayne me faz perceber que Ben a está provocando por causa de algum cara. Alguém chamado Raoul.

Dou um jeito de não rir, escapando por um triz. Se eu tinha dúvidas de que a verdadeira Charlayne ainda estava ali dentro daquela casquinha cirista crocante, minha dúvida acabou neste minuto. E muito embora eu saiba que a principal razão para ela estar aqui é para poder se reportar aos seus superiores ciristas, saber que ainda é a Charlayne de sempre me dá esperança.

O primeiro dia do ano de formatura termina sem grandes incidentes, tirando um cotovelo ferido que ganhei quando um cara com uma estranha semelhança ao Gaston de *A Bela e a Fera* me empurrou contra os armários. O empurrão pode ter sido um acidente, mas como o babaca tinha estado com Eve no refeitório alguns minutos antes, acho que foi acidentalmente de propósito.

Trey e eu ficamos um pouco preocupados durante a volta para casa. Estou pensando no fato de que estarei na Georgia dentro de meia hora, procurando por provas dos crimes do meu avô, e isso meio que faz meu estômago dar um nó. Não tenho certeza do que há com Trey — talvez ele ainda esteja irritado com o Gaston. Ele me deixa em casa com um beijinho rápido e uma promessa de que virá me buscar às seis.

Pego um saco de batatinhas e um refrigerante na cozinha, pois não tem Doritos de queijo nacho ou refrigerante diet em 1905.

"Você está fugindo, querida?"

Katherine está parada à porta, com um dos diários da CHRONOS na mão. Ela está vestindo seu roupão e parece que não tem muito tempo que acordou.

"Não. Só estou pegando alguns suprimentos." Ela se prepara para falar e sei que vem aí um sermão sobre carregar itens de linhas do tempo diferentes, então acrescento rapidamente: "A casa de Kiernan fica no meio da floresta, Katherine, e eu juro por Deus que vou trazer de volta todas as embalagens, ok?".

Ela me dá um olhar resignado, mas não diz nada.

"Você acabou de acordar?", pergunto.

Ela assente e cruza a cozinha para pegar a chaleira no fogão. "Esses remédios novos tendem a me dar uns ataques de sono repentinos e imprevisíveis durante o dia. Então passo metade da noite acordada. Como foi na escola?"

Dou um gemido e balanço a cabeça. "Agora estamos recitando o Credo Cirista além do Juramento de Lealdade, e também temos professores ciristas além dos de sempre. Nada de ficar de mãos dadas no corredor, e há um novo código de vestimenta. A roupa que usei durante a Exposição Universal de Chicago mostrava mais pele. Temos até segunda-feira para nos adequarmos, mas não vou obedecer. Se isso não acabar até lá, você e meu pai podem me botar para ter aulas em casa. Já é ruim o suficiente ter que usar uniforme, mas o uniforme dos meninos não mudou. Qual é o lance dos ciristas com essa obsessão pela castidade feminina? Quero dizer, de acordo com Adrienne, Saul não era exatamente um puritano." Na verdade, pelo que Adrienne me disse, era praticamente o oposto, pois ela frisou que Saul tentou dormir com quase todas as mulheres da CHRONOS. No entanto, a expressão de Katherine sugere que talvez seja melhor eu ignorar a menção de tais detalhes.

"Não", diz ela, "mas ele não seria o primeiro a concluir que as regras de comportamento deveriam ser mais rigorosas, uma vez que elas não mais o afetam pessoalmente. Hoje temos muito disso em cargos públicos. Se eu tivesse que adivinhar, eu diria que é o resultado da cooptação de várias religiões. Como qualquer parceria, cada grupo deve se comprometer a algumas coisas quando elas se fundem."

A imagem do nosso novo mascote, Pombo Roxo, salta na minha cabeça, o que me faz pensar na sala de boas-vindas e no professor cirista distribuindo a pasta. "Só hoje eu percebi que os homens ciristas têm uma tatuagem de lótus azul, em vez de rosa. Que clichê."

Katherine ri silenciosamente. "Isso é fato desde que os ciristas começaram a coisa da tatuagem, em 1600. Saul não era um historiador de gênero, então ele obviamente presumiu que era a ordem natural das coisas — rosa para meninas, azul para meninos — já que ainda existem reminiscências disso no futuro. Mas esse é um costume muito mais recente. Na linha do tempo antes de Saul inserir seus ciristas, o rosa só passou a ser associado às meninas na década de 1940. Não sei nem por que eles usam as tatuagens nos homens. Toda a coisa de castidade para eles é uma espécie de piscadela meio falsa, de qualquer forma, uma espécie de aceno simbólico para a igualdade de gênero."

Ela se acomoda ao meu lado e mergulha o saquinho de chá na água; há um olhar reflexivo em seu rosto. "Mas... Não pense que a escolha de valores adotada pelos ciristas foi uma coincidência total. Fazendo um retrospecto, Saul sempre foi um pouco... misógino. Ele fazia comentários sobre os bons e velhos tempos, quando homens eram homens e mulheres conheciam seu lugar. Sobre como era natural que o mais forte governasse. Ele não dava a mínima para a minha contra-argumentação, de que existiam diferentes tipos de força, que num mundo civilizado a força física não era tão relevante. Nós sempre iríamos fingir que era uma piada, mas mesmo naquela época eu já sabia que havia um pouco de verdade na brincadeira."

"Como Saul teria se sentido sobre ter de confiar em Prudence para montar a Igreja Cirista Internacional? Sobre partilhar o poder?"

"Ele teria odiado. E combateria isso, principalmente se achasse que Prudence estava desenvolvendo um séquito. Saul nunca deu valor a nada que o tirasse do centro das atenções."

"E Prudence faz precisamente isso. Ela é o 'rosto' humano dos ciristas. Quando eu estava no templo, na outra linha do tempo, Charlayne disse que poucas pessoas tinham visto Saul, mas muitas tinham visto Prudence... E ela sempre parece igual, eterna. Isso faz sentido, porque só aqueles com o gene CHRONOS podem avançar para ver Saul, mas Prudence às vezes aparece na frente de congregações inteiras. Então faz sentido que Saul forçasse aquela coisa de veia mais fraca... Ele quer que a vejam como sua subordinada."

Katherine balança a cabeça. "Eu só queria poder conversar com Prudence. Que ela falasse comigo. Acho difícil acreditar que ela esteja disposta a ajudar Saul nessa coisa do Abate. Prudence podia ser uma criança difícil, mas ela e Deborah eram muito compassivas. Sempre cediam a última moedinha do bolso se vissem um mendigo nas ruas. Certa vez, Prudence economizou a mesada de um ano inteiro para dar a um grupo de crianças estrangeiras que foi à escola delas. Não consigo entender como ela pôde mudar tanto."

"Bem, Kiernan disse que era diferente quando mais jovem, antes de ficar com a cabeça toda bagunçada. Aparentemente, Saul é muito convincente no... Acho que você chamaria de 'filme demonstrativo de acontecimentos futuros'. Kiernan disse que Simon o levou para eventos selecionados — guerras, fome, devastação ambiental — e ele disse que ver aquilo tornava mais fácil acreditar que o futuro precisava mudar. Talvez Saul tenha mostrado as mesmas coisas a Prudence quando a encontrou."

"Talvez. Certamente há muitos exemplos para escolher, tanto neste século como no próximo. Mas as coisas melhoram, *sim*. A maioria dos problemas ambientais foi abordada. A fome não é mais um problema na minha época... E, sendo muito sincera, não seria um problema agora se tivéssemos a vontade política para lidar com isso. Os conflitos políticos ainda ocorrem, mas raramente são conflitos armados. Estes se encontram em declínio agora, em comparação ao restante da história, embora as pessoas não pareçam acreditar. Os anos 2300 não são utópicos, mas representam uma bela melhoria em relação ao presente. Eu acho que você concordaria se você pudesse ver."

"Então por que não há nenhum ponto estável depois de... 2150, acho que é isso?"

"Bem, por um lado, temos evidências documentais sólidas da maioria dos acontecimentos que gostaríamos de ver depois desse ponto. Mas acho que a razão mais importante é que é o ano em que o mecanismo que usamos para viajar no tempo foi inventado. O ponto de corte nos impediu de voltar e ajustar as coisas que afetaram nossas vidas pessoais, e de voltar e impedir a invenção da CHRONOS, acho."

Bufo. "Desinventar a CHRONOS parece muito bom para mim agora. O que eu não entendo é que se as coisas estão bem, como você está dizendo, por que Saul e esses Objetivistas iriam querer mudanças?"

"Você sempre terá descontentamento em qualquer sistema, Kate. Algumas pessoas sentem que estão sendo oprimidas ou contidas, mesmo que tenham tudo de que precisam ou tudo que uma pessoa sensata poderia querer. Algumas pessoas sempre querem mais."

Ela toma um gole de chá. "Todos sabiam que os Objetivistas argumentavam que a tecnologia CHRONOS não estava sendo usada em seu máximo potencial, mas parecia um... Não sei, um exercício acadêmico, talvez? Um debate esotérico em andamento. Só um punhado de Objetivistas da região de Washington tinha alguma conexão com a CHRONOS. Frequentei algumas reuniões deles com Saul, mas parei, porque não gostava da maneira como ele agia perto deles. Ele parecia uma pessoa diferente, principalmente quando Campbell, o líder do grupo, estava por perto. Campbell era um sujeito desagradável, mas para seu crédito, ele se opôs às ideias de Saul sobre o uso da religião como uma ferramenta para moldar a História."

"Ele achava que não daria certo?"

"Não sei se ele pensava se daria certo ou não, mas ele achava que era uma ideia ruim. Uma vez ele ficou zombando de Saul, dizendo que aumentar o papel da religião na sociedade pioraria as coisas, em vez de melhorar. Saul disse que isso dependia da religião, e eles ficavam trocando alfinetadas. Como todos os outros, eu não dei muita atenção, presumindo que era uma discussão inútil e eterna entre dois... Qual é a expressão que eles usam atualmente? Amigos-inimigos? Eu nunca pensei que..."

Sua voz está pequenina e triste. E enquanto a observo olhando para sua xícara de chá, percebo que ela está envelhecida. Velha, fraca e muito doente. Nunca conheci Katherine quando ela não estava em estágio terminal, mas, apesar disso, ela sempre me pareceu forte. Enérgica. Certamente, é assim que minha mãe a enxerga: uma força da natureza que você enfrenta por sua conta e risco.

A mulher que conheci na Exposição Universal também parecia forte. Ela era boa em seu trabalho, equilibrada e segura de si. Mas em algum lugar dessa mistura estava a jovem frágil e insegura que vi em seus diários, uma garota tão apaixonada que ignorou os sinais de que o alvo de sua devoção era um psicopata. E agora ela se culpa por não ter se dado conta, por não ter percebido, por não ter tido a força para fazer as perguntas difíceis sobre Saul antes que fosse tarde demais.

Assim como eu vou me culpar se não conseguir consertar as coisas antes de ela morrer.

Dou um suspiro, boto minha mochila num ombro e pego as batatinhas e o refrigerante. É melhor eu botar a mão na massa.

"Vou subir para trocar de roupa e depois falar com Kiernan. Volto logo."

"Kate?", chama ela baixinho quando estou me virando para sair.

"Sim?"

"Eu sei que você sabe disso, mas devo lembrá-la mesmo assim. Você não pode impedir os acontecimentos em Six Bridges. Tenho certeza de que você quer isso. E eu entendo, mas..."

Inclino-me e lhe dou um abraço. "Tudo bem, Katherine. Eu sei."

16

Bogart, Georgia
7 de outubro de 1905, 8h

Mesmo antes de saltar, percebo que Kiernan ignorou meu pedido para esperar. Noto isso por causa de sua mandíbula contraída enquanto está sentado à mesa da cozinha. Ele não está olhando para o ponto estável, todo combativo, como estivera da última vez. Ele está simplesmente encarando o chão, batendo o pé direito num ritmo tenso contra a perna da cadeira. Seus olhos pousam nos meus pés quando chego, mas ele não olha para cima.

"Por que você não esperou?", pergunto.

"Eu estava entediado."

Ah, tá bom.

A caixa com os recortes de jornal de God's Hollow está do outro lado da mesa. Um dos artigos está fora da caixa, a poucos centímetros do braço dele. É aquele com uma fotografia, então evito olhar quando puxo uma das cadeiras para me sentar de frente para Kiernan.

"Você sabe que isso não é justo, não é?", pergunto com a voz serena. "Você não pode reclamar por eu não tratar você como um companheiro, a menos que esteja disposto a fazer o mesmo."

A risada de Kiernan é breve e amarga. "Kate, você não vai querer ver o que eu vi."

"Você não pode me proteger de tudo."

Ele olha para cima, seus olhos implorando. "Confie em mim, por favor?"

Quando percebe que isso não está dando certo, ele suspira e sai mancando até o sofá. Ele está arrastando a perna machucada ainda mais do que estivera ontem.

"Saul testou o que quer que ele tenha colocado no poço deles. Ele também testou o antídoto. Ambos aprovados com sucesso. Então ele voltou para sei lá qual época. Deixe isso para lá, ok?"

"Talvez eu devesse. Mas você está me escondendo alguma coisa."

Ele inclina a cabeça para trás, contra o encosto do sofá, e solta um bufar obstinado e exasperado, evitando meus olhos.

"Dá para ver na sua cara, Kiernan. Ou você me dá as coordenadas que eu preciso assistir ou se acomoda pelos próximos dois dias enquanto eu verifico cada uma delas. Porque eu vou fazer isso."

"Tudo bem, Kate. Faça como quiser. Me dê a porcaria da sua chave."

Sento-me ao lado dele e tiro meu medalhão da camiseta. Seria mais fácil entregá-lo com cordão e tudo, mas não tem nada aqui tipo as engenhocas de Connor para tornar esta casa um local seguro, por isso não estou inclinada a me afastar demais do medalhão.

Kiernan copia um item de sua chave para a minha e a devolve para mim. "Esta é a única que você precisa assistir. Martha não está entre os corpos da igreja."

"Tem certeza?"

Ele assente, mas sua expressão me impede de ao menos começar a ter esperanças de que isso significa que ela escapou. "Pelo que entendi, Saul a trancou em algum lugar, provavelmente num porão, durante os dois dias em que as pessoas ficaram convalescendo e morrendo. Acho que ele a usou como cobaia para o antídoto, mas não tenho certeza."

Respiro fundo, deslizo para o centro do sofá e visualizo as coordenadas que ele me deu. É a capela, sexta-feira, 15 de setembro de 1911, às 14h54. A imagem estática que vejo inicialmente é do ponto estável que estabeleci nos fundos da igreja, onde a vista imita as fotografias do jornal. Os corpos estão todos na mesma posição, mas pelo que posso dizer, o olhar mumificado só é aparente em alguns deles, e em parte é devido a algum tipo de erupção ou descoloração. Outros parecem estar apenas tirando uma soneca, embora seus olhos estejam afundados e a pele pareça quase desinflada, provavelmente devido à desidratação.

Um bracinho está caído do lado do banco esquerdo, duas fileiras a partir dos fundos. Ao contrário das fotos do jornal, em preto e branco, agora vejo que a cabeça apoiada nele tem cabelos louro-arruivados. Outro lampejo exatamente da mesma cor mal está visível a alguns metros para a esquerda, um gêmeo tombado contra o outro.

Na frente da igreja, a Irmã Elba está numa banqueta, de frente para a congregação. Mesmo na morte, sua postura é exemplar: ela está sentada ereta, os braços cruzados no colo, a cabeça inclinada para o teto.

Fico assistindo durante uns trinta segundos, mas a imagem permanece estática. Estou prestes a verificar se tem algo congelado quando me lembro que nada está mudando porque todos estão mortos e os cadáveres geralmente não se mexem.

Alguns segundos depois, a porta do lado direito da capela é aberta e a luz do sol se infiltra, enquadrando a silhueta de um homem parado à entrada. À medida que o homem avança alguns passos, a porta vai se fechando lentamente atrás dele.

Quando meus olhos se adaptam à mudança de iluminação, percebo que são duas pessoas. Martha está logo à frente de Saul, colada ao peito dele, de frente para os corpos nos bancos. Ele parece estar erguendo-a, de modo que apenas seus dedinhos dos pés estão tocando o chão. Não sei dizer se é porque ele a está arrastando ou se teme que ela desmaie. Talvez ambos. Ela está usando o mesmo vestido de antes, mas agora está coberta de sujeira e seu cabelo está despenteado. Ela fica boquiaberta quando olha para os corpos, e então ela leva as mãos ao rosto e começa a gritar.

Pela primeira vez, estou muito contente pela CHRONOS não ter acrescentado áudio às cenas. Isso já é horrível o suficiente como um filme mudo.

É a primeira vez que vejo Saul sem aquela barba esquisita do século XIX. Agora vejo por que Katherine — e aparentemente outras mulheres — o achavam um homem bonito. Seu cabelo escuro contrasta com a pele clara e os traços fortes, quase esculpidos. Vestido com jeans e uma camisa branca lisa, em vez de um terno antigo, seu corpo esbelto, porém musculoso, fica bem destacado.

O mais assustador é que Saul está sorrindo, mesmo enquanto Martha grita e puxa os cabelos. Não é um daqueles sorrisos que você vê quando o vilão aparece no filme, com olhos maníacos e aquela risada maligna. Sua expressão é meio que de... êxtase, acho. Seu rosto está voltado para o alto, como se ele estivesse se refestelando no calor do sol em um lindo dia no parque. Dá para ver uma manga de sua camisa parcialmente rasgada e frouxa enquanto ele arrasta Martha em direção ao púlpito. Duas listras longas semelhantes a arranhões de unhas são visíveis na pele exposta do ombro.

Ele coloca Martha atrás do púlpito, o que obscurece parcialmente minha visão. Ela rola de lado, cobrindo a cabeça com os braços. Saul fica parado ali, admirando os cadáveres, exibindo seu sorriso pérfido e pacífico, e sinto um calafrio. Não é só a ideia de que qualquer um poderia exibir tal expressão diante da visão que está a sua frente, mas também a noção de que essa criatura desumana forma um quarto do meu DNA. Eu quero escavar pelo meu corpo e arrancar cada partícula formada por Saul.

Qualquer dúvida sobre minha coragem de matá-lo desaparece. Se eu pudesse entrar no mostrador do medalhão, eu o mataria neste segundo.

Saul fecha seus olhos por um momento, ainda sorrindo, e respira fundo várias vezes. Cruza até onde Martha está encolhida e puxa um dos braços dela para o lado, obrigando-a a encará-lo. Ela está de boca aberta, então creio que ainda esteja gritando. E, embora um instante atrás eu pudesse ter jurado que ele não seria capaz de me enojar mais, minha aversão aumenta quando ele se inclina e começa a beijar a lateral do rosto dela, descendo para o pescoço.

Então Saul faz algo que eu não consigo ver, mas seja o que for, acaba com o choque de Martha, que começa a lutar contra ele. Ele aperta os braços dela com mais força para mantê-la quieta, mas continua a beijá-la, até os ombros, ao mesmo tempo em que ela se esperneia para fugir.

Depois de um segundo, Martha relaxa e simplesmente fica ali, perfeitamente imóvel. Saul recua um pouco e sorri para ela. Então ele voa vários metros para a direita quando ela planta os pés em seu estômago. A cabeça dele bate nas pernas de Irmã Elba e o corpo dela desliza um pouco para a esquerda.

Martha rasteja por alguns segundos, consegue ficar de pé e começa a correr. Agora Saul está de pé também, e se prepara para ir atrás dela, ainda um pouco curvado. Quando ele dá os primeiros passos, seu pé trava numa das pernas do baú da harmônica e o instrumento desaba no chão. A tampa se abre e as pecinhas saem voando do fuso, caquinhos de vidro estilhaçados pelo chão e debaixo dos bancos dianteiros. Uma das tigelas menores saltita pelos dois degraus, milagrosamente ainda intacta. Rola para debaixo de um banco e, em seguida, vários metros nave abaixo antes de virar de fundo para baixo e girar lentamente até parar na frente do ponto estável.

Em seu pânico, Martha corre para o lado esquerdo da capela, onde infelizmente não tem nenhuma porta. Ele está muito próximo, então ela dispara para o corredor externo na esperança de chegar à dianteira da capela antes de Saul. Ele toma um atalho pela nave e vem em direção ao ponto estável. A última coisa que vejo é a brancura de sua camisa, e então ambos saem do meu campo de visão e ficam só os cadáveres, a capela e um montinho de vidro espatifado no corredor, onde estivera a tigela da harmônica.

"É isso?", pergunto a Kiernan, minha voz tremendo.

"Ela passa pelo ponto estável que você determinou na frente da igreja. Saul está bem no encalço dela."

"Talvez ela tenha escapado..."

"Não."

"Você não tem como ter certeza!"

"Sim, tenho." Ele se inclina e limpa uma lágrima da minha bochecha. Eu nem tinha percebido que estava chorando. Ele se levanta do sofá e manca para pegar a caixa e o recorte de jornal da mesa.

"Eu poderia ter pegado para você, sabe. Era só me pedir."

"A perna fica rígida se eu ficar parado por muito tempo." Ele senta ao meu lado e abre a tampa da caixa, colocando o diário CHRONOS de pé em seu próprio suporte para que possa fuçar os artigos. Ele pega o recorte com a fotografia tirada quase do mesmo ângulo que o ponto estável que acabei de observar.

Mesmo antes de olhar para a foto, percebo que tem algo errado. Quando eu estava dentro da capela com a Irmã Elba, a visão era tão parecida com a foto que estou segurando que me deu um déjà-vu. Quando visualizei o ponto estável, antes de Saul e Martha chegarem, pensei a mesma coisa.

Só que a capela que eu estava observando agora há pouco estava uma zona completa. A caixa da harmônica quebrada, vidro estilhaçado para todo lado... Nesta foto, a caixa da harmônica ainda está no lugar, seu conteúdo intacto.

Kiernan coloca a segunda foto no meu colo, aquela que já estava do lado de fora. Nesta versão, a harmônica está em pedaços no chão. "O campo da CHRONOS do diário protegeu esta aí que você está segurando. Voltei e peguei outra cópia no dia em que a reportagem saiu no jornal local. Se você ler o texto, vai notar outra mudança."

Ele aponta o terceiro parágrafo e leio:

Uma cova rasa foi encontrada atrás da igreja, contendo o corpo de uma jovem estrangulada, o corpo indicando evidências de outros ataques.

A jovem assassinada parece ter morrido vários dias antes. Como não houve nenhuma queixa às autoridades legais do município, presume-se que ela tenha sido atacada e morta por um morador da comunidade de Six Bridges.

Os corpos encontrados dentro da igreja aparentemente não têm relação com o caso da jovem. As autoridades enfatizam que não há provas de que a doença seja, de algum modo, contagiosa.

"Martha." Eu simplesmente fico sentada por um momento, olhando os dois recortes lado a lado, sem saber direito o que significa.

"Não era para ela morrer, Kate. A fuga de Martha foi o erro que Saul mencionou a Simon. Tem que ser. É o único jeito de isso fazer sentido."

Balanço a cabeça, ainda sem saber o que poderia ter mudado seu destino. "Você acha que fizemos algo quando estivemos lá? Algo que..."

"Não", diz ele. "Acho que é algo que não fizemos. O que *eu* não fiz."

"Então... Você acha que era para a gente salvá-la."

Ele dá de ombros. "Eu não sei o que era para você fazer, Kate. Só acho que a coisa mais segura para você seria ficar aqui. Mas, sim, eu vou."

Recosto-me e esfrego os olhos, tentando pensar. Que tipo de efeito borboleta isso poderia produzir? Será que o fato de saber que havia cometido um erro mudou as ações de Saul de alguma forma? E, em caso afirmativo, como foi que isso modificou as coisas?

"Se você for, eu vou. Isso tem que ficar muito claro. Mas não podemos matá-lo, Kiernan. Por mais que eu queira isso muito, muito mais agora, e por mais que vá ser difícil não fazer isso quando eu o vir, não podemos. E ele não pode saber de que modo ela escapa."

"Eu sei", rebate ele. "Eu não preciso de um sermão."

"Eu não estava dando um sermão. Não precisa ser um babaca comigo."

Ele fica uns bons cinco segundos calado. "Desculpe. É só que passei as últimas quatro horas sentado aqui, analisando isso, analisando de todos os ângulos e observando aquele doente..."

"E é por isso que eu pedi que você esperasse até eu chegar!"

"O que você queria que eu fizesse, Kate? Que ficasse sentado aqui nesta casa, pensando em você lá com ele?"

Travo os dentes para evitar dizer qualquer coisa da qual eu vá me arrepender, porque isso realmente está começando a me irritar. "Você não pode ficar jogando isso na minha cara toda hora. Eu tenho sido sincera com você sobre Trey."

"E eu fui honesto com você!" Ele bate na mesa com tanta força que a caixa de charutos salta. "Eu não prometi esperar. Você simplesmente presumiu, mais uma vez, que eu ia seguir suas instruções estúpidas."

"Estúpidas? Vou te dizer o que é estúpido. Estúpido é..." Estou de pé, quase colada na cara dele, antes de perceber o que ele está fazendo. "Rá! Boa tentativa, Kiernan. Enfurecer-me, assim talvez eu vá embora num rompante. Assim você pode alegar que não te deixei escolha e que você foi obrigado a ir sozinho."

Um longo silêncio se segue, e tenho certeza de que acertei em cheio. Ele finalmente fala, com uma voz mais suave: "Eu *sei* que não posso matá-lo, Kate. Tenho a intenção de feri-lo, no entanto. E vou sentir muito prazer nisso".

"Entendi. Mas, Kiernan?" Tento pensar num jeito de me expressar diplomaticamente, mas resolvo ser franca. "Você não pode machucar ninguém agora. Você mal consegue andar. Tem certeza de que não está infeccionado?"

"Tenho certeza. Estou tomando antibióticos."

Olho para a perna dele. O jeans parece ainda mais apertado na perna em relação a ontem. Ou ele substituiu o curativo por um mais grosso, ou a perna está mais inchada, e do jeito como ele está andando, aposto na última opção.

"Se você não acredita em mim, é bem-vinda para dar uma olhadinha."

"Dispenso", digo com frieza. "Mas, mesmo que não esteja infeccionado, você precisa de tempo para se recuperar. Tem comida aqui?"

"Sopa Campbell's. Biscoitos. Ovos em conserva. Talvez algumas latas de feijão."

"Blergh. O que você quer?"

Ele ergue as sobrancelhas. "Eu não recusaria uma pizza."

∞

Descobri duas coisas que me deixam um pouco triste a respeito de abrir mão da chave CHRONOS em algum momento. A primeira é que eu posso receber minha pizza quase instantaneamente. É só fazer o pedido, definir o ponto estável na porta da frente, saltar trinta minutos adiante e ir fazendo acréscimos de sessenta segundos até o entregador aparecer. Um minuto e vinte e quatro segundos desde o momento em que peguei o telefone.

A segunda é que você pode voltar cinco horas, conectar seu iPad e saltar para adiantar o tempo para encontrá-lo totalmente carregado. O mesmo vale para o download de filmes.

Claro, nada disso supera os pontos negativos, mas é bom encontrar o lado bom da coisa.

Katherine me daria todo tipo de bronca por trazer o iPad para Kiernan. Mas ele está sozinho no meio do nada. E se alguém aparecer na casa, ele é inteligente o suficiente para meter o objeto embaixo das almofadas do sofá. Eu venho à casa dele duas vezes por dia para trazer suprimentos e recarregar o tablet. Desta forma, seis dias se passam para Kiernan em pouco mais de uma hora para mim. Ele lê cinco livros e assiste a metade dos filmes que tenho. Dá para ver que ele ainda está sentindo dor, e discuto se deveríamos aguardar mais alguns dias, mas ele está perdendo a paciência.

Faço dois saltos finais antes de irmos. Primeiro, de volta à casa da cidade para guardar toda a tecnologia proibida e um saco de lixo com várias embalagens de comida para viagem. Aí programo a chave para o meu quarto na casa de Katherine à uma da tarde da quarta-feira seguinte, para que eu possa pegar o equipamento de risco biológico que Connor encomendou. Está ao lado da minha escrivaninha conforme prometido: um kit pequeno e transparente, com sacos de transporte de ameaças biológicas, vários pares de luvas de látex, um conta-gotas de vidro de grande porte, dois macacões brancos novinhos em folha e a máscara de aparência bizarra.

Eu seguro o kit junto ao corpo para a inspeção de Kiernan depois que salto de volta à casa dele. "Nosso pequeno laboratório de química chegou."

Ele bufa, mas não levanta o olhar do esboço que está desenhando. "Felizmente, nenhum de nós vai fazer experimentos. Eu coleto a amostra, você leva de volta para Connor. Alguma ideia sobre o que fazer com elas depois disso?"

"Connor comprou um frigobar para colocar no cofre de Katherine. Ele vai armazenar a amostra lá até que possamos localizar alguém confiável para examiná-la."

Kiernan desliza na mesa o papel que estivera desenhando. "Dê uma olhada nisto aqui."

É um mapa detalhado de God's Hollow, com a igreja, o poço e o galinheiro. Quadradinhos menores cercam os dois lados da estrada que atravessa o centro do vilarejo. Dois deles, o terceiro e o quarto quadrados a partir da igreja, do lado oposto, estão marcados com um x.

Kiernan aponta perto dos dois edifícios marcados. "Saul se posiciona entre estas duas casas, fica por cerca de dois minutos, e volta pelo mesmo caminho quando traz Martha para a igreja. Essa é a única vez que vejo qualquer atividade entre os dois, além do que mencionei antes, quando Saul a corteja."

Essa é uma escolha errada de palavras, mas eu acho que *dá em cima dela* pode não fazer parte do vocabulário de Kiernan, então simplesmente concordo com a cabeça.

"Eles avançam uns dez metros na rua, em direção à igreja, e ela vê algo ao lado da estrada que a assusta. Imagino que talvez fosse o corpo do cachorro. Parece que ela está gritando 'Touro!'. De qualquer forma, a partir desse momento, ele basicamente precisa arrastá-la. Ela está lutando contra Saul... rasga a manga da camisa dele e arranha o ombro."

"Isso aí, Martha."

Kiernan aponta para a casa oposta às duas marcadas com um x e diz: "Eu assisti de cada um dos pontos que você estabeleceu e em nenhum momento vi Saul levá-la para dentro de nenhuma destas casas aqui. Considerando a lama no vestido e nas pernas dela, acho que ele a manteve num porão subterrâneo, ou algo assim. A gente vai ter que entrar de noite e configurar um ponto estável entre essas casas. Dessa forma, podemos ver exatamente para onde Saul leva Martha e tirá-la com antecedência. Antes que ele volte para buscá-la."

"E o que vamos dizer a ela, Kiernan?"

"Para cair fora dali depressa, o que mais? Podemos mostrar a ela onde as bicicletas motorizadas estão escondidas."

"Acho que ela fugiria, mas também tenho certeza de que voltaria. Ela está inquieta, mas ali é o seu lar. E se ela voltar rapidamente, acho que há uma boa chance de ela procurar as autoridades. Com base no que sabemos, ela não fez isso, não é? Eles simplesmente somaram dois e dois por conta própria quando ninguém do vilarejo apareceu para fazer as compras semanais."

"Então qual é o seu plano?"

"Vamos nos esconder na capela. É o único jeito de ter certeza de que vamos mudar só isso e nada mais. Martha vai ver que não vai ter motivos para voltar, Kiernan. Ela vai saber que precisa ir embora, encontrar algum lugar para recomeçar. Quando ela entrar em disparada, nós o impediremos de segui-la."

Ele balança a cabeça. "Você realmente quer que a garota veja todos que ela ama mortos naquela igreja?"

"Não", respondo. "Aquela cena vai assombrá-la pelo resto da vida. Mas você não acha que ela tem o direito de saber? Quando ela vir o que ele fez, vai querer que Saul pague, e eu farei o máximo para convencê-la de que vamos fazê-lo pagar."

"E você acha que ela vai ficar calada? Que ela não vai falar sobre duas pessoas que apareceram do nada e salvaram sua vida enquanto o restante de seu vilarejo morre?"

"Só precisamos convencê-la de que mencionar o assunto seria uma péssima ideia."

∞

God's Hollow, Georgia
15 de setembro de 1911, 14h42

Parecemos alienígenas, cobertos da cabeça aos pés com os macacões contra elementos químicos. Muito embora as máscaras devam bloquear a maioria dos odores, o local tem cheiro de vômito e dejetos humanos.

Assisti à cena três vezes através da chave, na esperança de criar resistência. Eu não olho para os rostos, simplesmente mantenho o olhar no chão. Se eu pensar nestes corpos como pessoas, vou me descontrolar, então deixo a emoção de lado.

Com a chave inglesa na mão, Kiernan passa pelo banco onde a Irmã Elba descansa e sobe na divisória de madeira que separa o coro da plataforma que guarda o púlpito e a harmônica. Ele apoia as costas na parede, parcialmente protegido pela cortina vermelha pendurada acima.

Eu tomo posição no outro lado do púlpito. A cortina não me esconde, já que a porta por onde Saul vai entrar é diretamente oposta a onde estou, então me agacho atrás do banco do coro e saco a Colt do bolso. Este foi um debate que Kiernan venceu, e muito embora eu esteja bem nervosa por ficar perambulando com a arma por aí, ele está certo. Não vou poder atirar em Saul de fato, mas alguns tiros podem ser uma distração útil se um golpe na cabeça não apagá-lo.

Respiro fundo várias vezes enquanto esperamos, tentando me acalmar. Então um grito atravessa o silêncio. Depois de ver tudo acontecer pela chave CHRONOS, esqueci que desta vez teremos áudio.

À medida que o som se aproxima, consigo distinguir algumas palavras. Ela está gritando por causa do cachorro, conforme Kiernan já desconfiava.

"Touro! Aquele ali é o Touro! Me solta!"

Há um burburinho para além da porta, e Saul, cuja voz imaginei mais grave, diz: "Ah, não, pode parar. Vamos, Martha".

A porta é aberta para dentro, e suas cabeças, a única coisa que consigo ver a partir deste ângulo, ficam em silhueta contra o céu reluzente. "Por que você está relutando? Só estou levando você até Irmã Elba e aos outros, conforme prometi."

Ele chuta a porta, que fecha atrás deles. O cheiro deve ter atingido Martha primeiro, porque ela tosse e vira a cabeça para o outro lado. Quando seus olhos se adaptam à igreja mal-iluminada, ela abre a boca e seus olhos examinam o ambiente. Durante vários segundos, é só silêncio — acho que ela não está nem mesmo respirando. Então ela choraminga, baixinho no começo, e o som vai crescendo, e ela cobre o rosto com as mãos e começa a berrar para valer.

Saul a gira, acho que para se certificar de que ela veja a cena completa. "Está vendo, Martha? Exatamente como eu disse. Estão todos aqui, esperando."

A plataforma treme quando ele a arrasta pelos dois degraus acima. Eu me inclino para trás um pouco para ter certeza de que Saul não vai conseguir me ver quando ele se virar e jogá-la atrás do púlpito. Não consigo vê-la deste ângulo, mas posso ouvi-la, e a imagem que vi mais cedo, de Martha apertando a cabeça com os braços, balançando o corpo de um lado para o outro, está cauterizada na minha memória.

Saul se volta para os bancos, aquele sorriso doentio e satisfeito em sua face. Como ele é capaz de respirar tão fundo quando o cheiro está quase avassalador mesmo atrás da máscara?

Ele admira sua criação por um momento e depois vai até Martha, ajoelhando-se ao lado dela. Não consigo ver nenhum dos dois agora, mas Saul está consolando-a suavemente, como se ela fosse um bebezinho chorão. Meu coração está acelerado e eu aguardo pela minha deixa — o momento em que Martha dá um chute nele e sai correndo.

Mas isso nunca chega a acontecer. Kiernan dá um pulo uns trinta segundos antes do programado, salta pelo gradeado e acerta Saul atrás da cabeça com a chave inglesa. Fico esperando que Martha comece a correr, mas ela não o faz. Ela está congelada, olhando para Kiernan em seu macacão branco e máscara. Vou até lá e agarro seu braço, mas ela se desvencilha de mim, e os soluços se transformam em gritos novamente.

Kiernan bufa audivelmente através da máscara. Ele se aproxima e afasta Saul de Martha, pega a garota nos braços como um bebê e sai correndo pela nave. Ouço um gemido baixo vindo de Saul quando estou prestes a segui-los, e percebo que ele está de joelhos.

Recuo meu pé e dou um chute em cheio nos rins do meu avô. Ele solta um grunhido muito satisfatório e cai de volta ao chão enquanto eu corro para a entrada.

Kiernan está logo à frente, ainda carregando Martha. Embora ele parecesse bem quando saltamos, seu coxear está de volta, provavelmente porque a perna está acostumada a carregar somente o seu peso, e não cinquenta quilos a mais. E o fato de Martha estar esperneando obviamente não está ajudando seu progresso, então eu os alcanço rapidamente, apenas alguns metros para além da árvore onde estacionei minha bicicleta em nossa primeira viagem a God's Hollow.

"Por que você não esperou?", digo, arrancando minha máscara.

Kiernan também tira a máscara, seu rosto em conflito. "Desculpe, mas você não estava vendo o mesmo que eu, Kate. Eu vi... Eu não ia permitir que ele a tocasse daquele jeito."

Martha para de tentar fugir quando o ouve falar, e então olha para mim. "Ocês... antes. Cês todos tavam aqui... antes." Seus olhos ainda estão arregalados, mas agora um bocadinho da razão parece estar retornando a eles.

"Sim", digo. "Martha, precisamos tirar você daqui, antes que Saul apareça. Você dá conta de andar sozinha? Talvez até mesmo correr um pouco?"

Ela assente, e Kiernan a coloca no chão.

"Talvez devêssemos todos ir embora?"

Kiernan balança a cabeça. "Não. Precisamos da amostra. E eu não quero voltar aqui." Ele dá um tapinha no bolso. "Estou com meu revólver. Eu vou ficar de olho na igreja. Se eu o vir, vou saltar direto para nosso ponto de encontro. Leve Martha para lá."

Fico na pontinha dos pés para lhe dar um beijo na bochecha. "Tenha cuidado", digo.

"Eu sempre tenho cuidado." Ele coloca a máscara de volta, então me entrega a chave inglesa e corre para os fundos da igreja, em direção ao poço.

Agarro o braço de Martha. "Vamos, querida. Precisamos nos apressar."

"Para onde ele tá indo?"

"Ele precisa conseguir uma amostra do... do veneno. Precisamos descobrir o que Saul usou para..."

Seu lábio inferior começa a tremer, então eu simplesmente puxo seu braço novamente. "Vamos, ok? Logo, logo ele vai estar atrás de nós."

Corremos pelo caminho em direção à ponte, e assim que passamos pelo ponto onde Martha e os gêmeos estavam brincando, ela para de repente. "Dona Kate, e o outro moço?"

Meu coração freia de repente e a chave inglesa cai no chão. "Que outro moço?"

"Aquele com quem ele tá viajando. Disse que o nome dele era Grant."

Ai, meu Deus. Olho para trás, para o vilarejo, e jogo a máscara para ela. "Atravesse a ponte e espere na floresta, do outro lado, ok? Rápido!"

Decolo de volta ao vilarejo em velocidade máxima, mas mal me desloquei e a porta da igreja é aberta. Mergulho na grama alta ao lado da estrada e espio por entre as ervas daninhas quando Saul aparece cambaleando, a mão segurando a parte de trás da cabeça. Primeiro ele olha para a direita, e acho que vê Kiernan, porque nem se dá ao trabalho de olhar para o meu lado. Ele sai desorientado em direção ao poço, e assim que vira pelo canto da igreja, saco minha arma e dou um tiro de advertência no ar, só para o caso de Kiernan não ter visto Saul ainda.

Eu corro enquanto avalio o vilarejo à minha frente em busca de qualquer tipo de movimento. Assim que faço um desvio para atravessar o campo, ouço um tiro. Não soa como as Colts que temos, então deve ser de Saul. Ou talvez de Grant. Paro na esquina da capela, espreitando pela beirada antes de me aproximar.

Saul está recostado na lateral do galinheiro, uma das mãos ainda na cabeça. As galinhas estão todas quietas, uma pilha em vermelho e branco na titica marrom, a maioria delas a poucos metros da calha de água.

No começo, não vejo nenhum sinal de Kiernan. Então percebo o brilho azul de sua chave CHRONOS atrás do poço.

E Saul também percebe.

Ele se apressa em direção ao poço, a arma em punho, ao mesmo tempo em que dou a volta na igreja, afundando atrás do galinheiro em busca de cobertura. Aponto minha arma para as costas de Saul, esperando que Kiernan desapareça antes que eu precise atirar.

Saul oscila alguns passos para a esquerda, mirando a arma em direção ao poço. O brilho continua no mesmo lugar, o que significa que Kiernan ainda está lá, e talvez eu tenha um segundo antes de Saul alcançá-lo.

Levanto a arma, miro e atiro.

O tiro ecoa de um jeito esquisito. Pequenos fragmentos voam quando uma bala atinge a borda do poço. Então vejo Saul de joelhos, segurando seu braço direito, sua arma a poucos metros de distância.

Não foi minha bala que atingiu o poço. Foi um segundo tiro, da arma de Saul.

E o brilho azul desapareceu.

Agacho-me atrás do galinheiro e saco minha chave CHRONOS. Minhas mãos estão tremendo quando visualizo as coordenadas para o ponto do outro lado da ponte, onde escondemos as bicicletas. Acerto o tempo para quatro minutos antes, torcendo para que Martha e Kiernan estejam lá quando eu abrir os olhos.

Eles não estão, mas ouço passos cruzando a ponte. Um tiro soa ao longe assim que saio para olhar para a estrada — acho que é o meu tiro de advertência. Ouço um barulho atrás de mim, e os braços de Kiernan me envolvem. Ele me aperta junto ao peito, beijando meus cabelos.

"Onde está Martha?", pergunto.

"Ela está vindo..."

Martha irrompe no meio do mato e nos vê. Está ofegante e dá um passo para trás depressa demais, caindo de bunda. Ela olha para o vilarejo. "Como ocês..."

Ajoelho ao lado dela. "Martha, a gente vai explicar em breve, mas duas perguntas rápidas, ok?"

Ela cala a boca e assente.

"Como foi... que aqueles homens chegaram aqui? De carro?"

"Homens?", pergunta Kiernan.

"Depois explico." Volto a olhar para Martha, com as sobrancelhas erguidas. "Eles tinham um carro?"

"Uma caminhonete vermelha velha. Disseram pra Irmã que estavam estudando para o sacerdócio em Athens e que..."

Balanço a cabeça. "Mais tarde, ok? Onde está a caminhonete?"

"Perto da casa de Earl." Ela vira a cabeça em direção à vila quando dois disparos ecoam em rápida sucessão, mas continua a falar. "Era onde eles estavam dormindo antes de..."

Kiernan e eu sacamos nossas chaves. "Eu vou", digo. "Você não pode arriscar outro salto."

"Eu sei disso. Mas eu defini o ponto estável perto da loja de Earl. Não está na sua chave." Ele transfere as coordenadas para o meu medalhão, e então pisco para retornar seis minutos, quando nós quatro ainda estávamos na igreja.

De cara, não vejo a caminhonete, mas depois a localizo na estrada. Nas paredes da loja, há uma coleção de ferramentas penduradas. Busco rapidamente algo que seja capaz de furar pneus, escolhendo um grande par de tesouras de poda. Corro até a estrada e meto as tesouras com força num dos pneus traseiros. Indo para a frente da caminhonete, levanto o braço para furar um segundo pneu, mas então percebo que é improvável que Saul tenha dois estepes. Preciso retardá-lo, mas ele ainda precisa voltar ao seu ponto estável para retornar para casa. Largo as tesouras e volto para Kiernan e Martha.

Ela parece prestes a vomitar.

"Deixe-a tocar o medalhão", digo.

"Por quê?"

"Não tenho ideia do motivo, mas parece ajudar."

Ele parece cético, mas pega a mão dela e a coloca na chave CHRONOS.

"Provavelmente só ganhamos alguns minutos. Ainda precisamos tirá-la daqui."

Kiernan olha para Martha, cuja cor parece estar melhorando um pouco, saindo daquela tonalidade esverdeada que a tomara um instante atrás. "Martha", diz ele. "Você já montou uma bicicleta?"

Ela balança a cabeça. "Sei andar a cavalo. Mas acho que tão todos mortos agora, como o Touro."

Ele olha para mim. "Você disse *homens*. Quem está com ele?"

"Ela disse que é Grant. Nunca o vi. Martha, quando você viu o outro homem pela última vez?"

"Num vi mais ele desde que Saul me trancou no porão."

"Quanto tempo você passou lá?", pergunta Kiernan.

"Num sei. Eu fiquei lá embaixo com Touro por u'a parte do dia de ontem. E a noite inteirinha. Ele trouxe um pouco de pão e água pra gente hoje de manhã, e Touro começou a ficar doente, e Saul soltou ele, mas ele me fez ficar lá, até que ele veio me buscar depois. Eu num vi o outro cara mais. Talvez ele tenha ficado doente também."

Kiernan se vira para mim. "Quanto tempo você acha que ganhamos?"

"Vinte minutos se ele parar para trocar o pneu. Se ele ao menos souber como trocar um pneu. Ele provavelmente só vai dirigir até a fronteira. Então talvez uma vantagem de uns cinco minutos?"

"Acho que ela poderia vir na minha garupa", diz Kiernan, mas posso dizer pelo seu tom de voz que ele mesmo duvida que a bicicleta vá aguentar os dois.

"Acho que você daria conta de ultrapassar uma caminhonete com um pneu furado nesta coisa se estivesse apenas transportando uma pessoa, mas..."

"Sim", diz ele, e pega as duas bicicletas, levando-as mais para o meio da floresta. "Não temos como ultrapassá-lo."

Pego a mão de Martha. "Venha, está bem? Vou explicando as coisas à medida que formos avançando."

Pego uma das bicicletas de Kiernan e vamos seguindo-o até ele parar junto ao banco do riacho. Enquanto caminhamos, tento pensar em algo que possamos dizer a Martha que não vá fazê-la precisar ser trancafiada num hospício caso ela precise relatar sobre os últimos dias em algum momento. Até agora, não consegui pensar em nada.

O riacho serpenteia através do bosque denso, então não dá para ver a ponte a partir daqui. Mas uma caminhonete sacolejando junto às margens não é exatamente um troço silencioso. Um retinir e umas pancadas vêm daquela direção exatamente quando Kiernan encosta nossas bicicletas contra uma árvore.

Eu me agacho ao lado do riacho e visualizo nosso ponto estável perto da estrada. Conforme previsto, Saul não se deu ao trabalho de trocar o pneu, pelo menos ainda não. A caminhonete sacoleja pela estrada. Grant está dentro dela e parece morto ou em coma, porque não se mexe, muito embora sua cabeça esteja batendo na janela do carona de vez em quando.

Uma vez que eles passam, examino a estrada pelos próximos vinte minutos, avançando no tempo em incrementos de dez segundos. Não há indicações de que Saul vá voltar. Isso não significa que ele não esteja estacionado a uns dois quilômetros adiante, trocando o pneu.

Quando levanto o olhar do medalhão, Martha está me observando, a cabeça inclinada para um lado. "Você tá rezando?"

"Hum... meio que sim."

"Isso aí é tipo um rosário? A irmã da dona Carey, que visitava a gente, tinha um terço. Mas o dela tinha contas."

"Não é um rosário", intervém diz Kiernan. "Escute, Martha, precisamos explicar algumas coisas."

"Tudo bem. Imaginei quando a dona Kate sumiu lá atrás. A Irmã Elba sabia?"

"Sabia o quê?", pergunto.

"Que cês dois são anjos?" A julgar pela expressão dela, se ela nascesse um século depois, teria acrescentado um *dã* à frase. "Acho que não, assim como ela também num sabia o que *ele* era. Eu amava ela e tudo o mais, mas a Irmã confiava em quase todo mundo. Talvez se ela tivesse sido um pouco mais desconfiada..."

"Talvez", digo. "Mas isso faria dela uma pessoa muito diferente. E, Martha, não teria adiantado. Ela não teria como impedir Saul."

"Então essa é uma daquelas coisas...", ela faz uma pausa, como se estivesse tentando se lembrar da palavra, "predestinadas? Tipo minha mãe e meu pai que morreram tão jovens?"

Olho para Kiernan, e ele simplesmente dá de ombros. Parece errado deixá-la pensar que somos algum tipo de mensageiros divinos, mas é muito mais fácil do que explicar. E aqui, em 1911, é menos provável que ela vá ser enfiada num quarto acolchoado se alegar que viu anjos do que se revelar a verdade, se algum dia ela resolver contar tudo a alguém.

"Existem algumas coisas que não podemos mudar", digo a ela, pensando nas últimas palavras de Irmã Elba para mim. "Simplesmente precisamos encontrar um jeito de seguir quando essas coisas acontecem, assim ficamos prontos para mudar as coisas que formos capazes de mudar mais adiante."

"Por que eu?", pergunta ela, sua voz irritada de repente. "Por que ocês me salvaram? Eu tava muito perto de num acreditar em nada, e aquela igreja tava cheia de gente que ficava louvando a Deus o dia todo. Até Jack e Vern..."

Ela começa a tremer, e as lágrimas iminentes começam a escorrer por suas bochechas. Eu a abraço enquanto ela chora, porque é só o que posso fazer. Porque não tenho as respostas das quais ela necessita.

Kiernan simplesmente fica nos observando e percebo que ele está sentindo a mesma impotência que eu.

Em algum momento, Martha para de chorar, se afasta e se inclina para mim, a ponta dos dedos roçando meu rosto.

"Eu num sabia que anjos choravam."

Parte de mim grita que ela merece a verdade, e Kiernan deve estar prestando atenção, porque intercede pouco antes de eu desabar.

"Às vezes os anjos choram", diz ele. "Nós não conseguimos tomar as decisões, sabe. Apenas fazemos o que nos dizem. E quanto ao porquê de termos salvado você, você só precisa acreditar que houve um motivo, ok? Você pode não enxergá-lo ainda, mas talvez vá fazer coisas maravilhosas... Ou talvez quem vá fazer seja seu filho, ou sua neta, ou sua tataraneta."

Ela ri um pouco disso, mas é uma risada preocupada. "Eu nem sei pra onde vou ou o que vou fazer. Só tenho a roupa do corpo e..."

"Se você estava destinada a sair viva de God's Hollow", começa ele, "não creio que você deva morrer de fome nas ruas. Vou te ajudar. Conheço uma família que com certeza posso convencer a ficar com você durante alguns anos, até você se vir preparada para se virar sozinha. Mas ouça, essa coisa toda de anjo... precisa ser nosso segredo, está bem?"

Martha assente solenemente. "Ocês num precisam se preocupar com isso. Ninguém vai acreditar em mim mesmo."

17

Temos apenas duas bicicletas motorizadas, então me despeço de Martha e salto diretamente para a biblioteca de Katherine, onde Connor está à espera, conforme o previsto. Ele abre o cofre e coloco lá dentro o kit contendo a amostra do poço. Salto para o meu quarto, tiro o macacão, a máscara e tudo o que estava vestindo por baixo, e coloco tudo num grande saco de lixo preto. Embora eu tenha certeza de que este protocolo jamais passaria no CCD, é o melhor que podemos fazer por enquanto.

Permaneço no banho por muito mais tempo do que o habitual, esfregando cada centímetro do meu corpo até minha pele ficar cor-de-rosa, e meu couro cabeludo, dolorido. Ainda não posso dizer que me sinto completamente limpa, mas isso é provavelmente porque o chuveiro não tem como limpar as imagens na minha cabeça.

Connor e Katherine me aguardam na sala quando desço as escadas. A conversa também acontece conforme eu esperava. Cheguei a cogitar mentir sobre Martha, mas optei por ser honesta. Katherine encontra uma dúzia de motivos pelos quais devíamos ter feito as coisas de forma diferente e se empenha num longo discurso sobre todas as coisas que eu posso ter mudado ao ferir Saul. Estou entorpecida demais para discutir, e depois de alguns minutos, Connor consegue persuadi-la a voltar ao seu quarto.

Pego meu celular, que está carregando no balcão, e verifico minhas mensagens. Há um telefonema de minha mãe, o que eu já esperava, considerando que este foi meu dia de volta às aulas. Também chegou uma mensagem de Charlayne há vinte minutos, e eis aí algo que eu definitivamente não esperava. Nós trocamos nossos números depois da aula de inglês, para o caso de termos dúvida sobre o dever de casa ou algo assim, mas estou surpresa por receber uma mensagem tão cedo. Mais provas de que estou sendo manipulada, sem dúvida. Mesmo assim, eu abro.

Seu perfil tá horrível.

No começo, não tenho ideia do que ela está falando. Então me lembro de que Trey compartilhou algumas fotos no Facebook e que configurei uma conta para acessá-las. Eu nem botei uma foto de perfil, então só tem aquela cabeça feminina em branco, onde meu rosto deveria estar.

Eu respondo: *Não uso muito o Face. Você?*

Há uma pausa, e então ela responde. *Não posso ter conta no Face. Minha mãe deixa. Meu pai não deixa. Como sempre. Tô no WayBook. O equivalente dos ciristas.* Depois de alguns segundos, ela manda outra. *Você tem as páginas do texto do Miller?*

Respondo que vou verificar quando chegar no meu quarto. E então ligo para o meu pai. Fico tão feliz que ele atende, porque é a única pessoa com quem quero falar agora.

"Você está bem?", pergunta ele. "Porque você não parece bem."

"Já estive melhor." Passo os minutos seguintes deixando-o a par dos últimos dois dias, e acabo em lágrimas.

"Seu avô está estável agora, Kate. Talvez eu devesse voltar para casa."

"Não, pai. Está tudo bem."

Há um longo silêncio, e então ele fala. "Eu ainda estou tentando superar a ideia de que você está andando armada. Onde você..."

"Kiernan. Assim que minha mão parou de tremer, descobri que na verdade eu até que atiro direitinho."

"Aparentemente sim, já que você meteu um buraco no braço de Saul, em vez de na cabeça. Eu sei que provavelmente não é um grande consolo, Kate, mas pelo menos você conseguiu salvar uma pessoa. Isso é algo para a coluna positiva, certo?"

Connor aparece, e eu dou uma olhadela para ele enquanto digo: "Estou feliz que alguém concorde comigo nesse ponto".

"Katherine e Connor estão bravos?"

"Katherine está. Não tenho certeza sobre Connor." Quando ouve seu nome, Connor olha para mim com as sobrancelhas erguidas. "Escuta, pai... Eu estou bem. Conversar ajudou muito. Fique com a vovó Keller. Ela precisa de você mais do que eu agora. Eu amo você... Te ligo de volta mais tarde, ok?"

"Do que você não tem certeza em relação a Connor?", pergunta Connor.

"Se você está com raiva porque salvamos Martha."

Ele fica em silêncio por um momento. "Não, eu não estou com raiva", diz. "Espero que Kiernan tenha razão e que, com base no que você me contou sobre as fotografias, sua conclusão faça mais sentido do que qualquer outra coisa na qual eu consiga pensar. E, hum, não tenho certeza se Katherine gostaria que eu te dissesse isso, mas ela mudou de expressão de repente quando voltamos para o quarto, como se tivesse sido tomada por algum tipo de epifania. Ela me pediu para pegar o diário pessoal dela. Tudo o que ela falou é que talvez Saul ter sido baleado não tenha sido novidade, que ele voltou ferido uma vez."

"Está certo. Mas ela disse que foi uma queimadura de algum tipo. Que ele não quis ir ao..." Calo-me quando vejo Katherine à porta.

"Ao médico da CHRONOS", completa ela, dando a Connor um olhar um tanto incomodado antes de voltar os olhos para mim. "Desculpe por ter perdido a paciência, Kate. Embora eu não possa ter certeza, com base no que gravei naquele dia, isso explicaria por que Saul estava relutante em deixar que alguém visse sua lesão. Desconfio que ele soubesse que o médico da CHRONOS saberia dizer a diferença entre um ferimento a bala e uma queimadura."

∞

Trey está decepcionado porque o restaurante não é na cobertura, como ele tinha visto no site. Aparentemente, ali fica o bar, e é só para maiores de vinte e um anos. O maître disse a ele que éramos bem-vindos para subir e admirar a vista antes de irmos embora, e depois nos acomodou a uma mesa com vista para a Casa Branca, com o obelisco em memória a George Washington ao fundo.

Como Trey geralmente está muito mais acostumado a lugares como este do que eu, é esquisito vê-lo inquieto, puxando a manga do casaco. Ele está tenso desde que me buscou na casa da cidade.

Depois de fazer nosso pedido ao garçom, estico-me sobre a mesa e seguro a mão de Trey. "O que foi?"

"Nada. Eu... só..." Ele sorri. "Eu já disse que você está linda esta noite?"

Faço que sim com a cabeça. "Duas vezes, na verdade. Uma quando atendi a porta e outra depois que subi correndo e troquei para esta roupa."

Esta roupa é um vestido de brocado vermelho e preto que surrupiei do armário de minha mãe assim que vi Trey usando blazer cinza, calça preta e uma camisa preta. Também peguei seus saltos novos, que estavam no mesmo lugar onde ela os largara depois daquele nosso jantar com Katherine na primavera anterior, e agora eu estava descobrindo exatamente por que ela os deixara para trás ao embarcar para a Itália.

"Você não respondeu à minha pergunta. O que houve?"

"Não", diz ele, olhando para o cálice de água. "Acho que não respondi. Só queria que tudo fosse perfeito, e quando fiz as reservas, a pessoa ao telefone disse..." Ele olha para cima e ri quando nota minha expressão. "Acho que estou meio obsessivo. Desculpe."

"Tudo bem." Inclino-me para a frente e beijo os nozinhos de seus dedos. "Você precisa ter algum tipo de falha. Caso contrário, me fará parecer um desastre total. Mas isto aqui está absolutamente perfeito, então talvez você devesse se dar ao menos uma folguinha, ok?"

O garçom chega com nossas bebidas e uma cesta de pão com um cheiro celestial.

"Então", diz Trey, "como foi seu dia no escritório, querida?"

"Provavelmente não é algo que você queira discutir durante o jantar." As pessoas mais próximas estão a três mesas de distância, mas abaixo a voz mesmo assim. "Vou lhe dar a versão de trinta segundos: Kiernan foi baleado, mas está bem agora. Nós fomos para Six Bridges e conseguimos a tal amostra, a qual estamos guardando num frigobar fechado até que seja possível conseguir alguém, digamos, simpatizante da causa, e que também seja qualificado para analisá-la. Pelo lado positivo, fomos capazes de salvar uma garota. Já pelo lado não tão bom assim, ficamos sabendo que Saul não era o único historiador lá. Tinha outro cara com ele. O mesmo novato que está com Abel e Delia em Athens, em 1938. Estamos nos preparando para esse salto agora."

"Ok, podemos voltar para a parte em que Kiernan foi baleado?"

"Eu não estava com ele. Kiernan meio que mentiu e pegou a chave do cara que foi assassinado em Copenhague, Moehler. Eu falei sobre Moehler, certo?"

Trey assente. "De qualquer forma, ele diz que usou um colete de proteção, mas uma bala o acertou na perna."

"Quem atirou nele? Você acha que foi esse tal historiador novato que você viu?"

"Não. A CHRONOS tinha campos de estudo muito específicos, e Katherine tinha certeza de que Grant não era do campo da Europa. É quase certo que ele estava se especializando em história norte-americana, então não consigo imaginar nenhum motivo para eles terem aprovado um salto dele para Copenhague. Provavelmente nem para Saul também, então acho que podemos dizer seguramente que não foi um dos historiadores originais. Quem quer que tenha matado Moehler, provavelmente a mesma pessoa que atirou em Kiernan, é um dos viajantes de segunda geração, como eu, Prudence, Simon, Conwell... Acho que Eve também é uma possibilidade, embora seja difícil para mim imaginá-la portando uma arma."

Claro, acho difícil *me* imaginar empunhando uma arma e, no entanto, tem uma com minhas impressões digitais no gatilho lá em 1911.

Bebo um gole da minha água e continuo. "Ou poderia ser outra pessoa totalmente diferente. Kiernan diz que talvez haja mais meia dúzia de outros. Que diabo, por tudo o que sei, poderia ter sido Houdini."

O garçom coloca as saladas à nossa frente, põe um pouco de pimenta e parmesão em cima, e depois desaparece. Passamos os minutos seguintes muito ocupados comendo para conversar de fato, e isso provavelmente é bom, porque dá para ver que Trey ainda tem um monte de dúvidas, e acho que há boas chances de ele me encher de perguntas cujas respostas não terei.

Meu celular vibra dentro da bolsa. Ofereço a Trey um sorriso com um pedido de desculpas embutido. "Desculpe. Eu gostaria de deixar desligado, mas com Katherine e com meu pai em Delaware..."

"Tudo bem", responde ele quando olho para o visor,

"E é Charlayne." Balanço a cabeça. "Vou responder mais tarde. Acho que ela vai vir com outra pergunta falsa sobre o dever de casa."

"Por quanto tempo você acha que vai conseguir manter o fingimento antes de dar um passa-fora nela?"

Dou de ombros. "Eu gostaria de pensar que ela tem um bom motivo para concordar em fazer isso, mas quem sabe? Talvez ela só esteja querendo puxar o saco de Eve."

Quando o garçom pergunta se queremos sobremesa, Trey diz que temos outros planos, e, após um curto passeio de elevador, estamos na varanda da cobertura. Trey me abraça por trás, e acho que há um benefício nestes saltos desgraçados, afinal — agora estou na altura perfeita para inclinar minha cabeça e apoiá-la no ombro dele. Ficamos ali de pé, admirando o pôr do sol, e é bom ter um momento, ainda que curto, onde tudo é pacífico, silencioso e perfeito.

Então ele diz: "Você sabe que eu te amo, não sabe?".

Meu coração fica preso na garganta, porque não é como na ocasião em que ele me disse isso pela primeira vez. Noto a dúvida na voz dele, como se fosse algo que ele acha que deveria dizer, mas do qual não tem certeza. E ele provavelmente pensa que deve dizer porque eu já disse isso a ele, semanas atrás, o que o deixa meio atrasado em seu livro contábil, embora não haja atraso algum. Talvez seja por isso que ele tenha passado a noite toda tão nervoso.

"Trey, você não precisa..."

Ele me contorna para poder me encarar. "Não, Kate. Eu quero. Quero dizer, não estou dizendo que vamos durar para sempre. Acho que eu não teria como saber disso, mesmo que a linha do tempo não estivesse sob risco de mudar e arrancar você de mim a qualquer momento. Eu tenho dezoito anos, você tem dezessete. Eu não sei nem se esse papo de 'para sempre' faz sentido na nossa idade. Mas, neste momento, você é tudo para mim. Eu quero passar cada segundo com você, e quando eu não posso estar com você, sempre fico pensando no quanto eu quero estar com você. Você estava certa, Kate. *Isto* é o certo."

Trey se inclina para me beijar, e o beijo quase me convence. Quase. Eu finalmente afasto aquela vozinha irritante na minha cabeça, dizendo que tudo parece um pouco forçado, que talvez as coisas estejam meio perfeitas demais. Não posso ficar comparando tudo à vez anterior.

Interrompemos o beijo alguns minutos depois. Trey puxa meu braço, me arrastando em direção à porta que leva de volta lá para dentro.

"Pronto. Já nos cansamos do pôr do sol?" Assinto levemente e ele diz: "Beleza, então. Vamos".

"Sobremesa?", pergunto.

Ele ri e me puxa contra si. "Sim, definitivamente teremos sobremesa."

O restaurante fica no segundo andar, mas durante nossa descida o elevador abre no quinto. Trey sai, e eu acompanho. Ele entra no corredor, saca um cartão-chave do bolso e passa na tranca de uma das portas.

"Não é uma suíte, mas pelo menos temos uma bela vista da cidade."

Ok, acho que estou meio lerda, porque não entendo direito até ver a cama king-size no meio do pequeno quarto. Há uma bandeja de morangos com chocolate na mesinha ao lado da janela e o ambiente é decorado em tons de dourado e creme, assim como a sala de jantar. E já mencionei a cama king-size?

Deus do céu.

"Trey? Por que estamos aqui? Eu pensei que..."

Ele me abraça. "Porque por mais que eu goste do seu quarto na casa da cidade, como eu já disse, isso deveria ser especial. Perfeito." Seus olhos estão cada vez mais prudentes, provavelmente porque não estou reagindo como ele esperava. E por mais que eu esteja louca para simplesmente aceitar tudo isso, algo me parece muito, muito errado. Você não sai de uns beijos para isso num único dia.

"Trey..."

Os lábios dele me silenciam por um momento, e então ele diz: "Hummm?".

"Pensei que fôssemos levar as coisas de maneira devagar."

"Bem, sim, mas daí na noite passada..."

"Ainda estávamos levando as coisas devagar."

Seus braços caem junto ao corpo e ele olha para mim com descrença. "O que aconteceu — bem, quase aconteceu — no meu quarto ontem à noite não foi levar as coisas devagar."

Recuo e afundo numa das poltronas junto à janela, as mãos no rosto. "Você pode me dizer exatamente o que aconteceu no seu quarto? Porque eu meio que não me lembro de nada disso."

Ele fica em silêncio durante tanto tempo que acho que vou ter que repetir a pergunta, e então ele senta na beira da cama e fala com uma voz suave. "Você só pode estar brincando. Você está dizendo que não era você? Ou que é você de duas semanas para cá, quando você concluiu que era uma ideia ruim levar as coisas mais devagar?"

Dá para ver que ele está bravo, e não posso culpá-lo. "Eu não sei, Trey. É por isso que eu preciso que você me conte o que aconteceu."

"Eu estava quase dormindo. E então você apareceu. Usando aquele negócio de renda, lembra? Eu pedi que você trouxesse ou usasse hoje, ou algo assim?"

"Eu pensei... que você estivesse brincando."

"Sim. A roupa de bibliotecária. Pensei que *você* estivesse brincando."

"Então o que foi que... essa pessoa disse? O que te convenceu de que essa pessoa era eu?"

"Você não falou muita coisa. Foi mais o lance de surgir do nada, segurando a porcaria da chave, e rastejar para minha cama. Eu praticamente precisei..."

Não consigo ler a expressão dele quando Trey finalmente olha para mim. É uma mistura esquisita de constrangimento, aborrecimento e confusão. "Mas que droga, Kate. Você está dizendo mesmo que não era você? Era Prudence... É isso que você está dizendo?"

"Eu sei lá, Trey! Só sei que nunca estive no seu quarto. Eu não tenho nenhum ponto estável perto da sua casa. Não consigo excluir totalmente a possibilidade de que fosse eu, em algum momento posterior, mas, mesmo que seja, eu me lembraria dessa noite. E acredite, eu teria feito qualquer coisa para evitar... isso."

Olho novamente para o quarto. Não faço ideia de como, ou de quanto, ele pagou por esta noite. E agora, *se* e *quando* finalmente chegarmos à nossa primeira vez, este fiasco colossal sempre vai estar nas nossas lembranças. "Será que você poderia começar do começo?", peço, tentando manter a voz controlada.

"Meu quarto por volta de onze da noite. Eu, quase adormecido. Você, ou alguém que se parece exatamente com você, ao luar, rasteja para minha cama e começa..." Ele inclina a cabeça para trás e olha para o teto. "Puta merda, Kate, não acredito nisso."

Não vamos chegar a lugar algum com aquela narração, então mudo as perguntas. Especificamente, a pergunta principal que está na minha cabeça.

"Nós... Quero dizer, você e essa outra pessoa *fizeram* alguma coisa?"

"Não, mas só porque eu insisti muito que eu não queria que sua primeira vez fosse numa cama de solteiro, debaixo de uma prateleira com meus troféus de futebol, a dois quartos de onde meu pai estava dormindo."

"Você acha que ela... tinha a nossa idade? Ou talvez estivesse mais velha?"

"Eu não sei, Kate. Estava escuro. Não olhei seu rosto direito. Mas você não parecia velha."

Estremeço e percebo que realmente não quero que ele esclareça o que quis dizer com isso.

"Você a beijou?" Talvez Trey nem tivesse como saber que não era eu caso beijasse Prudence, mas não quero acreditar nisso.

"Não. Ela meio que foi embora com pressa." Fico feliz além da conta ao ouvi-lo dizer *ela*, em vez de *você*. "Como você acha que ela entrou?", pergunta. "Temos sistema de segurança e Estella é muito cuidadosa com quem deixa entrar na casa."

Vou até a beira da cama e sento ao lado dele. "É uma casa antiga. Seus avós tinham sistema de segurança? Ou a pessoa que era dona da casa antes deles? Prudence pode ter estabelecido o ponto em 1900, por tudo o que sabemos, contanto que ela soubesse em qual quarto você estaria agora."

"Tudo bem, então, por quê? Por que ela faria isso?"

Trey olha para mim, e por um segundo imagino um buraco de bala em sua testa, exatamente onde estava o de Moehler.

Meu coração para e aperto os olhos. Quando os abro, o buraco não está mais lá.

Mas isso não muda o fato de que poderia estar.

"Ela está me dando um recado. Que eles estão nos observando. Que eles podem chegar às pessoas que amo."

Que a trégua acabou.

Por um momento fugaz, considero saltar de volta alguns dias. Eu poderia aparecer na casa de Trey, sem aviso, e incitá-lo a me levar para o andar de cima. Aí eu definiria meu próprio ponto estável, e então, quando Prudence aparecesse... Eu provavelmente não a mataria, mas a ideia é tentadora.

Claro, isso afundaria Trey ainda mais nessa história. E faria com que ele e sua família ficassem sob um risco muito maior.

E isso não vai acontecer.

Katherine estava certa. Deus do céu, eu odeio admitir isso; odeio muito, mesmo, mas eu jamais deveria ter enfiado Trey nessa confusão. A jogada inteligente seria saltar para trás e tirar aquele envelope pardo de minhas mãos antes de eu entregá-lo a Trey. Reverter os últimos meses e mantê-lo a salvo, lindamente inconsciente até mesmo da minha existência. Mas isso resultaria em tantas lembranças conflitantes que não é uma escolha viável.

"Desculpe, Trey. Vou te pagar pelos gastos." Examino o quarto. "Isso deve ter custado uma fortuna."

"Então pela primeira vez gastei meu dinheiro de aniversário. Grande coisa. Não estou chateado com o dinheiro, Kate." Ele se inclina para a frente e me dá um beijo muito terno. "Ei, estou bem com esse lance de ir com calma. Vamos só alugar um filme. Coma os morangos. Eu estava falando sério. Aquilo que falei no terraço. Eu te amo."

"Eu também te amo."

Amo mesmo. E enquanto penso que eu realmente estava preparada para esse passo com o outro Trey, na outra linha do tempo, agora ainda não chegamos lá. Dá para ver que ele *quer* me amar. Ele pode até mesmo estar no meio do caminho até lá.

Mas mesmo que ele tenha dito com a mesma convicção da última vez, não faria diferença.

Porque eu também não sou a mesma. Talvez porque sei que Trey não está totalmente apaixonado por mim, ou talvez porque eu tenho essas leves dúvidas incômodas em relação a Kiernan. De qualquer forma, nunca serei capaz de dar esse passo com Trey até eu resolver tudo na minha cabeça.

E, acima de tudo, não vou permitir que Trey seja usado como um peão no joguinho de Prudence.

"Desculpe por ter enfiado você nisso tudo, Trey."

Ele pega minha mão quando vê que estou segurando a chave CHRONOS, mas eu me afasto.

"Espere, Kate. Vamos conversar..."

"Não. Talvez seu pai tivesse razão sobre o lance de você concluir o Ensino Médio no Peru. Eu vou encontrá-lo quando isso tudo acabar. Prometo. Assim que a gente recuperar todas as chaves, assim que eu tiver certeza de que Saul e Prudence não podem te machucar. Que não vão poder machucar ninguém. Quando isso acabar *totalmente*, de um jeito ou de outro. Eu vou te encontrar, vou te beijar, e farei o que for preciso para compensar isso para você."

Não paro para lhe dar um beijo de despedida. Eu nem sequer olho para ele, porque tenho medo de perder a coragem. Visualizo o ponto estável no meu quarto e pisco, segundos antes de as lágrimas que teriam impossibilitado meu foco inundarem meus olhos.

Por mais que eu queira que seja verdade, não sou uma garota comum com uma vida comum, amigos comuns e um relacionamento comum com um cara excepcionalmente maravilhoso.

E, a menos que eu pare de fingir, jamais terei essa chance.

∞

Entrego-me a uma breve sessão de lamentações quando volto ao meu quarto, e a primeira etapa consiste num chororô de dez minutos no chuveiro. A segunda etapa é uma conversa com minha mãe, muito embora eu precise saltar algumas horas para sincronizar as coisas com o fuso horário da Itália. E se há o mais ínfimo fator positivo esta noite, é que de fato agora tenho assunto com ela, desde que eu evite os detalhes e me prenda ao básico: Trey e eu não estamos mais juntos. E muito embora dê para notar que ela está triste por mim, e talvez um pouco preocupada, fico feliz por ter ligado. Eu precisava da minha mãe, e acho que ela precisava se sentir necessária.

Recebo duas mensagens de Trey, mas não as leio. Não consigo. Não até concluir o salto de 1938.

Bem... E nenhuma sessão de lamentações fica completa sem sorvete, então o terceiro e último estágio é um potão de Ben & Jerry's que vi no freezer esta manhã. No entanto, ele já não está mais lá quando chego na cozinha, e tenho certeza de que Katherine não comeu. Como estou segura de que preciso dele mais do que Connor, salto para o início do dia e retorno ao presente. Se ele terminar com lembranças de ter comido e não ter comido meu Cherry Garcia, que seja.

Connor entra quando estou nas últimas colheradas. Ele lança um olhar breve e confuso para o freezer, depois olha para o relógio, e de volta ao sorvete, e depois para minha cara, que com certeza ainda está inchada de tanto chorar. "Você quer conversar?"

"Eu não quero falar da parte Trey-e-eu. Mas Katherine está ocupada? Isso afeta a todos nós."

Não existe privacidade nesta casa. Tudo o que eu disse a Trey sobre como Prudence poderia ter colocado um ponto estável no quarto dele, até onde sei, também é válido para esta casa. Quem teria sido o dono dela antes de Katherine? Por quanto tempo ela ficou disponível no mercado, vazia e à espera de alguém para passear e configurar pontos estáveis ou mesmo dispositivos de escuta?

Dez minutos depois, Katherine e Connor estão a par de tudo. Edito a história um pouco, porque não tenho certeza de como eles vão reagir com o lance de Trey ter reservado um quarto de hotel. Ambos ficam olhando os arredores, muito tensos, pelo menos uma vez enquanto falo, então provavelmente estão pensando o mesmo sobre a casa não deter mais nenhum tipo de privacidade.

"Quando nos mudamos, mandei examinar o local cuidadosamente em busca de escutas", diz Connor. "Temos dois sistemas de segurança, instalados por duas empresas diferentes, e ambas executaram uma varredura magnética antes de eu começar a trazer nosso equipamento. Não vejo como alguém poderia ter plantado um dispositivo desde então, a menos que tenha entrado numa caixa de pizza, e nesse caso teria saído novamente algumas horas depois. Mas eu não tenho como verificar se alguém configurou um ponto estável em sua chave específica antes de nos mudarmos. Então, sim, é possível."

"Se eles estão nos vigiando, então sabem que nós recuperamos quatro das chaves. Prudence já teria sabido há um tempinho que você não estava mantendo sua palavra na trégua. Então por que esperar até agora para reagir?", pergunta Katherine.

"Talvez as chaves em Athens sejam as únicas das quais eles necessitam", sugere Connor.

"Pode ser", digo. "Mas por acaso alguém mais aqui tem a sensação de que estão brincando com a gente?"

18

Bogart, Georgia
8 de outubro de 1905, 9h

Não fico surpresa por ver Kiernan perto da mesa em sua casa, já que ele está esperando que eu chegue às nove e normalmente me recebe ali naquela posição. Fico um pouco surpresa ao constatar que ele cortou o cabelo e que sua pele está uns três tons mais morena do que o habitual.

No entanto, o que me surpreende a ponto de eu quase fazer o salto para a casa sem querer é vê-lo com o braço em torno de uma mulher de uns vinte anos de idade.

Uma mulher que só pode ser minha tia Prudence.

Fico olhando por vários minutos, mal conseguindo respirar.

Eles não estão sozinhos. Há também uma mulher loira, de uns cinquenta anos, ao lado de Prudence. Eu não acho que a tenha visto antes, embora ela me lembre um pouco a Katherine na região ao redor dos olhos. À esquerda de Kiernan está um rapaz em seus vinte e poucos anos, e tenho a sensação de *já* tê-lo visto, mas pode ser só porque ele se parece um pouco com Simon. Ele é mais bonito, porém, e mais magro, talvez quinze anos mais velho.

Ambos parecem ansiosos para ir embora.

Prudence está dominando a conversa, mas sem áudio, não tenho como saber o que ela está dizendo. Aparentemente, ela falou algo engraçado, porque Kiernan ri. Depois, ele se inclina e dá um beijo nela.

Não é um beijo demorado, mas certamente não é platônico, e sou tomada por uma onda de emoções diversas. Principalmente traição, um pouco de confusão e uma dose forte de raiva, mas eu estaria mentindo se não assumisse que tem um bocadinho de ciúme na mistura.

Perco o ponto estável e concluo que pode ser uma boa ideia aguardar um pouco antes de visualizá-lo de novo. Preciso pensar.

Kiernan sabia que eu ia chegar às nove, e aparentemente não estava tentando expulsá-los. É impossível se atrasar quando você chega por meio da chave CHRONOS, então ele sabia exatamente quando eu chegaria.

Jogo a chave na cama e reflito se devo conversar sobre isso com Katherine e Connor. Isso significaria meia hora, pelo menos, de debate se Kiernan tem trabalhado ao lado de Prudence desde o início. Connor ou Katherine, ou ambos, vão dizer que eles desconfiavam desde sempre.

E no final, a coisa vai chegar exatamente ao mesmo ponto. Eu vou ter que entrar em cena e resolver isso sozinha. Se for uma armadilha e eu não voltar, nenhum deles vai poder fazer nada para me ajudar.

O único que pode me ajudar é Kiernan. E ele acaba de dar a porcaria de um *beijo* em Prudence. Não na Pru jovem, mas naquela que ele afirma ser doida de pedra.

Kiernan a beijou quando sabia que eu estaria olhando.

Ele quer que eu saiba que eles estavam lá, então não creio que isso seja uma armadilha.

E se Prudence resolver aparecer e me confrontar, também estou bem com isso. Temos algumas coisinhas para resolver.

Pego a chave, travo o horário de nove horas da manhã e assisto a tudo de novo.

O beijo aparentemente era de despedida, porque os convidados de Kiernan, incluindo Prudence, piscam e se vão um momento depois. Às 9h04, ele olha pela sala por um segundo, encara diretamente o ponto estável por onde sempre chego, o lugar que ele sabe que estarei vendo. Sua expressão vai ficando cada vez mais impaciente. Finalmente, depois de uns três minutos, ele joga as mãos para o alto e sai de casa.

Dou mais trinta segundos e pisco para chegar. A casa dele está meio fria, então jogo a última tora na lareira e me ajoelho no chão, mexendo nas brasas com o atiçador para fazer o fogo pegar. As brasas crepitam um pouco e depois acendem de leve quando a porta da frente é aberta, criando uma breve rajada.

Kiernan entra, carregando uma braçada de madeira. Ele coloca tudo num latão ao lado da lareira antes de jogar outra tora em cima daquela primeira que coloquei lá. O coxear, que ainda era visível quando o deixei com Martha, agora sumiu completamente.

Quero perguntar a ele sobre Martha, mas não sei quem pode estar assistindo ou talvez até mesmo escutando. Então fico lá, esperando que ele fale primeiro.

"O quê, sem bom dia?" Ele me dá um beijo breve nos lábios. Eu enrijeço automaticamente, mas ele sussurra: "Entra no meu jogo, Kate".

"Bom dia. É que você... me pegou de surpresa." Dou-lhe um sorriso rígido e me afasto, indo para o quarto onde minhas coisas estão guardadas. "Preciso me vestir para Athens."

"Você não quer ver minhas anotações primeiro?"

"Depois que eu me arrumar."

Assim que fecho a porta, percebo que Kiernan provavelmente estava tentando me dizer alguma coisa. Mas acho que seria suspeito mudar de ideia agora, então simplesmente tiro meus jeans e minha camiseta. A roupa de 1938 está pendurada no armário, onde a deixei da última vez. Tem um suéter ali que não reconheço, mas estou feliz em vê-lo, porque estamos em outubro e esta casa tem correntes de ar.

Quando tiro o vestido do cabide, ele tomba de um lado e percebo que tem alguma coisa pesada no bolso. É a arma. Faço menção de retirá-la dali, mas me lembro de Kiernan me alertando, quando estávamos treinando, para colocar a arma sempre sobre uma superfície plana. Ele disse que a segurança deste modelo não é infalível e que há muitos registros de tiros acidentais caso ela seja derrubada. Se Kiernan a escondeu no meu bolso apesar desse aviso, é porque provavelmente preciso deixá-la fora de vista.

Coloco o vestido, um modelo azul simples e acinturado, e também visto o suéter, que é comprido o suficiente para cobrir o bolso contendo a arma. Guardo meu celular no único local seguro que encontrei para as viagens: meu sutiã. Não é confortável, mas é improvável que caia. Meus óculos e o chapéu cloche ainda estão na cômoda. O disfarce é inútil agora, mas Prudence não sabe que eu sei, então enfio meu cabelo debaixo do chapéu e boto os malditos óculos antes de me juntar a Kiernan. Ele está sentado à mesa, ainda usando o mesmo jeans e camisa de flanela, lembrando-me, mais uma vez, de que a coisa é bem mais mole para viajantes do sexo masculino.

Ele empurra uma folha de papel pela mesa. "Estas são algumas anotações que fiz ao observar os pontos estáveis na pensão onde Delia está."

São apenas alguns itens, a maioria parece ser nomes de cidades e ruas. Watkinsville está circulado. Os outros estão riscados, mas dois itens estão circulados e riscados.

"Eu tentei diminuir as opções para chegar até onde eles estão indo", diz ele, sua voz estranhamente formal. "Pensei que poderia ser um destes outros pontos, mas tenho certeza de que é Watkinsville ou apenas para o sul." Ele aponta a palavra *Watkinsville* no papel e depois desliza o dedo para a palavra *G's Hollow,* que está circulada e riscada. Logo abaixo, está *Colt Springs Rd.*, com tudo riscado e só a palavra *Colt* circulada.

"Então vamos para Watkinsville", digo. "Alguma pista de qual local lá?"

"Não, mas é uma cidade pequena, e sei a estrada que eles vão tomar e qual veículo estão dirigindo. Vamos esperar até eles se aproximarem da cidade, e então sair e segui-los. É para ser tranquilo. Como eu disse, estávamos apenas perdendo tempo ao tentar pegar as chaves em Athens."

Ele enfatiza a última frase de forma muito distinta e me olha diretamente ao pronunciá-la.

Ofereço um sorriso confuso e digo: "Tudo bem", muito embora eu não me lembre de ele ter falado nada desse tipo. Capto o recado no papel — Pru não sabe de nada que aconteceu em God's Hollow ou sobre a arma. Mas não tenho certeza do que ele quer dizer com o comentário sobre Athens.

"Ok, então vamos", digo, e sigo em direção à porta.

"Hum, Kate?" Ele está me olhando com as sobrancelhas levantadas, a expressão ligeiramente preocupada. "A caminhonete está em 1938."

"Certo." Dou um sorrisinho bobo e falso e saco minha chave CHRONOS. "Você primeiro."

∞

Bogart, Georgia
11 de agosto de 1938, 10h

Esta casa é quentinha, e sinto o cheiro de café. Olho em volta e vejo que tudo está praticamente igual, exceto por um abajur novo na sala de estar. A mesa da cozinha está vazia, mas um jornal com a manchete "Roosevelt vai discursar em formatura na Universidade da Georgia" e uma garrafa térmica com as palavras "Gelado-Quente" na lateral estão lá.

Kiernan aponta o jornal com o dedo indicador. "O grupo de Delia vai sair de Athens lá pelas dez e meia, durante o discurso de Roosevelt. O carro dele vai passar por Watkinsville, a caminho de Barnesville, onde ele vai fazer outro discurso. Acho que o objetivo deles é ver como os habitantes locais reagem. O carro de Roosevelt pode até parar lá por um instante, sei lá."

Ele me entrega a garrafa térmica. "Pode ser que a gente precise aguardar um pouco. Eu não fiz os saltos para verificar os horários exatos."

"Sem problemas. Tenho certeza de que você esteve muito ocupado com outras coisas."

Tento manter o sarcasmo a níveis mínimos ao fazer meu comentário, mas creio que falhei, porque Kiernan revira os olhos.

"Não tem leite. Tudo bem por você?"

Faço que sim com a cabeça. Espero que o café de Kiernan seja melhor que o do bisneto dele.

Ele abre a porta dos fundos e eu o acompanho até o quintal. O lugar agora é nitidamente uma fazenda em plena atividade — várias vacas pastam perto do celeiro, e há um trator entre os restos castanhos no milharal. A pintura do galpão desbotou. Um homem mais velho usando camisa branca e macacão está empoleirado numa escadinha sob um dos pessegueiros, que cresceram consideravelmente desde 1911.

Dois cães, um collie e um vira-lata, descansam sob o sol, a poucos metros de distância. Quando a porta se fecha atrás de nós, eles começam a latir. O homem olha e acena enquanto desce da escada.

Kiernan dá um gemido. "Eu estava torcendo para a gente conseguir evitar Bill. Se ele perguntar, você é da universidade. Acabei de trazer você para cá para conhecer a casa, antes de voltar para a cidade para ouvir o discurso do presidente."

Caminhamos em direção ao galpão onde o sujeito agora nos aguarda, uma bolsa de lona cheia de pêssegos pendurada no ombro. Ele tira o boné e o enfia no bolso.

"Rapaz, com certeza ocê se parece com seu pai. Eu sei que digo isso quase toda vez que vejo ocê, mas é como se Deus tivesse feito uma cópia escritinha quando ele fez ocê." Seus olhos se deslocam para mim. "E quem é essa jovem bunita?"

"Esta é Kate Keller, sr. Owens. Ela cursa uma das disciplinas comigo, e eu a trouxe para conhecer a fazenda antes de sairmos para ouvir o discurso de Roosevelt."

Owens parece surpreso e começa a falar alguma coisa. Então muda de ideia, dando a Kiernan um sorriso e uma piscadela antes de olhar para mim outra vez. "É um prazer conhecer ocê, senhorita Keller. Vô deixar ocês jovens continuarem com seu dia, mas aqui..." Ele enfia a mão na sacola e pega dois pêssegos, entregando-os a Kiernan. "Ocês precisam provar esse pêssegos. A gente tá numa safra tão boa esse ano que Alice nem tá dando conta deles. Vô pedir pra ela trazer uns potes de geleia, agora que cês vão estar um pouco mais aqui por essas bandas, já que as aulas começaram. Talvez eu traga picles e o doce de ameixa dela também."

"Eu certamente gostaria, sr. Owens, se não for problema."

"Num é problema. Num é problema mesmo." Owens enfia a mão na bolsa e pega mais dois pêssegos. "Aqui mais uns pr'ocê levar pra sua hospedagem, jovem. Cês se divirta muito e mande minhas lembranças pro presidente Roosevelt."

"É para mandar boas lembranças ou as de outro tipo?", brinca Kiernan.

Owens joga a cabeça para trás e ri. "Ocê sabe quais."

Kiernan balança a cabeça enquanto abre a porta da caminhonete, com carroceria preta. "Eu me esqueci completamente de que a caminhonete passou a manhã toda aqui. Ele sabe que eu não trouxe você para cá para ver a casa."

"Então por que..."

"Foi por isso que ele deu aquela piscadela. Ele está presumindo que você passou a noite toda comigo. Espero que ele não vá fofocar com a sra. Owens, ou ela vai deixar uma pilha de panfletos da igreja sobre os perigos do sexo antes do casamento na minha varanda, junto com os picles e o doce de ameixa. E ela provavelmente vai mandar uma carta maternal e bem-intencionada para Boston para que meu pai saiba que seu filho anda se comportando mal."

"E você vai lhe responder depois, agradecendo por ter informado."

Ele sorri. "Exatamente."

A caminhonete já está desconfortavelmente quente, então tiro o suéter e abro o vidro enquanto Kiernan liga o motor.

Ele dispara um olhar nervoso na minha direção assim que o veículo entra na trilha esburacada que leva à estrada.

"Então... Nada de me encher de perguntas sobre Pru?"

Olho em volta. "É seguro? Eu não tinha certeza se alguém conseguiria definir um ponto estável dentro de um carro."

Ele bufa. "Se eles fizeram isso, foi com o carro lá no galpão."

"E quanto a dispositivos de escuta?"

"Não, a menos que eles tenham feito isso na última hora ou coisa assim, e acho que Owens teria me dito se alguém estivesse mexendo na minha caminhonete. E, sendo muito sincero, não creio que haja algum dispositivo na casa também. Mas definitivamente há pontos estáveis, e eu não subestimaria a capacidade de Leo para ler lábios."

Fico calada por um minuto, porque não tenho ideia de por onde começar. Abro a garrafa e tomo um gole do café, que está tão quente que escalda minha língua, mas que, tirando isso, não está ruim.

"Primeiro", começo, "por favor, me diga que Martha está bem."

"Martha está bem. Coloquei algumas centenas de dólares numa conta-poupança e disse a Bill para dar a ela quando ela atingisse a maioridade ou se casasse. Enquanto isso, Martha está ficando com eles. A sra. Owens tem quatro meninos e ficou feliz em acolhê-la. Ela ficou menos feliz em levar as duas bicicletas motorizadas, mas a rapaziada insistiu."

"E você acha que esses Owens serão legais com ela?"

"Eu sei que eles *foram* legais com ela. Ela se casou com um sujeito de Atlanta, mas ele morreu na Primeira Guerra Mundial. Martha e seu filhinho voltaram para a fazenda mais ou menos dois anos depois disso. Eu vi fotos... É um moleque bonitinho. Ela se casou de novo e se mudou para perto de Bishop, perto o suficiente para me visitar de vez em quando."

"Como você explicou..."

"Eu a mantive aqui na casa até a polícia encontrar a cena em Six Bridges e remover os corpos. Dei um jeito de estar no armazém local ao mesmo tempo em que ela apareceu perguntando o que aconteceu a todos em seu vilarejo. Ela é uma boa atriz e fez seu papel muito bem... Depois disso, providenciei as coisas com o sr. e a sra. Owens."

"E Prudence não sabe de nada disso?"

"Até onde sei, não. Ela não tinha motivos para observar minha casa em 1911, porque eu nunca disse a ela que estivemos lá em 1911. E você sabe quanto tempo leva para ficar observando os pontos estáveis. Tenho certeza de que ela tem outras..."

"Por que você não explica por que diabos você está contando as coisas a Prudence?"

"Bem, eu planejava começar por essa parte. Foi você quem começou a conversa perguntando por Martha. E pare de me olhar como se eu fosse uma porcaria de traidor, porque eu não sou."

Não digo nada. Chegamos ao fim da trilha de terra, e Kiernan vira à esquerda, para uma estrada de duas pistas, antes de olhar para mim. "Não fazia sentido, está bem? Foi tudo muito tranquilo."

"Você ganha um tiro na perna e diz que foi tranquilo?"

"Não foi Pru que atirou. Provavelmente foi Simon. Ou outra pessoa enviada por Saul."

"O que não faz diferença nenhuma. Porque apesar das disputas internas, eles estão do mesmo lado, certo? Não interessa com quem você esteja conversando ou não se eles estiverem trabalhando em prol do mesmo objetivo."

"Talvez. Mas talvez faça diferença o fato de eles estarem desejando a mesma coisa por motivos diferentes."

"Não", retruco. "Não quando a coisa que ambos querem é destruir grande parte da população mundial."

"Tudo bem, você está certa. Mas... as motivações de Pru podem tornar possível negociar com ela. Fazê-la mudar de ideia. Mas Saul..." Ele balança a cabeça e pega a garrafa térmica, bebe um gole e a guarda de volta. Até hoje de manhã, eu não teria pensado duas vezes em relação a beber depois de Kiernan, mas depois de vê-lo beijando Prudence, o café não me parece mais tão atraente.

"Você sabe que passei algumas semanas com Prudence e Simon depois que minha Kate desapareceu, certo?"

"Sim. Você disse que convenceu Pru de que você não se lembrava da sua Kate e que não conseguia usar a chave CHRONOS. Você falou que foi aí que ela resolveu deixá-lo em paz."

"Bem, pode não ter sido tão simples assim. Eu simplesmente não conseguia afastar a sensação de que tinha alguém brincando com a gente, Kate."

É realmente estranho ouvi-lo dizendo isso, sendo que acabei de falar exatamente o mesmo para Connor e Katherine.

"Então", continua ele, "depois de termos resolvido tudo em Six Bridges e de eu ter acomodado Martha, resolvi voltar para Estero em 2038 e ver se eu poderia conseguir algumas respostas. Cortei meu cabelo novamente, vesti as mesmas roupas. Saltei talvez uns dez segundos depois de ter deixado Pru pela última vez. Aí perguntei a ela exatamente por que terminamos. Ela me contou a mesma história de antes, que é uma baboseira total, mas desta vez eu fingi acreditar. E nós resolvemos as coisas."

Kiernan pega a garrafa térmica e bebe outro gole. Ele parece desconfortável o suficiente para que eu não tenha dúvidas sobre o que ele quis dizer com *resolvemos as coisas*.

"Com a Pru mais velha?"

"Sim."

Permaneço em silêncio, e depois de um momento ele continua, sua voz um pouco exasperada. "Não é como eu se eu quisesse, Kate.

Mas era o único jeito de ela confiar em mim. De qualquer forma, fiquei lá por Estero por cerca de duas semanas, tempo suficiente para descobrir que Saul, Simon e cerca de metade da panelinha tinham se mudado para a casa grande perto do templo regional em Miami. Não foi surpresa nenhuma, já que Saul passava a maior parte do tempo lá, de qualquer forma. Me esgueirei para alguns saltos até Boston para fazer os espetáculos do Norumbega. Simon ainda está lá, praticamente todos os dias, com... ela."

"A Pru jovem."

"Isso", confirma ele, a voz fatigada.

"E a Pru mais velha não sabe o que está rolando?"

"Às vezes a Pru mais velha não sabe nem o que tomou no café da manhã." Isto desencadeia o fator *eeeca* ainda mais, mas não falo nada.

"De qualquer forma", diz ele, "mais ou menos depois de uma semana lá, Pru está falando com Philippa certa manhã e faz uma piada sobre você ter pegado as chaves de Timothy e Evelyn em Dallas. Pru diz que talvez ela precise dar um tapinha nas mãos do bebê por quebrar as regras, mas fica nítido que ela não se importa nem um pouco com essas chaves. Sua única preocupação parecia ser você começar a bisbilhotar o que eles andavam fazendo em 2038. Então... Eu me ofereci para ser babá."

"Você o quê?"

"Eu disse a ela que tiraria você da jogada, já que você parecia meio interessada por mim."

Minha vontade é socá-lo, mas ele está dirigindo. Cerro os dentes. "Então... Ela caiu nisso?"

"Não. No início, não. Dei de ombros como se não fizesse diferença e voltei a ler meu livro e a aproveitar o sol na piscina. Mais tarde, ela disse que seria bom vigiar a casa de Katherine, e eu falei para ela que estava entediado. E pedi que ela ao menos me deixasse cuidar dessa tarefa mais insignificante."

"Você contratou alguém para nos espionar?"

"Mais ou menos." Ele olha meus punhos cerrados e fica desconfortável, depois continua. "Aquela van azul que você andou vendo estacionada na porta..."

"Connor diz que pertence ao vizinho."

"Sim, meio que é dele, sim. Voltei alguns anos e fiz alguém no templo local comprar a casa ao lado quando estava à venda. O cara que contratei fica lá. Ele usa a van para obter uma confirmação visual quando alguém entra e sai. E foi dito a ele para me informar se o equipamento de áudio captasse alguma coisa sobre os locais específicos onde eu sabia que já estivemos. O primeiro relatório que entreguei a Pru dizia que você estava planejando a viagem para a Austrália e que também tinha passado por alguns pontos estáveis em Estero entre 2028 e 2030."

"Mas eu não fiz... Eu nem sabia que havia..."

"Sim, eu sei disso tudo, e você também sabe, mas você está deixando de ver o principal. Quando eu disse que você estava bisbilhotando pelo futuro, convenci Pru a repensar a coisa toda... Ela concluiu que manter você ocupada não era uma ideia ruim, afinal. E foi por isso que ela nos deixou em paz."

"Nos deixou em paz? Ela me ameaçou duas vezes, Kiernan. Ela deixou o recado com Eve e... invadiu a casa de Trey."

Ele parece um pouco surpreso com a última parte. "Ela machucou alguém? Como eu já disse, Pru não está batendo muito bem da cabeça, e é esperado que ela não vá resistir a fazer alguns ataques. Mas se as coisas hoje correrem conforme o planejado, teremos todas as chaves. Bem, exceto a de Houdini, mas ainda estou trabalhando nisso."

Estou começando a me perguntar se não seria Kiernan quem não estaria batendo muito bem da cabeça.

"Que diferença isso faz?", grito. "Você já disse que Prudence não está interessada em nenhuma dessas chaves! A pergunta é: *por quê?* Eles estão replicando as chaves CHRONOS de alguma forma? Você disse que eles tinham pelo menos seis..."

"Sim. Mas agora estou pensando que eu estava certo da primeira vez. Está mais para doze, talvez treze."

Eu olho para ele, chocada.

"Pense, Kate, só tem uma resposta possível. Havia trinta e seis historiadores, mas apenas vinte e quatro no campo, incluindo Saul. Eles não estão preocupados com aqueles que você andou procurando, porque eles têm as outras doze."

"Mas... como? O sistema não permite saltos após 2100 ou coisa assim, sei lá quando o equipamento foi inventado. Não há pontos estáveis depois disso."

"Acho que talvez haja um", diz ele. "A sede da CHRONOS na época em que as equipes deveriam retornar. É o que todos nós vemos primeiro, antes de descobrir como usar as chaves. Lembra? No começo, fica tudo preto, com um bocadinho de estática. Acho que talvez seja o que restou da CHRONOS. Pode ser um ponto estável muito *instável*, mas acho que está lá, e acho que é onde Pru pousou quando usou a chave acidentalmente."

O vazio preto do qual Katherine tinha falado. Eu só o vi brevemente na primeira vez em que segurei a chave, mas depois Katherine ficou um pouco surpresa com a rapidez com que consegui travar as imagens. Depois de um segundo, vi o campo de trigo e Kiernan, e os edifícios brancos perto da água. Depois disso, houve escuridão. Alguém chorando. E então eu voltei ao campo de trigo. Mas nada daquilo foi como visualizar um ponto estável para mim. Todos os meus outros sentidos também estavam ativos, coisa que nunca acontece quando visualizo os locais de salto na chave agora.

"Por que ter o trabalho de recuperar chaves espalhadas pelo tempo e espaço quando eles tinham doze pessoas esperando num ponto só?", continua. "Prudence nunca veio e disse diretamente que foi isso o que aconteceu, mas ela disse que nem ela nem Saul estão particularmente preocupados que uma garota saiba usar o equipamento, principalmente quando esta garota está mirando na direção errada."

Agarro minha cabeça, que está latejando sem piedade, enquanto tento separar a meada de tudo o que Kiernan acabou de me dizer. Está uma bagunça só, mas acho um pensamento semicoerente e o agarro. "Ok, então por que você não voltou e me disse que eu estava mirando na direção errada?"

"Por dois motivos... Não, espere, três. Primeiro, isso resultaria numa confusão de lembranças para nós dois. Em segundo lugar, isso manteve meu disfarce, o que poderia nos ajudar mais tarde, porque em todas as vezes em que estive com você, em Boston, na casa de Katherine, na Georgia, não foi mais um problema, uma vez que Prudence disse que eu deveria manter você ocupada."

"Mas Prudence só disse para você fazer isso recentemente, depois que você já..."

"Mas ela não *sabia* disso, não é? Você não pode pensar nisso tudo de forma linear..."

"Sim, eu sei! Eu sei. Apenas me diga a terceira razão. E ache um comprimido de ibuprofeno!"

"Não posso ajudar neste último quesito, amor. Dei o último que eu tinha a Jess. Mas a terceira razão é que as chaves que coletamos só são irrelevantes se Prudence e Saul acharem que não vamos atrás daquelas que eles roubaram da CHRONOS depois da explosão. Se impedirmos que eles as peguem em 2305, que é exatamente o que planejo fazer, então é melhor você acreditar que eles virão buscar as chaves que estamos coletando."

∞

Kiernan faz um retorno impressionante numa trilha estreita cercada por pinheiros densamente amontoados, de modo que agora estamos voltados para a estrada na qual dirigíamos há pouco, em perfeita posição para sair assim que o carro deles passar. Passei os últimos minutos em silêncio, e Kiernan ficou me dando um monte de olhadinhas nervosas. Não consigo afastar a sensação de que ele não me contou tudo, mas pode ser porque minha cabeça ainda esteja latejando por tentar entender tudo o que ele já me disse.

"Você tem certeza de que Prudence confia em você?"

"Kate, não estou brincando quando digo que ela está louca. Se ela duvidasse um tiquinho que fosse de mim, eu estaria com, no mínimo, a marca das unhas dela no meio da cara. Mais provavelmente eu estaria morto. Você viu Philippa e Leo lá na casa, certo? Eles passam a maior parte do tempo com ela. Leo é muito bom em acalmá-la. Não tão bom quanto Simon, e nem tão bom quanto eu, mas ele ajuda. E Philippa tem uma seringa sempre a postos caso a conversa não dê jeito."

"E essas pessoas, Leo e Philippa, elas também confiam em você?"

"Duvido muito", diz ele. "Mas é mais porque eles não gostam de me ver muito próximo a Pru do que por estarem preocupados com a possibilidade de eu ir para o lado do inimigo. Eu nem mesmo tenho certeza se eles sabem de mim e de... Kate."

Puxo mais um fiozinho do emaranhado na minha mente. "Por que Leo se parece com Simon?"

Ele dá de ombros. "A mesma mãe. O estoque genético é bastante limitado em Estero. Se um dia você quiser uma reunião de família, a gente simplesmente pode dar uma passadinha na fazenda cirista depois de, digamos, 2030, e eu te apresento a todo mundo."

"Não, obrigada. Por 'mesma mãe', você quer dizer Pru, certo?"

Ele assente.

"Então Simon é meu primo?" Eu jamais teria achado que nosso encontro no dia em que Katherine desaparecera poderia ser ainda mais repulsivo, mas, sim, é possível achar.

"Sim. E Leo e Philippa também. Eve... Acho que ela é uma prima distante. Dos que conseguem usar a chave, só tem três que sei que não são descendentes de Pru: eu, Patrick Conwell e uma outra mulher chamada Edna. A tal Patterson, que é presidente do país na sua época, é a bisneta de Edna."

"Patterson consegue usar a chave?"

"Não. Mas ela faz parte da panelinha por causa dos vínculos familiares."

Termino de beber o restinho do café. "Ok. Por enquanto vamos esquecer os laços familiares e as relações pessoais, embora possa ajudar se você desenhar uma árvore genealógica para mim quando voltarmos. Preciso que você me dê um panorama da coisa toda. Você diz que Saul e Prudence estão em conflito. Tenho a sensação de que parte disso se dá porque ele simplesmente não gosta da ideia de ela ter mais seguidores entre os ciristas do que ele, certo?"

"Sim. Isso é parte do conflito." Ele se inclina um pouco quando um carro passa pela estrada, na nossa frente, e depois relaxa de novo.

"Mas não é o único motivo, certo?"

"Certo. É mais uma espécie de... dissidência. Meio que uma guerra civil. Saul está tentando unificar um monte de grupos, Kate. Ele arrebanhou religiões e movimentos menores que já existiam, os koreshan e muitos outros. E você tem aqueles que estão seguindo-os só porque o *Livro da Profecia* dá dicas financeiras bastante sólidas para os fiéis. Outros vieram a bordo porque a religião parecia amigável com as mulheres, embora tenham mostrado uma tendência a começar a questionar isso quando viram Prudence sendo tratada mais como uma assistente do Irmão Cyrus do que como profeta por direito. E, finalmente, você tem os ciristas, que se juntaram à causa porque estão preocupados com os danos causados à Terra por conta da superpopulação, do aquecimento global, da agricultura corporativa, pode escolher. Eles acham meio intrigante quando a doutrina da igreja alega que o Fim está próximo para proteger a Terra, mas ainda incentivam aqueles que seguem o Caminho a investir nas empresas que estão causando os danos."

"Estou supondo que estes dois últimos grupos estejam mais atraídos para o lado de Prudence, certo?"

"Sim", confirma ele. "Pelo menos isso é fato para aqueles que percebem que *existem* facções. A maioria dos templos locais apenas se concentra no que parece importante para o seu pessoal e ignora outras coisas. Às vezes você vai ter dois na mesma cidade que não concordam em porcaria nenhuma, mas que se intitulam ciristas."

"Então é como na maioria das religiões? Tudo bem, então, voltemos às perguntas sobre o panorama geral. Por que construir os ciristas? Por que se enfiar em toda essa confusão, para começo de conversa? Se Saul simplesmente gosta de matar pessoas, se tudo o que ele deseja é a morte em grande escala, não era mais fácil simplesmente replicar aquela toxina de Six Bridges e soltá-la por aí?"

Um sedã azul passa por nós, e Kiernan espera um segundo para depois sair pela estrada atrás dele. Depois que conseguimos nos estabilizar a uns trezentos metros atrás do carro, ele responde à minha pergunta. "Eu não sei, mas quando eu estava em Nova Orleans com Simon, lembra? Quando ele estava bêbado e tagarelando sobre Six Bridges? Ele disse que Saul começou tudo isso porque fez uma aposta com um tal de Campbell em seu clube."

"O quê? Uma *aposta*? Você quer dizer que ele está causando tudo isso porque fez uma aposta?"

Ele dá de ombros. "Sim, isso praticamente resume a coisa toda."

"Isso é loucura."

Ele olha para mim de soslaio. "E isso te surpreende? Você o viu na capela, eu também vi."

Fico quieta por alguns minutos, ponderando o fato de um quarto da minha genética estar seriamente ferrada das ideias.

"E você acha que Prudence herdou a loucura dele?"

"Não sei se eu iria tão longe, embora eu não tenha opinião formada sobre Simon, já que ele parece achar a coisa toda da aposta muito engraçada. Pru foi pirando gradualmente, e está bem claro, pelo menos para mim, que isso se deu por causa dos muitos saltos e do choque entre as muitas lembranças. É como se ela às vezes não conseguisse mais distinguir o que é real. Pru... Acho que ela enxerga o Abate mais como um efeito colateral. Saul vê isso como sua obra-prima."

"Foi Prudence quem mandou minha mãe para a Itália?"

"O quê?"

Percebi que eu nunca havia mencionado essa teoria para ele e expliquei meu raciocínio.

"Não sei", diz ele. "Mas ela nunca falou nada contra a irmã. Eu não acho que sua mãe esteja em perigo, pelo menos não por conta de Pru."

Isso é basicamente o que pensei, mas é um alívio ter a confirmação de alguém que compartilhou mais do que algumas dezenas de palavras com ela. Este pensamento, no entanto, me lembra exatamente o quanto Kiernan compartilhou com Prudence, algo que me incomoda em diversos aspectos. As motivações dele para cair nas graças de Pru fazem sentido superficialmente, mas não consigo evitar sentir que ele possa estar me escondendo alguma coisa.

Agora que estamos em pleno movimento, está mais fresco na caminhonete e a brisa é gostosa no meu rosto. Passamos por um cemitério chamado Mars Hill, e depois disso a mata nos arredores começa a rarear um pouco, com algumas fazendas espalhadas aqui e ali.

Cerca de um quilômetro e meio depois, chegamos a um cruzamento. A estrada adiante tem uma fileira de carros, tratores e cavalos, alguns dos quais estão amarrados a carroças. O carro azul para junto ao acostamento, e Kiernan estaciona logo atrás dele. Delia e Grant, ambos no banco de trás, saem e atravessam para o lado esquerdo da estrada, onde um grupo de talvez umas cinquenta pessoas está reunido.

"Você quer sair ou esperar aqui e então segui-los quando estiver um pouco menos apinhado de gente?", pergunta Kiernan.

"Sair", respondo. "Eu quero ver Roosevelt. Mas vamos manter distância do grupo de Delia." Tem gente demais para arriscarmos conversar com eles aqui, mas quero outra oportunidade para observá-los antes de nos aproximarmos. Além disso, a temperatura parece ter aumentado muito desde que saímos de casa, e a caminhonete está sufocante... Tem que estar mais fresco lá do que está aqui.

Kiernan começa a sair, mas agarro a manga dele. "O quanto você acha que Grant sabe sobre Saul e Six Bridges? Quero dizer, ele parecia inconsciente quando Saul atravessou o ponto estável, mas..."

"Não faço ideia. Quando perguntei a Martha, ela disse que ele ficou muito contido e que era uma espécie de sombra de Saul. O que faz sentido se Saul era seu instrutor. Katherine não se lembra de nada a respeito dele?"

"Só que ele provavelmente estava em seu primeiro ano na CHRONOS. Ela não teve muita interação com os novatos."

"Bem", diz Kiernan, "só importa mesmo se ele teve alguma participação em Six Bridges. E eu realmente duvido disso, se Saul achou oportuno nocauteá-lo."

Abel, que aguardava no banco do motorista, sai do carro bem quando estou prestes a abrir minha porta, então esperamos um minuto mais, observando enquanto ele se aproxima de um grupo no lado direito do cruzamento. Ele é um sujeito grande, alto e musculoso. Eu não tinha percebido exatamente o quanto ele era grandalhão ao vê-lo em Athens, mas acho que ele podia estar tentando se fazer menos notável. Ninguém está prestando atenção agora, e ele caminha num ritmo mais confiante. Ele se inclina contra uma das árvores e saca do bolso um maço de cigarros, oferecendo um cigarro aos dois homens que estão ao seu lado. Um deles aceita, e eles iniciam uma conversa.

Olho para Abel debaixo das árvores, e depois para o lado oposto da rua, onde o sol do verão arde sobre os espectadores. "As fotos que vi sempre mostram que os brancos conseguem lugares melhores do que os sulistas segregados. E, no entanto, Abel está à sombra..."

"Athens fica mais para o norte. As pessoas no lado branco da rua vão ver Roosevelt primeiro."

Vai ser uma vantagem de alguns segundos, no máximo, então, pessoalmente, eu preferiria estar no grupo à sombra. E eu também preferiria ter largado o suéter na caminhonete, mas, uma vez que ele ajuda a esconder a arma, acho que vou ter que cozinhar.

Dada a via física que separa os dois grupos, a divisão racial é percebida de imediato. Mas conforme vamos nos aproximando, vejo que há também uma leve divisão de gênero. Alguns casais mais jovens estão juntos, mas, fora isso, os homens estão a poucos metros para o norte, com as mulheres mais próximas da cerca. As crianças estão espalhadas para todos os lados, as menorzinhas mais perto de onde as mulheres conversam e as maiores brincando de pega-pega ou escalando a cerca que impede as vacas de vagarem pela rodovia. E que de fato *é* uma rodovia — de acordo com a placa, que parece muito nova, é a US HIGHWAY 129. É bem diferente das estradas de seis ou oito pistas nos arredores de Washington às quais estou acostumada, mas é mais larga e está em melhores condições do que a estradinha estreita pela qual viemos.

Kiernan e eu ficamos perto da cerca, perto dos outros casais. Grant está com os homens junto à rua. Ele parece deslocado, e lembro-me de uma das primeiras coisas que Katherine me contou sobre os historiadores da CHRONOS — todos amavam seus empregos porque eram naturalmente bons no que faziam, melhor do que seriam em qualquer outra coisa. Talvez Grant tenha chegado a esse ponto em algum momento, mas, agora, parece que ele preferiria estar em qualquer outro lugar, exceto aqui.

Delia, por outro lado, parece totalmente à vontade. Quando a vi pela primeira vez, em Athens, não pude deixar de supor que sua aparência seria uma desvantagem em sua linha do trabalho. Cabelos longos e escuros, pele impecável, corpinho de ampulheta — ela tende a atrair a maioria dos olhares para si, masculinos ou femininos, e acho que isto seria um obstáculo para se misturar à multidão. Ela caminha em direção ao grupo de mulheres, parando perto de uma jovem mãe com uma criança agitada apoiada no quadril, e de uma garota da minha idade ou talvez um pouco menos com uma criança aninhada contra o ombro. A criança está se contorcendo e choramingando sem parar, claramente com a intenção de chamar a atenção da mãe.

Delia se abaixa um pouco, a saia vermelha roçando na grama. Uma vez que ela está na mesma altura do menininho resmungão, ela faz uma careta, ficando vesga e usando os dedos para esticar os lábios, que estão pintados num tom de vermelho tão vívido quanto sua saia. O garoto fica desconfiado no começo, mas para de fazer birra e tenta fazer uma careta de volta para ela. Delia faz uma careta ainda mais boba, e o menininho ri, esticando os bracinhos para puxar o lenço no pescoço dela.

A mudança repentina de humor do menino finalmente faz com que a mãe olhe para o filho, e ela troca um sorriso com Delia. Poucos segundos depois, Delia está papeando com a mulher como se elas fossem velhas amigas. Ela entrega ao garoto o lenço que estava ao redor de seu pescoço e ele parece satisfeito, pelo menos por enquanto, sacudindo a peça de um lado para o outro. Eu não estou perto o suficiente para captar o que elas estão dizendo, mas as mulheres parecem estar falando de seus filhos, porque a mãe do menino aponta para um grupo de crianças a poucos metros de onde Kiernan e eu estamos.

Grant também está observando Delia, nitidamente com inveja do quanto ela faz aquilo parecer fácil. Quando ele me flagra olhando-o, apruma os ombros, aproxima-se mais dos dois homens e diz alguma coisa. Um deles, que parece um pouco mais velho do que Grant, olha para o relógio, então acho que ele está lhe informando as horas. Depois disso, Grant simplesmente fica meio afastado, ouvindo os dois, mas não se junta a eles de fato.

A cada minuto, mais ou menos, um carro se aproxima pelo norte e a conversa cessa momentaneamente, recomeçando assim que todo mundo percebe que é uma caminhonete ou algum outro veículo que claramente não tem nada de presidencial.

"Você sabe se Roosevelt ao menos para por aqui?", pergunto a Kiernan em voz baixa.

Ele dá de ombros e se apoia numa tábua da cerca. "Dizem que parou, e é ano eleitoral. Não é eleição presidencial, mas Roosevelt está indo para um discurso no qual vai pedir às pessoas que votem contra o senador em exercício nas primárias, um colega democrata que Roosevelt considera muito conservador. Então acho que ele vai parar, mesmo que por apenas alguns segundos. A verdadeira dúvida é quão perto do cruzamento ele vai parar."

Levanto uma sobrancelha, e ele meneia a cabeça para o grupo de homens brancos.

"Os democratas na Georgia têm uma primária só de brancos. Quase todos os eleitores registrados são democratas, então as primárias são as eleições que valem. Quem vencê-las, vai vencer tudo. Duvido muito que algum dos negros vá conseguir ir às urnas. Roosevelt provavelmente desejaria que não fosse este o caso, porque ele é mais popular entre eles do que entre os brancos."

Olho para o lado oposto da rua. Alguns homens e uma mulher conversam com Abel. Examinando ao redor, percebo que ela é a única mulher daquele lado, e não há crianças correndo abaixo das árvores por ali. Não consigo deixar de me perguntar se aparecer num encontro desses seria um ato de rebeldia e que talvez seja considerado um pouco perigoso para mulheres e crianças negras.

"Você disse brancos. Mas essas mulheres podem votar, certo? Há quase duas décadas."

"Elas podem votar", diz ele, "mas a maioria vai votar de acordo com o que os homens mandarem. Owens faz uma lista para que sua esposa leve às urnas, para garantir que ela não vá estragar o voto dele."

Enrugo o nariz, meio insatisfeita com a escolha de Kiernan para o pai adotivo de Martha. "Como ele sabe se a sra. Owens não entra na urna e vota *contra* todos na lista?"

Kiernan ri. "Ela pode fazer isso mesmo. E provavelmente é por isso que alguns homens entram na urna com suas esposas."

"Isso ao menos é legal?"

"Não sei", diz ele, dando de ombros. "Mas não importa se é legal se ninguém desafi..."

Kiernan para e olha para a estrada. Um grande conversível preto está diminuindo a velocidade. Mesmo sabendo que esta é uma situação muito diferente, não consigo evitar um calafrio de medo, pensando no meu salto recente a Dallas — outro conversível, outro presidente.

Roosevelt está sentado no banco de trás. Ele acena para o grupo de homens enquanto o carro passa, e o motorista avança mais uns dez metros, parando em frente às mulheres.

Kiernan ri baixinho. "Que bela jogada. Ambos os lados da rua podem ouvi-lo, e ele banca o cavalheiro parando perto das mulheres."

Os homens se aproximam do carro. Um deles, um jovem com o paletó do terno pendurado no braço, vai um pouco mais rápido do que os outros, tentando se aproximar para tirar algumas fotos. Grant vai logo no encalço dele, ficando alguns passos atrás. Agora Delia está um pouco mais próxima do carro também. O grupo com o qual Abel estivera conversando permanece do outro lado da rua, mas eles saíram do aglomerado de árvores, parando na beirada do cruzamento para ter uma vista melhor.

Roosevelt não está usando os óculos que são sua marca registrada e que estou acostumada a ver nas fotos, mas ostenta o mesmo sorriso largo. Ele cumprimenta as damas com um toque na aba do chapéu e assente para os dois grupos de homens, depois começa a falar na voz imponente da qual me lembro do discurso do "Dia da Infâmia" da aula de história, só que agora sem toda aquela estática.

"Amigos, meu motorista me diz que estamos um pouco atrasados, já que devemos estar em Barnesville às duas horas, mas eu só queria parar e compartilhar algumas boas notícias. A maioria de vocês sabe que considero a Georgia minha segunda casa já há algum tempo, mas hoje posso finalmente lhes dizer que sou oficialmente um Georgia Bulldog.[12]"

Na última frase, ele pega um chapéu diferente no assento ao lado, um capelo, e o encaixa na cabeça, acenando com um pedaço de papel enrolado. Há alguns risinhos educados e alguns aplausos dispersos.

Uma vez que os aplausos terminam, ele tira o chapéu e continua num tom mais sério. "Eu também seria negligente, em um ano de eleições, se não lembrasse a todos vocês que, muito embora nossa nação tenha percorrido um longo caminho nos últimos anos, ainda há muito a ser feito. Vocês têm o direito de escolher qualquer candidato

12 Em tradução livre, buldogue da Georgia. Aqui, no entanto, é uma referência direta ao time de futebol americano Georgia Bulldogs, time oficial da Universidade da Georgia.

que desejarem, mas como a Georgia tem sido gentil o suficiente para me considerar seu filho adotivo, e como há muitos anos tenho considerado a Georgia meu 'outro estado', não hesito em dizer a vocês o que eu faria se eu pudesse votar nas primárias do senado no mês que vem. Espero que vocês se juntem a mim no apoio ao advogado distrital dos Estados Unidos, Lawrence Camp."

Há alguns grunhidos dispersos, e vários homens começam a fazer perguntas, mas Roosevelt as rejeita. "O senador George é um bom amigo, mas existem questões nas quais discordamos. Foi uma decisão difícil de ser tomada. Vou discutir isso com mais detalhes em Barnesville, e tenho certeza de que tudo estará em seus jornais. Tudo o que peço é que vocês pensem na minha recomendação e privilegiem o bem-estar da nação quando decidirem. E agora devemos ir, ou deixaremos o bom povo de Barnesville esperando. Espero vê-los novamente em breve!"

Com isso, o conversível se afasta e continua pela estrada.

Fico esperando que as mulheres perto de nós comecem a juntar suas crianças para irem embora depressa, considerando que o dia está quente e que estamos no horário de almoço. Mas Roosevelt aparentemente lançou uma bomba, porque a conversa mais próxima da rua está ficando acalorada. As mulheres estão caladas e parecem um pouco inquietas.

Entretanto, só capto fragmentos — um sujeito diz que Roosevelt é um "ianque desgraçado", e outra pessoa diz que ele "não conhece nadica de nada sobre a Georgia".

O Sujeito-com-a-câmera diz algo que não consigo ouvir para o homem ao seu lado, o cara de meia-idade que acabou de fazer o comentário do "nadica de nada". Nadica-de-nada se ofende e mete o dedo no ombro do Sujeito-com-a-câmera, que por sua vez empurra o outro com muito mais força do que eu teria esperado, dada sua constituição magricela, e Nadica-de-nada cambaleia alguns metros para trás e tromba em Grant e em outro sujeito mais jovem. O acostamento é um pouco mais alto do que o asfalto onde o restante de nós se encontra, e tanto Nadica-de-nada quanto Grant perdem o equilíbrio, caindo sobre várias das mulheres, inclusive em cima daquela que segurava a criança birrenta. Nenhuma das mulheres sai ferida, mas a criança começa a chorar de novo.

Delia tenta ajudar Grant, mas antes que ele possa pegar a mão dela, ela é empurrada por Nadica-de-nada que, sem razão aparente, parece ter decidido que Grant era o culpado por sua queda. Ou talvez ele estivesse apenas disposto a atacar o rosto desconhecido mais próximo. Ele agarra Grant pelo colarinho e o ergue.

Grant arregala os olhos e fica pálido até chegar a apenas um tom mais escuro do que o branco de sua camisa.

"Rapaz, você precisa olhar pra onde está indo, não?"

Grant abre a boca, mas nenhuma palavra sai. A garota que segura o bebê — que, por incrível que pareça, ainda está dormindo — diz: "Estamos bem, pai. Não foi intenção dele machucar ninguém".

O comentário rende um olhar feio à moça. Ela morde o lábio e dá alguns passos em direção à cerca, abraçando o bebê com mais força junto ao peito.

Vários dos homens se aproximam, zombando e acotovelando uns aos outros, o que me faz desconfiar que o pavio curto de Nadica-de-nada já seja uma fonte local de diversão.

"Solte-o, Willis", diz o Sujeito-com-a-câmera. "Não é culpa dele se você não consegue andar e mascar chiclete ao mesmo tempo. Foi você quem o fez cair em cima das garotas, para começo de conversa, então talvez você deva pedir desculpas."

"Pode ser que você queira ficar fora disso, Phillips, a menos que deseje engolir sua câmera. Não sei por que este merdinha tropeçou em mim."

Um dos outros homens pigarreia. "Olhe o linguajar, Willis."

Espero que o tal do Willis largue Grant e se volte para o outro cara, mas ele simplesmente torce a gola de Grant com um pouco mais de força. Não creio que Grant esteja sufocando de fato, mas seu rosto começa a passar de pálido para cor-de-rosa, e ele agarra a mão de Willis.

"Sr. Willis", intervém Delia, "ele não quis machucar ninguém. Estávamos só de passagem e soubemos que o presidente poderia parar aqui. Se o senhor apenas puder soltá-lo, tenho certeza de que ele ficaria feliz em pedir desculpas à sua filha e a estas outras senhoras."

Grant está tentando assentir, mas o punho de Willis está atrapalhando, então o máximo que ele consegue é bater o queixo nos nozinhos dos dedos do outro algumas vezes.

Willis olha para Delia, e um sorriso lento se abre em seu rosto, como se ele estivesse notando Delia pela primeira vez. Ele a avalia da cabeça aos pés, se demorando em pontos estratégicos ao longo do caminho. Delia cora, e noto sua mandíbula se contraindo um pouco antes de ela colar um sorriso tenso na cara e dar um passo adiante.

Ela para no meio do caminho quando o sorriso de Willis desaparece e ele agarra a frente da camisa de Grant com a outra mão. "Não sei quem você pensa que é, mas..."

O Sujeito-com-a-câmera — Phillips, eu acho — agarra o braço direito de Willis, o que estivera torcendo a gola da camisa de Grant, e, quase ao mesmo tempo, Grant toma impulso e chuta Willis no joelho. Willis derruba Grant e recua o braço esquerdo, provavelmente com a intenção de socar Phillips para terminar de lidar com Grant.

Não acho que tenha sido a intenção de Willis acertar o nariz de Delia com uma cotovelada. E não tenho certeza se ele se importaria, de um modo ou de outro, por tê-la acertado, mas tenho certeza de que não foi planejado. Willis até fica um pouco surpreso com o estalo quando seu cotovelo atinge o rosto da mulher, desacelerando o soco o suficiente para permitir que Phillips saia da reta.

As mãos de Delia voam para o rosto. Acho que ela teria desabado no chão, mas Abel está atrás dela. Ele a agarra sob os cotovelos e a estabiliza, e então avança um passo em direção a Willis. Eu não vi Abel se aproximando, mas seu olhar é praticamente o oposto daqueles olhos abatidos e comportamento tímido que ele exibia em Athens.

O maxilar de Abel está cerrado, seu corpo, um tanto tenso, mas sua voz é educada, quase deferente. "Acho que deve desculpas à senhorita Delia, senhor."

Willis o encara e cospe no chão, a cerca de uns três centímetros do pé de Abel. "E eu não dou a mínima para o que você pensa, crioulo."

O pânico lampeja nos olhos de Delia e ela afasta as mãos do nariz para agarrar o braço de Abel. Infelizmente, há sangue em suas mãos, e não tenho certeza se foi a palavra ofensiva que o fez dar aquele primeiro passo ameaçador para Willis ou se foi a visão do rosto de sua esposa — a metade inferior coberta de sangue, o nariz esmagado e curvado para o lado num ângulo esquisito.

Abel não dá o primeiro soco, mas definitivamente dá o segundo. E acho que ele pode ter dado o terceiro também.

19

Willis está caído, e por um momento acho que está apagado. Então ele se levanta, bem quando um segundo cara pula para tentar socar Abel. Eu começo a correr para eles, mas Kiernan agarra meu braço, me puxando de volta.

"Kate, não. Você realmente acha que daremos conta de todos eles?"

"Não, mas não acho que *todos* eles vão se meter na briga. Eles estavam rindo daquele tal de Willis..."

"Até Abel socá-lo de volta, sim."

Examino a multidão e vejo que Kiernan está certo. As expressões de todos mudaram. Ninguém está rindo. Eles parecem com raiva, em sua maioria. Eu gostaria de acreditar que eles estão todos bravos com Willis por ter quebrado o nariz de Delia, e alguns podem até estar. Acho que Phillips, o Sujeito-com-a-câmera, e alguns dos outros homens fazem parte desse grupo, e talvez metade das mulheres.

Mas a maioria das mulheres está indo embora. A mãe com a criança agitada agarra duas das crianças mais velhas junto à cerca. Ela entrega o pequeno à maiorzinha e diz: "Peguem Timmy e entrem no carro. Estarei lá num minuto". A menina assente. O garoto parece que quer discutir, mas ele se cala assim que flagra a expressão da mãe.

O outro lado da rua está vazio agora, com exceção da única mulher do grupo e do homem que aceitou o cigarro de Abel. Eles ainda observam, mas estão dentro dos respectivos carros, prontos para ir embora rapidinho, se necessário.

Dois rapazes agarraram os braços de Abel. Eles estão tendo dificuldade para segurá-lo, até que um terceiro cara agarra a gola dele e puxa para trás. Delia e Grant tentam afastá-los de Abel.

"Tirem suas mãos dele!", grita Delia. "Abel!"

Grant leva um soco no peito e cambaleia para trás.

Kiernan xinga baixinho, balançando a cabeça como se soubesse que vai se arrepender de sua próxima atitude. "Leve Delia para o carro. Eu vou ver se consigo ajudar Abel."

Saio correndo, passando pela periferia dos espectadores, e pego o braço de Grant. "Estou com a CHRONOS. Vamos levar Delia para o carro."

Ele simplesmente me encara por um segundo, boquiaberto.

"Agora!", digo, segurando o medalhão e afastando a bolsinha de couro um centímetro para que ele possa ver o brilho.

O gesto o coloca em ação. Grant se revela um tanto impressionante quando está sob ordens diretas. Ele avança e gira Delia, se abaixa e a joga no ombro num movimento rápido. Delia não coopera, mas ele agarra as pernas dela com força.

Corro ao lado dele, olhando para trás, para a multidão, uma vez que chegamos à estrada. As coisas não parecem estar se acalmando. Estão piorando.

"Você consegue levar Delia para o carro e mantê-la lá?"

"Sim", diz Grant, embora pareça hesitante.

"Ok. Eu já volto."

Delia tenta me agarrar, mas falha quando corro. Ela ainda está gritando para que soltem Abel, seus gritos intercalados com uma série bastante impressionante de palavrões direcionados para mim e para Grant por a termos tirado da multidão.

Capto um breve vislumbre de Kiernan do outro lado da multidão conforme vou me aproximando. Pelo jeito como a cabeça dele tombou para trás, acho que acabou de tomar um soco.

Não consigo ver Abel, então saio empurrando entre dois homens de ombros largos para me aproximar. É quando Willis, que aparentemente percebeu que não tem como vencer Abel numa luta justa, puxa um canivete.

Há um arquejo coletivo da multidão, e a maioria das pessoas dá um passo para trás. Willis avança para Abel, o canivete em riste. Abel se esquiva para a esquerda e dá um chute, fazendo Willis tropeçar. Antes que Willis consiga recuperar o equilíbrio, Abel vai para cima dele. Ambos caem, lutando pela arma branca. Abel finalmente trava o antebraço de Willis, segurando a mão que detém o canivete.

A mão de Willis fica a poucos centímetros do meu pé, então piso em seus dedos com o máximo de força que consigo. Ele solta um rugido, mas antes que eu possa ver se ele derrubou o canivete, ouço uma risada de um dos homens atrás de mim, e alguém me puxa para fora do círculo. Ouço o baque de punhos batendo seguido do barulho oco de um tiro.

"Muito bem, é isso. Acabou." A voz vem do outro lado do círculo, perto dos fundos.

Alguém mais daquele lado diz: "Mitchell, você está sem uniforme, e isso aqui não é uma infração de trânsito, então por que não vai para casa?".

Algumas pessoas riem, e depois há outro tiro, e um dos homens que estivera ao lado de Phillips avança. Seu rosto é magro, com olhos fundos que examinam a multidão.

"Vocês aí do meio, não se mexam. E o restante de vocês, se afastem."

Alguns dos homens trocam olhares, como se estivessem pensando se devem obedecer. Finalmente, um sujeito retrocede, e o restante o acompanha, vários deles resmungando à medida que vão saindo.

O braço de Kiernan está parado a meio caminho de um soco. O sangue escorre de um corte em sua bochecha. Seus dedos estão manchados com ainda mais sangue, mas, pela aparência do sujeito na frente dele, parte daquele sangue não é de Kiernan.

Mitchell, o homem com a arma, meneia a cabeça para dois sujeitos ao lado. "Carlton, Briggs, peguem o negro e o coloquem na carroceria da minha caminhonete. Tem uma corda lá. Amarrem as mãos e os pés." Eles avançam e tiram Abel, que mal está consciente, das mãos dos caras que o seguravam para que Willis pudesse socá-lo.

"Willis, você vai seguir pacificamente para a delegacia ou vai lutar comigo? Porque podemos fazer isso de um jeito ou de outro. Você escolhe."

Willis está encolhido, agarrando a coxa direita. A perna da calça está encharcada de sangue, e o canivete, também ensanguentado, caído a seus pés. Ele cospe no chão, e a saliva também vem com sangue.

"Se você se refere a eu ir para prestar queixa, então a resposta é, diabo, sim. Mas seria muito mais fácil se você simplesmente fosse para casa, Mitchell, ou fosse cuidar de algumas multas de trânsito ou seja lá o que você faça da vida, deixando que nós cuidemos deste assunto."

"Bem, não vai ser assim", diz Mitchell amigavelmente. "Vamos, Willis. Você sabe melhor do que eu que o xerife não vai deixar você enforcar o moleque, principalmente porque você começou a coisa toda *e* sacou o canivete."

Willis e vários outros protestam contra esse aspecto, mas Mitchell levanta a mão. "Guarde seus argumentos para o juiz Cramer." Ele meneia a cabeça para os homens que estavam segurando os braços de Abel durante a briga. "Eu não tenho espaço para todos vocês no carro, então vou manter vocês dois aqui para assegurar que seu tio esteja na cadeia quando eu chegar lá. E, caso estejam se perguntando, não vão embora, não, porque vamos precisar dos depoimentos de vocês dois também."

Willis se inclina contra um dos jovens, murmurando algo sobre a jurisdição enquanto eles se dirigem para os carros. Mitchell os observa por alguns segundos e então se vira para Kiernan. "Qual o seu nome, filho?"

Kiernan olha para mim e depois se volta para Mitchell. "Dunne, senhor. Kiernan Dunne."

"Vocês dois vão para o meu carro. Jody, você fica na frente. Dunne, você fica no banco de trás. Eu estarei lá em um minuto." Ele se volta para as pessoas ao redor. "O restante de vocês, para casa. Eu sei quem esteve aqui, e eu vou passar isso para o xerife. Se ele precisar de informações de qualquer um de vocês, vai entrar em contato."

Jody começa a seguir para os carros. Kiernan para e me entrega a chave da caminhonete, depois me puxa para enfiar sua arma no bolso da minha saia.

"Vá para a casa e pegue dinheiro... debaixo do meu colchão no loft. Talvez você precise pagar minha fiança. Talvez a de nós dois. Eu preferiria não usar minha chave, a menos que seja necessário, e isso me dará a oportunidade de conversar com Abel. Você cuida de Delia e Grant." Ele se inclina e me beija na bochecha.

"Garoto?" Mitchell está olhando para ele. "Não é hora disso."

"Desculpe, senhor. Ela está comigo. Precisei lhe entregar as chaves da minha caminhonete. Não queria que ela ficasse aqui sozinha."

Mitchell olha para mim, e há um toque de compaixão em seus olhos azuis. "Você sabe dirigir, senhorita? Caso contrário, posso lhe dar uma carona para a cidade. Você teria que se sentar ao lado de Jody, mas..."

Meu primeiro pensamento é que eu preferiria ir no banco de trás com Kiernan e Abel do que na frente com o idiota que o socou, mas balanço a cabeça. "Acho que consigo lidar com isso, senhor."

Na verdade, estou bastante certa de que *não* consigo lidar com isso, já que nunca dirigi carro nenhum, muito menos um que tivesse embreagem, mas Kiernan está certo — preciso conversar com Delia e Grant.

Mitchell olha em volta, examinando os dois lados da rua. Todo mundo está perto de seus respectivos veículos, e cerca de metade deles já se foi. Ele esfrega a ponte do nariz e respira fundo.

"Deus do céu, que confusão", diz Mitchell, mais para si do que para mim. Ele começa a seguir para seu carro, mas dá meia-volta. "Vocês são amigos da mulher que aquela besta do Willis feriu?"

Resolvo falar a verdade. "Eu a conheço, mas não muito bem."

"Acho que outro sujeito a levou a Athens para examinar o nariz. Se você os vir, diga a ela que eles precisam voltar a Watkinsville para depor. Caso contrário, as coisas podem ficar muito piores para o motorista dela. Seu companheiro deve sair ao anoitecer, ou amanhã, o mais tardar, dependendo do humor do juiz para lidar com tudo isso. Ele tem família por aqui? Quem pode atestar por ele, além de você?"

"A família dele é de Boston, mas seu pai possui uma fazenda perto de Bogart. Ele tem alguns amigos lá."

"Bem, tudo o que posso dizer é que vocês dois devem ficar fora disso. Sim, eu vi que você pisou na mão de Willis, mas vou te fazer um favor e esquecer isso. Há uma linha tênue entre a coragem e a estupidez, jovem. Nem sempre é uma boa ideia entrar no meio dessas coisas."

Não digo nada, mas acho que, pela minha expressão, ele sabe que discordo, e, para lhe dar um pouco de crédito, ele parece um pouco constrangido.

"Eu não disse que o que Willis fez foi certo. Nem de longe. Ele é um grande idiota, e todo mundo na cidade sabe disso. Só estou dizendo que não vale a pena interferir, principalmente quando você não é daqui."

Assinto brevemente, mas não respondo.

"Se vir a sua amiga, diga a ela para comparecer à delegacia, ok?"

"Sim, senhor."

Quando volto para a estrada, o carro de Delia não está mais lá, e não tenho a mínima ideia de onde eles foram. Entro na cabine da caminhonete de Kiernan e recosto a cabeça no banco, respirando fundo para me acalmar. Depois de um minuto, Mitchell aparece ao meu lado.

"Você está bem?", pergunta ele, debruçado sobre o sujeito a quem ele chamou de Jody, que, para minha satisfação, está com um lábio estourado e um olho que vem inchando rapidamente.

"Sim, senhor", respondo. "Só preciso de um minutinho para recuperar o fôlego."

Ele assente e se afasta, parando no cruzamento quando alguns carros passam. Agora Abel está sentado, apoiado no canto da carroceria da caminhonete. Kiernan acena quando passa, olhando para o local onde o carro de Abel e Delia estivera. Eu simplesmente dou de ombros, e então o carro deles vira à direita e desaparece pela estrada.

Espero até o último carro se afastar porque não quero plateia quando tentar começar a dar partida nesta coisa. Gostaria muito de ter prestado mais atenção ao que Kiernan fazia quando estava dirigindo. Enfio a chave na ignição, me arrastando para a frente no assento a fim de alcançar os pedais, que são coisas redondas e de aparência estranha em vez daqueles que estou acostumada a ver.

Não acontece nada na primeira vez que giro a chave. Acho que é porque o banco está muito atrás e não consigo empurrar com força suficiente, então eu me agacho para procurar a alavanca para ajustá-lo.

"Você vai precisar usar a embreagem, amor."

Dou um pulo de susto ao ouvir a voz, batendo a minha cabeça na coluna de direção. "Puta merda, Kiernan. Será que da próxima vez dá para me avisar?"

Ele está parado ao lado da caminhonete com uma camisa limpa. Seu rosto foi lavado e o corte em seu rosto está com curativo. Ele parece zangado. "Devolva minha arma."

"Por quê? De quando... você está vindo?"

"Porque eu preciso dela, e de hoje à noite, por volta das dez."

Entrego a arma. "Será que quero saber por que você precisa dela?"

"Provavelmente não." Ele suspira, e parte da raiva parece evaporar. "Eu não quero piorar as coisas ainda mais fazendo você duvidar de si. Simplesmente siga seus instintos." Ele enfia a arma no bolso. "E, Kate?"

"Sim?"

"Aquele outro lance... com Pru. São negócios." Ele mete parte do corpo dentro do carro e inclina meu queixo para si, para que eu não consiga desviar o olhar. "Negócios bem desagradáveis, mas eu faria tudo de novo, mesmo vendo a desconfiança em seus olhos. Apenas saiba que só amei uma garota, e essa garota é você. Passado, presente, futuro, esta linha do tempo ou alguma outra... ainda é só você."

E então ele me beija.

Eu não retribuo. Parte de mim o deseja, mas meu lado racional tem uma arma secreta agora. Tudo o que ele precisa fazer é evocar a visão de Kiernan com Prudence.

Mas ainda assim não consigo me obrigar a afastá-lo.

"Você disse que não voltaria a fazer isso sem permissão", digo quando ele recua.

"Não. Eu disse que *tentaria* não fazer." Algo aparentemente chama sua atenção neste momento, porque ele agarra sua chave CHRONOS e pisca.

Segundos depois, Grant encosta ao meu lado no carro azul. Desconfio que ele tenha visto Kiernan, mas é difícil ler sua expressão, pois ele está com o olho direito inchado e meio fechado. Não vejo Delia, então suponho que ela esteja deitada no banco de trás.

Tal suposição é destruída assim que Grant desliga o motor e eu ouço as pancadas dentro do porta-malas.

Grant ainda está sentado detrás do volante quando bato na janela. Ele abaixa o vidro.

"Por que você a colocou no porta-malas?", pergunto.

"Eu não queria, mas foi o único jeito de impedi-la de voltar para lá. Abel é..."

"Marido dela. Sim."

Ele olha para a rua onde os carros estiveram mais cedo. "Onde ele está?", questiona.

"Abel foi preso. Bem como o cara que estava comigo. Ajude-me a tirar Delia do porta-malas."

A expressão dele beira o horror.

"Bem, quando a colocou lá você sabia que teria de deixá-la sair em algum momento, não é?"

"Sim. Mas não havia opção. E ela é bem estourada." Ele leva a mão ao olho inchado, então acho que foi obra da Delia em vez de uma consequência da briga.

Damos a volta até a traseira do carro e dou uma batidinha no porta-malas. "Delia? Meu nome é Kate. Você conhece minha avó, Katherine Shaw. Grant vai abrir o porta-malas agora, e ele lamenta muito por ter botado você aí. Estamos todos do mesmo lado, então nada de socar ninguém, ok? Precisamos nos concentrar num jeito de tirar Abel e Kiernan da prisão."

Grant abre a porta e Delia senta, olhando primeiro para mim e depois para ele. Seu rosto está um desastre e seu nariz está nitidamente quebrado. A pele na ponte está aberta, e todo o centro do rosto está começando a perder a cor. Sua blusa branca e sem mangas agora está quase tão vermelha quanto sua saia, e seu rosto e braços estão manchados de sangue e lágrimas.

"Eu não conheço você", diz ela enquanto ergue os pés e os passa pela beirada para sair; está faltando um sapato. Sua voz soa como se ela estivesse com um resfriado horroroso, o que dificilmente é uma surpresa dada a extensão do ferimento. "Onde está Abel?"

"Abel e meu amigo Kiernan estão a caminho da delegacia do município. Um dos homens aqui parece ter sido policial de algum tipo. E, como eu disse, você conhecia minha avó da CHRONOS. Katherine Shaw?"

Saco meu celular.

"Parece que houve algumas mudanças na CHRONOS", começa Delia, sua voz sem emoção. "Muitas mudanças, se eles estão deixando você saltar com isto aí."

"Eu não sou exatamente da CHRONOS."

Clico na tela para reproduzir a gravação de Katherine. É uma pequena variação daquela que mostrei para Timothy e Evelyn, daquela que mostrei a Adrienne em Port Darwin, e daquela que eu teria mostrado para Moehler se ele não tivesse sido baleado.

Fico olhando para Grant quando Katherine chega à parte sobre Saul. Ele arqueia as sobrancelhas um pouco, e então um olhar de resignação se instala em seu rosto.

Katherine fez um comentário sobre uma missão de treinamento na qual estivera com Delia, e algo sobre Abel e um sanduíche. Não faz sentido nenhum para mim, mas Delia retorce a boca muito sutilmente às palavras de Katherine. É mais um tremor do tipo prestes-a-chorar do que um prestes-a-sorrir, mas noto que Delia acredita que é mesmo Katherine. Se ela acredita no que Katherine lhe disse, é outro problema.

"Bem, isso é interessante", diz Delia. Ela se vira para o porta-malas, pega seu outro sapato, calça e começa a descer. Grant tenta ajudá-la, mas ela o repele. Isso é um erro, porque ela obviamente está tonta. Grant a apoia quando ela tropeça, e Delia o recompensa com um olhar feio antes de seguir aos tropeços para o lado do motorista.

"Talvez você devesse me deixar dirigir, não?", diz Grant.

Delia permanece ali por um minuto. "Faça como quiser", diz ela, e então contorna o carro até o lado do passageiro, segurando-se na frente do veículo enquanto caminha.

Sento no banco de trás. Delia murmura algo sobre não ter me convidado, mas acho que Grant está aliviado por me levar junto.

"Precisamos permanecer juntos até trazermos Abel e Kiernan de volta", digo, optando por omitir a parte sobre eu ser incapaz de dirigir a caminhonete.

Ela não responde, apenas recosta a cabeça no banco enquanto Grant liga o carro. "Vire à direita no cruzamento."

"Vamos achar um médico primeiro", diz Grant. "Você ainda está sangrando."

"Se Abel está sob custódia policial, é para lá que vamos. Isso aqui pode esperar."

"Delia", falo com delicadeza, "você está falando como *esposa* de Abel. Mas eles estão presumindo que ele é seu empregado, e tenho certeza de que nossas chances de tirá-lo de lá são muito melhores se eles continuarem a achar que ele é seu motorista. E isso pode ficar mais crível se você cuidar do seu rosto e vestir roupas limpas antes de conversarmos com o juiz ou o xerife ou com quem quer que esteja no comando."

Dá para ver que Delia quer muito, muito discordar de mim, mas ela sabe que estou certa. Ela desaba no assento e Grant faz a curva para a esquerda, em direção a Athens.

"Tem um hospital perto da pensão", diz ele. "Em Milledge, acho... St. Mary's ou algo assim."

"Tudo bem", diz Delia. "Mas vá ao ponto estável primeiro. Quero tentar visualizar a sede. Sem ofensa, Kate... Ah, que inferno, não me importo se você se ofende ou não. Eu não estou acreditando na sua história e preferiria que o médico da CHRONOS desse um jeito no meu rosto em vez de uma freira com uma agulha. E quando eles terminarem, Angelo pode me ajudar a descobrir um jeito de levar minha equipe para casa em segurança."

Minha vontade é começar a contar que Angelo está morto — Katherine parece ter se esquecido de mencionar essa parte desta vez. Mas concluo que pode esperar. Delia já está tendo um dia bastante ruim, e o fato de seu chefe estar morto em 2305 é de fato um ponto irrelevante quando ela está presa aqui em 1938.

∞

Grant afunda ao meu lado no banco de madeira, que parece um banco de igreja reciclado. Numa das mãos, junto ao olho inchado, ele segura a compressa que a enfermeira lhe deu, e na outra, um copinho de papel com água. A sala está vazia, com exceção de um idoso roncando altíssimo, tombado numa cadeira na ponta da estreita salinha de espera. Compreendo por que ele está dormindo. O calor faz você querer fechar os olhos e derreter. A única coisa que o ventilador no guichê parece estar fazendo é soprar ar quente e úmido.

Fiquei esperando no carro, sob as ordens de Delia, enquanto ela e Grant tentavam usar suas chaves num ponto estável dentro de uma estranha capela de tijolos em formato octogonal ao lado de um alojamento estudantil feminino. Eles sumiram por uns cinco minutos, e quando voltaram para o carro, era como se tivessem trocado de papel. Grant guiou Delia de volta e a ajudou a sentar-se no banco do carona. Nenhum dos dois disse uma palavra durante o trajeto curto até o hospital.

Delia encontrou sua voz assim que chegamos ao hospital, no entanto. A enfermeira, uma mulher muito paciente, que se identificou como Irmã Sara, praticamente precisou arrastá-la para a sala de exames. Delia continuou a virar-se para olhar para nós durante todo o caminho pelo corredor.

"Delia sempre teve medo de médicos?", pergunto a Grant, principalmente para ter alguma coisa para falar. A única coisa que ele balbuciou desde que deixou o ponto estável foi uma promessa curta e não muito convincente a Delia de que tudo ficaria bem.

"Não creio que ela os considere médicos", diz ele. "Você confiaria nos médicos de algumas centenas de anos atrás? Quando eles ainda usavam sanguessugas? Quero dizer, eles parecem boas pessoas, e tenho certeza de que não a machucariam intencionalmente, mas..." Ele dá de ombros. "Agora que Delia não está aqui, você quer me contar por que aquele outro cara estava com você quando aparecemos perto do carro?"

Então ele *viu mesmo* Kiernan saltar.

"Kiernan precisava pegar um negócio que tinha deixado comigo. Ele estava saltando para retornar hoje, mais tarde. Hoje à noite, na verdade."

"Ele disse onde Abel estava?"

"Não. Ele estava meio enigmático." Ele faz menção de falar algo mais, mas eu o interrompo. "Você treinou com Saul, certo?"

"Sim", responde ele, seus olhos castanhos cada vez mais cautelosos. "Só um salto ou dois antes deste. Sem ofensa, já que ele é o seu avô e tal, mas ele é um babaca completo."

"Não me ofendo, pode deixar. Você chegou a essa conclusão antes ou depois de ouvir minha avó no vídeo?"

"Antes." Ele me dá um olhar preocupado. "Você jura que não está com a CHRONOS?"

Algo em seu tom de voz me faz sorrir. Eu estava predisposta a não gostar dele, mas ele parece ser um sujeito decente.

"Juro por cima do meu cadáver. Juro bem jurado, se você quiser", e ofereço o dedo mindinho.

"Não estou muito familiarizado com esse gesto, mas aceito sua palavra. Digamos apenas que Saul me ferrou no salto de treinamento."

"O que ele fez?"

Ele me olha por um tempinho, como se tentasse decidir se confia em mim, e suspira. "Nosso salto foi para Atlanta... em setembro de 1911. Uma conferência religiosa. Eu não sou historiador de religião. Trabalho com questões históricas jurídicas dos séculos XIX e XX. Houve uma série de assassinatos em Atlanta, mais ou menos vinte mulheres negras foram assassinadas no segundo semestre de 1911. Os jornais apelidaram o assassino de Estripador de Atlanta, e os casos jamais foram solucionados. Eu me perguntei se eles de fato fizeram algum esforço, considerando as questões raciais na época, então Angelo resolveu que eu deveria saltar junto com Saul e ver se conseguiríamos uma resposta a essa dúvida da pesquisa."

Grant bebe o restinho da água e amassa o copo. "Aparentemente, ele não perguntou a opinião de Saul sobre o assunto, porque Saul ficou furioso por ter sido escalado para saltar com um novato. Chegamos lá, e acho que Saul compareceu a apenas uma sessão na conferência, depois disse que planejou uma viagem paralela. Alegou que muitos historiadores faziam isso e me disse para ficar passeando por Atlanta até ele voltar. Mas não aceitei de jeito nenhum. Era apenas o meu segundo salto, e eu não deveria ser deixado sozinho por mais de uma hora, no máximo. Então ele disse que tudo bem, eu podia ir com ele. Ele estava estudando uma pequena seita a mais ou menos duas horas de Atlanta. Pode até mesmo ter sido para estes lados aqui. Talvez alguns municípios nos arredores?"

"E então... O que aconteceu?"

"Chegamos lá, e era coisa pequena. Uma velha administrava o lugar, tipo uma chácara coletiva. Ela foi muito amigável, nos ofereceu para passar a noite, já que era tarde quando chegamos." Ele balança a cabeça. "Se você me perguntar, a coisa toda tinha a ver com uma garota. Que tinha a metade da idade de Saul. Muito bonita, mas...

Eu mesmo a consideraria jovem demais. Talvez Saul tenha tesão por infringir as regras."

"Eis aí uma aposta muito segura."

"De qualquer forma", continua Grant, "eu passei muito mal naquela noite. Saul disse que eu fiquei bêbado, mas eu só tinha tomado uma taça de um vinho caseiro, dado pelo senhor com quem estávamos hospedados. Ele também deu um pouco à garota, então não creio que era muito forte. Que diabo, eu nem cheguei a beber a taça inteira... era doce demais para mim. Minha lembrança posterior já é do dia seguinte. Estávamos na caminhonete, a meio caminho para Atlanta. Saul disse que se eu dissesse uma palavra a Angelo sobre a viagem paralela, ele ia dizer que fugi para farrear e que ele me encontrou bêbado num bar. Mas se eu fizesse o jogo, ele diria que sofri uma intoxicação alimentar e que, por isso, voltei carente de material para minha pesquisa."

Ele joga o copinho num cesto de vime ao lado do banco. "No entanto, o médico da CHRONOS me examinou muito rigorosamente quando voltamos, já que Saul disse que eu tinha passado mal. Eles nunca questionaram a história da intoxicação alimentar, mas não creio que tivessem acreditado. Ou talvez eu simplesmente minta muito mal. De qualquer forma, no salto seguinte, eu estava agendado para ir com Delia, a instrutora mais rígida do grupo. Eles devem ter dito a ela alguma coisa sobre o salto de Atlanta, porque ela me deu um belo sermão de quase uma hora antes de sairmos... Disse que minha função era observar e aprender, e que eu deveria limitar minhas interações tanto quanto possível, sem parecer deslocado. E o que acontece? Só de ficar parado lá, eu consigo a façanha de irritar o maior idiota da multidão e levar Abel à cadeia."

"Bem, você dificilmente pode ser culpado por isso."

"Eu mesmo devia ter socado o idiota. Eu quis muito, muito isso. Mas eu me contive, porque eu continuava a ouvir Delia insistindo para que eu permanecesse nos bastidores. Eu já tinha uma mancha no currículo por causa do salto com Saul. Eu não queria ganhar mais uma."

Uma mulher aparece, uma criança na frente dela e outras duas atrás. A criança da frente está segurando o braço e parece um pouco tonta. A mulher a leva até o balcão da recepção e enxota as outras crianças para a sala de espera, onde elas ocupam o banco oposto ao nosso.

Deslizo para um pouco mais perto de Grant para que haja menos probabilidade de alguém nos ouvir. "Se você tivesse socado Willis, seria você quem estaria preso agora."

"Sim, e isso seria um bilhão de vezes melhor. Como eu disse, eu estudo sistemas jurídicos. Um homem branco agride um homem branco na Georgia de 1938, e mesmo que ele seja um desconhecido, há uma grande chance de darem ouvidos ao forasteiro, principalmente se houver testemunhas para respaldá-lo. Então acho que seu amigo vai ficar bem. No entanto, aqui um homem negro agride um homem branco — e, neste caso, agride com três ou talvez quatro socos — e a razão voa pela janela. E aquele tal Willis já estava apanhando antes de os outros entrarem na briga, então ele vai estar num clima bem vingativo."

Uma das duas crianças, uma garota de uns nove anos, está nos observando, possivelmente porque estamos salpicados de sangue. Puxo a manga de Grant, meneando a cabeça em direção à porta. O calor não está muito pior lá fora, e há menos chances de sermos espiados.

Digo à recepcionista que estaremos lá fora, e caminhamos para a varanda do hospital. O lugar se assemelha mais à casa de alguém do que a um centro médico. Há uma grande árvore fazendo sombra no gramado, e nos sentamos debaixo dela.

"Vamos salvar Abel da cadeia", digo.

"Espero que você esteja certa. Mas, mesmo que consigamos isso, ficar encalhado em 1938 não é exatamente uma boa notícia para um casal inter-racial. E veja só a ironia, Abel é uns cinco ou seis tons mais escuro do que os pais dele. Delia é vários tons mais clara do que os dela. Por quê? A CHRONOS não precisa de historiadores multirraciais. Eles teriam muita dificuldade para se misturar em qualquer época anterior ao século XXI. Sendo assim, eles ajustam a aparência quando seus pais os inscrevem. Eu também não sou muito parecido com meus familiares."

"Então... Eles fazem isso com todos os historiadores?"

"Sim", confirma ele. "Cor dos cabelos, cor dos olhos, tom de pele, principalmente coisas assim."

Fico em silêncio por um momento, imaginando como eu seria se todos os meus quatro avós não tivessem sido geneticamente alterados.

"Não é que estar encalhado aqui seja uma boa notícia para mim também", afirma Grant. "Além de tudo, vai ter um sorteio militar dentro de alguns anos. Não consigo acreditar que eu poderia acabar como soldado, pelo amor de Deus. Numa *guerra* de verdade. O quão irônico é isso? Isso é errado em tantos aspectos."

"Não tenho certeza que minha linha seja muito mais segura agora. É só que ninguém percebe que está em perigo."

"E esse perigo na sua época vai vir de Saul?", pergunta Grant, com um olhar incrédulo. "Por causa desses ciristas que ele criou? Eu sei que ele é um babaca, mas..."

Ele não está convencido, e eu não o culpo. E, assim como ele fez há alguns minutos comigo, encaro os olhos dele, tentando determinar se posso confiar nele. Provavelmente não é o melhor dos métodos nem mesmo quando ambos os olhos estão legíveis para interpretação, que dirá um deles bem inchado, quase totalmente fechado.

Ele poderia estar mentindo. Ele poderia estar do lado de Saul.

No entanto, não fico com essa sensação. Eu vi um maníaco homicida muito recentemente — dois, se você contar Holmes juntamente a Saul. Três, se você considerar Prudence, embora Kiernan pareça convencido de que ela enxerga o Abate mais como efeito colateral da coisa toda. Grant *poderia* ser desse tipo, eu acho — um verdadeiro crente tão concentrado em determinada causa que enxerga as baixas humanas como um mal necessário —, mas isso parece difícil de acreditar. Ele parece um sujeito comum que acabou de receber uma notícia muito ruim — e que também apanhou para cacete.

"O que você pode me contar sobre sua época, Grant?" Dá para notar que ele está surpreso pelo que parece ser uma mudança abrupta de assunto, então acrescento um comentário. "Eu não estou pedindo spoilers, embora eu não tenha certeza se isso pode ser chamado de spoiler, já que vou morrer muito antes dessa época chegar. Só estou tentando entender o que o pessoal de Saul quer mudar. Existem árvores no seu tempo? Animais? Vocês precisam viver sob uma bolha para conseguir respirar?"

Ele me olha como se eu fosse maluca. "Não, para a última pergunta. Sim, para as duas primeiras, embora... sejam bem diferentes do que o vocês têm por aqui. Temos parques em nossas áreas urbanas, árvores na maioria dos grandes centros habitacionais. Refúgios de vida selvagem espalhados pelo mundo e quantidades controladas da maioria das espécies sob risco de extinção... Eles até mesmo conseguiram recuperar muitas que já estavam extintas. Pelo menos as que não eram perigosas."

"As pessoas ainda têm direitos políticos... como liberdade de expressão, liberdade religiosa, governo democrático?"

"Sim, sim, e sim... embora haja limites."

"Que tipo de limites?"

"Bem, praticamente os mesmos de agora. Não grite 'fogo' num cinema lotado. E, mesmo depois de superarmos essa loucura racial, os Estados Unidos não chegam a ser de fato uma verdadeira democracia. Vocês têm representantes, certo? Assim como a maioria dos países na minha época."

"Mas a maioria das pessoas está feliz com o sistema? Estou tentando entender por que Saul e seu clubinho estariam tão desiludidos com sua situação a ponto de querer acabar com a metade da humanidade para mudar tudo isso."

"Qual clubinho?"

"Eles se intitulavam Objetivistas. Aparentemente uma derivação de algum grupo da minha época."

Ele ri. "Esses caras? Eles são... Eles são tipo um grupo de debate ou coisa assim."

"Katherine parece pensar que o líder, alguém chamado Campbell, influenciou Saul. Que talvez ele fizesse parte do plano."

"Talvez, mas não consigo enxergar isso. Tudo o que ouvi Saul e Campbell fazerem foi discutir. Eu estive lá algumas vezes. Os historiadores da CHRONOS têm um convite aberto, porque assim podemos preencher algumas lacunas nos assuntos históricos. Quando eu estive lá, eles passavam a maior parte do tempo falando sobre a História alternativa." Sua voz assume um tom pomposo. "Mas e se a Guerra Revolucionária tivesse terminado de forma diferente? E se a escravidão não tivesse sido abolida ou se a Era Progressiva nunca tivesse acontecido? E se esse presidente ou aquele tivesse vivido ou tivesse morrido? E se 2092 acabou resultando em algo diferente?"

Eis o dito ano novamente. "Então... o que acontece em 2092?"

Grant pensa por um momento e balança a cabeça. "Você estaria muito velha, mas ainda estaria viva, sim, então acho que estou dando um spoiler aqui."

Semicerro os olhos, mas ele provavelmente está certo. "Tudo bem. Faça como quiser. Então você está me dizendo que voltaria lá se pudesse? Para sua época?"

Ele me olha como se fosse uma pergunta realmente estúpida. "Sim."

"E se você estivesse encalhado em outra época e lugar que não fosse a Georgia de 1938?"

"Eu ainda escolheria 2305. Eu tenho uma vida lá. Alguém que espera minha volta." Ele olha para o hospital. "Eu não me alistei para permanecer aqui. É uma época interessante para se estudar, mas... Não posso viver aqui."

Grant ainda poderia estar mentindo, mas se estiver, ele é realmente bom nisso. Penso na minha conversa com Trey no refeitório da escola. Talvez seja fruto da minha personalidade de golden retriever, mas Trey estava certo: eu não quero ser aquela que acredita no pior das pessoas. Já é ruim o suficiente saber que tem um indivíduo por aí que não pensou duas vezes antes de matar um vilarejo inteiro de inocentes para testar uma teoria, e que até se refestelou em suas mortes. A prova, pelo menos esta que tenho à mão, não indica que Grant seja mais um desses.

"Se você tem dúvidas sobre os ciristas", recomeço, "se eles existem, quantos são ou o que quer que seja, a universidade fica a menos de dois quilômetros daqui. Encontre a biblioteca, verifique alguns textos históricos. Ou volte lá para dentro e peça uma lista telefônica à recepcionista. Tem um templo cirista minúsculo em Darwin, na Austrália, em 1942, então acho que aqui também deve ter um ou dois.

"Mas se você está se perguntando sobre Saul, você andou convivendo com ele mais do que eu. E mesmo que você não se lembre disso, você esteve com ele quando ele fez um... teste. No vilarejo. Six Bridges, em God's Hollow. Não sei direito como Saul teria chamado o lugar. Grant, todos morreram, exceto uma pessoa de lá. Se a universidade tiver arquivos de jornais locais, você vai encontrar provas disso. A data em que morreram vai bater com a data em que você esteve lá com Saul", continuo.

Ele parece atordoado. "Como?"

"Algo no poço. Temos certeza de que ele testou o antídoto na garota que sobreviveu. Ele também a teria matado, mas..." Hesito. "Digamos que ela teve sorte."

"Martha, certo? A menina loira?"

"Sim."

"Ela o queimou, não foi?"

A pergunta me pega de surpresa no início, até eu lembrar que Grant teria visto a ferida no braço de Saul durante a viagem de volta.

"Algo assim."
"Ele matou todos?", pergunta Grant. "Até as crianças?"
"Sim. Alguns dos artigos de jornais tinham fotos." E, sim, eu poderia mostrar a ele com a chave CHRONOS, mas ele também teria um vislumbre de mim e de Kiernan usando os macacões contra ameaças biológicas, além de Saul, Martha e dos corpos na capela. Se ele descobrir nosso papel na história, isso vai levar a muitas perguntas, e eu não tenho tempo para respondê-las.
Fico de pé enquanto espano minha saia. "Eu tenho que fazer um salto rápido, ok? Precisamos de dinheiro para a fiança, e eu preciso de roupas que não estejam sujas de sangue. Vou esperar por Delia aqui depois que eu voltar, caso você queira se trocar ou comprar algo para o almoço."
"Não quero saber de almoço", diz ele. "Perdi o apetite."

∞

Bogart, Georgia
11 de agosto de 1938, 13h20

Sinto como se estivesse sendo observada.
Eu sei que é minha imaginação. As chances de qualquer pessoa estar visualizando este ponto estável neste momento exato são de ínfimas para nenhuma. Mas continuo imaginando Prudence e seus seguidores — ou guardiões, ou o que quer que sejam — aqui na cozinha de Kiernan, bem no início do dia. Bem, início do dia para mim. Até onde sei, ela não tem pisado aqui desde 1905, mas ainda assim é enervante.
No entanto, alguém esteve nesta casa desde que saímos. Tem uma cesta com pêssegos, pepinos, tomates e outros vegetais no meio da mesa, juntamente a meia dúzia de frascos de geleia e um bilhete da sra. Owens dizendo a Kiernan que, por favor, avise se qualquer um dos itens acabar, porque ela tem mais ingredientes do que consegue dar conta. Pelo menos não tem folhetos religiosos, então talvez Owens tenha resolvido guardar para si nossas supostas aventuras românticas.
Subo a escada e sento no chão, ao lado da cama de Kiernan, que provavelmente não tem dormido desde 1905. Não é que o quarto esteja empoeirado — a sra. Owens deve vir aqui limpar quando ele está fora —, mas simplesmente não parece um local habitado.

Fico fuçando pelo colchão durante um bom tempo até localizar o grande envelope pardo entre o colchão e as molas da cama, no canto superior junto à cabeceira. Ele é feito de um papel mais pesado e tem uma daquelas presilhas com fio, mas ainda me lembra o envelope que deixei com Trey, aquele que guardava nossas lembranças coletadas da outra linha do tempo.

Tem principalmente dinheiro dentro, uns trezentos dólares em notas de um, dez e cinco. Há também três desenhos a lápis que caem junto às notas. O artista não é Da Vinci — se os víssemos pendurados numa galeria, tenho certeza de que Sara observaria que a perspectiva e as proporções estão desconectadas. Ainda assim, o trabalho é muito bom para um amador, e não há como confundir a garota em cada um dos desenhos, mesmo em preto e branco. Um deles foi dobrado em algum ponto, e há um padrão de vincos na página. Aquela claramente sou eu, *esta* eu, sentada num banco de grama, meus pés na água, com os edifícios altos da Exposição Universal em segundo plano.

Os outros dois desenhos são do meu rosto, do meu corpo, mas a menos que ele tenha imaginado as configurações, é tudo da Outra Kate. Também pode ser Prudence, mas acho que não. O primeiro desenho a mostra num barco um pouco maior do que as canoas que vimos no Norumbega. Há uma palmeira ao fundo, e tenho certeza de que o vestido que ela está usando é aquele que vi pendurado na cabeceira da cama quando assisti ao vídeo que ela fez em Estero.

A cena do desenho final é mais familiar. É o quarto de Kiernan em Boston. A menina na imagem está deitada de lado, dormindo, seus cabelos espalhados no lençol. Um braço está embaixo do travesseiro, e o outro, em cima, num arco acima da cabeça dela, a mão perto do rosto.

Se você me observasse dormindo em qualquer noite que seja, provavelmente é isto o que você veria. O que você não veria, no entanto, é o anel que ela está usando.

É só uma aliança simples. No dedo anelar, na mão esquerda.

RYSA WALKER

LIMITES CHRONOS DO TEMPO

20

Athens, Georgia
11 de agosto 1938, 14h47

Delia aguarda numa cadeira no corredor, uma enorme atadura branca no centro do rosto. Sua blusa ainda está salpicada, mas o sangue secou, e eles a lavaram um pouco, então agora ela se assemelha menos a uma vítima em um filme de matança do que quando a trouxemos.

Grant e eu acompanhamos a enfermeira até a recepção. Ela se inclina para nós com os olhos perturbados.

"A senhorita Morrell insiste em ser liberada, mas o médico acha que devemos mantê-la aqui durante a noite. Estamos preocupados com uma possível concussão. Ela também caiu?"

"Não. Foi só uma cotovelada", diz Grant, e então parece que ele se lembrou de uma coisa. "Mas ela pode ter batido a cabeça entrando no carro. Ela estava... transtornada."

A enfermeira anota algo na prancheta. "Nós só encontramos um pequeno galo, mas algumas coisas ditas por ela foram, bem, esquisitas. Ela tem histórico de problemas psiquiátricos?"

Grant e eu trocamos um olhar.

"Não que eu saiba", digo. "Acho que tudo isso meio que foi um choque para ela."

A expressão da enfermeira está longe de se mostrar convencida, o que me faz questionar o que exatamente Delia andou dizendo a ela lá nos fundos. "Entendo. Ela tem família na cidade?"

Ela tem um marido numa cadeia nos arredores. Avisar isso não vai ajudar em nada, no entanto, então simplesmente balanço a cabeça.

Ela reage com um "tsc" e depois dispara um olhar desconfortável para Grant antes de voltar a olhar para mim. "E você diz que eles *pegaram* a pessoa que fez isso?"

Nós dois captamos a insinuação e Grant contrai a boca. Tenho certeza de que ele está prestes a explicar, em termos inequívocos, que não foi ele quem ferrou o rosto de Delia, então intervenho antes que ele possa começar.

"Sim, Irmã. Ele está sob custódia em Oconee."

Mais um balançar de cabeça e outro "tsc". "Bem, então acho que não há nada a fazer senão liberá-la aos seus cuidados."

Para ser sincera, gosto da ideia de Delia passar a noite aqui, sedada. Não tenho certeza do quão emocionalmente estável ela se encontra — não que eu a culpe, levando-se em conta tudo o que aconteceu. Mas meu objetivo a longo prazo é fazê-la abrir mão de sua chave CHRONOS, o que significa ganhar sua confiança, e isso vai ser muito menos provável se ela achar que tive algo a ver com mantê-la internada.

A enfermeira me entrega uma folha de papel. "Ela precisa repousar e evitar esforço. Mesmo falar não é aconselhável, caso contrário, os pontos podem abrir. Nós lhe demos láudano para aliviar a dor, e vou mandar algumas doses para casa com ela. Peço apenas que a vigiem. O médico quer vê-la novamente dentro de alguns dias, depois que o inchaço diminuir, porque temos certeza de que o nariz vai precisar de cirurgia."

Grant paga a conta, e fico atordoada ao constatar que é menos do que paguei por uma camiseta — uma camiseta barata —, e então nós levamos Delia para o carro. Não tenho certeza do que é o tal láudano, mas parece ter dado uma acalmada no pânico de Delia. Grant a ajuda a se acomodar no banco de trás, e eu me sento na frente com ele, algo que, desconfio, ela teria refutado antes de sua breve estada no St. Mary's. Ela apoia a bochecha no banco, os círculos preto-arroxeados sob os olhos muito vívidos ao lado da atadura branca.

Enquanto se afasta da calçada, Grant sussurra: "Você acha que ela vai poder falar com um juiz ou seja quem for nestas condições?".

"*Ela* está acordada", diz Delia, "e gostaria de ser incluída na conversa."

"Desculpe, Delia." Grant me lança um olhar, porque, embora o cérebro dela pareça ativo, as palavras saem arrastadas.

Dou de ombros e ele continua. "Enquanto você estava com o médico, eu dirigi até a biblioteca da universidade e fiz uma pequena pesquisa sobre os tais ciristas. A história de Kate bate, pelo menos, a respeito da existência e história inicial deles. Havia algumas pinturas que mostram esse tal Cyrus e, para mim, ele se parece muito com Saul."

Antes que Delia tivesse alta, Grant me disse que também conseguiu informações sobre Six Bridges, mas ele não menciona isso. E por mim tudo bem, pois isso incitaria questões nas quais não precisamos entrar agora.

"Eu também comprei isto." Grant enfia a mão no bolso, tira uma pequena edição do *Livro de Cyrus* e a joga no banco de trás.

Delia olha para a capa por alguns segundos, depois se deixa cair de volta no assento, fechando os olhos outra vez. "Você leu?"

"Todo? Não. Dei uma folheada. É chato. Repetitivo. Algumas partes são um pouco assustadoras, se você quer saber."

A pensão deles fica a cerca de dez quarteirões do hospital. Ajudo Delia a subir as escadas para que ela possa se trocar, enquanto Grant fica no andar de baixo para repelir as perguntas da proprietária.

Vários minutos se passam e ainda estou aguardando, então bato à porta dela. Nenhuma resposta. Bato novamente e depois verifico a maçaneta. Não está trancada, então simplesmente abro.

"Delia? Você está bem?"

Ela está sentada de lado na cama estreita, olhos fechados, costas apoiadas na parede. "Eu diria que não. Por que você está aqui?"

"Grant e eu estávamos preocupados com..."

"Não", diz ela, abrindo os olhos para me encarar. "Por que você está *aqui*?"

"Como Katherine disse no vídeo, preciso pegar as chaves CHRONOS de vocês para que o pessoal de Saul não..."

"Então por que você não aponta essa arma aí para nós e simplesmente pega?"

Respiro fundo, incomodada, tanto por ela ter visto a arma quanto por continuar a me interromper. E então ela me interrompe novamente, antes que eu possa começar a responder.

"Nós estávamos desarmados", diz ela, mais uma vez fechando os olhos. "Você poderia ter roubado as chaves assim que chegamos. Talvez a gente teria lutado, mas você teria vencido, considerando a arma e o elemento surpresa. Então por que você esperaria?"

Sento-me na cadeira de vime em frente à cama e penso na minha resposta. Neste ponto, não vejo que mal pode fazer falar francamente com ela. "Nós tentamos isso uma vez, numa linha do tempo diferente. Simplesmente roubar as chaves. Houve... repercussões."

"Para vocês ou para nós?"

"Ambos. Pouco depois, alguém arrancou a *minha* chave. Aparentemente a de Katherine também. Então o pessoal de Saul fez umas modificações bem significativas na linha do tempo."

"Mas você ainda está aqui."

"Foi uma versão diferente de mim, se é que isso faz sentido. Uma Katherine diferente também. Mas eu tenho o diário que a outra Kate mantinha. Eu sei o que aconteceu a você e a Abel naquela linha do tempo. E o que acontece nesta, se não encontrarmos um jeito de evitar."

"Então? Eu deveria evitar falar, lembra? Pare de me obrigar a fazer perguntas."

"Ah. Ok. Desculpe. Você acaba virando professora numa escola na Nova Inglaterra." Olho para minhas mãos, temendo minhas palavras seguintes. Mas não há como dourar a pílula nisso, então simplesmente mando ver. "Abel não consegue se safar na Georgia. Eu não tenho os detalhes, mas ele vai ser morto em algum momento no próximo dia ou coisa assim."

Delia não reage. Ou ela vinha esperando por isso, o que poderia muito bem ser o caso, considerando os acontecimentos anteriores, ou o tal láudano é muito potente. "Grant?"

"Não faço ideia. Katherine não conseguiu encontrar nenhum registro dele, e ou você não sabia, ou não quis dizer a ela quando ela veio atrás de vocês na década de 1970."

"Aconteceu a mesma coisa com Abel nas duas linhas do tempo?"

Faço que sim com a cabeça. "Até onde sei, sim. Exceto que vamos mudar isso desta vez."

"Como?"

"Essa é a parte que ainda não descobrimos, uma vez que depende de como e quando ele foi morto. O primeiro passo é levar vocês a Watkinsville, para que possamos ver quais são as acusações contra ele e se eles vão estabelecer uma fiança para Abel e Kiernan. Eles pensam que Abel é seu motorista, então talvez o libertem sob sua custódia se você disser que vai abandonar o estado. Quero dizer, ele estava tentando proteger você."

"Você contou esse plano para Grant?", diz ela com desdém.

"Ele não está otimista."

"Garoto esperto."

"Eu também não estou otimista, mas os primeiros passos ainda vão ser os mesmos, certo? Precisamos voltar a Oconee e ver o que vamos precisar encarar."

∞

Watkinsville, Georgia
11 de agosto de 1938, 16h32

"Você poderia dirigir por aí por uns minutos, e então nos encontraríamos, Grant", diz Delia. "Não é como se isto aqui fosse Nova York ou Atlanta, ou mesmo Athens."

"Ou você pode simplesmente parar e, em vez disso, eu desço lá e pergunto", digo. "Meu rosto não levou uma pancada, então é menos provável que eu atraia atenção."

Delia desaba no banco, balançando a cabeça. "Certo. Uma desconhecida perguntando onde fica a delegacia numa cidadezinha minúscula como esta não vai chamar nenhuma atenção."

"Nós precisamos abastecer, de qualquer forma", diz Grant.

Isso acaba com a discussão. É muito provável que este Buick vá ser usado como veículo de fuga nas próximas vinte e quatro horas, e um tanque quase vazio com certeza seria um risco.

"Já que é esse o caso, ninguém precisa descer", diz Delia.

Isso não faz sentido para mim, já que na minha época os postos de gasolina norte-americanos fazem self-service, até Grant encostar no pequeno posto na Main Street e um jovem apoiado contra a parede se apressar para o lado do motorista.

"Pode encher?"

"Sim, por favor."

Apesar de estarmos no fim de tarde, o carro ainda está horrivelmente calorento, mesmo com as janelas abertas. Um termostato perto da porta da loja exibe duas beldades de maiô sentadas no logotipo da Coca-Cola — uma de 1886 e outra de 1936. De acordo com o mercúrio, está fazendo trinta e dois graus. À sombra.

E estou com sede.

Assim que abro a porta da lojinha, três pares de olhos colam em mim. Dois deles pertencem a um homem e a uma mulher de meia-idade atrás do balcão, ambos desconhecidos para mim. Outro homem, um pouco mais jovem, está empoleirado em cima de um grande freezer vermelho nos fundos da loja. Ele estava na multidão hoje cedo, mas não consigo me lembrar de qual grupo fazia parte — daquele que tentava espancar Abel ou do que não estava fazendo nada para impedir que ele fosse espancado.

Quando começo a seguir na direção dele, ele salta do freezer, andando em direção à janela, provavelmente para obter uma visão mais nítida de Delia e Grant. Eu pego três refrigerantes do refrigerador, três croissants e um saco de batatinhas de uma prateleira próxima.

"Quarenta e dois centavos. Vai pagar pela gasolina também?", pergunta a mulher.

"Sim, senhora."

"Vai ter que esperar um minuto então, porque Dale não acabou de encher seu tanque. Tem um abridor de garrafas na ponta do balcão para as Coca-Colas."

Concordo com a cabeça e tiro as tampas antes de fazer a minha pergunta. "A senhora poderia me dizer como chego à delegacia?"

O sujeito mais novo retornou ao seu posto no freezer e diz: "Você veio de Athens, certo? Volte pelo mesmo lado que veio e vire à esquerda na Third Street, a poucos quarteirões mais abaixo. Fica na esquina com a Third e a Water Street. Qual dos camaradas cê espera tirar de lá?".

"Ambos." Muito embora eu tente manter minha voz neutra, ela sai um pouco desafiadora.

Ele sorri, mas não é amigável. É mais como se estivesse me zoando. "Só tô perguntando porque um já saiu. Você pode encontrá-lo lá no Eagle. Não sei se ele tá hospedado lá ou se só foi comer, mas Mitchell e um outro o acompanharam até lá há uns quinze, vinte minutos."

"Obrigada", digo.

Ele não responde. A mulher detrás da caixa registradora diz: "Três dólares de gasolina, então vai dar 3,42". Dou-lhe uma nota de cinco e ela conta o troco. "Aqui, sobra 1,38. Troco para cinco." Ela me entrega a sacola de papel e acrescenta em voz baixa: "Pode ser que cês queiram terminar de resolver suas coisas na cidade logo, querida".

"Frieda." É a voz do outro homem, que estivera tão quieto até agora que quase me esqueci da presença dele. Há um leve tom de advertência em sua voz, e os olhos de sua esposa se estreitam um pouco, mas ela não diz mais nada. Assinto brevemente, pego minhas compras e saio.

“A delegacia fica a poucos quarteirões para trás, na Third Street”, digo a Delia e a Grant enquanto entro no carro. “Nós passamos direto por ela. Mas Kiernan já foi liberado. O cara lá dentro disse que ele estava num tal Eagle... Acho que pode ser um hotel. Ele disse que fica do outro lado da rua, mas talvez ele estivesse se referindo ao outro lado da rua da delegacia. Acho que a gente devia ir lá primeiro, caso ele saiba o que está acontecendo com Abel.”

Grant pega seu refrigerante e bebe a maior parte antes de ligar o carro. Olho para Delia e vejo que beber de uma garrafa vai ser um desafio para ela. “Devo voltar lá e ver se eles têm canudinho?”

“Dou meu jeito.”

Bebo um gole da Coca-Cola quando Grant pega a esquerda para entrar na Main Street. “Se um de vocês estiver com fome, tem comida aqui na sacola.”

Uns trinta segundos depois, vejo a placa EAGLE — PENSÃO E TAVERNA. É um prédio antigo e parece um pouco disforme, como se as alas tivessem sido acrescentadas ao longo dos anos.

Kiernan está a meio caminho da entrada quando entro, o que significa que ele deve ter ficado nos observando. O lado direito do rosto dele está inchado, tanto ao longo da mandíbula inferior quanto ao redor do corte em sua bochecha, mas alguém deve ter lhe dado uma camisa. Ele me puxa para um abraço e me leva a uma mesa com três xícaras de café e três pratos quase vazios no centro dela.

O lugar é pequeno e, embora não esteja exatamente cheio, parece estar indo muito bem para uma tarde de quinta-feira. Cerca de metade das mesas estão cheias, e todos os banquinhos junto ao balcão estão ocupados. A maioria dos clientes lança olhares furtivos em nossa direção.

“O que está acontecendo?”, pergunto.

“Fui acusado de desordem pública. O juiz vai divulgar a sentença amanhã, mas sabe o sr. Peele, o advogado do qual falei, que cuida das coisas da minha fazenda? Enfim, ele conseguiu liberdade provisória, mas não posso sair da cidade.”

“Então por que você precisava que eu fosse buscar o dinheiro?” Ao pensar em como peguei o dinheiro, ele certamente se lembra dos desenhos, e seu rosto cora. Será que ele ao menos tinha se lembrado de que os desenhos estavam no envelope? Ou talvez ele quisesse que eu os visse.

“Eu só tive a ideia de ligar para Peele depois que cheguei na cadeia. E, de qualquer forma, vamos precisar do dinheiro.”

"Nós pegamos as coisas deles na pensão e também paramos no banco para pegar a papelada e as coisas no cofre, para o caso de eles precisarem fazer uma fuga rápida. Então Delia também tem dinheiro agora, se for preciso uma quantia maior para a fiança."

Ele se encolhe. "Temo que não vá ser tão simples. Era isso que estávamos discutindo aqui." Ele meneia a cabeça para os pratos vazios do meu lado na mesa. "Peele está disposto a representar Abel, se necessário, embora não esteja exatamente empolgado com isso. Pode ser que eu precise reavaliar minha escolha de advogado em algum momento. Eu quase não consegui falar com Abel no carro, só o suficiente para planejarmos uma historinha de disfarce. Eles o meteram numa cela no andar de cima assim que chegamos lá. Pela última notícia que tive, o juiz não estabeleceu uma fiança para ele. E, mesmo se pudéssemos tirá-lo sob fiança, não tenho certeza se é uma boa ideia."

"Por que não?"

"Você viu a multidão em frente à cadeia?"

"Não. Ainda não fomos lá. Estávamos indo, mas o cara no posto Texaco disse que você estava aqui, então..."

Ele puxa minha cadeira para um pouco mais perto dele para que eu possa ver pela janela. Ao longo da Main Street, um quarteirão abaixo, à direita da Third Street, tem mais ou menos umas dez pessoas reunidas. E talvez mais umas dez paradas diretamente em frente ao tribunal, bem diante do Eagle, do outro lado da rua.

"Willis saiu sob fiança pouco antes de mim", diz Kiernan. "Os caras que estão na frente da cadeia são amigos dele. Willis está alegando que o canivete era de Abel e que Abel tentou matá-lo. Seus sobrinhos o estão apoiando, assim como aquele idiota do Jody, com quem saí no braço. Mitchell diz que talvez mais uns dez estejam dispostos a dizer que também viram, embora metade deles sequer estivesse lá. Mitchell e aquele cara com a câmera fotográfica... não consigo me lembrar do nome dele... eles estão dizendo a verdade. Outros também, mas não tenho certeza se isso vá fazer diferença.

"Mas... Mitchell é tipo... um delegado local ou algo assim, certo?"

"Não exatamente. Ele é da Patrulha Estadual da Georgia.[13] Eles estão atuando há cerca de um ano apenas, e ainda existe um pouco de

13 "Georgia State Patrol", em inglês. Criada em 1937, a Patrulha Estadual da Georgia é uma divisão do Departamento de Segurança Pública da Georgia. Ela investiga acidentes de trânsito e reforça o cumprimento das leis de trânsito e criminais nas estradas e rodovias estaduais.

atrito entre ele e os oficiais do município. Alguns moradores pensam que Mitchell e o estado não deveriam estar se envolvendo em assuntos locais. E o sujeito com a câmera..."

"Phillips."

"Isso, isso aí. Ele trabalha para o jornal de Athens. Ainda mora aqui, o pai dele é o dentista da cidade, mas Mitchell diz que o consenso geral é que Phillips pensa que", ele dá um sorriso irônico e pigarreia, "sua merda não fede. Não é exatamente como Mitchell colocou, mas você entendeu. A palavra dele não vai valer muita coisa."

"Então qual é a acusação contra ele?"

"Ainda não foi decidido. Willis está tentando fazer com que seja tentativa de homicídio."

"E acha que o juiz vai dar ouvidos a ele?"

Ele balança a cabeça. "Sei lá. Só sei que Mitchell está convencido de que Abel está mais seguro na prisão do que estaria se tentássemos tirá-lo. E ele pode estar certo."

"Então o que devemos fazer?"

"Delia precisa depor. Assim como você e Grant. Por conselho de Mitchell, reservei dois quartos aqui: um para mim e Grant, e um para você e Delia. Então tragam suas coisas e levem para o andar de cima." Ele dá um olhar cheio de significado para o meu bolso, onde a Colt está escondida.

Sim. Provavelmente não é uma boa levar uma arma à prisão.

Ele olha ao redor e baixa a voz ainda mais. "Eu disse a Abel que o tiraríamos de lá, de um jeito ou de outro. Mas Delia precisa pisar no terreno com muita cautela. Eu não sei o que ela disse. Talvez nada. Mas estão rolando certos *boatos* sobre a natureza do relacionamento dela com Abel."

∞

O homem por trás da mesa — o delegado-substituto R. Beebe, de acordo com seu crachá — é jovem e magro, com uma pele manchada. As manchas de suor sob os braços de seu uniforme se espalham como círculos de troncos de árvore, então acho que ele teve um dia longo e calorento. Ele parece tenso, como se estivesse louco para acabar logo com isso. Eu sei que eu estou.

Delia depôs primeiro, e está esperando lá fora com Grant agora, na cadeira que ocupei durante meia hora enquanto ela estivera aqui dentro com Beebe. Grant e eu não conversamos muito, já que havia um policial nos observando da mesa do canto. Não havia revistas nem jornais. Tenho uma sensação sorrateira de que eles fazem isso de propósito. Eu sentia muito isso quando eu era criança e minha mãe me mandava para o castigo sem livros ou música, apenas sob a ordem de ficar quietinha pensando no que eu tinha feito.

Conto a Beebe a historinha que nós quatro ensaiamos no carro. A caminho da delegacia, Kiernan e Abel concluíram que era melhor contar a história do Federal Writers' Project que o grupo de Delia vinha usando, porque seria fácil verificá-la com alguns telefonemas. A nova história é que Kiernan e eu conhecemos Grant, Delia e Abel porque somos membros da mesma igreja em Boston. Delia está escrevendo um livro, então seu grupo vem fazendo pesquisas em Athens há vários meses. Kiernan está matriculado para frequentar a universidade no outono — e ele *de fato* está matriculado, caso se deem ao trabalho de checar. Já eu sou a noiva de Kiernan e estou na Georgia para visitar a universidade, já que estou pensando em me matricular também. Nesta manhã, Kiernan e eu resolvemos vir até aqui para tentar pegar um vislumbre do presidente, já que estaria apinhado de gente em Athens. As chaves CHRONOS que usamos são medalhas religiosas de São Elígio, padroeiro dos fabricantes de relógios — uma história-disfarce padrão da CHRONOS e uma piada sutil, porque Elígio previu o momento da própria morte.

Vou alegremente até a mesa de Beebe quando ele me pede para ver o medalhão, aproveitando a oportunidade para definir um ponto estável antes de enfiá-lo de volta na bolsa. Ele olha para mim como se eu fosse maluca enquanto passo os dedos acima da chave, balançando a cabeça no que devia lhe parecer um estranho ritual religioso. Estabeleci dois outros pontos na frente do escritório e um no banheiro, que fica nos fundos do prédio, perto da escada que vai até o bloco de celas. Kiernan conseguiu estabelecer um no corredor entre as celas e um na escadaria do escritório da administração. Se eles vão ter alguma utilidade, veremos.

Depois que acabo de contar toda a historinha e minha versão da briga, Beebe começa a fazer perguntas; a maioria delas é repetida várias vezes, de maneiras ligeiramente diferentes. Esta é a terceira vez que ele me pergunta sobre a mão de Willis.

"Não, senhor." É estranho chamar alguém tão jovem assim de *senhor*, mas Beebe parece ser do tipo que gosta da posição de autoridade, então segui o conselho de Katherine. "Como eu disse, não pisei na mão de ninguém. É possível que alguém tenha me empurrado e eu tenha pisado acidentalmente. Tudo do que me lembro é de um homem me agarrando e me puxando para trás. Eu estava perto de onde Delia, isto é, a srta. Morrell, tinha acabado de ser atacada, e então tudo virou uma confusão só."

"Pelo que me disseram, o que aconteceu com a senhorita Morrell foi um acidente, não um ataque."

Dou de ombros e formulo uma resposta que evita uma mentira descarada. "Não tenho como saber qual era a *intenção* daquele homem. Só sei que eu o vi atingi-la com o cotovelo, com muita força. Ele percebeu que a atingiu, e nem sequer parou para ver se ela estava bem. Em caso de acidente, a maioria das pessoas pediria desculpas ou, pelo menos, verificaria a pessoa atingida, principalmente sendo uma dama. O senhor não concordaria, senhor?"

Ele não responde à pergunta, só dá uns grunhidos, mas dá para ver por sua expressão que ele concorda, mesmo que não esteja disposto a admitir isso. "Você viu quando o crioulo puxou o canivete?"

A escolha da palavra e a entonação usada por ele não chegam ao tom debochado adotado por Willis, mas ainda assim é ruim o suficiente para me aborrecer.

"Não, senhor", digo entredentes. "Ninguém mais viu isso, porque nunca aconteceu. No entanto, eu vi quando o sr. Willis..."

"Sr. Felton", corrige ele. "Willis é o primeiro nome."

"Bem. Eu vi quando o *sr. Felton* tirou o canivete do bolso."

"Qual bolso?"

Ele não perguntou isso da primeira vez, então preciso parar e pensar por um minuto. "Bolso direito. Ele tirou o canivete, meio que abriu, e então ele se lançou para o sr. Waters."

"E você tem certeza disso?"

"Totalmente."

"Isso foi antes ou depois de a srta. Morrell ser ferida?"

Suspiro, porque isso está ficando realmente tedioso. Desconfio que seja um procedimento padrão perguntar as mesmas coisas várias vezes, mas eu gostaria que ele acabasse logo. "Depois. Conforme eu já disse pelo menos duas vezes. A briga estourou quando o sr. Waters sugeriu que o sr. Felton deveria se desculpar. Então o sr. Felton parou de provocar Grant, o sr. Oakley, e foi para cima do sr. Waters."

"E exatamente por que você está na Georgia, srta. Keller?"

Ao repetir a informação pela segunda vez, ocorre-me que existe pelo menos uma vantagem na vida da década de 1930. Na minha época, uma rápida verificação online em qualquer pedaço dessa história nos exporia como fraudes em cinco minutos.

"O sr. Waters também é um membro dessa tal igreja?"

"Sim."

As narinas do delegado desinflam um pouco quando digo isso, e me lembro de que preciso manter minha expressão neutra. "Qual é a natureza do relacionamento dele com a srta. Morrell?"

"O senhor está perguntando sobre o sr. Oakley ou o sr. Waters?"

"Eu estava me referindo ao sr. Waters", diz ele, "mas você pode responder em relação a ambos."

"O sr. Waters e o sr. Oakley são colegas dela. Eles também são membros da nossa igreja. Creio que o sr. Oakley também seja seu primo."

"E não há nenhum envolvimento... romântico... entre a srta. Morrell e qualquer um deles?"

Respiro fundo, lembrando-me de que o objetivo é tirar todo mundo daqui vivo, e não adestrar este cara sobre sua postura racista. Então colo na cara o que espero ser uma expressão ofendida. "Bem, certamente espero que não! Como eu disse, acho que Grant é primo dela. E o sr. Waters, bem... por que o senhor ao menos insinuaria algo assim? O senhor fez tal pergunta a *ela*? Não é de se admirar que ela estivesse tão..."

"Acho que temos tudo de que precisamos, srta. Keller." Ele junta a papelada diante de si. "A senhorita ficará no Eagle até a citação?"

"Como nos disseram para não sair da cidade, sim."

"Então entraremos em contato se precisarmos de mais informações. Será que a senhorita pode pedir que entre...", ele olha para o papel em sua mão e folheia até voltar ao meu depoimento, "o sr. Oakley?"

Assinto rapidamente e volto para onde Delia e Grant estão sentados.

"Você é o próximo", digo a Grant. "Divirta-se."

"É", diz ele, olhando ao redor. "Você também."

Os olhos de Delia não estão tão vidrados quanto antes, mas as olheiras parecem mais intensas. Ela se limpou no hotel, mas quando sento ao lado dela, noto que seu cabelo ainda está meio emplastrado com manchas do sangue. E desconfio que o efeito do láudano esteja se dissipando. Os ombros dela estão rígidos e ela está tremendo ligeiramente, como se estivesse com calafrios ou em vias de perder as estribeiras.

"Você está bem?"

"Eles não vão me deixar vê-lo", diz num sussurro quase baixinho demais para ser ouvido, o maxilar apertado, os lábios mal se mexendo. Uma única lágrima corre e é instantaneamente absorvida pelo curativo em seu rosto. "Eu *preciso* vê-lo."

Pego a mão dela e dou um leve aperto. "Nós vamos tirá-lo de lá, Delia."

∞

Já passa das seis horas quando Grant sai, as mãos em punho junto ao corpo. "Ele diz que podemos ir."

Dou um puxão na manga de Delia e saímos para a pequena varanda anexa ao prédio. Kiernan está estacionado na frente, a porta traseira alinhada aos degraus da varanda. Não há dúvida de por que ele decidiu que precisávamos de um serviço de motorista, mesmo com o Eagle estando a apenas uma quadra de distância. A multidão do outro lado da rua agora tem o dobro do tamanho em relação a quando entramos, e a janela do lado do motorista está manchada de lama e outras substâncias que não consigo — e provavelmente não quero — identificar.

Quando estamos entrando, um ovo estoura na traseira do carro. Alguns rapazes mais jovens se enfiam na frente do veículo e Kiernan faz o motor roncar ameaçadoramente. Há outros vindo em nossa direção, e então todos param, olhando para a delegacia.

"Parem de causar problemas. Não quero ter que fichar ninguém." É a primeira vez que vejo Beebe em pé, e meus olhos pousam no cinto dele: há uma arma do lado direito e uma argola cheia de chaves do lado esquerdo.

Um cara de aparência desengonçada, que parece ser o líder do motim, diz: "O que eu não entendo é por que você não tá aqui com a gente, Rudy".

O rosto de Beebe fica vermelho e todos começam a rir. Então aquele que falou com ele cospe no para-brisa do Buick e sai pavoneando para o outro lado da rua.

Examino os rostos na multidão enquanto Kiernan dá partida. A multidão é formada principalmente por homens, embora eu veja algumas mulheres mais jovens sentadas na traseira de uma caminhonete. Tem algumas crianças maiorzinhas também — algumas não parecem ter mais do que nove ou dez anos.

Estamos quase no cruzamento quando uma luz azul capta minha atenção para um dos carros para além da multidão. E some tão rápido quanto apareceu. Dois carros de patrulha estão estacionados daquele lado da rua, a alguns metros para além das pessoas. Provavelmente foi apenas um reflexo, mas por um momento pareceu uma chave CHRONOS. Viro-me para trás para ver se consigo dar mais uma olhada pela janela traseira, mas está quase tão imunda quanto as janelas laterais.

"Você viu um lampejo de luz ali?", pergunto a Kiernan.

"Que tipo de luz?"

"Azul." Olho de relance para o peito dele.

"Você tem certeza?"

"Não", admito. "Nem mesmo um pouco. Provavelmente foi um reflexo de lá de fora... talvez até daqui de dentro."

Afinal, há quatro chaves CHRONOS dentro do carro, e mesmo que estejam escondidas dentro das roupas, elas ainda emitem um pouco de luz.

"Deixa pra lá. Provavelmente foi minha imaginação."

Ele aperta minha mão, então vira o carro para o estacionamento atrás do Eagle. A taberna está cheia, com cerca de uma dúzia de carros já ocupando as vagas ali. "Vou encostar perto da porta dos fundos", diz Kiernan. "Vocês três saem, e vou estacionar."

"Deixe Delia e Grant saírem. Tem muitos homens aqui e eles estarão menos propensos a causar problemas se eu estiver com você."

Kiernan olha ceticamente para o rosto de Delia pelo retrovisor.

"Sim", digo, "mas Willis não planejou aquilo. Eu duvido que ele se arrependa, mas não foi planejado. Se você estiver sozinho ou com Grant e alguém forçar uma briga, vai ser sua palavra contra a deles. Se formos você e eu, mais pessoas vão acreditar que eles começaram. Embora, no humor que estou agora, se um deles ao menos me olhar torto, vai acabar no chão."

Ele dá um sorrisinho de canto de boca. "Então acho que seremos você e eu, amor."

Ele parece pensar que estou brincando, mas não estou. Eu não sei se foi o fato de ter estado na delegacia ou a sensação assustadora de ter aquele monte de gente nos observando quando saímos, ou talvez a tal luz azul provavelmente-imaginária, mas a coisa toda me deixou no limite.

Assim que Grant abre a porta dos fundos, um carro cinza-escuro com o adesivo da Patrulha Estadual da Georgia encosta.

Mitchell baixa o vidro, olhando para a meleca na lateral do Buick. "Parece que vocês encontraram algumas poças de lama. E um galinheiro. Talvez uma latrina, também."

"Não foi uma opção", diz Kiernan.

"Sim, eu vi de lá da delegacia. Na maior parte crianças que estão entediadas, já que não há muito a se fazer por aqui, mas também há alguns encrenqueiros no meio. De qualquer forma, eu acabei de vir pela Mars Hill Road, e vi que a caminhonete de vocês ainda está lá. Não é uma boa ideia deixá-la perto da estrada daquele jeito. Por que você não leva a srta. Keller para dentro, e vamos lá buscar seu carro?" Mitchell deve ter sacado minha expressão, porque balança a cabeça e ri. "Ou a srta. Keller é bem-vinda para vir com a gente, se preferir. Vá em frente e estacione. Se estiver preocupado com aquele pessoal sob as árvores ali, eles não vão ser um problema. São apenas curiosos bisbilhotando. Se fossem do tipo baderneiro, estariam com os rapazes que usaram seu carro para praticar tiro ao alvo."

Grant assente para mim e leva Delia para dentro. Kiernan estaciona o carro, e nós dois nos sentamos no banco de trás do sedã de Mitchell.

"Espero que eles não tenham sido muito rudes com você e seus amigos na delegacia, srta. Keller. Foi o xerife ou Rudy Beebe quem fez o interrogatório?"

"Você pode me chamar de Kate", digo. "Foi Beebe. Ele não pegou muito pesado comigo. Não tive a oportunidade de conversar direito com Grant e Delia, mas acho que eles se deram um pouco pior."

"Sim, imaginei que fosse Beebe. O xerife Parks tirou o apêndice na segunda-feira, então duvido que ele vá aparecer, a menos que as coisas fiquem caóticas." Mitchell tira um cigarro do bolso. "Eu não sei se seu noivo mencionou isso, mas a coisa está meio estremecida entre nós por aqui. Não existe muito amor entre mim e o xerife Parks, ou o juiz, diga-se de passagem, mas nenhum deles quer ver seu amigo negro sendo processado injustamente. Não tenho tanta certeza assim sobre Beebe, mas ele vai fazer o que o chefe mandar. O maior problema é que o xerife e o juiz não querem perder as próximas eleições. E Willis é primo de segundo grau do juiz Cramer, por parte de mãe. Embora Cramer saiba que Willis é um idiota, ele provavelmente vai fingir acreditar nele. Meu palpite é que ele vai classificar o caso como agressão grave e seu amigo vai ficar detido por um ano ou algo assim."

Olho para ele pelo retrovisor. "Um ano ou algo assim? Por algo que ele não fez?"

"Creio que é o melhor que você pode esperar, sim. Menos do que isso e acho que poderíamos ter algum problema. Aquela multidão toda se juntou ali na rua porque estão preocupados que Cramer vá ser muito brando... e alguns deles vão dizer que qualquer coisa abaixo de tentativa de homicídio é ser brando demais."

"Mas por quê? Foi legítima defesa! Qualquer um que estava lá sabe que o canivete era de Willis!"

"Sim, mas seu amigo bateu em Willis, então a maioria das pessoas está disposta a ignorar isso. Acrescente a isso o fato de ele não ser daqui. Isso também conta como um ponto negativo, jovem. E muito embora eu tenha nascido e crescido a não mais de vinte e cinco quilômetros daqui, o fato de agora eu estar dirigindo um carro da Patrulha Estadual da Georgia significa que estou pelo menos a meio caminho de ser considerado um forasteiro aos olhos de muitas dessas pessoas. Temos sorte por eles ao menos terem me dado ouvidos hoje..."

"Willis começou a briga", diz Kiernan. "Tudo o que Abel fez foi dizer que Delia merecia um pedido de desculpas."

"Eu já disse que o problema não foi o que ele disse. Mas o jeito como disse." Ele dá uma baforada exatamente quando inspiro, e estou bem atrás dele, então dou uma bela fungada involuntária na fumaça fedida. "A tal Morrell também não ajudou, berrando o nome dele do jeito que fez enquanto todos estavam tentando afastá-la. Agora temos boatos de que o tal Waters estava fazendo mais do que apenas dirigir o carro dela, e isso é ilegal no estado da Georgia. Não é preciso muito para se começar alguma confusão aqui, e homens já foram linchados por muito menos. Nove homens foram arrastados para fora daquela mesma delegacia um pouco mais de trinta anos atrás, amarrados a uma cerca e fuzilados por um pelotão de uns cem homens, principalmente porque concluíram que a cadeia estava superlotada."

"Então por que você acha que Abel está mais seguro lá dentro?", pergunto. "Pelo visto a coisa não deu muito certo para esses nove homens."

Mitchell comprime os lábios. "Srta. Keller, todo homem e mulher decentes nesta cidade gostariam de evitar uma reprise daquela noite, e a maioria das pessoas aqui é boa gente. Mas daí você tem cinquenta, talvez sessenta idiotas lá fora que agora querem arrastá-lo e linchá-lo só por capricho. A metade deles provavelmente nem é deste município, e a maioria dos que são sabem muito bem que o sujeito não é culpado de qualquer crime maior do que ser um negro insolente. E como as fofocas correm, só vai piorar. A multidão em frente à delegacia já vai ter dobrado por volta da meia-noite, e a maioria estará bêbada. Só torço para que Cramer seja inteligente o suficiente para ficar de boca fechada até amanhã a respeito de qual lado ele pretende favorecer na sentença."

"Então Abel nem sequer tem direito a julgamento? Tudo depende desse juiz?", pergunto.

Mitchell balança a cabeça e, pelo seu olhar, ele deve achar que fiz uma pergunta realmente estúpida. Ele dá mais uma tragada no cigarro. "Se você acha que um julgamento com jurados melhoraria as coisas para seu amigo, você não entendeu mesmo a situação."

Ele toma a esquerda para Mars Hill e faz uma curva em U no meio da estrada, encostando atrás da caminhonete de Kiernan.

"Vou acompanhar vocês até o Eagle. Acho que vocês são espertos o bastante para perceber que precisam ficar quietos lá dentro até amanhã. A comida no Eagle não é das melhores, mas dá para sobreviver."

Kiernan assente. "Obrigado pela carona, sr. Mitchell."

"A carona não foi nada", diz Mitchell. "Vocês têm é que agradecer pelo conselho. Eu sei que vocês não gostaram nada do que eu disse. E não os culpo. E, mais uma vez, não digo que essa coisa toda tá certa. Só estou dizendo como é, para que vocês possam se preparar e possam preparar seus amigos, principalmente se ele for mesmo o marido dela, e não apenas o motorista. Não vai ter um final feliz em que Abel Waters volte para o carro amanhã e dirija rumo ao pôr do sol."

Watkinsville, Georgia
11 de agosto de 1938, 21h28

A pensão Eagle é pequena, apenas quatro quartos com cheiro de mofo e um único banheiro compartilhado no corredor. Ficamos amontoados no quarto de Grant e Kiernan, porque ele tem uma janela que dá para a rua. Nossa visão está obstruída, no entanto, em parte pelas árvores e em parte pelos carros ao longo da via, então estamos basicamente observando o que acontece através das chaves CHRONOS.

Os olhos de Delia mal piscaram desde que transferimos os pontos estáveis da delegacia para sua chave, para que ela pudesse ver a cela de Abel. Kiernan está monitorando dois dos pontos estáveis que ele determinou diante da multidão em frente à delegacia. Eu estou dividindo a observação entre o outro ponto lá fora e um no corredor entre as celas e a porta que dá para o bloco de celas. Grant fica revezando entre o ponto do gabinete de Beebe, onde o delegado-substituto estivera cochilando na mesa durante os últimos vinte minutos, e aquele que coloquei perto da recepção. Grant está procurando por um bloco de pelo menos três minutos no qual a recepção não esteja tripulada e Beebe esteja dormindo, mas sem muita sorte até agora.

Kiernan e eu basicamente concluímos que a única maneira de tirar Abel de lá é pela janela do banheiro, no andar de baixo. Vamos ter que pegar as chaves, tirá-lo da cela e descer, e tudo isso vai acontecer na hora em que a recepção estiver vazia. Há apenas dois aspectos favoráveis — o escritório está carente de pessoal, já que o xerife está de licença, e Abel foi a última pessoa restante nas celas depois que Kiernan foi libertado. Quanto menos gente no prédio ao entramos, melhor.

Finalmente convenci Delia a comer metade de um croissant e a tomar mais uma dose de láudano por volta das oito. Que bom que fiz isso, porque meia hora depois, Beebe passeou pela cela carregando o jantar de Abel — um sanduíche sem embalagem que ele jogou pelas barras, bem no chão. Abel apenas deu uma olhada no sanduíche e o largou lá. Delia, contudo, começou a xingar e estava pronta para atravessar a rua e arrancar a cabeça de Beebe. Se o láudano já não estivesse fazendo efeito, teríamos precisado contê-la fisicamente.

Os sons da rua adentram pela janela aberta. O burburinho baixo da conversa da multidão se mistura a um insulto racial, uma risada bêbada ou um grito de guerra ocasional. Mas, na última hora, a barulheira parece estar aumentando de volume, embora Kiernan ache que tenha muito mais a ver com o aumento do consumo de álcool do que com o acréscimo de revoltosos. A estimativa de Mitchell em relação ao motim em frente à delegacia foi bem acertada — juntaram-se uns sessenta indivíduos no total, embora pareça ter diminuído um pouco na última meia hora. E talvez haja mais uns cinquenta perambulando por este lado da Main Street e na frente do tribunal, mas não estão causando problemas. A maioria parece mais preocupada do que entretida. Aqueles na frente da delegacia, no entanto — os que Kiernan e eu estamos observando por meio das chaves —, obviamente estão prontos para causar tumulto.

Quando vejo o lampejo azul novamente, ele dura talvez um segundo antes de algo se colocar na frente dele, bloqueando minha visão. Cerca de dez segundos depois, eu o vejo de novo. Olho a hora e rebobino em trinta segundos para que Kiernan possa ver também.

Ele vê duas vezes antes de dizer: "Sim, vejo uma luz azul".

Fico tensa, mas então absorvo as palavras dele. Se a luz fosse de uma chave CHRONOS, Kiernan a teria enxergado verde, não azul.

"Não era verde?"

"Não." Ele boceja e se espreguiça. "Fique de olho nos dois pontos em frente à delegacia por alguns minutos, ok? Vou até a cozinha para ver se eles podem nos fazer alguns sanduíches e talvez fornecer alguns refrigerantes ou uma jarra de água. Pode ser que a noite seja longa."

"Eu vou com você", diz Grant exatamente quando estou prestes a falar o mesmo. "Preciso esticar as pernas."

Kiernan dá de ombros e olha para mim. "Vocês vão ficar bem aqui?"

Faço que sim, mas de má vontade, e Delia resmunga. "Estamos bem."

Uns dez minutos depois de eles terem saído, vejo a luz azul de novo. Sento na outra cama de solteiro, onde Delia está, apoiada na parede, ainda vigiando Abel. "Delia, você pode dar uma olhada nisto aqui? Procure um lampejo de luz..."

Ela desvia o olhar da própria chave e olha para a minha. "Humpf", diz alguns segundos depois. "Alguém tem uma chave CHRONOS."

Ok. Ainda é *possível* que Kiernan não esteja mentindo para mim. "De que cor você enxerga as chaves, Delia?"

"Lilás."

A porta se abre e Grant entra carregando um saco de papel e um jarro d'água. Eu olho para além dele, em busca de Kiernan, mas ele está sozinho.

"Onde está Kiernan?"

Ele parece confuso. "Talvez no banheiro?"

Passo por ele e corro até o banheiro. Bato à porta. Ninguém atende. Bato de novo e tento abrir. Está destrancada. Também está vazio ali.

Volto para o quarto. "Não consigo encontrá-lo, Grant. Ele subiu as escadas com você?"

Grant está ao lado da janela, olhando para o gramado da frente. "Não. Ele me entregou o saco de sanduíches ao pé da escada e disse que subiria num minuto. Não pensei que..." Ele dá de ombros. "Será que a gente..."

Tudo o que ele planejava dizer é interrompido quando um tijolo imenso passa por cima de sua cabeça, pousando a uns trinta centímetros na minha frente. Tem um bilhete preso nele por um elástico.

Grant se abaixa e pega o papel. "O que diz?"

Ele o ergue para que eu possa ler: *ADORADORES DE CRIOULOS, VÃO PRA CASA*, rabiscado em maiúsculas. Ele o amassa e joga no chão.

Depois de fechar a janela — algo que parece um pouco contraproducente, já que eles estão atirando tijolos —, ele se senta ao lado de Delia e visualiza a cadeia em sua chave. "Tem alguma coisa acontecendo. Não consigo saber o que eles estão falando, mas prenderam três pessoas."

"A que horas?", pergunto.

"Hum... 21h34."

"Já foram levadas para o andar de cima?"

"Não", diz ele. "Estão sentadas nas mesmas cadeiras onde estávamos."

Bem, é um intervalo pequeno. Atualmente, Abel é o único no bloco de celas. As coisas vão ficar muito mais complicadas se o lugar lotar.

Bam. Bam-bam-bam.

Dou um pulo de susto, e Grant também. Delia, ainda meio grogue em seu pequeno universo de láudano, mantém os olhos na chave. A enfermeira prescrevera de uma a duas colheres de chá, mas estou começando a achar que ter lhe dado a dose máxima talvez tenha sido uma péssima ideia.

Espiando pelo olho mágico, vejo a proprietária do Eagle, usando um avental manchado e exibindo uma expressão irritada e assustada. Ela entra e corre os olhos pelo quarto, parando em Delia e depois se voltando para o tijolo em frente aos meus pés, que ela recolhe do chão.

"Apaguem as luzes", ordena ela, estendendo a mão para puxar a cordinha pendurada no único bulbo fraco acima de nossas cabeças. Então volta a abrir a janela.

"Se cês não estiverem prontos pra dormir, fiquem no outro quarto que reservaram. Não quero esse bando de baderneiros destruindo minhas janelas porque cês não conseguem resistir a ficar bisbilhotando lá fora."

Estou prestes a discutir, mas Grant intervém. "Sim, senhora. Nós compreendemos. Mas, antes de ir, o que aconteceu? A multidão lá fora parece estar ficando mais barulhenta, e também", diz ele, olhando para o tijolo na mão dela, "menos conivente com as leis."

Ela semicerra os olhos, como se debatesse se deve nos contar ou não. "Cramer vai acusar seu amigo crioulo por agressão grave. Os amigos de Willis Felton acham que ele tá se safando com muita facilidade."

Ela sai, batendo a porta atrás de si. Grant olha para Delia e depois fala para mim: "Isso é uma boa notícia, certo? Antes eles estavam falando em tentativa de homicídio".

"Talvez", digo, lembrando do comentário de Mitchell mais cedo. "Mas o fato de a multidão ter descoberto esta noite, quando todos estão furiosos e meio bêbados, definitivamente *não* é uma boa notícia."

Como se para enfatizar minha observação, duas caminhonetes entram em nosso campo de visão, com seis ou sete homens na carroceria de cada uma delas. Alguns usam capuzes brancos, e todos eles têm os rostos cobertos com alguma coisa. E estão carregando rifles.

"Delia", digo, agarrando seu cotovelo. "Vamos. Precisamos sair daqui."

Grant vem com a gente, os olhos colados à sua chave CHRONOS. Uma vez que Delia está dentro do outro quarto, ele me puxa para um canto e diz baixinho: "Eles estão dentro da delegacia. Beebe vai entregá-lo. Se você tiver alguma ideia de como resolver isso, a hora é agora".

Eu realmente tinha esperanças de que teria um parceiro para isso, mas aparentemente estou por minha conta. *Mas que droga, Kiernan.*

Corro até a janela com vista para o estacionamento nos fundos. Tem duas ou três pessoas por ali, mas quase todas parecem ter saído só para ver o que está acontecendo. O Buick está bem onde o deixamos, e a caminhonete de Kiernan não está visível.

"Você tem a chave do Buick?"

Grant assente, tirando-a do bolso.

"Ok, acho que você consegue chegar ao carro. Leve-o para a porta dos fundos. Quando você estiver em posição, vou descer com Delia."

"E quanto a Kiernan?", quer saber ele.

"A caminhonete dele não está aqui. Para onde quer que ele tenha ido, ele está por conta própria. Estaremos ocupados resgatando Abel."

Assim que Grant sai, eu tiro a arma de debaixo do colchão onde Delia está sentada. Ela me oferece um olhar ligeiramente preocupado enquanto vou até a janela, e volta a examinar sua chave.

Abro a janela e aguardo Grant, meus olhos no local onde a caminhonete de Kiernan deveria estar. Não sei por que ele mentiu, e estou furiosa por ter motivos para duvidar dele neste momento, quando tem tanta coisa em jogo. Ele definitivamente está escondendo alguma coisa. Não sei o quê, e não sei por quê. Mas o fato é que não importa qual cirista esteja zanzando ali pela rua, não acredito que Kiernan se submeteria a fazer qualquer coisa que colocasse a vida de Abel em risco. Ou que arriscasse a vida de qualquer um de nós. Ele provavelmente acha que está me mantendo a salvo, o que me enfurece de uma forma completamente diferente.

Grant chega até o carro sem interferências. Um cara olha para ele, mas é só isso, e fico muito contente, porque não queria desperdiçar munição e chamar ainda mais atenção disparando um tiro de advertência.

Agarro o braço de Delia. "Precisamos ir. Agora!"

O maior desafio é fazê-la desviar o olhar da chave por tempo suficiente para descermos as escadas. Finalmente chegamos aos fundos, e eu meio que a arrasto pela cozinha, em direção à porta de trás, onde o carro nos aguarda.

A primeira coisa que noto é que alguém limpou o Buick. Não é uma limpeza muito minuciosa, e ainda existem esfregaços aqui e ali, mas alguém ao menos tentou enxaguar aquela meleca. No entanto, não tenho tempo para questionar isso agora.

Coloco Delia no banco traseiro, e ela imediatamente começa a visualizar o ponto estável da cela novamente.

"Tudo bem, Grant. Preciso que você dê a volta no quarteirão e entre atrás do tribunal. Ou estarei lá, ou perto das árvores atrás da delegacia, com Abel."

"Como?", pergunta Grant no mesmo momento em que Delia começa a gritar o nome de Abel, o pânico em sua voz.

"Vá!", grito, contente porque pelo menos não preciso tentar responder a essa pergunta.

Porque a verdade é que não faço a menor ideia.

∞

Às 21h26, salto para o ponto que estipulei no gabinete de Beebe. O patrulheiro à mesa, cujo crachá diz *L. Spencer*, chegou há pouco mais de três minutos. Ele vai estar junto à porta da frente por mais dois minutos, então vai voltar para dentro, dar um telefonema rápido e acordar Beebe.

O delegado-substituto parece numa boa. Ele está roncando suavemente, a cara virada para a mesa, a cabeça apoiada nos braços dobrados. Vejo as chaves assim que passo para o outro lado da mesa, mas a argola, infelizmente, está prensada entre seu corpo e sua perna. Tento puxar as chaves muito lentamente, mas Beebe se remexe, a mão esquerda voando e batendo num copo de papel meio cheio de café, derrubando-o no chão.

Eu esperava fazer isso do jeito mais fácil, mas Beebe faz muito barulho, e o outro cara, Spencer, vai acabar nos ouvindo. Inclino meu braço direito sob o pescoço de Beebe, alinhando a dobra do braço com o pomo de adão e agarrando meu bíceps esquerdo. Coloco meu antebraço esquerdo atrás da cabeça dele e faço pressão, apertando o pescoço entre meu bíceps e meu antebraço. O movimento é chamado *hadaka-jime*, e toda vez que fiz isso, meu oponente bateu no tatame se rendendo dentro de poucos segundos. É errado continuar a apertar. Mas faço mesmo assim, mantendo por mais cinco segundos até eu sentir Beebe relaxar.

A parte ruim é que ele vai acordar quase tão depressa quanto apagou, então não há tempo a perder. Com sorte, no momento em que ele despertar, eu já terei recolocado as chaves de volta no lugar.

Estabeleço um ponto estável atrás de sua mesa e visualizo o corredor do bloco de celas, retrocedendo para às 21h24. Passei uma boa meia hora planejando isso no meu quarto, lá na casa da cidade, antes de saltar para o escritório de Beebe. Não há opções perfeitas. Se eu esperar até 21h55, quando Grant e Delia já estiverem no carro e vindo para cá, a multidão estará invadindo a delegacia, e, a julgar pelos gritos de Delia quando estávamos saindo do Eagle, acho que estarão com Abel em seu poder.

Há duas desvantagens em voltar no tempo. A primeira é que Delia e Abel terão algumas lembranças conflitantes. Um conjunto de lembranças vai focar em Abel esticado em seu beliche, olhando para o teto durante a próxima meia hora, e a outra — espero — vai ser ele saindo comigo às 21h24.

O maior problema é que vamos precisar encontrar algum lugar para nos escondermos por meia hora até nossa carona chegar. Spencer consegue ver as escadas de sua escrivaninha, e esta vai ser a única vez em que ele ficará longe da mesa por tempo suficiente para descermos as escadas e entrarmos no banheiro nos fundos do andar principal.

Não sei se Abel está dormindo quando entro no corredor, mas seus olhos estão fechados. Bato a argola de chaves suavemente contra a porta enquanto destranco. Quando ele finalmente olha para cima, levo o dedo aos lábios para pedir silêncio.

"Presumo que você seja Kate", sussurra ele enquanto sai da cela. "Eu meio que estava esperando uma equipe de resgate da CHRONOS."

"Bem, isso não é mais uma opção." Ele está em melhor forma do que imaginei que estaria, considerando as porradas que levou, mas dá para ver pelo jeito como se movimenta que seu corpo está sentindo cada passo.

"Delia está bem?"

Ela vai precisar de uma reconstrução no nariz, tem dois hematomas enormes nos olhos, está chapada de láudano e em pânico por causa dele, mas ofereço um resumo. "Ela está bem. Venha comigo."

Destranco a porta do bloco de celas e seguimos para a escadaria.

Depois que volto a trancar a porta, falo novamente. "Espere aqui. Se eu colocar estas chaves de volta, podemos ganhar alguns minutos."

Visualizo o ponto estável à mesa de Beebe e pisco para saltar.

Ele ainda está tombado para a frente, cabeça na mesa. Encaixar a argola no cinto dele leva menos de um segundo, mas antes que eu consiga me afastar, sinto a cadeira se arrastando para trás e ele começa a levantar a cabeça.

É perigoso dar um segundo *hadaka-jime* quando a pessoa ainda está saindo do primeiro? Não sei, mas não consigo ver alternativa.

Seguro o pescoço dele novamente e espero, contando os segundos. Spencer está de volta à entrada do gabinete, dando seu telefonema, o que significa que ele entrará aqui em menos de um minuto. Beebe finalmente amolece — apenas uma questão de segundos, mas pareceu uma eternidade. Ajeito os braços e a cabeça dele rapidamente sobre a mesa e pisco para saltar de volta com alguns segundos de sobra.

De volta à escadaria às 21h25.

"Qual é o plano?", Abel sussurra.

"Nós dois vamos sair pelo banheiro e encontrar um lugar para nos esconder durante os próximos vinte e cinco minutos. Grant vem buscar a gente."

Ele me dá um olhar incrédulo antes de falar. "Onde está o cara da caminhonete? Kiernan?"

"Não faço ideia. Os dois policiais lá fora vão estar na recepção às 21h34, trazendo os três caras que eles prenderam. Talvez uns dois minutos depois disso, dois caminhões vão aparecer, cheios de homens usando máscaras. Acho que muito provavelmente todos os olhos estarão naqueles caminhões e na entrada da delegacia, e vai ser nosso melhor momento para escapar. A janela do banheiro dá para os fundos do prédio, entre aqui e o tribunal. Nós saímos pela janela e..."

"Este é o melhor plano que Delia conseguiu elaborar? Acho que eu teria melhores chances se esperasse o que o juiz vai dizer amanhã de manhã."

"Não, Abel. Não teria. Você não viu a multidão lá fora, mas tenho certeza de que pode ouvi-los, certo? Cerca de uma dezena deles vai atacar a prisão com armas pouco antes das dez. Ainda quer arriscar?"

Ele balança a cabeça. "Desculpe. Você está certa. Eu só... Foi um dia difícil."

"Eu sei que não sou a equipe de resgate que você gostaria de ver entre você e um grupo de linchamento. Mas, neste momento, sou tudo o que você tem, então precisamos ir."

Temos cerca de três minutos antes de Spencer dar seu telefonema e depois acordar Beebe. A recepção ainda está vazia quando chegamos aos pés da escadaria. Seguimos rapidamente para o banheiro minúsculo, que cheira a xixi e alvejante, e Abel tranca a porta. Olhando pela janela, vejo diretamente à nossa frente um espaço aberto com absolutamente nenhum canto para se esconder. A terra está revirada, como se fosse um canteiro de obras, e acho que é para a nova sede do tribunal que Kiernan mencionou.

Olhando para a direita, do outro lado da Water Street, há três carros vazios, e dois garotos na pré-adolescência encostados no capô do carro mais próximo da esquina. Os meninos saem assim que ouvem que alguém está sendo preso — ou pelo menos um deles sai, porque vi seu rosto ao visualizar a cena mais cedo.

Atrás dos carros tem uma mata — um belo esconderijo formado por árvores densas ao longo da rua. Vai dar para nos esconder por entre as árvores e, gradualmente, ir seguindo até a esquina por onde Grant e Delia chegarão.

"Tire a camisa", digo a Abel.

Ele parece surpreso, mas então olha para baixo e assente. Sua camisa branca está rasgada e coberta de sangue, características que se destacariam na penumbra e que berrariam "Preso em fuga". Procuramos um lugar para esconder a camisa e meu chapéu branco, finalmente optando por enfiá-los atrás do vaso sanitário.

Abel se estica um pouco para olhar pela janela, e de repente a moldura parece pequena demais para seus ombros largos.

"Você acha que vai caber?", sussurro.

Abel analisa meio que por um minuto. "Provavelmente."

Puxa a parte de baixo, na esperança de ir abrindo devagarinho para que os garotos lá fora não percebam. O troço nem se mexe. Eu puxo um pouco mais forte, mas a janela não cede. "Acho que está colada pela tinta."

Abel tenta também, e estremeço quando a madeira range.

Olho em volta do banheiro em busca de uma ferramenta de algum tipo, mas as únicas opções são um desentupidor e uma barra de sabão. Finalmente saco meu medalhão CHRONOS e meto na borda, bem onde a camada de tinta cola a janela ao peitoril, cruzando os dedos para que também não esteja colada do lado de fora, porque acho que alguém vai notar se acabarmos tendo de quebrar a porcaria.

Ou talvez não. O ruído lá fora está aumentando gradativamente. Vários homens estão berrando, e eu ouço um tiro à distância.

Spencer está na recepção agora, conversando ao telefone, não mais do que a uns cinco metros de distância. Abel começa a levantar a janela de novo, mas ponho a mão no braço dele. "Espere até ouvi-lo gritar 'Beebe'... talvez uns trinta segundos."

Ficamos aguardando.

Nunca gostei dessa parte do esconde-esconde quando criança. Minha pulsação está latejando nos ouvidos e cada som parece dez vezes mais alto. Mantenho os olhos na janela, vigiando para ver se algo se mexe. Os dois garotos finalmente saíram para a lateral do prédio, pouco antes de eu ouvir Spencer.

"Ei, Beebe!" Uma pancada ao longe. "Beebe? Você está acordado?"

Abel dá um puxão na janela. Não acontece nada na primeira tentativa, mas na segunda há um rangido alto e finalmente abre.

Piso na beira do vaso sanitário, me impulsiono para cima e então para fora. Depois de pular pouco mais de um metro até o chão, tiro a arma do bolso. Abel se espreme pela janela, primeiro passando os pés e depois um ombro por vez. Eu me agacho para espiar para além da esquina. O pequeno trecho de gramado atrás da delegacia está vazio agora, e não há nada além de carros entre nós e as árvores do outro lado da rua.

Estou prestes a sinalizar para corrermos quando faróis de carros aparecem na Water Street, à minha esquerda. Estimulo Abel a deitar na grama depressa, enfio os braços sob o corpo e fecho os olhos bem apertados, rezando para que o motorista mantenha o olhar na rua adiante. Caso contrário, vou ter que pular de volta para dentro do banheiro, dizer para mim mesma que isso não vai dar certo e tentar outra coisa — e eu não quero mesmo ter que fazer isso.

O veículo reduz a velocidade conforme vai chegando à esquina, passando por nós, e finalmente solto a respiração, aliviada. Só que ele faz o retorno, as rodas voltando a entrar no meu campo de visão quando ele estaciona ao lado da rua. Saco meu medalhão, me preparando para saltar de volta, mas arrisco um olhar para o carro.

Patrulha Estadual da Georgia.

Mitchell olha diretamente para mim, balançando a cabeça do jeito que fez mais cedo quando disse "Meu Deus, que bagunça". Então ele sai e bate a porta. Os dois adolescentes que estavam de bobeira perto dos carros viram a esquina correndo e atravessam a rua, seguidos por outros dois que parecem da mesma faixa etária, e todos se escondem atrás de um dos carros.

Mitchell não olha para o nosso lado outra vez e apenas berra, voltando-se para o outro lado da rua: "Vá para casa, Harlan! Seu pai sabe que você está aqui?", e vira a esquina, seguindo em direção à delegacia.

Harlan e seus amigos não vão para casa, no entanto. Simplesmente permanecem agachados ao lado dos carros estacionados, bloqueando nossa rota para as árvores.

Mas o carro de Mitchell ainda está ligado.

Tento esquecer a ideia, mas ela volta. Pode ser nossa única chance.

"Abel", digo, "vou te dar cobertura. No três, você abre a porta e toma o volante. Eu vou logo atrás."

"Você está maluca? Quer que eu roube um carro da *polícia*?"

"É isso ou ficar aqui. Vai, caramba!"

Abel corre, meio abaixado. Por um instante, sinto um pavor horroroso quando tenho certeza de que a porta do passageiro vai estar trancada, mas felizmente ela abre.

Corro atrás dele, batendo a porta assim que Abel acelera. Ele faz a curva bruscamente, virando o carro na direção oposta. A traseira dá uma vacilada, mas finalmente saímos.

As quatro crianças correm para a rua, apontando e gritando. Um dos moleques ainda nos acompanha por cerca de meio quarteirão, mas logo para, abaixado. Tenho certeza de que ele está morrendo de rir.

"Para onde devo ir? E talvez você deva dirigir", acrescenta. "A Georgia não tinha policiais negros em 1938."

"E você acha que eles tinham policiais do sexo *feminino*?"

O único destino no qual consigo pensar é a casa de Kiernan. Eu provavelmente seria capaz de voltar e encontrá-la, mas teríamos que virar à esquerda na Main Street e passar pelo Eagle e pela delegacia, e esta não é uma opção agora.

"Vire à direita. Vamos ter que achar outro caminho."

Abel vira à direita na Main Street, afastando-se da multidão. O posto de gasolina onde paramos mais cedo, e que agora está fechado, é só um borrão pela janela. Boto a arma no bolso de novo e abro o porta-luvas.

"O que você está fazendo?", pergunta Abel.

"Procurando por um mapa."

"Você quer dizer que não sabe para onde estamos indo?" Ele está gritando, e ao mesmo tempo que compreendo sua frustração, seria bom se ele pudesse demonstrar só um tiquinho de gratidão. "Toda vez que você está numa missão, cada passo precisa ser planejado..."

"Esta não é uma missão da CHRONOS, Abel. Na vida real, às vezes é preciso improvisar."

"Roubar um carro de polícia quando você nem mesmo sabe para onde está indo não é o que eu chamaria de improviso."

"Era para ter alguém dirigindo para mim", digo, tentando manter a voz estável. "Kiernan é quem conhece tudo por aqui. Apenas tire a gente da cidade e pegue uma estrada paralela. Contanto que eu esteja com a chave, posso saltar para trás no tempo e conseguir instruções."

"Como vamos encontrar Delia?"

"Mais uma vez, estou com a minha chave aqui. Mas não posso usá-la enquanto não encontrarmos um lugar para parar, ok? É meio difícil estabelecer um ponto estável quando estamos a noventa por hora."

Não tem nenhum mapa no porta-luvas. Quando olho para cima, no entanto, avisto faróis piscando no espelho retrovisor. Viro-me para ver melhor, e as luzes piscam de novo, duas vezes. Então o motorista baixa as luzes o suficiente para que eu veja uma caminhonete preta tomada pelo brilho azul de uma chave CHRONOS.

"Encoste assim que encontrar algum lugar onde possa esconder o carro", digo. "É Kiernan."

Uns quinhentos metros depois, surge uma estradinha de terra passando atrás de um galpão velho. Kiernan fica esperando no cruzamento enquanto estacionamos, então eu corro até ele e sento no banco do carona.

"Eu não sei se te dou um tapa ou um abraço. Onde diabos você esteve, Kiernan?"

"Eu poderia perguntar a mesma coisa", diz ele. "Voltei para o hotel e você tinha desaparecido. Você deveria ter esperado. Eu não sumi nem por meia hora."

Abel entra na caminhonete e Kiernan arranca novamente.

"Não vi alternativa. As coisas estavam meio que esquentando do outro lado da rua", digo.

"E daí? Podíamos saltar ao *passado* para resolver o problema, Kate. Esperar não teria mudado nada. Mais dez minutos..."

"Então por que você não retrocedeu no tempo e deu uma mãozinha assim que percebeu o que eu estava fazendo?"

"Porque eu vi que você e Abel conseguiram sair pela janela. Eu estava chegando para buscá-los e vocês passaram por mim. Se tivessem esperado, talvez pudéssemos ter evitado roubar um carro de polícia!"

"Nós não roubamos. Pegamos emprestado."

Também acho que há uma bela chance de o empréstimo ter sido com permissão, porque eu sei que Mitchell nos viu. Mas eu não quero entrar nisso com Kiernan agora. Quero saber por que ele mentiu.

"E talvez eu teria esperado se você tivesse me contado a verdade sobre a existência de uma chave CHRONOS no meio da multidão em frente à delegacia. Considerando que você mentiu para mim, eu não tinha certeza se você ia voltar."

Ele se vira e me encara, mágoa nos olhos. "Claro, que eu ia vol..."

"Olhe para a porcaria da estrada!", berra Abel. "Para onde você está me levando?"

Kiernan se volta para a frente, o músculo de sua mandíbula se contraindo. "Vamos dirigir por mais uns dez quilômetros. Você estará a salvo lá."

Achei que a casa dele ficasse um pouco mais distante, mas também pensei que fosse para a direção oposta. A estrada é sinuosa, então talvez estejamos tomando uma rota diferente.

"E quanto a Delia?", pergunta Abel.

"Ela vai nos encontrar lá. Consegui falar com eles antes de ela e Grant chegarem à delegacia. Foi quando eles me disseram onde Kate estava." Ele balança a cabeça. "E então eu tive que saltar de volta para casa e pegar minha arma. Achei que estivesse no seu quarto."

Olho feio para ele. "A *minha* arma estava no meu quarto. A sua não estava porque *você a tirou de mim* nesta tarde."

"Porque não consegui encontrá-la no seu..."

"Podemos parar com esses enredos complicados de viagem no tempo?", pede Abel. "Eu tenho algumas perguntas. Primeiro, por que tem amadores nos resgatando em vez de uma equipe experiente? E em segundo lugar..."

Pego meu celular no bolso e começo a rodar o vídeo que mostrei a Delia e Grant no início do dia. O rosto de Abel fica arrasado quando Katherine se apresenta.

Kiernan fica me dando umas olhadinhas, mas eu não olho para ele. Torço para que ele tenha dado instruções por escrito a Grant, porque estou totalmente perdida. Ele já virou em três curvas até agora, e passamos por umas dez fazendas — todas apagadas, então ou é um pessoal que vai para a cama cedo ou está todo mundo na cidade em busca de diversão.

Abel clica para repetir o vídeo, e assim que começa a rodar pela segunda vez, Kiernan enfia a caminhonete numa estradinha lateral estreita. Depois de uns trinta metros, chegamos a um portão de metal. Há um cadeado imenso prendendo as extremidades de uma corrente enroscada entre a cerca e o portão.

"Esta não parece a estrada que leva à sua casa", digo. Kiernan não responde, simplesmente sai e tira uma chave do bolso. "Esta é mais uma das propriedades que você comprou com seus investimentos esportivos?", pergunto quando ele entra na caminhonete de novo.

"Não exatamente."

Olho para ele interrogativamente, mas ele parece estar me dando um gelo.

Ele sai de novo e tranca o portão atrás de si, depois saca o medalhão CHRONOS, provavelmente estabelecendo um ponto estável. A voz de Katherine ressoa do vídeo enquanto seguimos dirigindo, primeiro por um caminho cercado por árvores e depois através de um campo aberto com uma fazenda ao longe.

À medida que nos aproximamos, vejo vários cômodos ligeiramente iluminados por um brilho amarelo. Provavelmente luz de lampião — duvido muito que a eletricidade tenha chegado a um local tão longe da cidade.

"Abel?", chama Kiernan quando para em frente à casa.

Abel desliga o vídeo e olha para cima. Seus olhos estão tomados pelo mesmo choque maçante que vejo toda vez que os historiadores começam a perceber que não vão voltar para casa. "Sim?"

Kiernan meneia a cabeça em direção à casa. "Pode ser que a moça vá fazer alguns comentários esquisitos a respeito de mim e de Kate... E talvez sobre anjos. Apenas entre no jogo, ok?"

"Martha?", pergunto enquanto sinto meu coração afundar. "A gente realmente precisa envolvê-la nisso?"

"Pensei em ir para minha casa, mas o advogado colocou meu endereço na ficha quando pagou a fiança."

"Isso significa que ela vai hospedar fugitivos. Ela tem filhos, certo?"

A porta da casa se abre e uma mulher de cabelos claros mais ou menos da idade da minha mãe sai na varanda. Ela está sorrindo, mas parece tensa.

"Os filhos dela estão crescidos e já saíram de casa, Kate. Martha entende o risco. O marido dela também. Não vamos ficar muito tempo aqui. Só até as coisas se acalmarem... Talvez descansar e comer alguma coisa. Relaxe e tente mapear um plano."

Abel larga o celular no meu colo e abre a porta. "Que ideia singular. Um *plano*." Ele bate a porta quando sai.

"Sabe, deixando de lado que ele tem o dobro do tamanho, é de outra etnia, de outro gênero e talvez seja uns trinta anos mais jovem, Abel me lembra bastante de Katherine."

Isso meio que arranca uma risadinha de Kiernan. "Kate, desculpe por...", ele começa.

"A gente conversa sobre isso lá dentro. Alguém precisa apresent..."

Mas quando olho para fora, vejo que Martha assumiu o controle. Já pegou Abel pelo braço e o conduziu até a varanda, onde um sujeito que deve ser o marido dela aparece, à nossa espera.

"O quanto você revelou a ela sobre tudo isso?", pergunto.

"Eu apenas disse que agora era a oportunidade de ela bancar o anjo."

∞

Abel e Kiernan ainda estão na cozinha com o marido de Martha, Joe. Se ele tem alguma reserva sobre Martha hospedar fugitivos, jamais deixa transparecer — fomos recebidos calorosamente, e ele fez o possível para nos deixar à vontade. Acabei de comer ovos, bacon e biscoitos. Kiernan e Abel ainda estão comendo. É um alívio descobrir que Abel fica um pouco menos combativo de estômago cheio.

Sentei-me no sofá da sala de estar para ficar vigiando o portão da frente por meio do medalhão. Grant e Delia devem chegar a qualquer minuto, e vou precisar saltar para destrancá-lo. Mas o que eu realmente gostaria de fazer é me esticar neste sofá e dormir por uma semana. Meu último período de sono foi uma soneca de quatro horas que espremi antes do meu jantar com Trey. A última vez que dormi oito horas completas foi antes de resgatar Martha de God's Hollow.

Alguns minutos depois, Martha chega com minha xícara de café, que ela encheu de novo.

"Uau. Você deve ser vidente."

"Não." Ela sorri enquanto me entrega a xícara e senta ao meu lado. "Simplesmente vi você bocejando quando olhei para cá agora há pouco.

Sabe, ocê é bem-vinda para fazer o que quer que esteja fazendo com este negócio aí na cozinha, junto com a gente. Eu falei pro Joe que era como continhas de terço. Ele nunca conheceu mais do que uns dois católicos na vida, então ele pode ficar encarando um pouco, mas detesto que ocê fique isolada aqui."

"Obrigada, Martha, mas acho que o outro carro vai aparecer muito em breve, e eu vou ter que desaparecer por alguns segundos. Isso pode incitar Joe a fazer um pouco mais do que ficar encarando."

Ela ri e ajeita atrás da orelha uma mecha de cabelo, tão grisalho quanto louro. "Pode ser que sim. Eu contei a ele um pouco de tudo o que aconteceu, mas nunca mencionei a parte de ocês desaparecerem. Ele já me acha um pouco louca."

"É muita bondade sua fazer isso, Martha. De vocês dois."

"Não é nada", diz ela. "Joe e eu tivemos pessoas nas nossas vidas, as quais já se foram, que nos trataram com gentileza e ensinaram o que é certo e o que é errado. Eu não tenho como retribuir à Irmã Elba por me acolher com meus primos, mas é como esse livro que li uns anos atrás, escrito por uma senhora de Augusta: ela diz que você tem que passar o bem pra frente. Irmã Elba teria acolhido essas pessoas, então agora estou fazendo isso por ela."

"E Kiernan lhe falou sobre Grant?"

"O moço que esteve em God's Hollow? Tudo bem. Eu sei que ele não fez parte daquilo. Ele foi enganado por aquele demônio, assim como aconteceu comigo e com todo mundo que morreu." Martha se inclina e coloca a mão no meu joelho. É um gesto muito maternal, e algo nele me lembra quanto tempo se passou para ela, mais até do que as rugas em seu rosto. "E eu sei que ele não era um demônio *de verdade*, assim como você não é um anjo de verdade. Eu percebi isso enquanto eu tava ficando na casa dos Owens. Eu não sei o que é esse tal círculo no seu pescoço, mas ele te mantém na mesma idade ou talvez permita que você viaje no tempo, como naquele livro de Mark Twain. É por isso que você tá igualzinha. Eu só não sabia como era seu cabelo, porque tava enfiado debaixo do seu chapéu da outra vez. Cê devia usar ele solto com mais frequência."

"Eu falo isso pra ela o tempo todo", diz Kiernan da porta. Não tenho certeza de quanto tempo ele passou de pé ali.

Abel está atrás dele, usando um roupão de banho sobre a calça porque não havia nenhuma camisa que lhe servisse. Ele olha para Martha e diz: "Se não for nenhum problema, senhora, eu gostaria de aceitar sua oferta de um banho quente antes que Delia chegasse. Talvez ela não vá ficar tão assustada se eu tirar um pouco deste sangue".

Martha o ajuda a subir e eu me volto para Kiernan. "Estou mais preocupada com a forma como Abel vai reagir quando vir o rosto de Delia. Eles devem chegar logo, certo?"

"Sim. Acho que nos próximos cinco ou dez minutos." Ele se senta ao meu lado. "Kate, era Simon do outro lado da rua, ok? Eu imaginei algo assim, mas eu precisava verificar. Se você tivesse se envolvido, teria tornado as coisas duas vezes mais complicadas. Mas eu não devia ter mentido para você. É só que é complicado."

"O que aconteceu? Por que ele acha que você está aqui?"

Ele dá de ombros. "Eu disse a verdade a ele, mais ou menos. Que estou de olho em você para Prudence. Evitando que você fique bisbilhotando os negócios dela no futuro."

"Você acha que ele sabe que você está ajudando, em vez de apenas vigiar?", pergunto.

"Sei lá. Provavelmente não, já que ele disse que estou apoiando o cavalo azarão quando se trata de Pru. Disse para eu não deixar que minha lealdade a ela me faça de bobo."

"Mas... por que ele está aqui? Eu pensei que eles não precisassem das chaves."

Kiernan se recosta, esfregando as têmporas. "Eu não tenho certeza disso, Kate. Talvez com o rompimento entre Saul e Pru, eles queiram ter algo mais à mão. Mas acho que é mais simples do que isso. Simon, ele é... Sei lá. Minha Kate o chamava de viciado em adrenalina. Simon tende a pensar no tempo como seu parque de diversões particular. Quem precisa de vídeo games ou de filmes quando pode entrar e sair da coisa toda no mundo real? Ele quase nos matou em Cincinnati, em 1884. E alguns dias antes de eu encontrá-lo no metrô, ele desapareceu num salto no meio de uma batida policial num bar clandestino em plena Lei Seca, bem na cara da polícia. Quando o vi esta noite, ele disse que eu deveria ficar por perto", ele se inclina para a frente, baixando a voz, "porque as coisas estavam prestes a ficar boas. Ele está aqui porque ele quer assistir a um linchamento."

RYSA WALKER

CHRONOS 2: LIMITES DO TEMPO

Oconee County, Georgia
11 de agosto de 1938, 00h05

"Vocês dois mal conseguem me tirar da cadeia e se perguntam por que não acredito que vocês possam derrubar uma organização com milhões de membros? Sendo que alguns inclusive podem viajar no tempo?"

"Por favor, baixe a voz", aviso. De novo.

Martha e Joe subiram para a cama uma hora atrás, logo depois de Kiernan e eu voltarmos de uma incursão para abandonar o Buick numa estrada escondida a uns dez quilômetros daqui. Planejávamos fazer o mesmo com a caminhonete de Kiernan, mas foram necessárias três tentativas para saltar de volta ao quintal de Martha depois de abandonar o Buick, então acho que ele está meio de saco cheio da chave por um tempo. Sua caminhonete está escondida no celeiro, e o plano é que Delia, Abel e Grant permaneçam aqui por uns dias, até que o burburinho diminua, e sigam para o norte na caminhonete.

Nesse ponto, parece, todos concordamos. Mas nenhum deles concordou em entregar suas chaves.

"Sim", digo. "Eu sei que nossas chances não são das melhores. Mas o que devemos fazer? Desistir? Se não pudermos derrotar os ciristas, eles vencem."

Resolvo não acrescentar que ainda tenho dúvidas sobre o comprometimento de Kiernan com o nosso lado. Guardar segredos, mentir e desaparecer quando se faz necessário não são características que você geralmente deseja num parceiro, principalmente quanto tem tanta coisa em risco. Mas se ele não estiver do nosso lado, a avaliação de Abel será ainda mais acurada.

Delia está enroscada no sofá, ao lado de Abel. "E quanto a outros aliados, então? Pessoas no poder que se opõem aos ciristas? Que não confiam neles?"

"No poder? Talvez. Mas, pelo menos na minha época, essas pessoas têm dificuldade para permanecer no poder quando se mostram abertas a esses pontos de vista. Os ciristas têm amigos no alto escalão", digo, pegando emprestada a fala do pai de Trey. "Conheci pouquíssimas pessoas capazes de dizer abertamente que são contra eles."

"Sem aliados, o destino é falhar", diz Delia. "Então talvez você queira começar a buscá-los."

Durante a última hora, contamos aos três tudo o que sabíamos, até a teoria de Kiernan sobre Pru recebendo as outras doze chaves em 2305. Pessoalmente, não estou muito convencida nessa vertente. Katherine tentou saltar para aquele vazio sombrio algumas vezes depois que Prudence desapareceu. Abel também descartou a ideia, dizendo que tentou fazer o mesmo quando fora trancafiado na cela. Mas imagino que seja possível que haja uma falha de segurança que não tenha funcionado no caso de Prudence, já que seu código genético não estava bloqueado no sistema. Ou talvez, conforme Kiernan já observou, é só um ponto estável muito instável.

Grant mal falou durante a nossa discussão. Quando eles chegaram, ele afundou na mesma poltrona onde se encontra agora, do outro lado da sala, e começou a olhar alguma coisa em seu diário. Talvez ele tenha voltado ao modo novato, já que Delia parece mais próxima de seu eu habitual agora que Abel está aqui e que eles nitidamente estão de volta ao comando. Delia finalmente pediu a ele para assumir o que eu estivera fazendo — monitorar os pontos estáveis no portão e na delegacia —, assim eu poderia me juntar à discussão sobre os ciristas. No início, ele pareceu contente por ter alguma coisa para fazer, mas acho que logo descobriu que era uma tarefa muito chata. A multidão diante da delegacia foi diminuindo gradualmente depois das onze e, tirando o único carro que passou pouco depois que atravessei o portão de entrada com o Buick, e um outro que passou por volta da meia-noite, a estrada ficou muito quieta.

"E a divisão interna que você mencionou?", pergunta Abel. "Entre a filha de Saul e Katherine. O que você realmente precisa é de uma resistência infiltrada disposta a entrar em combate. Talvez um grupo..."

"Estou trabalhando nisso", intervém Kiernan. "Mas ambos os lados... concordam em certos pontos, como a necessidade de haver o Abate. Diferentes motivações, talvez, mas o mesmo resultado. Nenhum dos dois gosta do futuro para o qual acham que estamos nos dirigindo, e estão dispostos a tomar medidas drásticas para evitar isso, então não tenho certeza se vai dar certo."

Delia funga. "Pode ser que eu simpatize um pouco com eles depois de hoje. Conheci várias pessoas que eu *abateria* com prazer caso tivesse a oportunidade."

"Sim", digo, "mas a multidão que se reuniu em frente à delegacia não é bem o tipo de gente que Saul eliminaria."

Kiernan e Abel estão discutindo as motivações dos ciristas quando Grant se levanta e segue para a cozinha. Ele está sentado à mesa com o medalhão ativo e não percebe quando entro. No início, acho que ainda está vigiando o portão, porque a tela está escura. Mas quando me aproximo, vejo que é o buraco negro que provavelmente é a sede da CHRONOS.

Grant pisca muito deliberadamente, duas vezes, mas toda vez que abre os olhos, ainda está na cadeira.

"Não acho que vá funcionar, Grant."

"*Pode ser* que funcione."

"Mas parece que... não tem nada. Não dá nem para definir um dia e um horário. E se você piscar e saltar bem no meio da explosão?"

"Não creio que seria assim. Mas mesmo que fosse, é melhor do que ficar aqui."

Tenho certeza de que isso não tem a ver com sua nova identidade — ele tem credenciais para colocá-lo numa faculdade de Direito, e isso não deve ser muito horrível para um historiador jurídico. Deve ter a ver com a tal garota lhe esperando em 2305. Quero dizer que ele vai conhecer outra pessoa, que vai ser capaz de recomeçar, e que as coisas não parecerão tão ruins dentro de alguns anos. Mas o conselho soa um pouco vazio para mim agora, e a julgar pela expressão de Grant, ele não parece muito disposto a ouvir nada disso, de qualquer modo.

"Onde você parou na vigília do portão?", pergunto. "Eu assumo a partir de agora."

Ele me dá um olhar estranho. "Parei quando vim para cá."

"Não, a que *horas* você estava assistindo? Como eu disse quando você começou, eu tinha assistido a dois pontos estáveis até 00h45, avançando um minuto ou mais por vez."

"Eu só... Eu estava vendo ao vivo. O terreno em frente à delegacia está bem vazio e..."

Dou um suspiro. "O objetivo era ir assistindo em intervalos, assim teríamos um aviso prévio."

"Desculpe", diz ele, inclinando a cabeça para trás e encarando o teto. "Eu não ouvi essa parte. Não estou acostumado a usar a chave desse jeito."

Sua mandíbula está cerrada, e dá para ver que ele está se esforçando para não perder a linha.

"Você está bem?"

"Na verdade, não", responde ele. "Mas não há nada que você possa fazer para melhorar."

Sirvo o restinho de café na minha xícara e deixo Grant sozinho, me acomodando na poltrona que ele desocupou. O ponto diante da delegacia fica um tanto vazio entre 00h46 e 00h56. Todo mundo já se foi, exceto por um homem num carro da polícia que conversa com alguém de pé do lado de fora.

Estou prestes a verificar o portão quando vejo Delia ao meu lado. "Pensei que Grant estivesse cuidando disso, não?"

"Tudo bem", digo. "Ele parece um pouco chateado com a nova realidade. Há uma garota em..."

"Não." Ela balança a cabeça, oferecendo um sorriso triste. "*Não é* uma garota. E é esse o problema. Acho que Abel e eu vamos encontrar um lugar onde poderemos ficar bem, mesmo nesta era. Quando tivermos netos, já não vai ser muito esquisito que vovô seja negro e vovó seja branca. Mas mesmo que Grant encontre alguém para amar, o casamento e a família não poderão fazer parte de seu futuro. Pode ser que ele leve um tempo para aceitar isso."

Delia entra na cozinha. Com sorte, ela vai se dar melhor em consolar Grant. Estou muito feliz por ter resistido à tentação de fazer aquele discurso do anime-se-você-vai-encontrar-uma-outra-pessoa.

Fico meio atenta à discussão de Kiernan e Abel sobre a estrutura organizacional dos ciristas ao mesmo tempo em que vigio o portão da frente por meio da chave. Tudo tranquilo até uma da manhã. De volta à delegacia: tudo certo até 1h15. De volta ao portão.

Estou pensando que talvez eu vá precisar de mais café, quando avanço de 1h05 para 1h06 e vejo dois conjuntos de faróis ao portão. De repente, estou bem desperta. Avanço para 1h09 da manhã, e vejo alguns carros do outro lado da rua e duas caminhonetes muito familiares. Os homens não estão usando suas máscaras agora, e vejo Willis na companhia de seus dois sobrinhos e vários outras pessoas que estiveram na briga. À 1h10 da madrugada, um deles tem um machado e está golpeando a cerca perto do portão.

"Vamos ter companhia daqui a vinte minutos."

Corro para o andar de cima para avisar Martha. Ela provavelmente não estava dormindo, porque aparece à porta em seu roupão assim que bato. Joe demora um pouco mais e, uma vez que todos descemos, percebo que é porque ele parou para pegar algumas espingardas. Ele entrega uma para Kiernan e apoia a outra no armário de louças.

"O porão pode acomodar todos vocês", diz Martha. "Eu poderia descer e ajudá-los lá, mas não gosto muito de porões desde que... desde que eu era uma menina."

Joe dá um apertozinho no ombro dela. "Eu cuido deles", diz. "Vão buscar suas coisas. Tem água e cobertores lá embaixo para o caso de a gente precisar descer por causa de um tornado ou coisa assim, mas num tem a casinha pra fazer as necessidades, então pode ser que cês queiram resolver isso antes de descer."

Alguns minutos depois, Kiernan e eu estamos lá fora, aguardando os outros.

"Como você acha que eles nos encontraram?", pergunto.

"Eu não sei. Talvez o carro que você viu estivesse seguindo os dois, quando eles voltaram para buscar reforços? Eles viram você destrancar o portão?"

"Acho que não, mas não tenho certeza. Quem quer que fosse, estava bem atrás do Buick."

Dou uma volta e determino alguns pontos estáveis para que possamos ver o que está acontecendo enquanto estivermos abaixo do solo.

Delia aparece na varanda. "Grant está aqui?"

Balanço a cabeça. "Da última vez que o vi, ele estava na cozinha."

"Você pode dar uma procurada por aí?", pede ela, voltando para a casa.

Quatro minutos depois, ainda não o encontramos, e fico olhando pela minha chave quando a primeira caminhonete atravessa a fenda na cerca.

"Cês precisam descer", diz Joe. Ele destranca o cadeado e abre a porta do porão. "Cês vão ouvir um sino assim que as caminhonetes chegarem. Martha vai tocar. Meu irmão mora na fazenda do lado e ele tem telefone. Se Billy ouvir o sino tocar cinco vezes, ele vai chamar o xerife e vai vir pra cá armado."

Todos agradecemos pela ajuda. "Tenham cuidado, por favor", peço.

"Cês num precisam se preocupar com a gente. A gente vai ficar bem. E se eu encontrar aquele outro rapaz, vou fazer meu melhor pra ele ficar a salvo." Uma vez que estamos descendo a escada, ele diz: "Pode ser que cês queiram se acomodar antes d'eu fechar a tampa. Vai ficar bem escuro lá embaixo".

A luz não é um problema, na verdade. Mesmo que um de nós tivesse medo do escuro, temos quatro chaves CHRONOS azuis muito brilhantes num buraco que talvez não tenha mais do que uns dois metros de uma parede a outra.

Tem mais coisas me incomodando do que o tamanho do porão. Há prateleiras de um lado, e a coisa toda me faz lembrar do armário de lençóis do hotel de Holmes em Chicago. Estremeço, em parte por causa da lembrança e em parte porque está frio aqui embaixo.

Transfiro os pontos estáveis locais que estabeleci nos arredores da casa para as chaves de todos enquanto as caminhonetes invadem o quintal. Os dois carros param a uns quinze metros abaixo na estrada. Um deles parece bastante cheio. Várias pessoas saem, algumas subindo no capô.

"Não acredito que Grant tenha caído fora assim", diz Delia. Ela está sentada na frente de Abel, enrolada num cobertor. Os braços de Abel estão em volta dela, e a segunda espingarda de Joe está perto dos pés dele.

"Eu não culpo Grant por fugir", diz Abel. "Não estamos exatamente numa situação ideal. Este buraco já está bem cheio com nós quatro, e ele provavelmente vai ficar mais seguro por conta própria. Ele tem uma identidade nova. Tem dinheiro para um recomeço. Ele vai ficar bem."

"Espero que você esteja certo", diz ela.

Quando olho de volta para a minha chave, um dos homens está berrando alguma coisa. Todos eles usam roupas bem parecidas, a maioria está de calça jeans e camisa lisa, mas tenho quase certeza de que o sujeito gritalhão é Willis, a julgar por sua constituição e pelo fato de ele estar mancando um pouco. Dá para ouvir o barulho que vem de fora, mas está muito abafado para distinguir as palavras.

No entanto, ouvimos o sino nitidamente, à 1h13. Martha toca cinco vezes, aguarda alguns segundos e repete o sinal. Dois dos homens atrás de Willis olham ao redor, muito tensos, e descem da carroceria da caminhonete, contornando a casa.

"Você acha que o xerife ao menos vai vir?", pergunta Delia.

Não está claro para quem ela está perguntando, mas Abel finalmente responde. "Sim. Caso contrário, vai haver problemas em todas as frentes. Alguns vão se queixar porque ele permitiu que uma multidão subisse à liderança. Outros vão reclamar porque um criminoso perigoso escapou. E agora vai haver uma queixa de roubo de automóvel para cima de mim."

Ele me olha, irritado, e fico um pouco surpresa quando Delia fala em minha defesa. "Se ela não tivesse tirado você de lá, esses malucos já teriam feito isso, Abel. Você está usando uma chave, então acho que você sabe disso, assim como eu. Eu me lembro de tê-los visto arrastando você para fora daquela cela. Grant e eu estávamos impotentes, e Kiernan não estava por perto. Ela fez o melhor que pôde. Obrigada, Kate."

Lágrimas brotam nos meus olhos, talvez porque eu tenha me sentido um pouco subestimada, mas também porque os agradecimentos de Delia agora parecem meio mal colocados. Os "loucos" estão a poucos metros de distância, e poderiam arrastar Abel novamente — embora com três armas aqui embaixo isso vá ser um bocadinho mais difícil.

"Eu nunca disse que não era grato", diz Abel. "É só que o plano poderia ter sido..."

"Cale a boca, Abel." As palavras de Delia são duras, mas seu tom é afetuoso, e Abel sacode a cabeça dando uma risadinha e abraçando-a.

Kiernan está muito quieto, os olhos grudados num dos pontos estáveis. Quando eu me inclino para trás para ver qual deles ele está vigiando, ele rapidamente muda para uma vista diferente.

Então pego minha chave e começo a averiguar todos os pontos, tentando ver o que chamou a atenção dele. Vejo Willis gritando de dois ângulos diferentes, com os outros nos caminhões juntando-se a ele de vez em quando.

Mudo para olhar os carros e encontro o que atraiu a atenção de Kiernan. Eu quase não vi a luz azul no interior do segundo carro, provavelmente porque todo o porão está inundado pela mesma tonalidade.

"Simon está lá fora", sussurro. "Por que você não me disse?"

Ele percebe a desconfiança na minha voz e sibila de volta. "Eu mesmo só percebi agora!"

Claro, quando você está espremido num porão, ombro a ombro, os sussurros não são de fato discretos.

"Esse é o sujeito que está com Saul, certo? O assistente dele", diz Delia.

A palavra mais adequada é "capanga", mas assinto mesmo assim.

"Por que ele está aqui?", pergunta Abel. "Será que ele sabe que somos da CHRONOS?"

"Sim", diz Kiernan, "e desconfio que ele esteja aqui porque é tão depravado quanto o avô dele. Ele quer estar aqui quando você for enforcado, ou levar um tiro, ou seja lá o que eles estiverem planejando."

Não sei por que tenho dificuldade em acreditar que essa seja a única motivação de Simon. Ele se mostrara perfeitamente disposto a me colocar no caminho de um assassino em 1893. E enquanto a maioria das pessoas neste município está em casa, cuidando da própria vida, e não ficaria sabendo de um linchamento até que estivesse tudo terminado há um bom tempo, eu desconfio que a metade das pessoas no gramado de Martha estejam lá pelo mesmo motivo que Kiernan supõe ter atraído Simon. Eles não matariam Abel diretamente, mas ficariam felizes, talvez até um pouco ansiosos, em ver alguém fazê-lo.

Eu troco a vista dos carros pela da varanda da frente. Joe está apontando a espingarda para Willis, e dá para ler seus lábios perfeitamente: "Saia da minha propriedade". Ele diz mais algumas palavras, e sua expressão muda de determinada para apavorada. Delia e Abel engasgam no mesmo momento em que Joe abaixa a arma.

Eu já sei o que aconteceu antes mesmo de trocar a imagem para outro ângulo. Eles pegaram Martha. Dou uma olhadinha para a chave de Kiernan e vejo quando Simon caminha em direção às caminhonetes. Kiernan pisca duas vezes antes que eu possa dizer: "Não, Kiernan. Você não pode ir lá".

Tenho quase certeza de que ele não tem como saltar para qualquer lugar, mas ele continua tentando, sua expressão furiosa.

Agora uma caminhonete chega pelo outro lado da fazenda, dirigindo rápido pelo gramado. Um homem de meia-idade usando macacão sai do veículo, a arma em riste, e então vê Martha. Um dos mascarados tem um braço ao redor da cintura dela e aponta a pistola para seu queixo.

Kiernan pode não ser capaz de saltar, mas eu, sim. Enfio a arma no meu bolso, liberando as duas mãos para que eu possa configurar o porão e o horário atual como um ponto estável. Quando estou terminando, alguém bate à porta.

"É Simon", avisa Kiernan. "Ele simplesmente contornou pela lateral da casa."

Kiernan está certo. Visualizo o ponto estável perto da entrada do porão e vejo a parte de trás da cabeça de Simon. Também vejo as rodas de um carro dirigindo em sua direção.

Simon começa a falar, a voz meio abafada pela porta de madeira. "Eu tenho certeza de que vocês têm armas aí embaixo, assim como nós temos aqui. Não atirem ainda. Estou aqui para negociar. Eu sei que Abel e Delia estão aí embaixo, e é principalmente com eles que estou falando. Tenho certeza de que Kate tem pintado uma imagem horrorosa dos ciristas, mas ela sofreu... acho que vocês chamariam de lavagem cerebral, pela avó. O único motivo pelo qual ela está aqui é porque Prudence a está protegendo, embora eu não saiba por quanto tempo mais a trégua entre elas vá se manter."

Kiernan se enrijece ao meu lado, e então ele grita: "Vá direto ao ponto, Simon, que droga!".

"Kiernan! Imaginei que você poderia estar aí dentro, camarada. Meu ponto é que tem um jeito de Abel e Delia saírem daí em segurança, se eles ouvirem a voz da razão. Você também, Kiernan. Minha oferta anterior ainda é válida, se você estiver cansado de ser babá para Pru." Kiernan xinga baixinho, e Simon continua. "Abel, existem comunidades ciristas, mesmo em 1938, onde o fato de sua esposa ser branca não importa nem um pouco. Onde vocês dois podem fazer a diferença, em vez de ficarem como cidadãos de segunda classe nas próximas quatro décadas."

Abel ainda está apontando a arma para cima, em direção à porta, mas dá para ver seu rosto. Simon ganhou a atenção dele. Ele está ouvindo. Está pensando no assunto.

"Ele está mentindo", sibilo. Quando Abel não olha para mim, agarro o braço de Delia. "Você ouviu Kiernan, Delia. A única razão pela qual Simon está aqui..."

Não falo mais nada, porque a mão de Kiernan está cobrindo minha boca. "Kate", sussurra ele, "você precisa sair daqui, amor."

Simon continua falando, floreando esse futuro cirista reluzente e maravilhoso que pode oferecer a eles, enquanto luto contra Kiernan.

Delia olha para mim, um pedido de desculpas em seus olhos. Ela grita para Simon: "E a mulher que esses homens estão mantendo como refém? Se formos com você, eles vão soltá-la?".

"Desculpe, Delia. Essa é uma situação completamente à parte, um erro que deveria ter sido corrigido há muito tempo."

"Então não tem acordo!", diz Delia.

"Ela está falando por você também, Abel?"

"Com certeza", dispara Abel de volta. "Sem acordo, a menos que você garanta a segurança dela, bem como a nossa. Eu não tenho laços com Katherine, e eu não estaria nesta porcaria de buraco agora se a neta dela não tivesse ferrado tudo. Mas Martha botou o pescoço dela na reta por causa da gente, e eu não cometo traição contra quem é meu amigo."

Abel nem sequer olha para mim, então eu não sei o quanto do que ele está dizendo é sincero e o quanto é pura negociação.

"Essa parte foge do meu controle, Abel."

"Mentira!", diz Kiernan. "O que você é agora, Simon? Só o garoto de recados de Saul? Desde quando você confirma todas as decisões com ele? Pode fazer o que quiser. Deixe que a moça e Joe entrem na caminhonete com o irmão dele, e nós três iremos com você. Saul jamais saberá a diferença, a menos que você seja burro o suficiente para lhe contar."

"E quanto a Kate?", pergunta Simon.

"Kate saltou no segundo em que ouviu sua voz. Não sei para onde ela está indo, mas eu provavelmente deveria te avisar que ela está armada."

"Oh, uau, estou tão assustado", diz ele com uma voz desprovida de emoção. "Sério, Kiernan, o que faz você pensar que estou no controle daqueles idiotas aqui na frente? Tudo o que fiz foi contar a eles onde você estava. Por outro lado, esta é a festinha deles, e duvido muito que eles irão embora, a menos que Abel se entregue no lugar dela. Ele é o único motivo para a maioria daquelas pessoas estarem aqui."

"Tá bom, Simon, acredito. Quanto você pagou para aquele cara pegar Martha? Você já confessou. Dê mais uma nota de vinte a ele..."

"Você não está vendo o ponto importante aqui, Kiernan." Simon começa a tagarelar sobre como é fácil iniciar um motim, mas não é tão fácil pará-lo. Abel e Delia também estão discutindo com ele, mas não consigo mais acompanhar a conversa, porque Kiernan está falando ao meu ouvido.

"Salve Martha, Kate. Você sabe onde ela vai estar. Leve Martha e Joe para a fazenda do irmão dele. *Então volte para casa.*"

Ele tira a mão da minha boca, devagar. Giro para encará-lo, mas acho que ele percebe que ainda não estou convencida.

"Eu posso fazer mais estando ao lado de Saul do que ao lado de Pru. Confie em mim e vá embora. Por favor."

"Eu poderia confiar mais se você me contasse tudo, Kiernan. O que você está escondendo?"

"Quando puder contar, vou contar. Quando tiver certeza. Eu juro."

"Jure pela aliança de casamento dela." Ele suspira bruscamente, e acrescento: "Eu não ligo se você desenhou aquele anel no dedo dela por causa da sua lembrança ou da sua imaginação. Jure por ele, e só então vou acreditar em você".

Ele agarra minha mão esquerda e dá um beijo no dedo anelar. "Eu juro, Kate. Apenas vá."

Visualizo o ponto estável do lado oposto da casa, aquele que Kiernan e eu configuramos antes de esconder os carros. Agora, à 1h19 da manhã, a única coisa que consigo ver no ponto é a lateral do veículo de um xerife de Oconee, então acho que isso responde à pergunta de Delia. Eu não sei como a polícia pode afetar as negociações com Simon, então mostro o carro a Kiernan. Volto no tempo para 1h09, o horário que Joe nos fechou no porão, e pisco.

Eu não percebi o quanto tínhamos sido capazes de ouvir daquele porão. Era difícil distinguir qualquer coisa com clareza, mas havia uma constância entre o barulho dos carros acima e de todos os gritos. Agora, a fazenda está estranhamente tranquila.

Corro para os fundos da casa e vejo a silhueta de Martha através da janela. Bato rapidamente à porta e depois abro. Ela arqueja de susto. "Minha nossa, Kate, você me assustou! Pensei que Joe...", ela olha para a chave no meu pescoço, "Oh! Esse negócio de novo."

"Chame Joe. Vocês precisam ir para a casa do seu irmão."

"Não acho que ele vá aceitar ir, Kate. Joe num é do tipo que deixa as pessoas sem defesa, ou a fazenda sem defesa, verdade seja dita. Nem eu. Não podemos simplesmente ir embora quando..."

"Martha, esse é o único jeito de todo mundo sair vivo daqui." Tento manter a dúvida longe da minha voz, porque não confio em Simon de jeito nenhum. "Você sabe dirigir?"

"O quê? Sim, mas..."

"Vou convencer Joe. Pegue a caminhonete." Enfio a mão no bolso para pegar as chaves do veículo de Kiernan, mas Martha já está indo para a caminhonete deles, estacionada ao lado do celeiro.

"Você está com suas chaves?"

"Na caminhonete!", grita ela de volta, como se fosse a coisa mais óbvia do mundo, e não consigo evitar pensar que o furto de carros deve ser realmente muito fácil em 1938.

Joe fica confuso quando me vê, mas já deve ter se dado conta de que tem algo incomum acontecendo, porque jamais questionou como eu sabia que a multidão entraria pelo seu portão em vinte minutos. Tudo o que preciso fazer para convencê-lo a ir embora é lhe dizer que logo um daqueles homens estará com uma arma apontada para a cabeça de Martha.

Eles se vão, e menos de um minuto depois a primeira caminhonete invade o terreno. Os faróis brilham através das cortinas e o motorista embala o motor. Ouço alguém, Willis, presumo, pisando duro nos degraus da frente, e depois batendo à porta com força suficiente para fazer estremecer as janelas.

Não posso simplesmente aceitar que Simon irá manter sua palavra, mas não há motivo para eu ficar assistindo ao desenrolar dos eventos a partir daqui. Vou ter uma visão muito mais segura e muito mais nítida estando no meu quarto.

∞

Meu celular vibra no meu bolso assim que chego no quarto, mas ignoro e desabo no chão em frente à minha cama, apertando minha chave com tanta força que a beiradinha corta minha palma. De repente estou enjoada, a cabeça girando. É quase igual à sensação que me arrebata quando há uma modificação na linha do tempo, mas passa depois de um instante. Provavelmente estresse, falta de sono e excesso de cafeína.

Quando me recupero o suficiente para visualizar o ponto estável no porão, vejo três homens com Simon, as armas a postos. Um deles é Willis, e um é o cara que estava segurando a arma contra o queixo de Martha. Tem um carro preto grande atrás deles, e alguém que não reconheço está ao volante.

A única coisa boa de ser a pessoa que modifica o acontecimento é que você sai dele sem a confusão mental, contanto que não trombe com seu outro eu pelo caminho. Lembro-me desse cara apontando a arma para Martha. E também me lembro de Martha indo embora na caminhonete com Joe. As duas coisas aconteceram, mas não parece que aconteceram ao mesmo tempo, porque para mim não foi assim.

Mas não é o caso de Delia, Abel e Kiernan. Todos parecem desorientados à medida que vão saindo do porão. Assim como Simon, mas coloco isso na coluna de pontos positivos.

Kiernan é o primeiro, e ele ainda está com a arma em punho. Abel aparece na escada atrás dele, e um dos homens avança para agarrá-lo. Kiernan grita para ele e ergue a arma, apontando-a entre os homens até Abel e Delia estarem no carro. Simon parece estar gritando alguma coisa com Kiernan, algo que não consigo entender, porque neste momento só dá para ver a cabeça dele. Kiernan olha para trás e fala alguma coisa que inclui "mas que diabo" e algumas outras obscenidades.

Eles discutem brevemente, e Kiernan sacode a cabeça com desgosto antes de entrar no carro. O que mais me confunde é a expressão de Simon quando ele volta para o ponto estável. Ele ainda parece meio irritado, mas também parece aliviado. É a única vez que vi seu rosto quando ele não estava zombando ou olhando feio para alguém, e é desconcertante, porque essa expressão não bate com a imagem mental que tenho dele.

Simon enfia a mão no bolso e tira um bolo de notas. Pega algumas e entrega aos sujeitos armados, depois recua o braço como se estivesse atirando uma bola de beisebol. Algo sai voando para a frente da casa. No começo, acho que é uma granada de algum tipo, porque os homens começam a correr. Mas eles correm na direção em que Simon atirou o objeto, então não faz sentido.

Era o bolo de dinheiro. Simon fica ali por cerca de um minuto, observando, com o sorrisinho de escárnio. Então senta-se no banco do carona e o carro parte.

Troco para um ponto estável na frente da casa e vejo quando uma briga irrompe entre o homem que pegou o bolo de dinheiro primeiro e os outros, que obviamente decidiram que ele precisa dividir. Vou acelerando em acréscimos de trinta segundos até eles irem embora, me certificando de que ninguém resolveu incendiar a casa e que Martha e Joe já não estão mais em perigo. Tenho a sensação de que vou fazer muito isso, mesmo depois que esta noite terminar, porque não vejo nenhuma razão para Simon não voltar e concluir o trabalho. O quintal finalmente fica vazio cerca de cinco minutos depois. Joe e seu irmão voltam à 1h30 da manhã para ver como estão as coisas e conversam com um policial da patrulha estadual que, fico muito aliviada ao ver, localizou o carro dele.

Quando estou razoavelmente segura de que tudo está como deve ser, retrocedo no tempo e observo o ponto estável junto ao portão até o carro preto tomado pela luz azul brilhante virar à esquerda e sumir na noite.

Enfio a chave CHRONOS de volta na bolsinha de couro e fico encarando o tapete, tentando descobrir como vou explicar a Connor e a Katherine porque deixei Delia Morrell e Abel Waters, isso sem mencionar Kiernan, entrarem no carro de Simon com suas respectivas chaves e irem embora.

Meu telefone vibra novamente e desta vez eu olho, em parte porque quero ver se meu pai tem alguma notícia sobre o vovô Keller, mas também porque realmente quero adiar a conversa com Katherine e Connor, mesmo que só por alguns minutos. A mensagem de meu pai é confusa. Vovô já saiu do CTI, mas ele diz que falou com minha mãe e quer saber o que está acontecendo. Ele insiste que está preocupado e me pede para ligar o mais depressa possível. Suspiro, percebendo que não liguei para contar sobre meu jantar desastroso com Trey. Imagino que eu devia estar mais arrasada do que imaginava, pois chegou ao ponto de minha mãe telefonar para ele lá da Itália.

As duas mensagens seguintes são de Trey. A primeira é um pedido de desculpas totalmente desnecessário pela reserva do quarto de hotel. A segunda, enviada cerca de meia hora depois, contém mais desculpas, somadas a um pedido para eu ligar para ele para que possamos conversar e resolver tudo.

Tem também duas mensagens de Charlayne. Tenho que afastar o celular por um momento porque sou tomada por uma leve vertigem, mas logo passa. Clico primeiro no texto que chegou enquanto Trey e eu estávamos no jantar, e tenho certeza de que é outra pergunta sobre a lição de casa. Mas não há menção sobre os deveres, só uma mensagem enigmática: *O jantar é uma armadilha. Armaram pra você. Eve tá rolando de rir, mas não achei engraçado.*

Foi legal da parte dela me avisar, presumindo que foi sincero, e não mais uma pegadinha da campanha em curso para infundir Charlayne como minha melhor amiga de todos os tempos.

O estranho é que sua segunda mensagem tem o mesmo horário. Começo a clicar em "Excluir", pensando que é uma duplicata, mas opto por abri-la. *Bem-vinda à Resistência!!*

Encaro o telefone, tentando me lembrar de onde ouvi essas palavras recentemente. Meu cérebro está muito cansado para conseguir recordar, então passo a conferir as mensagens de voz. Há três — duas de Trey e uma de minha mãe. Mas a dela é de três dias atrás, e não me lembro de ter perdido nenhuma chamada. Clico para ouvir o recado, e depois de um momento a voz dela aparece. Ela está mais desorientada do que qualquer coisa que já ouvi, dez vezes mais animada em relação a quando ela soube da bolsa de pesquisa.

"Kate, meu amor, tenho a notícia mais maravilhosa e incrível. Me ligue assim que ouvir isto. A menos que seja depois das... argh! Não consigo pensar com clareza para contar as horas do fuso. Ou apenas fale com sua avó. Ou com seu pai. Vou ligar para eles agora. Eu te amo! Falo com você em breve!"

Por algum motivo, sua empolgação surte o efeito oposto em mim. Estou apavorada, e a mensagem de Charlayne — *Bem-vinda à Resistência!!* — pisca na minha mente de novo. Jogo o celular na cama e corro até a porta.

"Katherine! Connor!"

As luzes da biblioteca estão acesas, e eu começo a correr para lá. Um movimento no andar de baixo capta minha atenção e, em vez disso, vou para a escada.

"Kate!" É Trey. Ele está sentado no sofá, acariciando Daphne. Fico tão surpresa ao vê-lo que piso em falso num degrau e tenho que me segurar no corrimão para não cair.

"Por que você está aqui? Você não pode *estar* aqui, Trey. Tem alguma coisa acontecendo... algo com minha mãe, acho."

Katherine e Connor deviam estar na biblioteca, porque descem a escada correndo. Parecem preocupados, e eu sinto um frio por dentro.

"Minha mãe ligou. Aconteceu alguma coisa. O que houve?"

"Kate, vai ficar tudo bem", diz Katherine, mas tenho certeza de que ela andou chorando.

Trey passa o braço em volta dos meus ombros e começa a me levar para o sofá, mas eu o detenho. "Você não me respondeu. Por que você está aqui, Trey?"

A verdade é que estou feliz além da conta por vê-lo. Eu quero que ele me abrace e me faça esquecer que existe o restante do mundo, porque eu não acho que quero ouvir o que Katherine está prestes a dizer. Mas também tenho certeza de que, não importa o que tenha acontecido, Trey correrá perigo se continuar perto de mim.

"Trey está aqui porque ele nos trouxe informação", diz Connor. "Ele conhece alguém que pode nos ajudar com o antídoto."

"E eu pedi a ele para ficar", completa Katherine, "porque tivemos algumas novidades."

Sou tomada por uma certeza absoluta de que tem algo errado, e meus joelhos bambeiam. Trey me leva até o sofá e me apoio nele, sorvendo-o. Sem isso, sem a realidade sólida da presença dele, não creio que teria encontrado forças para perguntar.

"Ela está morta, não está?"

"Não!", responde Katherine. "Ela não está morta. É só que... Ela encontrou Prudence. Ou acho que eu deveria dizer que Prudence a encontrou. Deborah me ligou alguns dias atrás, e estava em êxtase."

Estou atordoada demais para falar. Não sei o que isso significa, mas não pode ser bom.

"Deborah acredita que foi um encontro casual. Prudence contou alguma história sobre ter sofrido de amnésia nos últimos trinta anos, algo totalmente inacreditável. Enredo digno de novela, mas Deborah caiu na história."

Connor faz uma cara irônica. "Porque a versão da viagem no tempo teria sido *muito* mais crível, claro."

"Você sabe o que quero dizer, Connor."

Finalmente encontro minha voz. "Como? Acabei de falar com ela hoje à noite, antes de eu sair, e ela não... E eu estava *aqui* alguns dias atrás... E..."

Claro, eu já sei a resposta antes mesmo de Katherine começar. "Alguma coisa mudou, querida. Muitas coisas, na verdade, embora o telefonema de Deborah seja a única coisa a desencadear uma lembrança duplicada direta para mim. As chaves ainda estão no seu quarto?"

Levo um momento para perceber o que ela está perguntando. A coisa que eu tanto temia lhes contar antes agora parece quase insignificante. "Eu não peguei as chaves. Nenhuma delas. Simon..."

Connor e Katherine trocam um olhar, claramente confusos.

"Nós simplesmente presumimos", diz Connor, "levando-se em conta todas as mudanças que surgiram na linha do tempo atual. E o que Trey nos contou também."

Viro-me para olhar para Trey, e ele dá de ombros. "Não é muita coisa, de fato. É só que... Por favor, não vá ficar com raiva, Kate. Depois que você saiu, eu simplesmente não podia... Eu não podia deixar você ir embora daquele jeito. As intenções do meu pai são boas. Eu sei que ele está tentando me proteger, e sei que você também está, mas eu errei em prometer que ficaria fora disso. Se tudo o que você me disse é verdade, e eu sei que é, então ninguém com um mínimo de decência pode ficar fora disso." Ele respira fundo. "Eu liguei para Tilson, ok? Não lhe dei detalhes específicos sobre o que você precisava ou por quê, mas assim que mencionei seu nome, ele desligou. Meia hora depois, um táxi parou em frente à minha casa. Era ele, e conversamos muito. Do lado de fora. Agora fico com um pouco de medo de falar qualquer coisa dentro da minha casa. De qualquer forma, Tilson faz parte de uma grande aliança anticiristas. Cientistas, advogados, líderes políticos... Aparentemente eles já existem desde o início da década de 1940, mas são muito discretos. Alguns deles são até ciristas, trabalhando dentro da seita. Tilson disse que eles vão ajudar no que você precisar."

Uma grande rede. Aliados.

Exatamente o que Delia disse que precisávamos se quiséssemos ter alguma chance contra os ciristas.

E é aí que começo a ligar os pontos e a enxergar um padrão coerente.

A Resistência. Foram as palavras de Abel. Uma resistência infiltrada.

Eu nem mesmo percebo que digo as palavras em voz alta, mas Katherine me olha esquisito, e Connor tira algo do bolso. É um pequeno envelope com o meu nome.

"Isto chegou há uma hora", diz ele. "Junto a um arranjo de flores, mas quem entrega flores às nove horas da noite? Eu tinha praticamente certeza de que estava grampeado, então joguei as flores no lixo. Mas guardei o cartão, por causa do nome... e para o caso de você saber o que significa."

Pego o cartão da mão dele. São apenas sete palavras digitadas e uma assinatura:

Kate, a Resistência lhe dá as boas-vindas.

Julia Morrell Waters

AGRADECIMENTOS

Deixe-me começar com a pergunta que sempre me fazem — *quanto desse material histórico é verdade?* Uma resposta completa exigiria mais umas vinte páginas, então vou apenas listar alguns exemplos. Se você pensar em mais algum, eu ficaria feliz em responder às suas perguntas no meu blog.

A União Koreshan foi fundada em Chicago por Cyrus Reed Teed, no início da década de 1890, e foi transferida para Estero, Flórida, por volta de 1898, onde se estabeleceu até a década de 1960. O grupo acreditava, dentre outras coisas, que a Terra era oca e que o celibato resultaria na vida eterna. Quando Cyrus Teed morreu, eles o colocaram numa banheira e ficaram esperando que ressuscitasse, e só concordaram em enterrá-lo quando houve pressão do inspetor de saúde do município.

O Norumbega Park foi inaugurado em 1897, e o Teatro Great Steel (mais tarde conhecido como Totem Pole Ballroom) apresentou milhares de artistas e estrelas do teatro de vaudeville, como Frank Sinatra, até que fechou, em 1963.

Em 1905, um artista de fuga adotou o nome Boudini, esperando que Harry Houdini se irritasse o suficiente para desafiá-lo para uma competição pública. O esquema de publicidade funcionou, mas Houdini venceu o desafio — e alguns dizem até que ele passou o número quase todo em desvantagem.

O município de Oconee County, na Georgia, foi palco de um linchamento em massa em junho de 1905, quando nove presos foram arrastados da prisão e fuzilados por um pelotão formado por homens mascarados.

Um assassino desconhecido, apelidado pela imprensa de Estripador de Atlanta, matou mais de duas dúzias de mulheres afro-americanas em 1911.

Um acontecimento, no entanto, ainda é obscuro. Existem dezenas de cidades fantasmas em todo o sul, incluindo uma perto de Hiltonia, na Georgia, que os habitantes batizaram Six Bridges. Em alguns mapas, o local ainda está listado como uma locação histórica desabitada. Diz a lenda que todos os moradores de Six Bridges foram encontrados mortos nos bancos da pequena igreja. Nunca fui capaz de descobrir se esse conto é baseado num acontecimento real ou se é simplesmente uma história de fantasmas projetada para evitar que crianças curiosas se embrenhem na mata. A resposta mais provável ao mistério de Six Bridges, como acontece com qualquer cidade fantasma, é que os moradores simplesmente tenham se mudado. Uma vez que a história é provavelmente mais ficção do que fato, exerci uma grande licença poética, deslocando o vilarejo para algumas centenas de quilômetros ao norte de sua localização real, a fim de se adequar melhor à minha história. Se algum leitor tiver mais informações sobre o que *realmente* aconteceu em Six Bridges, no entanto, a geek de história em mim está morrendo de vontade de saber.

Este livro jamais poderia ter nascido sem a ajuda do meu querido amigo e assistente de pesquisas não remuneradas, o Google, que me ajudou incansavelmente todos os dias — a encontrar arquivos e jornais on-line, fornecendo mapas detalhados e fotos de vários locais, e rastreando respostas confiáveis e precisas para as milhares de perguntas que surgem quando se escreve sobre eventos históricos. Sua boa vontade de trabalhar a qualquer hora do dia ou da noite é profundamente estimada, e estou disposta a perdoar as muitas vezes em que ele me apontou para o Yahoo Respostas ou me convenceu a clicar num artigo que não tinha absolutamente nada a ver com o assunto em pauta.

Agradeço também à minha família, amigos, fãs e colegas escritores que me incentivaram ao longo do ano passado e que me ajudam a manter a sanidade quando os inevitáveis bloqueios criativos surgiram. Agradeço também a todos no meu Facebook e no meu Twitter que não hesitaram nem mesmo por um segundo em me mandar sair das redes sociais e voltar a escrever. Grandes abraços a Gareth e Ariana por criticarem meus livros sem o menor pudor, e a Eleanor pelos lembretes periódicos de que a dona Rysa aqui ficaria maluca se fosse só trabalho e nada de diversão.

Aos leitores, que também são críticos e blogueiros de livros, e que têm a gratidão de todo escritor. Suas avaliações ajudam a conectar nossos livros aos leitores certos. O tempo que vocês investem registrando suas ideias sobre os livros que gostam (e mesmo aqueles dos quais não gostam!) é inestimável para outros leitores, então eu gostaria de agradecer aos milhares de vocês que tiraram um tempinho para contar aos outros sobre os arquivos da CHRONOS.

Tenho uma enorme dívida de gratidão a Jenny MacRunnel, Jen Wesner, Karen Benson, Karen Stansbury, Kristi Clowers, Joy Joo, Pete, Ian, Ryan, Donna, Richard e às pessoas-que-provavelmente-esqueci-de-citar, que se ofereceram bravamente (ou, no caso dos membros da família, foram recrutadas) para ler a versão beta de *CHRONOS: Limites do Tempo*. Seus comentários e sugestões foram de uma tremenda ajuda, e eu realmente agradeço o tempo dedicado para ler e criticar o livro, mesmo em sua forma inicial, grosseira e mal-formatada.

Agradecimentos especiais à minha equipe de publicação fenomenal na Skyscape, especialmente Courtney Miller, Erick Pullen e Timoney Korbar, que fizeram de tudo e mais um pouco mais uma vez. Sem minha editora de desenvolvimento maravilhosamente paciente, Marianna Baer, este livro teria sido uma criatura muito diferente — obrigada por me aguentar! Katherine Adams e Carrie Wicks ajudaram a corrigir meus erros de digitação, e Katherine tentou desencorajar meu amor profundo e provavelmente bastante irracional pelo itálico. A Kate Rudd, muito obrigada por emprestar sua voz incrivelmente talentosa aos meus personagens. E, finalmente, palmas para Scott Barrie por criar mais uma capa muito atraente.

E, novamente, fecho os agradecimentos ao meu pessoal na Casa del Chaos. Vocês toleraram meus momentos de ansiedade e as diversas loucuras de escritora com pouquíssimas queixas e nem sequer reclamaram (tanto) sobre as muitas noites pedindo comida para viagem. Amo vocês demais.

RYSA WALKER cresceu numa fazenda de gado no sul dos Estados Unidos. Suas opções de entretenimento eram conversar com as vacas e ler. Nas raras ocasiões em que conseguia o domínio do controle remoto da televisão, ela assistia a *Star Trek* e se imaginava vivendo no futuro, em planetas distantes, ou pelo menos numa cidade grande o suficiente para ter um semáforo. Atualmente, quando não está escrevendo, ela dá aulas de história e política na Carolina do Norte, onde divide um escritório com o marido e uma cachorrinha golden retriever chamada Lucy. Ela gosta de ioga, chocolate superamargo, e de jogar *Galaga* e *Scrabble*. Mas ela ainda não consegue o domínio do controle remoto da TV com muita frequência, graças aos seus filhos obcecados por esportes. É autora da trilogia *CHRONOS*, cujo livro de estreia foi vencedor do grande prêmio no concurso Amazon Award Breakthrough Novel 2013.

darklove

DARKSIDE

"Tempo. Inesperadamente, inventei a máquina do"

— ALAN MOORE —

DARKSIDEBOOKS.COM